KB162881

# 불현듯
# 찾아온 당신

미묘리 장편소설

**2**

동아

# 불현듯
# 찾아온 당신 2권

초판 1쇄 인쇄일 | 2021년 5월 28일
초판 1쇄 발행일 | 2021년 6월 7일

지은이 | 미묘리
펴낸이 | 박성면
펴낸곳 | (주)동아

출판등록 | 제406-3960100251002007000071호
주소 | 경기도 파주시 문발로 115, 세종대학교출판부 206호
전화 | (031)8071-5201
팩스 | (031)8071-5204
E-mail | bear6370@hanmail.net


정가 | 12,800원


ISBN 979-11-6302-490-3 (04810)
       979-11-6302-488-0 (set)

ⓒ 미묘리, 2021

※이 책은 (주)동아와 저작자의 계약에 의해 출판된 것이므로, 무단 전재 및 유포 공유를 금합니다.

불현듯 찾아온 당신

*You came all of a sudden*

미묘리 장편소설 · 2

동아

# 목     차

제3부

# 상처의 충돌

## 6. 나랑 같이 있을래요, 류태승 씨?

원목 테이블 위로 두 찻잔이 놓였다. 상철은 처음에만 놀랐을 뿐 언젠가 슬에게도 직접 차를 내려 주었던 것처럼 태승에게도 직접 내린 우롱차를 내주었다. 김 이사가 놓아 준 차를 가만히 보고만 있던 그가 입을 열었다.

"지금 저희 회사가 안정되었다고 보십니까?"

그의 말은 뜬금없었다. 다짜고짜 들어와 묻는 말이 회사의 안정이라니. 더욱이 사장이 부하 직원에게 물을 말은 아니었다. 이렇게 찾아왔을 때는 보다 더 근사한 말을 하거나 다른 중대한 사안을 꺼내야 하건만 고작 회사의 안정을 묻다니. 다른 직원이 들었다면 어이없어했을지도 모른다.

하지만 상철은 달랐다. 일반적인 반응조차 보이지 않으며 그저 있는 그대로의 답을 했다.

"아니요. 여전히 불안정하고 불안합니다."

사장의 앞이라고 해서 그의 대답은 달라지지 않았다.

"왜 그렇게 생각하십니까?"

태승은 큰 동요 없이 이유를 물었다. 그러자 상철은 또다시 이어진 질문에 대한 대답을 했다. 이번에도 역시 그의 대답은 냉철했고 현실적이었다.

"저희가 운영하고 있는 브랜드들의 매출만 봐도 왜 그런지는 아실 겁니다. 안정화되어 있는 브랜드는 불과 서너 개밖에 되지 않죠. 그 외에 폐점해야 할 브랜드도 있습니다. 유일 플레이스는 이제 시작 단계를 밟았을 뿐입니다. 앞으로 더 나아갈지, 다시 폐쇄 단계로 이어질지는 아무도 모를 일입니다."

그가 상철의 말에 동의하듯 고개를 끄덕였다.

"요식업계는 본래 변수가 많은 직종이죠. 그럼 우리 회사의 전망은 어떻습니까?"

"유일 플레이스의 성공이 큰 변수겠죠."

"왜 그렇게 생각하십니까?"

질문에 질문이 꼬리를 물고 이어졌다. 그가 던지는 물음에 연이어 대답하던 상철이 처음으로 태승의 얼굴을 보았다. 왜 자꾸 이런 질문을 하는지, 대체 무슨 의도로 여기에 온 것인지 상철은 모두 알고 있는 눈빛이었다.

"변수가 많은 요식업계에서 유일 플레이스의 성공은 앞으로의 미래를 걸 만하다는 뜻이 될 테니까요. 하지만 반대로 실패할 수도 있습니다. 사실 우리 기업이 다른 기업들보다 많이 늦었다는 걸 알고 계실 겁니다. 우리 기업의 브랜드들이 모두 집합된 하나의 식당을 오픈한 것이 유일 플레이스니까요."

"그런데요?"

"그런데 어느 기업도 안정화시키지는 못했습니다. 그저 장사를 하고 있을 뿐, 그 식당을 통해 브랜드의 안정화를 시켰다고는 볼 수 없었으니까요. 그런 가운데 저희 유일 퍼스트가 해낸다면 앞으로 우리의 미래를 여기에 기대해 볼 수 있을 거라고 생각합니다. 그래서 저희 회사 모든 직원들이 오픈까지 사활을 걸었던 거고요."

"사활…… 좋네요."

"좋기만 하십니까?"

태승의 질문에 대답만 하던 상철이 날카롭게 물었다. 그 날카로운 물음에 옅게 웃던 태승의 입매가 굳어졌다.

"이번 유일 플레이스의 성공이 우리 직원들의 전부라는 뜻과 같습니다."

"……."

"저희의 전부가 누구 손에 들려 있는지 아시라는 말입니다."

그 말은 곧 행동 똑바로 하라는 말이었다. 손에 쥔 전부를 놓게 되는 어리석은 짓은 하지 말라는 뜻이기도 했다. 무거운 자리에 막중한 책임이 있는 것은 당연한 일. 성급히 판단하지 말고, 섣불리 행동하지도 말고, 신중히 움직이라는 진심 어린 조언이었다. 잠시 긴 침묵이 흘렀다.

"전 멍청하게 행동하지 않을 겁니다. 지금껏 저를 봐 오신 분이라면 아실 텐데요."

상철의 시선이 다시금 태승에게로 향했다.

"어리석은 판단으로 전부를 놓칠 생각도 없고요."

그 말을 하고 태승이 자리에서 일어났다. 그러자 상철도 그를 따라 일어났다. 풀어져 있던 재킷의 단추를 채운 그가 상철 쪽으로 방향을 틀어 오른손을 건넸다.

"모든 것을 정리할 생각입니다. 제 주변에 일어나고 있는 일들을 정리하고 새로운 유일 퍼스트, 그리고 유일 그룹을 세울 겁니다. 주변 정리를 해야 더 나아갈 수 있지 않겠습니까?"

태승은 그냥 찾아온 것이 아니었다. 이 말을 전하기 위해 상철을 만나러 온 것이다.

유일 그룹을 흔들 박중열 이사에게 대항할 수 있는 힘.

누군가는 그 힘이 돈에서부터 나오는 것이라 믿지만 그는 사람에게서부터 나오는 것이라 믿었다. 사람만이 사람을 지킬 수 있다. 돈으로 사람을 살 수 있다 믿는 박중열 이사에게 똑똑히 보여 줄 것이다. 돈으로 엮인 관계는 오래 가지 못하며, 돈으로 사람을 살 순 있어도 그 사람의 진심을 살 수는 없다는 것을. 오직 진심만이 전부를 지킬 수 있다.

"유일 퍼스트는 저의 전부이기도 하죠. 김상철 이사님도 저의 전부이시고요. 그런 저와 동행하시죠."

상철은 마주 본 태승의 눈빛에서 진심을 읽은 후 망설임 없이 그의 손을 맞잡았다.

회사의 성공과 안정을 바라는 직원. 그 속마음에는 자신의 안위와 안정된 삶이 있을지 모르나 지금껏 태승이 봐 온 김상철 이사는 언제고 회사를 위해 묵묵히 자신의 일을 해 온 사람이었다. 자리에 연연해하지 않았고 회사의 안정화를 위해 해야 할 일을 해 왔다. 그가 이루어 낸 것은 진짜였다. 누군가에게 기대지 않았고 자리 보존을 위해 아부하지도 않았다. 상철은 그저 있는 자리에서 최선을 다했기에 모두에게 인정받을 수 있었다.

태승은 그런 직원에게 신뢰를 받고 싶었다. 이런 직원에게 인정받고, 또 안정된 회사를 만들어 오래 근무하도록 만들어 주고 싶다. 그 마음이 태승의 심장을 뛰게 했다. 우리 편에 서 줄 이사를 찾기보다 우리 회사를 위해 일해 줄 직원을 찾는 것이야말로 진짜 우리의 편이다.

스스로 깨닫게 된 태승은 기분 좋게 사무실을 나와 곧바로 엘리베이터에 올랐다. 곧 엘리베이터가 멈춰 섰고, 류태승 이름 석 자가 적힌 자신의 사무실 문을 열자 사보 팀장이 일어나 자신을 맞이했다. 늘 무겁고 힘겹기만 했던 어깨가 비로소 가벼워지는 기분이다.

* * *

　재호는 입사 이래로 처음 퇴사하고 싶단 생각을 했다. 그만큼 죽을 맛이었다. 상사인 태승의 행보가 예측이 되지 않아서였다. 난데없이 김이사를 만나고 사보 팀장을 만나더니, 이번에는 마케팅팀 김송 사원과 기획팀 김민지 대리를 불러들였다.

　테이블을 중앙에 두고 마주 앉은 세 사람 사이에 침묵만이 감돌았다. 대체 저 두 사람을 왜 부른 것인지 그들 뒤에 서 있는 재호는 영문을 몰랐다.

　"차 들어요."

　딱히 의도한 것은 아니지만 어째 분위기가 무거웠다. 난감하기는 태승도 마찬가지였다. 슬과의 관계에 대한 사보가 나오기 전에 그녀와 친한 두 사람에게는 미리 말해 두는 것이 나을 것 같아 두 사람을 불러오기는 했는데, 무슨 말부터 꺼내야 할지 판단이 서지 않았다. 그래서 일단 앞에 놓인 차라도 마시면서 분위기를 풀어 보려 했다.

　송은 눈치껏 앞에 놓인 찻잔을 들어 입가로 가져갔고, 그 모습을 본 태승도 차를 한 모금 마셨다. 그러나 민지만은 차를 들지 않고 서론도 없이 본론부터 꺼냈다.

　"우리 슬이랑 어떻게 하실 계획이세요?"

　너무도 단도직입적인 질문에 놀란 태승과 송이 잔을 다시 내려놓고 입에 담긴 뜨거운 차를 삼켰다. 그러다 송은 사레가 들려 연이어 기침했고, 태승은 급히 차를 마시느라 입천장이 데이고 말았다.

　"아……."

　슬과 어려서부터 친한 친구 사이라는 김민지 대리는 꽤나 도발적인 여자였다. 깜빡이도 켜지 않고 훅 치고 들어오는 질문에 잠시 말문이 막혔다. 민지는 선뜻 대답하지 못하는 그가 마음에 들지 않는지 인상을 구겼다.

"왜 말씀을 못 하시는 거죠? 설마 데리고 놀 생각이세요?"

또 한 번 어퍼컷을 세게 맞은 태승이 놀라 고개를 저었다.

"아닙니다. 절대 그럴 일은 없습니다."

"그럼 대체 어쩌려고 이러세요? 그날 상황이야 워낙 다급했고, 저희도 정신이 없긴 했지만 입 딱 닫고 계실 건 아니시죠?"

민지는 그저 슬이 걱정이었다. 슬과 태승이 보통 사이는 아니라는 것을 그날 보고 알았다. 슬이 죽은 사람처럼 축 늘어지자 그런 슬을 안고 오열하던 태승의 모습에 자신도 눈물을 흘렸다. 온 세상이 무너진 사람처럼 처절하게 울부짖는 그의 모습에서 슬에 대한 사랑이 느껴졌다.

그 모습을 보면 결코 가벼운 만남은 아닐 거라는 생각이 들었지만 재벌과 평사원의 연애는 그리 쉬운 일이 아니다. 대개 이런 경우 가지지 못한 사람이 내쳐지는 것이 다반사인지라 민지는 그에 대한 감별이 필요했다. 그가 괜찮은 사람인지, 또 슬을 얼마큼 사랑하는지 한 번 더 확인이 필요하다.

"입 닫을 생각도, 가만히 있을 생각도 없습니다. 전 전면전을 할 생각이거든요."

"전면전이요?"

"전면전이라뇨?"

두 사람의 대화를 가만히 듣고만 있던 송이 처음으로 입을 열었고, 민지가 되물었다.

"곧 우리 회사 사보가 나올 겁니다. 사보 메인은 제가 될 거고요."

"그게 무슨 의민가요?"

지금 이 말이 이해가 잘 되지 않았던 민지가 재차 물었다.

"쉽게 말해서 저와 슬 씨 사이를 인정할 거라는 말입니다."

"그럼 사귄다고 인정하실 거라고요?"

응당 그래야 하는 일이지만 막상 연애를 인정할 거란 말을 들으니 새삼 놀란 민지가 버럭 소리쳤다. 그런데 돌연 태승이 정반대의 대답을 하니 민지와 송의 얼굴에 궁금증이 드리워졌다.

"아니요."

"네?"

이게 대체 무슨 말인가. 방금 전까지만 해도 인정할 거라더니 갑자기 또 아니라고? 그사이에 마음이 바뀐 건가 싶어 민지의 얼굴이 붉으락푸르락해졌다.

"열애가 아니라 결혼 발표를 할 겁니다."

"헉!"

"네?"

그의 대답에 송과 민지가 아연실색했다. 연애 인정만으로도 큰 결정이었을 텐데 아예 결혼 발표를 해 버린다니. 자신이 지금 무슨 말을 들은 건가 싶을 만큼 민지는 정신이 없었다.

"열애설로만 끝낼 생각은 애초부터 없었습니다. 단순한 열애설이라면 슬 씨가 더 곤란해질 겁니다."

"잠깐, 잠깐만요. 그럼 단순히 슬이가 난처해질 것을 대비해 결혼 발표를 한다는 뜻인가요?"

민지는 끝까지 그를 탐문했다. 그의 마음이 진짜인지 아닌지. 하지만 사실 그녀도 알고 있다. 그의 마음에는 거짓 한 톨도 없다는 사실을. 그런데도 민지는 집요히 그의 마음을 재차 묻고 또 물었다.

"아니요. 전 처음부터 슬 씨와 결혼할 생각이었습니다."

이 남자 진심이다. 지금 하고 있는 말의 전부가 진심이다. 그런데 슬도 과연 이 남자의 뜻에 동참한다고 했을까?

"슬이도 알고 있어요? 동의한 거예요?"

이번에는 슬의 마음도 이 남자의 마음과 일치하는지가 궁금했다. 한데 남자의 얼굴이 살짝 굳어진 걸 보면 슬은 아직 이에 대해 들은 바가 없는 듯했다.

"아직 이 사실에 대해서는 모르고 있습니다."

"그럼 슬에게 프러포즈도 하지 않은 거예요?"

"네, 그렇습니다."

순간 답답해진 민지가 버럭 목소리를 높였다.

"아니 슬이한테 프러포즈도 하지 않고 일을 벌였단 거예요? 그러다 슬이가 안 받아 주면 어쩌려고?"

"받아 줄 겁니다, 슬 씨는."

"그걸 어떻게 장담해요?"

"그야 사랑하니까."

그야말로 순도 100퍼센트의 대답이었다. 이렇게 순수할 순 없었다. 이 남자는 당연히 슬이 받아 줄 거라고 철석같이 믿고 있었다. 그러나 민지는 슬에 대해 전부를 알 수는 없지만 오랜 시간 봐 온 만큼 짐작할 수 있는 것이 있었다. 이런 상황에서 슬은 본인보다도 이 남자를 더 생각할 거라는 것이다. 무턱대고 결혼 발표부터 하겠다는 이 남자의 결정에 순순히 따라 주지는 않을 거다.

무엇보다 평사원과 재벌 3세의 결혼은 순탄하지 않다. 회사 주가 폭락은 당연지사일 테고, 그가 나아가야 할 모든 길이 가시밭길일 것이다. 그런 일에 슬이 과연 동참해 줄까? 아니다. 절대 아니다. 슬은 결단코 이 남자 인생에 재를 뿌리는 일은 하지 않을 것이다.

"결혼은 사랑만 갖고 할 수는 없어요. 현실이라고요. 평사원과 재벌 3세의 연애도 가당치 않다고 생각할 사람들이 많을 건데 결혼이라뇨? 결혼하겠다고 하면 얼른 하라고 해 줄 것 같아요? 게다가 슬이 동의하지 않은 일이라면서요. 슬이는 분명 하지 않겠다고 할 텐데 그때는 어떻게 하려고요?"

"안 그럴 겁니다."

"안 그럴 거라고 자부하는 사람이 이렇게 무작정 일부터 저지른 뒤에 보자고 해요?"

"이렇게 해야 슬 씨를 지킬 수 있으니까……."

"사장님 가족들은요?"

"가족들의 의견은 저한테는 의미 있지 않습니다. 가족들을 생각했더라면 시작도 하지 않았을 겁니다."

진심이었다. 가족이 걸림돌이었다면 애초에 선도 넘지 않았을 것이다. 하지만 그녀를 만나고 그의 세상이 바뀌었다. 사치라고 여겼던 사랑을 하면서 뻥 뚫려 있던 마음의 구멍이 메워졌다. 그러더니 어느새 그 자리에 꽃이 피어나고 있었다.

처음으로 가족을 이루고 싶다는 생각을 했다. 이 여자와 함께 평생을 살아가고 싶다, 그렇게 세월을 보내고 싶다, 함께 늙어 가고 싶다, 꼭 그렇게 해야겠다는 생각을. 그래서 태승은 꿈을 현실로 이루어 낼 생각이다.

"그럼 회장님은요? 회장님 생각도 같으실까요?"

민지가 물었다. 당연히 아닐 거라고 생각하고 물은 질문이었다. 회장님이라면 분명 이 결혼을 반대하실 거라고 말이다. 한데 어째서 이 남자는 이리도 확신에 찬 얼굴을 하고 있는 걸까?

"그 걱정은 하지 않습니다. 전 저를 믿거든요."

태승은 확신했다. 일만이 반대할 걱정은 전혀 하지 않았다. 그라면 분명 자신을 향해 무한한 신뢰를 보여 줄 테니까.

"슬이는 좀 어때요? 괜찮나요?"

확신에 찬 그의 대답을 듣고 나니 조금은 안심이 된 민지가 한층 누그러진 목소리로 물었다. 처음 그를 봤을 때부터 하고 싶었던 말이었다. 가장 궁금했던 것이었으나, 회사 분위기도 흉흉한 마당에 당사자인 그는 아무 말도 없으니 감정이 앞서고 말았다.

"괜찮습니다. 슬이가 두 분께 연락을 못한 건 휴대폰이 고장 났기 때문이고, 오늘 가서 기다리고 있으니까 연락하라고 전해 드리겠습니다."

"아뇨. 괜찮으면 됐어요. 안정되면 그때 연락 달라고 해 주세요."

"네. 그러죠."

"그럼 저희는 일어나 볼게요."

민지와 송이 자리에서 일어나자 태승도 따라 일어났다. 태승에게 묵례를 한 민지가 나가려다 말고 돌아서서 말했다.

"우리 슬이 행복하게 해 줘요. 꼭 행복해지세요."

"……네, 그러겠습니다. 고마워요."

다시 인사하는 민지에게 태승도 고개를 숙였다. 두 사람이 나가는 뒷모습을 보던 그가 숨을 한 번 크게 몰아쉬었다. 꽤나 긴장하고 있었는지 셔츠 뒤가 축축했다.

문이 닫히고 나서야 태승은 소파에 앉아 넥타이를 느슨하게 풀었다. 후우. 재차 깊게 숨을 내뱉고 있으니 냉수 한 컵이 테이블에 놓였다. 고개를 들자 재호가 서 있었다.

"고맙다."

"사장님."

"어."

"……."

재호가 자신을 불러 놓고 대답을 않자 태승은 물 한 컵을 모두 비우고서 재호를 올려다보았다.

"왜 그래?"

정말 할 말이 많지만 더 이상 하지 않기로 한 재호가 고개를 저으며 덧붙였다.

"아닙니다. 이왕 곁에 있는 거 끝까지 돕죠."

"뭐?"

"양 교수님이 계신 곳 알아냈습니다. 그쪽으로 사람을 붙여 뒀는데, 그곳에 계시는 것까지 확인했습니다."

"어딘데?"

그가 소파에 기댔던 몸을 벌떡 일으켰다. 반가운 소식이었다. 양 교수를 찾았으니 윤 교수 사건에 대한 실마리를 풀 수 있는 작은 단서를 발견할 수 있을지도 모른다.

"요양원에 계시더라고요. 경기도 남양주에 위치해 있습니다."

"요양원? 거기는 왜?"

"정확한 이유는 잘 모르지만 몸이 불편하다고 들었습니다."

"가 보자. 일단 가서 확인해 보자."

자리에서 일어난 그가 코트를 챙겨 서둘러 나갔다. 재호도 얼른 태승의 뒤를 따랐다. 두 사람이 탄 차는 곧 남양주에 위치한 요양 병원으로 향했다.

가는 길이 멀겠지만 아무런 이유도 모른 채 고통받아 온 슬의 지난 3년이란 시간에 비하면 아무것도 아니었다. 대체 무슨 일이 있었던 걸까? 무슨 일이 있었기에 윤 교수님은 그런 선택을 해야 했을까, 과연 그의 선택이었을까?

저 멀리 요양 병원의 큰 건물이 보였다. 건물이 가까워질수록 그의 마음도 초조해졌다.

\* \* \*

태승이 출근한 뒤에 줄곧 병실에 혼자 있던 슬은 가만히 생각에 잠겼다.

이미 회사에 소문이 파다하게 퍼졌을 텐데 그는 대체 어떻게 해결할 생각일까? 무슨 생각인 걸까? 자신이 할 일이라고는 가만히 기다려 주는 것뿐인데.

생각해 보면 여태껏 그는 모든 것을 감당하며 살아왔다. 그가 걸어온 인생에 대해 다는 알 수 없지만 그가 힘겨운 삶을 보낸 것은 사실이었다. 아픈 할아버지를 홀로 돌보며 회사 일까지 맡았으니 말이다.

물론 그가 하기 싫은 일을 억지로 한 것은 아닐 것이다. 하지만 지금껏 봐 온 태승은 늘 힘들고 지쳐 보였다. 하루하루를 간신히 버텨 내고 있는 사람 같기도 했다.

그런데 그런 사람에게 자신은 어떠한 사람이었을까? 힘이 되어 주긴 했을까? 그는 나에게 가장 큰 울타리 같은 사람인데, 그렇다면 나는 그에게 어떠한 사람일까? 힘이 되고 싶다. 그에게 가장 큰 버팀목이 되어 주지는 못해도 최소한 그가 숨을 돌릴 수 있는, 기댈 수 있는 사람이고 싶다.

그러려면 나는 무엇을 해야 할까? 이렇게 앉아만 있다고 일이 해결되지는 않는다. 무엇이든 해야만 한다. 나도 그를 위해 무엇이든 해야 한다. 나만 기대지 않고 그도 내게 의지할 수 있었으면 한다. 그러기 위해서는 나도 그만 한 힘이 필요하겠지.

슬은 퇴원을 해야겠다고 생각했다. 퇴원하려면 힘들어도 되찾은 기억을 다시 상기해야 한다. 그날 일에 대해서는 생각도 하기 싫을 만큼 끔찍하고 괴롭지만 반드시 입 밖으로 꺼내야만 한다. 마음의 상처를 다 지울 수는 없어도 시도는 해 봐야 한다. 그래야 그를 온 마음을 다해 사랑할 수 있다. 그래야 그도 저에게 기댈 수 있다.

자리를 털고 일어난 슬은 비장한 각오로 병실 문을 활짝 열어젖혔다. 무섭고 두렵지만 그래도 용기를 내 보려 한다. 그렇지 않고서는 그의 상처를 보듬어 줄 수가 없다.

여태껏 머릿속에 온통 그날에 대한 기억들이 얼기설기 엉켜 있어 그의 아픔을 살펴볼 수 없었다. 이런 마음으로는 영영 그의 상처를 보듬어 줄 수가 없을 것이다. 그래서 한 발자국 나아가 보려고 한다. 오직 그의 상처를 보듬기 위해, 그를 더 깊이 사랑하기 위해.

* * *

밤 9시쯤 양 교수가 있다는 요양원에 도착한 태승과 재호는 곧장 안으로 들어갔다. 그러나 너무 늦게 도착한 탓인지 간호사는 면회가 불가능하다는 답을 내놓았다. 면회는 오전 9시부터 오후 6시까지이고, 오전과 오후로 나뉘어 딱 두 번만 가능하다고 했다. 더 부탁해 볼 필요도 없이 다음 날까지 꼼짝 않고 기다려야만 하는 상황이었다.

"그냥 올라가시죠. 내일 시간 맞춰 올라오시는 게 나을 것 같은데."

당장에 잘 곳도 마땅치 않아서 재호가 넌지시 묻자 태승이 고개를 저었다.

"됐어. 여기 있다가 만나고 돌아가자."

"그래도 회장님이나 윤 주임님이 걱정하실 텐데……."

말끝을 흐린 재호도 완강한 태승의 태도에 더 이상 그를 말릴 수 없었다. 여기까지 오는 동안 태승은 안절부절못했다. 마음이 급했다. 간호사로부터 양강필 교수가 이곳 요양 병원에 입원해 있다는 사실을 확인받으니 심장이 쿵쿵 뛰었다. 이제야 석현에게 일어났던 일들에 대해서 자초지종을 들을 수도 있을지 모른다는 희망이 생겼으니까.

요양 병원이 있는 곳은 도시와는 멀리 떨어져 있는 산속이라 밤 10시임에도 한밤중이었다. 병원에 불이 켜져 있는 것 말고는 빛 한 점 보이지 않았다. 병원 건물에서 밖으로 나온 태승은 까만 하늘에 촘촘히 박힌 별들이 저마다의 빛으로 반짝이고 있는 광경을 바라보았다.

밤하늘에 수놓인 별빛들을 보고 있으니 저절로 슬이 떠올랐다. 슬이 함께 이 광경을 봤더라면 정말 좋아했을 것 같다. 그런 생각을 하고 있으니 슬이 보고 싶었다.

미친 듯이 보고 싶어 휴대폰을 꺼내니 때맞춰 휴대폰이 울렸다. 발신인은 슬이었다. 슬도 상담을 마치고 그가 보고 싶어 전화를 건 것이었다. 태승은 소리 내 웃으며 전화가 끊길까 바로 받아 들었다. 오늘 내내 보고 싶고 그리웠던 목소리가 휴대폰 너머에서 들려왔다.

―이러기 있어요, 류태승 씨?

슬의 이름을 부르기도 전에 잔뜩 토라진 슬의 목소리가 먼저 들려왔다.

"아직 안 잤어?"

그가 슬에게 묻는 한 마디, 한 마디에는 애정이 뚝뚝 흘러 넘쳤다. 그런데도 슬의 화는 가라앉지 않고 있었다. 오늘 하루 종일 태승이 연락 한 번 없었기 때문이다.

―지금 시간이 몇 신데 벌써 자요? 자느라 연락 못 한 거예요?

설마, 그럴 리가.

그렇게 생각하면서도 정말 그랬을까 봐 슬이 약간 초조해하며 아랫입술을 꾹 깨물었다.

"아니. 좀 바빴어."

토라져서 쏴붙이는 슬이 귀여워서 미소 짓던 태승은 바른대로 말했다.

―어딘데요, 지금?

그제야 기분이 풀린 슬이 한층 누그러진 목소리로 물었다. 하지만 이번에는 곧이곧대로 대답할 수가 없었다. 아직 양 교수를 만나지도 못했고, 그날 무슨 일이 일어났는지도 듣지 못했기 때문이다.

"회사 일 때문에 잠깐 교외로 나왔어."

―아, 맞다. 그 일은 어떻게 됐어요? 잘 해결됐어요?

그 일이라면 회사에 파다하게 퍼진 자신들에 관한 소문을 말하는 것이었다. 글쎄…… 그걸 잘 해결됐다고 볼 수 있으려나? 아직 회사 사보가 나오기 전이라 회사 내에서는 소문들만 난무하고 있을 뿐이다. 하지만 곧 열애설이 아닌 결혼 확정 인터뷰가 사내 사보를 통해 나간다면, 회사는 이보다 더 난리가 날 것이다.

그리고 그 인터뷰가 뜬 다음에는 아마 슬은 회사를 더 이상 다닐 수 없게 될지도 모른다. 사실 태승에게 그녀가 회사를 다니고 다니지 못하고는 상관이 없었다. 그보다 슬이 자신의 청혼을 받아 줄지 안 받아 줄지가 더 걱정이었다.

─왜 대답이 없어요? 아직도 그런 거예요?

그가 대답을 하지 않자 불안해진 슬이 재촉했다. 태승은 일단 그 일에 대해서도 말하지 않는 편이 낫겠다고 판단해 얼른 다른 화젯거리로 말을 돌렸다.

"아니. 오늘은 어땠어? 기분은? 기분은 어때?"

─핏. 대답 피하는 것 봐.

그가 일부러 대답을 피한다는 것을 알았지만 슬은 더 캐묻지 않았다. 태승은 거짓을 말하지 않는 진실된 사람이었고, 그런 사람이 대답을 피한다는 것은 모두 자신을 위한 것이기 때문이다. 또 어련히 알아서 잘 할 사람이라는 믿음이 슬의 가슴 깊이 새겨져 있어 더 궁금해하지 않고 대답했다.

─괜찮았어요. 그리고…….

슬이 하려던 말을 잠시 멈추었다. 오늘 있었던 일에 대해 말을 할까 말까 망설여졌다. 그 망설임의 근원은 그에 대한 걱정이었다. 혹시라도 그가 자신 때문에 또 걱정하진 않을까, 마음 아파하진 않을까 싶어 꼭 감추려다가 그에게만큼은 그 무엇도 숨기고 싶지 않다는 생각이 들었다.

그도 자신과 같은 마음이었을까. 태승은 재촉을 하지도, 대답을 닦달하지도 않고 그녀가 먼저 말을 할 때까지 기다려 주었다.

—오늘 상담을 했어요. 그날 일에 대해서…….

뒷말을 살짝 흐린 슬의 목소리가 떨리고 있었다. 아직은 그날 일에 대해 떠올리는 것조차 힘겨웠다. 마음은 이미 앞서가 있는데 입은 쉽게 따라 주지를 않았다. 제 입으로 '아빠'라는 단어를 말하기까지 얼마의 시간이 걸렸는지 모르겠다.

그런데도 슬은 포기하지 않았다. 더는 두려워서 주저앉지도 않았다. 한마디가 어려웠지 그다음은 스스로도 놀랄 만큼 쉬웠다. 두려웠지만 잃어버린, 스스로 지워 버린 기억들과 마주했고, 모든 것을 입 밖으로 쏟아 내고 나니 후련함과 허탈감이 동시에 밀려들었다. 이 모든 것을 끌어안고 목숨을 놓아 버리고자 했던 자신이 불쌍해졌다. 그래서 슬은 또 한참을 울어야 했다.

눈이 퉁퉁 붓도록 울고 울다 지쳐 깜빡 잠이 들었다. 깨어나 보니 병실 안에 자신 말고는 아무도 없어서 괜히 그에게 투정을 부렸던 것이다. 그가 있었으면…….  자신은 꿈에서도 그를 떠올렸던 듯하다.

오늘 있었던 모든 일을 말하자 수화기 너머에서 그의 숨소리 외에는 아무것도 들리지 않았다. 슬이 아무 말도 하지 못하고 간간이 숨소리만 내고 있는데 지금 그의 감정들이 그 숨소리만으로도 다 느껴지는 듯해 슬의 눈시울도 뜨거워졌다.

—……태승 씨.

슬이 자신을 부르는데 태승은 그 어떤 대답도 할 수가 없다. 담담히 이 모든 것들을 말하는 슬 때문에 그의 눈시울이 붉게 물들었다. 그녀의 목소리는 한없이 담담한데 슬이 지금 어떤 심정이고 어떤 얼굴을 하고 있는지 보고 있지 않아도 다 그려져서 태승은 아무렇지 않을 수가 없었다.

무엇보다도 오늘이 지나면 윤 교수님이 왜 그런 선택을 해야 했는지, 진짜 진실은 무엇인지 슬이 전부 알게 될 텐데 그때는 어떻게 해야 하나. 설마 드러난 진실이 끔찍한 진실이면 어쩌나, 그녀는 어떻게 해야 하나 걱정이 되어서 그는 담담해질 수가 없었다.

돌아온 기억이 끝이었으면. 제발 끝이었으면…….

—태승 씨…….

슬이 한 번 더 그의 이름을 부르자 꽉 잠긴 그의 목소리가 그제야 들려왔다.

"슬아."

그의 대답이 돌아오자 조금은 안심이 된 슬이 대답했다.

—응, 듣고 있어요.

또다시 그는 아무 말도 하지 않았다. 슬은 그렇게 한참을 그의 숨소리만 듣고 있었다. 그러다 태승이 입을 열고 쓸쓸한 목소리로 대답했다.

"보고 싶다. 너무 보고 싶어."

그 목소리를 가만히 듣고 있던 슬도 고개를 끄덕였다.

—나도. 나도 보고 싶어요.

밤하늘 가득히 수놓인 별들 사이로 슬의 환한 얼굴이 떠오르자 태승의 입가에 엷은 미소가 생겼다. 슬도 창문을 열고 까만 하늘을 올려다보았다. 서울 하늘은 칠흑 같은 어둠뿐이지만 그 하늘에 그의 얼굴이 둥둥 떠다녔다. 슬과 태승은 서로의 얼굴을 검은 도화지에 그려 보며 그리움에 잠을 이루지 못했다.

* * *

같은 하늘, 같은 시각에 밤잠을 이루지 못하는 또 다른 한 사람이 있었다. 스탠드 불빛 하나에 의지한 채 무언가를 손에 들고 뚫어질 듯 바라보고 있는 한 남자.

이내 손에 들고 있던 무언가를 책상 위로 툭 올려놓은 남자는 자리에서 일어나 블라인드가 걷힌 창밖을 내다봤다. 남자가 던지듯 툭 놓아둔 물건은 바로 사진이었다. 그것도 한 장이 아닌 여러 장의 사진들. 그것들은 책상 위에 어지러이 흐트러져 있었고, 사진에 찍힌 사람은 놀랍게도 일만이었다.

"알츠하이머라고? 류 회장이?"

다소 믿기지 않는 충격적인 진실이었지만 중열은 제대로 된 건수를 잡은 듯 온몸에 감도는 짜릿함을 숨기지 못했다. 이제야 미심쩍었던 모든 것들이 납득이 갔다. 일만이 중역 회의를 하다 말고 갑자기 사라졌던 그때도, 누가 다녀가도 모를 만큼 오래 잠을 자던 모습도 모두 그 병 때문이었다.

그리고 태승이 자식이 숨기고 있던 진실은 류일만 회장이 알츠하이머에 걸렸다는 것이었다. 그 병이 퇴행성 뇌질환으로 서서히 발병하여 기억력은 물론, 인지 기능을 저하시키고 나중에는 스스로를 잊게 만드는 무서운 병이었다. 태승의 모든 행동이 일만의 병환 때문이었음을 알아차린 중열의 얼굴에는 광기 어린 미소가 번져 가고 있었다.

알츠하이머, 기억력은 물론 인지 기능까지 소실되고 마는 그 병이 일만과 태승을 코너로 몰고 가게 될 것이다. 이사들은 기억을 잃어 가는 일만을 더 이상 신임하지 않을 것이고, 일만이 아무리 태승을 후계자로 임명한다고 해도 정상이 아닌 상태에서 행해진 것이니 이사들은 당연 납득하지 못할 것이다. 그렇게 되면 후계자는 자신이 될 수도 있다. 아니, 자신이 될 것이다.

그 생각에 이르자 터져 나오려는 웃음을 참지 못한 중열이 크게 웃었다. 완전히 미친 사람처럼 웃기 시작하자 밖에 있던 누군가가 문을 벌컥 열고 들어왔다. 가슴이 다 보일 정도로 깊게 패인 시스루 슬립을 입은 여자는 중열의 아내가 아닌 내연녀, 김해라였다.

"사장님? 왜 그러세요? 어디 아프신 거예요?"

잠깐 볼 것이 있다며 먼저 자라고 한 뒤 서재로 들어갔던 중열이다.

그가 난데없이 큰 소리로 웃으니 놀란 해라는 토끼 눈을 뜨고 달려올 수밖에 없었다.

"아니. 그럴 리가. 내가 아프긴 왜? 난 건강해. 아주 건강해. 그래서 기뻐."

그러더니 해라의 허리를 끌어안은 중열이 하얗게 드러난 목 언저리와 쇄골에 입을 맞추었다. 갑자기 시작된 그의 정열적인 입맞춤이 간지러웠던 해라가 꺄르르 웃어 댔다. 장난으로 시작된 키스는 곧 누가 보기 민망할 정도로 깊어졌고, 간드러졌던 해라의 웃음소리 또한 뜨겁게 달궈진 신음 소리로 바뀌어 갔다.

정열적인 사랑을 나누는 중열의 머릿속에는 유일 그룹을 손에 넣고 혜명을 매몰차게 버릴 자신의 모습이 그려지고 있었다.

* * *

"양강필 환자분 보러 오셨다고요?"

오전 9시가 되기 6분 전, 흰 가운을 입은 50대 중년의 남자가 태승과 재호에게 다가와 대뜸 물었다. 의아한 얼굴을 한 태승이 고개를 끄덕였다.

"네. 그렇습니다."

그렇다고 대답하는 태승과 재호를 위아래로 훑어본 남자가 또 물어 왔다.

"혹시 양강필 환자분의 가족이십니까?"

"가족은 아닙니다. 그런데 왜 그러시는 거죠?"

일반적인 상황과 물음이 아니었다. 면회 시간이 되기도 전에 의사가 찾아와 이것저것 캐묻는데, 그 태도와 남자의 시선이 어쩐지 기분이 나빴다. 그래서 태승도 그를 잔뜩 경계하며 물어보자, 그 남자가 따라오라며 그들을 자신의 방으로 데리고 들어갔다. 갑자기 자신의 방으로 데려가는 남자가 이상했지만 양 교수를 만나려면 이 방법밖에는 없었다.

넓은 공간에는 사무용 책상 하나와 소파, 벽면을 가득 채운 책장이 전부였다. 누가 보아도 이상할 것 하나 없는 평범한 진료실 분위기였다. 이곳으로 안내해 줄 때부터 줄곧 초조해하던 재호도 진료실 분위기를 느끼고는 차분해져 있었다. 태승은 처음부터 남자를 경계하기는 했지만 가족이냐는 물음에 한숨부터 쉬는 모습을 보곤 조금은 그의 의중을 눈치챌 수 있었다.

"앉으시죠."

소파가 아닌 사무용 책상 앞에 앉은 의사가 환자들이 앉는 원형 의자 두 개를 가리켰다. 태승이 먼저 의자에 앉았고 뒤이어 아직 경계를 풀지 못한 재호는 엉덩이를 반만 걸치고 앉았다.

"저희는 양강필 교수님을 뵈러 온 건데, 왜 여기로 들어오라고 하신 겁니까?"

태승의 질문에도 침묵만을 지키던 의사가 책상 한쪽을 차지하고 있던 컴퓨터로 시선을 옮겼다. 그는 마우스를 몇 번 클릭하더니 컴퓨터 모니터를 태승과 재호가 있는 방향으로 돌려 주었다. 의사가 보여 준 모니터에는 기록 하나가 펼쳐져 있었다. 그 기록은 이 요양 병원에 입원 중인 양강필 교수에 대한 것이었다. 첫 입원 날짜부터 지금까지의 병명이 적혀 있기도 했다.

모니터를 훑어보던 태승이 의도를 물었다.

"지금 이걸 보여 주시는 이유가 뭡니까?"

의사가 또다시 한숨을 쉬었다.

"처음입니다. 이 환자분을 만나러 왔다고 하신 분들은."

이게 무슨 말일까. 그렇담 양 교수를 만나러 온 사람들이 한 명도 없었다는 말인가? 태승의 머릿속이 온통 물음으로 가득 차 하려던 말이나 빨리 해 보라는 듯 그를 바라보자 의사가 입을 열었다.

"양강필 환자분이 처음 저희 병원에 오셨던 때는 작년 11월경이었습니다. 처음에 오셨을 때의 상태는 좋았습니다. 이상 증세가 보이지 않았었죠, 겉모습으로만 봤을 때는. 그런데 저희 병원에 입원을 하고 싶다고 하시면서 발작을 일으켰어요. 그 뒤로 지금까지 저희 요양 병원에 입원 중이시며, 단 한 번도 양강필 환자분을 뵈러 온 보호자나 사람이 없었어요. 그래서 모신 겁니다."

의사는 자초지종을 설명했고 모든 이야기를 들은 태승은 납득할 수 없었다. 양 교수에게도 가족이 있을 텐데 여태껏 그 누구도 그를 만나러 온 사람이 없었다는 말을 선뜻 납득하기에는 무리가 있었다. 하지만 세상을 살다 보면 이해되지 않는 일은 수없이 많다. 그가 살아온 그의 세상이 그러했다.

"환자를 직접 만나고 싶은데, 가능합니까?"

* * *

두 사람은 의사와 요양 보호사의 뒤를 따라 복도를 걸었다. 여러 개의 병실을 지나쳐 복도 가장 끝 쪽에 붙어 있는 병실 앞에 섰다. 요양 보호사가 의사의 지시를 받고 문을 열었다.

태승과 재호를 양 교수가 있는 병실로 안내하기 전, 의사는 몇 가지 사실을 전했다. 그는 양 교수의 정확한 병명은 편집증이며, 누군가가 자신을 해칠 거라 생각하고 끊임없이 자기중심적으로 해석한다고 설명했다.

양 교수는 특히 편집증 유형 중에서도 피해형으로, 타인이 자신을 괴롭히고 피해를 주고, 심지어는 자신을 죽이려고 한다고 믿는다고 했다. 더불어 그때 첫 발작을 일으키고 병원에 입원한 순간부터 지금까지 그가 치료 자체를 거부하고 있는 탓에 증세가 호전되고 있지 않다는 것까지 전했다.

의사가 말하길, 양 교수는 처음 병원을 찾아왔을 때, 입원 비용 전부를 가져와 내밀며 부탁하다시피 자신을 이 병원에 입원시켜 달라 했다고 전했다. 그는 무엇이 두려워 병원에 스스로를 가둔 것일까. 그 사실이 궁금하면서도 알기가 겁이 났다. 양 교수가 모든 진실을 밝힐 수 있는 열쇠를 갖고 있는 사람임은 분명한데, 그 진실의 상자 안에 윤 교수의 죽음이 자살이 아닌 타살이라는 것이 담겨 있을까 봐 조금은 무섭기도 하다.

요양 보호사와 의사가 옆으로 비켜서자 태승은 안으로 들어서 작은 병실 안을 훑었다. 내부는 여느 병실과 다를 바 없었다. 침대와 그 옆에 간이 테이블, 삼단 수납장이 딸린 옷장, 책상 하나와 의자 하나. 간출하게 있을 것만 딱 갖춰져 있었다.

그런데 사람이 없었다. 좁지는 않았지만 크지도 않은 병실에서 성인 한 명이 나갈 곳은 이 문밖에 없었다. 하지만 문은 누가 밖에서 열어 주지 않는 한 나갈 수 없게 굳게 잠겨 있다. 그렇다면 이 안에 사람이 있다는 말이다. 한데 어떠한 인기척도 느껴지지 않았다.

태승은 눈이 휘둥그레져 주변을 두리번거리는데 요양 보호사는 익숙한 듯 침대 옆에 놓인 옷장으로 걸어가 옷장 문을 열어젖혔다. 그녀는 그럴 줄 알았다는 듯 옷장 안에서 사람을 끌고 나왔다.

"여기 계셨어요? 저예요, 할아버지."

요양 보호사 손에 끌려 나온 사람은 놀랍게도 양 교수였다. 그런데 사진으로만 봤던 양 교수의 모습과 눈앞의 양 교수는 완전 다른 사람이었다. 불과 3년 사이에 이래도 되나 싶을 정도로 그는 앙상하게 말라 있었다. 놀란 재호가 헙 소리를 냈다가 자신도 모르게 나온 소리에 놀라 자신의 입을 틀어막았다. 태승도 놀라긴 마찬가지였다.

"매일 있는 일입니다. 하루도 빠짐없이 저 옷장에 숨어 계세요."

이 광경을 처음 보는 태승, 재호와 달리 의사와 요양 보호사는 태연했다.

"지금 이 모습이 아직도 그 망상에서 조금도 벗어나지 못하고 있는 증거입니다. 아직도 환자분은 믿고 계세요. 누군가가 자신을 지켜보고 괴롭히다가 끝내는 자신을 죽일 거라고."

착잡한 얼굴로 보고 있는 의사의 옆에서 태승은 어떤 표정도 지을 수가 없었다. 대체 무엇이 그를 이토록 고통스럽게 했는지 상상조차 되지 않았다. 점점 더 진실을 알기가 두려워진다.

요양 보호사의 부축을 받고 겨우 침대에 앉은 양 교수는 환자복을 입고 있기보다 덮고 있는 것 같을 정도로 몹시 야위었다.

"잠시 이야기를 나눠도 괜찮겠습니까?"

의사는 고개를 끄덕였고 이내 요양 보호사와 함께 밖으로 나갔다.

병실에 양 교수와 태승, 그리고 재호만이 남았다. 양 교수는 맥없이 침대에 걸터앉아 있었다. 구부러진 등과 침대 아래로 나와 있는 다리가 바짝 말라 있었다. 가까이에서 본 양 교수는 훨씬 더 노쇠한 모습이었다.

"안녕하십니까. 류태승이라고 합니다."

"……."

태승은 첫 마디를 어떻게 꺼낼까 하다가 먼저 자신을 소개했다. 하지만 양 교수는 대답하지도, 반응하지도 않았다.

"양강필 교수님이시죠? 뵙고 싶었습니다."

"……."

"명성 대학교 총장으로 재직하셨다고 들었습니다. 제가 양 교수님을 뵈러 온 이유가 있는데…… 여쭤 봐도 되겠습니까?"

또 말이 없는 양 교수였다. 쉽게 대답을 들을 거라고는 생각하지 않았다. 자신에게도 3년 전의 그 일은 입에 담기가 어려운데, 당사자인 양 교수는 어떨지 지금 이 모습만으로도 충분히 이해가 됐다. 하지만 태승은 그에게서 어떠한 말이라도 꼭 듣고 싶고, 들어야 했다.

"어쩌면 제가 하려는 물음이 양 교수님의 상처를 건드릴 질문이 될지도 모르겠습니다. 그래도 전 질문을 드릴 겁니다. 그날 그분께 일어난 일에 대해서 전 꼭 알아야 하거든요."

양 교수가 온몸을 구긴 채 앉아 있는 것을 바라보던 태승의 눈빛이 절박했다. 그날 일에 대해 묻는 것 자체가 당신에게 고통을 줄 수 있는 질문이라도 꼭 해야만 한다는, 그러니 제발 입을 열어 달라는 간절함을 담아 쳐다보았다.

요양 병원에 숨어 있는 양 교수를 찾기까지 시일이 오래 걸렸고 모든 기억을 찾은 슬을 생각한다면 가장 궁금한 것을 물어보는 게 먼저였겠지만, 태승은 양해부터 구하며 최대한 조심스럽게 접근해 갔다. 그는 마음의 병이 깊어 몸까지 지배당한 사람이었다. 그런 사람에게 섣불리 다가갔다가는 듣고 싶은 말을 듣지 못할 수도 있다.

"그럼 질문드리겠습니다."

마지막까지도 그는 양 교수에게 마음의 준비를 할 시간을 주었다. 마음은 급했지만, 행동과 말은 급한 마음보다는 느렸다. 반면에 재호는 마음도, 행동도, 말도 다 조급했다. 일분일초가 부족한 이 상황에서 태승이 왜 저렇게 뜸을 들일까 싶은데 한편으로는 그의 마음이 이해도 됐다. 그 일에 대해 듣고 싶기도, 듣고 싶지 않기도, 떨리기도, 두렵기도 하지 않을까. 태승의 입술이 다시금 움직이자 재호 역시 이들의 이야기에 집중했다.

"3년 전, 윤석현 교수님의 비리 사건에 대해 알고 계시죠?"

첫 질문부터가 날카로웠다. 그럴 수밖에 없는 것이 그 사건 자체가 무겁고 예민했다. 학생들에게도 존경을 받던 대학 교수가 갑작스러운 비리 고발과 함께 자살을 했고, 그로 인해 한 집안이 풍비박산했다. 사람이 죽는다는 것은 그런 것이었다. 좋게 말할 수가 없는 일, 어떤 질문, 무슨 말을 해도 상처받을 수밖에 없는 일이었다.

"윤석현 교수님을 알고 계십니까? 학교에서도 많은 학생들에게 존경받던 교수님으로 알고 있는데요."

"……."

양 교수는 대답이 없었다. 그의 딱 붙은 메마른 입술은 벌어질 줄을 몰랐다.

"교수님."

그가 양 교수를 채근하듯 불렀다. 하지만 그는 대답도, 반응도 없었다. 재호가 한숨을 푹 내쉬었다. 그날 일로 마음이 아픈 사람에게 그 사건에 대해 묻는 자체가 도박 행위였다. 작은 단서라도 들을 수 있을 거라 기대했던 자신들이 어리석었다. 이미 끝난 일이라 생각한 재호가 그만 돌아가자고 말하기도 전에 태승이 다시 한번 더 질문했다.

"3년 전에 윤 교수님께 대체 무슨 일이 있었던 겁니까, 교수님?"

재차 묻는 그의 목소리에서 절박함이 가득 묻어났다. 살면서 누군가에게 이토록 간절히 토로했던 적이 있었나? 없었다. 하물며 할아버지의 병명을 알게 된 날에도 의사를 찾아가 절박하게 살려 달라 한 적 없었다. 그런다고 할아버지가 오래 살 수 있는 것도 아니라는 것을 잘 알기 때문이기도 했다.

그는 어릴 적, 갑작스럽게 부모를 잃었다. 빗길에 차가 미끄러졌고 가드레일을 받고 전복한 차량에서 어렵게 구조당한 부모는 끝내 살지 못하고 어린 아들만 둔 채 세상을 떠났다. 그때 할아버지는 살려 내라고, 살려 달라고 소리치며 통곡했지만 의사들은 죄송하다는 말만 했다. 그때 알았다. 죽고 사는 문제는 인간이 할 수 없는 일이라는 것을. 돈이 제일 많았던 할아버지도, 사람을 살리는 일을 하는 의사들도 끝내 하지 못한 일이 인간의 생사였다.

그래서 할아버지의 병을 덤덤히 받아들일 수 있었던 것 같다. 물론 그

것이 쉬운 일은 아니었지만 그 병이 목숨을 갑자기 잃는 질병도 아니었다. 잃어 가는 기억쯤이야 매일 새로운 기억들로 채우면 되는 것이고 감당할 수 있을 거라고 호언장담했었다. 그것이 오만인 줄도 모르고.

그런데 지금은 절박했다. 누군가를 잃는다는 것이 얼마나 끔찍한 일인지, 남아 있는 사람에게 얼마나 큰 고통을 주는 일인지 누구보다 잘 알기 때문에 간절했다. 이 일로 인해 목숨을 버리기까지 했던 그녀가 또다시 무너지지 않도록 그는 간절히 물었다.

"교수님."

그의 절박함이 닿기라도 한 걸까, 내내 반응조차 보이지 않았던 양 교수의 손이 꿈틀거리기 시작했다. 그 움직임을 희망의 신호탄으로 알아들은 그가 이번에는 다른 질문을 했다.

"혹시 교수님이 이곳에 스스로를 가둔 이유가 이성찬 총장 때문입니까?"

그 질문이 끝나자마자 작게 손가락만 꿈적거리던 양 교수가 크게 반응하기 시작했다. 그의 얼굴이 하얗게 질렸으며, 그가 두 다리를 가슴 부근까지 당겨 두 손으로 끌어안더니 온몸을 부르르 떨었다. 그러더니 닥치는 대로 손에 잡힌 물건을 던지기 시작했다. 그런데 양 교수가 물건을 던지는 방향이 바로 태승과 재호가 서 있는 쪽이었다. 양 교수는 태승과 재호가 자신을 해치러 온 정체불명의 사람들이라고 생각한 것이다. 정확히는 태승의 입에서 나온 이성찬이라는 이름 때문이었다.

"이이익! 죽어! 죽어! 죽으란 말이야!"

눈까지 뒤집힐 정도로 양 교수의 발작 수위가 높아지자 밖에서 대기하고 있던 요양 보호사들이 빠르게 안으로 들어왔다. 그들은 양 교수의 두 팔과 다리를 결박했고, 뒤이어 따라 들어온 간호사는 진정제를 투약했다. 눈에 살기를 담아 잡히는 대로 물건을 집어 던졌던 양 교수가 천천히 늘어졌다. 정신이 흐려지는 듯 살의 가득했던 눈빛도 곧 흐리멍덩해졌다.

깊이 잠에 빠져들던 양 교수를 허탈하게 바라보던 태승의 미간이 천천히 일그러졌다. 이로써 단서 하나는 확실해졌다. 이 모든 사건의 주범은 다름 아닌 이성찬 총장이라는 것을.

* * *

"슬이가 그날 일에 대해 전부 말했다고?"

평소처럼 재연의 보고를 받던 성해가 믿을 수 없다는 듯 되물었다. 재연이 고개를 끄덕이자 성해의 표정이 조금씩 굳어 갔다. 그날 일에 대해 전부 말했다는 것은 분명 긍정적인 신호였다.

하지만 아버지로서의 성해는 마냥 좋아할 수만은 없었다. 분명 그날 일을 기억하지 못하던 때와는 전혀 달랐을 것이다. 모든 기억이 돌아왔고 제자리를 찾았다면 그날 일에 대해 더 말하기가 어려웠을 텐데. 실제로 기억을 잃었던 그때도 슬은 그날 일을 떠올리려는 시도조차 하지 않았다. 치료를 받으러 꼬박꼬박 병원에 나오기는 했지만 어디까지나 자신을 걱정하는 사람들을 안심시키기 위한 것이었을 뿐 마음에서 우러나온 것은 아니었다. 그간 치료가 더뎠던 이유기도 했다.

그랬던 슬은 돌아온 기억을 회피하지도 않았고, 되살아난 기억을 전부 자신의 입으로 말하기까지 했다. 이는 분명 그때와는 전혀 다른 결과를 보여 주는 것이었다.

"이전과는 확실히 달랐어요. 눈빛부터가. 마지막에 슬이 이런 말을 덧붙이더라고요."

"무슨 말?"

잠시 자신만의 생각에 빠져 들었던 성해가 어서 말해 보라는 듯 재촉하는 시선으로 빤히 바라보았다.

"이제까지 자신의 상처만 보고 살았는데 그렇게 살다 보니 다른 사람의 상처를 보듬어 줄 수가 없더래요. 누군가에게 힘이 되어 주고 싶고 기댈 수 있는 여자가 되고 싶은데, 이 상처를 안고는 그럴 수가 없다고. 처음으로 자신의 상처와 마주 보고 싶다고 했어요. 아직도 여전히 그날의 기억들이 아프고 괴롭고 힘들지만 그래도 해 보겠대요. 처음이었어요. 그날 이후 치료에 의욕적인 모습을 보인 건. 이제야 비로소 치료의 첫 걸음을 내디딘 거죠."

재연이 상기된 얼굴로 그날 상담실에서 슬이 자신에게 해 주었던 말을 전했다. 그 이야기를 묵묵히 듣던 성해의 코끝이 찡해졌다. 그토록 바라던 일이 이루어질 모양이다.

3년 내내 살얼음판이었던 슬의 삶에 첫 봄바람이 불어왔다. 사람은 사람에게 상처받고 사람에 의해 치유받는다. 역설적이지만 정말 그랬다. 의사로서 할 말은 아닐 수도 있지만 마음의 상처는 대개 사람에게 받는 것이고, 사람에게 받은 상처는 오직 사람만이 고칠 수 있다.

이번 경우도 크게 다르지 않았다. 슬의 용기는 사랑 때문이었다. 사랑하는 사람을 더 깊이 사랑하고 이해하기 위해서다. 상처를 끌어안고 있다가는 그 사람의 상처를 볼 수 없기 때문에 용기 내려 하는 것이다. 사랑, 그것이 사랑의 힘인 것이다.

"봄이 왔네. 봄이 왔어."

병원장실 창밖으로 앙상했던 나뭇가지에 꽃봉오리가 맺혀 있었다. 어느덧 봄이 오고 있었다.

* * *

슬은 바로 내일 퇴원하라는 통보를 받고 오랜만에 산책을 했다. 상담 이후 놀랍게도 마음이 편안해졌다. 내내 매달고 다녔던 무거운 추를 내려놓은 듯 가볍기까지 했다. 몸도, 마음도 홀가분해진 슬이 벤치에 앉아 내리쬐는 햇볕과 따스해진 봄바람을 느끼고 있었다.

그러다 태승이 떠올라 주머니에서 휴대폰을 꺼내려다 도로 집어넣고는 하늘을 올려다보며 두 눈을 감았다. 회사 일로도 바쁠 그에게 투정부리고 싶지 않았다. 실은 지금도 그가 보고 싶지만 회사 일에, 할아버지 일, 게다가 자신의 일까지 수습할 걸 생각하면 투정 부릴 수도 없었다. 이따 그가 퇴근을 하면 얼굴을 볼 테니까 참자.

그런 마음으로 하늘을 올려다보고 있는데 저 멀리에서 누군가가 자신을 부르는 소리가 들려왔다. 소리가 나는 방향으로 고개를 돌리자 오랜만에 보는 민지와 송이 달려오고 있었다.

"슬아. 윤슬!"

"언니!"

반가운 마음에 슬이 벤치에서 벌떡 일어나자 다급히 뛰어온 민지와 송이 그녀를 와락 끌어안았다. 그러더니 대뜸 두 사람이 왈칵 눈물을 터트렸고 슬은 당황했다.

"미, 민지야. 송아. 왜 울고 그래."

당황하는 슬과 다르게 민지와 송은 대성통곡하듯 소리 내어 울었고 그 덕에 슬은 한참을 두 사람에게 안겨 있어야 했다.

"이제 다 울었어?"

병원 로비 안에 있는 카페로 두 사람을 데리고 들어온 슬이 커피 세 잔을 테이블에 올려놓았다. 테이크아웃 잔에 빨대를 꽂아 민지와 송이 앞에 각각 놓은 후 티슈로 눈물을 닦고 있는 두 사람에게 물었다. 그러자 민지가 허무맹랑한 소리를 늘어놓았다.

"나 운 거 아니야. 눈에 뭐가 들어가서 그런 거지."

눈에 뭐가 들어간 사람이라기엔 아직도 코맹맹이 소리가 났다. 그런데 슬은 굳이 아니라고 반박하지 않았다. 민지의 선한 거짓말에는 친구를 위하는 마음이 가득했기 때문이다. 그러나 송은 자신의 감정에 솔직한 아이였고 아직 환자복을 입고 있는 슬에게 걱정 가득한 표정으로 물었다.

"괜찮은 거예요, 언니? 수영장에서 있었던 일은 기억해요?"

슬이 대답도 하기 전에 민지가 송의 허벅지를 꼬집었다.

"딱 보면 몰라? 누가 봐도 괜찮아 보이는구먼."

"괜찮긴 뭐가 괜찮아 보여요? 아직도 안색이 안 좋은데. 정말 괜찮은 거죠, 언니?"

민지에게 꼬집힌 허벅지를 연신 비비면서도 송은 꿋꿋이 말을 이었고, 슬은 고개를 끄덕였다.

"응. 괜찮아. 그나저나 회사는 어떻게 하고 왔어? 아, 맞다. 그날…… 너희도 많이 놀랐겠다. 그날 일도 그렇고. 또……."

태승 씨와 내 사이도 그렇고. 차마 이 말은 입이 떨어지지 않아 망설이고 있는데 눈치 빠른 민지가 재빨리 다른 화제를 꺼냈다.

"반차 내고 왔지. 내일이나 모레쯤 오려다가 하루라도 빨리 보고 싶어서 연락도 안 하고 왔네. 뭐라도 사 올 걸 그랬다. 배고프지 않아? 뭐라도 좀 먹을래?"

당장 먹을 것을 사 오려는 듯 자리에서 일어나는 민지를 슬이 말리기도 전에 잠자코 있던 송이 말했다.

"저희도 알아요. 저희뿐만 아니고 저희 팀원들 모두. 언니랑 사장님 사이요. 그 덕분에 송건주 팀장이 입에 거품 물고 쓰러질 뻔했다는 것도."

슬도, 민지도 차마 하지 못한 말을 한 치의 거짓도 없이 정직히 쏟아 내는 송 앞에서 둘 다 꿀 먹은 벙어리가 되고 말았다. 민지는 눈치도 없이 술술 말하는 송을 죽일 듯 노려보았고, 슬은 앞으로의 회사 생활이 힘들겠다고 생각했다. 민지도 알고, 송도 알고, 팀원들까지 알았다면 회사 전체에 소문이 퍼지는 일은 시간문제였다.

"야, 이씨. 넌 어떻게 된 애가 거침이 없니? 지금 이 자리에서 꼭 해야 할 말이니, 이게?"

"뭐 어때서요? 어차피 다 알게 될 일이고. 언니도 알아야 그다음 대책을 강구할 거 아니에요. 그리고 난 사장님이 언니한테 청……! 우웁! 웁!"

송이 말하는 내내 불안한 눈으로 바라보던 민지가 황급히 송의 입을 틀어막았다. 그러자 송이 두 팔을 버둥거렸고 갑작스러운 상황에 슬의 동공이 커졌다.

"야야. 애가 막 헛소리를 하네. 너 일어나. 일어나, 당장! 죽고 싶지 않으면 당장에 일어나!"

"야. 김민지. 너 왜 그래, 갑자기? 너야 말로 그 손 놔. 애 죽겠어!"

"아니야. 넌 일단 가만히 앉아 있어. 잠깐 애 손 좀 봐 주고 올 테니까. 앉아 있어!"

민지의 불호령에 다시 자리에 앉은 슬이 민지의 손에 질질 끌려가는 송을 안타깝게 바라보았다. 무슨 일인지 모르지만 민지가 가만 놓아주지 않을 텐데. 그러니 송아, 적당히 솔직했어야지.

민지와 송이 코너에서 모습을 감추자 슬의 얼굴에서 웃음꽃이 피어났다. 놓을 수 없을 것 같았던 상처를 놓고 보니 아무것도 아닌 것처럼 느껴지기까지 했다. 이제는 하고 싶은 것 다 하며 살아야지. 내 마음이 가는 대로 하고 살아야지. 슬이 더욱더 활짝 웃었다.

* * *

남양주에서 서울로 올라가는 차 안, 앞만 보며 운전하던 재호의 시선이 룸 미러 속 태승에게 향했다. 차 안은 적막으로 가득했고 찡그린 그의 미간은 좀처럼 펴지지 않았다. 요양 병원에서 나와 곧장 형문에게 전화를 건 태승은 몇 가지를 지시했고 또 몇 가지를 전달받았다. 그때부터 지금까지 그의 몸에서 험악한 기운이 흘렀다. 그런 분위기가 내내 재호를 숨막히게 했다.

창가에서 시선을 떼지 않던 그가 입술을 비틀어 깨물었다. 일전에 형문에게 3년 전, 윤 교수의 최초 기사를 작성했던 기자를 찾아 달라 부탁했었다. 하지만 좀처럼 그의 행방을 찾기가 어려워 반쯤은 포기하던 때, 그가 자주 방문하는 곳이 있다는 정보를 받았다. 그런데 그곳은 불법 도박장이었으며, 현재 그는 도박 빚과 사채 빚에 이리저리 쫓기고 있다고 했다. 그래서 찾는 데 시간이 걸렸다는 말까지.

3년 전에는 기자였던 사람이 지금은 빚에 시달리며 지낸다는 말이 마음에 걸렸다. 께름칙했던 일들이 전부 사실이 될 것 같은 불길한 예감이 들기도 했다.

이성찬 총장에 대해서도 더 깊이 알아봐 달라고 부탁하는 태승에게 장 변호사는 한 가지 소식을 전했다. 일만이 유일 그룹 고문 변호사들을 본가로 불러들이고, 몇 명의 이사들만 따로 불러 점심 식사를 하는 등 심상치 않은 행보를 보이고 있다고 말이다. 틀림없이 경영권 승계를 위한 판을 깔고 있는 것이다. 일만이 이제껏 가만히 있진 않았지만 왜 지금일까? 정말 그에게 남은 시간이 얼마 없는 것일까? 그의 머릿속이 복잡한 생각들로 가득했다.

"재호야."

"예. 사장님."

"본가에 들렀다 가자."

"예. 알겠습니다."

두 사람은 병원으로 향하던 차를 돌려 본가로 향했다.

* * *

룰루랄라 콧노래를 흥얼거리며 즐겁기만 했던 주방이 정신사납고 소란스럽다 못해 시끄럽게 변한 것은 성격도, 취향도 유별난 혜명 때문이었다.

혜명이 아침부터 찾아와 조용하기만 한 집 안을 시끄럽게 만들고 어지럽히는 것도 모자라 내내 남희를 쫓아다니며 사사건건 시비를 거는 탓에 남희의 화가 점점 한계에 다다르고 있었다.

"오늘 저녁 메뉴는 뭐야, 아줌마?"

화를 참으려는 듯 숨을 크게 몰아쉰 남희가 어금니를 꽉 깨물며 대답했다.

"콩나물국입니다."

"콩나물국? 누구 속 풀 사람 있어?"

참으로 단순한 논리였다. 콩나물국은 꼭 해장용으로 먹어야 하는 국이라고 생각하나 보다. 남희가 속으로 혀를 끌끌 차며 고개를 저었다. 이런 건 혼자 속으로 삭이는 것이 편했다. 저 여자는 늘 그러했듯 말 상대가 되지 않는 여자였다.

"반찬은? 반찬은 뭐 했어?"

혜명이 또 한 번 물었고 남희가 한 박자 늦게 답했다. 그러자 혜명은 식탁에 올려 둔 반찬들을 손으로 하나하나 집어 먹어 보며 반찬 타박을 하기 시작했다.

"으, 멸치볶음 너무 짜잖아. 아버지 짠 음식 드시면 안 되는 거 몰라? 아줌마 입맛에 맞추지 말고 아버지 입맛에 맞춰야지. 그러라고 아줌마 월급 주는 거 몰라서 그래?"

하, 꼭 말을 해도! 울컥했지만 또 한 번 참는 남희였다. 오늘따라 집에 태승이 없는 것이 아쉬웠다. 태승이라면 전처럼 자신의 편에 서 줬을 텐데. 겨우 화를 참은 남희가 콩나물국에 들어갈 파를 송송 소리가 나도록 썰었다.

"어후, 시끄러. 파 좀 살살 썰어. 힘은 또 왜 저렇게 세?"

혜명의 말에 더욱더 언짢아진 남희는 더 힘을 주어 파를 썰었다. 멸치에 이어 마늘종도 집어 먹던 혜명이 주머니에서 휴대폰이 울리자 자리를 피해 화장실로 들어갔다.

그녀는 문까지 걸어 잠그고 떨리는 마음으로 휴대폰 잠금을 풀었다. 그러자 화면 가득 여러 장의 사진이 펼쳐졌다. 혜명이 사진 하나를 누르자 화면에 자신의 남편과 앳된 여자가 함께 있는 모습이 드러났다. 그 사진을 본 그녀는 휘둥그레진 채로 부들부들 손을 떨었다. 점차 혜명의 낯빛이 하얗게 질려 갔다.

흔들리는 시선으로 남편과 함께 있던 여자의 얼굴을 다시 본 혜명이 휘청거리며 세면대를 부여잡았다. 부정하고 싶었다. 하지만 아니라고 하기에는 사진 속 남자는 분명히 제 남편이 맞았고, 그 옆에 있는 여자는 분명 제가 아닌 다른 여자였다. 입에 담기도 싫은 남편의 여자. 여자라니……, 여자라니……. 중얼거리던 혜명의 화가 폭발했다.

"여자라니! 어떻게, 어떻게 이래! 어떻게!"

혜명이 악에 받친 듯 소리를 질러 댔다. 눈물도 나오지 않았다. 그저 손이 떨리고, 분했으며, 화가 났다. 이대로라면 미쳐 버릴 것 같았다. 그녀는 들고 있던 휴대폰마저도 집어 던져 버렸다. 타악—! 와장창! 거울에 맞고 떨어진 휴대폰은 바닥에 나뒹굴었고 거울은 혜명의 마음처럼 산산이 조각나 버렸다.

"나한테 이럴 순 없어. 당신이 나한테 이럴 수는 없는 거야. 나 류혜명이야. 류혜명이라고!"

가슴에서 배신감과 분노가 휘몰아쳤다. 지난 십수 년의 세월이 머릿속을 스쳐 지나가며 믿을 수 없는 이 현실을 부정하고 싶은 마음밖에 들지 않았다. 깨지고 금이 간 거울 속 혜명의 얼굴이 일그러져 있었다.

밖에서 부글부글 끓는 마음을 가라앉히고 요리에만 집중하던 남희가 울부짖으며 소리치는 소리에 거실로 걸음을 옮겼다. 이게 무슨 소리인가 싶어 귀를 기울이다 이 소리가 화장실에서 들리는 것임을 알고는 가까이 다가갔다.

때마침 현관문을 열고 들어오던 태승과 남희가 눈을 마주쳤고, 그가 무슨 일이냐 묻기도 전에 화장실 안쪽에서 무언가가 와장창 깨지는 소리가 들렸다. 그 소리에 놀란 태승이 화장실 문을 벌컥 열어젖혔을 때, 그는 얼굴이 엉망이 된 혜명을 마주할 수 있었다.

"고모."

혜명은 태승을 지나쳐 화장실을 나와 곧장 현관문을 열었다. 화장실 바닥에는 깨진 유리파편들로 난장이었고 군데군데 핏자국이 찍혀 있었다. 그리고 화장실 타일 바닥에 휴대폰이 떨어져 있었고 채 꺼지지 못한 액정에는 박중열 이사와 김해라의 사진이 찍혀 있었다.

이제야 사태 파악이 된 태승이 황급히 혜명을 따라 밖으로 나왔다. 혜명은 정신이 나간 사람처럼 신발도 신지 않고 발을 절뚝거리며 돌계단을 내려가고 있었다.

"고모. 고모!"

단숨에 혜명을 뒤따라 잡은 태승이 그녀의 손목을 붙잡았다. 그러나 혜명은 그의 손을 뿌리쳤다.

"놔!"

"고모. 잠깐만. 잠깐만 고모!"

"이거 놓으라고!"

하지만 몸도 마음도 만신창이가 되어 버린 혜명은 더 이상 태승을 뿌리치지 못했다. 유리 파편에 찔렸는지 발바닥에서는 쓰라린 통증과 피가 새어 나오고 있었고, 그녀는 분노와 배신감에 몸도 가누지를 못했다. 힘없이 쓰러지듯 주저앉는 혜명의 팔을 태승이 단단히 부여잡았다.

"고모."

"하. 하하. 하. 하아."

돌계단에 주저앉은 혜명이 자조적인 웃음을 터트렸다. 이렇게 바보 같을 순 없었다. 여태껏 남편이 외도하고 있다는 사실도 모른 채 늦게 귀가한 남편이 행여 쉬는 데 방해될까 매사에 조심했고, 언젠가부터 팔베개도 해 주지 않고 등 돌린 채 누워 잠드는 모습에 서운하지만 서운한 마음도 꾹 눌러 왔다. 그런 자신에게 돌아온 것은 고작 배신이라니. 혜명의 눈에 점차 눈물이 차올랐다. 차곡차곡 쌓아 왔던 자신의 모든 것들이 허무하게 무너져 내렸다.

흐느껴 울다 서럽게 오열하는 혜명을 보는 태승의 억장도 함께 무너졌다. 박중열 이사의 외도 사실을 알았을 때, 가장 걱정했던 사람이 바로 제 고모였다. 철부지 막내딸에다가 사람 대할 줄도 모르고 경박하기 짝이 없는 그녀였지만 그래도 태승에게는 하나뿐인 고모였다.

그런 고모가 상처받아 울고 있다. 천하의 류혜명이라는 여자가 한참 어린 조카 앞에 무너지듯 주저앉아 울고 있다. 그런 고모를 바라보는 태승의 눈시울도 어느새 붉어져 있었다.

\* \* \*

아무도 없는 병실 침대에 등을 기대고 책을 읽고 있던 슬의 시선이 간이 테이블에 놓인 시계로 향했다. 밤 10시가 넘은 시각임에도 아직 태승은 감감무소식이다. 혹시 무슨 일이 있는 건가 싶어 전화를 걸어 봤지만 신호만 갈 뿐이었다. 전화도 안 받고 대체 무슨 일이지. 마저 독서를 하며 그를 기다리려고 했지만 책에 적힌 글자 하나도 눈에 들어오지 않았다.

요즘 부쩍 그의 얼굴을 보기가 어려워졌다. 그날 이후로 제대로 얼굴을 본 날은 손에 꼽을 정도였다. 무슨 일이 얼마나 많으면 얼굴 볼 시간도 없나. 서운하다가도 그는 바쁜 사람이라며 이해해 주자 싶었다. 그러다가도 다시금 서운함이 불쑥불쑥 끼어들었다. 오늘도 그 서운함을 그가 바쁘다는 이유로 애써 합리화하며 지새워야 하나 싶었는데 갑작스럽게 휴대폰이 울렸다. 태승에게서 온 전화였다.

"여보세요? 태승 씨?"

섭섭했던 마음이 그의 전화 한 통으로 눈 녹듯 사라졌다. 슬은 어느새 사랑에 빠진 한 여자로 돌아와 있었다.

—어. 나야. 뭐 하고 있었어?

"뭐 하고 있긴요. 태승 씨 기다리고 있었지."

오늘은 투정 부리지 않고 솔직하게 말하는 슬의 목소리에 태승이 소리 내어 웃었다. 그런데 어째서인지 그 웃음소리에도 노곤함이 묻어났다. 한순간에 걱정스러운 얼굴을 한 슬이 표정을 굳힌 채 침대 등받이에 기대고 있던 몸을 떼어 내 자리에서 일어났다.

"그런데 지금 어디예요? 혹시 아직도 회사?"

슬은 근심하는 마음을 최대한 숨긴 채 병원 창밖을 내다봤다. 너무 높은 층이라 아래 주차장이 잘 보이지가 않았다.

—아니. 가는 중이야.

"어디를요?"

—너한테 가는 길이야.

그의 말에 슬은 단번에 병실을 나와 엘리베이터로 달려 나갔다.

혜명을 병원에 입원시킨 후 다시 본가로 가려던 태승은 차를 돌려 명성 대학 병원으로 달려가던 중이었다. 일만은 다행히 깊은 잠에 드는 중이었고 그 곁에는 남희가 있어 안심할 수 있었다. 어제오늘 슬에게 가 보지 못한 것이 태승의 마음을 조급하게 했다. 밤길을 달리는 그의 차 속력이 갈수록 높아졌다.

슬은 도착한 엘리베이터에 올라 1층 로비 버튼을 눌렀다. 그녀를 태운 엘리베이터가 서서히 아래층을 향해 내려갔다. 태승의 차도 명성 대학 병원 입구에 다다랐다.

3층에서 2층, 2층에서 1층에 다다른 엘리베이터가 경쾌한 알림 음과 함께 멈추며 문이 열렸다. 슬이 배시시 웃으며 말했다.

"어? 나돈데. 나도 태승 씨한테 가는 길이에요."

때마침 태승의 차가 지상 주차장에 멈춰 섰고 그는 벨트를 풀어 곧장 차에서 내렸다. 병원 입구로 걸어가는 태승의 발걸음이 가벼웠다. 혜명과 할아버지, 그리고 슬의 일까지 마음은 한없이 무거운 추를 매단 듯 무겁지만 그녀를 만나러 가는 지금 이 순간은 한없이 가뿐하기만 하다. 빨리 그녀를 만나고 싶다.

"나 지금 병원 로비에서 나왔는데 태승 씨 어디 있어요?"

병원 입구 앞까지 나온 슬이 휴대폰을 귀에 댄 채 주변을 두리번거렸다. 그러다 저 멀리서 그가 자신을 향해서 걸어오는 것을 보았다. 그것보다 먼저 슬을 발견한 태승이 아직 끊지 않은 휴대폰에 대고 말했다.

—슬아.

"응? 태승 씨, 나 여기 있어요!"

반가움에 한 팔을 들고 태승을 부르는 슬의 얼굴이 봄처럼 화사했다. 그 얼굴과 몸짓, 표정, 행동 하나하나가 그에게 위로로 다가왔다. 그녀를 보는 것만으로도 태승에게는 더 큰 위안이었다. 오늘 하루가 정말 길고 지쳤는데, 그녀를 보자마자 힘들었던 것이 기억에서 싹 지워졌다.

"뭐 해요, 안 오고?"

자신을 향해서 다가오던 그가 곧 걸음을 멈춘 것이 이상해 슬이 고개를 가우뚱했다. 그러자 태승이 너무도 지친 목소리로 말했다.

—슬아, 나 좀 안아 줄래?

"응?"

—네가 와서 나 좀 안아 줘라. 안아 줘.

그러더니 태승이 전화를 끊고 슬의 앞에서 두 팔을 벌렸다. 빨리 와서 안아 달라고, 안기고 싶다고 온몸으로 말하는 그에게 슬도 휴대폰을 들고 있던 손을 떨어트리고는 한 걸음, 두 걸음 걸어갔다. 단숨에 그의 앞까지 걸어간 슬이 태승의 목을 끌어안으며 품에 와락 안겨 들었다. 그를 안기에는 품이 워낙 넓어서 안아 주는 게 아니라 거의 안기는 수준이었지만 상관없었다.

지칠 대로 지쳐 버린 태승은 슬의 품에서 더없이 편안한 위로를 받았고 슬 또한 온전히 그의 상처를, 마음을 보듬어 주었다. 자신의 상처를 마주하기 오늘에서야 비로소 그의 상처도 바로 볼 수 있었다.

태승은 자신을 안고 있는 슬의 작고 가녀린 등이 오늘따라 넓게 느껴졌다. 맞닿은 가슴에서 쿵쿵쿵 세차게 뛰는 심장 박동이 느껴졌고 쌕쌕 숨소리도 들려왔다. 그 소리들이 자신에게 더없이 편한 안식을 주었다.

슬은 자신에게 안겨 가만히 눈감고 있는 그의 뒷머리를 연신 쓰다듬어 주었다. 목소리를 듣는 그 순간부터 오늘 그의 하루가 얼마나 고됐을지 짐작할 수 있었다. 키도, 어깨도 크고 넓은 남자가 자신에게 안겨 있는데 너무나 여리고 작아 보였다. 그래서 슬의 눈시울이 뜨거워졌다.

"이제야 살 것 같네."

한참을 안겨 있던 태승이 슬을 떼어 내고는 그녀와 얼굴을 마주 봤다. 태승의 얼굴이 하루 만에 핼쑥해져 있었다.

"밥은 먹었어요?"

'아…… 밥.'

사건이 휘몰아친 탓에 식사를 제때 하지 못한 것이 지금 생각났다. 하지만 행여 그녀가 걱정할까 태승은 고개를 끄덕거렸다.

"그럼. 시간이 몇 신데."

'거짓말.' 애써 숨겨도 슬은 다 알고 있었다. 본래 끼니를 잘 챙기지 않는 사람이라는 것을. 그러면서 슬이 끼니를 놓쳤다 하면 대뜸 화부터 내는 사람이라는 것을. 그래서 슬은 고프지 않은 배를 문지르며 배고픈 척을 했다.

"밥 안 먹었어?"

"태승 씨 기다리느라 그랬죠."

"내가 언제 올 줄 알고."

"이렇게 왔잖아요. 그러니까 우리 밥 먹어요."

"그래. 그러자. 그런데 지금까지 하는 식당이 있나."

"병원 구내식당은 지금도 해요. 의사들은 밥때가 따로 없어서 어느 때나 먹을 수 있도록 한다고 했어요."

"우리는 의사가 아니잖아."

"아, 그런가. 그럼 못 먹나?"

당황한 슬의 표정이 귀여워서 태승이 픽 웃으며 그녀의 뺨에 쪽 뽀뽀를 했다.

"귀여워서."

또 한 번 놀란 슬이 까치발을 들어 그의 뺨에 똑같이 입을 맞추었다.

"나도. 귀여워서."

그러더니 슬이 배시시 웃었다. 초승달이 영롱히 뜬 밤하늘 아래 슬의 얼굴은 은은히 빛나는 보름달 같았다. 태승은 그 얼굴을 한참 동안 바라보았다. 하늘에 뜬 별보다도 더 반짝이는 사람, 존재만으로도 힘이 되는 나의 윤슬.

애정 가득한 눈길로 슬의 얼굴을 내려다보던 태승이 더 이상은 참을 수 없다는 듯 슬의 뺨을 그러쥔 채 입을 맞췄다. 갑작스레 닿은 입술 사이로 초콜릿보다도 더 단 숨결과 함께 말캉한 혀가 들어왔다. 스르륵 두 눈을 감은 슬이 발뒤꿈치를 들며 그의 옷소매를 붙잡았다.

고개를 반대쪽으로 비틀어 다시 입술을 부딪친 태승이 혀로 슬의 입 안을 헤집었다. 그는 두 뺨을 그러쥔 손을 내려 슬의 허리를 감아 더 당겨 안고 더 깊이 입술을 취했다. 이어 연한 살갗을 쓸어내리다가도 치열을 훑다가 혀를 뽑을 것처럼 흡입했다. 호흡이 가빠 왔지만 태승은 애타는 갈증을 해소하느라 여념이 없었다. 입맞춤을 고스란히 받고 있던 슬은 입술이 얼얼해질 지경이었다.

"흐웃."

입 안에서 휘몰아치는 그의 혀 놀림에 참지 못한 슬이 젖은 신음을 냈다. 그러자 태승이 슬의 입술에서 자신의 입술을 떼어 내고는 감은 눈을 떴다. 슬도 눈을 떠 그를 올려다보았다. 상기되어 발그레해진 두 뺨과 부푼 입술이 키스가 얼마나 격정적이었는지를 보여 주었다.

"아…… 그러니까. 그러니까……."

아까 이상한 소리를 낸 것에 대해 변명할 거리를 찾는데 그럴 만한 핑곗거리가 없어서 퍽 난감해졌다. 솔직히 말하면 그의 키스에 온몸이 불에 데워진 것처럼 뜨거워지면서 그와 함께했던 그 밤이 떠올라 몸이 달아올랐다. 그는 키스를 참 잘하는 남자였다. 그리고…….

"무슨 생각을 했는데 얼굴이 빨개져?"

"네, 네? 내 얼굴이 빨개요?"

"응, 홍당무 같애."

"아니, 난 그냥……."

태승이 당황해서 어쩌지 못하는 슬을 보며 웃었다. 그러고는 손을 잡고 병원 입구로 걸어갔다. 그러나 몇 발자국도 채 가지 못하고 제자리에 섰다. 이유는 슬이 걸음을 멈췄기 때문이다.

"뭐 해, 슬아? 안 들어가?"

무슨 일이냐는 듯 묻는 그에게 슬이 대뜸 말했다.

"나 내일 퇴원하래요."

"퇴원? 내일?"

"응."

고개를 끄덕이니 태승이 환하게 웃으며 잘됐다고 말했다. 퇴원할 수 있을 만큼 그녀의 몸 상태가 호전된 것이 마냥 기쁘기만 했다. 그런데 정작 슬은 웃지도 않고 무언가 결심한 듯 결연한 표정이었다.

"그래서 말인데요, 태승 씨."

뜸을 들이던 슬의 입술이 천천히 열렸다.

"어차피 내일 퇴원하는데 굳이 다시 병원으로 돌아갈 필요가 있을까요?"

"……뭐?"

그게 무슨 뜻인가 싶어 한참 머리를 굴리던 태승의 눈이 조금 커졌다.

"오늘 나랑 같이 있을래요, 류태승 씨?"

제4부

회복(recovery)

## 1. 그녀를 지키는 방법이란

"이게…… 아닌데."

슬은 일인용 병상 침대에 그 큰 몸을 먼저 누이고 있는 태승을 보고
난감해졌다. 자신이 원하던 것과는 정반대인 상황 때문이었다. 오늘 밤
은 그와 함께 있을 생각이었다. 오늘 하루 정말 힘들어 보이는 그를 진
심으로 위로하고 같이 잠들고 싶었다. 그런데 그는 전혀 그럴 생각이
없어 보였다.

"왜 그러고 있어?"

태승이 저만치 떨어져 불편한 표정을 짓고 있는 슬에게 물었다. 아까
부터 말도 하지 않고 뚱해 있는 모습이 또 무언가 마음에 들지 않는구나
생각했다. 슬은 자신이 원하는 상황이 아니면 입술을 댓 발 내밀곤 했다.
바로 지금처럼.

"이리 와."

그가 옆자리 이불을 들추며 슬을 다정히 불렀다. 아직 기분이 나아지지

않은 슬은 팔짱을 끼고 그를 가만히 보았다. 병상 침대 헤드에 등을 기대고 손짓하는 그는 첫날밤 옷고름 푸는 것도 수줍어하는 새색시에게 일단 같이 눕자고 유혹하는 것 같았다. 하지만 오늘은 아니었다. 그는 그럴 생각이 요만큼도 없었다. 괜히 혼자 애먼 생각을 하고 있는 슬의 눈에만 그렇게 보였나 보다.

"뭐 하고 있어. 이리 오라니까."

그가 한 번 더 부르자 그제야 못 이기는 척 침대로 올라오는 슬이었다. 그녀가 널찍이 비워진 자리에 몸을 누이자 태승이 팔을 뻗어 그녀의 머리를 받쳐 주었다. 그러고는 몸을 비스듬히 모로 누워 슬을 가까이 끌어당겼다.

작고 가녀린 슬의 몸이 넓고 단단한 그의 몸과 바짝 맞닿았다. 두근두근 뛰는 심장 소리가 바로 가까이에서 들려왔다. 규칙적으로 뛰는 그의 심장 박동에 슬도 조금씩 안정되어 갔다. 서로의 숨소리가 가져다주는 안식은 그 무엇으로도 살 수 없는 것이었다.

그의 널따란 품에서 감고 있던 두 눈을 뜬 슬이 조용히 물었다.

"오늘…… 어땠어요?"

아까부터 묻고 싶던 말이었다. 그의 안아 달라는 말이 지치고 힘드니까 네가 와서 잡아 달라는 말처럼 들렸다. 무너지기 전에 먼저 와서 붙잡아 달라는 말 같아서 슬은 두 번도 생각하지 않고 냅다 달려가 그를 꼭 안아 주었다. 그것이 그녀가 할 수 있는 전부였다. 오늘 그와 함께 잠들고 싶었던 이유도 전부 그 때문이었다.

고른 숨소리만 내던 태승의 음성이 슬의 머리 바로 위에서 들려왔다. 꽉 잠긴 목소리에서 지친 하루의 고단함이 잔뜩 묻어났다.

"그냥……. 그냥……."

역시나 그는 선뜻 입을 열지 않았다. 오래전부터 자신에게 일어나는 모든 일을 홀로 감당하며 살아온 탓일까. 그는 자신의 상황이나 기분,

일에 대해서 다른 사람에게 이야기하는 것을 불편해했다. 하지만 슬은 그에 대한 모든 것을 알고 싶었다. 그래서 그가 마음을 편히 먹고 자신의 일을 말해 줬으면 하고 바랄 뿐이었다.

"어디 갔었는데요?"

하지만 그렇다고 재촉하고 싶지는 않았다. 왜 말해 주지 않느냐며 다그치고 싶지도 않았다. 그저 무슨 일이 있었는지, 오늘 기분은 어땠는지 구체적으로 알고 싶으면 그에 맞는 질문을 하면 되는 일이었다.

"잠깐…… 만날 사람이 있어서."

태승은 오늘 양 교수를 만나러 다녀온 사실을 슬에게 어디까지 말하면 좋을지 고민하다가 다른 말로 둘러댔다. 설마 슬이 더 깊이 물어볼까 싶어 긴장했지만 우려했던 일은 일어나지 않았다.

"그래서, 잘 만났어요?"

"응."

"그리고? 그리고 또 뭐 했는데요?"

슬은 평소와 다르게 아기 새처럼 쉴 새 없이 종알종알 묻고 떠들었다. 원하는 대답을 듣기 위해 차근차근 물으며 그가 자신의 이야기를 할 수 있도록 말이다. 묻고 답하기가 계속되다 보니 어느덧 그도 편하게 오늘 있었던 일에 대해 말하고 있었다.

"잠깐 본가에 갔었어."

"본가? 왜요? 회장님 많이 안 좋으세요?"

그 말에 슬이 놀라 고개를 들어 그와 눈을 마주했다. 순진한 눈망울이 그새 커다래져 토끼 눈이 되었다. 그 모습이 귀여워 태승은 푸흡 웃음을 터트리며 고개를 저었다.

"아니. 그런 건 아니고."

아, 다행이다. 놀란 마음을 진정시킨 슬이 그의 팔이 아닌 베개에 머리를 내려놓고 그를 향해 고개를 돌렸다. 다시 마주한 두 눈 속에 서로의 얼굴이 담겼다. 창에는 둥근 달이 까만 밤하늘을 은은히 비춰 주었고 모든 것들이 고요 속에 침잠되어 있었다. 모두가 잠든 깊은 시간, 모든 것이 멈춘 듯한 그 시간 속에 두 사람만은 서로를 바라보고 있었다.

"본가는 왜 갔는데요?"

그가 잠시 멈추었다가 말했다.

"고모 때문에."

"고모님이요?"

그의 고모라면 전에 뵌 적이 있었다. 유일 플레이스 오픈식 날, 그 자리에서 올 나간 혜명의 스타킹을 보고는 그녀가 곤란한 상황에 처해지지 않도록 검은 스타킹을 구해다가 준 적이 있었다. 그때 본 혜명은 대한민국 재계 열 손가락 안에 드는 유일 그룹 사주의 딸답게 고고하고 고결해 보였다.

"고모님께 무슨 일이 생긴 거예요?"

"정확히는 고모가 아니라 고모부 때문이지."

"고모부라면……."

유일 그룹 계열사 중 유일 바이오컴의 사장인 박중열 이사를 말하는 것이었다. 슬도 유일 퍼스트의 직원으로서 유일 그룹을 관심 있게 지켜봐 왔기에 박중열 이사 또한 알고 있었다. 박 이사는 평사원에서 지금의 사장 자리까지 올라온 유능한 인재였고, 그만큼 많은 직원들의 신뢰를 얻고, 모두에게 능력을 인정받아 온 사람이었다. 혜명과의 스캔들 이후 결혼까지 하게 되면서 대한민국의 뉴스와 신문 일면을 장식하기도 했기에 모를 리 없었다.

"우리 고모는 철이 없어. 막내딸로 태어났는데, 모든 막내가 그러하듯 귀하게 자랐어. 고모가 가지지 못할 것은 없었어. 뭐든 손에 넣어야 직성이 풀리는 사람이었고 자신이 가지지 못할 바에는 부숴 버리고야 마는 사람이었어."

슬은 그가 하는 말에 끼어들지 않고 묵묵히 듣기만 했다. 그 덕분에 태승은 속으로 묵혀만 뒀던 자신의 이야기를 술술 꺼낼 수 있었다.

"부모님이 사고로 돌아가셨던 날에도 고모는 울지 않았어. 부모님을 하루아침에 잃게 된 날 가여워 하지도, 불쌍해하지도 않았어. 난 그런 고모가 이상했어. 다른 사람들은 모두 날 가여워하고 불쌍해하는데 고모는 평소와 같았어. 내 주변 모든 상황이 달라졌는데 고모는 그대로였어."

처음이었다. 그에게서 부모님의 이야기를 듣는 것도, 고모나 다른 가족에 대한 이야기를 듣는 것도. 분명 슬픈 이야기인데 그는 너무도 담담했다. 마치 다른 사람이 겪은 일을 이야기하는 것처럼.

그런데 슬은 달랐다. 차분하게 전하는 그의 이야기도, 목소리도 모두 다르게 다가왔다. 담담해서 오히려 쓸쓸했고, 쓸쓸해서 슬펐다. 그는 지금 아무렇지 않아 하지만 그건 어디까지나 보이는 모습이 그러할 뿐. 그모든 날들을 하나도 잊지 못한 채 기억해 온 그가 가여웠다.

"이제 와 생각해 보니, 어쩌면 고모는 그때 고모가 할 수 있는 일을 한 것 같다는 생각이 들어. 모든 주변 환경이 변한 내게 고모만큼은 여전히 그 자리에 있다는 걸 보여 주려고 했던 것 같아. 그러니 안심하라고. 네 주변은 하나도 바뀌지 않았다고."

"……."

"고모가 물론 미웠던 때도 있었어. 사실 좋았던 때보다 미웠던 때가 더 많지만. 부모님이 돌아가시고 졸지에 고모부와 내가 경쟁 상대가 되자 고모는 바로 고모부 편으로 돌아섰어. 그 이후부터 쭉 고모는 한 번도 내 편 안 들어 줬거든. 난 그게 섭섭했고."

태승은 눈앞이 아득해졌다. 그의 머릿속엔 지나간 시간들이 파노라마처럼 스쳐갔다.

"그런데 오늘 고모가 무너졌어. 자기 오빠가 죽었을 때도 무너지지 않았던 고모가 처음으로 무너졌어. 그것도 내 앞에서. 난 아직도 고모가 미운데…… 미운데 가여워. 고모부한테 내연녀가 있다는 사실을 알았는데도 모른 척했어. 고모가 충격받을까 봐. 모른 척하고 할아버지가 아프다는 사실도 최대한 나중에 알게 하려고 그동안 감춰 왔는데, 고모도 이런 마음이었을까?"

태승은 울지 않았지만 목소리만큼은 절절했다. 그가 떨림 가득한 목소리로 묻는데 슬은 아무 말도 할 수가 없었다. 그저 그를 대신해서 우는 것밖에는 없었다.

"고모도 오빠와 새언니가 죽었다는데 슬펐겠지. 목 놓아 울고 싶었겠지. 그런데도 울지 않았던 이유가 나 때문이었던 것 같아. 어린 조카가 무너지지 않도록. 더 모질고 더 강하게 키우려고 단 한 번도 곁을 내주지 않았던 것 같아. 지금의 내가 그러는 것처럼."

"……태승 씨."

"이제는 말해야 할 것 같아. 할아버지 일……. 고모한테 정리할 시간을 주는 게 맞는 것 같아. 숨겨선 안 되는 일이었는데, 숨긴다고 될 일이 아니었는데 고모와 할아버지의 시간을 빼앗은 것 같아, 내가."

슬은 내내 마주하고 있던 시선을 떨어트리는 태승에게 다가가 두 팔을 뻗어 그의 어깨를 끌어안았다. 가녀린 그녀의 어깨에 얼굴을 묻는 그의 눈시울이 그새 붉어졌다. 그녀는 그가 이렇게 속에 있던 말을 다 꺼내고 나니 앞으로 자신이 어떻게 하면 될지 확실히 알 것 같았다.

처음으로 그의 모든 이야기를 들은 슬은 마음이 아팠지만 마음을 더 단단히 먹어야겠다는 생각을 했다. 그의 상처만이 아니라 그의 모든 것을 지켜 내야 되겠다고. 그를 안고 있던 팔을 풀고 다시 태승과 시선을 마주한 슬의 두 눈도 촉촉이 젖어 있었다.

"그렇게 해요. 태승 씨가 하고 싶은 대로 해요. 고모님에게도 다른 사람을 통해서 사실을 듣는 것보다 나을 거예요. 처음에는 화도 나고 원망도 하겠지만 나중에는 태승 씨 마음 이해해 주실 거예요. 고모님도 그러셨으니까."

태승은 가만히 슬의 얼굴을 들여다보았다. 둥근 눈매에 크고 영롱한 빛을 담은 두 눈망울에 물기가 가득했다. 자신의 이야기에 슬은 울고 있었다. 그가 손을 들어 그녀의 눈가를 닦아 내자 손가락 끝에 눈물이 묻어났다. 울리려고 한 이야기가 아니었는데……. 제 이야기가 슬에게는 슬프게 느껴졌나 보다.

눈가를 지나친 그의 손이 이번에는 슬의 뺨을 덮었다. 손바닥에 닿는 슬의 살결은 무척이나 부드럽고 따뜻했다. 손가락으로 뺨을 매만지는 그의 손등 위로 슬이 손을 얹었다. 그의 손은 슬의 얼굴을 반 이상 덮을 정도로 큰 반면, 슬의 손은 다섯 손가락을 다 펼쳐도 그의 손을 다 감쌀 수 없을 만큼 작았다. 그렇게 작은 손이었지만 피부에 닿는 보드라운 살결과 따뜻한 체온이 주는 위로는 그의 마음을 다 채우고도 남았다.

"사랑해요, 태승 씨."

그리고 슬의 사랑한다는 말 한마디는 그에게 삶의 원동력이 되고 또다시 좌절하더라도 다시 일어날 수 있는 힘이 된다. 태승은 자신의 손을 감싸고 있는 그녀의 작은 손을 끌어와 손등에 입을 맞춘 뒤 속삭였다.

"나도 사랑해, 슬아."

침대를 짚고 살짝 몸을 일으킨 태승이 고개를 숙였다. 훅 가까워진 그의 숨결에 슬이 숨을 들이마셨다. 처음은 아니지만 늘 그와 키스할 때마다 긴장이 되곤 했다. 곧이어 그의 얼굴이 다가왔고, 눈을 덮는 기다란 속눈썹이 제 눈두덩을 간질였다. 이어 도톰한 윗입술이 그의 아랫입술과 겹쳐졌다. 교차로 맞물린 슬의 윗입술을 그가 쪽 빨아들이고는 혀를 내밀어 입술을 쓸었다.

슬도 입술 사이로 들어온 태승의 아랫입술을 물었다. 그러다 두 입술이 마주 닿았고, 태승은 앙 다물린 입술 사이를 혀로 가르고 들어가 안쪽 점막을 헤집었다. 그가 치열을 훑으며 더 깊은 쪽 점막을 쓸어 올리는데, 그럴수록 호흡은 가빠지고 흥분은 더욱더 고조되어 갔다.

태승은 부드럽다가도 사나워지고 사납다가도 다시금 부드러워졌다. 특히 이렇게 키스를 하거나 관계를 가질 때면 다른 사람이 되곤 한다. 꼭 지금의 모습처럼. 그리고 정신을 차릴 수 없게 만든다. 물론 오늘 밤 같이 보내자고 한 사람은 슬, 자신이었지만 그가 작정하면 감당할 수가 없다. 지금이 바로 그때였다.

호흡이 가빠진 슬이 턱을 들어 올렸다.

"하아."

짧게 숨을 뱉자 목덜미 안쪽을 지분거리는 그의 입술이 여실히 느껴졌다. 하지만 입을 맞추기만 할 뿐 빨아들여 자국을 남기지는 않았다. 목덜미에서 좀 더 밑으로 입술을 옮긴 태승은 잘 여며진 환자복을 보고 멈칫했다. 지금 이곳이 병원이고, 병실이라는 사실을 다시 자각한 것이다.

태승은 슬의 몸에서 떨어져 옆으로 비켜나 모로 누워 그녀를 끌어당겼다. 그의 품에 온전히 갇힌 슬은 이 밤이 아쉬웠지만 오늘만이 날은 아니기에 참기로 했다. 그도 마찬가지였다. 이미 온몸의 피가 거꾸로 솟는 듯 뜨겁게 달궈진 상태였지만 이곳에서 일을 벌일 수는 없었다. 엄청난 자제력으로 겨우 참은 태승이 슬을 더 깊이 감싸 안고는 작은 뒤통수를 쓰다듬었다.

"얼른 자자. 자고 일어나야 아침이 오지."

그 말은 빨리 내일이 왔으면 한다는 말이었다. 내일은 퇴원을 할 수 있고, 그렇다면 온종일 집에서 붙어 있을 수 있을 테니까.

태승의 가슴팍에 얼굴을 묻고 잠을 청하려던 슬이 품 웃음을 터트리며 물었다.

"아침이 됐으면 좋겠어요?"

그러자 그가 고개를 끄덕거렸다.

"좋은 꿈 꿔, 나의 슬."

"태승 씨도요."

슬을 꽉 끌어안은 그가 그녀의 정수리에 입을 맞췄다. 그의 고른 호흡 소리를 듣다 보니 어느새 슬의 눈꺼풀도 무거워졌다.

* * *

밤새 잠 한숨 이루지 못한 혜명은 여명이 밝아 오는 창 앞에 서 있었다. 사랑해서 결혼했고, 여느 부부들처럼 함께 늙어 갈 줄 알았는데 남는 것은 아무것도 없었다. 믿었던 남편에게 받은 것이라곤 상처뿐.

창가에서 물러난 혜명이 VIP 병실 안에 따로 마련되어 있는 널따란 소파에 앉았다. 그 소파 앞 테이블에는 누군가의 신상 정보가 적힌 서류가 놓여 있었다. 그 서류를 싸늘히 식은 눈으로 내려다보던 혜명이 이윽고 어디론가 전화를 걸었다. 이대로 있기에는 자신의 화가 쉽게 누그러지지 않았다.

"나예요, 류혜명. 내가 꼭 봐야 할 사람이 있는데, 자리 좀 마련해 줄 수 있어요?"

* * *

다음 날.

오늘은 슬의 퇴원 날이었다. 아침 일찍 일어난 태승은 흐트러진 옷매무새를 정갈히 다듬어 곧장 성해가 있는 병원장실로 향했다. 슬이 퇴원을 하기 전에 몇 가지 말씀드려야 할 것들이 있었다. 그중에 성해의 허락이 필요한 것도 있었다.

노크를 하고 안으로 들어가자 일찍 출근한 성해가 흰 가운을 입다 말고는 태승을 반가이 맞이해 주었다. 예의를 잃지 않고 정중히 인사를 한 태승이 성해의 맞은편 소파에 앉았다.

"좀 야위었네."

성해가 태승을 가만히 바라보다 중얼거렸다. 본래 식탐이 없기도 하지만 그동안 여러 일들이 겹쳐 제대로 먹지 못한 탓이었다. 더 좋은 모습을 보여야 할 사람 앞에서 초췌한 모습을 보인 것 같아 겸연쩍어진 태승이 자신의 맨얼굴을 쓸어내렸다.

"아, 슬이 오늘 퇴원할 예정이야. 몸도 회복됐고, 기억 돌아오고 난 뒤에 불안이나 초조, 별다른 이상 증세도 보이지 않아. 무엇보다 본인이 가장 퇴원을 원하고 있어서 주치의도 호의적이더라고. 우리가 했던 걱정이 무색하게도 말이야."

"저도 들었습니다. 그동안 걱정만 끼쳐 드려 죄송했습니다."

"자네가 죄송할 건 없지. 자네야말로 우리한테는 은인인데. 그러니 그런 죄송한 마음 갖지 않아도 돼. 매번 올 때마다 이런 예의와 격식 갖추지 않아도 되고."

태승은 이미 성해에게 사위나 다름없었다. 처음에는 그의 어두운 과거가 슬에게도 좋지 않은 영향을 끼칠 거라고 생각했었다. 하지만 그 생각은 이미 한참 전에 바뀌었고, 이제는 두 사람의 해피 엔딩만을 바라는 든든한 이들의 편이었다. 물론 그들은 이 사실을 모르지만.

"그건 그렇고. 나를 보러 온 용건이 또 있는 것 같은데. 혹시…… 석현이 사건에 대한 새로운 단서가 나왔나?"

성해의 눈빛과 목소리가 불안하게 흔들렸다. 일전에 태승은 석현의 죽음이 자살이 아닌 타살일 수도 있다는 말을 했었다. 그날 이후 성해의 머릿속은 온통 석현이 죽던 그날 밤 일에 대한 의문들로 가득 차 있었다.

"이렇다 할 단서는 찾지 못했습니다. 하지만 이 사건의 중심에 이성찬 총장이 있었던 사실은 분명해졌습니다. 지금은 이성찬 총장의 조사와 더불어 그때 당시 윤 교수님 사건의 기사를 작성했던 기자의 행방을 뒤쫓고 있는 중입니다. 곧 실마리를 잡을 수 있을 것 같습니다."

순간 성해는 정신이 멍해졌다. 알고 싶지만 들춰 보기 두려운 진실이 이제 막 머리를 내밀고 있었다. 진즉에 알아봤어야 하는 일이 3년 만에야 비로소 밝혀지고 있는 것이다. 그런데 왜 이리 겁이 나고 무서운 걸까. 저희가 아는 진실이 사실이 아니라는 게 밝혀지면 그때 슬은 어떡하나. 이런저런 생각으로 그의 머릿속이 엉망이었다.

"원장님, 원장님?"

잠깐 다른 생각에 빠져 있던 성해가 태승의 목소리에 퍼뜩 고개를 들었다.

"어. 그래. 잠깐 다른 생각 좀 하느라."

대충 말을 얼버무린 성해의 낯빛이 하얗게 질려 있었다. 태승은 좀 더 뚜렷한 단서가 나오면 그때 성해에게 전할 것을 더 깊이 생각하지 못한 것에 후회했다.

"그리고…… 또 원장님께 말씀드려야 할 것이 있습니다."

"어. 뭔가? 말해 보게. 난 괜찮으니."

하지만 성해는 하나도 괜찮아 보이지 않았다. 그는 방금 전에 한 말과 다르게 바로 다시 정신이 다른 곳에 가 있는 듯했다. 그래서 잠깐 망설여졌지만 지금이 아니면 이 말을 할 시간이 없었다. 슬이 퇴원을 하고 다시 출근을 하면, 그녀는 그 어떠한 것보다 자신의 결혼 소식을 먼저 접하게 될 것이다. 당사자도 모르는 것을 누군가의 입을 통해, 신문을 통해 알게 하고 싶지는 않다.

그리고 슬에게 말하기 전에 먼저 허락을 구할 사람이 둘 있었다. 슬에게 아빠 친구에서 아빠가 되어 준 분, 성해가 바로 그 첫 번째였다.

"아직 이런 말씀을 드리기에는 성급할 수도 있지만…… 며칠 내로 슬과의 결혼 발표가 예정되어 있습니다."

"결혼 발표? 그게 무슨 말인가?"

성해는 깜짝 놀랐다. 두 사람이 결혼을 할 거라고 어렴풋이 생각은 하고 있었지만, 이렇게 갑자기 결혼 허락을 하기도 전에 결혼 발표부터 날 거라는 통보 아닌 통보를 받게 될 줄은 전혀 예상하지 못했기 때문이다.

그 말에 이어 태승에게 그간의 일들을 모두 전해 들은 성해는 그제야 왜 결혼 발표가 먼저여야 하는지 이해할 수 있었다.

"제가 슬을 지킬 수 있는 방법입니다. 처음부터 지금까지 슬과 함께하고 싶다는 마음뿐이었습니다. 순서가 틀렸다는 것을 알지만 제 인생에서 첫 번째는 슬이라, 그녀를 지키는 방법은 이것이 가장 최선이었습니다. 이렇게밖에 말씀드리지 못해 죄송합니다."

태승은 성해에게 진심을 담아 송구한 마음을 전했다. 어떤 아버지가 결혼 허락을 받기도 전에 결혼 발표부터 하겠다는 딸의 남자 친구를 이해할 수 있을까 싶지만 성해는 단순한 아버지가 아니었다. 태승 또한 단순한 남자 친구가 아니었다. 슬과 태승, 그리고 성해까지. 이 세 사람은 특별한 인연으로 맺어진 사이였다.

"아니야. 내가 자네 사정을 모르는 것도 아니고 슬이를 지킬 방법이 그것 하나라면 해야지. 잘한 선택이야. 그런데 결혼 허락은……."

설마 안 된다고 하실 건가. 성해의 입에서 더 이상 어떤 말도 나오지 않자 태승은 갑자기 불안해졌다. 아픈 할아버지를 대신해 계열사별 경영 현안을 보고하고 회의하는 자리에서 첫 주재자가 되었을 때도 느껴 본 적 없는 긴장감이 목을 옥죄어 왔다. 입 안이 텁텁했고 입술은 바짝바짝 타들어 갔다.

"나보다도 석현이가 먼저일 것 같은데."

너무도 당연한 순서였다. 자신보다도 죽은 친구의 허락이 더 먼저였다. 석현이 허락한다면 그것만으로 되었다. 이는 즉 승낙과도 같은 말이었다. 석현이라면 필시 태승을 마음에 들어 할 테니까.

성해 다음으로 슬을 지켜 줄 수 있는 사람은 이제 태승이었다. 참으로 다행이었다. 슬의 곁에 이토록 괜찮은 녀석이 있어서. 그제야 태승의 안색이 밝아졌다. 창밖으로 봄기운을 머금은 벚꽃이 활짝 피어 있었다.

* * *

병원에서 퇴원해 집으로 돌아온 슬은 소파에 털썩 널브러졌다. 이게 얼마 만인가 싶었다. 굳이 세어 보지 않아도 족히 일주일은 더 될 것이다. 그동안 정말 많은 일들이 있었다. 그중에서도 특히 가장 인상적인 것은 잃어버린 기억을 되찾은 일이다.

"태승 씨, 나 배고파요."

슬이 등에 기대고 있던 쿠션을 베고 누워 이제 막 소파에 앉은 태승에게 말했다. 그 소리에 앉다 말고 다시 일어난 태승은 재킷을 벗고 소매를 걷어 올렸다. 슬은 그저 그가 이다음 어떤 행동을 보일까 궁금해서 툭 던져 본 말이었는데 그가 정말 뭐라도 할 것처럼 소매를 걷어붙이자 놀라서 몸을 일으켰다.

"진짜 해 주려고요?"

"배고프다며."

그렇게 답한 태승은 손목에 채워진 시계까지 풀어 식탁에 올려놓고 냉장고를 열었다. 그런데 그 안에 딱히 먹을 것이라고는 햄과 생수 두 병이 전부였다.

"근데 집에 햄 말고는 없네. 장부터 봐야 할 것 같은데."

그는 그렇게 말하면서 뒤를 돌아 햄을 들어 보였다. 슬은 그런 태승이 무척이나 신기했다. 없는 것 빼고 다 가진 그에게 딱 하나 부족한 것이 있다면 그것은 바로 식욕이었다. 세끼를 누가 곁에서 챙겨 주지 않으면 잘 먹지를 않는다던 사람이 요리를 하겠다고 나서니 신기할 수밖에.

"진짜 하겠다고요?"

어느새 슬이 쪼르르 달려와 초롱초롱한 눈망울을 하고 물었다. 그녀가 왜 이러는지 영문을 모르는 태승은 그저 고개만 끄덕거렸다. 배고프대서 먹을 것을 찾고 있는 것뿐인데 왜 저런 반응일까? 설마 내가 식욕이 없다고 해서 요리 실력도 형편없는 줄 알고 그러는 걸까?

"왜? 내가 요리도 못할까 봐?"

그러자 슬이 당연하다는 듯 고개를 끄덕였다.

"요리를 하지 않아서 그렇지 못하진 않아."

그런데도 슬이 믿지 못하겠다는 표정을 짓자 그가 정말로 요리를 해 보일 참인지 다짜고짜 햄 뚜껑부터 따려 했다. 무슨 요리를 할지 생각은 한 건지 심히 의심스러웠다.

"무슨 요리 할 건데요?"

"김치볶음밥."

"밥이 없는데?"

안타깝게도 밥통에 밥은 하나도 없었다. 그것까지는 생각하지 못했는지 그가 두 박자 늦게 대답했다.

"……집에 쌀은 있겠지."

"쌀도 씻을 줄 알아요?"

그의 미간에 주름이 잡혔다. 요리를 해 본 적은 없지만 그녀에게 얕보이긴 싫었다.

잠시 후 그가 눈대중으로 김치볶음밥을 만들어 내보이자 슬의 눈이 동그래졌다.

"와, 맛있겠다!"

접시에 담긴 김치볶음밥은 비주얼만으로는 합격점이었다. 슬은 기대감을 가득 안고 한 숟가락 가득 퍼 입에 넣었다. 태승도 내심 기대하는 얼굴로 그녀를 쳐다보았다.

슬은 우물우물 입에 담긴 김치볶음밥을 천천히 씹다가 할 말을 잃어버렸다. 이게 대체 무슨 맛일까? 밥알이 씹히면서 김치와 햄의 짭짤하면서도 고소한 맛이 어우러져야 하건만 밥알과 김치, 햄이 각각 따로 놀았다. 한마디로 말해 음식이 전혀 조화를 이루지 못했다.

"왜? 맛이 어떤데?"

태승이 음식을 먹는 내내 이렇다 할 반응이 없는 슬을 보다가 걱정되어 조심스럽게 물었다. 분명 맛없진 않을 텐데……. 밥알을 다 씹지 못하고 겨우 목 뒤로 넘긴 슬이 애써 미소 지었다. 그가 해 준 첫 요리인데 차마 그의 정성을 무시할 순 없었다.

"맛있는데요? 처음 하는 솜씨 맞나 싶은데?"

그러더니 슬은 한 숟가락 더 퍼서 입에 넣곤 열심히 우물거렸다. 그러나 그 모습이 태승의 눈에는 오히려 더 과장하는 것처럼 보였다. 대충 눈치를 챈 그가 재차 물었다.

"정말 그렇게 맛있어?"

슬은 그 불협화음의 음식을 아주 맛있게 먹었다. 그 모습에 혹시나 싶어진 태승도 한술 푹 떠서 맛을 보았다. 하지만 몇 번 씹지도 못하고 몽땅 뱉어 내고야 말았다. 자신이 만들었지만 정녕 사람이 먹을 수 있는 음식은 아니었다.

"왜요? 혀 씹었어요?"

그의 모습을 보고 슬이 물었다. 슬은 끝까지 맛없다는 말도 하지 않고, 숟가락을 내려놓지도 않았다. 정말 음식을 모두 먹어 치울 작정인지 쉴 새 없이 숟가락을 움직였다. 그는 자신이 무안할까 노력하는 슬의 모습을 보며 고맙기도 했지만 한편으론 부끄럽기도 했다.

"이제 그만 먹어도 돼. 충분히 고마우니까."

"응? 무슨 말이에요?"

슬은 먹던 걸 멈추고 눈을 동그랗게 떴다. 태승은 끝까지 내색 않는 그녀가 미치게 사랑스러웠다.

"나 라면 먹고 싶은데?"

그의 말에 슬도 숟가락을 내려놓았다. 그가 먼저 라면이 먹고 싶다고 말해 주어서 내심 고맙기도 했다.

슬은 능숙하게 냄비에 라면 물을 받아 끓이고 그 안에 수프와 면, 건더기를 넣었다. 곧 팔팔하게 끓은 라면이 깨끗하게 치워진 식탁 위에 놓였고 두 사람은 말도 없이 냄비를 모두 비웠다.

라면이 이렇게나 맛있는 음식이었다니. 늘 먹는 남희가 해 주는 집 밥보다도 훨씬 더 맛있었다.

"우리 엄청 배고팠나 봐요. 싹 다 비웠네."

부른 배를 느낄 틈도 없이 슬은 설거지를 하려 몸을 일으켰다. 먹고 나면 바로바로 치워야 하는 오랜 습관이 그의 앞에서도 여과 없이 튀어나왔다.

"잠깐만. 할 말이 있어."

태승은 슬의 손목을 붙잡아 그녀를 도로 의자에 앉혔다. 무슨 말을 하려는 걸까 싶어진 슬이 그를 쳐다보았다.

"내일 나와 같이 갈 곳이 있어."

"내일이요?"

"응, 내일."

태승은 내일 석현이 잠들어 있는 추모 공원으로 슬을 데리고 갈 생각이다. 성해에게 들은 바에 의하면, 기억을 잃었을 때도 슬은 좀처럼 추모 공원에 가는 것을 꺼려 했다고 했다. 갈 때도 꼭 혼자 다녀왔으며, 그것도 1년에 단 하루 석현의 기일에만 간다고.

기억을 되찾고 난 뒤 가장 먼저 찾을 사람이 석현이었을 텐데도 슬은 추모 공원에 발걸음 하지 않았다. 왜 그를 찾아가지 않느냐는 주치의 질문에 슬은 용서가 되지 않는다고 말했다고 한다. 사고가 아닌 자살을 선택한 아빠가 밉다고. 슬은 그때 당시 기자들과 형사들이 내린 결론을 그대로 믿고 있는 걸까.

"내일은 안 되는데…… 미룰 수 없는 일정이에요?"

"내일은 왜 안 되는데?"

"내일 회사 복귀할 생각이었거든요."

태승이나 성해는 이르다고 생각할 수도 있지만 슬의 입장에서는 이것도 느렸다. 벌써 일주일이나 회사 복귀를 미뤘다. 아무리 어쩔 수 없는 사정이 있었다고 해도 이익이 더 우선인 회사 입장에서 한낱 사원의 형편을 더 봐줄 이유는 없었다. 그리고 무엇보다 회사 내에 저와 태승에 대한 소문이 파다할 텐데 복직을 더 미뤘다가는 무슨 말이 더 부풀려질지 모를 일이기도 했다.

"복직은 꼭 내일이 아니어도 괜찮아."

"벌써 일주일도 넘었어요. 이전에도 종종 휴가를 내기도 했고. 이대로 가다가는 저 정말 잘릴 수도 있어요."

"걱정 마. 내 허락 없인 아무도 너 못 자르니까."

아. 잊고 있었다. 태승이 우리 회사 오너라는 것을.

"그럼 내일 나랑 같이 가는 거야."

"……알겠어요."

오너가 그러라고 하니까 괜찮겠지. 슬은 더 고집부리지 않고 수긍했다. 그러자 태승이 손을 들어 슬의 머리를 쓰다듬었다. 꼭 강아지가 된 것 같은 기분이었지만 싱긋 웃는 그의 미소가 좋아서 슬도 배시시 웃었다.

늦은 오후, 슬은 집 앞에서 그를 배웅했다. 어제부터 지금까지 그는 꼭 자신의 보호자처럼 굴고 있었다. 병실에서도, 퇴원 수속을 밟을 때도, 집에 와서도 일거수일투족 신경 써 주고, 서툰 솜씨로 요리도 해 주었다. 비록 맛은 없었지만 그 요리에서 그의 정성만큼은 가득 느낄 수 있었다.

생각해 보면 그는 자신의 보호자가 아니었던 적이 없었다. 자신을 구해 줬던 그때부터 쭉. 구원자에서 이제는 보호자까지. 멀리 점이 되어 사라질 때까지 그의 차를 배웅하던 슬이 가벼운 발걸음으로 총총 계단을 올라갔다.

\* \* \*

혜명이 있는 병원으로 가려다 말고 문득 시간을 확인한 태승이 잠시 생각에 골몰했다. 그는 둥근 핸들 가죽을 긴 손가락으로 두 번 두드리다 이내 결론을 산출한 듯 휴대폰을 두드렸다. 혜명에게 전화를 걸어 보았지만 역시나 그녀는 전화를 받지 않는다. 아마 그녀라면 병원에 가만히 있지는 않았을 거다. 그렇다고 바로 박 사장에게 가지도 않았을 거다. 그럼 이제 누가 남았지.

그 여자, 김해라가 남았다.

\* \* \*

싱그러운 꽃향기가 입구에서부터 흘러 나왔다. 이내 돈의 가치로도 따질 수 없는 화려한 구두가 꽃집 내부 바닥을 디디고 섰다.

마침 안쪽에서 오늘 있을 클래스 준비를 하고 있던 해라가 인기척을 느끼고는 통유리 너머에 비친 어떤 여자를 쳐다보았다. 해라의 시선이 그 여자의 다리에서부터 천천히 올라가 그녀의 얼굴께에 닿았을 때, 그 여자는 쓰고 있던 선글라스를 벗었다.

낯익은 얼굴이었다. 주름이나 모공 하나 없이 매끈한 피부와, 아직 30대인 자신과 견주어도 손색없는 몸매를 가진 여자. 무엇보다 머리부터 발끝까지 자신만의 거센 기운을 품고서 유유자적한 표정을 짓고 있는 여자. 어딘가 모르게 낯이 익었다.

그러다 곧 해라의 동공이 커졌다. 혜명이었다. 해라는 혜명을 매스컴에서 수도 없이 봐 왔다. 또한 그녀는 자신이 어떤 남자와 불륜을 저지르고 있는지도 모르지 않았다. 겁을 먹은 해라는 마주한 시선을 황급히 피하며 순백의 백합 하나를 손에 쥐고 부들부들 떨었다. 그 모습을 무심히 보던 혜명도 알아차렸다. 해라가 자신을 알아보았다는 사실을.

"꼭 한 번……."

혜명은 냉랭한 시선으로 그녀를 보다가 이어 꽃집 내부를 살폈다. 그러면서 더 안쪽으로 걸음을 옮겼다. 거칠거칠한 벽돌로 얼기설기 장식된 꽃집 내부 깊숙한 곳에는 긴 원목 테이블이 놓여 있었다. 그 위에는 순백의 백합과 이름 모를 꽃들, 그리고 안개꽃들이 어지러이 놓여 있었다.

"……보고 싶었는데."

혜명의 말이 늘어졌다. 그러자 해라가 흠칫 놀랐다.

"배워 보고 싶었다고요. 꽃꽂이."

"아아……."

제발이라도 저린 모양인지 여자가 신음인지 수긍인지 모를 말을 흘렸다. 어느덧 해라의 앞에 걸음을 멈춘 혜명이 테이블 위 꽃들을 보며 말을 이었다. 그때도 해라는 차마 시선을 맞추지 못한 채 바들바들 떨고 있었다.

"꽃은 꺾는 게 아닌데……. 그 자체인 꽃이 더 아름다운 법이죠."

설마…… 나에게 하는 말인가? 의중을 몰라 해라가 작게 수긍했다.

"아아. 네. ……네."

이미 혜명의 기에 눌린 듯 그녀의 목소리는 아주 작았다. 그 점도 못내 마음에 들지 않아 혜명이 어금니를 꽉 물자 양쪽 볼의 근육이 힘껏 당겨지는 것이 느껴졌다. 마음에서는 활화산이 금방이라도 용암을 분출할 것처럼 들끓었지만 머릿속은 오히려 냉랭했다.

"그 손…… 아주 연약하네."

혜명의 시선이 백합을 들고 있는 해라의 손에 가 닿았다. 손이 아주 여리고 가녀렸다. 그래서였을까. 남편이 태생도, 출신도 미천한 이 여자에게 마음을 줬던 것은. 저 손으로 남편의 어디까지 만졌을까. 또 남편은 저 여자를 어디까지 데려가려고 했을까. 순간순간 떠오르는 섬뜩한 생각들이 머릿속을 어지럽게 나돌아 다녔다.

제 손을 뚫어져라 보며 말하는 혜명에게서 묘한 모멸감을 느낀 해라가 백합을 놓은 손을 테이블 아래로 감추었다.

"플로리스트라고요?"

겨우 감정을 추스른 혜명이 이번에는 해라에게 물었다. 여전히 좌불안석인 해라가 울음소리 같은 대답을 했다. 그 소리가 무척 거슬렸다.

"네? 아, 네. 그렇습니다."

"추잡하네."

순간 참지 못한 혜명의 날 선 말이 해라의 가슴을 슥 베었다. 이것은 어디까지나 예고에 불과하다. 본론으로 들어가면 이보다 더했으면 더했지 덜하지는 않을 것이다.

"낮엔 이곳에서 꽃꽂이를 하며 클래스를 운영하고, 밤엔 처 있는 남자와 밀회라니. 꼴이 너무 추해."

"……."

해라가 말 한마디도 하지 못하고 입술을 살짝 비틀어 깨물었다. 저는 입이 백 개라도 할 말이 없었다. 그 점이 못내 분했다.

"꼴도, 얼굴도 죄다 엉망이야."

혜명은 얼굴을 들지 못하고 수그리고 있는 해라를 꼼꼼히 훑어보았다. 여과하지 않은 말들이 해라의 얼굴은 물론 자아를 할퀴고 또 할퀴었다.

"결혼한 남자에게 달라붙어 있는 너는 가진 게 뭐가 있지? 네 그 몸? 아님 알량한 그 마음? 몸과 마음 말고 또 너한테 있는 건 뭔데?"

모든 것이 벌거벗겨진 기분이 들었다. 중열에게 능력 있는 아내와 배경이 있다는 것을 알았지만 그럼에도 그의 곁에 있었던 것은 혜명의 말처럼 몸과 마음 말고는 아무것도 없기 때문이었다. 처음은 그가 가진 것이 좋았고, 그다음은 그가 가진 것이 제 것이면 좋겠다는 욕심이 생겼다. 그래서 중열을 미혹한 것이다.

"웃기게도 뻔뻔하지는 않네. 내 앞에서 고개조차 들지 못하니. 난 그점이 더 역겹고."

이번에는 혜명의 미간이 형편없이 구겨졌다. 생각 같아서는 고고함이나 우아함 따위 버리고 여자의 머리채라도 잡고 휘둘러 내치고 싶었다. 뺨이라도 후려갈겨야 속이 풀릴 것 같은데, 줄곧 제 앞에서 해라가 숨도 쉬지 못하는 꼴을 보니 속이 더 뒤틀렸다.

"차라리 좀 더 독한 년이었으면 더 쉬웠을 것 같은데. 그럼 내 기분이 좀 더 나았을 것도 같고."

혜명이 어깨에 메고 있던 가방을 추슬렀다. 더는 이곳에 있고 싶은 마음이 없어졌다.

"똑똑히 기억해. 네가 그런 남자 곁에 있는 한 영원히 말 못 하는 신세야, 넌."

해라는 이를 악물고 울음을 억지로 참았다. 하지만 이미 눈에는 한가득 눈물이 고여 있었다.

"오늘 내가 널 만나러 온 것은 확인하고 싶었어. 과연 어떤 여자인지 내 눈으로 확인하고 싶었는데, 그럴 필요 없었단 생각이 드네. 네 꼴을 보니까 조금은 마음 놓으려고. 어떤 마음으로 그 남자 옆에 있었던 건지 다 보여. 생각 정리되면 연락해."

자신의 명함을 테이블에 올려놓은 혜명은 가차 없이 그곳을 빠져나왔다. 제 남편이 선택한 여자가 고작 저런 여자라니. 이런 속담이 떠올랐다. 끼리끼리라고. 혜명은 머지않아 여자가 제게 연락해 올 것을 알았다. 그러라고 명함을 두고 온 거니까. 배신에는 배신으로 되갚을 생각이다.

* * *

본가에 도착한 태승은 서둘러 돌계단을 올라 현관문을 열었다. 벌써 며칠째 집에도 들어가지 못했다. 그동안 남희에게 연락해 일만의 상태를 꼼꼼히 살폈다지만 제 두 눈으로 확인하지는 못해서 구두를 벗는 그의 마음이 다급했다. 실내화를 신고 중문을 열자 소파에 앉아 있는 일만의 야윈 뒷모습이 시야에 들어왔다.

"할아버지."

태승이 부르자 일만이 고개를 비스듬히 꺾어 말했다.

"왔느냐. 이리 와 앉아 보거라."

일만은 마치 태승이 올 줄 알았다는 듯 그를 제 옆으로 불러들였다. 일만의 오른편에 앉은 태승은 할아버지의 건강부터 살폈다. 겨우 며칠 못 봤다고 일만의 몸이 전보다 더 야윈 것 같았다. 갈수록 상태가 나빠지고 있는 것은 분명했다. 앙상해진 몸이 그러했고, 부쩍 잠이 많아진 것도 기력이 그만큼 쇠했다는 것을 가리켰다. 앉아 있는 모습에서도 건강 상태의 악화가 보여 태승의 심장이 무너지는 듯했다.

"할아버지, 안에서 쉬지 않고 왜 나와 계세요? 저를 기다리신 거예요?"

부드럽게 물으니 일만이 시선을 부딪쳐 왔다. 기력은 미약했지만 눈빛만큼은 아직 살아 있었다. 오늘, 아니 지금 이 순간의 일만은 정신이 또 렷했다.

"태승아."

"네, 할아버지."

"너도 알고 있었을 게다. 내가 그동안 무엇을 하고 다녔는지."

역시나. 일만은 모든 것을 간파하고 있었다. 자신의 모든 동선을 태승이 파악하고 있다는 것과, 그동안 태승이 자신과 자신의 병을 감추기 위해서 얼마나 많은 것들을 감당해야 했는지도. 갑옷을 입고 각각 손에 무기를 든 적들 앞에서 혼자 싸워야 했던 자신의 손자를 생각하니 눈물이 앞을 가렸다.

"그동안 나는 나의 신변 정리를 했다. 너도 알 듯 나에게 시간이 얼마 남지 않았더구나."

일만은 담담했지만 손자인 태승은 아직 그런 말을 듣는 것이 버거웠다. 시간이 흘러 어렸던 손자는 어엿한 성인이 되었으나 자신을 키워 준 할아버지 앞에서는 여전히 어린 손자일 뿐이었다. 그래서 듣고 싶지 않았지만 지금이 아니면 일만은 또다시 어린아이가 될 것이다. 모든 기억을 잃을 것이다. 그게 당장 내일이라 해도 놀랍지 않았다. 일만의 병은 그런 것이다.

"요즘은 눈을 뜨고 있는 시간보다 잠들어 있는 시간이 더 길다. 지금도 눈꺼풀이 무거워. 자꾸만 졸음이 쏟아지고 몸이 물에 젖은 솜처럼 무겁다. 그래서 오늘이 아니면 언제 또 이런 말을 할 수 있을지 몰라. 그러니 잘 들어 다오."

태승은 대답이라도 하면 울음부터 새어 나올까 고개만 끄덕였다. 자꾸만 눈앞이 흐려진다.

"내 다음은 언제나 너였다. 유일 그룹의 유일한 희망은 바로 너다, 태승아."

그 마음은 단 한 번도 바뀐 적이 없었다. 일만은 늘 유일 그룹의 유일한 희망은 태승이라고 생각했었다. 그래서 지금의 유일 그룹을 있게 한 유일 식품을 태승에게 맡겼다. 대외적으로는 일한이 맡아서 키워 왔다는 명분으로 그의 아들인 태승을 앉힌 것이라 밝혔지만 처음부터 끝까지 일만은 태승이었다. 손자라서가 아니라 그의 바른 생각과 가치관, 지혜, 그룹을 이끌어 갈 배포, 명석한 두뇌가 유일 그룹을 보다 더 높이 세울 것이라 믿어 의심치 않았다.

혜명의 남편인 중열이 그 자리를 호시탐탐 노리고 있다는 것을 알면서도 굳이 내치지 않은 것은 막내딸이 사랑하는 남자이기도 했으나, 태승에게 그만한 라이벌은 없다고 생각해서였다. 라이벌이 있어야 경쟁할 수 있고 치열하게 자리싸움을 할 수 있으니까.

하지만 이제는 결정해야 할 때이다. 하늘 아래 태양이 두 개일 수는 없는 법. 태양을 정해야 할 때이다.

"이번 주 중으로 차기 회장 발표가 있을 게다. 이미 주변 정리는 끝났어. 네 고모부는 해외 지사로 발령 날 예정이고, 그곳에 네 고모와 함께 보낼 거다. 이에 대해서는 끝난 일이니 너도 왈가왈부하지 말거라."

고모부의 해외 지사 발령에 고모도 함께할 거라고 하자 태승의 마음이 무거워졌다. 아직 중열의 외도를 모르는 일만에게 진실을 말할까 말까 극심히 고민되었다. 그러나 고모의 선택이 더 우선이라고 생각해 그 이야기는 하지 않는 것으로 미뤄 뒀다.

"……네. 알겠습니다. 그런데 할아버지."

"그보다 회사에 일이 있다고 들었다. 네 문제라고 하던데."

태승은 일만의 찔러 보는 말을 단박에 알아들었다. 아무리 병환이 깊어 집에 머물러 있다고 해도 일만은 한 기업을 지금 자리까지 이끈 총수였다. 그 말은 그의 귀가 되어 주고 눈이 되어 주는 사람들이 많다는 뜻이다.

"아…… 알고 계셨습니까?"

일만이 그들에게서 어떤 말들을 들었을지 대충 감이 와서 태승은 살짝 부끄러워졌다. 아마도 그들은 여과 없이 곧이곧대로 말했을 것이다. 일만은 사실 그대로를 듣기 원하고, 또 그렇게 하라고 명령했을 테니.

"네가 싫어할 것을 알지만 늙어 마음이 조급한 할아비가 한 일이니 너 그렇게 생각해 주거라."

"조사……하셨습니까. 할아버지?"

"몇 해 전에 부친상을 치렀더구나. 부친이 아주 선한 사람이었다고?"

일만의 조사는 아주 세세하고도 면밀했다. 그도 그럴 수밖에 없는 것이 태승이 사랑하는 여자는 곧 유일 그룹의 안주인이 될 것이 분명하기 때문이다. 그래서 불가피한 것이었다. 알아본 바에 의하면, 그 여자 역시 인생의 큰 파도가 몇 차례나 불어 닥쳤었다. 그래서인지 더 신경이 쓰였다. 태승과 비슷하게 부모를 모두 여읜 것이 못내 마음이 아팠다.

"네. 아주 선하고 좋은 분이셨습니다."

일만이 혀를 찼다.

"쯧쯧. 그런 사람이 그런 몹쓸 짓을……. 안타깝구나. 하늘은 왜 꼭 선한 사람만 먼저 데려가는 것인지. 일흔을 넘어 여든을 바라볼 나이를 살아도 하늘의 뜻은 여적 헤아릴 길이 없구나."

"어떠세요, 할아버지는?"

마주한 태승의 눈빛은 호기심으로 번뜩였다. 분명 일만이라면 종이 한 장이 전부는 아니었을 것이다. 그를 대신해 슬의 뒷조사를 한 자들이라면 신상 정보와 함께 사진들도 건네줬을 것이다. 그것을 간파한 듯 물으니 일만이 잠시 생각하다가 이내 입을 열었다.

"아주 곱더구나. 꼭 옛날의 네 어미를 보는 것 같았어."

사진을 본 순간 일만은 제 눈을 의심했다. 비록 사진이었지만 분명 고운 얼굴과 해맑게 웃는 미소가 옛날의 며느리를 보는 것 같았다.

그리고 아주 낯이 익었다. 분명 처음 보는 얼굴인데도 말이다. 하지만 일만은 벌써 여러 번 슬을 만났었다. 그 일을 기억하지 못했기에 그저 며느리와 닮아 낯익은 거라 여긴 것이다. 그런데 일만은 자신이 떠올리지 못하는 기억 속에서 슬과 마주했을 때도 지금과 같은 생각을 했었다. 며느리와 슬이 꼭 닮은 것 같다는 그 생각을.

"늦지 않게 데려오너라. 직접 보고 싶으니."

꿈에서도 그리웠던 아들과 며느리였다. 비록 진짜 며느리는 아니었지만 그 아이를 통해 며느리를 떠올리고 싶었다. 혜명만큼이나 아끼고 어여삐 여겼던 며느리와 꼭 닮은 그 아이를 정신을 잃기 전에 꼭 한 번 만나고 싶다. 태승이 고개를 끄덕였다.

"곧 데려올게요."

오랜만에 조부와 손자가 마주 보며 웃었다.

\* \* \*

창밖이 어두웠다. 시계 초침이 어느덧 숫자 9를 가리키고 있었다. 태승이 집에 다녀간 지 두 시간이 흐른 밤, 설거지도 모두 하고 간 그 덕분에 편하게 쉬던 슬은 소파에 몸을 누인 채 그대로 잠에 들었다.

그렇게 잠에 든 지 한 시간가량이 흘렀을 때, 내내 고요하던 슬의 미간이 조금씩 구겨지기 시작했다. 기억을 되찾은 후로 꿈을 꾸지 않았는데, 또다시 그 악몽이 찾아온 것이다. 잠에 들면 꿈을 꾸는 것은 자연스러운 일이다. 하지만 끔찍한 사고 이후 기억을 잃었음에도 불구하고, 슬의 꿈은 매번 사고 장면을 다시 보여 주었다. 그런 상태가 한 번에서 끝나지 않고 계속 반복되자 이제는 꿈을 꾸는 것이 두려워졌다. 이번에는 또 자신을 얼마나 괴롭힐까.

꿈에서 슬은 아빠와 함께 살았던, 그러나 아빠가 스스로 목숨을 끊었던 그 집에 있었다. 익숙한 집 안의 공기와 낯설지 않은 풍경들이 새록새록 그날의 기억을 떠올리게 했다. 두려운 눈으로 제 방 안을 둘러보던 슬은 문틈으로 새어 드는 빛을 따라 천천히 걸음을 옮겼다.

* * *

"네, 접니다, 윤 교수. 네. 오늘도 저를 찾아왔더라고요. 강의하는 내 내 창밖을 서성이고 심지어 교수실까지 뒤지고 갔던 모양입니다. 네. 보내 드렸던 사진 그대로입니다. 저에게 회유를 하는 것으로도 통하지 않으니 수법을 바꾼 모양입니다. 이제는 양강필 총장님까지 나서시니 솔직히 너무 힘드네요."

분명 이 목소리는 아빠다. 아빠가 아직 살아 계셔! 하지만 이것은 꿈이다. 그렇다면 이 꿈은 대체 무얼까. 돌아가시기 전의 일들인가. 슬이 혼란스러워하는 사이 석현의 목소리가 점점 더 커졌다.

"이제는 제 딸을 갖고 협박하고 있어요. 더 이상은 그들을 상대하기가 벅찹니다. 그들은 이미 선과 악이 뒤섞여 있어요. 해서는 안 될 짓도 저지를 수 있을 정도로 커졌어요. 이대로라면 저보다도 제 딸이 위험해질 수 있어요. 어떻게 해야 좋을지 모르겠어요. 변호사님, 저는 정말 무섭습니다. 솔직히 너무 두려워요."

변호사님? 변호사라니? 슬의 동공이 놀라 커졌다. 아빠의 입에서 흘러나온 변호사라는 사람. 대체 누굴까? 그보다 자신이 알지 못하는 아빠의 시간 속에 대체 무슨 일이 벌어지고 있던 걸까?

그때였다. 바깥에서부터 낡은 문고리를 철컥철컥 잡아당기는 소리가 들려오자 석현이 서둘러 전화를 끊었다.

"딸아이가 왔나 봐요. 그럼 끊겠습니다. 일단 증거들은 제가 잘 맡아 두겠습니다."

증거? 문이 더 거세게 흔들렸다. 그러다 이내 철컥 소리가 났고 석현이 방에서 나왔다. 그리고 슬의 몸이 어디론가 세차게 빨려 들어가듯 눈앞에 집 내부와 거실로 나온 석현의 뒷모습이 어지러이 뒤섞였다.

순간 슬은 눈을 번쩍 떴다. 몸을 벌떡 일으킨 그녀가 지금 자신이 있는 곳이 어디인지 파악하기도 전에 속이 메슥거리며 무언가가 올라와 슬은 후다닥 화장실로 뛰어 들어갔다. 다급히 변기 커버를 완전히 올린 슬이 변기통 안에 머리를 들이민 채 오늘 먹었던 음식을 모두 게워 냈다. 헛구역질을 몇 번 더 하다가 더 이상 나올 것이 없자 변기 뚜껑을 닫고 버튼을 눌렀다.

욕실 바닥에 주저앉은 슬의 얼굴이 온통 엉망이었다. 흐르는 눈물을 닦으며 비틀대듯 일어난 슬이 세면대에 물을 틀었다. 한동안 멍하니 거울을 보다가 눈가와 입가를 닦아 냈다. 정말 이상한 꿈이었다. 꿈이 아니라 꼭 현실을 보듯 그날의 이야기가 생생했다. 정말로 있었던 일처럼. 자신이 모르는 그날의 이야기를 본 것 같은 묘한 느낌이 들었다.

거실 소파에 다시 앉은 슬이 꿈속 내용을 되짚었다. 분명 일기장에 적힌 날짜는 사고가 일어난 당일이 맞다. 날짜는 맞지만 시각은 알 수가 없었다. 아빠가 살아 계신 걸로 봐서는 그 일이 있기 두 시간 전 정도일까? 정확히 알 순 없지만 분명 석현은 살아 있었다. 멀쩡한 모습으로. 속으로는 끔찍한 비밀을 숨긴 채.

그리고 석현을 협박한 사람이 있었다. 협박한 것으로도 모자라 슬까지 들먹이며 그를 더욱더 두렵게 했다. 도대체 누굴까? 아빠는 왜…… 자살을 선택한 걸까? 설마 자살이 아닌 타살은 아닐까? 그 생각에 이르자 몸이 떨렸다. 설마, 설마 아닐 거라고 하지만 철컥거리던 문소리가 자꾸 마음에 걸렸다. 잠에 들면 또 그 꿈을 꿀 수 있지 않을까.

온갖 생각을 하다 보니 어느덧 날이 밝아 왔다. 소파 아래에서 주저앉아 밤을 꼬박 지새운 슬이 무릎에 파묻고 있던 얼굴을 들어 올렸다. 아무래도 아빠와 살던 그 집에 다시 가는 수밖에 없을 것 같다.

* * *

오늘이 바로 그가 정한 디데이다. 아침 일찍 일어난 태승은 평소와 다른 차림을 하고 1층으로 내려갔다. 슬에게 청혼을 하려고 하는 날이기 전에 슬의 아버지를 뵈러 가는 날인만큼 검은 양복을 택했다. 흰 와이셔츠에 검은 넥타이까지 매고 거실로 내려오는 태승을 혜명이 가장 먼저 보고 눈살을 찌푸렸다.

"오늘의 드레스 코드가 설마 상복은 아니겠지?"

혜명은 설마 오늘 입은 그 패션으로 출근하는 것은 아닐지 기함했다. 아침부터 누가 돌아가신 것도 아닐 텐데 위아래로 검은 슈트 차림이라니. 처음으로 조카의 패션 센스가 의심되었다.

"고모는 출근 안 하십니까?"

아침부터 들이닥쳐 태승의 속을 뒤집는 것을 보면 혜명은 어느 정도 마음을 추스른 것 같았다.

"출근했잖아."

"여기 말고요. 고모가 대표로 있는 혜명 갤러리요."

"원래 대표는 늦게 출근하는 법이야. 그래야 아랫사람들이 눈치를 덜 볼 테고."

혜명의 말 같지 않은 해명에 태승이 픽 하고 웃었다. 그 웃음을 본 혜명이 눈을 흘겼다. 조카와 고모 사이에 흐르는 공기가 전보다 훨씬 가벼웠다.

"할아버지는요?"

혜명이 오고 서둘러 아침 식사를 준비하던 남희가 말소리에 거실로 나오자 태승이 물었다.

"아직. 이제 기침하실 시간 되었어."

"제가 가 볼 게요."

남희는 두말도 않고 다시 주방으로 갔고 혜명은 시선으로 조카를 쫓다가 보고 있던 잡지로 다시 고개를 돌렸다. 태승은 일만의 방 앞에 서서 노크를 한 후 살짝 방문을 열었다. 그러자 일찍 일어난 일만이 창가로 들어오는 따사로운 햇볕을 쐬고 있는 것이 보였다. 그의 뒷모습이 한껏 야위어 있었다.

"할아버지, 안녕히 주무셨어요?"

살가운 목소리로 문안을 드리는 태승의 목소리에 일만이 말없이 고개를 끄덕였다. 가까이 다가간 태승은 무릎을 굽히고 앉아 일만이 보고 있는 곳으로 시선을 옮겼다. 창 너머로 보이는 구름 한 점 없는 하늘이 청아했다.

"오늘 날씨도 좋구나."

"그러네요, 정말."

"어디 가려고?"

고개를 돌려 태승의 옷차림을 본 일만이 물었다.

"네. 오늘이 바로 그날이에요. 할아버지."

그날이라니, 무슨 말이냐고 묻는 듯한 일만의 눈빛에 태승이 덧붙였다.

"제가 오늘 꼭 뵙고 허락을 받아야 하는 분이 계세요."

잠시 말이 없어진 일만이 곧 알겠다는 듯 고개를 끄덕였다. 태승이 만나 뵐 분은 아무래도 그 아이의 먼저 떠난 아버지 같았다.

"그래. 잘 다녀오거라."

더는 묻지도, 말하지도 않은 채 그는 다시금 창가에 비친 파란 하늘에 시선을 두었다. 일만은 파란 하늘을 보고 있었지만 그 모습이 꼭 어디론가 멀리 가 버릴 사람 같아서 태승의 눈동자가 잠시 일렁였다. 조금만,

조금만 더 계셔 주시기를 바라지만 곧 그 시간도 머지않았음을 알 것 같 았다.

"할아버지."

일만의 시선이 다시 태승에게로 향했다. 오늘은 슬의 아버지를 뵙고 그녀에게 청혼을 하는 날이기도 하지만, 혜명에게 당신의 병환을 고백하 는 날이기도 했다.

"이따 저녁에……."

선뜻 입이 열리지 않아 태승은 잠시 하던 말을 멈추었다. 일만의 병이 혜명에게 어떠한 영향을 줄까 머릿속에 선명히 그려졌다. 아마 그녀는 견딜 수 없을 거다. 마른침을 삼키자 그의 목울대가 울렁였다. 이제는 망설이지 않겠다. 가족이니까 같이 헤쳐 나갈 수 있을 거다. 태승은 다 시금 눈에 힘을 주었다.

"고모한테도 말씀드릴 생각이에요. 할아버지 아프신 것……. 더 이상은 안 되겠어요."

일만은 대답이 없었다. 그저 창 너머 풍경을 바라볼 뿐이었다. 언제고 알게 될 일, 더 이상은 남아 있는 시간이 없었다. 자신보다도 가족이 짊 어져야 할 아픔이 더 크다. 그러니 시간을 주어야 한다. 마음을 단념할 시간……. 작별은 짧으면 짧을수록 좋은 것이니.

동요하지 않던 일만의 눈동자가 깊어지며 그가 조용히 고개를 끄덕 였다. 더없이 고요한 아침이었다.

\* \* \*

욕실에 희뿌연 수증기가 뭉게뭉게 피어올랐다. 습기로 가려진 거울을 수건으로 슥 닦아 내자 가운만 걸치고 있는 슬의 얼굴이 드러났다. 밤을 꼬박 지새운 그녀의 얼굴에는 피곤이 덕지덕지 붙어 있었다. 어지러운 머리를 정리하려고 샤워를 했지만, 머릿속은 습기 때문에 뿌옇던 거울이 된 기분이었다. 걷어 내지 못한 장막이 시야를 가리고 진실을 보지 못하게 만든 것처럼.

"하아."

붉은 입술 사이로 작은 숨이 새어 나왔다. 자꾸만 넋을 놓고 간밤에 꾼 꿈 위를 정처 없이 걷고 있다. 도저히 이런 기분으로는 태승을 만나기가 어려울 것 같다. 하지만 오늘 같이 갈 곳이 있다고 하니 차마 상태가 좋지 않아서 못 가겠다는 말을 그에게 하기가 어려웠다.

다시 정신을 다잡은 슬이 머리를 감싸고 있던 수건을 풀었다. 그러자 길고 가는 목 아래로 젖은 머리카락이 스르륵 흘러내렸다. 고개를 한쪽으로 비스듬히 내리자 길고 구불구불 웨이브 진 젖은 머리카락이 찰랑거렸다. 수건으로 연신 물기를 닦아 내며 거실로 나오자 휴대폰이 울리고 있었다.

"여보세요? 태승 씨?"

ㅡ왜 이렇게 늦게 받아? 걱정했잖아.

신호를 받고 차를 멈춘 태승이 귀에 꽂은 블루투스 이어폰을 매만졌다.

"잠깐 샤워하고 나왔어요. 그러느라 늦게 받았고. 어디예요? 오고 있어요?"

ㅡ응. 거의 다 왔어. 도착하기 10분 전?

시계를 보자 오전 9시가 조금 넘었다. 서둘러 준비한다고 했는데 벌써 시간이 이렇게 흘렀을 줄이야. 슬의 행동이 빨라졌다.

"아, 그렇게나 빨리? 10분이면 준비하기 어려워요."

휴대폰 너머로 부스럭거리는 소리가 들려와 그의 입가에 미소가 지어졌다. 10분 뒤에 도착한다고 하니까 슬의 움직임이 바빠진 것이다. 이를테면 헤어드라이어를 찾는다든가.

ㅡ괜찮아. 천천히 준비해도 충분해.

제 방 화장대에서 헤어드라이어를 꺼내 든 슬이 전화를 끊고 급히 머리를 말리기 시작했다. 긴 머리라 말리는 것만 해도 족히 20분은 걸린다. 아직 옷도 다 갈아입지 못했는데, 이러고 있을 때 그가 들어오기라도 하면……! 엉망으로 흐트러진 모습을 보이고 싶지는 않다. 적어도 그의 앞에서는 예쁜 모습만 보여 주고 싶다.

정확히 10분이 흐른 뒤, 초인종이 울렸다. 머리를 말리고 있던 슬이 놀라 휘둥그레졌다. 가운부터 해결해야 할 것 같은데 그는 좀처럼 기다릴 줄을 몰랐다. 언제나 여유가 넘치던 사람이 벨을 연달아 누르니 당황한 슬은 허둥지둥했다.

결국 슬은 머리도 다 못 말리고 옷도 다 갈아입지 못한 상태에서 문을 열었다. 그래도 가운의 끈을 허리춤에 질끈 묶는 것으로 나름 정갈한 모습을 보였다.

"왔어요?"

활짝 열린 문 사이로 평소보다 흐트러진 채 자신을 맞이하는 슬의 모습은 무척이나 섹시했다. 허리에 끈을 동여매고 깃까지 세워 속살을 감추고 있었지만 그 아래는 희고 긴 다리가 훤히 다 드러나 있었다. 정돈된 모습에서의 섹시함이라니. 순간 태승의 정신이 아찔해졌다.

"왜, 왜 그렇게 봐요?"

그의 시선이 아래에서 위로, 위에서 아래로 내려갔다가 올라오니 슬은 민망했다. 너무 거리낄 것 없는 차림이라 그가 불쾌하게 느끼진 않았을까 걱정이 되었다. 창피하고 부끄럽기까지 했다.

"아침은 원래 이런 모습인가 싶어서."

그저 그를 기다리지 않게 하려고 한 것뿐인데 태승이 이런 말을 할 줄이야. 얼굴에 열이 오르는 것 같았다. 슬이 잡고 있던 문고리를 그대로 당기려는데, 태승이 버티고 놔주지 않았다. 결국 슬은 손을 떼고 안으로 제 몸을 감추었다.

"잠깐만요. 아직 들어오지 마요!"

"이미 다 봤는데 뭐. 잠깐만 서 봐, 윤슬!"

문을 닫고 안으로 들어온 태승이 후다닥 제 방으로 들어가는 슬을 뒤에서 불렀다.

"잠깐 거기 서 있어요. 나 아직 머리도 다 못 말리고 엉망이란 말이에요."

추한 꼴을 보였다고 생각한 슬은 머리부터 정돈해야 할지, 아니면 옷부터 바꿔 입어야 할지 몰라 허둥대다가 가운 끈을 거칠게 풀어헤쳤다.

"어떡하지, 어떡하지."

이 와중에 짜증 나게 매듭이 꼬여 끈을 푸는 데 시간이 제법 걸렸다. 가운을 그대로 벗으려던 때 태승이 문을 왈각 열고 안으로 들어왔다. 깜짝 놀란 슬의 두 눈동자가 커다래지며 그녀는 가운을 도로 입고 빽 소리쳤다.

"지금 뭐 하는 거예요!"

"뭐 하긴. 볼 거 다 본 사인데 뭘 그렇게 숨겨?"

그가 피식 웃으며 능글맞게 물었다. 하지만 슬은 그에게 예쁘게 정돈된 모습만 보여 주고 싶은 마음이 더 컸다.

"갑, 갑자기 문을 벌컥 열고 들어오니까 그러죠……."

당황한 슬이 기어 들어갈 듯 작은 목소리로 더듬거리자 태승이 부드럽게 타일렀다.

"나한테는 뭐든 숨기려고 하지 않아도 돼. 있는 그대로의 널 보여 줘도 되니까."

그의 다정한 목소리에 슬도 고개를 끄덕였다.

"이리 와. 머리 말려 주게."

목소리만큼이나 머리카락을 만져 주는 손길도 부드럽고 다정했다. 태승은 화장대에 슬을 앉히고 그 뒤에 서서 헤어드라이어로 머리카락을 말려 주었다. 처음 해 보는 것이지만 제법 손길이 능숙했다.

"머리 말리는 솜씨가 장난이 아닌데, 나 말고 다른 사람한테도 해 준 건 아니죠?"

괜한 질투심에 입술을 삐죽 내밀자 그가 픽 웃으며 헤어드라이어를 잠깐 끈 채 말했다.

"할아버지한테도 질투할 셈이야?"

'아…… 할아버지.'

다른 여자가 아니라 일만의 이야기가 나오자 슬이 안심하며 고개를 끄덕였다.

"회장님 머리도 말려 드려요?"

"자주는 아니고 가끔."

"……착하네. 그러기 쉽지 않은데."

그가 머리카락을 만져 주니 못 잔 잠이 쏟아질 것만 같았다. 태승의 손길이 꼭 아픈 배를 어루만져 주던 엄마의 손길처럼 부드럽고 따뜻했다.

"태승 씨……."

그래서 목소리마저도 나른해졌던 것 같다. 슬이 한껏 나긋해진 목소리로 부르자 태승이 헤어드라이어를 끄고 슬의 목을 돌려 잡아 입술을 맞췄다. 얇은 입술 표면 위로 따스한 숨과 함께 폭신한 것이 닿자 슬의 두 눈이 크게 뜨였다. 환히 드러난 시야로 가득히 내리깔린 그의 속눈썹이 보였다. 남자 속눈썹이 이렇게까지 길 수도 있나 보다가 천천히 눈을 감았다. 그러자 입술 감각이 더욱더 선명하게 느껴졌다.

## 2. 결혼하자

목을 붙잡고 있던 손이 아래로 내려갔고 그는 슬의 얇은 허리를 한 손으로 감싼 채 당겨 올렸다. 그러자 슬이 속절없이 그에게 끌려왔고 몸과 몸이 톱니바퀴처럼 밀착되자 그가 고개를 꺾어 더 깊이 입술을 지분거렸다.

입술을 가르고 들어온 그가 혀로 점막을 끈적하게 쓸어 올리며 어찌할 줄 모르고 있는 슬의 혀를 휘감았다. 숨이 새어 들 틈도 없이 맞춰진 입술 안에서 회오리가 치고 있었다.

그가 슬을 끌어안고 등을 어루만지며 정신없이 키스하니 점차 그녀가 입고 있던 가운이 구겨지고 밀려 흐트러졌다. 그리고 마침내 가운이 사정을 봐주지 않고 풀어졌다. 바깥의 차가운 공기가 보드라운 살결 위로 훅 불어닥치자 감고 있던 슬의 눈이 떠지며 그의 입술도 떨어졌다.

"아……."

조금 놀란 슬이 앞이 풀어 헤쳐진 가운을 여미려다 앞에서 이 모습을 모두 보고 있을 태승을 보았다. 때마침 위아래로 붉은색 속옷 하나만 걸치고 있는 슬의 모습을 보느라 태승이 눈을 느릿하게 떴다. 갈색 동공 안에 숨기지 않은 그의 야성이 끓어오르고 있었다. 슬은 끈적끈적하게 달라붙는 그의 시선을 피하지 않고 저와 키스하느라 구겨진 양복 재킷을 매만졌다.

"옷이 다 구겨졌어."

태승이 코앞에 다가와 있는 슬의 작은 얼굴을 눈으로 훑다가 거친 키스 탓에 부풀어 오른 입술을 뚫어질 듯 바라봤다. 조금 전에도 맛보았건만 그녀의 입술은 마르지 않는 샘처럼 계속해서 갈증을 불러일으켰다. 이대로는 위험한데, 지금도 늦었는데…… 머릿속은 이러면 안 된다는 이유들로 가득했으나 그의 손은 이미 슬의 가운을 벗겨 내고 있었다.

가운이 바닥에 떨어지자 태승은 그녀를 침대로 밀어 눕혔다. 셔츠 깃에 매인 타이를 느슨하게 풀고 단추를 하나하나 끌러 내자 볼 때마다 감탄밖에 안 나오는 근육질의 몸매가 드러났다. 그가 정장 바지까지 벗자 이미 한계가 온 듯 잔뜩 부푼 드로어즈가 눈에 띄었다.

슬의 몸 위로 올라온 태승의 눈이 한층 더 깊어졌다. 그는 손을 들어 붉어진 슬의 뺨을 어루만지다 고개를 비스듬히 꺾어 입술부터 부딪쳤다. 가파른 숨결이 새어 들며 슬의 혀가 먼저 그의 입 안으로 들어왔다. 그가 느릿하게 안쪽을 충분히 적시며 혀끝으로 점막을 쓸었다. 그러다 치열을 훑고 혀를 비비며 입술을 문댔다.

그렇게 한참을 서로의 입술을 탐험하다 먼저 떼어 낸 그가 턱에서 목덜미, 쇄골 그리고 가슴으로 입술을 옮겼다. 브래지어 버클을 풀자 탐스러운 맨가슴이 드러났다. 슬은 앞으로 일어날 일들에 긴장해 심장이 떨렸다. 두근두근 시끄럽게 뛰는 심장 탓에 가슴이 부풀었다 내려앉았다. 그는 그 모습을 느긋하게 보다가 손으로 봉긋 솟은 가슴을 둥글게 그러쥐었다. 거친 손바닥 안에서 이리저리 뭉개지는 느낌이 야릇해서 슬이 야살스러운 소리를 냈다.

"하웃."

태승이 빳빳하게 고개를 쳐든 젖꼭지를 손가락 사이에 끼워 비틀자 슬이 젖은 소리를 내었다. 양쪽 가슴을 번갈아 주무르던 그가 혀를 내밀어 유두를 쓸어 올렸다. 그러자 슬이 몸을 떨며 더욱더 흐느꼈다.

"흐응."

태승은 혀로 유륜 주변을 핥다가 입을 벌려 유두를 가득히 빨아들였다. 입 안에 정점을 가두고 혓바닥으로 여러 번 핥자 슬이 훗 소리를 내며 허리를 비틀었다. 제 손길을 오롯이 느끼고 있는 표정과 허리를 비트는 몸짓을 하나하나 보던 태승이 슬의 허벅지를 쓸다가 다리 사이로 손을 내렸다. 조금 더 늦어질 것 같다. 지금 이 시간이 아주 오래 계속될 것 같으니.

* * *

정오의 태양이 뜨겁게 내리쬐는 도로를 차 한 대가 힘차게 내달렸다. 창밖으로 스쳐가는 풍경을 무심히 내다보던 슬이 운전석에 앉은 태승에게 태승을 바라보았다. 그는 무슨 생각을 하는지 심각한 표정으로 운전에만 몰두해 있다. 그러다 시선을 느낀 태승이 고개를 돌려 슬과 눈을 마주했다.

"왜 그렇게 봐?"

"무슨 고민이 있나 해서요."

"아니야. 고민 같은 거 없어."

걱정스러운 표정을 짓는 슬에게 태승은 일단 부정했지만, 고민보다는 걱정이 하나 있었다. 지금 자신들이 어디를 가고 있는지 슬은 아직 모르고 있다. 게다가 기억을 되찾은 후에도 슬은 아버지가 있는 납골 당에도 찾아가지 않았다. 자신의 주치의에게는 아빠가 미워서 가고 싶 지 않다고도 했었다. 그래서 태승은 지금 이 선택이 맞는 것인지 잘 모르겠다. 너무 제 생각만 한 것은 아닐까. 그런 걱정이 표정에서도 나타났나 보다.

"그런데 우리 지금 어디 가는 거예요? 밥 먹으러 가는 건 아닌 것 같 은데."

출발한 지 벌써 한 시간 정도 지난 것 같은데 아직도 차들이 쌩쌩 달 리는 고속도로 위였다. 어디를 가면 간다고 말해 주는 사람인데 어제와 오늘은 입을 꾹 다물고 있어 그 모습이 참 이상했다. 그는 행선지를 알 려 주는 대신 무릎 위에 올라와 있는 슬의 손을 감싸 쥐었다. 평소와 다 른 그의 모습이 신경 쓰였지만 도착하면 알겠지 싶어 슬도 더 이상 묻지 않고 창밖만 바라보았다.

그렇게 시간이 더 흘렀고, 차가 한적한 주차장에 정차하고서야 태승이 조수석으로 고개를 돌렸다. 시트에 몸을 편안히 기대고 앉은 슬이 고른 숨을 내쉬며 잠들어 있었다. 그도 그럴 것이 어젯밤 꿈 때문에 그녀는 잠을 거의 잘 수 없었다. 그런 상태에서 아침나절 내내 그를 상대하기까 지 했으니 단잠이 쏟아질 수밖에.

태승은 기울어진 슬의 얼굴 위로 헝클어져 있는 머리카락을 귀 뒤로 넘겨 준 후 그녀를 애틋한 눈빛으로 바라보았다. 색색, 고른 숨을 내 쉬며 아기처럼 잠들어 있는 모습조차 사랑스럽다. 깨우기 싫을 정도로 잠든 모습이 예뻐 오래오래 보고 싶은 마음이 더 커졌다.

전보다 이루 말할 수 없게 슬이 좋다. 그래서 하루라도 더 빨리, 한시 라도 더 같이 있고 싶고, 살고 싶다.

아쉽지만 더 지체할 시간이 없던 태승은 슬의 반질한 이마에 입을 맞춘 다음 귀에 대고 나직이 속삭였다.

"슬아. 윤슬."

"으흠."

잠결에 들린 그의 목소리에 슬이 꿈틀거리며 깨어났다. 슬은 눈이 부셔 잔뜩 인상을 찌푸렸다. 흐릿한 시야 사이로 그의 얼굴이 서서히 들어왔다.

"다 왔어요?"

아직 주변을 살피지 못한 슬이 뻐근한 몸을 기지개 켜며 물었다.

"응. 다 왔어."

"여기 어딘데? 꽤 멀리 온 것 같았는데 대체 여기가 어디……?"

어디냐고 묻던 슬의 목소리가 더는 나오지 않았다. 창밖으로 보이는 낯설지 않은 풍경에 슬의 표정이 서서히 굳어 갔다. 슬은 믿기지 않는다는 듯 여기가 자신이 생각한 그곳이 맞는지 파악하려는 것 같았다. 그러다 슬의 시야로 들어온 추모 공원에 오신 여러분을 환영한다는 현수막 문구에 그녀는 망연자실했다.

그가 대체 여기를 어떻게 알고 온 것인지, 왜 온 것인지, 왜 하필 여기인지 슬은 도무지 이해할 수 없어 한참을 앉아만 있었다. 태승은 슬이 다시 입을 열 때까지 가만히 기다려 주었다.

길고 긴 침묵과 정적 끝에 슬이 물었다.

"왜…… 왜…….”

좀처럼 말이 나오지 않는 슬에게 그가 대신해서 물어 주었다.

"왜 말하지 않았냐고?"

슬이 고개를 끄덕거렸다.

"이럴 거 알았으니까."

처음부터 추모 공원에 같이 가자고 했으면 슬은 기필고 말렸을 것이다. 슬이 기억을 전부 되찾은 후에도 아빠를 찾지 않은 이유를 단순히 미워서라고 했지만 진짜 이유는 두려움 때문이었다. 이미 세상에 없는 석현이지만 추모 공원에 오면 아빠의 죽음을 인정해야 하니까. 그럼 아빠를 더없이 원망하게 될까 봐 무서웠다. 석현의 죽음을 납득하는 것은 여전히 그녀에게 난제였다.

"한 번도 찾지 않은 거, 알아. 매년 기일마다 혼자 여기 다녀간다는 원장님 말 듣고 알았어. 그런데 아직도 고통 속에 살고 있구나."

성해는 슬이 매년 석현의 기일마다 혼자서라도 납골당을 찾는다고 알고 있었지만 사실은 아니었다. 슬은 석현의 장례식 이후 단 한 번도 이곳을 찾은 적이 없었다. 거짓말을 한 이유는 그렇게라도 성해를 안심시키고 싶어서였다.

"아직도 용서가 되지 않는다기보다 이해할 수 없는 거지, 윤 교수님의 선택을?"

울지 않으려고 손까지 말아 쥐었건만 야속한 눈물은 자꾸 차올랐다. 슬은 눈앞이 부옇게 흐려져 눈을 더 크게 떴다.

"그런데 네가 여길 온다고 해서 모든 걸 받아들여야 하는 건 아니야. 보고 싶으면 그냥 오는 곳이고, 그래도 되는 곳이야."

태승은 슬의 마음이 어떨지 알 수 있었다. 부모를 모두 잃은 그도 느꼈던 마음이었다. 부모가 잠든 곳에 가면 꼭 부모의 죽음을 인정해야 할 것만 같았다. 아직 저는 다 보내지 못했는데, 여전히 엄마아빠의 손을 꼭 잡고 있는데, 그곳만 가면 놓아줘야 할 것 같았다. 마음의 준비가 되어 있지 않은데 자꾸만 그들을 보내 주라고 부추기는 것만 같아서 납골당에 다녀오고 나면 늘 며칠씩 앓곤 했다.

"굳이 모든 것을 인정할 필요는 없어. 보고 싶고 그리울 때, 기쁘거나 슬플 때, 아무 때나 막 가도 돼. 자식이 부모를 보러 가는 건 너무도 당연한 거잖아."

담담하지만 고백 같은 태승의 말이 자꾸만 슬의 마음을 건드렸다. 그 누구도 하지 못했고, 아무나 할 수 없는 위로였다. 같은 아픔을 겪은 사람만이 할 수 있는 위로가 슬의 병든 마음을 다독였다. 이제는 버티지 말고 무너지라고, 굳이 외면하며 애쓰지 말라고. 그의 손길에 참고 참았던 눈물이 터져 나왔다.

"흑. 흐으윽. 흐흑."

얼굴을 감싸고 흐느껴 우는 슬을 끌어당겨 가슴에 품은 태승도 마음이 저려 왔다. 슬은 견디고, 견디고 또 견디고 있을 뿐이었다. 어렸던 태승도, 세상 모든 부모를 잃은 자식들도, 사랑하는 사람의 죽음을 담담히 받아들일 수 있는 사람은 아무도 없다. 그저 다들 견디며 살아가고 있는 것뿐이다.

* * *

또각또각. 뚜벅뚜벅.

두 사람의 발걸음 소리가 평일이라 조용하기만 한 안치실 복도를 울렸다. 한 손에는 국화꽃을, 다른 한 손으로는 태승의 손을 잡은 채 나란히 걷던 슬이 어느 한 곳에 다다르자 그 자리에서 멈춰 섰다. 태승의 걸음 또한 같은 곳에서 멈췄다.

슬은 왼편에 보이는 9단짜리 개인단에서 다섯 번째 줄, 바로 앞에 보이는 곳을 두 눈에 눈물을 매단 채 바라보았다. 태승도 그녀를 따라 투명한 유리문에 비친 납골함에 새겨진 이름 석 자를 바라보았다. '故 윤석현'이라는 문구가 납골함에 새겨져 있었다. 그리고 그 주변에는 생전 석현과 슬이 다정하게 팔짱을 끼고 찍은 사진이 담긴 액자가 놓여 있었다.

사진 속 석현과 납골함을 바라보던 슬의 눈시울이 순식간에 붉어졌다. 그러다 또다시 그때 그 끔찍했던 사고의 한 장면이 겹쳐 보여 그녀는 고개를 반대쪽으로 돌렸다. 그런 슬의 모습을 바라보던 태승은 손가락을 펼쳐 그녀의 손에 단단히 깍지를 끼고는 씩씩하게 석현을 향해서 인사했다.

"안녕하십니까, 아버님. 처음 뵙겠습니다. 류태승이라고 합니다."

우렁찬 그의 목소리가 고요하기만 한 내부를 쩌렁쩌렁 울렸다.

"꼭 한번 뵙고 싶었습니다, 아버님."

아버님이라는 단어를 힘주어 말한 그의 눈시울도 붉어져 있었다. 슬의 집에서 한 번, 3년 전의 그 일을 조사하면서 한 번, 그리고 지금 이렇게 총 세 번을 마주한 석현은 움직일 수도, 말할 수도, 악수를 건넬 수도 없는 액자 속 사진으로 남아 있었다. 자신도, 상대방도 아무것도 할 수 없게, 그저 액자 속 사진으로만 대하도록······.

살아 계셨더라면 어떤 모습으로 맞이해 주셨을까, 자신을 마음에 들어 하셨을까. 석현을 직접 만나 인사를 드리고 이야기를 나누며, 술도 한잔 하고 사위 노릇, 아들 노릇해 가며 지냈더라면 얼마나 좋았을까. 태승은 그 점이 못내 아쉽고 가슴 아팠다.

"제가 슬이 씨를 아주 많이 사랑합니다. 사랑하고 있습니다."

태승은 사진 속 석현에게 자꾸만 말을 걸었다. 돌아오는 대답은 지독한 적막뿐이었지만 마치 눈앞에 살아 있는 석현을 대하듯 했다. 슬은 그런 그가 고마우면서도 가슴이 아파서 차마 돌아볼 수가 없었다.

"걱정하고 계신 것, 잘 알고 있습니다. 많이 아끼고 사랑하고 계시다는 것도요. 그래서 더 사랑할 겁니다. 더 사랑해 주고, 더 많이 웃겨 주며, 슬이 씨가 아프지 않게, 힘들지 않게 하겠습니다."

태승의 말은 계속해서 이어졌다.

"제 생애 다신 없을 사람입니다. 물론 아버님의 큰 사랑에 비하면 제 마음은 아무것도 아닐 테지만 감히 허락해 주신다면 제가 그 두 번째가 되겠습니다. 두 번째로 큰 사랑을 슬이 씨에게 주겠습니다."

그의 말은 분명 장인어른께 사위가 하는 다짐이었다. 그러나 슬이 듣기로는 다짐보다 청혼에 더 가까웠다. 아니, 그는 분명 청혼을 하고 있었다. 슬은 반대편으로 돌아가 있던 고개를 차차 돌려 그를 쳐다보았다.

"그러니 제가 슬 씨 곁에 있을 수 있게 허락해 주십시오, 장인어른."

아버님이라는 호칭 대신 장인어른이라고 부르며 석현에게 진심을 전한 태승은 이내 놀라서 굳어 버린 슬을 바라보았다. 슬은 예상은 했지만 이곳에서 듣게 될 말이 청혼일 줄은 상상조차 하지 못해 완전히 두 다리가 땅에 박힌 듯 몸이 말을 듣지 않았다.

슬의 두 눈을 가만히 응시하던 태승이 말했다.

"결혼하자."

그 말에 슬의 두 눈이 반쯤 커졌다.

"결혼해, 우리."

단호한 청혼의 말이 두 번 이어졌다.

"내일 발표 날 거야. 너와 나의 결혼 발표."

빼도 박도 할 수 없는 결혼 발표까지 세 번. 담백한 그의 고백이 연이어 쏟아졌다.

"사랑한다, 윤슬. 아주 많이 사랑해."

이게 다 무슨 일인가 싶어 얼떨떨한 슬은 "아." 소리도 내지 못했다. 무슨 대답이라도 해야 하는데, 아무 생각이 나지 않았다. 세상이 멈춰 버린 것 같고 머리가 어지럽기도 했다. 그러나 우리의 결론은 이것이라는 생각이 들었다. 우리의 엔딩은 이미 이것, 하나뿐이라는 생각.

그도 같은 생각이었는지, 태승은 슬이 대답하기도 전에 뒷목을 받쳐 잡고 입을 맞추었다. 말캉한 감촉과 함께, 벌어진 입술 사이로 들어오는 짙은 숨결에 슬도 점차 취해 갔다. 그래, 우리의 엔딩은 함께하는 것이다. 그러니 아빠, 이 사람과 행복할 수 있도록 도와주세요. 슬은 마음으로 빌었다.

* * *

　태승은 먼저 그녀를 내려 보내고 홀로 석현의 재단 앞에 섰다. 분명 조금 전 사진에서의 석현은 환하게 웃고 있었는데, 지금은 어째서 불안해 보이는 걸까?

　그는 사진 속 석현에 대고 물었다.

　불안하십니까, 장인어른? 제가 장인어른의 비밀을 풀까 봐? 또다시 슬이 상처받게 될까 봐? 대체 숨기고 계신 게 무엇입니까? 장인어른의 죽음에도 비밀이 있는 겁니까? 타살입니까, 자살입니까?

　장인어른의 죽음은 온통 불확실한 것들로 가득한데 이것 하나만은 분명합니다. 어느 쪽이라도 슬은 상처받을 거라는 것. 그래도 알고 싶을 겁니다. 아빠의 죽음에 얽힌 비밀이 무엇인지를. 그 죽음마저도 낱낱이 밝혀질 겁니다. 살아 보셔서 아실 것 아닙니까. 세상에는 비밀이 있을 수 없다는 것을요. 어떻게든 드러나게 되어 있습니다. 저와 슬이 3년 만에 다시 만났던 것처럼 말입니다. 그러니 밝혀내겠습니다. 다른 누구도 아닌 저라면 괜찮지 않겠습니까?

　석현에게 들리지 않을 말일 수도 있지만 태승은 굳게 믿었다. 마음으로 물은 모든 말에 그가 응답했으리라고.

* * *

　높게 떠 있던 정오의 해가 지고 붉게 타오른 노을이 하늘을 물들였다. 1층으로 내려가자 로비에 서 있는 슬이 보였다. 태승이 가까이 다가가 손을 잡으니 슬이 그를 올려다보며 미소를 지었다.

　"인사는 잘 드렸어요?"

　"응. 잘 드리고 왔어."

"그럼 이만 가요. 서울까지 두 시간이나 걸리는데 차라도 막히면 안 되잖아요."

그렇게 말하면서 출입구 밖으로 걸어 나가려는데 태승이 잡은 손에 힘을 주었다. 그러자 슬이 뒤를 돌아보며 왜 그러느냐는 듯 태승을 올려다보았다.

"인사하고 와. 여기에서 기다릴 테니까."

슬은 석현의 영정 사진 앞에서도 눈물만 뚝뚝 흘리고 있었다. 분명 무슨 말이라도 하고 싶었을 텐데 말은 못 하고 울기만 하는 슬이 안타까웠다. 그래서 태승은 부녀만의 시간을 만들어 주고 싶었다. 하지만 슬은 가만히 고개를 저었다.

"괜찮아요. 아까 본 것만으로도 충분해요."

"그래도 아버지는 안 그러실 거야."

석현의 핑계를 대며 한 번 더 권했지만 이번에도 슬의 뜻은 완강했다.

"……오늘 말고 다른 날 올게요. 지금은 조금 힘들 것 같아요."

생각지도 못한 상황이 연속해 일어났던 오늘이다. 그가 먼저 아빠를 뵈러 가자고 할 줄도 몰랐고, 아빠의 영정 사진 앞에서 그에게 청혼을 받을 줄도 몰랐다.

간밤에 꾸었던 꿈으로 머릿속이 뒤죽박죽이었는데 오늘 이런 일이 일어나기 위해 그런 꿈을 꾼 것도 같다. 그리고 무엇보다 지금 아빠를 보면 하고 싶은 말도 못 하고 또 울기만 할 거다. 그러니 다른 날에 다시 와서 아빠를 보는 것이 더 나을 것이다. 태승도 오늘 슬의 마음이 어땠을지 이해하고는 더는 권하지 않았다.

"이제 가요."

"잠깐만."

가자는 슬을 다시금 멈춰 세운 그가 목에서 무언가를 빼내 건네었다.

"이건…… 태승 씨 거잖아요."

태승이 건넨 것은 그가 늘 지니고 다니던 펜던트 목걸이였다. 3년 전, 그때도 차고 있던 목걸이라서 슬도 잘 알고 있었다. 이걸 왜 저에게 주냐는 표정으로 눈을 댕그랗게 뜨고 쳐다보는 슬에게 태승은 직접 목걸이를 걸어 주며 말했다.

"이제 네 거야."

"태승 씨…….."

은색의 펜던트가 슬의 쇄골 아래에서 빛을 내었다. 이제야 주인을 만난 것처럼.

"이 목걸이, 태승 씨한테 소중한 거잖아요."

슬이 그 목걸이를 매만지며 물었다. 그러자 태승이 고개를 끄덕이며 말했다.

"소중한 거지. 부모님의 유품이니까."

"그런데 이걸 왜 나한테……?"

이 목걸이가 그에게 소중하다는 것은 알았지만 부모님 유품일 줄이야. 슬이 놀라 다시 목걸이를 풀어서 주려고 하니 그가 오히려 그 손을 떼어 냈다.

"어릴 적에 엄마한테 받은 선물이야. 생일날 받았던 건데 부모님이 갑자기 돌아가시면서 나한테 남은 부모님의 흔적이라곤 그거 하나였거든. 그때부터 분신처럼 늘 지니고 다녔는데, 그날도 그 목걸이를 차고 있었어."

그날이라면 제가 바다에 빠졌던 날이다. 슬이 목걸이를 매만지며 다시 태승의 말에 집중했다.

"그 바다에서도, 널 다시 만났던 날에도, 네가 또다시 물에 빠져 위험해졌던 날에도 그 목걸이를 하고 있었고, 언젠가부터 그 목걸이에 대고 너의 안녕을 바라게 됐어. 마치 하늘에 계신 엄마한테 주문을 거는 것처럼."

"……태승 씨."

그를 올려다보는 슬의 동공이 일렁이며 눈물이 차올랐다.

"이전에는 그저 엄마가 남긴 유품이었지만 이제는 그 이상의 의미가 되어 버렸어. 그래서 너한테 주는 거야. 나의 이상, 나의 의미인 너에게."

이 목걸이를 슬에게 걸어 주며 태승은 더욱더 확신할 수 있었다. 자신에게 처음과 끝은 이 여자라는 것을. 제 인생에 주어진 의미. 그녀와 함께할 이상. 그것이 자신의 삶이라는 것을.

이내 슬의 맑은 눈동자에서 눈물이 툭툭 떨어져 그녀의 뺨을 타고 흘러내렸다. 그의 고백이 절절해서 가슴이 다 녹아내릴 지경이다. 태승은 제 고백에 연신 눈물을 흘리는 슬의 뺨을 두 손으로 그러쥔 채 눈물을 닦아 준 후, 사랑스러운 시선으로 그녀를 바라보았다.

"더는 혼자 견디지 마. 같이 견디고, 같이 울고, 같이 헤쳐 나가자. 우리에게 다른 시련이 닥쳐온다고 해도 같이 있자. 한순간이 아니라 영원토록."

슬은 목걸이에서 손을 떼고 그의 뺨을 매만졌다. 그러면서 고개를 끄덕였다. 그와 함께하지 않을 이유가 없었다. 그가 한 고백처럼 슬의 마음도 같았다.

아빠 없는 세상을 혼자 견뎌 낼 자신이 없어 죽음을 각오했던 그날, 불현듯 한 사람이 나를 찾아왔다. 그 사람은 나를 구했고 나는 그 사람을 잊었다. 그러다 3년이 흘러 다시 만나게 되었고, 그 사람을 사랑하게 되었다. 현실에서는 있을 수 없는 꿈만 같은 일들이 계속되었다.

그를 만나면서 단 한 번도 행복하지 않았던 순간은 없었다. 오히려 그가 없으면 불안했고, 힘들었고, 차라리 죽는 게 낫다는 생각까지 했다. 그리고 지워 버린 기억을 다시 되찾았을 땐 다행이라는 생각이 들었다. 아빠에 대한 기억은 끔찍했지만 나를 두 번씩이나 구한 사람을 잊은 채 사는 것보다는 나았다. 그렇게 그를 더 사랑하게 됐다. 그와 만난 모든 시간들이 기적이었다.

"사랑해요. 사랑한다는 말로도 부족할 만큼."

마음이 이상했다. 애틋하기도 하고, 간지럽기도 하고, 벅차기도 해서 말로는 다 형언할 수 없었다. 표현하고 싶은데 표현할 말이 딱히 생각나지 않기도 했다. 그래서 어쩔 줄 몰라 하고 있으니 그가 예쁘게 미소 지으며 이마로 흘러내린 머리카락을 귀 뒤로 넘겨 주었다.

"그 말로도 충분해."

태승은 그 말과 동시에 슬을 제 품으로 끌어당겨 안았다. 넓은 가슴에 기댄 슬이 두 팔로 그의 허리를 끌어안은 채 두 눈을 감았다. 그 눈에서 감동의 눈물이 흘러내렸다. 품으로 바짝 끌어안은 슬의 등을 토닥이던 태승도 가만히 눈을 감았다. 함께 있는 지금 이 순간이 가장 행복한 순간이었다.

* * *

저녁 밥상이 한가득 차려진 식탁을 흐뭇한 눈길로 바라보던 혜명이 제일 먼저 일만에게 자랑하고 싶어 그를 깨우러 가기 위해 안방으로 향했다. 남희에게 억지로 휴가를 주고 오랜만에 아버지와 단둘이 저녁을 하고 싶었다. 손수 차린 음식을 아버지와 오붓하게 먹으며 소박한 하루를 보내고 싶었던 것이다. 이를 좋아할 일만의 얼굴을 상상하며 안방 문을 열어젖혔다.

"아빠, 진지 드세……."

진지 드시라는 말보다 안방 가득 퍼지는 역한 냄새가 먼저 코를 찔렀다. 혜명은 대체 이게 무슨 냄새인가 싶었으나, 곧 무언가를 발견하고는 경악하였다.

"아, 아빠!"

혜명은 기함하듯 놀라 그만 바닥에 주저앉고 말았다. 믿을 수 없는 일이 벌어지고 있었다.

* * *

서울로 돌아오고 있는 차 안에서 태승과 슬은 음악을 들으며 노랫말을 흥얼거렸다. 반쯤 열린 창 안으로 들어오는 밤바람이 차갑지 않았고 오히려 기분을 들뜨게 했다.

기분이 좋아진 슬이 좀 더 크게 노래를 흥얼거리다가 운전하는 그를 쳐다보았다.

"이 노래 진짜 좋다, 그렇죠?"

룸 미러로 뒤에 차량을 확인한 그가 살짝 고개만 돌려 대답했다.

"응. 나도 좋아하는 노래야."

"노래도 좋고, 드라이브하는 것 같아서 기분이 너무 좋다."

휙휙 지나쳐 가는 창밖 풍경을 바라보는 것도, 기분 좋게 밤바람을 맞는 것도, 이렇게 그와 함께 달리는 것도 마냥 좋기만 하다.

"안 추워?"

창문 사이로 들어오는 바람이 다소 차가운 것 같아 태승이 걱정스레 물었다.

"아니요. 하나도 안 추워요."

그래도 슬이 감기라도 걸릴까 봐 반쯤 내렸던 창을 다시 올리는 그였다. 이런 사소한 배려가 익숙한 사람이라지만 슬은 그의 행동 하나하나가 감동이었다.

처음 그와 함께 식사하던 때를 떠올린 슬의 입가에 잔잔한 미소가 피었다. 마침 차가 신호에 걸려 정차했고 당연한 듯 태승의 시선이 조수석으로 돌아갔다. 웃고 있는 슬을 본 그도 따라 웃으며 물었다.

"무슨 생각해?"

"우리 처음 밥 먹었던 날이요. 그때는 우리가 이렇게 함께 있을 거라고는 전혀 생각하지 못했는데……."

그때로 돌아간 듯 생각에 잠긴 슬의 목소리에서 아련함이 묻어났다. 읊조리듯 한 말에 태승은 뜻밖의 대답을 내놓았다.

"난 아닌데."

"응?"

정면에 보던 슬도 고개를 돌려 옆에 앉은 그를 바라보았다.

"그때도 난 너한테 마음이 있었어."

먼저 밥을 먹자고 한 사람은 슬이었다. 그래 놓고 민망했는지 갖은 이유를 갖다 붙이다가 기막힌 타이밍에 울린 슬의 배 속 알람 때문에 얼마나 웃었던지. 내심 우울해 있던 기분이 한순간에 좋아졌다. 그때 그녀의 마음은 그저 측은지심이나 동정 같은 거였을지 몰라도 태승은 이미 마음속에 그녀를 담고 있었다.

"우리가 다시 만났던 그날부터 시작된 것 같아, 내 마음이."

달콤한 고백과 함께 눈 맞춤이 이어졌다. 두 사람은 서로의 얼굴을 두 눈동자에 담았다. 어디도 갈 수 없도록.

곧 신호가 바뀌었고 차가 천천히 움직였다. 그는 다시 운전에 집중했고 슬은 그에게서 시선을 떼지 않았다. 뭐에 홀린 듯 넋 놓고 태승을 보고 있으니 그의 입술이 움직였다.

"그만 봐. 네가 날 그렇게 보면 운전을 어떻게 하라고."

핸들을 틀어쥐는 그의 손등 위로 핏줄이 선명히 도드라졌다. 그녀는 가끔씩 저를 미치게 할 때가 있다. 바로 지금이 그때라 도저히 운전에 집중하기가 어려웠다. 그런데 정작 슬은 저를 보면서 다른 생각을 하고 있던 모양이다. 슬은 언제부터 그가 좋아졌는지 생각하고 있었다.

"난 그때였던 것 같아요. 태승 씨가 비밀 유지 서약서 내밀었던 날."

처음부터 반가운 사이는 아니었다. 슬을 기억하고 있던 태승은 그녀가 반갑기도 했지만 그보다는 혼란스러움이 더 컸다.

슬도 마찬가지로 대뜸 너 뭐냐고 소리치던 그가 이상해 보였다. 모든 기억이 돌아오고서야 그가 왜 자신을 보며 그런 혼란스러운 눈을 했는지 알 수 있었지만 그때는 그저 이상한 사람이었다. 비밀 유지 서약서를 작성해 달라던 태승에게 날카로운 말로 쏴붙였던 자신을 보며 오히려 자조적인 미소를 지었던 그. 그때 그 웃음이 내내 마음에 걸렸던 이유는 그가 저처럼 위태로워 보였기 때문이었다.

"그때였다고? 의원데."

태승은 고개를 갸우뚱했다. 그때 슬은 비밀 유지 서약서를 내밀며 밥 맛없게 굴었던 저를 몹시 실망한 눈으로 보다가 사인을 해 주고는 다신 보지 말자고 했었다. 그런데 그때부터 자신을 좋아했다니.

"그냥 날 보던 당신 눈이 많이 위태로워 보였거든요. 난 그 눈이 꼭 내 눈을 보는 것 같았고."

"그래서 그날도 먼저 밥 먹자고 했던 거구나. 동병상련처럼 느껴져서?"

태승이 장난스레 대꾸했다. 그러자 슬이 곧바로 반응하며 고개를 저었다.

"동병상련은 아니고."

"동병상련이면 어때? 그런 유대감이 있기에 우리가 더 서로를 이해할 수 있는 거잖아."

"그건 그렇지만. 그래도 당신을 동정해 본 적은 없어요."

"알아. 나도 널 단 한 번도 동정해 본 적 없으니까."

핸들을 놓은 태승이 슬의 손을 끌어 와 손깍지를 꼈다. 그와 눈을 맞춘 슬이 웃자 그도 따라 웃었다.

솜사탕처럼 다디단 분위기가 이어지려던 그때, 태승의 휴대폰과 연결

된 화면에서 요란스러운 벨이 울렸다. 슬의 손을 놓은 그가 화면에 뜬 익숙한 번호에 블루투스 이어폰을 귀에 꽂았다.

"네, 이모님."

항상 밝기만 한 남희가 세상이 무너지기라도 한 듯 절규하는 목소리로 태승을 불렀다.

―태승아! 이를, 이를 어쩌면 좋니. 어떡하면 좋아!

눈앞에 무슨 큰일이라도 난 사람처럼 애타게 절규하는 남희 때문에 태승이 급브레이크를 밟았다. 그 덕에 두 사람의 몸이 앞으로 확 쏠렸다. 가장 놀란 슬이 눈을 둥그렇게 뜨며 깜빡거렸다.

"할아버지께 무슨 일이 생겼습니까?"

태승의 입에서 나온 할아버지라는 소리에 슬의 신경이 온통 그에게로 쏠렸다.

―지금 큰일 났어. 회장님이 변을 보신 것 같은데, 너희 고모가 봐 버렸어. 이를 어쩜 좋니. 이를 어째!

이 모든 상황을 본 남희는 발만 동동 굴렀다. 외출했다가 들어와 보니 안방 문이 활짝 열려 있었고, 방이며 거실이며 온통 역한 냄새로 가득한 데다 온 집 안이 쑥대밭이 되어 있었다.

게다가 더 충격적인 것은 회장님의 상태였다. 입고 있는 옷과 안방 침대 시트가 온통 변으로 칠해져 있었다. 그것만으로도 기함할 정도인데, 2층에서부터 사람의 소리가 들려 올라가 보니 태승의 방이 난장판이었다. 그곳에선 혜명이 미친 사람처럼 울부짖으며 무언가를 찾고 있었다.

"지금, 지금 바로 갈게요. 일단 원장님께 연락해 주세요. 빨리요!"

태승이 덜덜 떨리는 손으로 핸들을 틀어쥐었지만 반쯤 나가 버린 정신을 다잡기에는 버거웠다. 혜명보다는 일만의 상태가 듣기만 해도 얼마나 심각한지 훤히 다 보여서 시야가 자꾸만 흐려졌다.

"왜 그래요? 태승 씨, 괜찮아요? 회장님께 일이 생긴 거예요?"

차를 출발시키려면 다시 버튼을 누르고 액셀을 밟아야 하는데 자꾸만 헛발질이었다. 이미 정신을 차릴 수 없는 상태가 되어 버린 그를 다독이는 사람은 오히려 침착한 슬이었다. 겨우 슬의 얼굴을 본 태승은 그제야 정신을 다잡을 수 있었다.

"괜찮아요. 침착해야 해요. 이럴 때일수록 정신을 바짝 차려야 해요. 그래야 회장님을 지킬 수 있어요. 이전까지는 태승 씨 혼자였을지 몰라도 이제는 내가 있어요. 일단 내려요. 내가 운전할게요."

그의 동공이, 목소리가 바람에 나부끼는 갈대처럼 마구잡이로 흔들리고 떨렸다. 슬은 먼저 조수석에서 내려 운전석 문을 열었다. 그와 자리를 바꿔 운전석에 앉아 핸들을 두 손으로 단단히 붙잡은 슬이 익숙하게 시동을 켜 속력을 높였다.

부아앙- 빠른 속력으로 내달린 차가 어느덧 그의 집 앞에 멈춰 섰고, 슬은 그와 함께 집으로 달려 들어갔다.

\* \* \*

현관문을 열고 들어간 집 안의 상황은 그야말로 쑥대밭, 난장판이었다. 도둑이 들어도 이 정도로 헤집어 놓지는 않았을 거다. 엉망인 거실을 보다 곧장 안방부터 달려 들어가는 태승을 따라 슬도 안으로 들어갔다.

문이 활짝 열려 있는 안방에서는 역한 냄새가 코를 찔러 왔고, 보고도 믿기지 않는 장면이 펼쳐졌다. 하얗던 침대 시트는 변이 묻어 본연의 색을 잃고 엉망이 되어 있었고, 바닥에도 변 발자국이 여기저기 찍혀 있었다.

그 처참한 광경을 훑는 태승의 시선이 방 한가운데 서 있는 일만에게로 향했다. 일만의 옷은 침대 시트와 같은 색으로 변색이 되어 있었다. 특히 바지 밑단이 축 늘어져 있는 것으로 보아 그는 화장실에 가야 한다는 것도 잊고 바지에 큰일을 본 것 같다. 그것만으로도 기가 막힐 지경인데, 문제는 아무것도 모르겠다는 세상 편안한 얼굴로 서 있는 일만의 모습이었다. 영혼은 없이 빈껍데기만 남아 있는 사람 같았다. 스스로를 잃어 간다는 것이 바로 이런 것인가.

눈앞에서 할아버지의 약해진 모습을 보는 태승의 억장이 무너져 내렸다. 심장이 뭉개지는 듯 고통스러운 반면 몸은 굳어 버렸다. 울음도 나오지 않았고 어떻게 하면 좋을지도 모르겠다. 머릿속이 새하얀 도화지가 되어 버린 것 같았다. 정신도 아득해져 갔고, 귓가엔 아무런 소리도 들려오지 않았다.

패닉 상태의 태승을 두고 안방으로 들어선 이는 슬이었다. 슬은 눈앞에 벌어진 처참한 상황에서도 침착함을 잃지 않았다. 일단 뒷수습이 먼저였고 그다음은 일을 해결한 후 생각해도 늦지 않았다. 엉망인 집 안보다 일만을 챙기는 것이 우선이었다. 슬은 차분하게 일만이 놀라지 않도록 다가가 자기소개를 하며 천천히 접근했다.

"할아버지. 할아버지, 저예요. 저, 윤슬이에요. 저 기억나세요?"

"……."

하지만 돌아오는 대답은 없었다. 일만은 누군가 물으면 답을 해야 하는 아주 기본적인 대화법조차도 잊은 것 같았다. 하긴 그것이 가능했으면 지금처럼 침대 위에서 변을 보지는 않았을 것이다. 이 지경에까지 이르렀다는 것은 병이 상당히 악화됐다는 뜻일 거다.

"지금 집이 엉망이라 청소를 좀 해야 할 것 같아요. 그리고 할아버지도 지금 입고 있는 옷이 다 젖어서 싹 씻고 새 옷으로 갈아입어요."

일만이 제 말을 듣고 있는지 안 듣고 있는지 표정을 봐서는 알 수가 없지만 그래도 슬은 차근차근히 상황을 설명하며 일만을 데리고 안방에서 나왔다. 다행히도 일만은 슬이 이끄는 대로 따라 주었다. 그런데 그의 집에 와 본 것은 오늘이 처음이라 화장실이 어디인지 알 수가 없었다.

잠시 걸음을 멈춘 슬이 고개를 돌려 방 앞에 망부석이 되어 버린 태승을 깨웠다.

"태승 씨! 지금 그러고 있을 때가 아니에요. 화장실 어디예요?"

슬의 일침에 정신이 번쩍 든 태승이 얼른 다가와 거들었다.

"내가 할게, 내가."

"일단 화장실부터 말해 줘요."

"거기 왼쪽이야."

큰 보폭으로 앞서간 그가 화장실 문을 활짝 열어 주었다. 때마침 2층, 태승의 방에서 무언가를 찾듯 한바탕 난리를 피우고 있던 혜명이 1층에 서부터 들려온 인기척 소리에 퍼뜩 달려 내려갔다. 그런 혜명의 곁에 있던 남희도 그녀를 따라 아래층으로 향했다.

샤워를 시키려면 옷부터 벗겨야 하는데 아무리 할아버지라도 남자인 터라 슬은 쉽게 다가가지 못했다. 그러자 태승이 나서서 윗옷 재킷을 벗었다. 속은 말이 아니었지만 당장에 할 수 있는 거라고는 일만을 진정시키고 씻기는 일이었다. 슬도 더 이상 막지 않고 화장실 밖으로 나갔다.

그런데 그때, 2층에서 내려온 혜명이 험악한 얼굴로 다가와 가타부타 태승의 뺨부터 쳤다.

철썩!

혜명의 돌발 행동에 남희가 버럭 소리쳤다.

"사모님!"

보고 있던 슬도 깜짝 놀라 손으로 입을 가렸다.

귀를 때리는 아찔한 소리와 함께 태승의 얼굴이 왼쪽으로 돌아갔다. 손에 얼마나 힘을 실은 건지 귀부터 왼뺨이 불에 덴 것처럼 화끈거렸다. 그러나 혜명은 한 대로도 부족했는지 그의 얼굴이 제자리에 돌아오기 무섭게 또 한 번 귀싸대기를 올려붙였다.

철썩!

이번에는 슬이 가만히 있지 않았다.

"잠깐만요! 말로 하세요!"

슬은 회장님도 보고 있는 자리에서 이게 뭐 하는 짓인지 모르겠어서 나서려 했다. 그런 그녀를 저지시킨 사람은 오히려 태승이었다. 자신의 손을 잡으며 괜찮다고 말하는 그의 눈빛을 보곤 슬은 조용히 물러났다.

얼얼한 뺨은 아무것도 아니었다. 눈앞에 분노로 가득 찬 얼굴로 서 있는 혜명이 더 신경 쓰였다. 고모가 왜 자신을 때렸는지 알고 있다. 때리고서도 아무 말 못 하고 가만히 바라만 보고 있는 이유를 아주 잘 알았다.

태승은 혜명이 어떤 말이든 할 수 있도록 남희에게 일만을 부탁했다. 그때까지도 일만은 욕실에서 혼자 있었다. 그는 지금 자신에게, 또 가족들에게 어떠한 일이 벌어지고 있는지 아무것도 모른다. 태승의 뜻을 알아들은 남희가 혼자서 욕실로 들어가 조용히 문을 닫았다. 그제야 혜명이 마음 놓고 악을 써 물었다.

"너 대체 뭐야? 다 알고 있었으면서, 그랬으면서 나한테 말하지 않은 이유가 뭐야!"

거실 수납장은 물론 태승의 방까지 모조리 뒤져 가며 찾은 것은 일만의 상태가 낱낱이 기록된 진단서와 일거수일투족을 담은 CCTV 자료들이었다. 이 모든 자료들이 말해 주는 것은 딱 하나, 일만의 병이었다. 알츠하이머라는 치매의 일종인 그 병은 일만의 기억과 그 자신까지도 잃게 만드는 아주 무서운 병이었다.

일만이 그 병을 진단받은 것은 지금으로부터 3년 전이었다. 진단서를 손에 쥐고 3년 전의 기억을 더듬던 혜명은 그동안 아무것도 몰랐던 자신을 용서할 수 없었다. 감쪽같이 속인 조카 녀석도 참을 수 없이 미웠다.

"너한테는 할아버지겠지만 나한테는 아버지야. 이는 즉, 너보다도 내가 먼저 알았어야 하고, 케어를 하거나 숨기거나 뭐든 내가 알아서 했어야 할 일이라고! 그런데 네가 뭐라고 이 일을 나한테까지 숨겨? 어? 네가 뭔데! 네가 뭔데 나한테서 아빠와 함께할 수 있던 시간을 뺏어 가냐고!"

그녀는 고래고래 악을 쓰는 것도 모자라 가슴을 치며 울부짖었다. 자신을 속인 것도 화나지만 가장 화가 나는 것은 일만과 같이 보낼 수 있는 시간이 얼마 없다는 것이다. 화장실에서 볼일을 봐야 하는 것조차 잊은 아빠의 머릿속에 자신에 대한 기억이라고는 조금도 없을 것이 분명했다.

그래서 혜명은 더 참을 수가 없다. 그동안 말할 기회가 충분했을 텐데도 입을 다물고 있었던 조카가 밉고, 아무것도 모르고 제 아빠 속만 썩인 못난 자신이 밉다.

"너 이제 어쩔 거야! 어쩔 거야! 우리 아빠 불쌍해서 어떡해. 나 이제 어떡해. 나 어떻게 살아."

태승의 가슴팍을 치고 제 가슴을 때리며 절규하던 혜명이 끝내 무너져 내렸다. 남편의 배신보다 지금이 더 아프고, 더 슬프고, 더 화가 난다.

바닥에 주저앉아 오열하는 제 고모를 보는 태승의 눈에서도 눈물이 흘러내렸다. 악을 쓰며 울고 있는 혜명에게 그 어떤 말도 할 수가 없었다. 그녀를 속일 때부터 각오했던 일이었다. 그녀가 이 모든 사실을 알고 난 뒤에 어떠한 일이 일어날지 알고 있었다.

그런데 자신이 예상한 것보다 혜명은 더 큰 충격을 받은 듯했다. 크게 울부짖는 그녀가 당황스러우면서도 후회가 밀려왔다. 좀 더 빨리 말할걸. 그랬으면 고모와 할아버지가 함께할 시간이 좀 더 길었을 텐데. 이제 어떻게 하지. 어떡하지.

태승의 가슴도 미어졌다. 어디라도 가서 주저앉아 울고만 싶다. 하지만 그러기에는 자신이 짊어지고 있는 것이 무겁고 크다. 약한 모습을 보이기에는 지켜야 할 사람이 너무 많다. 그래서 태승은 그저 눈물을 삼켜 낼 뿐이다.

그런 그들의 모습을 숨죽여 지켜보고 있던 슬의 눈시울도 젖어 들었다. 눈물을 흘리는 그의 고모도, 모든 것을 다 끌어안고 속으로 눈물을 참아 내는 그도 너무 안쓰러워 마음이 아팠다.

슬은 특히 혜명보다도 태승이 더 안타까웠다. 3년이라는 시간 동안 그는 모든 것을 감내하며 살았다. 누구보다 그 시간이 고되고 힘들었을 것을 잘 알고 있기에 그를 위로해 주고 싶었다. 구슬프게 흐느껴 우는 혜명을 바라만 보고 있는 태승의 널따란 등이 더없이 처연하다.

* * *

늦은 시각, 성해가 간호사를 대동하여 은밀히 저택을 찾아왔다. 그는 개운하게 샤워를 마치고 곤히 잠든 일만의 체온과 맥박, 혈압 등을 체크했다. 다행히 일만의 건강 상태는 전과 달라진 것이 없었다. 하지만 일만의 병은 심각할 정도로 깊어진 듯싶었다. 정확히는 검사를 해 봐야 알겠지만 대소변을 스스로 보지 못하게 된 것이 틀림없었다. 이제는 보호자 없이는 아무것도 할 수 없는 상태가 되어 버린 것이다.

고이 자고 있는 일만을 내려다보는 성해의 얼굴에 안타까움이 가득하다. 일만의 상태를 확인하고 방에서 나온 성해가 도둑이 든 것처럼 엉망이 된 거실을 둘러보다 혀를 찼다. 연락을 받고 급히 찾아왔을 때 어떤 여자의 통곡 소리가 들리던데, 아마도 혜명이 일만의 병에 대해 알게 된 것이겠지. 착잡한 심정으로 서 있는 성해의 곁으로 슬이 다가왔다. 옆에는 태승도 함께였다.

"아저씨, 회장님은 좀 어떠세요?"

"어, 지금은 안정적이셔. 혈압이나 맥박, 체온 모두 정상이야."

하지만 병은 더욱 깊어진 듯해……. 차마 이 말을 하지 못한 성해가 슬을 바라보다가 시선을 태승에게 옮겼다. 성해와 눈이 마주친 태승은 더는 묻지 않았다. 자신의 짐작이 틀리지 않다는 사실을 군이 입으로 확인할 필요가 없어서다. 그러고 싶지도 않았고. 인정하기 싫지만 분명한 건 이제 시간이 정말 없다는 거다.

"……그만 가 보마."

발길을 돌리는 성해의 걸음이 무겁다. 의사인데도 이럴 때는 별로 해 줄 수 있는 게 없었다. 바이털이 안정적인지만 확인할 수 있을 뿐, 그 밖엔 누구나 할 수 있는 위로를 건네는 것 말고는 없다. 무력함이 느껴졌다. 의사라는 직업이 사람을 살리지만 늘 사람을 살리지는 못한다. 바로 지금처럼.

태승은 할아버지의 병세가 깊다는 것을 눈으로 봐서 어림짐작했지만, 막상 의사의 반응을 보니 참담한 현실이 피부로 확 느껴졌다. 그는 간다는 성해에게 별다른 말없이 고개만 꾸벅이고는 일만의 방으로 들어갔다. 이로써 성해를 배웅하는 일은 오롯이 슬의 몫이 되었다.

슬은 성해를 바래다주기 위해 저택 아래 대문 앞까지 따라 나갔다.

"조심히 돌아가세요."

"그래. 많이 힘들 거야. 네가 곁에서 위로해 줘."

"네."

"날이 밝는 대로 병원에 모시고 오고."

"그럴게요."

별다른 대화 없이 할 말만 한 채 돌아서는 성해를 붙잡은 사람은 뒤늦게 사실을 알고 뛰쳐나온 혜명이었다. 혜명은 다급히 성해의 셔츠 소매를 붙잡았다. 놀란 성해가 혜명의 발께를 쳐다보았다. 얼마나 다급했던지 그녀는 신발을 신는 것도 잊은 채 성해를 쫓아 나온 것이다.

"주치의 선생님이시죠? 저희 아빠, 상태는 어떤 거예요? 많이 안 좋나요?

선생님, 말씀 좀 해 주세요."

마주한 두 눈이 붉게 충혈되어 있었다. TV에서만 보았던 어여쁜 얼굴도 엉망이 된 채 옷자락이 동아줄이라도 되는 것처럼 꼭 붙들고 있는 모습이 애처로웠다.

"제가 보호자예요. 조카보다 제가 더 잘 알아야 하는 거잖아요. 제가 저희 아빠 딸인데, 내가 모르고 있으면 안 되잖아요. 예? 저희 아빠, 괘…… 괜찮은 거죠? 그런 거죠? 어떤 상태예요? 제발 말씀 좀 해 주세요!"

혜명은 견딜 수가 없었다. 이대로 가만히 있을 수가 없어서 미쳐 버릴 것 같았다. 손톱만큼이라도 아빠가 호전될 수 있다는 희망을 품을 수만 있다면 그것만으로도 큰 위로가 될 것 같은데, 일만의 상태가 그 정도가 아니라는 걸까. 성해에게서 긍정적인 말을 듣고 싶은데, 그럴 기미가 보이지 않자 혜명의 표정이 서서히 굳어 갔다.

"내일 회장님을 모시고 병원으로 오십시오. 그때 전부 말씀드리겠습니다."

"선생님, 선생님!"

그것 말고는 더 이상 해 줄 말이 없었다. 성해는 정중히 고개 숙여 인사하고는 뒤돌아 대기해 있던 차에 올라탔다. 지푸라기라도 잡고 싶은 심정으로 매달렸지만 돌아오는 대답은 허망함뿐, 혜명의 눈에 눈물이 차올랐다. 줄곧 쏟아 냈건만, 고장 난 수도꼭지처럼 눈물은 쉴 새 없이 터져 나왔다.

몸이 굳은 사람처럼 한참을 움직이지 못하는 혜명을 뒤에서 지켜보다가 슬은 조심스레 그녀에게 다가갔다. 아버지의 병환을 알기도 전에 대소변도 거르지 못하는 아버지의 모습을 목격한 혜명이 남다르지 않게 느껴졌다. 아빠의 죽음을 목격했던 자신이 겹쳐 보이기도 했다.

그때 자신은 어떤 말이, 행동이 위로가 되었을까? 곰곰이 생각하다가

한 걸음 더 내디딘 슬은 순간 다리가 풀려 주저앉으려는 혜명을 곁에서 단단히 붙잡았다.

천천히 고개를 돌린 혜명의 시야에 슬의 얼굴이 들어왔다. 분명 처음 보는 얼굴인데 낯이 익다. 아까도 태승의 곁에 있던 여자다. 그렇다면 태승의 여자 친구일까. 하지만 이제 더는 상관없다. 그런 걸 궁금해할 만큼 마음의 여유도 없었다. 이제 나는 어떡해야 하지? 어떡하면 좋을까? 아빠 없는 세상, 살아갈 수 있을까?

갈 곳을 잃고 방황하는 혜명의 눈을 본 슬이 조심스럽게 그녀를 불렀다.

"고모님. 저 좀 봐 주세요, 고모님."

멀었던 목소리가 차차 가까이서 들리기 시작했다. 아득했던 눈앞이 서서히 또렷해져 온전히 상대의 얼굴을 비추었다.

"지금은 힘드시겠지만 이제라도 정신 똑바로 차리셔야 해요. 이렇게 무너질 순 없어요. 아직 회장님은 고모님 곁에 있어요. 이게 끝이 아니라는 뜻이에요. 아버지를 지켜야 할 사람, 고모님이잖아요."

흔들리지 않는 확고한 음성이 조금씩 혜명을 안정시키고 있었다. 그녀가 하는 모든 말이 맞다. 아직 끝난 게 아니다. 아버지가 제 곁에 있고, 자신이 있고, 태승이 있다. 지켜야 할 것이 많다. 그만큼 잃는 것도 많을 거다. 하지만 잃을 각오를 하면 다 지킬 수 있다. 아버지도, 회사도.

더욱이 자신은 혼자가 아니다. 3년 동안 자신을 대신해 홀로 싸웠던 조카가 있다. 이제 조카와 힘을 합치는 것만 남았다. 하나보다는 둘이 더 나을 거다. 그리고 우리에게는 하나의 목표가 있다. 목표가 있으면 나아갈 수 있다.

혜명이 두 다리에 힘을 주고 자리에서 일어섰다. 그녀의 말처럼 굳세게 마음을 먹어야 한다. 조금 전만 해도 도무지 힘을 내지 않을 것 같더니 조금 기운을 차린 것 같은 혜명의 모습에 슬은 안심할 수 있었다. 슬이 혜명에게 했던 말, 그 말이 조금은 위로가 되었나 보다.

그녀에게는 기회가 남아 있다. 소중한 사람을 지킬 수 있는 기회. 그 소중한 사람이 살아 있다는 것만으로도 기회였다. 그 기회를 놓치지 않기를 바라는 진심이 통한 것일 뿐. 앞서 걸어가는 혜명의 뒷모습을 보던 슬도 곧 그녀를 뒤따랐다.

* * *

잠든 할아버지 맡을 지키다 거실로 나오니 아무도 없어 휑했다. 슬은 아까 성해를 뒤따라 나갔고, 고모는…… 2층에 있나 싶어 올라가 봤지만 여기에도 없었다. 그 몸으로 어디를 간 건지 걱정도 잠시, 태승은 어질러진 제 방을 무감하게 보다 침대 아래 바닥에 떨어져 뒤집혀 있는 액자를 주워 들었다.

산산조각 난 유리 안쪽에 껴 있는 사진 한 장. 지금보다는 훨씬 풍채가 좋았던 옛날의 일만과 앳된 태승이 나란히 서 있다. 그 사진을 액자에서 꺼내 쓰다듬던 태승의 눈에서 눈물이 떨어졌다. 울고 싶지만 차마 울 수 없어 참았던 눈물이 이제야 한꺼번에 터져 나왔다. 그는 액자를 손아귀에 바싹 쥐고는 이를 악물었다. 하지만 잇새로 흘러나오는 흐느낌을 참을 순 없었다.

"흑, 흐윽."

눈물방울이 툭, 투둑 액자 위로 떨어져 흘렀다. 마침 태승을 찾으러 2층으로 올라온 슬이 그 모습을 보았다. 텅 빈 방에서 홀로 울고 있는 그의 등이 애처로워서 당장이라도 껴안고 토닥여 주고 싶었지만, 지금은 혼자 두는 것이 좋을 것 같았다.

반쯤 열린 문을 살짝 닫아 준 슬이 문 옆에 등을 붙이고 섰다. 울음소리조차 누가 듣기라도 할까 마음껏 내뱉지 못하는 그가 가여워서 슬도 눈물을 흘렸다.

어느 정도 시간이 흐르고 그의 울음소리도 잦아들 때쯤 슬은 꽉 닫히지 않은 문을 열었다. 그는 뒤에서 들리는 인기척에 빠르게 눈물을 훔치고, 쥐고 있던 액자를 책상에 올려놓았다. 자신이 운 사실을 들키고 싶지 않았던 태승은 그녀에게서 등을 돌린 채 방 정리에만 몰두했다.

"뭐 해요? 같이 치워요."

책장에 꽂힌 책들도 전부 밖으로 나와 있고, 서랍도 거꾸로 뒤집힌 채 그 안에 있던 것들이 전부 쏟아져 나와 바닥에 흩어져 있었다. 액자도 전부 깨져 유리 파편이 이곳저곳에 어질러져 있었다. 폭풍이 불어닥친 것처럼 엉망이 된 제 방에 슬이 있다는 것부터가 부끄러운데, 거기다 그녀에게 방까지 치우게 할 순 없었다. 책부터 집어 들고 책장에 꽂으려는 슬에게서 책을 뺏어 간 태승이 그녀의 손을 잡고 방 밖으로 데려갔다.

"잠깐 있어. 데려다줄게."

아까 벗어 놓은 재킷을 찾으러 내려가려는 태승을 슬이 붙잡았다.

"혼자 갈게요."

"너무 늦었어. 데려다줄게."

"그럼 그냥 같이 있어요."

"슬아."

"어차피 우리 결혼할 사이 아니에요? 내일 결혼 기사도 난다면서. 그럼 같이 있어도 괜찮지 않나?"

집에 정식으로 인사시켜 주고 싶었는데 이런 꼴부터 보였으니 태승의 입에서 한숨이 쏟아졌다. 가지 않겠다는 그녀의 고집을 꺾을 만한 힘이 오늘은 없었다.

"오늘은 아무 생각 하지 말고 자요. 자고 일어나서 생각해."

아침부터 지금까지 사건이 연이어 터진 탓에 태승은 곧이라도 쓰러질 것처럼 위태위태해 보였다. 이미 방은 잔뜩 어질러 있어 잠을 자기는 어려울 것 같아 슬은 2층에 남은 방이 어디일까 두리번거리다 물었다.

"여기 남은 방이 어디에요?"

복도 끝에 게스트 룸으로 쓰이는 빈 방이 하나 있었다. 그곳으로 그를 데리고 들어온 슬이 다짜고짜 태승을 침대에 앉혔다. 어쩐지 상황이 주객전도가 된 듯하다. 이 집의 주인은 그인데, 오히려 주인 행세를 하고 있는 사람은 슬이었으니.

"좀만 눈 붙여요. 다른 생각은 내일 해도 되니까."

그가 눕는 모습까지 보고 나가려 그를 미는데도 태승은 꼼짝하지 않았다.

"안 잘 거예요? 이거 부탁 아니고 명령이에요. 얼른 자야 내일 또 할 아버지 지켜 드리지."

베개라도 빼서 강제로 눕혀야 하나 싶어 침대 헤드로 가려는데, 태승이 그녀의 손목을 붙잡고는 한 줌밖에 되지 않는 허리를 와락 껴안았다. 깜짝 놀란 슬이 그 자세로 멈춰 버렸다.

"잠시. 잠시만 이러고 있을게."

태승은 슬의 가슴에 뺨을 댄 채 눈을 감았다. 길고 고단했던 하루가 씻은 듯이 괜찮아지는 기분이었다. 그녀는 곁에 있는 것만으로도 큰 힘이 되는 존재였다. 가족에게도 기대지 못했던 그가 자신보다도 훨씬 더 작고 여린 그녀에게 의지했다. 서로가 서로의 안식처가 되는 관계가 안정적이라는 생각이 들었다.

슬은 그의 머리카락을 쓰다듬었다. 고단한 하루였을 오늘이 이렇게라도 위로가 된다면 그것으로 되었다. 그러다 이런 생각을 했다. 이렇게 평생 그의 곁에 있고 싶다고. 하루나 이틀이 아니라 평생. 그렇게 생각을 하고 보니 문득 무언가를 깨달았다.

아, 이래서 결혼을 하는구나. 이래서 같이 부부로 사는구나.

태승의 머리카락을 헤집던 손을 자신의 목으로 가져간 슬이 그가 걸어 준 펜던트를 매만졌다. 그가 준 소중한 물건. 흔한 청혼 반지보다 이 특별한 펜던트 목걸이가 더 좋았다. 자신이 그의 의미라고 했다. 저와 꿈꾸는 미래가 이상이라고도 했다. 그렇다면 그는 제게 어떤 존재일까.

그는 저에게 그 이상의 의미이다. 그 어떤 수식어로도 그를 향한 이 깊은 마음을 대신할 수는 없다. 그만큼의 의미가, 그 의미의 이상이 바로 그였다.


밤이 깊었다. 어두운 방 안에 슬과 태승이 마주 보고 누워 있었다. 태승은 두 눈을 감은 채 잠에 빠졌고, 슬은 그런 그를 바라보았다. 크고 맑은 눈동자를 감춘 그의 감은 눈 아래로 긴 속눈썹이 짙은 음영을 만들어 냈다.

"……속눈썹 참 길다."

그의 잠든 얼굴을 보는 일은 거의 없었던 것 같다. 이렇게 편안한 얼굴을 하고 자는 모습은 더더욱. 다른 사람들이 다 잘 시간에도 그는 깨어 있었고, 그가 깨어 있을 때 저는 늘 잠들어 있었으니까. 하루하루가 고단했을 사람이다. 양어깨에 각각의 의무와 책임을 짊어지고 뚜벅뚜벅 걸어가야 했으니.

그렇게 살다 보니 타인의 눈에는 성공한 인생, 남부러울 것 없는 인생이겠지만 저는 알고 있다. 이 사람의 속이 얼마나 곪아 있을지, 하루하루가 얼마나 고단하고 외로웠을지. 자신을 지키며 살아가기에도 힘겨운 세상인데, 세상 사람 전부를 속이는 것도 모자라 가족에게조차 속 시원히 털어놓지 못하고 사는 삶이란……. 감히 그 삶의 무게도 짐작하기가 어려웠다.

그런데도 그는 자기 자신을 잃지 않고, 해야 할 일을 하고, 지켜야 할 사람들을 지키며 살아왔다. 누군가는 그를 두고 참 독한 사람이라고, 또 누군가는 정말 강한 사람이라고 하겠지만 저는 안다. 그는 그저 제 사람들을 지키기 위해 때로는 이를 악물었을 뿐이란 사실을. 그래서 지금 이 순간이 좋으면서도 마음이 아팠다.

그녀는 손을 뻗어 그의 뺨을 쓰다듬었다. 손바닥에 닿는 온기가 따듯했다.

"잘 자요, 내 사랑."

슬은 오늘 하루도 고단했을 태승이 단 몇 시간만이라도 푹 잠들었으면 좋겠다고 생각했다. 그리고 앞으로는 제 곁에서 잠드는 모든 순간이 편안하도록 만들어야지 하는 다짐도. 꼭 그래야지. 이제는 제 눈꺼풀이 무겁다.

서서히 눈이 감겨 오며 곧 슬도 잠에 들었다. 다사다난했던 하루 끝, 두 사람은 서로의 곁에서 아주 곤한 잠에 들었다.

* * *

모두가 잠든 그 시각, 혜명은 아직도 잠을 이루지 못했다. 그녀는 늦게까지 아버지 곁을 지키다 자정이 넘어서야 집으로 들어왔다. 사람의 인영을 감지한 현관 센서 불이 깜빡거렸다. 현관의 불은 환한데, 거실은 칠흑 같은 어둠이다. 아직 남편이 들어오지 않은 것이다. 전에는 그를 기다리다 뒤늦게 온 연락을 받고서야 잠에 들었지만 이제는 그조차 하지 않는다. 할 필요가 없어졌다.

이곳은 그의 집이 아니니까. 그렇다고 제 집은 더더욱 아니다.

그녀는 가방과 입고 있던 겉옷을 벗어 소파에 걸쳐 놓고 유리장에서 위스키와 잔을 갖고 홈 바 테이블에 앉았다. 그러고는 얼음도 넣지 않고 높이가 꽤 되는 큰 잔에 위스키를 가득 따라 한 번에 쭉 들이켰다. 목넘김이 가볍지 않고 뜨거웠다. 식도가 높은 술 도수에 녹아 버릴 것처럼 화화했다. 이런 걸 어떻게 마시나 싶지만 멈출 수가 없다. 이 상황에 술까지 마시지 않으면 정말 돌아 버릴지도 모른다. 그러기 전에 취해야지, 미쳐야지.

독한 위스키를 연달아 들이켠 혜명이 유리잔을 홈 바 테이블에 탁, 하고 내려놓았다. 터질 듯 뜨거웠던 목구멍은 높은 위스키 도수에 마비라도 된 건지 아무 감각도 느껴지지 않았다. 그런데 왜 정신은 멀쩡한 걸까. 이쯤이면 취해야 맞는 거잖아. 취해야 하는 거잖아.

혜명이 또다시 잔에 위스키를 따랐을 때, 현관 센서 빛이 환하게 켜졌다. 동시에 술을 따르던 혜명의 동작도 멈춰졌다.

"당신, 아직 안 잤어?"

중열이 홈 바 테이블에 앉아 있는 혜명을 보곤 스위치를 켰다. 그러자 불이 환하게 켜지며 거실을 비추었다.

"웬 술? 당신 술 못 마시잖아."

중열은 태연했지만 그 순간 알아차렸다. 잘 마시지도, 찾지도 않았던 술을 지금 그녀가 마시고 있다는 것은 잊고 싶은 기억이 있다는 뜻이다. 그 일은 아마도 일만과 관계가 있을 것이다. 혜명이 일만의 병을 알게 된 거겠지.

"벌써 꽤 마셨네. 안주도 없고. 무슨 일 있었어?"

혜명의 옆 빈자리에 앉은 중열이 고개를 갸웃했다. 그 표정이, 행동이 너무도 태연자약해서 오히려 웃음이 터지려고 했다. 이 인간이라면 아마다 알고 있었을 거다. 다 알면서 그간 말하지 않은 이유는 모든 것을 계산하고 있었기 때문이겠지. 일만의 병환을 적재적소에 터트릴 시기, 자신에게 유리하게 작용할 바로 그 시기에 대한 계산 말이다.

"……가증스러운 새끼."

이것도 간신히 참은 것이다. 속에서부터 끓어오르는 화를 남아 있는 인내심을 모조리 끌어 올려 겨우겨우 참은 말이다. 이 이상 마주 보고 있다가는 정말 죽일 것 같아서 혜명은 살기를 억누른 채 방으로 들어왔다.

비틀비틀, 이제야 취기가 도는 듯 거실이, 방이 빙글빙글 돈다.

기다시피 침실로 걸어온 혜명이 침대 위로 쓰러지듯 누웠다. 머리는 어지럽고 속은 부글부글 끓고 메스꺼운데 이제야 잠들 수 있을 것 같다. 속이 쓰리고 머리가 지끈거리니까 아무 생각도 할 수가 없는 게 오히려 더 나았다.

푸후, 숨을 내쉴 때마다 독한 위스키 냄새가 코를 찔렀다. 이대로 잠들면 꼴이 엉망이겠으나 이제는 아무 상관없었다. 아빠……. 내 아빠만 괜찮다면 다 상관없을 텐데……. 잠든 혜명의 눈에서 눈물이 흘렀다.

중열은 혜명이 들어간 방을 예의주시하다 더 이상 기척이 느껴지지 않자 시선을 거둬들였다. 그는 혜명이 마신 빈 잔에 다시 위스키를 따르다 말고 비열하게 조소했다.

'가증스러운 새끼.'

분명 자신에게 한 말이었다. 결혼해 살면서 아내, 류혜명에게는 듣지 못한 말이었다. 그럼 이제 더는 아내가 아니라는 거네. 그녀가 모든 걸 알게 되는 순간이 올 거라고 예상을 하긴 했지만 생각했던 것보다 빠르긴 했다. 그 시기가 좀 더 늦을 거라 생각했는데.

그가 잔을 돌리자 채워진 위스키가 그 안에서 찰랑거렸다. 어쨌거나 자신의 계획에는 차질이 없을 거다. 오히려 그 시기를 앞당기면 된다. 당긴 활시위가 팽팽했다. 어디로든 던지기만 하면 된다. 그렇게 앞으로 나간 활촉의 끝은 류일만 일가에게 가 닿을 것이다. 그의 눈에서 열기가 식지 않은 분노가 번뜩였다.

오늘 비서를 통해 보고 들은 바에 의하면 자신의 부서 이동이 확정됐다고 했다. 곧 통보가 내려올 예정이며, 차기 회장은 태승이 될 거라고도 덧붙였다. 그 말을 듣는 순간 중열은 가슴에서 천둥이 치는 것 같았다.

평사원에서부터 차근차근 단계를 밟아 지금의 자리까지 온 사람이 바로 나다. 여자 잘 만나서 덕 본 케이스라고 매스컴에 올랐을 때나, 얼굴도 모르는 사람들 입에 수천 번씩 오르내릴 때에도 한결같이 회사를 위해 일해 왔던 사람도 나다. 그런 나에게 겨우 핏줄이라는 이유로 아직 인생의 절반도 살아 보지 않은 조카에게 왕좌를 내놓으라니. 있을 수 없는 일이었다. 천부당만부당한 일! 내가 조카 녀석의 들러리가 될 수는 없다.

중열의 눈에서도 가슴에서처럼 천둥번개가 쳤다.

잔 속에서 찰랑이던 위스키를 한 방울도 남기지 않고 모두 비워 낸 중열이 유리잔을 거꾸로 뒤집어 놓았다. 투명한 유리잔 안에 언제 들어갔는지 모를 날벌레 한 마리가 난데없이 출구가 막혀 당황하고 있었다. 유리잔 속 날벌레는 곧 숨이 막혀 죽을 것이다. 출구가 모두 막혀 버린 그곳에서 태승의 숨도 점점 조여들 것이다.

내가 그렇게 만들 것이다.

## 3. 반복되는 꿈

다음 날이 밝았다. 창을 비추는 뜨거운 아침 햇살에 태승의 눈이 저절로 뜨였다. 그는 무거운 속눈썹을 들어 올려 몇 번 깜빡거렸다. 여기는…… 낯익은 천장을 보니 어제 일이 떠올랐다. 언제 잠에 들었는지 모르게 곯아떨어졌었다. 그냥 눈만 감고 있으려고 했는데 지금까지 깨지 못할 만큼 깊은 잠에 든 것이다. 이렇게 푹 잠든 것은 정말 오랜만이었다.

뻐근한 뒷목과 어깨를 풀며 스트레칭을 하던 순간 슬이 떠올랐다. 어젯밤, 이 방에서 그녀와 같이 잠들었던 기억이 난다. 퍼뜩 고개를 돌려 옆자리를 보니 텅 비어 있다. 집에 간 건가 싶어 서둘러 방을 나와 2층 거실을 둘러봤다. 하지만 슬은 어디에도 보이지 않았다. 2층에는 없는 모양이다. 그렇다고 말도 하지 않고 갔을 리는 없는데……

계속해서 슬의 흔적을 쫓는 태승의 귓가에 아주 낯익은 목소리가 들려왔다. 천천히 계단을 밟고 내려가니 주방에 서 있는 남희와 슬의 뒷모습이 보였다. 그녀는 긴 머리카락을 하나로 질끈 묶고 앞치마를 맨 채 무언가를 만들고 있었다.

"맹물에 하는 것보다 멸치와 다시마 육수를 내면 더 감칠맛 나고 좋아."

"아, 그렇구나. 전 맹물에만 끓여 봐서 육수 내는 법은 잘 몰랐거든요."

슬은 아침 식사를 준비하는 남희의 옆에서 열심히 보조하고 있었다.

"그럴 수 있지. 태승이랑 회장님은 이 육수 내서 끓이는 찌개며 국이며 다 잘 먹어."

"그래요?"

남희의 말에 슬의 귀가 솔깃해졌다.

"응. 태승이나 회장님이나 입이 짧아서 한식 외에는 잘 안 먹어. 음식도 늘 먹던 것만 먹고."

슬은 남희가 해 주는 말을 귀담아 들었다. 그는 입이 짧고, 멸치와 다시마 육수를 낸 찌개와 국을 잘 먹고, 한식 위주의 식사를 하며 늘 먹는 음식만 먹는다는 것. 그가 좋아하는 것들을 듣다 보니 자신과는 다른 점들을 꽤 알게 됐다. 그는 한식을 좋아하고 저는 빵이나 면 등 밀가루 위주의 음식을 좋아하고.

그러다 문득 아침이나 저녁의 메뉴가 고민됐다. 주로 그가 좋아하는 음식으로 차려 줘야지. 김치찌개를 끓일 때는 꼭 멸치와 다시마로 육수를 내고, 반찬도 그가 좋아하는 한식 위주로. 그렇다면 소소하지만 더없이 행복한 일상이 될 것이다. 별일 없이 매일을 사는 일상. 그런 생각을 하니 슬의 양 뺨이 점점 더 붉어졌다.

"아침은 먹을 때보다 안 먹을 때가 더 많아. 사실 밥을 제때 잘 챙겨 먹는지는 잘 모르겠어."

슬이 남희의 걱정스러운 말에 고개를 끄덕이며 격하게 동의했다.

"그건 저도 잘 모르겠어요. 뭐든 너무 조금씩 먹어요."

"그러게 말이야. 누가 옆에서 잘 챙겨 주지를 않으면 아예 안 먹을 때가 많지."

남희가 한숨을 푹 쉬다 말고는 같이 걱정스러운 얼굴을 하고 있는 슬을 슬쩍 보고 장난스럽게 말했다.

"그런데 이젠 끼니 걱정은 하지 않아도 될 것 같네. 누가 옆에서 아주 잘 챙겨 줄 테니까."

그 누구는 바로 자신을 가리킨 말이었다. 슬의 얼굴이 또다시 붉어졌다.

"찌개는 뚝배기에 담을까요?"

민망해진 슬의 행동이 요란스러워졌다. 남희는 부끄러워하는 슬의 모습을 보고는 푸근한 미소를 지었다. 왜 태승이 이 아가씨를 좋아하는지 알 것 같았다. 어젯밤, 태승과 함께 들어와 그 광경을 보고도 침착하게 회장님을 돕는 모습이 인상 깊었다. 그녀는 분명 놀랐을 텐데도 내색하지 않고 회장님과 태승의 마음까지 헤아렸다.

게다가 오늘 아침에도 일찍 나와 같이 식사 준비를 돕는 모습이며, 집 안일에 익숙하지 않을 텐데 이것저것 물어보며 도우려고 하는 그 마음이 참 예뻤다. 특히 말간 얼굴에 해맑은 미소가 사람의 마음을 흔드는 매력이 있었다. 언젠가 회장님이 그런 말을 한 적이 있었다.

'내가 아는 아이가 하나 있는데, 참 예뻐. 꼭 우리 며느리 같았어. 우리 며느리가 웃을 때 특히 예뻤거든. 온 세상을 환하게 비추는 달처럼.'

아마도 그 며느리를 닮았다는 아이가, 이 아가씨인 것 같다. 웃는 모습이 정말 보름달처럼 예뻤다.

한 발자국 멀리서 두 사람의 모습을 지켜보고 있던 태승은 순간 눈이 시렸다. 한 번도 상상해 본 적 없던 그림이다. 행복이 허락되지 않는 곳처럼 어둡고 쓸쓸하기만 했던 집이 따뜻한 온기로 가득했다. 겨우 한 사람이 들어왔을 뿐이다. 그런데 그 한 사람으로 인해 그의 세상이 춥고

시리던 겨울에서 따뜻한 봄이 되었다. 사랑이 바로 그런 것이다. 한 사람으로 인해 다른 한 사람의 세상이 변화되는 것. 그것이 사랑이다.

"뚝배기가…… 찾았다!"

슬은 뚝배기를 찾으려 이 수납장, 저 수납장 죄다 열어보다가 천장 선반에서 발견했다. 그런데 꽤 높은 곳에 있어 손이 닿지 않았다. 발끝을 세우고 팔을 더 뻗어 보지만 뚝배기에 닿을락 말락할 뿐 도무지 잡히지 않았다. 그녀는 발끝을 바닥에 내려놓고 다시 심기일전했다. 거의 발톱이 바닥에 닿을 만큼 한껏 까치발을 세워 팔을 쭉 뻗자 드디어 뚝배기가 손끝에 닿았다. 슬의 얼굴에서 환한 웃음이 어렸다.

이제 그대로 손끝에 걸린 뚝배기를 끌어오면 되는데 뚝배기 아래에 겹쳐 있던 그릇이 딸려 오며 와르르 아래로 쏟아졌다. 그 순간 눈앞이 아찔해진 슬이 두 눈을 감았고, 뒤에서 지켜보고 있던 태승이 단숨에 다가와 떨어지려는 그릇을 탁 잡아챘다. 아무런 일이 생기지 않자 눈을 슬며시 뜬 슬이 옆으로 뻗어 있는 굵은 팔뚝을 따라 뒤를 돌아보았다.

"태승 씨."

자신의 머리 한참 위에 태승의 얼굴이 보였다.

"큰일 날 뻔 했잖아. 안 다쳤어?"

고개를 끄덕이자 그가 뚝배기 하나를 집어 건네주었다.

"여기."

"……아, 고마워요."

"조심해. 그러다 다치면 안 돼."

태승이 슬의 어깨를 조심히 감쌌다가 톡톡, 다독였다. 뒤에 남희가 있으니 태승의 손길도 조심스러웠다. 둘만 있었으면 잘 잤느냐고 뽀뽀라도 해 줬을 텐데, 내심 그러지 못한 게 아쉬운 태승이었다.

"안녕히 주무셨어요, 이모님?"

태승과 슬의 그림 같은 모습을 보고 있다가 자신도 모르게 정신을 빼

놓고 있던 남희가 헛기침을 한 번 하고는 고개를 끄덕였다. 남희는 신혼 첫날밤, 문지방을 뚫어 새 신부, 새신랑을 훔쳐보는 것 같은 기분을 느꼈다.

"어. 어. 그럼. 잘 잤지. 류 사장도 잘 잤고?"

"네. 간만에 아주 푹 잤어요."

그 말에 순간 주방 분위기가 정적에 휩싸였다. 푹 잤다는 말이 왜 이리 선정적으로 들리는지 모르겠다. 남희는 속으로 흐뭇해했지만 슬은 괜히 얼굴이 붉어지고 부끄러워 고개를 들지 못했다.

"그럼 다행이고. 근데 왜 얼굴이 핼쑥한지……."

뒷말을 늘어트린 남희가 회장님 방에 가 봐야겠다며 주방에서 나갔다. 그녀가 나가자마자 슬이 붉어진 양 뺨을 손으로 가리며 핀잔했다.

"여기에서 그렇게 말하면 어떻게 해요."

그러자 태승이 아무렇지 않은 표정으로 입으로는 낯 뜨거운 말을 했다.

"푹 잔 건 사실인데, 널 안고만 있으려니까 잠들기가 좀 힘들었지."

"어후."

슬은 더는 그런 말하지 말라며 타박했다. 그러더니 고개를 숙이는데 왜 이리 나무라는 것도 예쁜지 모르겠다. 양 뺨이 붉어져 있는 것도 너무 예뻤다. 누구 심장 하나 녹아 없어져 봐야 그만 예뻐질 건지, 이러다가는 제 심장이 남아나지 않을 것 같다.

"슬아."

"응?"

무심코 고개를 들자 순식간에 그의 입술이 다가왔다. 쪽 소리와 함께 입술이 붙었다가 떨어졌다. 행여 남희가 다시 들어올까 서둘러 뗀 입술이 아쉽기만 하다. 슬의 얼굴이 더 붉어졌다. 사방이 탁 트인 공간에서 몰래 나누는 짧은 입맞춤이 더 야릇했다.

"갑자기 하고 싶어서."

그는 속에 있는 본심을 그대로 꺼내 보였다. 늘 솔직한 사람이었지만 지금은 쑥스러워서 그런 본심은 좀 숨겨 줬으면 했다. 슬이 더는 답하지 못하고 기어 들어갈 듯 작은 목소리로 중얼거렸다.

"이러다 들키면 어쩌려고."

그러면서 눈을 위로 치켜뜨며 쳐다보는데 그 시선이 무언의 신호라는 것을 알아차린 그가 또 한 번 그녀에게 다가갔다. 슬도 가만히 눈을 감았다. 입술 위로 닿은 그의 입술이 폭신했다. 마치 솜사탕처럼. 폭신하고 말랑한 입술 새로 단 숨이 흘러들었다. 이번 입맞춤은 꽤 길었지만 진하지는 않았다. 입술만 닿고 곧 아쉽게 떨어졌다.

여기가 그의 집만 아니었다면……. 그런 아쉬움이 가득했다. 그 마음은 태승도 마찬가지였다. 여기가 집이라서 더 안고 싶다는 욕망이 들끓었다. 하지만 그럴 수가 없어 아쉬운 마음이 컸다.

"한 번만 더."

아직 할아버지 방에서 남희가 나오지 않은 것을 확인한 태승이 한 번 더 입을 맞췄다. 또 짧게 닿았다 떨어진 입술이 아쉬워 이번에는 슬이 말했다.

"나도 한 번만 더."

까치발을 한껏 세운 슬이 그의 얼굴에 대고 입술을 쭉 내밀었다. 하지만 아무리 바둥거려 보아도 그에게 닿기에는 너무 멀었다. 이쯤 되면 태승이 고개를 숙여 주어야 하는데 아무리 기다려도 입술에 닿는 감촉이 없었다. 감았던 눈을 뜨자 입가에 웃음이 잔뜩 실려 있는 그가 보였다. 슬은 당했다는 생각에 잔뜩 심통이 나 볼을 부풀렸다.

"뭐예요, 진짜."

"안간힘 쓰는 네가 너무 귀엽잖아."

"지금 그러고 볼 때예요? 됐어요. 그만 가요."

그녀는 이제 뽀뽀를 해도 안 받아 줄 사람처럼 그를 밀어냈다. 힘을 주어도 꼼짝 안 할 것 같던 사람이 자기 손에서 쉽게 밀려나자 슬은 그것도 서운했다. 장난도 진짜. 하여튼 짓궂은 사람이다.

"삐쳤어?"

"몰라요. 이제 안 해 줄 거야."

아예 등까지 돌려 밀다고 투정 부리는 슬이 귀여웠다. 다른 곳에서는 안 그러던 여자가 집에서 이러니 미칠 것 같다. 하필이면 사방이 다 트여 있을 건 뭐람. 새삼 제 집의 주방을 다 막아 버리고 싶다는 생각이 들었다.

"이건 뭐야?"

그가 묻는데도 슬은 토라진 상태라 하얀 김이 나는 냄비에 김치찌개를 한 국자씩 퍼서 뚝배기에 담기만 했다. 그녀가 제 말을 무시하는데도 기분이 나쁘지 않고 오히려 귀여워서 태승은 웃음을 멈추기가 어려웠다.

"김치찌개 맛있겠네. 네가 한 거야?"

"……."

이제는 대답도 하지 않는다. 단단히 삐쳤구나 싶어진 그가 더 이상 주변 눈치 보지 않고 그대로 슬을 안아 버렸다. 등 뒤에서 자신의 어깨를 감싸고 얼굴을 기대는 그 때문에 정작 당황하고 놀란 사람은 슬이었다.

"이모님 오시면 어쩌려고 그래요."

"아까는 뽀뽀해 달라며."

"그건 그거고. 이제 정말 나오실지 모른단 말이에요."

"괜찮아. 아직 아무도 없어."

말로는 당해 낼 재간이 없다는 것을 잘 아는 슬은 더 이상 그를 채근하지 않았다. 그럴수록 더 다가올 사람이라는 것도 알아서다.

"우리 이러고 있으니까 정말 신혼부부 된 것 같다."

신혼부부라니. 슬의 볼이 또 붉어졌다. 오늘따라 몸에 열이 올랐다 내렸다 하는 것 같다. 이게 다 아침부터 낯 뜨거운 말을 서슴없이 뱉어 내는 그 때문이다. 그런 말이 싫은 건 아닌데 자꾸 설레니까 문제다. 시도 때도 없이 심장이 두근두근하니까 정신을 차릴 수가 없다. 지금도 등 뒤로 쳐다보는 태승의 시선이 느껴지지만 애써 의식하지 않으려 괜히 뚝배기 그릇만 헹구는데 한껏 진지해진 그의 목소리가 들려왔다.

"이따 집으로 데려다줄게. 간단히 짐만 챙겨 나와."

그녀는 찌개를 옮겨 담으려다 말고 제 어깨를 감싼 그의 팔뚝을 붙잡았다.

오늘은 이들의 결혼 발표가 나는 날이다. 발표 후에는 회사는 물론, 대한민국 전체가 떠들썩해질 거다. 아마 회사고 집이고 기자들이 진을 치는 탓에 꼼짝달싹하지 못할 것이 분명하기에 그들을 피해 있는 것이 나았다.

"그리고 결혼은 생각 같아서 빨리 하고 싶지만 네가 이 일을 얼마나 좋아하는지 아니까 난 최대한 네 의사와 스케줄에 맞출 거야."

"태승 씨……."

슬은 그가 이런 생각을 하고 있었을 줄은 생각지도 못했다. 새삼스럽지만 이 남자가 자신을 얼마나 사랑하는지 그의 마음이 절실히 느껴져서 감동이 밀려왔다.

"나야말로 결혼 빨리 하고 싶은 걸요."

정말이었다. 일도 중요했지만 그와 함께할수록 더 오래 같이 있고 싶다는 마음이 커져 갔다.

"나도 그래. 하지만 그렇게 되면 기자 건도 그렇고 네 주변이 힘들어질 수도 있어."

슬은 끝까지 자신을 걱정하는 태승을 애틋하게 바라보다 고개를 저었다.

"한시라도 떨어져 있고 싶지 않아요, 이제. 우리가 함께하는 시간이 더 중요해져서 다른 건 다 상관이 없어졌어요."

애틋해진 슬과 태승은 한동안 서로를 바라보고 있었다.

"이모님 나오시겠어요. 얼른 식사 준비를 해야 회장님도 식사하시죠."

더 마주 보고 있다가는 오늘 내로 아침 식사는 하지도 못할 것 같아 슬이 먼저 그를 밀어냈다. 주방에서 떠밀려 나온 태승도 더는 주방에 가지 않고 일만의 방으로 향했다. 때마침 문이 열리며 남희의 부축을 받은 일만이 나왔다.

"안녕히 주무셨어요, 할아버지?"

그가 먼저 인사를 건넸다. 하지만 돌아오는 대답은 없었다. 오늘은 기분이 안 좋으신 건가 싶었지만 이제는 간단한 인사도 하기 어려워진 것이었다. 남희의 도움을 받아 의자에 앉은 일만은 어제보다는 강녕해 보였다.

항상 넓은 식탁에 일만과 남희, 아니면 태승, 이렇게 셋뿐이었는데 오늘은 슬까지 포함해 처음으로 네 사람이 모이니 휑했던 자리가 꽉 차 보였다.

"회장님, 김치찌개 한번 드셔 보세요."

남희가 일만의 손에 숟가락을 쥐어 주곤 여러 반찬들 가운데 놓인 뚝배기를 가까이 끌어 주었다. 김치찌개가 아주 맛있어 보였다.

"저하고 여기 태승이랑 같이 앉아 있는 아가씨와 만들었어요. 여기 있는 아가씨가 태승이 여자 친구라네요."

남희가 음식을 앞에 두고도 먹지 않는 일만에게 슬을 소개했다. 그러자 슬이 남희의 바통을 이어 받아 어제에 이어서 오늘 또 자기소개를 했다.

"안녕하세요. 처음 뵙겠습니다."

하지만 그녀는 이미 여러 번 일만을 본 적이 있었다. 병원 앞에서 곤경에 처한 일만을 구해 주기도 했고, 중역 회의를 하다 말곤 갑자기 사라졌던 일만을 찾아내기도 했다. 벌써 여러 번의 만남이 있었지만 그때마다 일만은 현재를 잊고 과거에 있었다. 그런데 지금은 정확히 일만이 어디에 있는지 알 수가 없었다. 과거인지, 현재인지 그것도 아니면 다른 어딘가에 가 있는 건지 짐작할 수 없어 일단은 처음 본 사이인 것처럼 인사했다.

"윤슬이라고 합니다."

슬이 이름을 말하자 여태 반응 한번 없던 일만의 눈썹이 움찔거렸고, 텅 비어 있던 그의 눈동자에 슬의 얼굴이 담겼다.

"……윤 ……슬?"

일만이 입술을 움직이며 띄엄띄엄 말했다. 모두가 듣고도 잘못 들은 건가 싶어 숨죽여 귀를 기울였다.

"윤…… 슬……. 윤…… 슬……."

분명 슬의 이름이었다. 듣고 또 들어도 일만이 슬의 이름을 부르고 있는 것이 확실했다. 남희가 반색했고 이어서 태승도 옆에 앉은 슬의 손을 붙잡으며 기뻐했다. 그 누구보다 환한 얼굴의 슬이 얼른 대답했다.

"네. 저 윤슬이에요. 제가 누군지 알아보시겠어요, 회장님?"

고작 이름 한 번 부른 것으로 모두가 기대에 가득 차 있었다. 다른 사람들에게는 별거 아닌 일이겠지만 이들에게는 희망과도 같은 것이었다.

"할아버지. 저예요. 그때 병원에서 봤던…… 기억력 나쁜 윤슬이요."

일만이 이름을 여러 번 되뇐 것 말고는 다시 반응이 없자 이번에는 자신과의 일화를 꺼내 들었다. 이렇게라도 말하면 기억나는 게 또 있을까 해서였다.

하지만 모두의 기대와 달리 일만은 그 이상 반응하지 않았다. 슬의 얼굴을 빤히 쳐다보던 눈동자도 흐린 기억처럼 다시금 아득해졌다. 그러자 세 사람의 표정이 급격히 어두워졌다. 잠깐뿐인 반응에도 희망과 절망을 오고갔다.

"일단 먹자. 오늘은 회장님 컨디션이 좋지 않아서 그런 걸 거야. 너무 기운 빼지 말자고. 앞으로 또 어떤 일이 일어날지 아무도 모르는데……."

기다리다 못해 남희가 먼저 숟가락을 들었다. 남희가 한 말처럼 앞으로 또 어떤 일이 일어날지 아무도 모른다. 어제와 같은 일이 또 있을지도 모르고 그보다 더 최악인 일이 일어날 수도 있다. 그때마다 흔들릴 수는 없었다.

사람 마음이 하루에도 수백 번씩 오르락내리락 한다지만 그때마다 중심을 못 잡고 휘청거리기만 한다면 어떻게 살아갈 수 있으랴. 이 순간도 견뎌 내야 다른 순간에 더 의연할 수 있다. 견디고 또 견디다 보면 언젠가는 무뎌질 날이 오겠지.

태승이 슬을 돌아보며 부드럽게 미소 지었다. 그제야 조금은 안심한 슬도 숟가락을 들었다. 하지만 밥이 맛있었는지, 찌개 맛은 어땠는지 기억이 잘 나지 않았다.

* * *

식사 시간이 끝나고 슬과 태승, 남희가 저택 앞에 서 있었다. 남희는 두 사람을 배웅하러 나왔고 슬과 태승은 그런 남희에게 인사했다.

"감사했고 반가웠습니다. 이모님."

"나도 반가웠어."

인사만으로는 아쉬웠던 남희가 슬의 손을 두 손으로 감싸 쥐었다. 하루 사이에 정이 든 모양이었다.

"또 오고. 그때는 내가 더 맛있는 요리 해 주고, 더 많이 알려 줄게."

"네. 그럴게요."

슬이 환하게 웃자 남희도 푸근한 미소를 지었다. 이제 정말 가야 할 시간이라 태승이 슬의 손을 잡았다.

"데려다만 주고 금방 올게요. 그때 할아버지 모시고 나오시면 돼요."

"그래. 알았어. 잘 다녀와."

"네."

그 순간 저택 앞에 주차된 차로 가려는 두 사람 앞으로 검은 승용차 한 대가 빠르게 다가와 섰다. 운전석 문이 열리며 어제와는 다른 모습의 혜명이 우아한 걸음걸이로 또각또각 다가왔다.

"이제 가니?"

그녀는 왼손에 들고 있던 핸드백을 오른손으로 옮겨 잡으며 도도하게 물었다. 혜명은 다시 예전 그대로의 우아하고 품위 있는 모습으로 돌아와 있었다.

"네. 고모도 이제 오시나 봅니다."

"응. 이따 아빠 모시고 병원 가려면 일찍 와야지. 그런데 넌 어디 가니? 아빠는 안 챙기고?"

여전히 혜명은 가시 돋친 말투였지만 전처럼 적의가 있지는 않았다.

"곧 올 거예요. 그때 같이 가시죠."

"……여자 친구?"

아빠는 안 챙기고 여자부터 챙기는 거냐고 따져 묻고 싶었지만 이제는 그런 말로 조카에게 상처를 주고 싶지는 않았다. 그럴 이유가 사라지기도 했고. 대신 태승의 옆에 서 있는 슬에게로 혜명의 시선이 옮겨 갔다.

"네. 저와 곧 결혼할 여자입니다."

"결혼?"

그건 또 무슨 소리인가 싶어 묻자 태승이 결연하게 말했다.

"오늘 결혼 발표가 있을 겁니다."

"태승 씨."

한마디 언질도 없이 바로 말해 버리면 고모님이 충격받으실 수도 있다고 말하고 싶었지만 태승의 말이 더 먼저였다. 하지만 슬의 걱정과는 다르게 혜명의 표정에는 별다른 변화가 없었다.

"그래. 그건 네 인생이니까 알아서 하고. 넌 가서 아빠 병원 갈 준비해. 네 여자 친구는 내가 데려다줄 테니까."

"네?"

뜬금없는 제안에 놀란 태승을 뒤로하고 혜명이 슬 쪽으로 몸을 틀어 오른손을 내밀었다.

"어제는 경황이 없어서 소개도 못 했네. 나, 류혜명이에요. 알다시피 이 조카 녀석의 고모이고, 혜명 갤러리 관장이에요."

슬도 당황스러웠지만 어른이 내민 손을 더 기다리게 하는 것은 예의가 아니라서 얼른 맞잡았다.

"안녕하세요, 윤슬입니다. 유일 퍼스트 마케팅 1팀 소속이에요."

"아하. 태승이와 같은 회사네."

"네. 맞습니다."

"거기에서 만났어요, 그럼?"

"아…… 처음은 아니지만 다시 만난 건 회사가 맞습니다."

"무슨 말이 그래?"

두 사람 사이의 긴 서사를 알지 못하는 혜명은 고개를 가우뚱했다. 슬은 무어라 설명을 해야 할지 막막해서 더는 할 말을 찾지 못했다. 그때 태승이 나섰다.

"고모, 일단 집에 계세요. 제가 다녀와서……."

하지만 혜명이 완강한 태도로 태승의 말을 가로채고는 슬을 자신의 차로 안내했다.

"너나 가서 준비하고 있어. 나도 같이 갈 거니까 기다리고. 가죠."

어쩔 수 없이 슬은 태승의 손을 놓고는 눈인사로 대신한 채 혜명의 차에 올랐다. 능숙히 핸들을 돌려 후진한 혜명의 차가 반대편 골목으로 쏜살같이 사라졌다. 그녀의 급한 성격답게 운전도 성급했다. 멀어져 가는 차의 뒷모습을 바라보는 태승의 얼굴에 근심이 가득했다.

혜명의 차는 막힘없이 도로를 내달렸다. 정확히는 질주와도 같았다. 그녀는 앞선 차들을 요리조리 잘도 피하며 뻥 뚫린 차도를 달렸다. 혜명은 차들을 피해 차선을 바꿔 가며 운전하는 순간을 즐겼다.

하지만 같이 탄 사람은 전혀 웃지 못했다. 다른 차들을 휙휙 피하는데 그때마다 아슬아슬해서 심장이 벌렁거렸다. 슬은 이러다가 앞차와 부딪치는 건 아닌가 싶어 저도 모르게 안전벨트를 꼭 붙들었다. 오늘따라 걸리지 않는 신호가 다 원망스러웠다.

그렇게 질주하던 차는 좀 더 가서야 바뀐 신호 덕분에 멈춰졌다.

"집이 어디예요?"

"……아, 연남동이에요."

"홍대 쪽이네. 주소 좀 불러 줘요."

슬이 말한 주소를 내비에 그대로 찍자 경로를 탐색해 더 빠른 길로 안내하겠다는 음성이 흘러나왔다. 그러고는 몇 초 동안 딱딱한 기계 음성 외에 차 안에서는 그 어떠한 말도 오고가지 않았다. 신호가 바뀌고 다시 차가 움직였다. 이번에도 질주할까 싶어 슬이 벨트를 다부지게 쥐었다. 하지만 아까와 다르게 혜명은 재빠르게 운전하지 않았다. 다시 원래의 속도대로 달리고 있었다. 정면과 양쪽 사이드를 번갈아 주시하던 혜명이 말했다.

"무서워하는 것 같아서."

"아……."

저도 모르게 꼭 쥐고 있던 벨트에서 손을 뗀 슬이 멋쩍은 웃음을 지었다.

"가끔 그럴 때가 있어요. 원래 스피드를 즐기는 사람은 아닌데, 것도 옆에 사람을 앉혀 두고. 이제부터는 천천히 달릴 거니까 긴장 풀어요."

"아니에요. 괜찮습니다."

"그러기엔 내가 다 봐서. 벨트 꼭 쥐고 있는 거."

"아, 죄송해요."

"죄송할 것까지야. 농담한 거예요."

혜명은 전혀 개의치 않다는 듯 어깨를 으쓱였다. 그제야 슬도 편해질 수 있었다.

"우리 구면인 것 같은데."

어제는 경황이 없었다지만 지금 보니 딱 알겠다. 유일 퍼스트 오픈식 날 봤던 그 여직원. 상냥한 얼굴로 다가와 체면 구길 뻔했던 제게 검은 스타킹을 센스 있게 주고 갔었다. 그때 만난 여직원을 눈여겨봤던 덕분에 그녀를 한눈에 알아볼 수 있었다.

"네, 그때 뵀어요."

슬도 기억하고 있었다. 그때도 슬은 혜명이 그의 고모라는 사실을 알고 있었다. 그래서 잘 보이려고 한 것은 아니었다. 그저 도움이 필요해 보이는 사람에게 손을 건넨 것뿐. 다른 이유가 있는 건 아니었다.

"덕분에 내 체면도 살고. 그때 알려 준 이름이 윤슬이었는데, 잊고 있었네. 요 며칠 하도 일이 많아서."

"이해합니다. 신경 쓰지 않으셔도 괜찮아요."

혜명이 싱긋 웃었다.

"내 조카랑 만나고 있는 사이일 줄은 몰랐어요. 직원인 줄로만 알았지."

"모르시는 게 당연하죠. 그리고 그때는 관장님이 태승 씨 고모님이라서 도운 것도 아니었고요."

"날 모르지는 않았을 것 같은데."

"유명하시잖아요. 저도 유일 그룹 사람인 걸요."

"아, 그렇겠네."

대화가 제법 오고가다가 잠시 멈추었다. 두 사람은 꼭 말을 하려고도 하지 않았고 서로에게 잘 보이려고도 하지 않았다. 그저 물 흐르듯 말소리가 이어지다가도 잠시 멈춰 쉬었다가 다시 흘렀다. 그 순간의 정적이 이상하게도 불편하게 느껴지지 않았다.

"태승이와 진지하게 만나는 사이이니 현재 우리 집 일에 대해서도 잘 알겠네요."

어젯밤 그런 상황까지 다 봤으니 당연했다. 게다가 결혼할 사이라고 했으니 제 조카는 분명 숨김없이 모두 고백했을 거다.

"어떤 걱정을 하시는지 잘 알고 있습니다. 어디 가서 발설할 일도 없고 그럴 이유도 없어요. 그러니 걱정하지 않으셔도 됩니다."

슬은 혜명의 말을 제대로 알아듣고는 답했다. 태승도 처음에는 저에게 비밀 유지 서약서까지 내밀기도 했었다. 자신의 집안과 그 집안이 일군 회사를 지키기 위해서는 돌다리도 두들겨 보는 것이 당연하다. 더욱이 그가 할아버지와 가족, 회사를 지키기 위해 그동안 얼마나 힘든 싸움을 해 왔는지 이제는 잘 알기에 혜명이 무슨 걱정을 하는지도 이해할 수 있었다.

혜명은 슬의 대답에서 묘한 신뢰를 느꼈다.

"꼭 그러려고 한 말은 아니에요. 그럴 사람도 아닌 것 같고."

"그래도 관장님은 그 사람에 비하면 덜하세요."

그때가 떠오른 슬의 입가에 잔잔한 미소가 피어올랐다.

"그게 무슨 말이에요?"

혜명이 궁금하다는 듯 묻자 슬이 답했다.

"그 사람은 저한테 비밀 유지 서약서까지 내밀었거든요."

"비밀 유지 서약서?"

"네. 회장님 일에 대해 일절 발설하지 않는다는 각서요."

"설마."

그 녀석이 그렇게 냉한 놈이 아닌데. 혜명은 믿지 못했지만 그때의 그는 정말 그랬다. 쌀쌀맞은 얼굴로 비밀 유지 서약서를 내밀며 계산은 정확히 하자고까지 했었다. 그토록 냉랭했던 사람이 지금은 이토록

온한 얼굴이니 슬도 가끔씩은 그때 그 사람이 맞나 싶을 때가 한두 번
있었다.

"어릴 적부터 순했어요. 모질지도 못하고 차갑게 구는 나한테도 단 한
번 싫은 소리 한 적도 없고. 오히려 냉정하게 굴었던 사람은 나였지."

그렇게 말하는 혜명의 얼굴이 쓸쓸했다.

자신은 오빠와 새언니가 죽고 천애 고아가 된 조카를 안아 주기보다
나무라고 등 떠밀기만 했다. 어릴 때부터 지금까지 누군가를 챙기기보단
챙김만 받아 온 자신이었기에 조카를 돌봐야 한단 생각 자체를 하지 못
했었다.

그러다 언젠가부터 아버지의 태도가 급변하며 조카를 차기 회장으로
생각하고 있다는 것을 알고는 남편의 적으로만 생각해 태승을 미워만
했다. 그 점이 가장 미안하고 가슴 아프다. 그때의 저는 한 치 앞도 내
다보지 못한 못난 인간이었다. 태승은 남편의 두 얼굴도 알아보지 못하
는 자신이 얼마나 원망스러웠을까. 그 큰 사실을 말하지도 못하고 혼자
끌어안고 살았을 조카가 안쓰러웠다.

"아니요. 태승 씨가 그런 말을 한 적이 있어요. 다른 사람들은 다들
저를 불쌍하게 생각하는데 고모만은 그러지 않았다고. 평소와 다름없이
대해 줘서 오히려 고마웠다고. 모든 주변 상황이 달라졌는데 고모만은
달라지지 않고 그대로라서 안심이 됐다고."

혜명의 표정이 조금씩 바뀌는 모습을 옆에서 본 슬은 그의 진심을 대
신 전해 주었다. 혜명은 슬을 통해서 그동안 알지 못했던 조카의 진심을
듣고는 코끝이 시큰해져 핸들을 더 꼭 부여잡았다.

어느새 이들이 탄 차가 은하 아파트 골목에 다다랐다. 슬이 살고 있는
동 앞에 다다라서야 차가 멈추었다. 잠시 차를 정차한 혜명이 옆으로 시
선을 옮겨 슬에게 말했다.

"이제는 그 녀석 혼자 감당하게 두지 않을 생각이에요. 가만히 앉아

당하고만 있을 사람이 아니라서, 내가. 받은 대로 돌려주는 것은 물론 몇 배로 되갚아 줄 생각이에요."

그렇게 말하는 혜명의 표정과 목소리에서 단호함이 묻어났다. 몇 번 보지 않았어도 알 수 있었다. 혜명은 한다면 하는 사람이라는 것을.

"내가 태승의 편이 될 거예요. 당연히 그렇게 해야 하고."

그 말을 듣는 슬의 표정이 밝아졌다. 혜명이 그의 편이 된 이상 이 게임은 지는 게임이 아니게 된다. 천군만마를 얻은 셈이다.

"꼭 이 말을 하려고 슬 씨를 데려다주겠다고 한 건 아니에요. 말을 하다 보니 여기까지 온 거지. 내 속마음을 누구에게 말한 사람은 슬이 씨가 처음이에요. 그 녀석도 그렇지만 나도 내 이야기를 잘 안 하는 편이라. 태승이도 그렇죠?"

"……네."

그도 정말 속내를 말하지 않는 사람이었다. 슬이 혜명의 말이 맞는다며 고개를 끄덕였다.

"그런데 그런 사람이 자신의 속 이야기까지 했다는 건 그 사람을 믿는다는 뜻이에요."

그 말은 곧 혜명도 슬을 믿는다는 말이었다.

"슬이 씨 참 좋은 사람 같아요. 나 같은 사람의 마음도 움직이게 하고."

"관장님."

혜명의 진심이 슬의 마음이 울렸다.

"데려다주길 정말 잘한 것 같네. 그만 들어가 봐요."

더 있다가는 분위기가 정말 이상해질 것 같아 혜명이 에둘러 말했다. 슬도 고개를 끄덕이며 벨트를 풀고는 차에서 내렸다. 서로 눈인사를 주고받은 뒤에야 혜명의 차가 점점 멀어졌다.

슬은 한동안 그 자리에 서 있다가 집으로 들어갔다. 마음이 아직도 진한 진동을 내고 있었다. 진심이 통한 느낌. 무엇보다 태승에게 세상에서 가장 듬직한 편이 생겨서 다행이었다.

* * *

집에서 내내 초조한 마음으로 기다리고 있던 태승의 휴대폰이 울렸다. 얼른 휴대폰을 들어 메시지를 확인한 태승이 그제야 가슴을 쓸어내렸다.

[집에 잘 왔어요. 태승 씨 고모님 정말 좋으신 분이에요.]

무슨 이야기를 했기에 슬이 혜명을 좋은 분이라고 했을까. 내심 궁금했지만 굳이 답을 듣지 않아도 알고 있다. 그녀는 겉으로 보기에 냉정해 보이지만 속은 한없이 여리고 다정한 사람이라는 것을. 그리고 생각보다 강한 사람이라는 것도. 할아버지 일로 꽤 오래 속을 끓일 줄 알았는데 생각보다 빨리 기운을 차린 것 같아 다행이었다.

[나도 그렇게 생각해. 이따 데리러 갈게.]

답장을 보내고 좀 기다리자 바로 답이 왔다.

[내가 갈게요. 어차피 짐도 몇 개 없어서 내가 가는 게 빠를 것 같아. 병원으로 갈까요?]

그가 다시 키패드를 두드렸다.

[재호 보낼 거야. 집에 있어.]

또 바로 답이 왔다.

[알겠어요. 사랑해요.]

슬의 사랑한다는 문자에 태승의 눈이 반달이 됐다. 사랑하는 사람의 사랑한다는 한마디가 이토록 힘나게 하는지 그녀를 만나 처음 알게 됐다. 사랑은 정말 하면 할수록 좋은 것이다.

[나도 사랑해.]

그리고 받지만 말고 줄 줄도 알아야 한다. 사랑은 기브 앤 테이크니까.

휴대폰을 주머니에 넣고 아래로 내려가자 남희가 일만과 함께 병원 갈 채비를 하고 있었다. 얼른 다가가서 거들자 남희가 허리를 쭉 펴며 앓는 소리를 냈다. 요즘 들어 부쩍 허리가 편치 않았다.

"너무 무리하신 거 아니에요?"

"아. 그런가. 나이 드니까 여기저기 안 아픈 곳이 없네."

"어차피 저희 나가니까 편하게 계세요."

"회장님 모시고 어떻게 가려고. 네 고모가 어디 힘이라도 쓰겠어?"

불퉁한 남희의 말에 태승이 웃었다. 그때, 현관문이 열리며 혜명이 들어왔다. 그러자 남희가 깜짝 놀라 중얼거렸다.

'호랑이도 제 말 하면 온다더니.'

그 말을 또 듣고는 혜명이 앙칼지게 목소리를 높였다.

"또 내 욕 했어, 아줌마?"

"귀도 밝네 그려."

"이 아줌마가."

혜명은 발끈했지만 전처럼 남희를 무시하는 발언이나 행동은 하지 않았다. 오히려 이제껏 자신의 아버지를 곁에서 돌보아 준 남희에게 고마워하고 있었다.

"얼른 가자. 아버지 고단하셔."

혜명이 제법 딸처럼 굴자 남희와 태승이 서로를 바라보며 어깨를 으쓱했다. 그것도 모른 채 혜명은 휠체어에 앉은 일만의 옷을 매만져 주며 몸을 낮춰 시선을 마주했다.

"아빠, 이제 내가 잘 모실게. 그러니까 남은 시간 같이 지내요."

일만을 보는 혜명의 눈이 붉었다. 하지만 일만은 딸의 다정한 말에도 반응이 없었다.

* * *

병원에 도착해 일만은 몇 가지 검사를 받았다. 검사를 받는 동안에도 성해와 몇 명의 의사, 간호사만 남고 모두 물렸다. 검사를 모두 마친 후에는 성해의 원장실에서 결과를 기다렸다.

이 병원과 성해와의 인연은 벌써 3년이 넘었다. 3년 동안 의사와 간호사는 일만의 병환에 대해 모두 철저히 비밀에 부쳐 주었다. 원래 의료진들은 환자의 개인 정보에 대해서는 밝히지 않는 것이 당연했지만, 환자가 보통 환자는 아니라 성해는 이들에게도 신신당부를 했었다. 다행히 3년 동안이나 외부에 알려지지 않고 철통 보안을 지킬 수 있었다.

혜명은 일만의 검사가 진행되는 중에도 가만히 앉아 있지를 못했다. 병원 냄새라면 치를 떨던 아버지였다. 오빠와 새언니가 떠난 뒤로 일만은 병원의 그림자도 밟지 않았었다. 오죽하면 정기적인 건강 검진 외에는 웬만하면 모두 집에서 해결하려고 했을 정도였다. 그랬던 아버지가 벌써 3년 동안이나 병원에 오갔다는 사실만으로도 혜명은 아버지 상태가 얼마나 위중한지를 직감할 수 있었다.

"왜 이렇게 안 오는 거야."

초조해서 손바닥이 다 축축해졌다. 이토록 긴장해 본 적은 없었다. 딸아이가 수능을 본다고 했을 때도 이렇게 떨리거나 초조하지는 않았다. 대학을 가도, 못 가도 제 운명이겠거니 하고 넘겼다. 하지만 이 일은 그럴 수 있는 일이 아니었다. 아버지가 제 곁을 떠날 수도 있다고 하니 도무지 일이 손에 잡히지 않았다. 그런 일은 한 번도 상상해 본 적이 없었다.

"태승아, 네가 한번 가 봐. 아무래도 뭔가 이상해. 검사가 잘못되기라도 한 건 아닌지 좀 가 봐."

급기야 태승의 등을 떠밀기까지 했다. 병원에서 그럴 일은 없다고 말할 수 없었다. 혜명의 심정이 태승도 백번 이해가 되었다. 태승도 정말 할아버지가 걱정되어 자리에서 일어나자 문이 열리며 성해가 휠체어를 끌고 들어왔다.

"아빠!"

일만을 보자마자 혜명이 달려가 그를 꼭 끌어안았다. 몇 가지의 검사를 마치자 일만은 기진맥진한 상태였다. 성한 사람도 검사라면 기운이 전부 소진되는데 70대 노인이 오만 가지의 검사를 했으니 그럴 만도 했다.

"결과는 어떻습니까, 원장님?"

소파가 아닌 데스크에 앉은 성해의 주변으로 태승과 혜명, 남희가 모여들었다. 결과는 보통 일주일 정도가 걸리지만 원장의 권한으로 비교적 빨리 받아 볼 수 있었다.

모니터에 방금 전 찍은 일만의 뇌 CT와 MRI 결과가 떴다. 그것을 들여다보는 성해의 표정이 좋지 않았다. 사실 일만이 검사를 받는 동안에도 성해는 내내 모니터에서 시선을 떼지 못했다. 결과가 예상한 것보다 더 좋지 않았기 때문이다. 이미 나온 결과가 이곳이라고 해서 달라질 것은 없었다.

"우리 아빠…… 괜찮은 거죠, 선생님?"

혜명은 두 손을 모은 채로 성해의 대답을 기다렸다. 제발 괜찮다는 말을 해 주기를, 이 정도면 더 살 수 있다고 말해 주기를 간절히 바랐다. 살면서 누구에게 무언가를 바라 본 적 없었다. 그럴 정도로 아쉬운 것이 없기도 했다.

하지만 지금 이 순간은 누구보다 간절했다. 아버지한테 못다 한 효도를 하고 싶었다. 효도라고 해서 거창할 것도 없지만 조금만 더 그와 시간을 보내고 싶었다. 따뜻한 말 한마디 더 나누고 싶고, 요리도 직접 해서 맛보여 드리고 싶고, 여행 가서 같이 산책도 하고 멋진 풍경을 보며 아빠와의 시간을 좀 더 누리고 싶다. 이제 와 생각하니 행복은 정말 별게 아니었다. 소소한 일상이 행복이었는데 왜 그때는 알지 못한 걸까. 혜명의 얼굴이 더없이 절박해 보였다.

"선생님."

선뜻 입을 열지 못하는 성해에게서 좋지 않은 예감을 느낀 태승이 그에게 대답을 재촉했다. 보호자뿐만 아니라 의사도 이 순간이 가장 힘들었다. 긍정적인 대답을 바라고 묻는 보호자에게 일말의 희망 따위는 없을 거라고 말해야만 하는 의사의 숙명. 가끔씩은 이것이 버거울 때가 있다.

성해가 어렵게 입을 열었다.

"어제부터 직감을 했습니다만 기억력 감퇴와 더불어 정신적으로도 우울감과 망상, 환각 증상이 전부터 시작해 서서히 진행되어 왔습니다. 현재 몸이 굳어 보행이 어렵고 변실금까지 찾아온 상태라…… 희망적으로 보기는 어렵습니다."

혜명의 낯빛이 급격히 어두워졌다. 일말의 희망이라도 붙잡고 싶었던 마음이 의사의 말 한마디에 절망이 되었다. 태승도 가슴이 무너져 내리는 것만 같았다. 어제 일을 다 보고 겪었어도 기대를 하고 있었나 보다. 곁에 있던 남희의 눈시울도 붉어졌다. 희망에서 절망으로 바뀐 이들의 표정을 보며 성해도 입을 다물었다.

이 자리에 있으면 보이는 것들이 있었다. 검사 결과를 기다리는 환자들의 표정 같은 것들. 좌절해 있다가도 희망이 보이면 그새 표정에 생기가 돈다. 하지만 희망이 꺾이면 표정이 급격히 얼어붙는다. 희망과 절망은 종이 한 장의 차이이고 그 차이가 뒤바뀌는 것 또한 순간적이었다.

이런 것만 봐도 의사의 말 한마디가 환자와 보호자에게 얼마나 많은 영향을 끼치는지 알 수 있었다. 성해는 그때마다 의사라는 직업이, 그로 인해 짊어져야 하는 무게가 괴로워진다. 오늘은 그 어느 때보다 더했다.

"……이제는 일상생활이 어려울 겁니다. 더는 회사 정무를 보기도 어렵습니다."

성해가 덧붙인 말을 끝내기도 전에 혜명이 이성을 잃고 소리쳤다.

"대체 무슨 소리를 하는 거야. 당신, 제대로 검사한 거 맞아? 어딜 보고 그런 말을 하는 거야? 누가, 누가 일상생활이 어렵대? 누가, 대체 누가!"

더할 수 없이 처참한 대답에 참을 수가 없던 혜명이 자리에서 일어나 모니터를 제 쪽으로 돌렸다. 모니터에 일만의 뇌 CT와 MRI 결과가 떠 있었지만 혜명이 알아볼 수 있을 리는 없었다. 뭐라도 붙잡고 탓을 해야지만 숨을 쉴 수가 있을 것 같아 그녀는 책상을 흩트리다 못해 성해의 멱살까지 움켜잡았다.

"당신, 돌팔이지? 정신과 전문의 맞아? 누구 보고 지금 그따위 소리를 해?"

혜명이 눈물을 뚝뚝 흘리며 멱살을 더 꼭 붙들었다. 이에 태승은 혜명을 저지했다.

"고모, 고모. 잠깐 이 손 좀 놔 봐요. 이런다고 달라질 건 없어요, 고모."

말하고도 아차 싶었다. 이런다고 달라질 건 없다는 말이 오히려 상처가 되어 태승의 가슴에 생채기를 냈다. 사실이라 더 그랬다. 누구를 원망한다고 해서 달라질 건 없었다. 그 말을 들은 혜명도 꽉 쥐고 있던 성해의 멱살을 놓았다. 그녀의 흐느낌이 시작되었다.

이런 상황에서도 일만은 멍하니 어딘가를 응시할 뿐 반응이 없었다. 이조차도 병이 진행되고 있다는 증상 중 하나인 걸까. 힘없이 주저앉은 혜명이 휠체어에 앉은 일만을 올려다보며 눈물을 흘렸다.

누구보다 강인하고 강직했던 제 아버지. 아들과 며느리를 먼저 보내고서도 꿋꿋하게 남은 인생을 살려 무던히도 노력했던 분. 밤마다 밀려드는 상실과 자식을 보낸 슬픔을 가슴에 묻고 남은 가족을 위해 사신 나의 아버지.

그런 아버지가 지금은 빈껍데기만 남은 사람처럼 앉아 있으니 정녕 제 아버지가 맞나 싶다. 유일 그룹 총수로서 위엄 있고 위풍당당했던 모습은 온데간데없이 일만은 나날이 위중해지는 병환으로 자신까지도 잃어 가고 있다. 그런 아버지를 보고 있으려니 혜명의 가슴은 미어지고 또 미어진다.

"아빠. 아빠…… 아아…… 아빠……."

몇 번이고 불러 보는 그 이름에 슬픔이 가득하다. 혜명은 일만의 무릎에 얼굴을 묻고 하염없이 흘러넘치는 슬픔을 토해 냈다. 아빠를 부르며 오열하는 혜명의 비통함이 같이 있던 이들에게도 전해져 눈시울이 붉어졌다. 태승은 엎드려 우는 고모의 어깨를 잡고서 이를 악물었다. 그의 벌게진 눈에서도 눈물이 흘렀다.

\* \* \*

같은 시각, 회사에서는 아침 회사 사보를 통해 발표된 태승과 슬의 결혼 소식으로 떠들썩했다. 이제껏 흔한 스캔들도 터지지 않아 세간의 관심을 한 몸에 받아 왔던 태승의 결혼 기사는 회사 내 미혼인 여직원들에게는 큰 충격으로 다가왔다. 게다가 태승의 피앙세가 다름 아닌 같은 회사 여직원이라니. 한때 드라마나 영화 소재로 나올 법한 신데렐라 스토리가 아니냐며 사실이 아니라는 쪽에 여직원들의 무게가 실리고 있었다.

그러면서 한편으로는 호기심이 증폭되고 있었다. 특히 여자 직원들 사이에서 21세기 신데렐라 스토리의 여자 주인공을 찾겠다며 마케팅 1팀 사무실 앞으로 모여드는 바람에 그 인파를 해산시키는 경비원들만 바빴다. 회사 사보가 나온 직후에는 사내 메신저가 다운되기도 했다.

"와, 진짜 이 짓은 더는 못 하겠다."

오늘 아침부터 낮까지 정신없이 이리 뛰고 저리 뛰느라 지친 재호가 자기 책상에 널브러져 넋두리를 했다. 이걸 또 하라고 하면 아주 퇴사를 할 생각이다. 그러다 이 모든 사달을 내고 출근도 하지 않는 태승이 아주 얄미웠다. 물론 그가 얼마나 많은 인생의 허들을 넘어왔는지 곁에서 보필해 와서 잘 알지만 그래도 괘씸한 건 괘씸한 거였다.

"실장님, 사보 팀에서 언론사에 보낼 최종 원고 승인해 달라고 요청 왔는데요."

곧 실장실 문을 열고 비서 팀 사원이 들어오자 그는 아까의 흐트러진 모습은 온데간데없이 다시 본래의 유능하고 스마트한 유 실장이 되어 앉아 있었다.

"네, 확인할게요."

미소까지 장착한 채 사원을 내보낸 재호가 바람 빠진 풍선 같은 한숨 소리와 함께 사내 메일함을 클릭했다. 수많은 메일 중에서도 가장 최신 메일을 누르자 사보 팀에서 보내온 최종 원고가 파일 첨부되어 있었다. 원고는 깔끔하고 포인트만 쏙쏙 읽힐 수 있게 적혀 있었다. 마지막까지 꼼꼼히 읽은 후 그는 최종적으로 확인한 파일을 사보 팀 메일로 다시 송부했다. 그 원고 파일은 여전히 그의 모니터에 떠 있었다.

이제 회사 사람들뿐 아니라 전 국민이 이들의 결혼 소식을 알게 될 거다. 그 말은 곧 회사 사원들은 물론 전 국민을 상대해야 한다는 말이다. 오늘 낮에 보았던 여직원들은 아무것도 아니라는 뜻이었다. 전 국민을 아니, 전국의 미혼 여성에게 맞서려니 벌써부터 온몸이 흐물흐물해지는 것 같다.

죽을상이 된 재호가 다시금 책상에 널브러졌다. 그렇게 엎드려 있는데 주머니에서 휴대폰이 울렸다. 오늘 이 난리의 주인공인 태승의 전화였다. 아침까지도 연락 한 번 없던 그가 타이밍 좋게도 전화를 건 것이다.

"아주 타이밍 하나는 기막히십니다, 사장님."

재호가 잔뜩 볼멘소리로 투덜거렸다.

—회사는 어때?

사실 태승은 재호의 투덜거림을 받아 줄 기분이 아니었다. 그러나 자신이 자리를 비울 동안 전장에서 대신 싸워 준 사람은 재호라 딱히 그를 말리지 않았다. 오히려 그럴 만하다고 생각하는 중이었다. 그리고 고맙기도 했다.

"아주 파란만장하죠. 사장님이 일으킨 파란에 모두가 동요하는 중이고요."

—언론은.

"방금 최종 원고 승인했습니다. 30분도 안 되어서 기사 노출 될 겁니다."

—노출되면 체크하고.

"당연하죠. 이 일을 하루 이틀 하는 것도 아니고."

하는 말이나 일처리에서는 문제가 없는데 어째 말투에서 빈정거림이 적지 않았다. 다른 때 같았으면 바로 지적했을 텐데 이번만큼은 그도 할 말이 없었다. 재호의 말대로 파란은 자신이 일으켰는데 그 파란을 막고 있는 사람은 재호였으니.

─……고맙다, 재호야.

순간 재호는 넋이 나갔다. 이 정도 했으면 적당히 하라는 핀잔이 들려와야 하는데 오히려 고맙다는 말을 들으니 정신이 멍해진 것이다.

"……예?"

그는 한동안 말을 잇지 못하다 겨우 한마디를 내뱉고서야 정신이 들었다.

"아니, 형. 지금 어딘데요?"

─병원.

아차차. 회장님의 병환이 깊다는 사실과, 관장님까지 그 진실을 알게 됐다는 말을 일전에 그의 수행 비서에게 전달받았던 게 떠올랐다. 그간 재호는 회사에 남아 태승을 대신해 일을 처리하고 윤 교수님 사건의 행적을 쫓던 중이었다. 그래서 자신을 대신해 태승을 수행할 비서를 보냈었고 그 비서를 통해 그간의 일들을 보고받고 있었다.

"회장님은…… 괜찮으신 겁니까?"

재호의 목소리가 한 톤 낮아졌다. 이미 전화를 받았을 때부터 기운 없는 그의 목소리에서 어떤 상황인지를 대충 느낄 수 있었다. 그걸 알면서도 그에게 투덜댔던 자신이 철없게 느껴졌다.

─……일, 어느 정도 마무리됐으면 내가 찍어 준 주소로 슬이 좀 데리고 와.

묻는 말에는 대답하지 않는 걸 보니 상태가 심각하구나 생각했다. 재호는 별말 없이 알겠다고 답했다.

─부탁한다.

"네. 그리고 형."

전화를 끊으려던 태승이 다시 휴대폰을 귀로 가져갔다. 그러자 재호가 건네는 위로의 말이 들렸다.

"전 언제나 형의 편이에요. 그건 변함없을 겁니다."

무뚝뚝하기 그지없는 말이었지만 그 마음은 무척이나 따듯했다. 그래서 태승의 입가에 작은 미소가 걸렸다.

―알아, 인마.

전화를 끊은 태승이 한 손으로 얼굴을 감쌌다가 그대로 쓸어내렸다. 그는 혜명과 일만, 남희까지 먼저 차에 태워 집으로 보내고 병원 근처 공원에 들러 잠깐 쉬었다.

무릎에 두 팔을 얹고 마른세수를 하던 태승이 푸른 하늘을 올려다보았다. 구름 한 점 없는 맑은 하늘을 보고도 그의 머리는 어지러웠다. 어디에서부터 어디까지, 그리고 무엇을 정리해야 할지도 모르겠다. 아직 회사를 이끌기에는 턱없이 부족한데, 이제 더는 물러날 곳도, 시간도 없다.

"여기서 뭐 합니까?"

태승이 앉아 있는 벤치로 윤건이 다가왔다. 그는 성해에게 갔다가 혜명의 오열하는 소리를 듣고 한참 동안 밖에서 서성였다. 그러다 여기 와서 한참을 생각에 빠져 있는 태승을 지켜봤고, 모른 척하려다 발길을 돌렸다. 슬이 사랑하는 남자면 자신과는 연적임이 분명한데 이상하게 모른 체하기가 어려웠다.

"마셔요."

윤건은 사 들고 온 커피를 내밀었다. 오랜만에 보는 얼굴인데 퍽 반갑지는 않아 윤건이 건넨 커피를 받아 드는 그의 표정이 떨떠름했다.

"인상 좀 펴지. 나도 그쪽이 편한 건 아닌데."

"……불편하면 그냥 지나가도 됐을 텐데요."

"그러게요. 그러면 되는데 그러기가 쉽지 않네, 그쪽은."

'사정을 다 알아서 그런가.'

뒷말을 속으로 삼킨 윤건이 커피를 한 모금 빨았다.

"동정은 사양입니다."

그렇게 말한 태승도 빨대를 물고 커피를 한 입 빨아 마셨다. 쌉싸래한 커피의 향과 맛이 입 안에 맴돌았다.

"병원장님께 들어서 알고 있을지 모르지만, 저 슬이랑 결혼합니다."

그 말에 커피를 몇 모금 더 빨아들이던 윤건의 행동이 멈추었다. 알고는 있었지만 막상 당사자에게 들으니 당황스러운 것은 어쩔 수 없었다.

"……알고 있습니다. 기사도 봤고."

방금 재호와 통화했는데 벌써 기사가 올라온 모양이다.

"이왕 이렇게 된 거 우리 슬이 행복하게 해 줘요."

당연한 말이다. 그가 그렇게 말하지 않아도 그럴 생각이고. 다른 사람이었다면 그렇게 말할 테지만 윤건에게는 다른 질문을 하고 싶었다.

"……왜 고백하지 않은 겁니까?"

그동안에도 꾸준히 궁금했었다. 고백할 기회는 충분히 있었을 텐데 그는 왜 침묵했던 걸까. 마음이 고백할 만큼 크지 않아서였을까. 아니다. 슬에 대한 그의 마음이 꽤 깊은 것을 알고 있다. 아주 오랫동안 슬의 곁에 있어 온 사람이니까. 그는 슬의 아픔과 상처까지도 다 아는 유일한 사람이다.

"글쎄요. 어차피 이루어지지 않을 거라는 걸 알아서 그랬나 싶기도 하고."

어렵사리 꺼낸 질문에 대한 답치고는 간결하고 장난스럽기까지 했다. 하지만 윤건의 가슴은 무너지고 또 무너지고 있었다.

"비겁했어요. 내 감정에 솔직하지도 못했고. 뒤늦게 자각했던 것도 실은 오만이었고. 이대로 있는 것도 나쁘지 않다고 생각했으니까."

동생이라고만 생각했던 슬이 여자로 보이기 시작했던 때는 꽤 오래전부터였다. 슬이 좋았고, 함께하는 시간이 기다려졌고, 챙겨 주고 싶고, 곁에 있고 싶기도 했다. 슬의 아픔과 상처까지도 감싸 주고 싶었고 그럴 자신도 있었다.

하지만 그러기도 전에 슬은 다른 곳을 보고 있었다. 다른 남자를 보며 웃고, 울고, 진심을 다해 사랑하고 있는 모습을 보며 윤건은 박탈감을 느껴야 했다. 그리고 슬이 사랑하는 사람이 슬의 목숨을 두 번이나 구했다는 말을 들었을 때, 윤건은 인정해야 했다. 자신은 애초부터 슬의 사랑을 받을 만큼의 사람이 되지를 못한다는 사실을.

"난 슬에게 가장 든든한 배경이 되어 줄 겁니다. 가족으로, 진짜 친오빠로."

자리를 털고 일어난 윤건이 그에게 손을 내밀었다.

"다음에 정식으로 인사하죠. 아, 다음번에는 그쪽이 나한테 형님이라고 불러야 할 겁니다. 나이도, 촌수로도 내가 훨씬 위니까."

그제야 태승도 웃으며 윤건의 손을 맞잡았다.

"쉽지는 않겠지만 그렇게 생각해 보도록 노력하죠."

여전히 뼈가 있는 그의 말에 윤건이 씩 웃었다. 그러더니 냉정히 돌아서 앞서 걸어갔다. 태승도 그런 윤건의 뒷모습을 멀찍이서 바라보다 돌아서서 앞으로 나아갔다. 씩씩하게 돌아 나왔건만 몇 걸음 가지 못하고 윤건은 벽에 기댄 채 꽤나 오래 그곳에 서 있었다.

* * *

깊이 잠에 들었다 막 깨어났을 때, 슬의 이마에 식은땀이 흥건했다. 이유를 알 수 없는 꿈이 또다시 반복되고 있었다. 아빠가 죽기 전의 모습이 꿈에 나타났다. 그때와 같은 꿈이다. 변호사를 거론하며 증거를 잘 맡아 두겠다는데 대체 그 말이 무슨 말인지 모르겠다. 내가 진짜 아빠에게 들었던 기억일까? 아님 내 상상이 만들어 낸 꿈에 불과한 것일까?

혼란스러워진 슬은 잠에서 깬 몇 분 동안 멍하니 앉아 있었다. 그러다 확인을 해 봐야겠다고 생각해 얇은 카디건만 걸치고 밖으로 나가려다 문득 창밖을 가린 커튼을 열어젖혔다.

지금 이 시간이면 기사가 나고도 남았을 시간이다. 역시나 집 밖에는 기자들이 진을 치고 있었다. 그중 몇몇은 슬이 자고 있을 동안 문을 두들기기도 했다. 안에서 영 반응이 없자 아예 집 앞에서 기다리고 있는 것이었다. 그 수가 꽤 많아 슬이 발을 동동 굴렀다.

아무래도 지금은 연남동 주택에 가기는 어려울 것 같았다. 다음에 잠잠해지면 가기로 하고 휴대폰을 들었다. 때마침 그에게서 전화가 왔다.

"네, 태승 씨."

—재호는 왔어?

"아니요. 아직. 근데 밖에 기자들 와 있어요."

—회사 앞에도 와 있다더라고. 불편하지?

태승은 재호로부터 간단히 상황 보고만 듣고 지금은 서울 모처에 잠깐 나와 있었다.

"괜찮아요. 이 정도쯤은 각오한 일이니까."

야무지게 말하는 그녀가 귀여워 그의 얼굴에 미소가 피어올랐다.

"근데 왜 태승 씨가 안 오고 재호 씨가 오는 거예요?"

—응?

내심 그가 와 주기를 바랐는데 뜬금없이 재호를 보낸다고 해서 약간 섭섭했다. 물론 그가 회장님을 모시고 병원에도 가야 하고 회사도 가야 하니까 바쁘다는 걸 뻔히 알면서도 서운한 마음이 드는 것은 어쩔 수 없었다. 그러다 회장님이 떠오른 슬이 아쉬웠던 것도 잊고 얼른 물었다.

"아! 회장님, 회장님 상태는 어떻대요?"

슬의 서운한 투정에 웃고 있던 그의 표정이 살짝 굳었다. 할아버지 이야기만 나오면 표정을 관리하기가 어려웠다.

—많이 안 좋으셔.

괜찮다고 말하려다가 솔직히 털어놓았다. 어차피 알게 될 일이고, 이 제는 숨길 이유도 없었다. 슬에게는 전부 다 말하기로 했다. 슬은 더 이 상 제 연인이기만 한 게 아니라 저와 가족이 될 사이니까 굳이 에둘러 표현하고 싶지 않았다. 슬의 표정도 확연히 굳어졌다.

"그럼…… 얼마나 남은 거예요?"

그 말도 묻기가 조심스러웠다. 어제 그 일을 보고 겪은 바로는 시간이 얼마 없어 보였다. 그래서 슬은 더 조급하다. 그와 회장님 사이에 남은 시간이 얼마 남지 않았으니 두 사람이 조금이라도 더 함께 시간을 보낼 수 있도록 하는 것이 낫지 않나 싶었다.

―그건 하늘에 달려 있겠지.

그렇게 말하는 그의 목소리가 퍽 쓸쓸했다. 얼마 남지 않은 시간임이 분명하지만 쉽게 확신할 수는 없었다. 각자의 수명은 다른 법이기에.

―이따 보자. 조심히 오고.

"알았어요. 이따 봐요."

전화를 끊은 슬도 기분이 좋지 않았다. 할아버지도 아프신데 따로 둘 이 나가 지내도 괜찮을지……. 고민이 깊어졌다.

잠시 후, 슬의 집 앞으로 재호가 도착했다. 재호는 기자들이 진을 치 고 있는 모습을 보고는 이를 어쩐담 하며 난감한 표정을 짓다가, 이럴 때면 늘 정면 승부를 했던 태승을 떠올리고는 기자들 앞으로 당당히 걸 어갔다.

기자들은 익히 태승의 곁에서 수행하던 재호를 알고 있어 그가 나타나 자마자 그에게 다닥다닥 붙었다. 덕분에 꼼짝 없이 갇혔던 재호가 무수히 많은 질문 세례를 받았다. 아까 회사에서도 기자들 때문에 움직이기가 어 려웠는데 지금도 이러니 난감했다.

곧이어 뒤를 따라온 다른 비서들이 기자들 사이에서 갇힌 재호를 꺼내 바리케이드를 쳐 준 덕에 슬의 집 앞에 다다를 수 있었다. 초인종을 누르자마자 문이 열렸고 안으로 들어가자 걱정스러운 얼굴의 슬이 보였다.

"안녕하세요, 윤 주임님."

재호가 활짝 웃으며 인사하자 슬도 그제야 표정이 풀렸다.

"오랜만이에요, 유 비서님."

"기자들 때문에 많이 놀라셨겠어요."

"아주 조금."

조금은 아닌 것처럼 보였지만 모른 척해 주었다.

"바로 나가셔야 할 것 같은데. 짐은?"

"아. 여기요."

"주세요."

싼다고 싸고 보니 짐이 꽤나 많았다. 24인치 캐리어가 두 개나 됐다.

"짐이 생각보다 조촐하네요."

짐이 많다고 생각했는데 재호의 기준에서는 많지 않다고 느껴졌나 보다.

"다른 건 다 있을 것 같아서요. 그래도 여벌옷이며 챙기다 보니 많아졌어요."

"이 정도면 적은 거예요. 지금으로 봐서는 꽤 오래 계셔야 할 것 같은데."

"아, 정말요? 이런 일은 처음이라."

"더 필요한 게 있으시면 말씀하세요. 어차피 거기는 임시방편이고 따로 장소 마련될 때까지만 계실 거라 언제든 말씀하세요."

"네. 감사합니다."

"별 말씀을. 가시죠. 이러다 늦는다고 잔소리 들을지도 모르니."

재호는 슬이 긴장하고 있다는 것을 알고는 너스레를 떨었다. 덕분에 아까보다 편해진 슬이 재호의 뒤를 따랐다.

1층으로 내려가자 기다렸다는 듯 기자들이 빠르게 다가왔다. 이들이 이동하는 동안에도 기자들의 플래시는 쉴 새 없이 터졌다. 동시에 바리

케이드를 치고 있던 비서들이 슬과 재호의 주변을 감싸며 이들이 차에 무사히 탑승할 수 있도록 도왔다.

슬을 먼저 차에 태우고 짐까지 트렁크에 싣고서야 운전석에 오른 재호가 빠르게 은하 아파트 골목을 빠져나왔다.

앞으로 두 시간을 달리면 곧 태승이 기다리고 있는 집에 도착할 것이다. 이상하게도 그와 함께 산다고 하니 몹시 심장이 두근거렸다. 이미 그와 여러 밤을 보냈음에도 말이다.

## 4. 내일보단 오늘을, 오늘보단 지금을

슬과 통화를 끝낸 직후에 그는 서울 모처에 있는 명품 숍에 갔다. 머리에서부터 발끝까지 외제 차 한 대 값은 거뜬히 넘고도 남을 남자가 가게 안으로 들어서자 흩어져 있던 직원들이 재빠르게 모여 일렬로 섰다. 이미 연락을 받고 온 실장이 그 어느 때보다 밝은 얼굴로 그를 맞이했다.

"오셨습니까, 류태승 사장님."

실장의 말 한마디에 여러 명의 직원들이 고개를 숙였다. 이런 대우가 익숙한 태승은 그저 끄덕이며 안으로 들어가 유리관에 진열되어 있는 보석들을 보았다. 반지부터 목걸이, 귀걸이까지. 투명한 유리관에 진열되어 있는 보석들은 스스로를 빛내며 반짝였다.

"오신다는 연락 받고 뽑아 본 리미티드 에디션입니다."

실장은 장갑 낀 손으로 가장 비싸고 반짝이는 한정판 보석을 꺼내 그의 앞에 펼쳐 보였다. 이곳은 아무나 들어올 수도 없고 아무나 들이지 않는 매장으로 유명했다. 이곳을 드나드는 손님들은 모두 VIP로 웬만한 정재계 사람들도 오기 힘든 곳이었다.

그런 곳에 태승은 처음 맞이하는 손님이었다. 그간 유일 리테일이나 유일 바이오컴 사모들은 뻔질나게 이곳을 드나들곤 했다. 하지만 유일 퍼스트의 사장인 태승만은 숍을 연 지도 꽤 되었는데 한 번도 온 적이 없었다. 더불어 다른 그룹의 자제들도 여러 번 숍에 방문했었는데, 유일 그룹의 자제는 처음인지라 그의 등장이 신기할 만도 했다.

그랬던 사람이 매장에 방문한 것은 물론 반지들 중에서 가장 값비싼 것으로 몇 개 뽑아 달라는 말에 실장은 그 어느 때보다 심혈을 기울였다.

"이게 좋겠네요."

실장은 리미티드 에디션 중에서도 가장 반짝이는 반지를 꼽았다. 이 반지는 이 숍에서도 하나밖에 없는 한정판 중 가장 비싸고 아름다운 보석이었다. 실장은 태승의 안목에 저도 모르게 미소를 띠었다.

"정말 안목이 훌륭하시네요. 이 반지 중앙에 박힌 보석은 루비입니다. 루비는 특히 색상과 컷, 선명도에 따라 품질이 결정되는데, 사장님께서 고르신 이 루비는 저희 가게에서도 하나뿐이며, 전 세계에서도 몇 개 없는 최고 품질이거든요. 또 루비는 7월의 탄생석이기도 하고 용기와 깊은 애정, 타오르는 불꽃같은 사랑을 상징하기도 합니다."

신나서 덧붙이는 실장의 말을 조용히 듣던 태승이 제 새끼손가락에 반지를 끼워 봤다.

"여자분 손가락 호수를 알고 계시나요?"

조심히 묻는 실장의 말에 태승이 고개를 저었다. 그제야 반지 호수를 알아야 한다는 것을 깨달았다. 그의 얼굴에 난감함이 어렸다. 그 모습을 본 실장이 새는 웃음을 억지로 참으며 말했다.

"괜찮아요. 찾아오시는 남자 고객분들 중 대다수가 여자 친구 분의 손가락 호수를 잘 모르시거든요. 그럴 때마다 찾는 방법이 있답니다."

그게 뭐냐고 묻기도 전에 실장이 잠시 실례하겠다며 그의 오른손을 가져갔다. 그러더니 태승의 새끼손가락에 반지를 껴 보고는 물었다.

"이보다 훨씬 작으신 거죠?"

반지는 두 번째 마디에서 더 들어가지 못했다. 그가 고개를 끄덕이자 실장은 그보다 더 작은 호수의 반지를 가져와 끼웠다. 이번에는 첫 마디도 들어가지 않았다.

"이 정도면 맞으실 것 같아요. 대부분 남자 분들의 새끼손가락 첫 마디 정도면 다 맞으니까."

실장의 말에 그가 덧붙였다.

"손이 작거든요. 제 손바닥에 다섯 손가락이 전부 들어올 만큼."

"그럼 이 호수가 맞으실 거예요. 포장해 드릴까요?"

"네. 예쁘게 부탁합니다."

실장이 웃으며 루비 반지를 가져갔다. 주변에서 숨죽이고 있던 여자 직원들이 힐끗힐끗 그를 훔쳐보았다. 큰 키에 넓은 어깨를 더욱더 부각시키는 슈트를 입고 여자 친구에게 줄 반지를 고르는 남자. 게다가 숍에서 가장 값비싼 반지를 골라 예쁘게 포장해 달라는 말을 덧붙이기까지.

매스컴에서 다루는 태승의 수식어는 대부분 차갑고 냉한 남자, 일처리에 있어서는 냉철한 기업인, 일밖에 모르는 워커 홀릭 등등 일절 연애는 하지 않고 오로지 일만 아는 남자였다. 그래서 더 여자들이 애달파했다. 그들은 태승이 냉하지만 자기 여자에게만큼은 한없이 다정해지는 남자일 거라며 상상의 이미지를 만들어 내기도 했다.

그랬던 남자가 불쑥 결혼을 발표하더니 매장까지 찾아와 반지를 포장한다. 이것만으로도 뒤집어질 노릇인데, 제 여자에게 줄 것이라며 당부의 말까지 하니 상상 속 그의 이미지가 사실임을 확인한 순간 여자들의 눈이 하트로 변하는 것은 당연했다.

"감사합니다."

태승은 실장에게서 예쁘게 포장된 반지 케이스를 받아 안주머니에 품고 뚜벅뚜벅 매장을 걸어 나갔다. 실장과 직원들은 그가 나갈 때까지 허리를 굽혀 보였다. 그가 나가자마자 매장은 한동안 소란이 가시지 않았다.

* * *

태승은 곧바로 별장 저택으로 와서 준비를 서둘렀다. 그녀가 올 때쯤이면 저녁 시간이 될 것이었다. 그녀는 아침도 몇 숟가락 뜨지를 못했고 점심도 안 먹었을 테니 무척 배가 고플 것이다. 그러기 전에 간단하게라도 저녁을 차려 주고 싶었다.

반지를 사 오면서 장까지 직접 봐 온 태승은 셔츠만 입은 채로 소매를 단단히 걷어붙인 채 불 앞에 섰다. 오늘 저녁은 슬이 좋아하는 해물 토마토 파스타였다. 우려했던 것과 달리 재료 손질부터 파스타 면 삶기까지 일사천리로 진행되었다. 슬이 오기 전까지 이 모든 것을 준비해야 하니 그의 손길이 더욱더 분주했다.

"다음은 볶기만 하면 되네."

레시피를 틈틈이 확인해 보니 이제는 손질한 해산물과 재료, 삶은 파스타 면을 넣고 볶으면 됐다. 어느 정도 준비가 끝난 뒤 그는 식탁 위에 파스타와 같이 준비한 싱싱한 야채샐러드를 놓았다. 그리고 주변에는 초를 꽂은 촛대를 놓았고 빈 접시와 포크, 스푼, 와인 잔을 각각 두었다. 와인도 최고급 와인으로 꺼내 놓았다. 시간이 별로 없었지만 바쁜 와중에도 준비해 둔 것이었다.

청혼도 사실 멋지게 했다기보다는 급하게 했고, 이렇다 할 선물이나 반지도 해 준 적이 없었다. 어머니가 남긴 유품을 준 것만으로도 그에게는 큰 의미였지만 슬에게 정식으로 청혼을 하고 싶었다. 그리고 무엇보다 오늘은 두 사람이 함께하는 첫날이기도 했다. 아직 식도 올리지 않았지만 같이 살게 되었으니 의미 깊은 날이었다.

슈트 안주머니에서 반지 케이스를 꺼내 든 그가 루비 박힌 반지를 보며 환하게 웃었다. 이 반지가 슬에게는 분명 부담이 될 테지만 이보다 더한 것을 해 주고 싶은 마음이 더 크다. 진즉에 명품 가방이나 옷, 신발, 보석을 선물하고 싶었지만 지나치게 검소한 슬이 혹시나 부담을 느낄까 걱정되어 미뤄 왔다. 하지만 이제는 뭐든 다 해 줄 거다. 그게 무엇이든 전부 다.

* * *

저택 앞에 도착한 슬은 그림 같은 풍경의 저택을 보고는 입을 떡 벌렸다. 이 정도로 큰 별장이었을 줄은 몰랐다. 산으로 둘러싸이고 큰 강이 앞에 펼쳐진 풍경을 바로 앞에서 감상할 수 있을 정도로 넓은 저택이었다. 이렇게 큰 저택에서 단둘이 지낸다니, 새삼 그가 재벌이라는 것이 실감되었다.

슬은 큰 대문을 지나 정원으로 한 걸음, 한 걸음 내디뎠다. 정원에는 잡초 하나 없이 정리 잘된 푸른 잔디가 깔려 있었고, 한쪽에는 분수가 놓여 있었다. 뒤따라오던 재호가 옆에 슬의 짐을 놓고 현관문 초인종을 눌러 그에게 왔다는 것을 알리곤 뒤로 물러났다. 잠시 후, 문이 열리며 앞치마 차림의 그가 두 사람을 맞이했다.

"왔어?"

그를 가장 먼저 맞닥트린 슬은 전에도 본 모습이라 환하게 웃었지만 뒤에 있던 재호는 별안간 푸흡 하며 웃음을 터트렸다. 그와 십수 년을 알고 지냈건만 지금의 모습은 재호에게 있어 생소한 모습이었다. 식욕

없는 형이 누구를 위해 저녁을 준비하고 있는 모습이라니. 두고두고 놀려 먹을 놀림감이었다.

태승은 슬에게는 환하게 웃더니 뒤에서 터지려는 웃음을 억지로 참고 있는 재호에게는 눈을 부라렸다. 그 모습에 재호가 뒤로 물러나며 말했다.

"일단 오늘은 갈게요."

그러더니 도저히 참을 수 없겠다는 듯 푸하하 박장대소했다.

"근데 형, 형하고 앞치마 진짜 안 어울려."

"얼른 가라."

그가 이를 악물고 놀리는 동생에게 소리쳤다. 슬은 재호에게 밥 먹고 가라고 했지만 재호는 같이 있다가는 체할 것 같다며 쏜살같이 사라졌다.

* * *

태승이 이끄는 대로 따라간 곳은 다이닝 룸이었다. 주방과 길게 이어진 복도를 따라 걸어가니 드라마나 영화에서 볼 법한 고급스러운 공간이 올 화이트 톤으로 장식되어 있었다.

"이게 다 뭐예요?"

식사를 하는 공간인 만큼 정중앙에 큰 식탁이 하나 놓여 있었다. 그 식탁에 촛대와 테이블 매트가 마주 놓여 있는 것을 본 슬은 휘둥그레져 물었다.

"앉아."

태승은 맞은편 자리의 의자를 빼 주었다. 많이 놀랐는지 멀뚱히 서 있는 슬의 손을 끌어당기자 그제야 그녀는 의자에 앉았다. 곧이어 태승은 아까 지나왔던 복도로 가 주방에서 파스타면을 담은 접시를 가지고 왔다. 그것을 가장 먼저 슬의 앞에 놓았고 그다음은 자신의 자리에 가져다 놓았다.

"이걸 다 직접 준비한 거예요?"

테이블 매트에 놓인 접시 안에는 맛있는 해산물과 토마토소스에 버무려진 파스타가 먹음직스럽게 폴폴 김을 내며 담겨 있었다. 게다가 테이블 중앙에 놓인 장식품들과 와인 잔까지. 누가 봐도 프러포즈를 위한 만찬이었다. 낮에 재호를 대신 보낸 것도 이 만찬을 준비하기 위해서였던 거다.

"점심도 안 먹었을 것 같아서."

"점심은 안 먹은 건 맞는데, 이렇게 준비하고 있었을 줄은 몰랐어요."

슬은 내심 그에게 왜 자신을 데리러 오지 않느냐고 타박한 것이 미안해졌다. 그가 뒤에서 이렇게 바삐 움직였을 줄은 몰랐다. 그렇지 않아도 오늘 하루가 분주했을 텐데 이렇게 저를 위해서 손수 만찬까지 만들었다고 하니 미안하면서도 고마워 속에서부터 벅참이 느껴졌다. 그녀는 괜스레 눈물이 날 것 같아 울컥한 마음을 숨기려고 더 밝게 웃었다.

"이건 파스타예요?"

"응. 해물 토마토 파스타. 레시피 보고 만든 거라 맛이 어떨지 모르겠네."

만들면서도 몇 번이고 맛을 보긴 했지만 슬의 입맛에도 괜찮을지가 관건이었다. 그는 정체불명의 맛으로 슬을 기함하게 했던 김치볶음밥 사건 이후로 자신의 요리 실력에 자신감을 크게 잃은 상태였다.

그럼에도 셔츠 소매를 걷어붙이고 프라이팬을 잡은 것은 무엇이라도 해 주고 싶은 마음 때문이었다. 맛은 장담할 순 없지만 요리하는 내내 그녀를 생각했다. 손수 준비한 만찬을 보며 어떤 표정을 짓고, 어떤 말을 할지 상상하며 행복했다. 이 행복한 마음을 슬에게 고스란히 전해 주고 싶었다.

슬은 포크를 들어 파스타 면을 집었다. 파스타 면은 그대로 포크에 걸려 딸려 왔고, 그녀는 스푼에 대고 그것을 돌돌 말았다. 음식은 겉보기에는 먹음직스러워 보였다. 하지만 맛도 정말 맛있을지는 먹어 봐야 아는 것이었다.

포크를 그대로 입 안에 넣으려는 슬의 모습을 그가 내심 기대에 찬 얼굴로 보고 있었다. 기대감을 내비치지지 않으려 했지만 실은 맛있었으면 했다. 그녀에게 자신이 느꼈던 행복을 그대로 전달하고 싶은 마음도 있었지만, 맛도 있다면 두 배는 더 좋은 추억이 될 테니까 말이다. 마찬가지로 슬도 그가 차린 음식이 맛있었으면 했다. 하지만 맛이 없다고 해도 맛있게 먹어 줄 생각이었다.

각자의 바람을 안고 태승과 슬은 입 안에 넣은 면을 곱씹는 데 집중했다. 천천히 꼭꼭 씹어 파스타 면과 함께 버무려진 토마토소스와, 이에 곁들인 해산물의 맛까지 음미했다. 꽉 다물린 입술 사이로 음식을 씹는 소리가 다이닝 룸을 가득 채웠다. 그만큼 두 사람은 음식에 집중해 있었다.

이제 입 안에 남은 것은 없었다. 남은 파스타 면을 모두 삼킨 슬이 맛에 대한 평가는 하지 않고 또 파스타를 집어 입에 넣었다. 이번에는 껍질 벗긴 오동통한 속살의 새우와 함께였다. 새우와 토마토소스, 파스타 면 이 세 조합은 맛이 없을 수가 없는 조합이었다. 그리고 정말 우려와 달리 맛이 훌륭했다. 지난 김치볶음밥과는 비교가 되지 않을 정도로.

그러나 그는 대답은 않고 수저만 움직이는 슬을 보고 이번 요리도 실패했구나 직감했다. 맛있다면 맛있다고 해 줄 법한데 말 한마디 일절 않고 먹기만 하니 은근 기대했던 마음이 심란해졌다. 그녀에게 제 행복이 전해졌으면 했지만, 내심 기대가 컸던 모양이다.

"맛없으면 억지로 먹지 않아도 돼……."

그가 실망한 기색이 역력한 목소리로 말했다. 슬은 그 모습이 귀여워서 웃음이 났지만 최대한 심각한 표정으로 맛없는 음식을 억지로 삼키듯 연기했다. 왠지 그를 놀리고 싶었다.

"후우……."

난데없이 슬이 한숨을 푹 내쉬었다. 그러자 그의 표정이 더욱더 굳어졌다. 슬은 장난치려고 쉰 숨이었지만 태승에게는 심장을 덜컥하게 할 만큼의 충격이었다. 그렇게까지 맛없나 싶어 그도 포크를 들어 파스타를 먹으려는 순간 슬이 들릴 듯 말 듯 작은 목소리로 중얼거렸다.

"너무 맛있다……."

순간 그의 귀가 쫑긋거렸다. 들릴 듯 말 듯 아주 작은 목소리였지만 분명 그 뒷말은 '맛있다'였다. 그가 포크를 그대로 든 채 눈만 맞추니 슬이 더는 참을 수 없다는 듯 웃어 버렸다. 모든 것이 그녀의 장난임을 알게 된 그의 표정도 한껏 느슨해졌다.

"야, 윤슬."

태승은 어이없다는 듯 웃었다. 분했지만 맛있다니 기분이 좋았다. 슬도 한참을 웃다가 겨우 말했다.

"표정이 너무 심각하니까. 그때 김치볶음밥 사건은 까맣게 잊고 은근 기대하는 눈치가 너무 웃기잖아요."

얼마나 웃었는지 입가 주변이 아프기까지 했다.

"그런데 진짜 어떻게 만든 거예요? 왜 그때와 이렇게 다른 거지? 이거 진짜 태승 씨가 만든 거 맞아요?"

"뭐?"

슬이 끝까지 장난을 치자 태승도 크게 웃음을 터트렸다. 태승이 웃으니 슬도 따라 크게 웃었다. 한동안 다이닝룸에서는 두 사람의 웃음소리가 떠나지 않았다.

두 사람 앞에 놓인 두 접시가 말끔히 비워졌다. 그가 두 번째로 만들어 준 해물 토마토 파스타는 정말 훌륭했다. 첫 번째로 만들어 준 김치볶음밥의 맛이 모두 잊힐 만큼 아주 맛있었다. 식사는 그렇게 끝이 났다. 아주 화기애애하고 행복한 단둘만의 식사였다.

"와인 마실까?"

그가 빈 접시를 치우며 물었다. 슬이 고개를 끄덕이자 태승이 나머지 테이블도 정리하곤 적색의 포도주가 담긴 와인 디캔터를 가져왔다. 식사할 때는 와인 잔에 물을 담아 마셨을 뿐, 오늘 같은 날엔 와인을 마시고 싶었다.

슬이 안주 될 만한 게 있을까 싶어 일어나려다 자신이 모두 준비할 거라는 태승의 말에 다시 자리에 앉았다. 곧이어 그는 웬만한 바에서나 볼 법한 이색 과일이 가득한 접시를 중앙에 내려놓았다. 그러곤 조금 전 파스타가 놓였던 자리에 빈 접시와 포크를 놓았다.

태승은 디캔터를 몇 번 흔들더니 가장 먼저 슬의 잔에 와인을 따라 주고 자신의 잔에도 따랐다.

"짠 할까?"

그의 건배 제안에 슬이 웃으며 응수했다. 와인 잔이 부딪쳤고 그들은 잔을 각자의 입술로 가져갔다. 은은한 향을 담은 와인의 깊이는 상상을 초월했다. 혀끝에서부터 감도는 깊이 있는 향과 맛은 일반 소주나 맥주와는 전혀 달랐다.

"맛 어때? 좋지?"

슬이 고개를 끄덕이며 와인을 한 모금 더 머금었다. 먹으면 먹을수록 혀에 스미는 향과 맛이 점점 더 깊어졌다.

"과일도 먹어 봐."

그가 포크로 샤인 머스캣을 콕 집어 건네주었다. 그것을 그대로 입에 넣은 슬이 우물우물 맛보다 눈을 번쩍 뜨고는 말했다.

"이거 진짜 맛있네요. 뭐예요?"

"샤인 머스캣. 요즘 많이 먹더라고."

"당도가 더 좋은 것 같아. 태승 씨도 먹어 봐요."

이번에는 슬이 한 알을 집어 그의 입에 쏙 넣어 주었다.

"다시 짠?"

달달한 과일을 먹으니 와인이 더 당기는 것 같았다. 잔을 건네자 그가 잔을 부딪쳤다. 챙 하는 소리가 참으로 맑았다. 슬은 와인을 한 모금 더 입에 넣고 향미를 음미하다가 삼켰다. 그러자 그가 과일을 하나 더 입에 넣어 주었고, 슬도 그에게 과일을 건네 먹였다. 그러다 슬의 시선이 잠시 창 쪽으로 옮겨 갔을 때 그가 품에서 작은 반지 케이스를 꺼냈다.

"슬아······."

태승의 부름에 슬의 고개가 다시 그에게로 천천히 돌아왔다. 그를 보다가 살짝 아래를 내려다보자 작은 케이스 하나가 눈에 들어왔다. 딱 반지가 들어 있을 만큼의 작은 케이스였다. 오늘 이 만찬을 준비한 진짜 이유. 슬에게 정식으로 청혼하는 순간이다.

"이건······ 반지잖아요."

"열어 봐."

상자를 자신 쪽으로 끌고 간 슬이 케이스를 열었다. 그 안에는 루비가 박힌 반짝이는 반지가 있었다. 결혼반지로는 흔치 않은 것이었다.

"루비······."

붉은빛을 뿜는 루비를 본 슬이 중얼거렸다. 다이아를 생각했는데 돌연 붉은 적색의 강옥을 보니 정신이 멍해졌다. 생각지 못한 보석이라 그런 듯했다. 슬이 반지를 보고도 멍하게 있으니 그가 케이스를 가져갔다. 그러더니 케이스에서 반지를 빼내 슬의 오른손 약지에 끼웠다. 자신의 새끼손가락 첫마디에 맞춘 거라 그녀에게도 잘 맞을까 걱정했는데 안성맞춤이었다.

"예쁘다. 잘 어울려."

슬은 제 손가락에 끼워진 반지를 한참 바라보다 물었다.

"웬 반지예요?"

청혼이라면 이미 받은 것으로 아는데. 다른 손으로 목에 걸린 펜던트 목걸이를 매만지자 그가 반지가 끼워진 오른손을 잡았다. 덩달아 슬의 시선도 그의 눈동자를 바라보았다.

"뭐든 해 주고 싶어서."

그렇게 시작된 그의 청혼이었다.

"이미 우리에게는 순서가 의미 없지만 청혼도 하지 않고 넘어가기엔 아쉬워서, 내가."

"태승 씨……."

"다이아몬드의 의미는 변하지 않는 사랑이지만 널 향한 내 마음은 루비에 더 가까워서 말이야."

결혼반지로 가장 많이 하는 다이아몬드는 변치 않는 사랑을 뜻한다고 한다. 사랑하는 나의 반려자가 될 연인에게 변치 않는 사랑을 주겠다는 의미이기도 하다. 하지만 그는 결혼하고 싶은 연인에게 그 마음은 당연한 것이라고 생각했다. 또 변치 않는 사랑은 앞으로의 미래를 다짐하는 것이지만, 그는 지금 이 순간의 감정을 표현하고 싶었다. 그래서 선택한 보석은 바로 적색을 띠는 강옥, 바로 루비였다.

"내일을 말하기보다 난 오늘을 말하고 싶었어. 우리가 함께하는 지금이 순간에 대해. 그래서 너에게 이 루비를 주고 싶었어. 이 붉은 루비처럼 난 너를 아주 깊이, 뜨겁게 사랑하고 있다고."

그가 슬의 손가락에 끼워진 반지 위에 맹세의 키스를 했다.

진실한 고백과 함께 전해진 그의 마음은 너무도 깊고 뜨거웠다. 감당할 수 없을 만큼의 크기로 묵직하게 전해져 왔다.

태승의 말처럼 그의 사랑은 다이아몬드보다는 루비에 가까웠다. 그는 매순간마다 거짓 없이 진실만을 고백해 왔다. 적어도 자신이 느끼는 감정에 비겁하지는 않았다. 순간에 느낀 작은 감정도 말할 줄 아는, 용기가 있는 사람이었다.

"넌 나에게 특별한 사람인만큼 특별한 것을 주고 싶었어."

"……태승 씨, 나 너무 행복해요."

슬의 목소리가 떨렸다. 지금 이 순간이 더할 수 없이 행복하다. 사랑하는 사람에게 크기도 헤아릴 수 없을 만큼의 큰 사랑을 받는 이 순간이 행복이 아니라면 어떤 것이 행복일까. 행복이 순간에만 허락되는 것이라면 이 순간 속에서 마음껏 누리고 싶다. 그럼 그 기억만으로도 계속 행복할 수 있다. 세상에 영원한 것은 없다지만 추억은 영원히 기억되는 것이니까.

거실 바닥으로 자리를 옮긴 두 사람은 또다시 와인 잔을 부딪쳤다. 오늘은 공연히 취하고 싶은 밤이었다. 이미 취한 것 같기도 했다. 깊은 밤이기도 했고, 그에게 청혼을 받기도 했다. 마음은 그가 준 사랑에 흠뻑 취해 있었다. 마음에 이어 몸까지도 취하고 싶은 그런 밤이었다.

"별이 참 많아요."

두 사람은 거실 전체를 환하게 비추는 형광등을 끈 채 촛불만 은은히 밝혀 뒀다. 그러자 거실 창밖 너머로 무수히 많은 별들이 펼쳐졌다. 이렇게 많은 별을 본 건 거의 처음이었다. 서울에서는 흔히 볼 수 없는 풍경이 이곳에 가득하니 낭만적이었다.

"너무 좋다."

취기가 오른 슬의 목소리가 한껏 나른해졌다. 그의 어깨에 기대 까만 밤하늘을 수놓은 별들을 보고 있으니 너무 좋았다.

"너무 많이 마신 거 아니야?"

걱정이 되어 묻는 태승의 말에 슬이 도리도리 고개를 저었다.

"아직은 더 마실 수 있어요. 멀쩡한데."

그러면서 그녀는 와인 한 모금을 더 머금었다. 달콤한 향이 혀끝을 맴돌다 액체를 삼키고 나면 향만이 희미하게 남는다. 그 여운이 기분을 좋게 한다. 이미 취한 것 같은 슬이 또 한 번 와인을 머금었다.

그 모습을 아까부터 물끄러미 지켜보던 태승이 손을 들어 슬의 뺨을 감싸 쥐고는 제 쪽으로 당겼다. 그러자 슬은 반쯤 감겨 있던 눈을 떠 그를 바라보았다. 하늘에 자리한 수많은 별이 슬의 눈동자에 그대로 박혀 있었다. 반짝반짝 빛나는 검은 눈동자가 취기로 인해 몽롱해 보이는 모습마저 그의 본능을 자극했다. 거기다 방금 마신 적색의 포도주에 흠뻑 적셔진 붉은 입술까지.

"태승 씨……?"

태승이 제 얼굴을 빤히 들여다보기만 하니 슬은 그의 이름을 부르려 입술을 달싹였다. 이에 더 이상 참지 못한 태승이 그대로 입술을 부딪쳤다. 그의 얼굴이 가까워지며 건조한 입술이 닿으니 슬도 눈을 감곤 온 신경을 그에게만 쏟았다.

태승은 작고 통통한 입술을 머금다 서서히 안으로 혀를 내밀었다. 스르륵 들어간 그의 혀는 조급해하지도 않고 천천히 그녀의 입 안을 점령해 나갔다. 아주 오래도록 머물다 갈 것처럼 서서히 스며들었다. 이어 혀끝으로 입술을 축이다가 치열을 훑고는 연한 점막을 쓸었다. 농익은 과일을 맛보듯 하나하나 혀끝으로 자극했다. 그 움직임이 얼마나 집요한지 슬이 자극을 못 이기고 먼저 그의 목을 끌어안아 버렸다. 그곳은 그만 건들고 다른 곳도 건드려 달라는 의미였다.

이에 알았다는 듯 그가 입술을 뗐다가 잠시 숨을 돌리곤 와인을 입에 머금은 채 입을 맞추었다. 그러자 그의 입 안에 있던 와인이 슬에게 넘어갔다. 와인과 함께 그의 타액까지 삼켜 낸 슬이 술에 흠뻑 취한 채 먼저 입 안으로 혀를 밀어 넣었다. 그러더니 그 안에 남은 와인의 잔향을 찾아 혀를 휘두르다 이내 입술까지 빨았다. 쪽쪽, 쯥쯥, 쯔읍. 듣기에도 마찰음이 계속 이어졌다. 와인 때문인지 모든 것이 너무도 달콤했다.

슬의 조급한 입맞춤에 탄력받은 그가 본능대로 갈급하게 입맞춤했다. 부드럽던 키스가 한순간에 격렬해지더니 순식간에 옷들이 하나둘 벗겨졌다. 검은색의 야살스러운 속옷 세트를 입고 두 다리를 벌린 채로 그의 무릎에 앉혀진 슬이 몽롱한 눈빛을 한 채 그의 목을 끌어안았다. 그녀의 목덜미에 얼굴을 묻은 그가 깊이 숨을 들이쉬자 슬이 귀에 대고 나른하게 속삭였다.

"그거 알아요? 오늘 하루 종일 안기고 싶었던 거."

귓가를 간질이는 나른한 목소리와 간헐적으로 쉬는 숨소리에 그의 페니스가 팽팽히 당겨졌다. 태승이 화답하듯 목덜미에 입술을 꾹 눌러 찍은 뒤 그녀를 살짝 떼어 내곤 골이 깊게 패인 가슴 둔덕에 입을 맞추었다. 그러자 슬이 흠칫 몸을 떨었다.

"난 매일 안고 싶었는데. 그때마다 참았지, 오늘을 위해."

그가 슬의 등을 받치고 있던 손을 좀 더 올려 브래지어 후크를 풀었다. 그러자 젖가슴을 한껏 끌어 모으고 있던 브래지어가 아래로 떨어지며 가슴이 드러났다. 예쁜 봉우리 두 개가 봉긋 솟아 있었다. 가슴을 짙은 눈빛으로 응시하던 그가 시선만 살짝 올린 채로 슬에게 경고하듯 말하고는 바로 분홍빛 유륜에 입을 맞췄다.

"오늘은 참지 않을 거라는 뜻이야. 아주 오래 안을 거고."

이미 각오했다는 듯 슬은 벌써 꼿꼿해진 젖꼭지를 천천히 머금는 그의 뒷머리를 쓰다듬었다. 더운 숨이 가슴에 흩뿌려졌다. 오돌토돌 돌기 가득한 혀가 마음껏 젖꼭지를 지분대자 슬이 몸을 움찔움찔했다. 그가 가슴을 힘껏 빨아들였다가 혀로 톡톡 건들며 자극하니 사타구니 아래쪽이 조금씩 젖어 드는 것이 느껴졌다.

그는 한쪽 가슴을 물었다가 빨고 또다시 혀를 돌려 자극하면서 다른 쪽 가슴은 손으로 그러쥐었다가 놓았다가 터트릴 듯 주물렀다. 그러자 슬이 허리를 비틀며 그의 뒷머리를 헤집었다.

"흐응. 아항."

참지 못하겠다는 듯 허리를 한껏 휘니 그가 팬티 안으로 손을 넣어 탱글탱글한 엉덩이를 움켜쥐었다. 그러자 밑이 자꾸만 움찔움찔했다.

"하아. 태승 씨. 흐응!"

그가 다른 쪽 가슴을 베어 문 채로 한껏 빨아들이다 잘근잘근 이로 짓씹자 아까보다 큰 자극이 느껴져 슬은 본능적으로 아래를 비비기 시작했다. 얇은 천 쪼가리 사이로 그의 커다란 페니스가 와 닿았다.

둔부 아래로 그의 페니스가 더욱더 커져 가는 것을 느끼면서도 이 행위를 멈추지 않았다. 그에게 더 큰 자극이 되도록. 그래서 그가 제 앞에서 무너지고 애타는 모습을 볼 수 있게. 자신에게도 정복욕이 있을 줄은 몰랐다. 다른 때는 몰라도 이 밤만큼은 그가 약해지는 모습을 보고 싶어 행위를 더 빨리했다. 그런데 그럴수록 슬의 몸도 마찬가지로 달아오르고 있었다.

"하. 잠, 잠깐."

그가 이 이상은 참기가 힘든지 가슴을 빨던 행위를 멈추고는 슬이 움직이지 못하도록 허리를 끌어안았다.

"왜 이렇게 적극적이지?"

평소와 다른 몸의 대화에 그가 숨을 헐떡거렸다.

"말했잖아요. 하루 종일 당신한테 안기고 싶었다고."

슬은 더 이상 부끄러워하지 않기로 했다. 사랑하는 사람과 하나가 되는 일이 민망한 일은 아니지 않나. 그렇다고 이전의 관계에서 소극적으로 굴었던 것은 아니다. 여태 그의 강인한 힘 앞에서는 한없이 밀릴 수밖에 없어 모든 곳을 잡아먹혀 왔지만 오늘 이 밤에서만큼은 제가 그를 정복하고 싶다.

"하아. 그래서 나 미치게 하려고?"

"네. 미치게 만들고 싶어."

존댓말과 반말을 섞는 슬의 말투까지도 그는 미칠 것 같았다. 그렇지 않아도 그녀에게 자극당한 페니스가 드로어즈 안에서 터질 듯 커지고 있는 중이건만 귀여웠다가 사랑스러웠다가 이제는 팜므 파탈처럼 유혹까지 하니 참을 수가 없다. 이 정도면 참지 말라는 거지.

그가 팔에 힘을 주어 그녀를 그대로 들어 올리고는 바로 앞 소파에 슬을 눕혔다. 그러더니 슬이 보는 앞에서 속옷을 벗었다.

이제는 맨몸이 된 그가 소파로 올라와 슬의 몸 위를 덮었다. 코앞까지 다가온 그 때문에 슬은 저돌적인 고백을 했던 전과 다르게 숨 쉬는 것까지 잊고는 긴장했다. 그는 말없이 슬의 흘러내린 머리카락을 쓰다듬다가 천천히 눈꺼풀과 콧방울, 입술 순으로 입을 맞추었다. 조심스레 시작된 입맞춤은 점점 짙어지다 격렬해졌다. 슬은 그의 목을 끌어안고 제 입 안에서 춤추듯 움직이는 혀를 혀로 얽으며 넓은 등을 쓰다듬었다.

촉. 맞닿았던 입술과 입술이 떨어지는 소리가 고요한 거실을 울렸다. 두 사람은 깊은 눈동자로 서로를 응시했다. 미친 듯 서로를 탐했던 전과 달리 지금은 서두르지 않고 서로의 눈을 들여다보았다.

"하늘에 떠 있는 별이 모두 여기 있었네."

바라본 그녀의 눈동자가 반짝거렸다. 삶의 의욕이라고는 없었던 그때와 달리 지금 슬의 눈동자는 반짝이는 생으로 가득했다.

"태승 씨도 반짝거려요. 눈부시게 반짝여."

태승의 눈동자도 마찬가지였다.

"너의 남자로 살게 해 줘서 고마워."

"당신의 여자로 살 수 있게 해 줘서 고마워요."

두 사람은 서로를 바라보며 웃었다. 그러다 다시 입을 맞췄고, 서서히 열기가 고조되었다. 부드럽게 맞닿았던 입맞춤이 한층 더 깊어졌다. 이내 입술이 떨어졌고, 아쉽다는 생각을 하기도 전에 그의 입술이 하얗고 가느다란 목덜미에 달라붙었다. 속살을 한껏 빨아 당기니 그 자리에 붉은 흔적이 남았다. 제 것임을 알리듯 그가 목덜미와 쇄골, 가슴, 젖꼭지, 배꼽, 옆구리, 골반, 허벅지와 무릎, 종아리에 차례차례 입을 맞추었다. 슬은 제 몸에 자신의 흔적을 만드는 그의 모습을 두 눈으로 좇다 무릎에 경건히 입 맞추는 그를 보고는 숨을 들이마셨다.

아무것도 입지 않은 맨몸으로 종아리를 쓰다듬으며 자신을 바라보는데, 그의 눈빛이 퇴폐적이라 숨을 쉴 수가 없었다. 그의 입술이 슬의 발끝에 닿았고, 태승은 슬의 몸을 온전히 뒤집었다. 그러고는 그녀의 등 한가운데 고랑이 진 길을 따라 그는 입술을 찍어 냈다.

"흐웃."

그가 강하게 입술을 내리 누를 때마다 슬의 몸이 움찔거렸다. 얕게 파인 곳을 따라 입 맞추던 그가 위로 올라와 슬의 고개를 젖히곤 키스했다. 쪽쪽, 입술을 물고 빨던 그는 다시 내려가 그녀의 팬티를 무릎 아래까지 끌어 내렸다. 작고 오동통한 엉덩이가 드러나면서 슬의 몸도 긴장으로 뻣뻣해졌다.

"긴장하지 마."

그 모습이 귀여워서 그가 웃으며 그녀의 등에 뽀뽀를 쪽, 하더니, 이내 그녀의 엉덩이를 손에 그러쥐었다. 그러자 슬이 헉, 소리를 내며 몸에 힘을 주었다.

"힘 빼. 그래야 안 아파."

그게 쉬운가. 태승의 손길이 닿는 곳마다 몸이 움찔거리며 반응하는데. 그는 분명 어느 부위를 만져야 제가 느끼는지를 아주 잘 알고 있었다.

"무릎만 세워 봐."

슬은 그가 말하는 대로 엎드린 자세에서 무릎만 세웠다. 그러자 그에게 엉덩이 안쪽을 모두 드러낸 자세가 되었다. 그녀는 이다음 그가 무엇을 할지 알면서도 자세를 흐트리지 않았다. 이전 같았으면 부끄러워서 제 몸을 감추느라 급급했겠지만 이제는 그러지 않는다. 그가 자신을 원하듯 자신도 그를 원하니까.

다리 사이에 자리를 잡은 그가 혀를 길게 내밀어 깊은 곳까지 찔러 들어왔다. 혀끝으로 콕콕 음부를 찌르다가도 입술을 붙여 쭙쭙 빨았다. 그 소리가 무척이나 야했지만 두 사람은 개의치 않았다. 서로의 사랑을 확인하는 지극히 자연스러운 섹스였다.

입술을 떼어 내자 그녀의 음부는 그가 흘린 타액과 스스로 흘린 액으로 잔뜩 젖었다. 그의 혀로 농락당한 뒤라 그녀의 은밀한 곳은 뭐라도 물고 싶다는 듯 벌름거렸다. 그는 곧바로 콘돔을 찾아 빠르게 껍질을 벗겨 내 굵고 긴 제 페니스에 덧씌우려 했다. 그러자 슬이 고개만 돌린 채 말했다.

"그냥 해요."

섹스할 때마다 그는 콘돔을 꼭 사용했다. 슬도 그와 첫 관계를 한 후부터 피임약을 꼭 먹었다. 하지만 이제는 그런 것들이 무의미했다. 그때는 미래가 분명하지 않았다. 결혼할 생각이 전혀 없던 것은 아니지만 자신에게 결혼은 너무도 먼 이야기라 관계를 할 때도 조심했다.

그런데 지금은 그와 함께할 미래가 그리 먼 이야기도, 막연한 일도 아니었다. 순서가 꼬였지만 이미 결혼 발표가 났고, 오늘 사랑하는 그에게 청혼도 받았다. 무엇보다 그와 단란한 가정을 꿈꾸게 됐다. 그와 아내로, 그는 자신의 남편으로 같이 살며 반씩 닮은 어여쁜 아기도 갖고 싶어졌다. 그러니 이제 콘돔과 피임약은 아무 의미가 없다.

"흐응."

어느새 그의 페니스가 슬의 안으로 깊이 들어왔다. 아랫배로 꽉 들어차는 그 이물감이 미치게 좋다. 벌름거리던 음부가 깊이 박혀 들어오는 페니스를 조이자 그의 엉덩이에 힘이 들어가 딴딴해졌다.

"하아."

태승이 참았던 숨을 뱉으며 슬의 엉덩이를 잡고는 허리 짓을 반복했다. 턱, 턱, 턱. 페니스가 깊이 박혔다 나가기를 반복했다. 그럴수록 슬이 야하게 신음을 내질렀고, 그도 호흡을 삼켜 내며 허리를 튕겼다. 콘돔을 끼지 않고 하는 섹스는 미치게 자극적이었다. 그녀의 안으로 제 것을 깊이 박을 때마다 쫀득한 살덩이가 굵은 기둥을 붙잡고 놔주지 않는 그 느낌이 생경해 정신을 놓을 것만 같았다.

몇 번 치달리던 그가 더 움직이면 사정할 것 같아 겨우 멈춰 숨을 돌렸다. 슬도 그에게 맞추느라 진이 빠졌는지 차오르는 숨을 힘겹게 뱉어 냈다.

"내가 앉을래요."

그녀는 자세를 고치려는 그를 앉혀 무릎 위로 먼저 올라앉았다. 그러고는 그의 페니스를 넣었다. 그러자 그가 숨을 참는 것이 느껴졌다. 마주본 그의 이마 위로 핏줄이 굵게 도드라졌다.

"하응."

그의 것을 품고만 있었는데도 크기가 커서인지 벅찼다.

"너…… 나…… 죽이려는 거지? 윽."

오늘따라 적극적인 그녀가 싫지 않았지만, 이런 식의 도발은 못 견디게 난폭해지고 싶은 것을 억지로 참고 있는 그의 욕망을 터트리려는 수작 같았다.

그는 처음부터 거칠게 하고 싶었다. 한 품에 쏙 들어올 만큼 작은 여체 속에 숨겨진 풍만한 젖가슴이 드러났을 때부터 모조리 씹어 삼키고 싶었다. 하지만 그 욕망을 억누른 채 정성 들여 애무했던 것은 모두 그녀를 위해서였다. 이러한 과정 없이 하게 되면 분명 아플 테니까. 그런데 이렇게 그녀가 먼저 적극적으로 나선다면 또다시 위험한 본능이 치고 올라올지 모른다.

그녀는 그것을 아는지 모르는지 태승의 것을 품은 채 앞뒤로 허리를 돌리기 시작했다.

"하아. 하."

슬이 그의 어깨에 두 손을 짚어 허리를 앞뒤로 움직이자 그녀의 젖가슴이 출렁였다. 눈앞에서 한껏 고개를 쳐든 채 허리를 흔들며 신음하는 그녈 보며 태승은 더 이상 참을 수 없겠다 싶었다.

"하응. 흐응."

그가 슬의 양 골반을 붙잡고는 더 빨리 허리를 돌릴 수 있도록 유도했다. 그러면서 젖가슴을 물어 입 속에 가둔 채 빨아들이면서 허리를 튕겼다. 팡, 팡, 팡. 그의 허리힘이 얼마나 센지 슬의 몸이 팡팡 튕기듯 올라갔다가 내려앉았고, 그때마다 페니스가 빠졌다가 더 깊이 박혀 들기를 반복했다.

"안 되겠다. 못 참겠어."

긴 호흡으로 또 한 번 사정을 간신히 참은 그가 페니스를 빼지 않은 채 자세를 고쳐 잡았다. 태승은 지친 슬을 눕히고는 그녀의 허벅지를 더 넓게 벌렸다. 그 상태에서 더 깊이 찔러 넣자 슬이 숨을 삼키고 힘을 꽉 주었다. 그 덕에 페니스가 꽉 조여졌고 그는 순간의 사정감을 참으며 이를 악물었다.

"흐흑."

슬은 더 깊이 박히는 그를 밀어내지도 못하고서 그의 어깨에 매달렸다. 그는 고통과 쾌락 사이에서 몸서리치는 슬의 입술에 입을 맞추며 천천히 움직였다. 뺐다가 다시 들어갈 때는 더 안쪽까지 넣으며 허리 짓을 시작했다. 그럴수록 고통은 쾌락이 되어 슬의 머릿속을 난잡하게 만들었다. 미칠 것 같은 쾌락이 온몸을 집어삼키는 것 같았다. 퍽퍽. 살과 살이 격렬하게 맞부딪치는 소리가 두 사람의 호흡 소리와 함께 묻혔다.

"하윽. 하으윽."

"허억. 헉. 허억."

한계점까지 도달한 그가 마지막 스퍼트를 올렸다. 태승은 소파 등받이를 부여잡고 무릎을 소파 깊이 묻으며 말을 타듯 앞뒤로 미친 듯 쳐 올렸다. 난폭한 그의 움직임에 소파가 격렬히 흔들리며 슬이 새된 비명을 내질렀다.

"하으응. 태, 태승 씨!"

그는 단말마 같은 신음을 터트리며 절정을 향해 달렸고 마침내 두 사람은 척추에서부터 타고 올라오는 전율에 몸을 떨었다. 슬은 머릿속에서 폭죽이 터지는 것 같은 오르가슴을 느끼며 제 안에서 모든 것을 분출해 내는 그의 등을 끌어안았다. 그도 충만함을 느끼며 슬의 온몸을 끌어안고 귀에 대고 사랑을 속삭였다.

신혼의 단밤이 흐르고 있었다.

* * *

"결혼…… 발표?"

우스운 일이었다. 유일 퍼스트 내 홍보팀이 각 언론사를 통해 뿌린 기사의 내용은 뜻밖에도 태승의 결혼 발표 소식이었다. 그로 인해 대한민국 언론이 떠들썩해졌다. 실시간 검색 순위 1위부터 5위까지가 모두 태승에 관한 키워드들로 가득했고, 회사에도 하루 수백 통의 전화가 걸려 온다고 했다. 그만큼이나 유일 그룹이 대한민국에 미친 영향력은 어마어마했다.

하지만 그 기사를 읽지 않고 창을 내려 둔 중열에게는 아무 의미 없는 소식이었다. 조카가 결혼을 하건 말건 더 이상 제 알 바가 아니었다. 그의 관심은 오로지 유일 그룹이 대한민국에 끼친 영향력에 가 있었다. 또 한 번 유일 그룹의 힘을 확인한 그는 조소했다. 이는 곧 그에게 좋은 변수가 되어 줄 것이다.

그가 모니터로 시선을 붙박아 둔 채 휴대폰을 들어 상대에게 지시했다.

"내가 말해 둔 대로 진행해."

그 말을 끝으로 휴대폰을 내려놓은 중열의 표정이 싸늘해졌다. 모니터에는 일만의 모습이 찍힌 CCTV 영상이 재생되고 있었다. 그리고 다른 쪽 모니터에는 일만의 병원 진료 기록과 더불어 일만의 병명이 정확히 기재되어 있는 진단서가 펼쳐져 있었다.

중열의 계획은 이들이 자신을 쳐 내기 전에 먼저 선수를 치는 것이었다. 일만의 병환이 깊다는 사실을 저만 알고 있다면 이는 그들에게 아무런 위협이 되지 못한다.

그러나 이 사실을 언론과 이사들이 알게 된다면 어떨까? 회장의 건강보다도 회사의 안위가 더 걱정인 이사들은 분명 이 사실을 숨긴 유일가에게 사실부터 따져 물을 것이다. 그러고는 사실 확인을 한 이사들은 그 누구보다도 빨리 회장의 해임 안을 상정하겠지. 돈으로 묶인 관계란 참으로 얄팍한 것이니까.

"그렇게 되면……."

중열이 말을 하다 말고 진단서가 펼쳐져 있던 모니터를 응시했다. 진단서 창을 내리자 포털 사이트 메인 화면이 떴고 조금 전만 해도 검색 순위를 도배하고 있던 태승의 결혼 소식은 온데간데없이 사라진 채 류일만 회장과 관련한 소식으로 도배되었다.

'유일 그룹 류일만 회장, 알츠하이머로 밝혀져……'
'유일 그룹 류일만 회장 병환이 깊어, 앞으로 유일 그룹의 행보는?'
'유일 그룹 주가 폭락'

자극적인 뉴스 헤드라인 때문에 실시간 검색 순위를 유일 그룹이 모두

장악해 버렸다. 그 기사들을 시선으로 가만히 들여다보던 중열이 소리 내어 웃기 시작했다. 킬킬거리는 비웃음 소리가 꽤나 오래 사무실 전체로 퍼져 갔다.

* * *

이른 아침, 바깥 풍경이 훤히 드러나 보이는 통 유리창 앞에 선 슬은 손에 든 찻잔을 한 모금씩 마시며 생각에 잠겼다. 간밤, 그와 함께 늦게까지 사랑을 나누다 새벽 동이 터 올 때쯤에서야 잠에 들었다.

아주 오랜만에 꿈도 꾸지 않은 채 깊이 잠들었는데, 새근새근 숨소리만이 간헐적으로 들려오던 새벽 어스름에 요란한 벨소리가 침실을 가득히 울렸다. 평소 그 시간에 걸려 올 전화가 없는데 깊은 밤을 깨울 만큼 요란히 벨 소리가 울린다는 것은 결코 좋은 일은 아니라는 뜻이다. 그리고 그 불안한 예측은 맞아떨어졌다. 전화를 받아 든 그가 굳은 표정으로 이불을 걷고 재빨리 침실을 나갔기 때문이다.

태승은 서둘러 샤워를 했고 옷을 갈아입는 둥 마는 둥 했다. 그렇게까지 초조해 보이는 그의 모습은 거의 처음이었다. 슬 역시 불안한 표정으로 그의 뒤를 쫓아 나갔다. 그는 셔츠를 정장 바지 안으로 넣으며 자초지종을 아주 간략히 한마디로 요약해 말해 주었다.

'고모부와 전면전을 치러야 할 것 같아.'

회장님이 이번에는 아주 위독해지신 건가 했는데 그건 아니라서 다행이었다. 하지만 곧 그가 한 말의 의미를 알 수 있었다. 휴대폰 액정에 가득히 떠 있는 포털 사이트의 실시간 검색 순위를 보고 말이다. 어제까지만 해도 태승과 슬의 이야기로 가득 차 있었는데, 현재는 모두 일만의 병환으로 가득했다. 기사를 읽으려고 해도 접속자가 많아 사이트가 다운되었다.

그가 그토록 숨기고자 했던 비밀이 세상에 밝혀지고야 말았다. 그것도 다른 누구도 아닌, 중열의 입에서 말이다.

어쨌거나 고모부도 가족이다. 혈연으로 묶인 관계가 아니라도 같이 밥을 먹고 같이 시간을 나누고 추억을 쌓는 가족. 그런 가족이 제 가족을 지키지 않고 오히려 그 반대편에 서 있다. 그는 어떤 기분일까. 그가 말한 것을 미루어 볼 때, 그는 이미 짐작하고 있었던 듯하다. 아니, 어쩌면 처음부터 고모부는 태승의 편, 태승의 가족이 아니었을지도.

태승이 걱정되었다. 그의 마음이 어떨지. 처음부터 중열이 그의 편이 아니었다고 해도 가족에게 배신당한 것이나 다름없지 않은가. 그를 생각하니 자연스레 혜명도 떠올랐다. 그 누구보다 피눈물을 쏟을 사람은 부인인 혜명일 테다.

슬은 혜명의 번호를 띄워 놓고 잠시 머뭇거렸다. 혜명이 저를 데려다주던 그때 서로 번호를 교환했었다. 시계를 보니 오전 6시. 전화를 걸기엔 너무 이른 시간이긴 했다. 아마 혜명에게도 이 소식이 전해졌을 것인데……. 사태 수습에 만전을 다하고 있을지 모를 일이었다. 하지만 혜명이 걱정되어 전화를 하지 않고서는 오늘 아무것도 할 수 없을 것 같다.

슬의 손가락이 통화 버튼을 눌렀다. 걱정했던 것과 다르게 몇 번의 신호음이 채 이어지기도 전에 혜명의 목소리가 들려왔다.

"고모님?"

―어. 오랜만이네.

"너무 이른 시간에 전화드려서 놀라셨죠?"

혜명의 목소리는 생각보다 가라앉아 있지 않았다. 평소처럼 여유가 있는 목소리라 설마 그녀가 지금 무슨 일이 일어나고 있는지 모르는 게 아닐까라는 생각이 들었다.

―아니. 어차피 깨어 있었어. 이제 막 휴대폰 꺼 놓을 참이었는데, 액정에 슬이 씨 번호가 뜨잖아. 그래서 받았지.

역시 알고 있구나. 그 일에 대해 물으려니 선뜻 말이 나오지 않아 머뭇거리니 혜명이 오히려 슬의 마음을 헤아리고는 먼저 답해 주었다.

―회사로 가려고 준비하고 있어. 이런 일을 예상하지 못했다면 내가 아니지. 안 그래?

생각보다 혜명은 강한 사람이었다. 태승은 고모가 이 사실에 대해 알게 되면 감당하지 못하고 무너질 거라고 했지만 슬이 본 혜명이라는 사람은 세상 참 강인한 사람이었다. 말투는 퉁명할지 몰라도 그 속까지 거칠지는 않은 사람이다. 그럴 수가 없는 사람이다.

"태승 씨도 회사로 갔어요. 본사로 간다고 했으니까 고모님 곁에 있을 거예요."

당연히 태승이라면 그럴 테지만 굳이 또 한 번 말해 주는 이유는 무너지지 말라는 뜻이겠지? 슬이 한 말의 의도를 정확히 알아챈 혜명이 빙긋 웃었다.

―나도 태승이 곁에 있을 거야. 그리고 고마워. 마음 써 줘서.

"잊으셨어요? 전 이 집 사람이기 훨씬 전에도 유일 그룹 사람이었어요."

슬이 너스레를 떨었다. 조금이라도 그녀에게 힘을 보태고 싶었다. 겉으로는 아무렇지 않아 보여도 그 속은 그리 좋지 않을 거다. 아무리 예상한 일이라지만 막상 닥치고 보면 흔들리는 것이 사람이니까. 더구나 가족으로 지내던 사람이 벌인 짓이다. 그러니 더 받아들이기 어려울 거다.

―별장에 있다고 들었어. 관리인이 있긴 하지만 오래 비워 둔 곳이라 변변치 않을 텐데 지내기는 괜찮아?

"네. 그 전에 태승 씨가 미리 준비를 해 둬서 괜찮아요."

―그래. 그렇담 다행이고. 혹시나 필요한 게 있으면 말해.

"네. 고모님. 또 연락드릴게요."

―응. 또 보자.

전화를 끊은 슬의 입가에 번져 있던 미소가 서서히 옅어졌다. 이렇게라
도 목소리를 들으니 불안한 마음이 좀 차분해지는 것 같다. 오늘 하루가
유난히 길 테지만 태승도, 혜명도 부디 더 다치는 일이 없기를 간절히 바
라 본다.

* * *

유일 그룹 본사.

두 시간을 족히 달려 도착한 회사는 입구에서부터 기자들로 빽빽했
다. 태승이 차에서 내리기도 전에 플래시 세례가 쏟아졌다. 어떻게든
미끼를 물겠다고 덤벼들 기자들을 헤집고 회사로 들어갈 생각을 하니
치가 떨렸다.

쏟아지는 질문들을 받으며 그 사이를 뚫고 지나가려는데, 곧이어 재호
와 함께 여러 명의 사람들이 나와 모여 있는 기자들을 흩뜨려 놓으며 가
운데 길을 만들었다. 모세의 기적처럼 양옆으로 갈라진 기자들은 이제
손까지 써 가며 어떻게든 특종 하나 건져 보겠다고 질문을 마구 쏟아 냈
지만 태승은 들은 척도 않고 뚜벅뚜벅 걸어갔다.

"이사들은?"

"대회의실에 모여 계십니다."

태승이 작게 끄덕이다 정작 듣고 싶은 말은 그것이 아닌지라 살짝
고개만 비틀어 재호를 빤히 보았다. 그러자 재호가 눈치를 채고 덧붙
였다.

"와 계십니다."

"와 있다고?"

그가 얼굴을 잔뜩 구기며 가던 걸음을 멈추었다. 지난 몇십 년을 한 가족

으로 살면서도 겉으로는 이빨을 드러내지 않았던 사람이라 보통 사람은 아니라고 생각했지만 이 정도일 줄은. 핵폭탄을 던져 놓고 핵폭탄을 맞은 곳에 와 있다니. 대체 당신……

태승은 한껏 구겼던 표정을 살짝 풀고 멈추었던 걸음을 다시 떼었다. 그의 걸음이 전보다 더 빨라졌다.

대회의실 문이 열리자 밖에서 어렴풋하게 들려왔던 이사들의 목소리가 선명해졌다. 서로 이게 어떻게 된 일이냐, 회장님이 알츠하이머라니 말이 되냐, 류 사장은 왜 이제껏 숨긴 것이냐 등등 자기들끼리 수군대다 태승의 등장으로 모두의 시선이 앞으로 쏠렸다.

"이봐, 류 사장! 이게 어떻게 된 일인가? 아침부터 이게 무슨 일이야? 회장님은?"

"류 사장 말고 회장님 모셔 오게. 난 회장님께 들어야겠어. 아침 포털 사이트에 올라온 기사가 정말 사실인지 확인해야겠다고!"

태승이 입을 떼기도 전에 흥분한 이사들의 목소리가 귓등을 때렸다. 이사들은 제각각 분통을 터트리며 사실 확인부터 해야겠다고 말했다. 이사들의 반응이야 예상하지 못한 건 아니었다. 회장님의 건강보다는 회사의 안위가 더욱 걱정인 이들이었으니까. 하지만 그것과 별개로 어느 누구도 회장님 건강부터 묻는 이사들이 없다는 것이 그를 더 속상하게 했다.

"일단 위로 올라가시죠."

보다 못한 재호가 그를 단상에 오를 계단 앞으로 이끌었다. 한 발, 두 발 계단을 밟고 올라가는 그의 발걸음이 무거웠다. 단상 앞에 서자 일그러진 이사들의 표정이 아까보다 더 잘 보였다. 그는 목구멍 아래까지 서운함이 치밀었지만 최대한 감정을 절제한 채 입을 떼었다.

"서론은 거두절미하고 바로 본론부터 말씀드리겠습니다."

그가 앞에 앉아 있는 이사인지, 제 돈 떼먹을까 전전긍긍하는 빚쟁이

인지 이제는 정체마저도 의심스러울 지경인 이들을 응시하다 정중앙에 앉아 있는 중열과 시선을 마주했다. 그는 아무 표정 없이 앉아 있지만 그 속에 검은 속내가 훤히 드러나 보인다.

이 사태를 만들고도 뻔뻔하게 저 자리에 앉아 있다니. 필시 그는 저와 제 가족을 기만하러 온 것이리라. 태승의 눈이 번뜩이는 분노로 벌게졌다.

"오늘 각 포털 사이트를 통해 출처를 알 수 없는 기사가 보도되었습니다. 보도된 내용은 류일만 회장님의 병환에 관련된 것으로 사실 확인차 이사님들 앞에 대표로 섰습니다."

이제 막 입을 떼기 무섭게 이사들의 언성이 높아졌다.

"서론은 배제하고 사실부터 말하세요!"

"류일만 회장님이 정말 치매가 맞습니까?"

회사가 휘청거리고 있는 판국에 회장님 건강이 중요하지는 않았다. 할아버지가 일군 회사여도 상장 회사가 되기까지 이사들의 노고가 분명 있었다. 그래서 이들의 분개가 이해가 안 되는 것은 아니다. 다만 아무리 돈에 얽힌 관계여도 이제껏 함께한 세월이 있는데 일만의 안부를 묻기보다 사실부터 확인하고 싶다는 이사들의 행동에는 납득할 수가 없었다.

하지만 그는 이들 앞에서 그 어떤 분노도 할 수 없었다. 이사들이 이럴 것을 알고 그동안 일만의 병을 숨겨 왔다. 자신은 어쨌거나 이런 큰 일을 이사들에게 말하지 않은 잘못도 있었고, 이런 식으로 세상에 알려지게 한 잘못도 있었다. 비록 그가 자초한 일이 아니었다고 하더라도 자신에게 책임이 없지는 않았다.

꼭 말아 쥔 주먹이 하얬다. 진위 여부를 묻는 이들에게 사실이라고 말하는 게 너무 어려웠다. 꽉 다물려 있던 그가 입을 열었다.

"회장님께서는 현재 알츠하이머를 앓고 계십니다."

그 말 한마디에 소란스럽던 대회의실이 단번에 조용해졌다. 모두가 벌어진 입을 다물 줄을 몰랐다. 충격으로 얼어붙은 이사들의 얼굴을 보자니 그의 마음은 찢기고 찢겨 한쪽이 너덜거리는 기분이었다.

"……상태는, 상태는 어떻습니까?"

이사들도 아침부터 포털 사이트를 가득 메운 것을 보고 일만의 병환이 사실이라는 것을 어느 정도 눈치채고 있었을 것이다. 그동안 그의 행동을 돌이켜 보면 충분히 짐작할 수 있는 부분이다. 그럼에도 소문이 사실로 확인되니 당황스러웠다. 이 일을 어떻게 해결해야 할지, 또 앞으로의 회사는 어떻게 될지 이사들의 미간이 좁아졌다.

"많이 심각합니까?"

회장의 행보에 따라 회사의 성장세도 움직이는지라 이것이 어떤 영향이 미칠지 모를 일이었다. 그랬기에 이사들은 크게 술렁거렸고, 그 사이에서 상철은 홀로 생각에 잠겨 있었다.

이 일이 터지기 몇 달 전부터 일만은 전과 다른 행보를 보였다. 회사의 주축이 되는 이사들을 불러 조찬 모임을 갖거나 변호사를 부르는 등 무언가 큰일이 생길 것을 예상하고 준비하는 사람의 모습이었다. 회장님은 이런 일을 예상하고 계셨던 건가……. 상철의 미간이 찡그려졌다.

"회장님의 현재 상태는……."

태승이 하려던 말을 잠시 멈추었다. 일만의 상태를 직접 말하려니 목구멍 아래에서 무언가 치미는 느낌이 들었다. 할아버지의 병이 깊다는 사실을 인정했다 생각했지만 아직도 다는 받아들이지 못한 것 같다. 그가 쉽게 말을 잇지 못하자 불쑥 유일 리테일의 김영호 사장이 끼어들었다.

"기사 내용으로는 일상생활에 어려움이 있을 정도라고 하던데, 회장님의 상태가 그렇게까지 나빠질 동안 류태승 사장은 무엇을 한 겁니까?"

김영호 사장의 날카로운 지적에 잠시 가라앉아 있던 이사들의 심기가 사나워졌다.

"그동안 우리한테 사실을 알리지 않고 숨기기만 급급했던 것 같은데, 지금도 회장님 상태에 대해서 정확히 사실을 말하지 않는 것을 보면 우리가 류 사장을 어떻게 믿겠습니까?"

급기야 김영호 사장이 자리에서 일어나 크게 언성을 높이자 또다시 대회의실 안이 소란스러워졌다. 아무래도 김영호 사장이 맡은 역할은 불난 집에 부채질하기였나 보다. 생각보다 이사들의 반응이 미지근하니 어떻게든 발화하게 만들려는 것이 뻔히 보였다. 제 할 일을 끝낸 김영호 사장이 힐끗 박중열 사장의 눈치를 보는 것까지 태승은 한시도 놓치지 않았다.

"회장님을 모시고 오세요. 내 눈으로 회장님의 상태를 확인해야 하겠으니까. 그렇지 않다면 우리도 더 이상 류 사장 말은 믿지 못하겠어."

"우리 눈으로 직접 봐야겠어. 회장님은 어디 계십니까?"

김영호 사장의 한마디로 분위기가 좋지 않게 흘러갔다. 이사들은 막무가내로 회장님을 모셔 오라고까지 했다. 회장의 상태가 좋지 않다는 사실을 이미 다 알고 있으면서도 자신들 눈으로 직접 확인하기 위해 목소리를 키우자 태승의 인내심에도 슬슬 한계가 오고 있었다.

박중열 사장은 이 상황이 그저 즐겁다는 듯 호기로운 태도를 보이고 있었다. 그 모습을 보자 이가 바득바득 갈렸다. 참아야 하는데 그럴 수가 없었다. 다들 너무하다고 소리를 높이려던 순간, 대회의실 문이 벌컥 열리며 혜명이 모습을 나타냈다. 갑작스러운 혜명의 등장으로 소란이 잠시 멎었다.

"제가 좀 늦었네요. 유일 그룹 법무팀과 회장님 주치의까지 모셔 와야 해서 좀 늦었습니다."

단상으로 오른 혜명의 뒤로 유일 그룹 법무팀과 일만의 주치의가 보였다. 태승에게는 이곳에 오기 전에 잠깐 상황을 설명했고 앞으로 조카의 편에 서겠다는 뜻까지 보내온 상태여서 놀라울 것은 없었다.

하지만 중열은 예외였다. 이제껏 별다른 반응을 보이지 않고 있던 중열의 얼굴이 혜명이 등장한 이후부터 조금씩 균열이 가고 있었다. 혜명은 단상에 올라 자신을 올려다보고 있는 본사 이사들과 각 계열사 사장들을 보다가 그 중앙 어디쯤에 있는 중열을 바라보았다. 표정이 심각한 게 제대로 뒤통수를 맞은 듯 보여 통쾌했다.

"밖에서 듣자하니 회장님의 병환에 대해 궁금하신 것 같아 모셔 왔습니다. 주치의 선생님의 보다 정확한 설명을 들어 보시겠습니까?"

혜명이 고개를 끄덕이자 일만의 주치의가 태승이 물러난 단상에 섰다. 곧 대형 스크린에 일만의 뇌 MRI와 CT 영상이 띄워졌다. 주치의가 일만의 상태를 보다 정확하게 설명하자 이사들은 물론 각 계열사 사장들의 언성이 순식간에 잦아들었다.

"더 이상은 회사 경영을 하기에는 무리가 있다고 판단됩니다."

이 말을 끝으로 주치의가 내려갔다. 그때까지도 장내는 쥐 죽은 듯 조용했다.

"……이거 참……."

회장님을 봐야겠다고 길길이 날뛰던 이사들은 머쓱함에 제대로 말을 잇지도 못했다. 깊은 고민에 빠진 듯 모두가 근심 어린 표정을 짓고 있었다. 처리할 것이 많았지만 지금 가장 중요한 건 후계자 문제였다. 가장 유력한 후보인 태승과 중열 사이에서 결정해야만 했다. 이사들은 난감했지만 어찌 됐건 선택해야 하는 일이었고 여기에서 이사들의 의견이 분분이 갈리기 시작했다.

"그럼 이제 다음 차례인가요? 어차피 이사님들께서도 모여 계신 자리라 생각해 회장님 뜻을 받아 왔습니다. 유일 그룹 법무팀에서……."

"잠깐. 잠깐만요."

혜명이 준비해 온 다음 안건을 말하려는데, 대뜸 중열이 막아섰다.

"회장님의 뜻이라고 했습니까, 류혜명 관장?"

더 이상 자신을 부르는 데 있어 사적 호칭을 사용하지 않자 혜명의 눈초리가 일순 날카로워졌다. 씁쓸했지만 두 사람의 관계를 이보다 더 명확히 하는 것은 없었다.

"회장님께서는 현재 알츠하이머, 즉 기억력 감퇴와 인지 능력은 물론 언어 능력 및 판단 능력까지 모두 저하된 상황이라고 했는데 어떻게 우리가 회장님의 뜻을 믿을 수 있습니까?"

날카로운 지적이었다. 방금 전, 주치의까지 데려와 회장님의 상태에 대해 낱낱이 밝힌 뒤였다. 그런 상황에서 지금 이 안건을 상정하려는 자체가 허점에 빠진 것일 수도 있다. 하지만 이 경영권 승계에 관한 안건을 상정시키지 못한다면 더 큰 위기를 맞게 될 수 있다. 그래서 어떻게든 이 자리에서 끝을 봐야 하는데, 이를 저 교활한 인간이 모를 리 없다.

"그래서 유일 그룹 법무팀을 모셔 온 것 아닌가요?"

혜명이 반박하자 중열은 여유롭게 말을 이었다.

"그럼 묻겠습니다. 법무팀은 지금 갖고 있는 그 서류에 적힌 회장님의 뜻이 정말 온전한 정신에서 정확히 전달하신 것이라고 확신할 수 있습니까?"

중열의 시선이 법무팀에게로 향했다. 갑작스럽게 모든 이들의 주목을 받게 된 상황에서 법무팀은 당황해 말을 제대로 하지 못했다. 변호사라면서 말 한마디 벙긋 못하고 난감한 듯 서로 곁눈질만 하는 모습을 보며 혜명은 속으로 이를 갈았다.

한편, 이사들은 예상과 다르게 흘러가는 이 두 사람의 언쟁에서 약간의 의문을 가졌다. 이 두 사람은 부부 사이로, 특히 류혜명 관장은 누구보다 제 남편이 회장 자리에 앉기를 바랐던 사람으로 알고 있다. 또 그렇게 만들기 위해 조카까지도 견제하며 지금껏 헌신해 왔던 사람인데 지금의 혜명은 전혀 달랐다. 팔은 안으로 굽는다더니, 지금 와서 제 남편을 배신이라도 하는 걸까? 이사들의 눈이 흥미진진했다.

"변호사들조차 확신할 수 없다는 회장님의 뜻을 우리가 무슨 수로 믿어야 하는지 모르겠군요."

짧게 말을 마친 중열이 제 할 일은 다 끝났다는 듯 자리에 앉았다. 그러자 영호를 비롯한 여러 이사들이 너도 나도 떠들기 시작했다. 어째 분위기가 불안하게 흘러갔다. 상황이 자신들에게 유리하게 흘러가자 한껏 고개를 쳐든 중열이 이죽거렸다.

"이런 상황에서 할 말은 아닌 것 같지만 지금 이 자리만큼 더 좋은 자리는 없단 생각에 상정하고 싶은 안건이 있습니다."

영호가 호기롭게 나섰다. 처음부터 끝까지 중열의 편에 서기로 한 것 같다. 분노로 붉어진 태승의 눈에 영호와 중열의 나란한 모습이 들어와 있었다.

"유일 그룹 류일만 회장님의 해임 안을 상정하는 바입니다."

드디어 올 것이 오고야 말았다. 중열과 같은 배를 탄 사람들이 원했던 바는 처음부터 이것이었을 것이다. 회장님의 약점을 알았으니 쥐고 흔들어야 하는 것이 이들의 목적이다. 그래야 원하는 바를 이룰 수 있을 테니까 말이다.

그들의 속내를 모르고 있던 것은 아니지만 막상 눈앞에 현실로 나타나니 그의 동공이 마구잡이로 흔들렸다. 거센 파도와 심한 바람에 중심을 잃고 흔들리는 배처럼. 이는 혜명도 마찬가지였다. 어떻게든 이 사태를 진정시키려 했던 노력이 결국 자충수를 두는 꼴이 되어 버렸다.

* * *

"류일만 회장님의 해임 안은 다음 이사회에서 논의하는 것으로 하겠습니다."

이번 기사로 인해 긴급히 열렸던 이사회였던 터라 해임 상정안에 대해서는 다음 이사회에서 논의하기로 결론이 났다. 어쨌든 간에 큰 위기는 맞다. 다만 이 위기를 극복할 수 있는 시간을 벌었다는 것으로서는 다행인 일이었다.

그 길로 유태승과 혜명은 유일 퍼스트로 돌아왔다. 혜명은 이동하는 차 안에서도, 이곳으로 돌아와서도 분에 못 이겨 이를 바득바득 갈아 댔다. 어떻게 그런 인간과 살을 맞대고 살 수 있었는지, 자신 스스로 한 선택마저도 의심할 정도로 분노에 몸을 떨었다. 그러다 문득 대회의실에서 말 한마디 제대로 하지 못한 태승을 나무랐다.

"넌 앞으로 장차 유일 그룹을 이끌어 갈 애가 왜 아무 말도 못 하고 그러고 서 있니? 망부석이라도 된 줄 알았잖아. 눈만 부릅뜨면 뭐 해? 말 한마디도 못 하고 가만히 서서는 공격하는 거 다 맞고 있고. 어휴. 내 속이 다 문드러지는 줄 알았어!"

"……."

"그 사람들을 속인 입장이라서 그랬어? 네가 왜 비밀에 부쳤겠니. 이럴까 봐 말하지 않은 거 아니야? 그럼 화라도 내든가. 회장님 상태에 대해서 어떠냐고 먼저 물었어야지, 어떻게 회사 걱정만 할 수 있느냐고 따지든가. 이게 뭐니?"

아까 그 상황을 다시금 언급하며 혜명은 쉴 새 없이 쏘아 붙였다. 혜명도 속이 상해 그렇다고 하지만 그 누구보다 속상한 사람은 바로 태승이었다. 지난 3년 동안 입을 다물 수밖에 없었던 것은 바로 이 때문이었다.

할아버지의 병을 빌미로 이러한 사달이 날까 아무도 모르게 비밀리에 부쳤던 것인데, 이를 막으려다 더 큰 사달을 불러일으킨 것 같아 마음이 좋지 않았다. 무엇보다 이 일에 고모부가 연관되어 있음을 방금 대회의실에서도 느낄 수 있었다. 이미 확신하고 있었던 사실이지만 막상 눈앞에서 보고 들으니 충격이 이만저만 아니었다.

태승이 대꾸는 하지 않고 연신 얼굴만 쓸어내리고 있자 조금은 감정이 누그러진 혜명이 자리를 털고 일어났다.

"아직 끝난 게 아니야. 무슨 수가 있겠지. 일단 난 집으로 가 있을 게. 너도 오늘은 집으로 와."

그렇지 않아도 속이 상할 대로 상한 애를 더 몰아붙여서 뭐 할까 싶어 나가려는데, 그런 혜명을 태승이 불러 세웠다.

"……고모."

뒤를 돌아본 혜명이 태승의 표정을 보고는 싱긋 웃었다.

"사과는 됐어. 네가 혼자서 감당한 것만으로도 충분해."

혜명의 진심 어린 말에 태승도 옅게 웃어 보였다. 혜명이 나가고 그 미소를 거둬들인 태승이 심란한 표정을 지었다. 잠시 후, 재호가 안으로 들어왔다.

"가장 먼저 보도됐던 언론사는 작은 인터넷 신문사였습니다. 보도 자료는 메일로 송부됐다고 하고요. 처음에는 긴가민가했는데 확실한 증거가 첨부되어 온 메일이라 믿고 일단 지른 거라고 하더라고요."

"증거까지 파일 첨부되었다……."

작게 읊조린 태승이 그럴 줄 알았다는 듯 고개를 끄덕였다. 이미 주동자가 누군지도 다 아는 상황이고, 그가 그렇게 허술하게 판을 짰을 리 없었다.

"발신인은 추적이 불가능한 아이피를 사용해 역추적하지는 못 했습니다."

"안 해도 돼. 누군지 모르는 것도 아니고."

누가 보냈는지는 중요하지 않았다. 다만 태승이 궁금한 것은 중열이 왜 시기에 터트렸는지에 대한 것이었다. 하지만 깊게 생각하지 않아도 그가 어떤 의도를 갖고 움직였는지는 알 수 있었다.

"할아버지 계획을 미리 알고 움직인 거야."

태승은 생각에 잠긴 채 중얼거렸다. 한 계열사를 책임지고 있는 중열에게 그만한 정보망은 있었을 것이다. 이미 전부터 할아버지의 병환을 미리 파악하고 있었고, 차기 회장 발표가 있을 거라는 소식을 듣고 때를 노린 것이겠지.

생각에 잠긴 태승을 보던 재호가 이어서 말했다.

"일단 함부로 기사를 낸 신문사에 대한 처리는 해야 할 것 같습니다. 대기업을 상대로 확인도 없이 보도부터 내보낸 데에 책임을 물어야 앞으로 그런 일은 없을 테니까요."

재호는 이에 대한 책임을 묻고 제대로 된 조치를 취해야 한다고 강력하게 요구했지만 그는 생각이 달랐다. 어쨌든 그쪽은 언론사이고 그들도 그들의 할 일을 한 것이다. 게다가 증거까지 확실히 손에 들어왔으니 일단 저지르고 보자 했겠지. 그리고 그쪽은 특종이 많이 고팠을 거다. 작은 인터넷 신문사가 이번 일로 확연히 관심을 한 몸에 받고 있으니 그들 입장에서는 제대로 된 떡밥을 문 것이나 다름없었다.

"작은 규모의 인터넷 신문사, 특종, 증거까지 확실히 첨부된 이메일. 제대로 골라 터트렸네."

그가 이번에야말로 제대로 뒤통수를 맞았다는 듯 실소를 터트렸다. 어차피 이 패는 이득이 없는 패였다. 기사의 원 출처를 알았음에도 말이다. 그저 한 번이라도 매스컴에 오르락내리락하고 싶은 작은 규모의 인터넷 신문사가 이번 기회를 빌미로 언론에 주목을 받고 싶어 저지른 일일 뿐. 그쪽을 파고든다고 해서 득 될 것은 하나 없다는 뜻이었다.

"그쪽은 됐고. 유일 그룹 법무팀과 미팅 잡아. 그리고 장 변호사님도 들어오시라고 하고."

그때였다. 밖에서 노크 소리가 들리더니 문을 열고 김상철 이사와 몇몇의 본사 이사들이 들어왔다. 태승은 자신도 모르게 자리에서 일어나 그들을 맞이했다. 태승을 본 김상철 이사가 짧게 목례를 하며 자신이 이곳에 온 목적을 이야기했다.

"다름이 아니라 저희가 도움을 드리고 싶습니다. 회장님께 받은 은혜가 워낙 많아서 이렇게라도 돕고 싶어서요."

회사 내에서도 진심을 다해 회사를 걱정하는 이들이 있었다. 그간 봐 온 청렴결백한 김상철 이사가 그랬고 그가 데려온 몇몇의 이사들 역시 그러했다. 이번 이사회를 통해 돌아가는 상황을 제대로 파악한 상철이 이들을 데리고 온 것이다.

회사의 존폐 위기가 걸린 사안이다 보니 가만히 있을 수가 없어서였다. 박중열 이사의 손에 회사가 넘어갔다가는 분명 이제까지 유일 그룹이 쌓아 온 청렴한 이미지가 무너질 것이다. 더군다나 그가 이 회사를 갖고 무슨 짓을 저지를지도 모를 일이었다.

태승은 이렇게 찾아와 준 이들이 고마웠고, 이들을 모아 준 상철에게 더없이 큰 감사를 전했다. 이들을 자리로 안내한 태승과 상철은 꽤나 오래 이야기를 나눴다.

* * *

태승이 벌어진 일을 수습하고 있을 동안 슬은 별장에 혼자 남아 있으려니 할 일이 없었다. 관리인 아저씨가 몇 시간마다 찾아와 불편한 것은 없는지 살펴 주었고 그때마다 슬은 괜찮다고 오히려 그에게 음료나 과일을 건네주는 일이 전부였다. 덕분에 아주 오랜만에 조금은 무료한 일상을 보내고 있는 중이었다.

TV를 보다 깜빡 잠이 들었던 슬은 잠든 지 몇 분 만에 감았던 눈을 퍼뜩 떴다. 또다시 그 악몽이 시작된 것이다. 알 수 없는 대화를 나누던 아빠와 갑작스레 열린 문, 딸이 온 줄 알고 급히 통화를 끊고 거실로 나오는 아빠의 모습에서 끊기는 그 악몽 말이다. 왜 계속 같은 꿈을 꾸는 것인지, 그 꿈을 꾸고 나면 이상하게 한기가 느껴지는 게 아무래도 무언가를 암시하는 듯도 하다.

두 팔로 제 몸을 감싸던 슬이 어둑한 바깥을 보다 시간을 확인했다. 벌써 저녁 8시가 넘은 시간이었다. 그에게 연락이라도 왔을까 싶어 휴대폰을 확인했지만 오늘은 많이 바쁜지 그는 연락 한 통 없었다. 상황을 수습하느라 정신없을 테지만 그래도 조금은 서운한 마음도 든다.

"할아버님이 걱정이네. 본가라도 다녀올 걸 그랬다."

낮에 잠깐 본가에 다녀올까 생각도 했지만 기자들에게 시달렸던 때가 바로 어제였다. 기사가 보도된 후 밖에 나가는 것이 어려워져 별장에 있던 건데 어째 그런 일이 있었던 것치고는 너무 조용하다. 아무래도 일만의 일로 제 일은 완전히 잊힌 것도 같다.

"전화라도 드려 봐야겠다."

일은 어떻게 잘됐는지 궁금하기도 하고 할아버지 안부도 물을 겸 다시 휴대폰을 들었는데, 때마침 그에게 전화가 걸려 왔다. 그의 전화를 내심 기다리고 있던 슬이 반가움에 얼른 받아 들었다.

"여보세요? 태승 씨?"

슬은 반가움에 들뜬 목소리였지만 그는 계속되는 회의에 지쳤는지 목소리에 힘이 없었다.

—응. 나야. 아무 일 없었지?

회사에 와서도 그는 그 걱정이 더 먼저였다. 혹시나 자신이 없는 사이에 또 무슨 일이 생겼거나 기자들이 쫓아오진 않았는지 내내 마음이 놓이지 않았었다.

"아무 일 없어요. 너무 평화로워서 이상할 정도였는데. 회사 일은 어땠어요? 괜찮았어요?"

반대로 슬은 그가 걱정이었다. 그렇게 굳은 표정으로 다급히 나가는 그의 모습은 처음 보았기 때문이다.

—응. 잘 해결해야지.

힘없이 말하는 목소리에서 일이 다 끝나지 않았음을 알 수 있었다. 하지만 슬은 내색하지 않고 오히려 더 밝게 말했다.

"그럼 얼른 더 일해요. 오늘 못 와도 바가지 안 긁을 테니까."

위트 있는 슬의 말에 그가 피식 소리 내어 웃었다. 이렇게 목소리라도 들으니까 힘든 게 조금은 사라지는 것 같다.

—내일 아침에는 가 보도록 노력할게.

이 말은 내일도 못 올 수 있다는 말이었지만 슬은 그러려니 하기로 했다. 사안이 사안인 만큼 태승을 이해하고자 했다.

"너무 애쓰지는 말고요."

—응. 알았어. 밥은? 밥은 먹었어?

슬은 식사는 아직이었지만 그가 걱정할까 먹었다고 답했다.

"태승 씨는요? 저녁은 먹고 일하는 거예요?"

태승도 마찬가지로 아직 저녁 전이지만 괜스레 재호를 끌어들이며 너스레를 떨었다.

—재호 있잖아. 날 못 먹여서 안달 난 애거든, 걔가.

슬이 웃자 그도 따라 웃었다.

—일찍 자. 문단속 꼭 하고.

"알았어요. 태승 씨도 일하다가 잠깐이라도 눈 붙이고요."

—응. 그것도 노력해 볼게.

"그만 끊을게요."

—굿나잇.

그렇게 전화를 끊는 태승과 슬의 목소리에서 아쉬움이 한가득 묻어났다. 슬은 전화를 끊고 소파에서 일어나 주방으로 향했고, 태승은 꺼진 휴대폰을 가만히 들여다보다가 다시 서류로 눈길을 돌렸다. 그러다 소파에서부터 계속 자신을 주시하는 시선을 느끼고는 재호에게 물었다.

"뭐, 인마."

"사장님, 요즘 저 몰래 뭐 먹는 거 있어요?"

"무슨 소리야, 뜬금없이."

"아니, 사람이 갑자기 변하면 심경에 무슨 변화가 있는 거라는데, 그런 건 없어 보이고. 그럼 뭘 잘못 먹은 건데, 그것도 아니면 대체 뭘까싶어서요."

꽤 진지하게 물어 오는 재호가 재미있어 그가 한마디 툭 던졌다.

"너도 연애해 봐."

생각도 못한 답변에 재호가 뜨악한 표정을 지었다. 그러다가도 사람이 연애를 하면 저렇게 되는 구나 싶었다. 여자를 돌 보듯 하던 형이 이렇게 변한 데에는 다 형수님 때문일 거다. 하긴 윤 주임님이라면 그럴 수도 있겠다 싶다.

"무슨 생각해?"

자료를 보다가 무심코 고개를 돌렸는데 재호가 모호한 표정을 하고 있으니 궁금한 그가 물었다.

"윤 주임님 생각이요."

뜬금없는 말에 그가 인상을 팍 찡그렸다. 네가 왜 내 여자 생각을 하냐는 듯 불쾌함이 가득했다. 그러자 별다른 뜻은 아니라는 듯 말을 이었다.

"우리 형을 완전히 바뀌게 만든 사람이 윤 주임님인데, 윤 주임님이라면 그럴 수도 있겠다 싶어서요, 갑자기."

"무슨 말이 하고 싶은 거야?"

살짝 경계심을 푼 그가 핵심만 말하라고 재촉했다.

"잘 어울린다는 말을 하고 있는 거예요. 형이랑 형수님."

"난 또 무슨 말이라고."

태승이 피식 웃으며 다시 서류로 눈길을 돌렸다. 그러자 또다시 놀리고 싫어진 재호가 지나가듯 말을 흘렸다.

"윤 주임님이 형의 여자만 아니었어도 대시해 보는 건데……."

"뭐?"

아쉬움이 가득한 재호의 목소리를 들은 그는 순간 잘못 들은 줄 알고 재차 물었다.

"다시 말해 봐. 뭐라고?"

"뭘 자꾸 다시 말해 보래요. 괜히 속만 아프지. 더 묻지 마시고 서류나 마저 보시죠, 사장님."

"야, 유재호."

그의 미간에 다시 내천(川)자가 생기려는 것을 본 재호가 퍼뜩 말했다.

"그러니까 행복하게 잘 사세요. 저도 그런 생각을 했는데, 다른 남자들은 안 그랬겠어요? 아마 우리 회사 남자 사원들 중에서도 내심 윤 주임님한테 호감 갖고 있었을지도 몰라요."

"야, 너 가. 당장 나가."

재호는 제대로 열이 오른 태승을 보는 게 재미있었다. 예전의 그는 그 누구에게도 곁을 내주지 않았던 사람이었다. 자신이 짊어지고 있는 짐이 워낙 커서 누구와도 같이 나누려 하지 않았다. 그것이 오직 본인의 책임이며, 가족을 지켜야 한다는 생각이 너무 강한 사람이었다.

그랬던 태승이 슬을 만나고부터 달라졌다. 겉모습에서부터 빛이 나고 표정이 달라졌다. 더 이상 가족을 의무적으로 여기지도 않았고 사람과의 관계에 있어서도 부드러워졌으며, 돈이면 모든 문제가 해결될 거라는 생각도 바뀌었다. 돈보다도 사람과 사람 사이의 관계를 더욱 중요시하게 됐다.

이는 분명 사랑이라는 감정이 그를 바뀌게 한 것이리라. 사랑 하나가 사람을 이렇게도 바꾸는 구나 싶어 재호도 이 두 사람을 보고 있으면 연애하고 싶다는 생각이 점점 더 커져 갔다.

"웃으시라고 한 말입니다. 오늘 내내 힘드셨잖아요."

새벽부터 몰아친 사건의 후폭풍은 어마어마했다. 이들의 스캔들이 터지면서 결혼 발표까지 불과 하루도 되지 않아 회장님의 병환이 대서특필되어 잠시도 쉬지 않고 지금껏 일하는 중이었다. 점점 더 짙어지고 있는 그의 눈 밑 다크서클이 안 되어 보이기도 했고 오전에는 이사들 앞에서 모진 뭇매를 맞고 있었으니 재호도 태승이 신경 쓰였다.

"아픈 회장님 혼자 모시고 비밀리에 붙이느라 고생했던 지난 3년보다 오늘 이사회에서의 사장님을 보는 게 전 더 고역이었어요. 제가 나서서 그들 앞에서 소리라도 쳐 주고 싶었는데 제가 그럴 깜냥도 못 되고. 왜 그 사람들 앞에서 뭐라고 하지 않으셨어요?"

아까 오전에 대회의실에서의 모습을 회상한 재호는 아직까지도 분이 풀리지 않았다. 회장님이 아프다는데 회장님 걱정보다는 회사 걱정만 하는 그들이 무뢰한 같아 보였다.

지금껏 일만이 있었기 때문에 이 회사가 있었고 그런 다음 그들이 있었건만, 그 생각은 못 하고 이제껏 회사를 위해 갖은 고생 다해 온 일만에게 원망의 말만 쏟아 내니 옆에 있던 재호가 다 억울할 지경이었다. 그런 그들에게 너무한다고 호통 한 번쯤은 칠 수도 있었는데 아무 말 하지 않던 그가 궁금했다.

"그들 입장을 이해하니까."

그가 보고 있던 서류를 내려놓고 천천히 말을 이었다.

"회장님 걱정보다 회사 걱정을 더 하는 이사들에게 왜 서운하지 않겠어. 그런데 나조차도 이사들을 믿지 못했잖아. 그러니까 말하지 않은 거고. 오늘 날 찾아와 준 김 이사님을 비롯한 여러 이사님들께 너무 죄송스럽더라고. 나조차 나를 도울 수 있는 사람들이 있었는데 그들 모두가 한통속이라고 생각했으니까."

힘없는 넋두리에 재호가 발끈하려는데 그의 말이 더 먼저였다.

"너도 알지? 사람과 사람 사이에 가장 깔끔한 관계가 돈이라고 생각했던 나. 이번에 제대로 알았어. 내가 믿어 왔던 신념이 얼마나 알팍한 것들이었는지. 꼭 돈이 아니라도 신뢰만으로 이어지는 관계가 얼마나 많은지, 알게 됐어."

"……."

"너부터도 그렇고."

그가 말을 잇다가 살짝 시선을 들어 재호를 쳐다보며 말했다. 그러자 재호가 눈을 동그랗게 뜨곤 그를 바라봤다.

"고맙다. 무뚝뚝하고 차가운 내 옆에 있느라 고생 많아, 네가."

이제라도 알아주니 고마웠지만 이상하게 낯간지러워진 재호가 온몸에 소름이 돋는 시늉을 해 보였다. 그 생생한 표현력에 그가 작게 웃음을 터트렸다. 서로 민망하기는 마찬가지였다.

"그만 일이나 하자."

"네. 그러려고요. 이 밤에 남자 둘이 그런 말이나 하고, 듣고 있으려니까 좀처럼 적응이 안 되네요. 으윽, 징그러."

"그건 나도 마찬가지거든."

그렇게 서로 장난처럼 웃어 넘겼지만 실은 다 알고 있다. 서로가 서로에게 얼마나 큰 위안이 되는지를.

재호를 보며 웃다가 다시 서류에 시선을 고정시킨 태승이 문득 몰려오는 피로감에 미간을 짚었다.

앞으로 험난한 싸움이 예상되지만 그렇다고 질 싸움이라는 생각은 들지 않았다. 한 발 물러섰으니 이제 한 발 나아갈 차례다. 지금이야 다 잡은 고기라고 생각하겠지만 글쎄. 활시위를 당겼을진 몰라도 날아간 화살이 어디로 꽂힐지는 아무도 모르는 일이다. 그저 당하고 있지만은 않을 테니까. 그렇게 밤이 깊어갔다.

* * *

새벽이 되어서야 본가에 도착한 태승은 가장 먼저 안방 문부터 열었다. 일만이 자고 있을 시간이라 행동이 매우 조심스러웠다. 넓은 방 한가운데에 놓인 킹 사이즈의 침대 위에 일만이 두 눈을 감은 채 깊이 잠들어 있었다. 그 모습을 확인한 태승이 다시 문을 닫으려는 순간, 일만이 몸을 뒤척였다. 슬며시 눈을 뜬 일만이 열린 문틈의 인영을 보고 입을 열었다.

"일한이냐? 일한아……."

그러나 일만은 꽉 잠긴 목소리로 손자가 아니라 아들의 이름을 부르고 있었다. 지금 문 앞에 서 있는 사람은 태승인데, 일만은 지금 일한을 부르고 있다. 태승은 순간 가슴이 철렁했지만 앞으로는 일만의 모든 기억이 꼬여 과거의 일을 현재처럼 기억하고 있을 거라며, 그럴 때는 최대한 맞춰 주라는 의사의 조언을 떠올리고는 안으로 들어왔다.

방 안은 어두웠지만 환하게 켜져 있는 거실의 불빛을 조명삼아 태승이 일한의 곁에 가 앉았다. 하지만 살짝 열린 문 사이로 새어 드는 불빛이 태승의 몸에 가려져 일만에게까지 닿지는 못했다. 덕분에 태승은 얼굴이 보이지 않아 일한인 척 할 수가 있었다.

"왜……, 안 주무시고요."

목소리가 떨렸지만 입술을 깨물어 억지로 참은 태승이 일한인 척 물었다.

"너 오는 것 보려고. 밥은 먹었고?"

일만의 목소리는 그 어느 때보다 부드러웠다. 살면서 아들에게 살갑지 못했던 것이 한으로 남았기 때문일까. 일만은 한없이 다정하게 태승을 대했다.

"……네. 먹었어요. 아버지……는 드셨어요?"

일한인 척 연기하는 태승은 한 마디, 한 마디가 위기였다. 할아버지를 아버지라 부르며 안부를 물을 때도 안에서부터 뜨거운 눈물이 울컥 터지려는 것을 겨우 참았는데.

일만이 알츠하이머를 진단받은 뒤 그 병에 대해 공부하면서 이런 상황이 오리라는 것을 알고는 있었지만 막상 눈앞에 닥치니 그것은 생각했던 것 그 이상으로 최악이었다. 할아버지가 자신을 기억하지 못하는 것이, 할아버지 기억 속에 자신이 없다는 것이 이토록 무서운 일이었다니. 그의 눈가가 순식간에 붉어졌다.

"그럼. 시간이 몇 신데. 어이쿠, 시간이 너무 늦었구나. 피곤했을 텐데 얼른 들어가 쉬어."

시계가 새벽 5시를 가리키고 있는 것을 확인한 일만이 더는 태승을 붙잡지 않고 그를 내보내 주었다. 자리에서 일어난 태승은 끝까지 일한 인 척 일만의 이불을 끌어 덮어 준 뒤 방에서 나왔다. 문을 꼭 닫고 나와서도 그는 한참을 그 자리에 붙박인 듯 서 있었다.

2층으로 올라온 그는 옷도 벗지 않고 침대로 쓰러졌다. 하아, 목에서부터 깊은 한숨이 쏟아져 나왔다. 이제 겨우 시작일 뿐이다. 알츠하이머라는 병은 쉽게 끝나지도 않고 더 오래갈 수도 있어 보호자가 가장 힘들어하는 병이라고 했다. 정신이 돌아올 때는 아주 잠깐이었으며, 그것이 수분이 될 수도 있고, 수일이 될 수도 있고, 수초가 될 수도 있었다. 상태가 어떻게 급변할지 예상할 수 없기 때문에 힘겨운 싸움이 되는 것은 당연했다.

태승은 이마에 팔을 올려놓고 잠깐 감고 있었던 눈을 떠 멍하니 천장을 바라봤다. 이럴 때면 늘 생각나는 얼굴이 있다는 게 얼마나 다행인지 모르겠다.

주머니에서 휴대폰을 꺼낸 그가 시간도 확인하지 않고 무작정 전화를 걸었다. 슬의 목소리가 듣고 싶었다. 그녀가 나긋하게 제 이름을 불러 주고, 사랑한다고 속삭여 주고, 아픈 마음을 다독여 주면 언제 그랬냐는 듯 다시 일어날 수 있는 힘이 생겼다. 지금 그 힘이 필요했다.

너무 이른 시간이라 통화 연결음이 꽤 오래 이어질 거라고 예상한 것과 다르게 몇 초 지나지 않아 슬의 목소리가 들려왔다. 잠결에 받은 전화라 평소보다 한 옥타브 가라앉은 목소리였지만, 여전히 편안하고 다정했기에 불안한 마음이 진정되는 것 같았다.

"슬아."

이제 막 동이 터 조금은 어스름한 새벽에 걸려 온 갑작스러운 전화였음에도 슬은 아랑곳하지 않고 수화기 너머로 귀를 기울였다.

"슬아⋯⋯."

평소에 용건만 간단히 통화하던 태승이 말은 않고 제 이름만 부르고 있으니 무슨 일이 생긴 것 같아 슬이 몸을 벌떡 일으켰다.

─태승 씨, 왜 그래요? 무슨 일 있어요?

몽롱했던 정신이 확 깨는 것 같았다. 그가 이럴 때면 슬의 마음은 걷잡을 수 없이 요동친다.

"아니. 아무 일도⋯⋯."

보이지 않는 곳에서 고개를 저은 태승이 휴대폰을 더 바짝 귀에 붙였다. 슬의 목소리와 간간이 들려오는 숨소리를 조금이라도 더 듣고 싶었다.

─깜짝 놀랐잖아요. 무슨 일이 생겼는 줄 알고.

그제야 놀란 가슴을 쓸어내리는 슬이었다. 그러고 보니 이제껏 두 사람에게 무수히 많은 일이 일어났었다는 사실을 깨달았다. 살다 보면 이런 일, 저런 일 다 있다지만 이들은 남들보다 복잡 미묘한 일이 훨씬 더 많았다. 아직도 그 일이 끝나지 않기도 했고. 언제쯤 마음이 편해질 수 있을까 싶지만 서로가 함께라면 그 무엇도 두렵지 않았다.

─안 잤어요?

슬이 도로 몸을 누이며 물었다. 그러자 태승도 자세를 더 편하게 하며 대답했다.

"응. 조금 전에 들어왔어."

—피곤하겠다. 그럼 얼른 자요. 잠깐이라도 눈 좀 붙여야 또 일을 하지.

"조금만. 조금만 더 이러고 있자."

태승은 슬이 제 생각을 해서 통화를 끊으려 할 것 같아 얼른 이유를 덧붙였다. 아이 같은 투정에 슬이 소리 내어 웃었다. 그 웃음소리에 세상 시름이 다 사라지는 것 같다.

"슬아. 윤슬."

—응?

"내 이름 불러 줘."

—이름?

갑자기 이름을 불러 달라니 영문을 모르는 슬이 눈을 동그랗게 뜨고 되물었다.

"듣고 싶어. 네가 불러 주는 내 이름."

사실은 할아버지가 나를 기억하지 못해. 나를 자꾸 아버지라고 불러. 난 아버지가 아닌데. 어쩌면 꽤 오래 내가 아버지인 척해야 할지도 모르겠어.

이 모든 말을 속으로 꾹 삼킨 채 태승이 대답 없는 슬을 불렀다.

"슬아."

슬은 저를 부르는 태승의 목소리에서 그가 그 어느 때보다 힘겨워하고 있다는 사실을 알아채고서 그의 이름을 불러 주었다.

—태승 씨. 태승 씨.

"⋯⋯한 번만 더."

—태승 씨.

"반말로 불러 줘."

—⋯⋯태승아.

그 다정한 부름에 시름 진 태승의 입가에 미소가 피어올랐다.

"류태승. 태승아."

그녀가 부르는 제 이름이 좋다. 할아버지가 지어 준 그 이름이 참 좋다. 이제 제 이름을 할아버지가 다시 불러 줬으면 좋겠다. 그럼 욕심일까. 이런저런 문제들로 머릿속은 어지러운데, 그녀의 목소리에 취한 건지 눈꺼풀이 점점 무거워졌다. 몸에 힘이 풀려 휴대폰을 쥐고 있던 손도 느슨해졌다.

─태승 씨.

원 없이 불러보는 그의 이름이었다. 왜 자꾸 이름을 불러 달라고 하는지 이유를 묻지 않아도 알 것 같았다. 일만의 기억 속에서 그의 이름마저도 흐릿해진 거겠지.

그녀는 병원에 입원해 있는 동안 치매를 앓고 있는 할머니와 같은 병실에서 생활했었다. 그때 자세히는 몰라도 그 병이 얼마나 사람을 비참하게 만드는지는 알게 되었다. 가족은 물론이고 자신의 이름과 나이, 성별, 나아가 자신이 이 세상에 존재하였는지도 모르게 만드는 병이었다. 그래서 보호자들이 더욱 힘든 병이었다. 그렇다고 그 끝이 짧은 것도 아니라서 결국은 누가 먼저 지치느냐의 싸움이 되었다.

슬은 부디 그가 먼저 지치지 않기를 간절히 기도할 뿐이다. 휴대폰 너머로 들리는 그의 새근새근한 숨소리에 슬이 나직하게 속삭였다.

─힘내요. 내 사랑.

## 5. 그날의 일을 묻다


대낮에 찾은 한식당은 평소와 다르게 낯설 만큼 한가로웠다. 하지만 안에서는 개량 한복을 갖춰 입은 종업원들이 분주히 움직이고 있었다. 사람이 없으면 바쁘지도 않을 텐데 참으로 이상한 광경이다.

"한낮인데 식당 전체를 빌리는 건 너무 과하지 않으십니까, 박 사장님?"

이 식당에서 가장 비싸고 넓은 룸에 총 여섯 명의 사람들이 둘러 앉아 있었다. 이들 중에서 가장 상석에 앉은 중열이 특유의 거만한 표정을 지어 보이며 고개를 저었다.

"오늘 이 자리만큼은 우리들끼리만 있고 싶어서 그런 거니까 부담 갖지 않아도 됩니다."

"아이고. 그런 깊은 뜻이 있는 줄은 몰랐습니다. 그렇지 않아도 바쁘실 텐데 저희들까지 신경을 다 써 주시고."

김영호 사장이 늘 그랬듯 넙죽 엎드려 고개를 조아렸다. 마치 새로운 시대를 열 왕 앞에서 충성을 맹세하는 사람 같았다. 중열은 익숙한 듯 고개를 끄덕이는 것으로 그의 충심을 알아주는 척 외면했다.

"이사회 일정은 어떻게 됩니까?"

중열은 제 맞은편에 앉아 있는 사람에게 잔을 채워 주며 물었다. 다른 것보다도 이사회가 그에게 있어서는 마지막 기회였다.

"이사회는 예정대로 치러질 겁니다. 류 회장님 일이야 안타깝지만 회사를 위해서라면 어쩔 수 없는 것 아니겠습니까. 회장님께서도 저희의 의견에 따라 주셨을 겁니다. 그랬으니 저희를 불러다 앞으로의 후일을 논의하셨겠지요."

"그때 회장님은 뭐라고 하셨습니까?"

중열이 채워 준 술잔을 받던 사람이 잠깐 잔을 내려놓고는 잠시 생각하다 이내 결심한 듯 말을 이었다.

"회장님께서는 박 사장님을 해외 지사로 내보내실 계획이셨습니다."

자신의 잔에 술을 채우던 중열의 손이 잠시 멈칫했다. 알고 있던 사실이지만 이렇게 직접적으로 들으니 그의 속이 비틀리는 기분이었다.

"안 이사님 생각은 어떠셨습니까?"

아까부터 내내 중열의 관심을 받고 있던 이는 안수용 이사로, 유일 식품을 거쳐 지금은 류 회장님의 최측근으로 통하고 있는 사람이었다. 처음부터 엘리트였던 그에게도 나름 어두운 시절이 있었다. 유일 식품에서 부사장으로까지 지냈지만 사장은 엉뚱하게도 다른 사람이 된 것이다.

수용을 밀어내고 사장이 된 사람은 류일한, 바로 류 회장님의 하나뿐인 외아들이었다. 수용은 속으로 반기를 들었지만 이를 겉으로 표출할 수는 없었다. 오너 일가에서 자식에게 사업을 물려주는 일은 지극히 자연스러운 것이었으므로.

그래서 안수용 이사는 더 필사적으로 일에만 매달렸다. 그 덕분에 이혼을 하게 되었지만, 건사할 가족이 없으니 일에만 더 몰두하여 지금 이 자리까지 올 수 있었다.

"저는 오로지 회사의 이득만 따질 뿐입니다. 회사에 득이 되지 않는다면 아무리 오너 일가라고 한들 잘라 내야죠."

그렇게 말한 안수용 이사가 잠시 멈칫했다. 오너 일가라면 제 앞에 앉은 중열도 그쪽 사람이었기 때문이다. 안 이사의 말을 듣고 있던 중열도 잠시 표정이 굳었지만 내색하지 않고 술이 담긴 잔을 앞으로 내밀었다.

"일단 우리는 앞의 일만 생각합시다. 그 뒷일은 이후에 해결하면 되니까요."

이어서 영호가 외쳤다.

"짠하죠. 우리의 밝은 앞날을 위하여!"

"위하여!"

여섯 사람은 서로의 잔을 부딪치며 후사를 도모했다. 임시 이사회에서 열릴 류일만 회장의 해임 안을 위한 마음은 모두가 같았다. 하지만 잔을 비워 내는 이들의 속셈은 각자 달랐다. 그저 가면 속에 자신의 음울한 속내를 감추고 있을 뿐, 서로를 믿지 않았다.

잠시 후, 문이 열리며 낯설지 않은 얼굴이 등장했다. 모두의 시선이 일제히 방문객에게 향했으나 이내 다시 물음표를 띄웠다. 이자가 왜 여기에……. 그러나 중열만은 이 뜻밖의 손님을 반겼다. 누가 봐도 이자를 부른 사람이 중열이라는 것을 알 수 있었다.

"어, 이 부사장. 어서 오게."

자신을 반겨 주는 박중열 이사에게 꾸벅 인사한 방문객은 다름 아닌 이범영 부사장이었다. 그는 현재 유일 퍼스트의 부사장으로, 태승의 밑에서 일하고 있었다. 그런데 왜 중열은 그를 부른 것일까? 이유는 간단했다. 이 부사장에게서 태승의 약점을 알아내려는 수작이었다. 모두가 의아한 표정을 짓고 있긴 했으나, 속으로는 중열의 얕은 수를 파악하고 있을 터였다.

순식간에 분위기가 얼어붙었다. 안 이사의 낯빛도 점차 안 좋아졌다.

그러나 중열만은 예외였다. 그는 태승을 곤경에 처하도록 만들 생각에 혈안이 되어 이미 다른 이사들은 안중에도 없는 듯해 보였다. 결국 자리는 파했고 중열은 이 부사장과 단둘이 따로 자리를 옮겼다. 모든 일이 박 사장의 뜻대로 순조롭게 움직이는 듯했다.

* * *

박중열 사장이 다른 이사들을 움직여 회동하는 자리를 갖고 있을 시각, 태승도 이에 반격할 대책을 세우고 있는 중이었다. 김상철 이사와 다른 본사 이사들이 그의 편에 서기로 하였고, 평소 류 회장님께 은혜를 입은 이사들도 찾아와 그의 쪽에서 힘써 주기로 하였다.

그럼에도 불구하고 이들은 안전한 장치가 필요했다. 회장 해임은 어차피 상정될 것이었다. 회장의 건강 상태는 기업 경영에 많은 영향을 미치기 때문이다. 그래서 이러한 일이 생길 것은 미리 예상했었기에 이 안건에 대해서는 놀라지 않았다.

그러나 문제는 그다음 일이었다. 회장 해임이 가결될 경우 새로운 회장이 선출될 텐데, 새 회장으로 박중열 이사가 될 것이 분명했다. 그것만은 어떻게든 막아야 했기에 태승과 그의 사람들은 동분서주하게 움직였다.

"사실상 회장님께서는 후계자로 류태승 사장님을 염두에 두고 계셨습니다. 더불어 자신의 모든 지분과 부동산 및 재산에 관해서는 류태승 사장님과 류혜명 관장님께 각각 반절씩 똑같이 나누어 주시기로 유언장을 작성하셨습니다."

유일가의 고문 변호사인 장 변호사는 일만의 기억이 온전했을 때 그가 작성한 유언장을 내밀었다. 이미 공증까지 완료된 유언장이라 어떻게 보면 태승이 차기 회장으로 선출될 가능성이 컸다.

하지만 일만의 병이 세상에 알려졌고, 이사들은 이 뜻이 진정 회장님의 뜻인지를 의심하고 있다. 물론 그 이사들을 선임한 사람도 유일 그룹 주식을 소유한 류일만 회장이었고, 그는 정신을 놓기 전 확실히 못을 박기 위해 최측근 이사들을 부르기도 했다. 그러한 노력에도 불구하고 이사들은 적지 않게 흔들리고 있었다.

게다가 곧 임시 이사회를 통해 류일만 회장의 해임 안건이 상정될 예정이었다. 이후 류일만 회장의 해임이 가결된다면 태승에게는 절대적으로 불리한 상황이 되어 버리고 만다. 아마 이사들은 차기 회장으로 박중열 사장을 선임할 수도 있다. 그렇게 만들기 위해 박중열 사장은 이사들을 선동하고 있을 것이다.

"지금으로서는 류일만 회장님의 해임 안건을 부결시키는 것이 최선의 선택입니다."

장 변호사는 일만의 뜻을 확고히 전하며 의중을 알 수 없는 태승의 표정에 염려를 보냈다. 태승은 일만에게서 익히 들어 왔기에 잘 알았다. 그는 태승이 유일 그룹을 이끌기를 바랐다. 그러나 태승은 유일 그룹을 이끄는 일이 자신에게도, 유일 그룹에게도 최선의 방법일지 여러 의문이 따랐다. 무엇보다 자신이 진정으로 그 일을 원하는지 확신이 서지 않았다.

"네. 이번 임시 이사회에서 대부분의 이사들이 회장님의 해임 안건을 상정하는 데 동의할 겁니다. 그러니 우리는 회장님 해임 안건을 부결하는 쪽으로 움직여야 합니다. 그리고 동시에 박중열 사장과 김영호 사장 외에 그와 관련된 사람들에 대한 조사도 해야 합니다."

"네. 알겠습니다."

"겉으로 보기에 이 일은 우리가 우리 회사의 이미지를 스스로 타격하는 것처럼 보일 겁니다. 하지만 절대 아닙니다. 오히려 유일 그룹을 실추시킨 쪽은 저들입니다. 그리고 우리는 더 큰 위기가 오기 전에 끊어

낼 겁니다. 추락했던 회사의 명예를 바로 서게 할 겁니다. 무엇보다 이 일은 제가 아닌 우리가 하는 일이 될 겁니다."

태승은 거침이 없었다. 마음속에서는 여전히 제 자리에 대한 곧은 신념이 없어 흔들리고 있지만 눈앞에 보이는 저들의 행태를 그냥 넘어가 줄 생각 따위는 없다. 고로 자비도 없을 것이다.

"저와 이사님들은 다른 이사님들을 만나 의결권 위임 확보에 힘써 주세요. 장 변호사님은 유일 그룹 법무팀과 각 계열사별 경영 현안에 대해 문제점은 없는지 파악해 주시고요."

"네. 알겠습니다."

"그리고."

태승은 책상에 뜯지 않은 서류 봉투를 도로 장 변호사에게 내밀었다.

"할아버지의 유언장은 추후에 공개하는 것으로 하겠습니다."

"예. 알겠습니다."

"그럼 움직이죠."

그 말을 끝으로 그의 곁에 모여 있던 사람들이 우르르 사무실을 빠져나갔다. 태승도 이들의 뒤를 따르려 했으나 형문이 먼저 그를 붙잡았다.

"아, 사장님. 지난번에 알아보라고 하셨던 것 말입니다. 그 기자가 요즘 자주 찾는 곳이 있다는 연락을 받았습니다. 주소가…… 여깁니다. 겉으로 보기에는 일반적인 비닐하우스 같아 보이지만 불법 도박장일 가능성이 큽니다. 일명 하우스로 불리는 곳이죠. 가실 때 조심하는 게 좋을 것 같습니다. 아님 아는 형사가 있는데 같이 가시는 것도 방법이 고요."

"아닙니다. 같이 갔다가는 도주할 가능성이 있을 테니까. 일단 알겠습니다. 감사합니다, 변호사님."

태승은 형문에게서 건네받은 쪽지와 기자의 사진을 안주머니 깊숙한 곳에 챙겨 넣었다. 형문이 으레 고개 숙여 인사한 다음 사무실을 나갔다.

서둘러 걸어 놓은 재킷을 걸쳐 입은 그가 발걸음을 옮기려 하자 재호가 얼른 그의 앞을 막아서며 제 오른손을 내밀었다.

"아까 챙기신 것, 저 주시죠."

"아까 뭐?"

"장 변호사님께 전해 받은 쪽지요."

"됐어. 내가 가."

다시 가려는 그를 단호히 막아섰다.

"사장님은 다른 이사님들 설득하셔야죠."

"위험하다잖아."

"그러니까 절 주셔야죠."

두 사람의 신경전이 팽팽했다. 이번에는 태승도, 재호도 물러서지 않았다. 재호는 다른 일에서는 엄청난 판단력과 추진력, 결단력을 보이지만 유독 가족의 일 앞에서는 자제력을 잃는 태승을 사전에 방어하여 그가 흔들리지 않게끔 보좌해 왔다. 그것이 자신의 일임을 믿어 의심치 않았다.

재호는 이번에도 역시 당장에 급한 일보다도 다른 일에 더 신경 쓰려고 하는 태승을 가로막고 섰다. 물론 그 일이 슬과 연관되어 있어 그렇다는 것을 잘 알지만 우선인 것은 일만의 해임 안건을 부결시키는 일이었다.

"제가 다녀올게요. 사장님께서는 다른 이사님들의 의결권 확보에 신경 쓰셔야죠."

태승도 재호가 어떤 염려를 하는지 잘 알고 있다. 또 재호가 저 자신과 제 가족, 그리고 회사를 위해 어떤 수고를 하고 있는지도. 그래서 자신이 흔들릴 때마다 먼저 나서 주는 재호가 고마웠고, 때에 따라서 자신이 해야 할 일을 그에게 맡기기도 했다.

하지만 그는 지금 재호의 행동이 선을 넘는 것이란 생각이 들었다. 물론 이사들의 의결권 확보가 중요하나, 그보다 더 중대한 일은 사랑하는 여자의 아버지에 관한 것이다. 어쩌면 그 기자가 윤 교수의 죽음에 관한 진실을 밝힐 수 있는 유일한 단서일지도 모른다. 지난 몇 개월을 쫓았다. 그 실마리가 눈앞에 어른거리는데 어떻게 가만히 있을 수 있을까. 애초에 할 수 없는 일이다.

끝까지 물러서지 않는 재호를 가만히 응시하던 그가 별안간 주머니에서 휴대폰을 꺼내더니 혜명에게 전화를 걸었다.

"네. 고모. 접니다. 고모가 나서 주셔야 할 일이 있습니다. 다른 이사님들의 의결권 확보가 필요합니다. 지금 제가 급히 가 봐야 할 곳이 있어서요. 네. 네, 알겠습니다."

혜명에게 자신을 대신해 다른 이사들의 의결권 확보를 부탁한 태승이 휴대 전화를 내려놓으며 차갑게 명령했다.

"이제, 됐지? 비켜."

더 이상 그를 막아설 수 있는 말이 떠오르지 않자 재호는 순순히 길을 비켜 주었다. 태승은 그 길로 회사 건물 앞에 정차되어 있는 제 차에 올랐다. 그런 뒤 기사도 대동하지 않고 그대로 차를 몰아 쏜살같이 회사를 빠져나갔다. 뒤늦게 그를 쫓아 나온 재호가 제 머리를 헝클였다.

\* \* \*

아침부터 부지런을 떨었건만 오후 3시가 되어 가는 시간임에도 슬은 아직까지 나갈 채비 중이었다. 주방은 이미 엉망이었다. 뒷정리까지 완벽하게 끝내고 나가려 했건만 그럴 수도 없을 것 같다. 그렇게 날씨가 더운 것도 아니었는데 이미 슬의 얼굴은 땀으로 범벅이었으며, 지친 기색이 역력했다.

겨우겨우 하던 요리를 마무리한 슬은 잠깐 앉아 쉴 틈도 없이 욕실로 달려가 샤워를 말끔히 하고 나왔다. 하지만 이번에는 옷이 그녀의 발목을 붙잡았다. 최대한 얌전하고 조신해 보이는 옷을 고르느라 시간을 더 지체하고 만 것이다.

그녀는 겨우 남색의 원피스를 골라 입은 뒤 메이크업은 너무 무겁지 않게, 머리는 하나로 질끈 묶는 것으로 마무리했다. 그러고는 조금은 큰 가방에 잠옷과 속옷을 챙겨 넣곤 주방 테이블에 올려 둔 도시락을 챙겨 거실로 나왔다.

때마침 관리인 아저씨가 문을 두드렸고, 그는 외출할 차림으로 나오는 슬을 보며 물었다.

"이제 가시려고요, 사모님?"

그는 이 집에 온 첫날부터 자신을 그렇게 불렀다. 처음에는 그 말이 낯설어 정중히 부탁했지만 그는 감히 그럴 수는 없다며 사모님 호칭을 고집했다.

"아, 네. 준비하다 보니 조금 늦어졌어요."

그러면서 울상을 짓는 슬을 보고 그는 푸근한 미소를 지어 보였다.

그는 슬이 아침부터 제게 전화를 해 근처에 장을 볼 수 있는 곳을 물어보길래 그녀와 같이 장을 보러 갔었다. 짐을 들어 주기 위해 동행한 것이었지만 슬은 한사코 괜찮다며 보기에도 버거워 보이는 상자들을 용케도 짊어지고 갔다.

그러다가 슬은 아침부터 부탁을 해 죄송하다며 그에게 식사를 대접하고 싶다고 했다. 그는 괜찮다며 사양했지만 그녀가 기필코 국수를 함께 먹고 싶다고 하는 바람에 하는 수 없이 국수집에 함께 들어갔다. 식당 안에 자리를 잡고 앉자 슬은 그의 수저와 물잔을 챙겨 주었다. 그는 그 모습을 보고 어른을 공경할 줄 아는 슬의 모습이 참으로 인상 깊었다. 슬이 그러고는 잔치국수를 먹는데 그 모습이 얼마나 복스럽던지 보는 내내 웃음이 났다.

그는 오래전부터 회장님의 별장을 관리하고 있었지만 관리라고 해 봤자 별건 없었다. 일만이 매일 오는 것도 아닌지라 빈집을 사람 사는 집처럼 가꿔 주는 일 말고는 별다르게 할 것도 없었다. 그럼에도 일만은 그에게 꼬박 월급을 챙겨 주었고, 대기업 직장인들 못지않게 복지에도 신경을 써 주어 그는 퇴직한 나이임에도 불구하고 지금까지 아내와 자식들의 눈치를 보지 않고 살 수 있었다.

그랬던 제 회장님이 알츠하이머를 앓고 있다는 사실은 그에게도 꽤나 충격적인 일이었다. 그래서 그는 아내와 매일같이 성당에 나가 기도도 했다. 부디 회장님께서 쾌차하시기를, 그런 기적이 일어날 수 있기를 하고 말이다.

"제가 직접 모셔다드리겠습니다."

"아니에요. 택시 불렀으니까 곧 올 거예요. 아, 그리고 이건 사모님 가져다 드리세요."

슬은 일만이 먹을 음식을 만들며 전과 몇 가지 반찬을 따로 담아 두었다. 그녀는 그 반찬통을 그의 손에 들려 주었다.

"아이고, 뭐 이런 걸 다. 안 그러셔도 되는데요."

그는 난처하다는 기색으로 어정쩡하게 통을 받아 들었다. 슬은 환하게 웃으며 고개를 숙였다.

"계속 신경 써 주셨잖아요. 밥도 가져다주시고. 사모님께서 직접 만들어 주신 밥, 정말 맛있었어요. 그에 대한 답례라고 생각해 주세요."

"참, 별로 해 드린 것도 없는데. 감사합니다. 아내가 무척 좋아할 거예요."

"감사합니다, 저도. 또 인사드릴게요."

"서울로 가시는 건가요, 아예?"

"아예는 아니고. 일단은요. 회장님도 신경 쓰이고. 또……."

그 사람도 걱정되어서요. 속으로 중얼거린 슬이 그냥 웃어 버렸다.

그러자 그도 모두 다 알아들은 듯 고개를 끄덕이며 어느새 정문 앞에 서서 대기 중인 택시로 따라갔다. 그는 슬의 손에 들린 짐을 모두 택시 트렁크에 대신 실어 주고 문도 열어 주었다.

"감사합니다. 얼른 들어가세요."

"네. 그러겠습니다. 아, 그리고 회장님을 뵙게 되면 이 말도 꼭 전해 주세요. 꼭 쾌차하시라고. 진심으로 기도하겠다고."

슬은 주름 진 그의 얼굴에서 진심을 읽고 괜히 코끝이 찡해지는 것 같았다. 모두가 회장님의 쾌유를 바라고 있다. 그만큼 일만이 열심히, 또 바르게 살아왔단 뜻일 거다. 천천히 별장을 빠져나와 서울로 가는 도로를 달리는 택시에서 슬도 밀려드는 생각에 빠져들었다.

* * *

형문이 전해 준 쪽지에 적힌 주소를 그대로 내비에 찍어 곧장 달려온 곳은 경기도 어느 시였다. 하지만 시라고 보기에는 어려울 정도로 인적이 드물었고 논과 밭이 많았으며, 도로는 포장도 되지 않아 울퉁불퉁했다. 목적지가 이곳이 맞나 의심이 될 정도로 길은 험했지만 비밀 도박장을 차리기에는 적합한 장소이긴 했다.

곧 그의 눈앞에 더는 차로 들어갈 수 없을 정도의 좁은 길이 나타났고, 차에서 내린 태승은 주변을 빙 둘러봤다. 아무리 봐도 사람의 발길이 닿지 않는 곳 같았다. 인적도 없고 차 소리도 멀리에서 들려올 정도로 사위가 고요했다. 기분 나쁜 곳이라는 생각이 들었지만 여기까지 온 이상 빈손으로 돌아갈 수는 없는 노릇이었다.

그는 주소를 옮겨 적은 휴대폰 하나에 의지한 채 빨간 점이 가리키는 곳을 향해 걸음을 옮겼다. 그럴수록 태승은 더 깊고 인적 없는 곳으로 걸어 들어가고 있었다. 하지만 아무리 걷고 또 걸어도 의심스러워 보이는 건물이 한 채도 보이지 않았다.

무언가 이상하다고 느낄 무렵 가까운 곳에서 웬 차 엔진 소리가 들려왔다. 그 소리를 따라 간 곳엔 놀랍게도 철조망 사이에 낡은 구조물 하나가 보였다. 누가 봐도 수상쩍어 보이는 비닐 하우스였다. 녹이 슬어 있는 철조망, 겉보기에도 꽤 오랫동안 사람의 손길이 닿지 않아 보이는 비닐하우스는 그야말로 버려진 곳 같았다.

그리고 그 앞에 정차한 봉고차 한 대에서 사람들이 우르르 내렸다. 철조망 사이로 몸을 숨긴 태승은 구멍 사이로 안쪽 상황을 살폈다. 차에서 내린 사람들은 죄다 안대를 쓰고 있었다. 아무래도 이곳의 위치를 모르게 하려는 것 같았다. 그들은 앞 사람의 어깨를 잡은 채 기차놀이 하듯이 한 줄로 서서 인솔자를 따라 안으로 들어갔다.

그 모습까지 확인한 다음, 도로 그곳을 빠져나온 태승은 곧장 형문에게 전화를 걸었다.

"접니다, 변호사님. 변호사님이 알고 계신다는 형사님을 불러 주시죠. 불법 도박장이 맞는데 들어갈 방법이 이것뿐이라. 도주할 가능성이 충분하니 사이렌은 끄고 오라고 해 주세요."

전화를 끊으면서 형문은 그놈들은 꾼들이라 조그만 낌새에도 금방 눈치채곤 도망갈 수 있으니까 섣부른 행동은 하지 말라고 덧붙였다. 그러고는 곧장 아는 형사에게 연락을 취했다. 잠시 후 인근 지구대에서 출동한 순찰차 두 대와, 형문과 친분이 있다던 형사가 현장에 도착했다.

한편, 밖에서 어떠한 일이 벌어지고 있는지 아직까지 알아채지 못한 사람들은 도박에 눈이 멀어 있었다. 그곳에는 성별도, 나이도, 직업도 아무 상관이 없었다. 그저 각각의 상자에 담겨 있는 노란색 지폐 뭉치에 온 관심이 쏠려 있을 뿐이었다.

그리고 그 속에 한때는 저널리즘이라는 정신과, 기자라는 사명감에 온몸이 부서져라 발로 뛰고 또 뛰던 전직 기자가 하나 있었다. 그는 도박

꾼들 사이에 끼어 바닥으로 쏟아지는 돈에 열광했다. 남루한 차림새의 그는 줄어들지 않고 쌓이기만 하는 도박 빚에 시달리면서도 마약 같은 도박에 빠져 헤어 나오지 못하고 있었다.

안에서는 한창 도박이 진행 중이었고 밖에서는 도박꾼들이 도망갈 수 없게 경찰들이 포위하고 있었다. 전혀 낌새도 느끼지 못하고 있던 이들이 밖을 감시하러 나왔다가 포진해 있던 경찰들에게 잡혔고, 경찰이 비닐하우스로 위장 중인 불법 사설 도박장을 급습하자 난리가 났다. 깡패들은 너도 나도 뿌린 돈부터 수거했고, 도박을 하던 사람들은 걸음아 나 살려라 도망쳤다. 또 다른 사람은 돈을 주워 담다가 붙잡히기도 했다.

불법 사설 도박장의 운영자들은 물론, 도박하러 온 사람들까지 죄다 붙잡아 연행하는 경찰들 속에서 태승은 그 기자부터 찾았다. 같이 온 형사도 붙잡은 범죄자들의 얼굴을 일일이 그에게 보여 주었지만 모두 아니었다. 대체 어디에 있는 거야?

이 사람, 저 사람을 확인하고 다니던 그의 눈에 양 주머니가 미어터지도록 돈을 주워 담고 있는 남자가 들어왔다. 느렸던 그의 걸음이 점차 빨라지며 남자를 확인하려던 찰나에, 그 남자가 뒤를 돌아보았다. 그동안 제대로 끼니도 해결하지 못했는지 야위어 움푹 파인 양 뺨과 너저분한 차림의 남자는 분명 그가 찾던 그 기자가 맞았다.

"이준일 기자!"

낯선 사람이 자신의 이름을 부르자 그제야 정신을 차린 준일은 달아나기 시작했다. 태승은 살짝 열린 뒷문으로 쏜살같이 달려 나가는 준일을 뒤쫓았다. 준일은 끼니를 제때 해결하지 못한 사람치고는 빠른 속도로 현장을 달아나고 있었지만, 운동에는 일가견이 있는 태승의 달리기 속도도 못지않았다.

쫓고 쫓기는 아슬아슬한 추격전이 시작됐다. 앞서 달려가던 준일은 자신이 왜 이러고 있는지 영문도 몰랐지만, 그럼에도 쫓아오는 태승에게 붙잡히지 않으려 사력을 다해 도망쳤다. 낯선 남자가 자신을 보더니 기자라고 불렀다. 분명 제 과거를 아는 자다. 설마 그놈의 사주를 받은 걸까? 이제 와 자신을 쫓는 이유는 뭘까? 도망치면서도 수만 가지의 의문이 뒤따랐다.

"이준일 기자! 잠깐만 서요! 서라고! 할 말이 있다니까!"

태승도 그를 붙잡기 위해 악착같이 뛰었다. 덕분에 아슬아슬한 추격 장면이 완성되었으며, 이 정도면 누구 한 명은 포기해야 끝날 것 같았다. 다만 이 추격전에서 먼저 포기하는 자는 없을 듯하다. 두 사람 전부 절박한 심정이니까 말이다.

아슬아슬 닿을 듯 말 듯 이어지던 추격전은 막다른 길에서 끝이 났다. 논과 밭을 지나 골목으로 돌아 나왔을 뿐인데 하필이면 사방이 막혀 있는 벽이라니. 차오르는 숨을 거칠게 내뱉으며 땅바닥에 주저앉은 준일은 분하고 억울해서 욕지거리를 서슴없이 내뱉었다.

"제기랄!"

욕을 하면서도 차오르는 숨을 뱉어내는 준일은 많이 힘들어 보였다.

그런 준일의 뒤를 막아선 태승도 차오르는 숨을 골랐다. 숨이 가빠지긴 했지만 견딜 만한 수준이었다. 평소 철저했던 자기 관리가 이 정도의 달리기에도 거뜬한 체력을 만들어 주었다.

"이준일 기자, 잠깐 나와 이야기 좀 하죠."

그는 최대한 정중히 말했다. 이미 흥분할 대로 흥분해 있는 사람에게 언성을 높여서는 대화가 되지를 않기 때문이다. 하지만 준일은 그럴 생각이 없었다. 무엇보다 자신을 왜 이렇게 죽자 살자 쫓아 왔는지가 궁금했다. 그러면서도 또 두려웠다. 겁에 질린 사람은 대개 자신을 보호하기 위해 해서는 안 될 실수를 저지르기 마련이다.

일단 준일은 자리에서 일어나기 위해 그의 말을 듣는 척하기로 했다.

"그래요. 그럽시다. 그러려면 내가 먼저 일어나야 하니까."

순순히 그러자는 말에 의아했지만 그래도 별다른 일 없이 이야기를 잘 끝낼 수 있겠구나 싶어 태승은 그가 일어나는 것을 기다려 주었다. 그런데 두 발을 딛고 선 준일은 또 도망치려 했고, 태승이 다시 한번 앞을 가로막자 흥분하기 시작했다.

"대체 나한테 왜 이러는 거야? 당신, 뭐야? 누구야? 누군데, 나를 알아? 내가 기자였던 건 어떻게 알았냐고!"

"이준일 기자, 일단 흥분하지 말고 내 말을 좀 들어요. 나는 당신을 해치러 온 게 아닙니다."

"나를 해치러 온 게 아니면 뭔데? 그리고 내가 어떻게 당신 말을 믿지? 내가 한두 번 속은 줄 알아? 당신, 누구야? 누가 보냈어? 그 새끼야?"

또 흥분한 사람은 대개 묻지도 않은 말을 술술 내뱉을 때가 있다. 바로 지금처럼. 그의 말을 듣던 태승의 눈빛이 일순 날카로워졌다. 그 새끼가 보냈냐는 말에 분명 숨겨진 무언가가 있음을 알아차렸기 때문이다.

"아니요. 난 당신이 말하는 그 새끼가 누군지 모릅니다. 누가 날 당신한테 보낸 것도 아니고요. 당신이 말하는 그 새끼라는 사람을 알고 싶은 사람입니다. 그러니 날 믿어요."

"내가 당신을 어떻게 믿어? 당신이 누군 줄 알고!"

"이준일 기자. 아니, 이준일 씨."

태승이 경계심을 풀며 한 걸음 다가가자 흥분한 이준일은 급기야 주머니에서 나이프 잭을 들었다. 준일은 자신이 언제부터 이 칼을 숨겨 다녔는지 모른다. 그렇지만 자신을 보호하기 위해서는 어쩔 수 없는 선택이었다. 그 새끼에게서 도망치기 위해 칼을 품고 다녔다. 제 목적을 위해서라면 수단과 방법을 가리지 않는 그놈 때문에.

갑작스레 칼을 꺼내 든 준일 때문에 태승도 함부로 움직일 수 없었다. 잘못 행동했다가는 더 큰일이 생길 수 있기 때문에 그를 진정시키는 게 순서였다.

"이준일 씨, 이러지 말아요. 더 일 키우지 맙시다. 내 말을 들어요, 이준일 씨."

"그럼 날 못 본 척 보내 줘. 그럼 아무 일 없어."

"이준일 씨, 난 당신에게 해를 가하러 온 게 아닙니다. 그냥 이야기를 듣고 싶어서 왔어요. 내게 그 일에 대해 이야기해 주면 아무 일도 없어요."

"그 일? 그 일이라니?"

이제야 제 말을 알아듣기 시작한 이준일에게 태승은 처음부터 듣고 싶은 이야기의 첫 마디를 꺼냈다.

"3년 전, 당신 손으로 직접 쓴 윤석현 교수의 자살 사건."

"윤석현 교수……? 3년 전?"

처음에는 무슨 말인가 싶어 준일은 그의 말을 되짚었다. 그러다 불현듯 떠오른 기억이 그의 머릿속을 엄습하면서 눈동자가 불안하게 흔들렸다. 그때 그 사건이라면…… 자신이 철저히 망가졌던 그 사건이다. 그 사건으로 인해 자신의 삶이 송두리째 바뀌었고 망가져 버렸다.

그런데 그 일을 왜 알고 싶다는 걸까? 도대체 왜? 동요하는 남자의 얼굴을 본 태승이 조용히 회유를 하려던 찰나에 뒤늦게 달려온 경찰이 칼을 든 채 상대를 위협하고 있는 모습을 보고는 총을 꺼내 허공에 발사했다.

'탕!' 하는 소리와 함께 두 사람은 소스라치게 놀랐다. 준일은 반사적으로 고개를 숙였고 태승도 몸을 움찔했다. 허공을 가른 총소리에 훨씬 더 멀리 있던 형사와 경찰들이 이쪽으로 뛰기 시작했고 잠시 이명처럼 멎었던 소리가 들리기 시작할 때쯤, 칼을 든 준일이 태승에게로 달려들었다. 순식간에 상황은 악화되었고 태승의 시야로 흥분한 상태에서 두 눈이 시뻘게져 자신에게로 달려들고 있는 준일의 모습이 느리게 보였다.

* * *

범죄를 저질러 잡혀 온 사람들과, 그런 사람들을 취조하며 경위서를 작성하고 있는 형사들의 말소리로 경찰서는 다소 시끄러웠다. 여기까지 오려고 했던 건 아니었지만 이준일 기자가 잡혀 들어온 이상 발걸음을 옮기지 않을 수 없었다.

경찰에게 연행된 준일을 따라 경찰서까지 온 태승은 구석진 자리에서 진술하고 있는 그에게 다가갔다. 준일의 진술하는 것에 맞추어 타자기를 두들기던 형사가 자신의 자리로 다가오는 태승을 발견한 뒤 자리에서 일어났다.

"오셨습니까? 다친 곳은 어떠세요?"

형사의 시선이 붉은 핏자국이 묻어 있는 태승의 옷소매로 향했다. 태승은 느닷없이 들려온 총성에 흥분하여 달려들던 준일을 피하려다 그가 들고 있던 칼에 그만 팔뚝을 스치고 말았다. 칼날이 꽤 날카로웠는지 살갗에 긴 상처가 생기면서 셔츠 소매가 붉게 물들었고, 태승은 상처를 치료할 시간도 없이 대강 지혈만 한 채 경찰서로 들어온 것이다. 형사의 시선을 감지한 태승이 별거 아니라는 듯 물었다.

"진술은 끝난 겁니까?"

"아, 네. 지금 하고 있는 중인데, 벌써 몇 차례나 상습 도박을 해 왔더군요. 빚도 꽤 많고. 초범도 아닌데다 도박 혐의까지 있어서 구속을 면하기는 어려워 보이네요. 게다가 상해까지."

상습 도박 혐의에 이어 태승의 팔뚝에 상처를 낸 혐의까지 추가됐다. 이에 준일이 몸을 움찔거리며 태승의 눈치를 봤다. 그 모습을 본 태승이 형사에게 준일과 단둘이 조용히 할 이야기가 있다며 대화할 시간을 요청했고, 형사는 흔쾌히 자리를 마련해 주었다.

취조실 안은 조명을 받고 있는 공간을 제외하고는 다소 어두웠다. 어두컴컴한 공간이 죄를 시인하지 않는 범인들에게 은밀히 압박을 주는 모양이었다. 지금의 분위기도 범죄자들이 취조를 당할 때와 별반 다르지 않은 것 같다. 준일의 표정이 무척이나 불안하고 위태로워 보였기 때문이다.

준일은 아무런 말도 하지 않고 그저 앉아만 있는 눈앞의 태승이 불편했다. 시간을 달라고 해 놓고 정작 아무 말도 하지 않고 똑바로 자신을 응시하고 있는 그의 시선이 따갑기도 했다. 꼭 팔에 난 상처에 대해 어떻게 보상할 거냐고 책망하는 것 같았다. 준일은 그러니까 왜 자꾸 나를 쫓아와서 이 사달을 만드느냐 따져 묻고 싶었지만 붉은 핏자국이 묻어난 저 옷소매가 신경 쓰였다.

"……그 팔에 상처는 미안합니다. 일부러 그런 건 아니었어요."

결국 먼저 입을 연 사람은 준일이었다. 아직 판단하기는 이르지만 그래도 아주 몹쓸 인간은 아닌 것 같다.

"도박은 언제부터 했습니까?"

준일은 어이가 없었다. 대화를 하고 싶다는 게 상해를 입힌 것에 대한 사과를 받겠다는 뜻인 줄 알았는데, 그가 전혀 다른 이야기를 꺼내니 준일은 순간 지금 뭐 하자는 건가 싶은 생각이 들었다.

"내가 그걸 당신한테 왜 말해야 하지?"

태도를 바꾼 준일이 어이없다는 듯 물었다.

"3년 전에는 기자였던 걸로 아는데 무엇이 당신을 이렇게 만들었습니까?"

"이봐. 당신, 대체 누구야?"

처음 만났을 때부터 이상했다. 자신을 아주 잘 아는 것처럼 굴지를 않나,

전직에 대해 묻지를 않나. 수상한 점이 한두 개가 아니었다. 아까는 흥분해서 아무 말이나 했지만 지금은 아니었다. 어느 정도 상황 파악을 했고, 여기에서 순순히 다 불었다가는 치러야 할 죗값이 늘어날 수 있었다. 형량이라도 줄여 볼 심산이라면 약게 행동해야 했다.

"나도 당신이 누군지 알아야 대답을 하지. 안 그래?"

태승은 자신과 눈을 똑바로 맞춰 오는 준일을 매섭게 쳐다봤다. 하는 말은 흔들림이 없어 보이지만 마주친 시선에는 불안함이 가득했다. 그러면서 머리로는 온갖 경우의 수를 따지고 있는 남자의 얕은 수가 뻔히 보여서 순간 웃음이 터질 뻔했다.

역시 이런 정중함 따위는 버렸어야 했다. 어쩌면 이 사람도 피해자라고 생각했던 제 생각이 우스웠다. 이렇게 약아빠진 인간이라면 이놈도 한패일 수 있단 생각을 하지 못했다.

"나에 대해 알고 싶다고? 난 너를 상습 도박은 물론, 상해죄 그 이상의 죄를 물게 할 수도 있고, 네 죄를 모두 없애 줄 수도 있는 사람이라고 하면 순순히 입을 열 마음이 생기나?"

"뭐…… 뭐?"

준일은 크게 당황하며 말을 더듬었다. 예상하지 못한 대답에 허를 찔렸다. 남자는 자신의 얕은 수를 모조리 꿰뚫고 있었다. 자신을 응시하던 흔들림 없는 눈동자에 예리함까지도 갖고 있었던 모양이다. 이렇게 어두운 삶을 살다 보니 사람 보는 눈이 흐려졌다. 상대의 심리를 잘 읽어 내 형사들보다도 심리전에 더 능했던 사회부 기자가 바로 자신이었는데……. 자신의 신세가 더는 떨어질 곳도 없이 추락했음을 처음으로 깨닫는 순간이었다.

그래서 준일은 더 이상 눈앞의 남자를 협박해 봤자 이 남자에게는 순순히 통하지 않을 거라는 사실을 깨닫곤 한껏 세우고 있던 가시를 수그렸다.

"그래서 나한테 알고 싶은 게 뭡니까?"

내내 반말하다가 경어를 사용해 물으니 태승도 따라 감정을 누그러트리며 물었다.

"3년 전, 윤석현 교수 자살 사건. 그 사건에 대해 자세히 듣고 싶습니다."

또다시 남자의 입에서 나온 그 이름 석 자. 단 한 순간도 잊을 수 없던 그날의 사건.

모 대학 교수의 자살 사건은 자신이 처음이자 마지막으로 쓴 거짓 기사였다. 정말 딱 한 번의 실수에 불과했는데 한 사람의 인생과 한 가정이 파탄 났다.

"이준일 기자."

여전히 대답 없는 준일을 부르는 태승의 목소리에는 절실함이 담겨 있었다. 이 기자가 사실을 말해 주지 않으면 이 사건의 실타래가 영원히 풀리지 않을 수도 있겠단 생각이 들었다. 더는 기다릴 수 없었다. 협박이든 회유든 그의 마음을 되돌릴 수 있는 방법을 찾아야 했다. 그러다 생각해 낸 방법은 바로 진심이었다. 진심은 어느 때나 통한다는 사실은 슬을 만나며 배운 것이었다.

"한 여자가 있어요. 아버지의 죽음을 목도한 이후 삶을 살아갈 의욕을 잃어버린 여자는 세상을 등질 생각을 했어요. 죽음의 늪에서 겨우 벗어난 여자는 자신이 죽을 생각까지 했던 이유를 잃어버리게 돼요. 여자의 주변인들은 기억을 잃은 여자를 안타까워하기보다 안도하죠. 차라리 기억을 잃어 다행이라면서. 하지만 여자는 매일 같은 꿈을 꿨어요. 자신이 죽으려 물에 뛰어들었던 그때를 하루도 빠짐없이 꿈꾸며 실제로 숨을 쉬지 못해 죽을 것 같은 순간에서야 꿈에서 깨어나곤 했죠. 그러다 어느 날, 문득 자신이 반복해 꾸는 꿈에 대해 의문을 가져요. 왜 매일 이 꿈을 꿀까. 내가 잃어버린 기억은 뭘까."

처음에는 집중하지 못하던 준일도 어느새 이야기에 홀딱 빠져 있었다. 그의 말을 듣다 보니 누구의 이야기인지 알 수 있었다. 윤 교수의 슬하에는 딸이 딱 하나 있었다. 그 딸이 윤 교수의 죽음을 목도했고, 그 이후 자살을 기도했다는 소식도 들은 기억이 있다.

아마 그때부터였을 것이다. 자신이 눈을 감고 귀를 닫았던 게 크나큰 실수였다는 것을 안 순간이. 준일이 말없이 자신의 이야기에 귀를 기울이고 있다는 것을 알게 되자 태승은 희망을 갖고 계속해서 말을 이었다.

"결국 여자는 모든 기억을 되찾습니다. 끔찍했던 그날의 일과 제 눈앞에서 죽은 아버지, 땅바닥에 추락한 아버지의 명예를 되찾고자 이리 뛰고 저리 뛰었지만 아무도 도와주지 않았던 일. 그래서 자신이 결국 죽음을 선택했고, 물에 뛰어 들어 기억을 잃게 됐다는 사실까지 모조리 다 알게 되죠. 모든 기억을 되찾은 여자는 어땠을까요? 끔찍했을까요?"

그 말을 하는 태승은 겉으로는 담담해 보였지만 속은 시커멓게 타들어가는 듯했다. 기억을 되찾기 전에도, 되찾고 나서도 여전히 힘들어하던 슬이 떠올라 가슴이 욱신거렸다. 반면 준일은 그 이후의 일에 대해서는 처음 듣는지라 모든 것이 더 크게 다가왔다. 마치 그때 그 상황에 그녀 대신 자신이 처해 있는 것 같아 괴롭고 또 괴로웠다.

"아직도 그 여자는 제 아버지의 납골함을 똑바로 보지 못합니다. 아버지를 믿지만 철저히 숨겨진 진실을 알지 못하니 의심도 하는 것이죠. 남들은 이미 다 지난 이야기라고 하지만 그 여자에게는 지난 일이 아닙니다. 아직도 현재이며, 그녀는 그 의문이 풀리기 전까지 지나간 이야기라고 할 수 없을 겁니다. 그러니 진실을 알아야 하지 않겠습니까? 이제라도 제 아버지를 떳떳하게 바라볼 수 있도록."

"······."

"이준일 기자."

여전히 준일에게서 답이 없자 태승은 책상 아래로 내려놓은 손을 꽉 말아 쥐었다. 이렇게까지 했는데도 대답이 없는 거면 진심이 아닌 협박을 했어야 했다고 생각하며 침묵을 지키고 있는데, 시계 초침 소리가 들릴 만큼 적막한 취조실에 준일의 목소리가 울렸다.

"나는…… 기자였습니다. 누구보다 명예로운 기자이고 싶었어요. 언론은 물론, 권력 앞에 흔들리면 안 된다고 생각했습니다. 나보다도 훨씬 높은 기수의 선배들이 힘 앞에 휘둘릴 때 나만큼은 넘어가지 말자고, 그것이 명예로울 수 있는 길이라고 신념처럼 여기며 지냈죠. 하지만 애초부터 인간은 그럴 수 없는 존재였어요. 눈앞에 수천억의 돈이 오가면 흔들리는 것이 사람이죠. 나조차도 그랬으니까요."

그렇게 그날의 이야기가 시작되었다. 준일은 자신의 과거를 담담히 말하다가도 중간중간 울분을 토해 냈다.

"불행은 한꺼번에 왔어요. 고혈압이 있으셨던 어머니가 뇌출혈로 쓰러지면서 응급 수술을 받아야 했고, 그때 저는 모 국회의원의 비판 기사를 냈다가 고소당해 검찰에 불려 다니며 재판 준비를 하던 중이었습니다. 급전이 필요했어요. 내가 끌려가는 것보다 내 어머니를 살려야 하는 일이 더 절박했죠. 뭐라도 붙잡았어야 했던 그때, 연락이 왔습니다, 이성찬 교수에게."

발단은 이제부터였다. 태승은 그날의 진실을 더 가까이 듣기 위해 의자를 앞으로 당겨 앉았다.

"식사를 제안한 자리로 가니 그곳에는 TV에서나 보던 사람이 있었습니다."

"그 사람이 누굽니까?"

역시나 이성찬 교수 외에도 또 다른 사람이 이 일에 연관되어 있으리라. 궁금한 나머지 태승이 준일의 말을 끊고 물었다. 준일이 입을 열자 그가 긴장감에 마른침을 꿀꺽 삼켰다.

"명성 그룹 박진한 회장."

쿠궁. 순간 가슴에서 번개가 번쩍이며 그의 귓전을 때리는 듯했다. 전혀 예상하지 못한 자의 이름이 들려오자 그의 얼굴이 확 굳어졌다.

"이성찬 교수와 박진한 회장은 이미 나에 대한 조사를 다 마친 상태였습니다. 내가 진퇴양난에 빠져 있다는 것도 알고 있었어요. 어머니의 치료비를 빌미로 내게 요구해 온 것은 기사 청탁이었습니다. 윤석현 교수의 뇌물 수수에 관한……."

마른하늘에 벼락이 치듯 그의 눈앞에 또 한 번 불빛이 번쩍였다. 한마디로 말해 있지도 않은 일을 석현에게 뒤집어씌운 것이다. 태승이 주먹 쥔 손을 책상 위에 올려 두었다. 얼마나 세게 쥐었는지 손에 피가 통하지 않아 새하얬다.

"나도 고민했습니다. 기자는 절대 청탁을 받아선 안 됐지만 난 결국 저들의 편에 서기로 했죠. 나는 그들이 쓰라는 대로 기사를 썼습니다. 그때는 사실인 줄 알았죠. 그들의 말대로라면 윤 교수는 정말 극악무도한 인간이었어요. 뇌물과 비리로 얼룩진 대학 교수의 민낯을 그대로 글로 적었어요. 처음에는 왜 이렇게까지 하는 걸까? 의문도 있었지만 그때 난 돈이 필요했기에 그들이 하라는 대로 해 줬어요. 하지만 윤 교수보다 더 악랄하고 지독한 놈들은 바로 그놈들이었어요. 그놈들의 말대로 난 기사를 내 줬고 얼마 지나지 않아 돈이 입금됐죠. 그런데도 놈들은 처음 했던 말과 달랐어요. 처음에는 어머니의 수술비는 물론, 치료비며 생활비까지 모두 대 주겠다고 했지만 입금한 금액은 달랑 오천이었죠. 난 그들에게 항의했지만 돌아온 건 멸시와 조롱이었고. 그래서 그들의 뒷조사를 했어요. 낱낱이 그놈들의 죄를 까발리겠다고!"

그는 그때의 상황에 몰입한 듯 울분을 토해 냈다. 그러다 흥분을 조금 가라앉히더니 다시 말을 이었다.

"그때 당시 명성 대학에서는 비싼 등록금 때문에 학생들 사이에서 말들이 많았습니다. 명성 대학교와 명성 대학 학교 법인인 명성 학원 사이에 비리가 있다는 소문도 돌았었죠. 난 그 소문에 주목했습니다. 아니 땐 굴뚝에 불이 날 수는 없는 법이니까. 뚜렷한 증거는 잡지 못했지만 정황 증거로 그들을 협박했습니다. 그러자 흔들리더라고요. 속으로 통쾌했죠. 그러면서 본래 받기로 한 돈을 손에 넣을 기대에 부풀었죠. 하지만 그들은 거기에서 끝나지 않았어요. 날 죽이려고까지 했어요. 감히 나를!"

윤 교수 사건이 작은 사건은 아닐 거라고 생각은 했지만 이처럼 엄청난 진실이 숨겨져 있을 줄은 몰랐다. 그래서 남자는 처음 태승에게서 그렇게 도망치려고 했었나 보다. 준일은 태승 또한 그들이 보낸 사람인 줄 알았던 거다.

하지만 이 남자가 하는 모든 말이 진실일 거라고는 생각하지 않았다. 어느 정도는 거짓을 섞었을 거라고 생각했다. 적어도 자신이 한 짓은 미화시키는 것이 사람이니까 말이다.

태승은 분노로 속이 들끓었지만 최대한 감정을 절제하려 노력했다.

"근거가 있습니까?"

"……내 말을 믿지 못하는군요. 증거는 없습니다. 정황 증거도 모두 뺏겼습니다, 저들한테."

"그럼 내가 어떻게 당신 말을 믿지?"

순간 준일은 기분이 나빴지만 태승의 입장에서 생각해 보면 자신이래도 믿지 못할 것 같았다. 그리고 무엇보다 자신이 한 짓도 있으니까 태승의 반응은 당연했다.

"믿든 안 믿든 그건 당신 자유지만 지금까지 내가 한 말은 모두 사실입니다."

태승은 준일을 뚫어질 듯 쳐다봤다. 그의 표정이나 행동을 읽기 위해서였다. 하지만 이번에는 준일도 태승의 시선을 피하지 않고 똑바로 맞서 응수했다. 그 모습에서 조금은 의심이 풀렸다. 그가 이번만큼은 정말 진실을 말한 것이 분명해 보였다.

"나는 실패했지만 당신은 밝혀낼 수 있겠죠. 이성찬 교수와 박진한 회장의 관계를."

"내가 파헤쳐 주길 바라는 것 같군요."

"그럴 거잖아."

"……."

태승과 준일은 서로를 가만히 응시했다. 그러다 태승이 먼저 자리에서 일어나자 기다렸다는 듯 준일이 한마디를 툭 던졌다.

"**역 59번. 1452. 물품 보관함 번호와 비밀번호. 증거는 아니지만 사건의 가닥은 잡을 수 있을 겁니다."

증거는 없다고 했으면서 이제 와 털어놓는 이유는 뭘까.

"……왜 이렇게까지 합니까, 갑자기?"

그 질문을 받고 한참 생각하던 준일이 대답했다.

"……이제라도 되돌리고 싶어서. 내가 했던 바보 같은 짓을."

그래도 일말의 양심은 있는 놈이었다. 하지만 엎어진 물을 다시 주워 담을 순 없다. 죽은 사람이 살아 돌아올 수 없듯 말이다.

"나도 알고 있습니다. 지나간 일을 되돌릴 수는 없다는 걸. 내가 한 선택이고 그 선택에 대한 대가도 치르고 있으니. 그래도 한 번쯤은 이렇게나마 마음의 짐을 덜고 싶었습니다. 이렇게라도 해야 내 남은 인생이 나아질 것 같아서."

모든 진실을 이제라도 털어놔 준 것은 고마웠지만 그의 양심 고백 같은 말은 참으로 웃겼다. 준일이 한 말을 종합해 보면 결국은 제 자신이 편하기 위해서였다. 아무리 진퇴양난의 상황이었다고 할지라도 자신의 펜촉이 어떠한 상황을 낳았는지 그는 끝까지 모를 터였다.

"오늘 이야기는 잘 들었습니다. 당신이 한 모든 말이 진실인지는 이제부터 알아내죠."

그가 자리에서 일어나자 준일이 이제 생각났다는 듯 그를 붙잡았다.

"그럼 오늘 일은 어떻게 되는 겁니까?"

오늘 일이라면 준일이 태승에게 상처 입힌 일을 말한 것이다. 역시 사람은 고쳐 쓰는 게 아니라는 말이 있다. 오늘 그가 한 말은 진실일지 몰라도 양심에 가책을 느껴서라기보다는 자신의 상황을 유리하게 하기 위한 위선일지 모른다는 생각이 들었다. 그래도 조금은 고마워하려고 했는데 그럴 필요가 없을 것 같다.

그는 짤막하게 한마디를 남긴 채 주저함 없이 문을 열고 밖으로 나갔다.

"오늘 상해는 없던 일로 하죠."

경찰서를 나온 그가 향한 곳은 이 기자가 말한 **역이었다. 에스컬레이터를 빠르게 내려가 역사로 들어오자 한곳에 물품 보관함들이 놓여 있는 것이 보였다. 59번 물품 보관함에서 비밀번호를 빠르게 누르자 덜컥하며 문이 열렸고, 그 안에는 USB 하나가 덩그러니 놓여 있었다.

태승은 그것을 주머니에 넣고 빠르게 차로 돌아와 곧장 가방에서 태블릿 PC를 꺼내 전원 버튼을 눌렀다. 곧이어 태블릿에 USB를 연결하자 여러 폴더가 보였다. 그중 직박구리 폴더를 클릭하자 여러 종류의 문서들이 주르륵 나타났다.

그 문서들은 전부 기사를 스크랩해 놓은 것들이었다. 그 기사들의 날짜를 보니 모두 최근이었다. 태승은 당연히 그때 일에 대한 사건 일지나 수사 일지 또는 명성 대학교와 명성 그룹의 커넥션 증거들이 들어 있을 줄 알았는데, 준일이 했던 말처럼 그때 당시의 증거는 전부 빼앗긴 듯했다.

기사 몇 개를 눌러 읽어 내려가던 그의 표정이 점점 더 굳어 갔다. 기사에는 명성 그룹과 명성 대학교를 둘러싼 비리 의혹, 식품 위생법을 위반한 명성 식품에 대한 관련 기사까지 낱낱이 적혀 있었다.

'이 의혹이 왜 윤 교수와 연관이 있는 것일까.'

곰곰이 생각하던 태승의 얼굴이 굳어졌다. 학생들 편에 섰던 윤 교수가 비리를 발견하게 되면서 그 비리에 관련된 인물들은 불안해졌을 것이다. 그래서 처음엔 윤 교수에게 회유와 협박을 했겠지. 하지만 그가 말을 듣지 않자 그다음은……

생각이 여기까지 이르자 태승은 그만 태블릿 PC를 놓아 버렸다. 팔과 다리에 힘이 모두 빠졌다. 이제야 조각나 맞춰지지 않았던 퍼즐이 꼭 들어맞았다. 심증만 있고 가닥은 잡히지 않았던 사건의 실마리가 풀린 것이다. 그런데 왜 항상 불안한 예감은 틀림이 없을까.

핸들을 잡고 머리를 기댄 그의 머릿속에 슬이 떠올랐다. 이 사실을 머지않아 알게 될 슬이 가여워서 가슴이 찢어질 듯 아팠다.

* * *

두 시간 만에 서울에 있는 태승의 본가에 도착한 슬은 곧장 안으로 들어갔다. 남희는 반갑게 슬을 맞이했고 슬은 가져온 짐을 그녀에게 맡긴 채 안방부터 들어갔다. 일만은 여전히 과거에 머물러 있는 중이었다.

대낮까지 잠들어 있던 일만은 어느덧 잠에서 깨어나 맥없이 앉아 창밖만 하염없이 바라보고 있었다. 그러다 인기척 소리에 무심코 고개를 돌렸다가 자신에게 점점 더 가까이 다가오고 있는 여자의 말간 얼굴을 보았다. 그 순간 일만은 휘둥그레지며 입술을 달싹거렸다.

"서…… 선영이냐?"

슬은 그가 자신을 알아보는 줄 알고 빠르게 다가가 곁에 앉았지만, 곧 일만이 부르는 낯선 이름에 심장이 쿵 내려앉는 것 같았다. 어젯밤, 태승이 제 이름을 불러 달라고 했던 게 어떤 마음이었을지 십분 이해할 수 있었다.

"네. 저 왔어요, 아버님."

며느리인 척 연기하는 일은 어렵지 않았다. 할아버님이나 아버님이나 앞에 글자만 다를 뿐 대하는 것은 같았다. 하지만 일만이 자신을 슬이 아닌 선영이라고 부르는 것은 슬펐다. 저를 기억하지 못하는 것도 순간 순간 속상하여 서글프기까지 했다. 고작 남인 제가 느끼기에도 이렇게 서운한데, 가족이고 손자인 태승은 얼마나 마음이 아프고 힘들었을까. 그 생각을 하니 슬은 가슴이 아리는 듯했다.

저녁을 준비해야 했지만 일만은 그동안 쌓인 할 말이 많았는지 슬을 잡고 놓아주지 않았다. 정확히는 선영을. 그래서 결국 저녁을 먹을 때까지도 슬은 일만의 곁을 지켜야 했다.

"근데 선영아, 일한이가 늦는구나. 왜 이리 늦을꼬. 저녁 6시면 꼬박 꼬박 들어오던 녀석이."

다시금 방으로 들어와 일만의 잠자리를 봐 주고 있는데 일만이 시계를 보며 물었다. 시간을 확인하니 어느새 8시가 넘어가고 있었다. 생각해 보니 태승에게 연락도 하지 못하고 온 게 마음에 걸려 슬은 그이에게 전화해 보겠다는 핑계로 잠깐 일만의 방을 나왔다.

슬은 최근 전화 통화 목록에서 그의 번호를 찾아 누른 뒤 휴대폰을 귓가로 가져갔다. 하지만 신호음만 이어질 뿐 그의 목소리는 들려오지 않았다. 첫 통화는 불발이었다. 아마 회장님 일로 이리 뛰고 저리 뛰느라 많이 바쁜 탓이리라.

그녀는 태승에게 간단히 문자를 보낸 뒤에 혹여나 일만이 잠들었을까 싶어 조용히 방문을 열어 보았다. 한데 요즘 부쩍 잠이 많아졌다고 하던 것과 다르게 일만의 눈은 오히려 말똥말똥했다. 그녀가 문틈으로 얼굴만 내놓자 슬을 알아본 일만이 또다시 그녀를 불렀다.

"선영아."

내심 제 이름을 불러 주기를 바랬건만 일만은 여전히 슬을 선영이라 불렀다. 어쩔 수 없이 "네, 아버님." 하며 옆에 다가간 슬은 그의 손을 꼭 잡았다.

"일한이는?"

"많이 바쁜가 봐요. 오늘도 야근하는 것 같아요."

그러자 일만이 일한을 나무라듯 말했다.

"아직 신혼인데 벌써부터 아내를 기다리게 하면 쓰나."

"그러게 말이에요. 언제 한번 아버님이 혼 좀 내 주세요."

슬은 장난스럽게 일만의 말에 맞장구를 쳤다. 그러자 일만이 꼭 그러겠다고 하더니 제 손을 꼭 잡은 슬의 손을 지긋이 바라보며 말했다.

"손이 참 곱구나, 선영아."

슬의 손을 쓰다듬는 일만의 눈이 부드럽게 휘어졌다. 하지만 슬은 자신을 정말 며느리로 대하고 있는 일만을 보는 게 마음 아팠다.

"선영아."

"네, 아버님."

"나는 너에게 고마운 게 참 많아. 일한이가 어렸을 때, 나는 거의 집에 들어오지 못했어. 일 때문에 바쁘단 핑계만 대고 가정에 소홀했지. 일한이 엄마가 아팠을 때도 난 몰랐어. 곁에 있어 주기는커녕 죽음을 앞두고서도 임종조차 지키지 못했지. 그래서 일한이는 나를 미워했어. 아주 많이. 아주 오래."

슬의 두 눈에 일만의 죄책감이 보였다. 차츰차츰 흐릿해지는 기억은 오히려 가슴 한편에 묻어 뒀던 상처 덩어리를 꺼낸 듯했다. 그날의 일을 회상하듯 일만의 눈동자가 고통으로 일렁였다.

"그랬던 일한이가 요즘은 잘 웃더구나. 내게도 가끔씩 와서 안부도 물어 주고, 걱정도 해 줘. 조금은 나를 용서한 것 같아 무거웠던 내 마음이 가벼워졌어. 바로 선영이 네 덕분에."

"……아버님."

"고마워. 외롭게 큰 우리 일한이를 사랑해 주고 아껴 줘서. 또 나와 소원했던 우리 부자 사이를 다시 이을 수 있는 기회를 줘서 말이야."

일만은 그녀의 손을 쓰다듬으며 진심을 전했다. 슬은 일만의 진심이 와닿아 눈시울이 붉어졌다. 이 진심을 진짜 며느리가 아닌 자신이 듣게 된 것에 죄스러운 마음도 들었다. 하지만 선영은 이미 알고 있을 것이다. 며느리에 대한 시아버지의 깊은 감사와 사랑을 모두.

그리고 아마 그녀도 같은 마음일 것이다. 사랑하는 남편과 그 남편을 있게 해 준 사람이 바로 제 시아버지이기에. 또 그 누구보다 자신을 사랑해 주고 어여뻐해 준 사람이 일만이라는 것도. 슬도 태승을 사랑하기에 그를 있게 해 준 그의 부모님과, 사랑으로 그를 키워 준 일만에게 감사하는 것처럼 말이다.

"저야말로 감사해요. 아버님. 제가 사랑하는 그 사람을 낳아 주시고 키워 주셔서요. 그리고 그 사람은 단 한 번도 아버님을 미워한 적이 없었어요. 부탁하지 않았어도 알아서 아버님을 찾아왔을 사람이에요. 그이는 혼자 있을 제 아버지를 가장 마음 아파하고 애틋해하던 사람인걸요."

슬은 선영의 진심이기도, 제 진심이기도 한 말을 전하며 일만의 손을 꼭 잡아 주었다. 그제야 일만은 부드럽게 미소 지으며 고개를 끄덕였다.

"이제 졸립구나."

서서히 졸음이 쏟아지는지 일만의 눈꺼풀이 점점 내려갔다. 슬은 얼른 일만을 자리에 눕혀 주고 이부자리를 꼭 매만져 주었다. 일만은 슬의 다독거림을 자장가 삼아 서서히 잠에 빠져들었다.

* * *

회사로 돌아온 태승은 책상에서 꼼짝하지 않고 USB 속에 저장된 기사를 죄다 훑었다. 그러다가도 석현의 죽음에 대한 진실이 순간순간 떠올라 하던 일을 자꾸 멈추었다.

깊은 한숨을 푹 내쉰 그가 의자를 돌려 어둠이 뒤덮인 도시를 내려다봤다. 슬에게서 온 문자도 읽기만 한 채 답장도 하지 못했다. 슬의 얼굴을 보면 그냥 이대로 묻고 지나가도 되지 않을까 하는 생각이 들까 봐서다. 그러면 안 되지만, 또다시 무너질 슬의 모습을 보고 싶지 않기도 했다. 언젠간 진실을 밝혀야 하는 것은 분명했으나 이대로 모른 채 지나가도 나쁘지 않을 것 같다는 생각과, 슬도 알아야 할 권리가 있다는 생각 사이에서 자꾸만 흔들리는 자신이 싫기도 했다.

"하아."

태승이 다시금 깊은 한숨을 내쉬고 있으려니 곧 문이 벌컥 열리며 재호가 헐레벌떡 뛰어왔다.

"사장님, 괜찮으세요? 어디 다치신 데는 없고요?"

그의 몸을 샅샅이 훑어보던 재호가 옷소매에 묻어 있는 핏자국을 보고는 깜짝 놀랐다.

"근데 웬 피예요? 설마 다치신 거예요?"

그는 그렇지 않아도 머리가 깨질 것 같은데 여기에 재호까지 보태니 머리가 더 지끈거리는 것 같았다.

"호들갑 좀 떨지 마. 머리 울려."

태승이 인상을 팍 쓰자 재호가 구급상자를 가져왔다.

"머리 아픈 게 피가 많이 나서일 수도 있어요. 빨리 이리 와 앉으세요. 치료는 하신 거예요?"

"대충 했어. 됐으니까 이거나 받아."

"치료도 안 하시고 뭐 하신 거예요? 이건 뭔데요?"

다가온 재호가 그가 건넨 USB를 받아 들었다.

"이준일 기자가 갖고 있던 USB야. 그 안에 각각 명성 대학교와 명성 그룹에 관련된 기사들이 있어. 그 기사들 중 핵심 내용에 표시되어 있는 부분을 중점적으로 조사해 봐. 그리고 이성찬 총장과 자리도 한번 마련해 보고."

"자리요?"

"어. 우리 유일 재단에서 하는 장학 사업 관련해서 얼굴 볼 자리 좀 한번 만들어 봐."

"설마 투자하시려고요?"

재호가 뜨악해서 물으니 태승이 뭘 그렇게 꼬치꼬치 캐묻느냐는 듯 쳐다보았다. 그러자 재호는 얼른 입을 다물었다.

"네. 뭐, 일단 알겠습니다."

"이사들 의결권은 어떻게 됐어?"

"관장님께서 나서 주셔서 의결권 확보는 완료됐습니다. 다만 몇몇 분들은 제외됐고요. 아마 그쪽에서도 손을 쓴 것 같습니다."

"고모는?"

"댁에 모셔다드렸습니다. 아, 그리고 나머지 의결권에 대해서는 걱정하지 말라고 하셨습니다. 다른 수가 있다고."

그가 고개를 끄덕거렸다.

"알겠어. 가 봐."

"치료는요?"

"내가 알아서 할게."

"안 하실 거잖아요."

"됐으니까 나가 봐."

"꼭 치료하세요."

재호는 그의 똥고집을 어떻게 말릴 수 있을까 싶어져 그에게 더는 권하지 않고 먼저 나갔다. 다시 혼자 남겨진 태승은 아까 슬이 보낸 문자를 또 한 번 들여다보았다.

[어디예요? 사무실? 나 지금 서울에 와 있어요. 본가에서 할아버지랑 같이 있으니까 일 끝나는 대로 바로 집으로 와요. 이따 봐요.]

보낸 지 한참 된 문자인데 아직까지 답을 하지 못한 게 자꾸만 신경 쓰인다. 답답한 마음에 시계를 확인하니 벌써 10시였다. 오늘도 사무실에서 밤을 지새우려 했는데 집에 가는 게 나을 것 같아 태승은 서둘러 짐을 챙겼다.

\* \* \*

본가 저택 앞에 선 태승은 전과 달리 쉽사리 안으로 들어가지 못한 채 우두커니 서서 웅장한 담벼락을 바라만 보고 있었다. 슬이 너무나도 보고 싶었지만 모순적이게도 그녀의 얼굴을 보는 게 힘들어서 자꾸만 피했다. 아마 슬은 오지 않는 자신을 하염없이 또 기다렸을 거다. 그러니 빨리 들어가야 하는데, 왜 이리 걸음이 떨어지지 않는 건지.

하지만 언제까지 피할 수도 없는 노릇이라 태승은 대문을 열고 들어가 정원을 가로질러 현관문 비밀번호를 눌렀다. 안에서 문자에 답장도 없는 그를 걱정하며 기다리고 있던 슬은 현관에서 들리는 도어 록 소리에 바로 문 앞으로 달려갔다. 그러자 하루 종일 보고 싶었던 태승이 보였다. 슬은 활짝 웃었다가 곧바로 눈을 흘겼다.

"아무리 바빴어도 연락 한번 할 수 있는 거 아니에요?"

내내 걱정하고 기다렸는데 문자해도 답도 없고. 슬은 혹시나 싶어 메시지를 하나 더 보내려다가도 바쁜 사람 괜히 신경 쓰일까 봐 일부러 연락을 하지 않았다. 그런데 이렇게 올 거면 미리 언질이라도 좀 주든가. 막상 아무렇지도 않은 그의 얼굴을 보니 조금은 심통이 나 투정을 부렸다.

"그런데 무슨 일 있었어요? 표정이 왜 그래?"

슬은 멀뚱히 서서 자신만 바라보고 있는 태승이 이상해서 고개를 갸우뚱했다. 자신이 어리광을 부릴 때면 어김없이 안아 주거나, 바빴다고 변명을 하는 그였는데, 멀거니 바라보고만 있으니 어딘가 이상하단 생각이 들었다.

"태승 씨?"

슬이 또 한 번 그를 부르자 그제야 정신을 차린 태승이 입을 열었다.

"미안. 내가 너무 늦었지."

"아…… 뭐. 바빴으니까 이해해……. 근데 팔은 왜 이래요?"

슬이 옷소매에 묻은 핏자국을 이제야 발견하고 놀라 물었다.

"피는 또 뭐예요? 다친 거예요? 어쩌다가? 아니, 그보다 치료는 받았어요? 왜 이런 거예요? 대체 누구예요? 싸웠어요? 아니면 대체 왜……?"

태승은 제 다친 팔을 걱정하는 슬만 멍하니 바라봤다. 이상하게 그녀가 하는 말은 하나도 들리지 않고, 다친 팔을 이리저리 살피는 슬의 행동과 표정만이 보였다.

너는 지금 평온해 보이는데, 이 일을 너에게 알리는 것이 과연 너를 위한 일이 맞을까? 이렇게 환한 너의 얼굴에 또다시 어둠을 드리우게 하는 걸까 봐 실은 겁이 나. 내가 너를 망치게 될까 무서워.

"태승 씨, 어디 아픈 거예요? 피를 많이 흘려서 그런가. 말 좀 해 봐요. 태승 씨!"

슬은 그가 정말 심히 다친 것은 아닐까 순간 눈앞이 아찔했다. 이 상처는 뭐고 왜 말을 하지 않는 건지, 정말 무슨 일이 생긴 건지 걱정이 되어 낯빛이 점점 하얘지고 있었다.

바로 그때, 태승이 슬을 와락 끌어안았다. 품에 이미 안겨 있는데도 그는 자꾸만 더 몸을 밀착했다. 그러면서 등을 꽉 껴안는데, 마치 영원히 저를 놓고 싶지 않은 사람 같기도 했다. 슬은 전과 다른 그의 행동에 더욱 더 불안해졌다.

"태승 씨, 왜 그래요? 정말 무슨 일 있는 거예요?"

내가 널 망치는 건 아닌지 두렵고 또 두렵지만 넌 알고 싶겠지. 아버지 죽음에 대한 진실이 무엇인지. 그가 꼭 안고 있던 슬을 품에서 떼어 놓으며 불안한 듯 잔뜩 흔들리는 슬의 눈동자와 마주했다. 그러고는 천천히 입을 열었다.

"슬아."

"뭔데요? 뭔데 그래요?"

마주 본 그의 두 눈도 슬만큼이나 요동치고 있었다.

"내가 너한테 하지 않은 말이 있어."

나한테 하지 않은 말? 슬이 그게 뭐냐는 듯 쳐다보자 그가 다시 입을 열었다.

"네가 모르게 해 왔던 일이야."

"무슨 말이에요?"

대체 그가 하고자 하는 말이 무엇인지 알아듣기가 어려웠다.

"네 아버지에 관한 일이야."

슬의 큰 눈이 더욱 커지면서 그녀의 눈빛이 아까보다 더 거세게 흔들렸다.

"네 아버지 사건을 조사하고 있었어. 지금도."

제5부
엔딩(ending)

## 1. 네 잘못이 아니야

　잠들었을 일만과 남희를 피해 2층으로 올라온 태승은 슬에게 이제까지 자신이 조사해 온 모든 자료들을 꺼내 보여 주었다. 그 자료에는 그가 개인적으로 알아본 이성찬 총장에 대한 관련 자료, 양강필 교수가 교수직으로 있으면서 생겼던 일들, 그 일로 사라져 행방이 묘연했던 이 기자에 관한 것들이 있었다. 그리고 마지막으로 건넨 자료에는 오늘 이 기자로부터 받은 명성 대학교와 명성 그룹 사이의 커넥션이 있을 만한 핵심 증거가 될 수 있는 기사가 스크랩되어 있었다.

　태승은 이것을 전부 슬에게 건네주었다. 그것들을 하나하나 훑어보던 슬의 눈에는 벌써 눈물이 그렁그렁했다. 이 망할 놈의 눈물 때문에 흰 종이에 박힌 까만 글씨들이 자꾸만 흐려지고 번져 간다. 제대로 읽고 그들이 하려는 짓이 무엇이었는지를 알아야 하는데 종이 끝을 잡고 있는 손이 자꾸만 떨린다. 머릿속이 온통 죽은 아빠의 얼굴로 가득하다.

　"……슬아."

태승은 손끝이 하얘지도록 종이를 붙잡고 있는 슬의 손을 감싸 쥐었다. 그제야 슬도 눈물을 손등으로 훔치며 애써 마음을 추슬렀다. 그의 말을 듣기도 전에 먼저 울 수는 없었다. 울 때 울더라도 그의 말을 듣는 게 더 먼저다.

"말해…… 봐요. 알아낸 게 무엇인지. 그날의 진실에 내가 모르는 게 있는 거예요?"

목소리가 점점 흐려지고 있다. 울지 않으려고 이를 악무는데도 야속한 눈물은 그사이에 그렁그렁 차올라 시야에 들어찬 그의 얼굴마저 짓뭉개 버린다. 숨 쉬기가 어려울 만큼 가슴이 아파 온다. 하지만 슬은 엉엉 울지 않았다. 끝까지 차오르는 눈물을 떨어트리지 않으려 두 눈을 부릅떴다.

태승은 그런 슬을 보는 게 더 괴로웠다. 그래서 말하지 않을까도 했지만 누구보다 그날의 진실을 알아야 할 사람은 당사자인 슬이기 때문에 지금 이 이야기를 꺼내는 것이다.

"내가 조사해 본 바로는 윤 교수님은 학생들에게 존경받는 분이셨어. 대학 등록금 문제로 교내 학생들의 시위가 이어졌을 때도 윤 교수님은 학생들 편에 섰을 정도로 학생들을 아끼던 분이셨고. 당연히 학교 총장이 되시고도 남을 분이셨지."

태승은 천천히 이야기를 시작했고 슬은 숨죽여 그의 이야기를 들었다.

"하지만 학교 입장에서는 분명 좋게 받아들이지 않았을 거야. 그때 당시 명성 대학교에서는 명성 대학 등록금 문제로 학생들의 불만이 극에 달해 있었고 교수까지 학생들 편에 서기 시작하자 어쩔 수 없이 그해에만 대학 등록금을 동결시켰어. 그 일로 윤 교수님은 학교의 불만을 사게 됐고."

정말이었다. 그때 당시 아빠는 억울하게 징계 처분까지 당하셨으니까. 하지만 지금 생각해 봐도 그때 그 일은 정말 억울했다. 교수가 학생들 편에 섰다고 징계까지 당할 일은 아니었는데 말이다.

"그런데 여기에서 의문이 생기더라고. 학교는 학생들의 등록금을 받아 운영하지만 그렇다고 학교가 학생들의 을은 아니지. 갑의 입장에서 학생들의 불만이나 시위는 눈감으면 끝인데 왜 학교는 학생들의 시위에 눈을 감는 대신 등록금 동결이란 선택을 했을까? 그리고 왜 윤 교수님은 징계까지 받아야 했을까?"

여기까지 이야기를 들은 슬은 머릿속이 혼란스러웠다. 그때도 의심했던 부분이었다. 그래서 총장실까지 찾아갔던 거고. 하지만 총장은 자신을 외면했고 오히려 외부인 취급까지 했다.

"그 후로도 윤 교수님은 적극적으로 학교 운영에 관심을 쏟았어. 아니, 그때부터가 시작이었겠지. 학교와 재단 사이에 비리에 대해서……."

차마 뒷말을 잇지 못하고 말을 마친 태승은 슬의 표정을 살폈다. 처음에는 이 말을 하는 게 과연 옳은 일인지 자신조차도 확신하지 못했지만 막상 꺼내 놓고 나니 알겠다. 이 문제는 옳고 그름의 문제가 아니라 짚고 넘어가야 하는 일이란 걸 말이다. 슬이 이 말을 듣고 얼마나 가슴 아파할지 뻔히 보이지만 그렇다고 그냥 지나칠 수는 없는 문제였다. 세상에 비밀은 없고, 영원한 것도 없다.

슬은 그의 말을 듣고도 다 이해할 수 없었다. 대체 그가 하고자 하는 말이 무엇인지 모르겠다. 아니, 실은 알고 있다. 속으로 수천, 수만 번을 생각했던 거다. 아빠의 자살이 실은…… 자살이 아닐 수도 있다는…….

순간 슬은 심장이 옥죄는 고통을 느끼곤 몸을 앞으로 확 숙였다. 숨이 멎는 것 같은 통증, 그러면서 귀에서는 삐이— 이명이 덮쳐들었다.

놀란 태승이 슬의 어깨를 붙잡았지만 슬은 아무것도 들리지 않았다. 그저 제 눈앞에서 시뻘건 피를 흘리며 죽어 가던 아빠의 얼굴만이 보였다. 그가 슬의 이름을 불렀지만 정작 슬의 눈과 귀는 아무것도 보이지도, 들리지도 않았다. 두 번째 쇼크였다.

"슬아. 슬아, 병원 가자."

태승은 너무도 놀랐지만 애써 태연한 척, 침착하게 행동하려 했다. 일단 슬의 손을 잡아 제 어깨에 걸치고 그대로 업으려 했지만 슬이 그의 등을 밀어내며 거부했다.

"안 돼. 병원 가야 돼. 숨도 못 쉬고 있잖아."

그가 조금은 엄하게 타이르며 이번에는 그녀를 안아 올리려고 슬의 등과 다리 사이로 손을 넣자 역시 몸을 빼며 거부했다.

"윤슬."

결국 그의 언성이 높아졌다. 이 상황에 너답지 않게 고집을 부리냐는 말투였다.

"난…… 난 괜찮아요."

숨을 몰아쉬며 겨우 쇼크에서 버텨 낸 슬이 이를 악물었다. 순간 호흡 곤란이 왔지만 핑 돌던 시야도 또렷해졌고 이명밖에 들리지 않던 귀도 잘 들렸다. 여기서 주저앉을 수는 없었다. 1층에 할아버지도 계셨고 이모님도 계신 데다 마음껏 울 수도 없었다. 그의 앞에서 또다시 쓰러져 우는 꼴을 보이고 싶지도 않았다. 그런데, 그런데 목 놓아 울고 싶다. 목 청껏 소리 높여 울고 싶다. 아빠가…… 너무 보고 싶다.

"나 잠깐, 잠깐 나갔다 올게요. 잠깐만."

슬은 급한 용무라도 있는 사람처럼 방으로 들어가 그의 차 키를 찾았다. 그러다 태승에게 있겠구나 싶어 다시 나와 그에게 손을 내밀었다.

"차 키 좀. 차 키 좀 줘요."

"내가 데려다줄게. 가고 싶은 데 있으면 내가……."

"나 좀!"

그도 같이 따라 나서려 하자 참지 못한 슬이 버럭 소리를 질렀다. 놀 란 태승의 모습이 보였지만 지금은 아무것도 눈에 들어오지 않았다. 속 에서부터 올라오려는 이 슬픔이, 분노가 더 먼저였다. 어디 가서 마음껏 쏟아 내기라도 해야지 안 그러면 정말 미쳐 버릴 것 같았다.

슬은 그에게 마음에도 없는 원망의 말을 쏟아 내기라도 할까 봐 두 다리에 힘을 줘 자리에서 일어나 비틀거리며 1층으로 내려갔다. 무작정 택시라도 잡아타고 아무도 없는 곳에 가서 이 울분을 토해 내고 싶었다.

신발도 채 신지 못한 채 현관문을 열고 나가자 따라 나온 그가 슬의 손에 차 키를 쥐여 주었다. 금방이라도 무너질 것 같은 표정으로 저를 바라보고 있는 그의 눈빛이 안쓰러웠지만 지금은 그를 위로할 수가 없었다. 아무것도 모르고 지난 3년을 내리 앉아만 있던 자신이 못나고 미워서 어찌할 바를 모르겠어서.

태승을 돌아볼 용기가 나지 않았다. 그도 충분히 괴로울 텐데, 그가 왜 조사를 시작했는지 아는데 그가 원망스럽기도 했다. 그를 만나지 않았더라면, 그랬더라면…….

너무도 이상한 감정이었다. 어떻게 사람이 이리도 간사할 수가 있는지. 저는 분명 후회하고 있었다. 그를 만나지 않았으면 이런 고통도 없지 않을까 하면서……. 이기적이게도 그런 생각을 하고 있는 제가 그에게 상처가 될 거라는 걸 뻔히 알면서도 슬은 저택을 벗어나 달리고 또 달렸다.

그렇게 달리고 달려 도착한 곳은 한강 다리였다. 깊은 밤이었고 차들도 한산해진 시각이었다. 다리 위에는 아무도 없었고 뒤로는 차들이 지나갈 뿐, 여기에서 소리치고 운다고 해서 저를 쳐다볼 사람은 없을 것 같았다. 이곳에서는 저 혼자뿐이라는 생각이 들자 눈물이 투두둑 떨어졌다. 울지 않으려 노력하지 않아도 되니 눈물이 비처럼 쏟아져 시야를 가렸다. 악물었던 이를 놓자 흐느낌도 새어 나왔다. 그러다 통곡이 되어 슬은 하염없이 눈물을 쏟아 냈다.

슬은 울고 또 울었다. 주저앉아 엉엉 울었다. 엄마를 잃어버린 아이처럼 목 놓아 울었다. 아빠를 부르기도 했고 그를 부르기도 했다. 그러다 느낀 건 여전히 제가 할 일은 우는 것 말고는 없다는 허무함이었다.

한편, 앞서 가는 슬의 차를 뒤따라가는 차가 있었다. 한강 다리에서 차를 멈춰 세운 슬을 따라 태승도 차를 세웠다. 그는 백미러 속 슬의 행동을 지켜보다 차에서 내려 아무도 없는 주변을 두리번거리다 흐느끼기 시작하는 슬을 지켜보았다. 행여나 가족들이 깰까 아무도 없는 곳까지 나와서 우는 슬이 가여워 그도 따라 울었다. 저를 원망하듯 바라보는 슬의 눈빛이 저에게도 상처였지만 그 모습까지도 이해가 갔다. 그래서 저도 망설이지 않았던가.

태승은 슬이 다 울 때까지 뒤에서 지켜보다 그녀가 다시 움직이려 하자 곧장 차에 올라 먼저 집으로 돌아왔다. 슬도 다시 집으로 올 거라는 것을 알고 있었기 때문이다. 하지만 슬은 오지 않았고 슬이 보내온 문자만 덩그러니 놓였다.


[집으로 왔어요. 기다리지 말아요.]


그날 밤, 태승도 슬도 잠을 이루지 못했다.

* * *


날이 밝자 혜명이 들이닥쳤다. 혜명의 하나뿐인 딸, 해영도 함께였다. 해영은 현재 미국에서 학교를 다니고 있었다. 어릴 때부터 해영은 외국으로 나가 부모와 따로 떨어져 지냈다.

물론 자신의 의지는 아니었다. 부모의 뜻으로 외국에서 학교를 다닌 해영은 남들보다는 풍족하게, 그러나 조금은 외롭게 컸다. 그런데도 해영은 삐뚤어지지 않고 공부도 열심히 했다. 해영의 부모는 자식에게 넘치는 사랑을 주는 대신 똑똑한 머리를 주었기에 그녀는 무엇이든 다 재다능했다.

"오셨어요?"

1층에서부터 들려오는 소란에 내려가 보니 혜명이 남희와 그간 못다 한 수다를 떨고 있었다. 그리고 그 옆에는 몰라보게 키가 크고 예뻐진 해영이 있었다. 해영은 계단을 내려오고 있는 태승을 보자마자 한달음에 뛰어가 허리를 와락 끌어안았다.

"오빠, 너무 오랜만이야."

태승은 간만에 보는 여동생의 머리를 쓰다듬어 주었다. 해영에게 태승은 유일하게 마음을 터놓고 지낼 수 있는 가족이었다. 태승도 미국에서 유학 생활을 했고 타국에서의 외로움이 무엇인지 잘 알고 있던 터라 방학 동안 해영과 함께 지내기도 했다. 그래서인지 해영은 제 부모보다 태승에게 더 가족애를 느끼곤 했다.

"오랜만이네. 언제 이렇게 다 컸어?"

그때는 중학생이었던 꼬마가 이제는 어엿한 숙녀의 모습을 하고 있으니 태승도 세월을 실감할 수 있었다. 해영은 제 머리를 쓰다듬는 그의 허리를 감싸 안고 제 부모에게는 보인 적 없는 어리광을 부려본다.

"전화라도 좀 하지. 이러기 있기야?"

"미안. 오빠가 할 말이 없다."

"알았어. 오빠도 바빴을 거 알아. 할아버지 때문이기도 하고. 이해해."

"이해해 주니 고맙네, 꼬마."

태승은 해영의 앞머리를 흐트러트리며 특유의 눈웃음을 지었다. 그 미소에 내심 서운했던 해영의 마음도 사르르 녹았다. 태승은 사람을 무장 해제시키는 매력이 있었다.

"할아버지한테 인사는 드렸어?"

"아직. 이제 하려고. 근데 날 기억 못 하시면 어쩌지?"

해영은 자연스럽게 태승의 손을 잡고 그를 따라 안방으로 들어갔다. 똑똑, 조심스럽게 노크하고 안으로 들어서자 일만은 아직도 잠에 빠져 있었다. 해영은 잠든 할아버지를 빤히 바라보다가 조용히 속삭였다.

"할아버지 주무시나 봐."

"어제 늦게 주무셨나 봐. 일단 깨시면 그때 인사드리자."

"응."

태승은 다시 해영을 끌고 방을 나왔다. 거실로 가자 혜명이 소파에 앉아 과일을 먹다가 안방에서 나오는 두 사람을 불렀다.

"와서 과일 먹어. 해영이 너도."

태승과 해영까지 소파로 모여 앉았다. 남희는 수박을 몇 개 더 썰어 가져왔고 해영은 포크로 먹음직스럽게 깎아 놓은 복숭아를 콕 집어 태승에게 내밀었다. 어제 일로 입맛이 돌아오지 않은 태승이지만 동생이 내민 복숭아를 차마 거부하진 못하고 받아 들었다. 그 모습을 곁에서 보고 있던 혜명이 서운한 투로 해영의 어깨를 슬쩍 밀었다.

"넌 엄마보다 오빠가 더 좋다, 이거야?"

"이미 드시고 있었잖아요."

"그래도 엄마한테 먹어 보라고 할 수 있잖아. 엄마도 복숭아 좋아해."

"그럼 드세요."

해영은 태승에게 하던 행동과 180도 다르게 혜명을 대했다. 어릴 때부터 1년 중 몇 번이나 얼굴을 볼까 말까 한 부모였기에 서운할 것도, 서운해할 것도 없었다. 예전엔 제게 쌀쌀맞은 부모가 섭섭하기도 했지만 이제는 그런 감정도 들지 않았다. 그만큼 서로에 대한 애증이 깊었다.

"하여튼 자식 키워 봤자 아무 소용이 없어."

혜명은 서운함을 애써 감춘 채 특유의 가시 돋친 말로 툴툴거렸다. 그 소리가 듣기 싫었던 해영은 아예 태승의 옆으로 가 앉았다. 혜명은 그런 해영의 태도가 무척이나 거슬렸다.

"너도 먹어."

태승은 복숭아 대신에 잘 익은 수박을 내밀었다. 해영은 그가 내민 수박을 받아 맛있게 먹었다. 태승도 해영이 준 복숭아를 한 입 베어 먹곤 포크를 내려놓았다. 수박을 맛있게 먹는 해영을 물끄러미 지켜보던 혜명이 복숭아가 담긴 접시를 슥 내밀었다.

"복숭아도 먹어 봐. 잘 익었던데. 하나 시지도 않고."

하지만 해영은 혜명이 건넨 복숭아는 입에도 대지 않았다. 아니, 입에도 댈 수가 없었다. 혜명은 나름 딸에게 건넨 화해의 시도였지만 해영이 몰라주니 서운함이 점점 더 극에 달해 갔다. 그런 두 사람의 아슬아슬한 분위기를 읽은 태승이 혜명이 내민 접시를 도로 물리며 답했다.

"해영이 복숭아 못 먹어요. 알레르기 있어요."

생각지 못한 태승의 대답에 혜명이 놀라 굳어 버렸다. 딸에게 복숭아 알레르기가 있다는 사실도 몰랐던 자신이 엄마가 맞기는 한 건가 싶었다. 눈에 띄게 굳어 버린 혜명의 표정을 본 태승이 괜한 말을 한 것 같다는 생각을 했다.

하지만 그보다 해영이 더 신경 쓰여서 고개를 돌리자 해영도 내심 표정 관리를 하고 있었지만 딸에게 알레르기가 있다는 사실도 몰랐던 엄마가 밉고 서운해서 온갖 감정들이 몰려들고 있었다. 눈물이 맺혀 있는 걸 본 태승이 해영을 다독이려던 순간 해영이 먼저 자리를 박차고 2층으로 올라갔다. 덕분에 거실이 냉랭해졌다.

"하아. 진짜 어이없다. 딸이 알레르기가 있다는 것도 몰랐네. 태승아, 나 진짜 박해영 엄마 맞니?"

"……올라가 보세요. 혼자 울고 있을 거예요."

"울기도 하는구나. 속에 담아 놓기만 하는 줄 알았는데."

"고등학생이지만 아직은 어려요. 고모가 그동안 해영이한테 신경 못 쓴 건 사실이니까 못해 준 만큼 잘해 주세요. 톡톡거려도 그게 다 진심은 아니에요."

"알지. 내 속으로 낳았는데, 다 알지. 근데 지금은 내가 꼴 보기 싫을 것 같네."

혜명은 낮게 한숨을 짓다가 먹던 과일을 내려놓고 말했다.

"유 비서한테 들었을 테지만 몇몇 이사들의 의결권은 못 받았어. 그 사람들한테 개무시당한 건 처음이라 무진장 열받았는데 뭐 어쩌겠어. 만나 주지도 않는 거."

"잘 하셨어요. 우리가 손을 쓰고 있는 것처럼 그쪽에서도 손썼을 거라는 거 몰랐던 것도 아니고."

혜명이 고개를 끄덕였다. 태승의 말처럼 박 이사도 분명 어떻게든 회장 해임 안건을 상정시키려 별별 짓을 다 하고 있을 거다. 그 인간은 그러고도 남을 인간이니.

"무슨 생각하세요?"

골몰히 생각에 잠겨 있던 혜명이 다시 말을 이었다.

"며칠 전에 그 여자애를 만났어. 김해라."

태승은 그럴 줄 알았다는 듯 놀라지도 않았다. 고모라면 응당 그 여자를 찾아갔을 거라는 것을 잘 알았다. 그렇다면 고모가 말했다는 그 수가 김해라가 아닐까 하는 추측도 해 봤었다.

"먼저 연락을 해 왔더라고. 처음 만났을 때 명함 줬거든. 내가 연락하기 전에는 안 할 줄 알았는데 꽤나 급했던 모양이야. 먼저 연락을 다 하고."

"그래서요?"

"도와 달라고 하더라고. 웃기지 않니? 내연녀가 본처한테 먼저 도와 달라고 손을 내밀고. 나 참, 지금 생각해도 너무 웃겨."

"도와 달라고 했다고요?"

태승도 기막혀 하는 혜명과 같은 반응이었다. 유부남과 상간을 저지른 상간녀 주제에 도움을 요청했다니? 그것도 자신이 불륜을 저지른 남자의 본처에게? 태승은 앞뒤가 다른 상간녀의 행동에 의구심을 품으며 어서 더 말해 보라는 듯 혜명을 재촉했다.

"처음에는 자기 오빠가 폭행 시비에 연루돼서 합의금이 필요하다고 하더라고. 그러면서 나한테 당당히 돈 오천을 요구하는데 난 너무 웃긴 거야. 그 돈이라면 박중열 그 자식한테 달라고 하면 될 텐데, 왜 다급히 나를 찾아와 그런 요구를 하는지. 엎드려 빌어도 시원찮을 판에 당당하게 돈을 요구하는 걔가 너무 어이없었어."

혜명은 말하다 보니 그때 상황이 또 떠올라 슬슬 열이 올라왔다.

"그러다 이상한 생각이 들더라고. 진짜 급한 것 같은데 왜 박중열이 아니라 나를 찾아왔을까 하고. 그래서 사실대로 말하기 전에는 돈을 줄 수 없다고 했어. 그때부터 혼자 화냈다가 협박했다가 다시 사정했다가 원맨쇼를 해도 내가 꿈쩍하지 않으니까 사실대로 실토하더라고. 실은 친오빠가 아니라 남자 친구라고 하면서 말이야."

이 말을 끝으로 혜명은 마치 실성한 사람처럼 마구 웃어 댔다. 그때도 이와 같은 반응이었다. 그 여자로부터 모든 사실을 듣고 난 후 혜명은 카페 안에 있던 모든 사람들이 돌아보고 술렁일 만큼 터지는 웃음을 참지 못했다.

"너무 재미있지 않니? 조강지처 버린 놈 치고 잘된 놈 하나 없다는 옛말이 하나 틀린 게 없어서 그래서 너무 웃겨. 이보다 더한 복수가 어디 있느냐고."

한참을 웃다가 서서히 웃음을 멈춘 혜명이 서늘히 중얼거렸다.

"날 버리고 겨우 선택한 여자가 고작 그런 여자애라니. 날 속인 것도 모자라 내 집안까지 가지고 놀려고 든 그놈의 최후가 어떨지 참 기대돼."

태승은 한이 서린 표정을 짓고 있지만 그 표정에서도 감출 수 없던 허망, 허무, 서글픔 등 복잡 미묘한 감정이 보여 그 어떤 반응도 보일 수 없었다.

"……그래서 그 여자는 뭘 걸던가요?"

그의 질문에 혜명의 눈빛이 일순 날카로워졌다.

"대포 통장."

태승도 마찬가지로 표정이 눈에 띄게 굳어졌다. 그의 약점을 드디어 찾은 것이다.

"받았습니까, 대포 통장?"

"아직. 하지만 이사회가 있는 전날까지 보내오기로 했어. 받는 즉시 합의금 오천 입금해 주기로 했고. A급 변호사는 보너스."

고개를 끄덕이던 태승이 뭘 그렇게까지 해 주냐 채근하는 눈빛으로 쳐다보자 혜명이 해명하듯 답했다.

"예약금 걸어 둔 거야. 허튼 개수작 부리지 말고 빨리 보내라고."

그런데도 계속 태승이 자신을 쳐다보자 혜명은 슬은 안부로 화제를 돌려 무거워진 주변을 환기시켰다.

"슬은? 잘 지내고?"

하지만 분위기는 한층 더 가라앉았다. 이를 의식한 혜명이 눈을 크게 뜨곤 시선을 돌리는 조카의 반응에 놀라 물었다.

"너 설마 헤어졌어?"

"그런 거 아니에요."

"그럼 뭔데? 싸웠어?"

태승은 작게 고개를 젓고 굳게 다문 입을 더는 열지 않았다. 헤어진 것도, 싸운 것도 아니라니 다행이긴 하다만 두 사람 사이에 심상치 않은 일이 있음은 틀림없어 보였다. 혜명은 어쩐지 축 처져 보이는 조카의 등이 안쓰럽기도, 보기 싫기도 해서 자리를 털고 일어났다. 이러고 앉아 있다고 말할 녀석이 아니라는 것을 잘 알기도 했다.

"난 내 딸한테나 가 봐야겠다."

"해영이는 알고 있어요?"

태승도 따라 자리에서 일어났다.

"말은 했어. 선뜻 이해하기는 어려운 모양이야."

"아무래도 어렵죠. 어리니까."

"어려도 눈치는 빠르더라. 아빠가 잘못한 거냐고 묻더라고."

혜명의 시선이 계단 위 2층으로 향했다. 다 컸어도 아직은 어린아이에 불과했다. 해영의 부모인 혜명에게는 더욱 그러했다.

"무슨 일인지는 모르겠다만 가서 잘못했다고 빌어. 사랑하는 사람 앞에 자존심은 없는 거야."

2층을 바라보던 태승도 다시금 고개를 돌려 혜명을 쳐다보았다. 혜명과 시선을 맞추던 그가 먼저 고개를 끄덕였다. 그러자 그녀도 옅은 미소를 짓다가 2층으로 발길을 돌렸다. 고모와 조카 이 두 사람 사이, 이제 더는 냉랭함을 찾을 수 없었다.

\* \* \*

검은 철문과 흰 담벼락 사이로 보이는 붉은 벽돌의 단독 주택 앞에 슬이 서 있었다. 예전과 다를 바 없이 집은 그대로였다. 올 때마다 죽은 아빠가 이 문을 열고 나올 것만 같아 집 앞만 서성이다 가곤 했다. 하지만 오늘은 달랐다. 오히려 더 빨리 찾아왔어야 한다고 생각하며 그녀는 집 안으로 천천히 두 발을 들여놓았다.

익숙하지만 낯선 거실과 살짝 열린 문틈으로 안방이 보이자 그녀의 몸이 움찔 반응했다. 이곳에 오니 그날의 기억이 다시금 선명해진다. 침대에 죽은 듯 누워 있던 아빠의 손목을 타고 아래로 떨어지던 시뻘건 피. 허망하게 떠난 아빠의 영정 앞으로 날아들던 수많은 사람들의 수군거림,

질타, 손가락질. 그 모든 것들이 실은 아빠의 잘못이 아니었다는 것. 오히려 피해자는 아빠였다는 게 슬의 가슴을 더욱 옥죄게 만들었다.

"흐흑, 흐흐흑."

우는 슬의 머릿속으로 생전의 석현이 떠올랐다. 연남동으로 이사 온 지 얼마 되지 않았을 때, 대뜸 이사 가자던 아빠, 그날따라 어딘가 불안해 보이던 뒷모습, 그리고 그날 처참한 모습으로 죽어 있던 모습까지.

진실이 무엇이든 끝까지 파헤쳐야 했는데 사방이 보이지 않는 벽에 가로막혔다고 중도에 그만두지 말았어야 했는데. 그렇게 가 버린 아빠를 원망하며, 심지어 아빠를 의심까지 했던 자신이 슬은 용서가 되지 않았다. 숨을 쉬는 것조차 죄스러웠다. 숨을 쉴 자격이 있기나 한 걸까.

"윽. 으으윽. 흐으. 흐으윽."

슬은 신음도 아니고, 그렇다고 흐느낌도 아닌 고통과 회한이 섞인 울음을 토해 내며 울부짖었다. 아무도 듣지 못할, 죽은 석현도 들을 수 없는 한이 서린 통곡이었다.


창문 밖으로 땅거미가 내려앉은 시각. 시간은 그렇게 또 흐르고 있었다. 아무도 없이 텅 빈 거실 벽에 등을 기대고 앉은 슬은 곧이라도 쓰러질 것처럼 얼굴이 하얗게 질려 있었다. 너무 울어서 눈은 퉁퉁 부어 있었고 그래서인지 잠이 쏟아졌다. 슬은 이 와중에도 졸린 자신이 너무도 간사하고 치졸하고 역겨웠다.

그녀는 작게 실소를 터트리다 벽에 머리를 기대고 눈을 감았다. 기억을 전부 되찾은 날부터 시작된 꿈은 물에 빠졌던 그날이 아닌, 그날의 비극이 있기 전에 아빠에게 있었던 일을 보여 주었다. 아빠는 또 누군가와 통화를 하고 있었고 통화의 내용은 그때와 다름없이 똑같았다.

그 내용에 따르면 아빠는 누군가에게 끊임없이 감시를 당하고 있는 듯했다. 강의실 앞에서도 누군가의 시선이 뒤따르고 있었고 매일같이 그런 생활을 해 왔다고. 심지어 저를 갖고 협박을 당하기도 했고, 양강필 교수에게도 회유를 당하고 있던 듯하다. 그는 증거를 갖고 있다고 하면서 그것을 잘 지키고 있겠다고 했다. 아빠가 갖고 있겠다던 증거는 대체 무엇이었을까?

'학생들의 불만이나 시위는 눈 감으면 끝인데 왜 학교는 학생들의 시위에 눈을 감는 대신 등록금 동결이란 선택을 했을까? 그리고 왜 윤 교수님은 징계까지 받아야 했을까?'

태승이 했던 말이 떠올랐다. 학교는 학생들의 시위 따위 무시할 수 있었을 거다. 무시하면 그만이었을 테니까. 하지만 학교는 학생들의 시위를 무시하기보다는 등록금 동결을 선택하며 학생들의 시위에 물러난 모습을 보였다. 그때 했던 학교의 선택을, 그는 이렇게 말했다.

'그 후로도 윤 교수님은 적극적으로 학교 운영에 관심을 쏟았어. 아니, 그때부터가 시작이 된 거겠지. 학교와 재단 사이에 비리에 대해서……'

학교와 재단 사이에 비리가 있었고, 학교 등록금 문제로 시위에 참여하고 난 이후부터 아빠는 학교 운영에 끊임없이 관여하고 문제를 제기했다고 한다. 그러다 그 비리를 알게 되었다고. 그럼 아빠의 죽음은 자살이 아니라 타살이라는 건데…….

여기까지 생각하던 슬은 또다시 속이 울렁거렸다. 방금도 울다가 속이 울렁거려서 먹은 것들을 모두 게워 냈는데, 이제 토해 낼 것도 더 없을 텐데 이 속은 또다시 뒤틀렸다. 이러다 탈수 오면 죽는 건가. 그러면…… 나아질까? 웃기다. 또 나는 도망칠 궁리를 하고 있네. 그때도 그랬으면서…….

"하. 하하하."

실성한 사람처럼 웃다가 서서히 웃음을 거둔 슬이 휴대폰을 들었다.

이럴 때도 생각나는 얼굴이 있다. 이럴 때면 더더욱 생각나는 사람이다. 그때도, 지금도 나를 살린 사람이다. 그런데 나는 그때도, 지금도 나를 살린 그를 원망하고 있다. 나는 왜 이리 이기적인 걸까. 나는 왜 이리 비겁한 걸까. 그는 나를 위해 내 아빠의 죽음도 파헤치고 있던 사람이다. 나는 그런 사람을 원망했다. 내가 괴로워서, 고통스러워서.

"나쁜 년. 넌 진짜 나쁜 년이야."

이제는 익숙해져 버린 그의 번호를 입력한 슬이 망설이지 않고 통화 버튼을 눌렀다. 그때와 지금, 달라진 것이 있다면 그때는 없던 사람이 지금은 있다는 것이다.

신호음은 짧았다. 제 전화를 많이 기다렸던 듯 태승의 목소리가 조금은 높아져 있었다.

―여보세요? 어디야? 어디냐고, 지금.

그의 목소리를 들으니 또 눈물이 날 것 같다. 그가 보고 싶다. 그를 보면 꼭 해 줄 말이 있다. 고맙다는 말을 해야겠다. 더는 도망치지도, 달아나지도 않을 거라고. 아빠의 죽음의 비밀을 같이 파헤치자고.

―슬아. 대답해, 윤슬.

그의 목소리가 불안한 듯 떨리고 있었다. 휴대폰을 부여잡은 슬이 격해지는 감정을 억누르듯, 그러나 금방이라도 울음을 터트릴 것처럼 떨리는 목소리로 말했다.

"……나 좀 데리러 와 줘요. 나 좀 안아 줘."

슬의 눈에서 또다시 눈물이 흘러내렸다.

이미 집을 나온 태승은 곧장 슬이 말한 곳으로 차를 몰았다. 신호도 무시한 채 달려간 그가 철문을 지나 현관문을 열고 안으로 달려 들어갔다.

"슬아. 슬아. 윤슬!"

이곳이 어디인 줄도 모른 채 정신없이 뛰어 들어간 태승은 거실 벽에 기대 앉아 있는 슬을 보고 나서야 놀란 가슴을 쓸어내렸다.

"슬아."

자신을 부르는 목소리에 천천히 고개를 든 슬이 제 앞에 서 있는 그를 올려다봤다.

"왜…… 왜 이러고 있어. 대체 왜…….."

허리를 굽혀 슬과 눈높이를 맞춘 그가 그녀를 안타까이 바라보았다. 그토록 보고 싶던 그가 왔는데도 바라보기만 하던 슬이 조금 늦게 울음을 터트리며 태승의 목을 꽉 끌어안았다.

"태승 씨. 흑, 흐흑. 흐흐흑."

내내 울었는데도 눈물은 하염없이 흘러 그의 옷깃을 적셨다. 제게 안겨 들어 서러운 눈물을 토해 내는 슬이 안쓰럽고 가슴이 아파 그녀를 토닥이는 그의 눈시울도 조금씩 젖어 들었다.

"미안해요. 미안해, 너무 미안해. 미안해."

슬은 계속 미안해했고 태승은 아무런 말없이 슬이 다 울 때까지, 진정될 때까지 쉴 새 없이 토닥이며 안아 주었다.

* * *

밤은 더욱 깊어 갔다. 초승달이 어스름한 밤길을 비추고 사람의 기척도 사라진 시간이었다. 그 깊은 밤, 한동안 방치되어 있던 붉은 벽돌 지붕의 집에서는 아주 오랜만에 사람의 온기가 깃들었다.

태승은 벽에 등을 기대고 앉아 있었고 슬은 그런 태승의 어깨에 머리를 기대고 앉아 있었다. 두 사람은 묻고 싶고 듣고 싶은 말이 있었음에도 서로를 채근하지 않았다. 한 사람은 다른 한 사람이 말할 때까지 기다리는 중이었고, 다른 한 사람은 그 한 사람이 듣고 싶은 말을 들려주려 마음의 준비를 하고 있었다.

고요하고 깊은 밤, 두 사람이 내쉬는 숨소리가 더 크게 들릴 때쯤 그 한 사람이 입을 열었다.

"저 방이었어요. 아빠가…… 그런 모습으로 쓰러져 있었던 바로 그 방."

슬이 가리킨 손가락 끝에 텅 빈 방이 보였다. 처음 슬에게 전화를 받고 일러 준 주소대로 이 집 앞에 도착했을 때, 태승은 이곳이 어떤 곳인지 알 수 있었다.

"요즘 나는 이상한 꿈을 꾸고 있어요. 아빠가 돌아가시기 바로 전에 있었던 일에 대한 꿈."

슬은 태승에게 요즘 자신이 꾸는 꿈에 대해 모두 털어놓았다. 아빠가 어떤 변호사와 통화하던 내용까지 전부 말해 주었다. 그리고 아빠 방에 있던 금고에 증거물이 있었다는 것 또한.

슬이 하던 말을 모두 들은 태승은 그저 조용히, 나지막이 고개만 끄덕였다. 다 알았다는 듯, 다 알겠다는 듯. 그러면서 고작 하루 만에 야위어 버린 슬의 뺨을 쓸어 만지며 세상 누구보다 그녀를 이해하고 그녀의 아픔을 공감한다는 듯 따사롭게 바라보았다.

"알아. 다 알아."

이 말은 제가 말한 꿈의 내용을 다 알고 있다는 말이 아니다. 저의 아픔, 슬픔, 모든 사실을 이해하고 제가 느낀 아이러니한 배신감까지 모두 다 알고 있다는 말이다.

"알……아? 전부…… 다?"

슬은 믿을 수 없었다. 하지만 믿고 있다. 그는 그럴 사람이라는 것을.

타인은 타인의 슬픔에 공감한다고 하지만 사실은 그렇지 않다. 이 아픔이 얼마나 큰지, 또 얼마나 깊은지, 평생 지워지지 않을 거라는 것도. 타인은 제 일이 아니면 공감하지 못한다. 그것이 사람이고 진리이다. 그러나 예외는 있다. 같은 아픔을 지니고 있을수록, 또 사랑하는 사이일수록 그 사람의 슬픔에 공감할 수 있다. 그냥 예의상, 누구에게나 하듯 거짓된 공감이 아니라 진실한 공감을 말이다.

게다가 지금 그는 왜 제가 하루 동안 연락도 않고 이곳에 와 있었는지, 그래 놓고 보고 싶다고 연락했는지까지 전부 다 알고 있고, 왜 그런 마음이었는지도 공감한다고 말하고 있다. 그러면서 상처로, 트라우마로 똘똘 뭉친 저를 보고도 그는 품는다고 말한다. 제가 아니면 안 된다고 말한다. 그의 눈이, 그의 심장이 그렇게 말하고 있다.

"다 아니까. 다 알아서 이해가 돼. 너의 마음이 다 느껴지거든, 나는."

태승은 촉촉이 젖어 드는 슬의 눈가와 뺨을 쓰다듬었다. 그의 따스한 손길이, 나를 바라보는 눈빛이 얼마나 위로가 되는지를 그도 알까?

"나는 왜 그동안 아무것도 하지 않은 걸까? 아빠 딸은 난데, 왜 나는 아무것도 안 한 걸까?"

"……."

슬은 끊임없이 저 자신을 자책하고 책망하고 있었다. 그도 이렇게 노력하고 있는데 왜 자신은 가만히 있었던 건지, 모든 기억을 되찾고서도 아빠의 죽음에 의문도 품지 않았던 건지……. 숱한 물음에도 저는 할 말이 없었다.

"왜…… 의심조차 안 한 걸까?"

끝없는 자책을 묵묵히 듣고만 있던 그가 담담히 말했다.

"안 한 게 아니라 못 한 거지."

하루 동안 슬은 이곳에서 내내 스스로를 원망하고 있었을 거다. 그것이 눈에 훤히 보였지만 당장에라도 달려가고 싶은 마음을 억지로 붙잡아 뒀던 것은 그녀에게도 정리할 시간이 필요하다는 생각 때문이었다. 하지만 지금 그녀는 정리는커녕 내내 자신을 탓하고 있었던 것 같다. 본질은 그게 아닌데.

중요한 것은 아무것도 하지 않은 스스로를 책망하는 것이 아니다. 애초부터 석현을 사지로 몰아붙인 그 사람들이 나쁜 거다. 그녀가 되돌려 보려고 노력한다고 한들 그들이 나쁜 마음을 먹었다면 또다시 상황은 지금과 같아질 거다. 그러니 중요한 것은 지금도 고통받고 있는 피해자들은 생각도 않고 저들끼리 잘났다고, 희희낙락 잘 살고 있는 가해자들에게 그에 합당한 처벌을 내려 벌을 받게 하는 것이다.

"네가 잘못한 건 아무것도 없어. 네 잘못이 아니야. 널 꾸짖을 필요가 없어. 네 잘못이 아니니까."

"……태승 씨."

슬이 그의 어깨에 기대고 있던 머리를 들어 올려 그를 바라보았다.

"잘못은 그들이 한 거야. 고통스럽고 괴로워야 할 사람들은 네가 아니야."

그는 사실만을 정확히 꼬집었다.

"애초부터 상황을 나쁘게 몰고 간 건 그놈들이지, 네가 아니야. 네가 괴로워할 것도, 고통스러워할 것도 없어. 자책할 건 더더욱 없고."

그의 목소리는 단호했다. 스스로를 탓할 이유도, 필요도 없다고. 슬은 저를 내려다보는 그의 다갈색 눈동자를 가만히 들여다보았다. 그는 지금도 허투루 그런 말을 하고 있는 게 아니었다. 자책이라는 늪에 빠져들려는 자신을 필사적으로 막기 위해 하는 위로가 아니라 그것이 진실이라고 말하고 있다. 그제야 비로소 감춰져 있던 것이 보였다.

"이제라도 바로잡으면 돼. 아직 늦지 않았어."

"정말 그럴까?"

마음을 다 잡기는 했지만 잘못된 것을 광정할 수 있을지는 사실 알 수 없었다. 세상 돌아가는 것을 보면 늘 잘 사는 쪽은 가해자였고, 고통스러운 것은 늘 피해자였기 때문이다. 하지만 세상에는 법칙이란 게 존재한다. 가해자와 피해자의 처지가 뒤바뀐 무법자 천지인 세상에도 그 속에는 법칙이 있다. 바로 정의라는 법칙.

"그럼. 게다가 우리에겐 힘이 있잖아."

그가 자신 없어 하는 그녀를 대신해 용기를 주었다. 일단 혼자가 아니라 우리라는 것에 힘이 났고, 그에게는 못 할 것이 없는 든든한 배경도 있었다. 자본주의 세상에서 돈은 힘이었고 그 힘을 정의로운 것에 쓴다면 나쁠 것은 없었다. 힘없는 약자를 강탈하는 데에 쓰는 것이 아니었으니. 그 덕분에 슬은 다시 기운을 차릴 수 있을 것 같았다. 아니, 기운은 이미 차렸다. 그가 있는 것만으로도 큰 힘이 된다.

둘은 서로를 마주 보며 미소 지었다. 어제까지만 해도 웃을 수 없을 줄 알았는데 다시 서로를 보며 웃을 수 있어서 다행이었다. 미소를 서서히 거둔 슬이 그에게 천천히 다가갔다. 그도 역시 슬의 눈과 입술을 번갈아 바라보다 고개를 기울여 다가오는 입술에 입을 맞추었다.

깊지 않은 입맞춤이지만 서로를 사랑하는 마음은 여전히 뜨거웠다. 서로에게 닿는 숨결에서도 그 떨림이 전해졌다. 두 사람은 서로의 입술을 교차해 머금다 떨어졌다. 내쉬는 숨결이 너무도 가깝다. 심장이 쉴 새 없이 두근거린다. 오로지 서로에게만 뛰는 심장. 그래서 서로일 수밖에 없는 우리.

이제야 안도감이 든다. 불안했던 마음도 언제 그랬냐는 듯 다시 평화로워진다. 정말로 그만 있으면 된다. 이 남자만 있다면 아무것도 두려울 게 없다. 슬이 짙은 눈으로 저를 바라보는 그의 뺨을 붙잡은 채 다시 입을 맞췄다. 아까보다는 좀 더 짙고 깊게. 태승도 자신에게 몸을 붙여 오는 그녀의 한 줌 허리를 끌어안고 더 깊이 입술을 취했다.

\* \* \*

아침 해가 강하게 내리쬐는 탓에 잠에서 깨어난 슬은 눈을 떠 천장을 바라보았다. 익숙한 형광등이 그의 집이 아니라 자신의 집이라는 사실을 상기시켰다.

슬은 새벽이 되어서야 그와 함께 집으로 들어왔다. 물론 그의 본가가 아니라 슬의 집으로. 그의 본가로 들어가기에는 너무 늦은 시간이기도 했고, 좀 더 사랑을 확인하고픈 마음도 있었다. 실은 후자의 마음이 더 크긴 했다. 집으로 들어와 서로를 끌어안은 채 갑급하게 입 맞추며 밤새 사랑을 나누었으니.

다행히도 어제보다는 정신이 맑았고 기분도 나쁘지 않았다. 저를 짓누르던 죄책감이 완전히 사라졌다고 할 수는 없지만 어느 정도는 내려놓을 수 있게 된 것 같았다. 이 모든 일이 가능했던 건 모두 태승 덕분이다.

"일어났어?"

슬보다도 더 먼저 일어난 그는 밤새 힘들어하던 그녀가 잘 자고 있는지 이부자리를 정돈해 주고 흐트러진 머리카락을 귀 뒤로 넘겨 준 뒤 먼저 씻으러 들어갔다 나온 참이었다. 어제 입고 온 옷이 전부라 상반신은 탈의한 채였고 아래에는 드로어즈만 걸친 채였다.

그는 수건으로 젖은 머리를 털며 이제 막 잠에서 깬 슬을 보며 다정히 웃었다. 그런데 그 모습은 슬에게 있어서는 무척이나 치명적이었다. 직각으로 뻗은 너른 어깨와 탄탄한 가슴 근육, 정확히 여섯 개로 갈라져 있는 복근이 지나치게 남성적이었다. 아침부터 남성미를 뽐내는 그의 몸 때문에 정신이 없다. 오늘 처음 본 것도 아닌데 새삼스레 심장이 두근거려 슬의 볼이 붉어졌다.

"씻을 거지? 욕조에 따뜻한 물 받아 놨어."

몸은 남성미가 넘치는데 그의 목소리는 꿀을 발라 놓은 것도 아니면서 쓸데없이 달콤했다.

"출, 출근은요?"

슬은 샤워하라는 말도 처음 듣는 게 아닌데 왜 이렇게 야하게 들리는지 모르겠어서 얼른 다른 화제로 돌렸다.

"오후에 할 거야. 오찬 약속이 있어서."

"오찬이요?"

"응."

"그럼 빨리 서둘러야겠네요. 얼른 씻어야겠다."

슬은 제 몸에 둘러져 있던 이불을 걷어 내고 침대 밖으로 나왔다. 그러자 그가 하던 행동을 멈추고는 슬을 빤히 응시했다. 그 눈빛이 이상해서 슬도 그를 보자 그가 은근히 말했다.

"오찬 약속을 저녁으로 미뤄야 하나."

"응?"

그 말의 뜻을 알아듣지 못한 슬이 고개를 갸웃했다. 그러다 아래로 천천히 내려가는 그의 시선을 따라 제 몸을 보게 된 슬이 그제야 허겁지겁 이불을 끌어와 몸을 가렸다.

"뭘 그렇게 수줍어해. 그럴 필요 없는 사이에."

"그, 그래도 아직은 좀…… 부끄럽다고요."

태승은 이불을 손에 꼭 쥔 채 수줍어하는 슬이 마냥 귀여웠다. 어제는 밤새 섹스하며 낮 뜨거운 말도 서슴지 않았으면서 이제 와 제 몸을 보이는 게 민망하다니. 낮과 밤이 전혀 다른 슬의 모습이 은근히 그의 야성을 부추기고 있었다. 그것도 저렇게 나신의 몸을 하고서 말이다.

"씻을게요. 지금 준비해도 늦어요."

슬은 그가 지금 저를 어떤 눈으로 보고 있을지 빤히 보여서 고개를 수그린 채 잰걸음으로 그의 앞을 지나갔다. 하지만 제 몸보다 더 큰 이불을 끌고 가려니 걸음은 자꾸만 느려졌다. 그래도 서둘러 방을 빠져나와 욕실로 들어가려는데 태승이 돌연 슬의 팔을 잡고 돌려세워 그대로 안아 들었다. 깜짝 놀란 슬이 그만 손에서 이불을 놓쳐 버렸다. 덕분에 슬은 온전한 나신의 몸으로 그에게 안기게 되었다. 그는 역시나 저를 뜨겁게 쳐다보고 있었다.

"늦는다면서요……."

어제도 밤새 그와 사랑을 나눴지만 지금 이렇게 떨리는 걸 보면 또 그의 마음을 확인하고 싶은 모양이다.

"……이보다 더 급한 건 없는 것 같아서."

그가 시선을 내려 슬의 입술을 빤히 바라보았다. 슬도 더 이상 부끄러워하지 않고 그의 뜨거운 눈빛을 받으며 목덜미를 두 손으로 감았다. 그러면서 이 말을 덧붙였다.

"나도 이보다 더 급한 건 없을 것 같아."

태승은 그대로 고개를 기울여 슬의 입술을 취했고 곧 욕실 문이 열렸다 닫혔다.

* * *

오찬은 길지 않았다. 김 이사와 몇몇의 이사들이 함께하는 식사 자리였다. 네모난 테이블에 둘러앉은 이들은 모두 남자들이었고 식사하는 내내 식기가 부딪치는 소리만이 들려올 뿐이었다. 숟가락을 내려놓은 시간도 20분이 채 되지 않아 누군가가 말문을 열었다.

"바로 내일이네요."

먼저 숟가락을 놓은 상철이 운을 뗐다. 바로 내일이 류일만 회장님의 해임 안 상정에 관한 이사회가 소집되는 날이었다. 그리고 이 모든 일의 끝이 될 날이기도 했다.

"저쪽에서는 분명 윤 회장님의 해임 안건 상정과 동시에 투표를 제안할 겁니다. 그럴 거라는 건 우리도 잘 알고 있죠. 또 다른 수를 썼을지도 모를 일이고요."

상철의 옆에 있던 다른 이사가 덧붙여 말했다. 그 말에 태승도 고개를 끄덕였다. 분명 그러고도 남을 작자들이었다. 자신이 아는 박중열이라면 벌써 다른 수를 계획하고 있을지도. 하지만 그렇다고 해도 상관없다. 제가 계획하고 있는 일도 만만치는 않으니까.

"그나저나 이 부사장님은 오늘 자리에 함께하지 못했네요."

오늘 식사는 이범영 부사장도 함께 하는 자리였으나 오늘 오전에 급히 긴 휴가를 냈다는 전언을 받았다. 평소에도 이 부사장은 다른 평사원보다도 더 일찍 출근해 더 늦게 퇴근하는 사람이었다. 부사장으로서의 일을 오롯이 해내며 태승에게도 많은 버팀목이 되어 줬던 사람이다. 그래서 오늘 자리에서 그동안의 노고에 감사하다는 뜻과 함께 앞으로도 유일퍼스트를 전면에서 이끌어 줄 것을 부탁하려 했었다. 그런데 범영의 휴가 소식에 그도 내심 꺼림칙해하던 중이었다.

"병가라면 모를까. 영⋯⋯."

상철도 같은 생각이었는지 고개를 갸웃했다. 하지만 그 생각도 아주 잠시였다. 자리는 그렇게 끝이 났고 그도 회사로 복귀했다.

"사장님."

태승이 수북이 쌓인 밀린 결재 건을 훑어보며 사인하는데, 그의 곁으로 재호가 다가왔다.

"전에 약속 잡아 보라고 하셨던 거요, 명성 대학교 측에서 연락이 왔습니다."

그가 사인하던 손을 멈추고 재호를 건너보았다.

"뭐라고?"

"약속 장소와 시간은 전부 저희 측에 맞추겠다고. 그래서 모레 오후로 잡았습니다."

드디어 머리를 잡을 기회가 왔다. 그동안 물에서 숨죽이고 몸통 외에는 드러내지 않았던 머리통이 딸려 나온 것이다. 이 기회는 이번이 아니면 다신 없을지도 모른다. 그러니 이 기회를 반드시 잡아야 한다.

"모레 말고 내일 저녁으로 다시 잡아. 쇠뿔도 단김에 빼랬다고. 이 기자가 스크랩해 놓은 기사들 알아보라고 했던 건 어떻게 됐어?"

"그것보다 이걸 더 먼저 보셔야 할 것 같습니다."

재호가 건넨 것은 바로 2주 전에 신문 일면에 났던 기사였다. 그 기사의 맨 위에는 이렇게 적혀 있었다.

"또다시 불거진 명성 대학교와 명성 학원 사이의 비리 의혹?"

그가 헤드라인을 소리 내어 읽자 재호가 덧붙였다.

"3년 전에 있었던 명성 대학교 등록금 인상 문제가 다시 불거지고 있다고 합니다. 학교 측에서 내년에 있을 등록금 인상에 대해 적극적으로 논의할 계획이라고 하니 학생들의 불만은 커져 가고 있는 상황이고요."

그는 기사를 천천히 읽어 내려갔다. 기사는 명성 대학교와 학생들 사이에서 또다시 불거진 대학 등록금 문제에 대해 지적하며, 명성 학원과의 관계에 대해서도 사학 비리 의혹을 의도적으로 제시하고 있었다.

"학교는 3년 동안 등록금을 동결하니 학교 운영에 있어 자금난에 시달리고 있다고 하지만 이게 오히려 의혹을 낳은 셈이 되었습니다. 최근 명성 학원이 건물과 토지 일부분을 매각했는데 이 돈이 학교 운영에 쓰일 목적이 아니었다는 의혹이 제기되고 있다고 합니다."

그가 주먹 쥔 손으로 미간을 짚었다. 의혹은 그냥 나오는 것이 아니다. 분명 전조가 있었을 것이다. 그 전조가 아마도 3년 전에 있던 윤 교수님의 사건이 아닐까 하는 생각이 들었다. 그때 있었던 일이 다시금 밖으로 스멀스멀 흘러나오고 있는 것이다.

"이 기사 쓴 기자 당장 만나 봐야겠다. 넌 이 기사 쓴 기자 연락처 알아보고 나한테 바로 보고해. 당장 만나자는 시간 약속을 잡아도 좋고."

"네. 알겠습니다."

"그러고 나서 이 총장에게 가 봐야겠어. 이 문제로 압박하면 그 다음 수가 나오겠지."

이 기사를 쓴 기자를 알아보는 일은 어렵지 않았다. 적어도 이 기사를 쓴 기자는 이 기자처럼 행방이 묘연하지 않았기 때문이다.

그 기자는 처음에 명성 재단이나 학교 측 사람들이 아니냐며 의심하더니 재호가 신분을 밝히자 의심을 풀고 접선 장소를 알려 주었다.

서울 모처에 있는 다소 한산한 카페에서 기다리고 있으니 어떤 여자가 주변을 살피며 길을 건너고 있는 모습이 눈에 띄었다. 지금 이쪽으로 걸어오고 있는 저 여자가 기자인지 아닌지는 옷차림과 주변을 지나치게 경계하고 있는 모습에서 판단할 수 있었다. 여자의 행동으로 봐서 그녀는 분명 신분에 위협을 당하고 있는 듯 보였다.

"저…… 혹시 유재호 씨?"

다가온 여자가 태승을 보며 재호냐고 물었다. 여자는 기자가 맞았다. 태승은 자신의 앞자리를 가리켰고 그제야 여자가 경계심을 풀고 메고 온 가방을 옆 빈자리에 놓았다. 그러고는 곧장 태승의 앞에 놓인 물을 벌컥벌컥 들이켰다.

"하아. 이제 살겠네."

그녀는 물을 모두 비운 뒤에야 맞은편에 앉아 있는 태승을 보았다.

"제보를 하시겠다고요?"

재호는 제보를 하겠다는 명분으로 기자와 만날 약속을 잡았다고 했다. 그렇지 않으면 이 기자가 나오지 않았을 확률이 높았다. 앞서 보인 행동들을 보면 충분히 예상 가능했다.

"어떤 제보인지 말씀해 보시겠어요? 그보다 먼저 명성 대학교와 명성 학원, 어느 쪽에 관계가 있으신 거죠?"

가방에서 노트북을 꺼낸 그녀가 차분히 물었다. 하지만 태승은 대답하지 않고 눈앞에 있는 여자의 얼굴과 행동만 뚫어질 듯 바라보았다. 모니터에서 시선을 뗀 여자가 아무 말도 하지 않는 태승을 탐탁지 않게 여겼다. 그러다 뭔가 이상하다 싶었는지 불안한 기색으로 물었다.

"누구야, 당신?"

여자의 두 눈이 흔들리고 있다. 그것도 심하게. 태승은 그 눈빛이 보고 싶었다. 그녀에게서 어떠한 확신을 얻은 그가 주머니에서 제 명함을 꺼내 앞으로 내밀었다. 명함을 확인한 여자는 아까보다 더 크게 눈을 떴다. 전혀 예상하지 못한 인물의 등장에 적잖이 당황한 듯해 보였다.

"듣고 싶습니다. 그동안에 기자님께서 파헤쳐 온 명성과 명성 대학 사이에 어떤 비리가 숨겨져 있었는지."

그러자 그녀는 목소리를 가다듬고 이야기를 시작했다.

"저는 3년 전부터 학교와 재단 사이의 비리 의혹에 대해 취재해 왔어요. 명성 대학교와 명성 학원 사이의 비리 의혹을 파헤쳐 온 것은 1년이 조금 안 됐고요. 정부에서도 한때 사학 비리 근절을 외치며 대책을 세우기도 했지만 여전히 사학 비리는 남아 있어요. 저도 학생 때 그런 비리를 끝없이 보았고, 심지어 과 대표가 과비를 횡령하는 일도 적잖이 봐 왔죠. 그러면서 자연스레 학교와 재단 사이 사학 비리에 관심을 갖게 됐고 그렇게 사회부 기자가 됐어요."

여자는 김수연 사회부 기자로, 태승에게 거짓 없이 자신이 그동안 해 온 취재에 대해 털어놓았다.

"명성 대학교와 명성 학원 사이의 비리가 있다는 냄새를 맡은 건 명성 학원이 속해 있는 명성 그룹 때문이었어요. 명성 그룹은 IT로는 명실상부하게 됐지만 그 외 건설이나 식품 등은 존폐 위기를 맞고 있죠. 명성 식품은 현재 여러 식품에서 이물질이 나와 전 제품 리콜 조치로 인한 손실액과 피해액이 수천억 이상이라고 했고, 최근에는 주요 사업안인 IT마저도 흔들리고 있다고 들었어요. 올 초에 신제품 출시를 앞두고 납품 비리로 관련 이들을 곧 구속 수사한다는 소식도 들리고요. 그런 와중에 명성 학원은 건물과 토지를 매각하는 등 수상한 행보를 보이고 있어요."

태승은 수연이 보여 준 취재 수첩을 유심히 살펴봤다. 수첩에는 그동안 여러 기사에서 접하고, 제보자들에게서 들은 이야기가 낱낱이 기록되어 있었다. 그러다 수연의 수첩에 적힌 것이 준일이 스크랩해 온 기사의 내용과 같다는 것을 확인할 수 있었다. 그제야 준일이 왜 그동안 명성 학원, 명성 대학교에 이어 명성 그룹 기사들까지도 전부 모아 왔는지 알 수 있었다.

"물론 대학 등록금 동결로 인한 자금난을 해결하기 위함이라고 생각할 수 있어요. 하지만 학교는 이러한 대처 방안에도 불구하고 여전히 자금 난에 시달리고 있고 등록금 인상을 전면에 내세우고 있어요. 앞뒤가 전 혀 맞지 않다는 게 제가 의심하는 이유입니다."

수연의 이야기를 듣고 보니 충분히 일리가 있었다. 어쩌면 수연과 자 신의 생각이 동일할지도 모른다는 생각이 들었다.

"지금도 계속 취재를 하는 중입니까?"

"아니요. 지금은 중단됐어요."

"중단이요?"

태승은 기획 기사가 지금은 중단됐다는 말에 처음 수연을 보고 생겼던 의문을 해결하기 위해 질문했다.

"혹시 지금 신변 위협을 당하고 있는 중입니까?"

그러자 수연이 놀란 기색으로 어떻게 알았느냐고 물었다. 그러면서 지 난밤에 있었던 일에 대해 이야기했다.

"실은 일주일 전에 저희 집에 도둑이 들었어요. 것도 대낮에. 없어진 물건은 없었는데 그래서 더 이상했어요. 일종의 경고 같기도 하고."

그렇다면 후자가 맞을 것이다. 경고가 확실했다. 이 이상은 위험하다 는 신호. 그러니 관심은 이쯤에서 거두라고.

태승의 미간이 잔뜩 일그러졌다. 슬이 꾸었다던 그 꿈이 이와 관련이 있는 듯하다. 한낮에 김 기자의 집에 들었던 강도처럼 아마 윤 교수님의 집에도 강도가 드나들었던 흔적이 있었을 거다. 그래서 슬이 그런 이상 한 꿈을 꾸게 된 것은 아니었을까?

"신고는 했습니까?"

"신고는 했는데 잡지는 못 했어요. 경찰도 단순 강도 사건으로 보더라고요. 오히려 제 신분을 알고는 대수롭지 않게 생각하던걸요. 기자는 원래 원한 사는 직업 아니냐면서. 그게 경찰이 되어서 할 소린가요?"

그때 생각만 하면 진저리가 쳐지는지 수연이 어깨를 떨었다.

"회사에도 압력을 넣었더라고요. 기획 취재 접으라고 윗선에서도 명령 떨어진 걸 보면. 뻔한 수순이죠."

"그래서 이대로 그만두실 건가요, 기자님?"

"……잘 모르겠어요. 기자 생활 하면서 여러 수모는 겪어 봤어도 대낮에 강도가 들고 회사에도 압력을 받으니까 정신이 나가더라고요."

그럴 수 있었다. 누구라도 겁이 나서 하던 일을 접었을 거다. 하지만 이 일이 그대로 묻힌다면 그들은 앞으로 더한 일도 망설이지 않을 것이다. 누구라도 나서야 한다. 그래야 악순환을 끊을 수 있다. 다만 혼자는 어려울 거다. 누군가 돕지 않는다면.

그래서 태승은 김수연 기자를 도울 생각이다. 그렇다면 이 더러운 연결 고리를 끊을 수 있지 않을까?

"제가 도와드리면 계속 할 생각은 있으십니까?"

"돕는다면……?"

"제가 김수연 기자님의 신변을 보호해 드리죠. 대신 김수연 기자님은 계속 취재를 해 주시는 겁니다. 그들의 비리 행위에 관련해서."

가만 듣고 있던 수연이 그가 한 말을 따라 했다.

"그들의 비리 행위에 관련해서……?"

"제가 김 기자님의 신변을 철저히 보장해 드린다는 제안, 괜히 드리는 말씀 아닙니다."

태승의 단호한 행동에서 무언가를 짐작한 김 기자가 떨리는 음성으로 물었다.

"그럼 류 사장님께서도 뭔가를 알고 있다는 말씀이신가요?"

"1년 전부터 명성과 명성 대학 사이의 비리에 관련해 취재해 오셨다고 하셨죠."

"네. 그랬어요."

"어쩌면 이 두 곳의 유착 관계는 아주 오래전부터 시작됐을 겁니다. 그리고 어쩌면 사람을 해치는 일까지 서슴지 않게 됐을지도 모를 일이죠."

"사람을 해쳐요?"

김 기자가 전혀 예상하지 못한 말을 들었다는 듯 크게 놀라며 되물었다.

"아마 김 기자님도 그날 댁에 계셨다면 큰 화를 당했을지도 모를 일입니다."

"……하아."

"그 강도의 목적은 어쩌면 물건이 아니라 사람이었을지도 모르죠."

그의 말을 가만히 듣고 있자니 머릿속에서 그날의 일이 상상되었다. 만약 이 남자의 말처럼 그날 그 강도의 목표가 물건이 아니라 자신이었다면 어땠을지 생각만 해도 끔찍해 그녀는 두 눈을 질끈 감아 버렸다. 그러다 머릿속에서 불현듯 떠오른 생각에 수연이 태승을 똑바로 응시했다.

"그랬던 적이 있다는 말이군요!"

역시 기자는 기자인 모양이다. 단번에 제 말을 알아들으니. 태승이 천천히 고개를 끄덕였다. 그러고는 붙였던 입을 떼었다.

"지금부터 제가 왜 김 기자님을 만나러 왔는지 그 이유를 말씀드리겠습니다. 단, 계속 취재를 해 주신다면 말이죠."

별로 고민스럽지는 않았다. 신변을 위협당하고 있는 중이었고, 겁도 나지만 취재는 계속하고 싶다는 생각이 더 컸다. 그 누구도 저 자신이 하고자 하는 일을 막지 못했다. 계속되는 수모에 제 부모가, 또 결혼을 약속했다 변절해 버린 제 남자 친구가 저를 말렸지만 그들도 기자로서의 사명감은 멈추지 못했다.

뼛속 깊이 새겨진 저널리즘이라는 자부심은 여전히 수연의 가슴 깊이 남아 있었다. 그날 낮에 든 강도가 저를 목표로 삼았을지 모를 일에도 수연은 경찰서에서 나와 곧장 회사로 복귀해 평소처럼 자신이 기획한 기사를 작성했을 정도였으니까. 수연은 이윽고 미련 없이 외쳤다. 어차피 제 인생은 모 아니면 도였다. 이번 생은 그렇게 살기로 했다.

"그러죠. 제 신변 철저히 보장해 주신다고 하시니까. 계속해 볼게요. 그럼 본격 제보 시작할까요?"

수연은 노트북과 취재 노트를 펼쳐 들었고, 태승도 한시름 덜며 그날의 이야기를 이어 나갔다. 그녀는 태승이 하는 이야기를 듣고 적으며 자신이 앞으로 무엇을 조사해야 할지 낱낱이 계획을 세웠다.

* * *

그의 본가로 향하기 전에 슬의 걸음은 또다시 석현과 함께 살던 그 집 앞으로 향했다. 바로 어제도 이 집을 찾았었다. 이 집에서 꼬박 하루를 보내며 아빠의 죽음에 어떤 비밀이 숨겨져 있었는지 이제야 알게 된 자신을 책망했다.

하지만 오늘은 그러려고 온 것이 아니다. 아빠의 죽음엔 제가 모르는 진실이 있었다. 그 진실에 대해 알게 된 이상 모른 척할 수는 없다. 꿈에서도 똑똑히 보았다. 아빠는 분명 그 진실을 쫓다 그런 끔찍한 일을 당한 거다. 이제라도 알았으니 아빠의 억울함을 밝혀야 한다.

현관을 열고 살짝 열린 중문을 지나 거실로 들어온 슬은 어제와 다르게 거침없이 집 안을 뒤지기 시작했다. 거실엔 물건을 이미 다 빼서 처분해 아무것도 없었지만 자신의 방과 아빠가 쓰던 안방, 서재에는 가구와 물건이 그대로 방치되어 있었다.

슬은 일단 자신의 방부터 뒤졌다. 침대 옆에 놓인 협탁 아래 서랍이며, 책상, 책상 밑 서랍, 옷장까지 전부 살펴보았지만 딱히 증거라고 할 만한 것은 나오지 않았다. 그녀는 자신의 방을 나와 이번에는 서재로 들어갔다. 서재에서도 건질 만한 것은 없었다. 한쪽 벽면을 가득 채운 책들도 꺼내 들어 탈탈 털어 봤지만 거기에서도 나오는 것은 없었다. 서재에는 그래도 아빠가 꽤 오래 머무는 곳이라 뭐라도 있을 줄 알았건만 슬의 얼굴에 실망한 기색이 역력했다.

이제 남은 방은 딱 하나였다. 아빠가 자던 방이자 돌아가신 안방뿐이다. 다른 두 방은 망설임 없이 들어갔지만 안방만은 그러지 못했다. 안방 문턱에서 자꾸만 망설여졌다. 뜨거운 피를 흘리며 침대에 쓰러져 누워 있던 아빠가 아직도 눈에 선했다. 아무리 치료를 받고 나아졌다고 해도 그날의 일은 슬의 머릿속 한 자리를 차지하고 있었다. 이 기억은 쉽게 사라지지 않을 것이다. 아빠의 죽음 뒤 가려진 진실이 밝혀진대도.

"하아."

자신의 옷자락을 움켜쥐곤 숨을 몰아쉰 슬이 힘겹게 안방 문 너머로 발을 들여놓았다. 문 앞에서 30분을 넘게 망설이던 끝에 겨우겨우 용기를 낸 것이었다. 이제 다른 한 발만 옮기면 되는데 그게 참 쉽지가 않다. 이대로 돌아 나갈까 싶다가도 죽은 아빠가 생각나 한 번 더 용기를 내 본다.

슬은 손이 하얘지도록 제 옷자락을 꽉 움켜쥔 채 나머지 한 발도 안방 안으로 움직였다. 겨우 방 안으로 두 발을 들여 놓는 데 성공했다. 그런데 뒷목에서 식은땀이 주르륵 흘러내리는 게 느껴졌다. 겨우 한 걸음일 뿐인데 온몸에 힘이 다 빠져나간 것처럼 힘겹다.

하지만 성과는 있었다. 3년 만에 처음으로 자신의 트라우마와 마주했다.

아직은 힘겨운 일이고 기억은 선명하지만 적어도 피하지는 않았다. 그것만으로도 대단한 발전이었다. 이제 그 진실을 밝힐 수 있을 만한 증거만 찾으면 된다. 그 생각을 하니 다시 힘이 생기는 것 같다.

슬은 제 옷자락을 붙잡고 있던 손을 놓고 안방을 뒤지기 시작했다. 아직 등 뒤로 죽은 아빠의 주검이 침대에 고이 누워 있는 것 같았지만 애써 모른 척, 못 본 척한 채로 방 안을 샅샅이 뒤졌다.

그날 경찰의 손에 뜯긴 금고 안도 샅샅이 훑었지만 아무것도 없었다. 경찰은 이 안에서 상당한 액수의 금품이 들어 있었다고 했지만 분명 이 안에는 금품 이전에 다른 것이 들어 있었을 거다. 이를테면 범인에게 불리할 수 있는 증거 같은 것. 하지만 세상에 밝혀진 것은 금품뿐이었다. 아마도 범인은 이 안에 들어 있던 증거를 빼내고 대신에 금품을 넣어 놨던 거다. 그럼 그 단서는 영영 찾을 수 없다는 건데. 이제 뭘 어떻게 해야 할까?

허탈한 마음에 주저앉은 슬이 두 손으로 얼굴을 감쌌다. 아빠는 그날 일을 당하기 두 시간 전에 변호사와 통화를 하고 있었다. 그러다 들려오는 문소리가 저인 줄 알고 서둘러 전화를 끊었고 이후에 끔찍한 일을 당했다. 그리곤 증거도 잃어버리고 목숨도 빼앗기다 못해 억울한 누명까지 써야 했다.

불쌍한 우리 아빠. 장롱에 머리를 기댄 슬의 눈시울이 뜨거워지며 눈물이 흘러내렸다.

"이제 어떻게 해야 하지?"

아빠와 통화하던 변호사라도 찾아야 진실을 찾을 수 있을 텐데……. 사방이 모두 가로막힌 기분이 들자 슬은 힘없이 고개를 떨궜다. 이제 더는 방법이 없는 것 같다고 생각하던 그때, 침대 바로 아래 무언가가 떨어져 있는 게 보였다. 저게 뭐지? 싶어 가까이 다가가 떨어져 있는 것을 주워 들었다. 그 정체는 이제는 누렇게 바랜 종이 명함이었다. 그리고 그 명함에는 희미하게 변호사 사무실 이름과 변호사의 이름 세 글자가 찍혀 있었다.

"김인형 변호사."

변호사의 이름을 호명한 슬의 동공이 커졌다. 드디어 찾았다. 아빠의 마지막 통화 상대이자 아빠의 사건을 맡았던 변호사.

슬은 곧장 집을 나와 바로 택시를 잡아탔다. 시간이 없었다. 그녀는 명함에 적힌 주소지로 향했다. 변호사 사무실은 그리 멀지 않은 곳에 있었다. 아직 이 변호사가 아빠의 변호를 맡았던 변호사인지, 또 이 변호사가 아직도 그 자리에서 변호사 사무실을 하고 있을지 아무것도 알 수 없었다. 하지만 그 실마리를 찾아 줄 수 있는 사람임에는 틀림없다는 생각을 했다. 슬은 드디어 진실을 가린 장막을 치워 낼 수 있을지도 모른다는 기대감에 그에게 전화를 걸었다.

한편, 기자를 만나고 다시 사무실로 돌아온 태승은 남은 업무를 마무리하던 중이었다. 그러다 걸려 온 슬의 전화를 받아 들었다.

―태승 씨! 찾았어요. 아빠와 통화하던 그 변호사라는 사람.

"뭐?"

깜짝 놀란 태승이 자리에서 일어났다.

―지금 그 변호사 사무실로 가는 중이에요.

"어디야? 거기가 어딘데? 지금 내가 갈게."

의자 등받이에 걸어 둔 양복 재킷을 서둘러 집어 든 그가 쏜살같이 사무실을 빠져나갔다. 태승은 재호를 부를 겨를도 없이 지하 주차장에 주차된 제 차에 올라 곧장 슬이 찍어 준 주소로 달려갔다. 핸들을 붙잡은 그의 손에 힘이 실렸다.

\* \* \*

한없이 초조한 마음이었다. 하지만 아빠의 죽음을 밝힐 수 있는 상황에서 지체할 순 없었다. 한 건물 5층에 도착한 슬이 505호로 걸음을 옮겼다. 문패에는 김인형이란 이름이 적혀 있었다. 애써 마음을 가다듬은 슬이 노크하자 잠시 후 문이 열렸다.

"누구십니까?"

처음 본다는 듯 아래위로 훑는 남자의 시선은 안중에도 없이 슬은 다소 격앙된 목소리로 대뜸 물었다.

"김인형 변호사님이시죠?"

"네. 그런데요?"

남자는 떨떠름한 표정을 짓다가 다시 물었다.

"의뢰하러 오신 겁니까? 근데 지금 제가 좀 바쁜데요."

"아니요. 의뢰는 아니고. 변호사님께 묻고 싶은 게 있어서요."

"나한테요?"

의아하다는 듯 쳐다보는 남자의 표정이 어쩐지 시큰둥하다. 원래 변호사들은 이런가 싶었지만 그런 걸 생각할 만큼 슬에게는 여유가 없었다.

"혹시 윤석현 씨를 아시나요?"

"누구요?"

순간 남자의 얼굴이 싹 굳어졌다. 잘못 들어 다시 묻는 게 아니었다. 자신이 들은 이름을 확인하고 싶어 묻는 것이 틀림없었다. 슬은 아까보다 더 정확한 발음으로 또박또박 말해 주었다.

"윤석현 씨, 아시죠?"

남자의 눈동자가 심하게 떨렸다.

"누구야, 당신? 누군데 그분에 대해 알고 있는 거지?"

그분……. 슬은 제 아버지를 그분이라 칭하는 남자를 보며 자신이 제대로 찾아왔다 확신할 수 있었다. 그리고 어쩌면 그 사건에 대해 더 정확히 알 수 있을 거라는 희망도 보았다. 안도의 숨을 내쉰 슬이 아직까지 경계를 풀지 않는 남자에게 제 신분을 밝혔다.

"안녕하세요. 전 그분의 딸, 윤슬입니다. 저희 아빠 사건의 진실을 알고 싶어서 왔어요."

남자는 또 한 번 자신의 귀를 의심했다. 그러다 자신을 똑바로 직시하는 슬의 눈과 얼굴을 보고는 낯설지 않은 느낌을 받았다.

3년 전, 저를 찾아와 대뜸 사건 하나를 맡아 달라던 석현의 얼굴이 지금 제 앞에 서 있는 여자의 얼굴과 똑 닮아 있었다. 그리고 귀에 못 박히도록 들었던 그의 딸 자랑. 심지어 마지막 통화에서조차 그는 딸 걱정만 했었다. 그의 생애에는 오직 자신의 딸밖에 없었다.

"이제야……, 이제야 뵙네요. 반갑습니다."

남자는 확연히 달라진 표정으로 반갑게 슬을 맞이했다. 슬도 그제야 환하게 웃을 수 있었다.

김 변호사의 안내를 받아 사무실 안으로 들어온 슬은 사방을 둘러봤다. 사무실은 내일 당장 이사라도 가는지 너저분했고 식탁인지 책상인지 모를 테이블에는 먹다 만 음식 찌꺼기가 담긴 그릇이 잔뜩 쌓여 있었다. 인형은 미처 표정 관리에 실패한 슬의 찌푸린 얼굴을 보고는 서둘러 바닥에 떨어져 있는 신문지로 음식 그릇을 덮었고, 잔뜩 흐트러져 있는 서류들과 야한 잡지책 등을 보이지 않는 곳으로 치웠다. 하지만 그런다고 해서 지저분한 사무실이 한순간에 깨끗해질 리는 만무했다.

그는 소파 겸 빨래 거치대로 쓰고 있던 소파에 앉을 자리를 만든 뒤 슬에게 권하고는 재빨리 돌아서 한쪽에 마련해 둔 싱크대 수납장을 열었다.

"아, 커피. 커피 좋아하세요? 우리 사무실에 원두가…… 아, 없네."

이 사무실에 원두란 것은 애초에 없었다. 그래도 간만에 온 손님이고 뜻밖의 인연이라 비록 사무실은 남루해도 남들처럼 번듯해 보이고 싶은 마음에 없는 원두를 찾는 척했다. 하지만 먹을 만한 커피라고는 다방 커피가 전부였다. 나가서 사 와야 하나 싶어 아예 카페로 나가는 게 좋을 것 같아 뒤를 돌아봤다가 TV에 시선이 고정되어 있는 슬을 보고는 화들짝 놀라 황급히 그쪽으로 달려갔다.

슬은 무심코 돌아본 자리에 적나라한 남녀의 정사 장면이 멈추어져 있는 TV를 보고는 깜짝 놀랐다. 시선을 어디에 둬야 할지 몰라 난감하던 찰나에 우사인 볼트처럼 날아온 인형이 재빨리 TV 화면을 껐다. 그러고는 민망한 듯 웃으며 그는 분위기를 애써 환기시켰다.

"아하하. 노총각한테 밤은 너무 길지 뭡니까."

"아…… 네."

그러지 않아도 되는데 변명을 하니까 더 분위기가 이상해졌다. 아까 문 앞에서 그렇게 뚱한 표정을 지었던 게 제 시간을 방해받아서였나 보다고 생각한 슬이 도무지 이곳에 둘이만 있기에는 어색할 것 같아 가방을 챙겨 일어났다. 밖에 나가서 이야기하는 게 나을 것 같았다.

"저기……."

"저어……."

같은 생각이었던 두 사람이 동시에 입을 열었다가 말문이 도로 막혀 버렸다. 또다시 분위기가 어색해졌다. 이내 인형이 침묵을 견디지 못하고 말했다.

"이 근처로 나가서 말하죠."

"아, 네. 저도 좋습니다."

그런데 그때, 또다시 문밖에서 노크 소리가 났고 슬은 태승일 거라고 확신하며 말했다.

"아, 제 일행일 거예요."

그 소리에 문을 연 인형은, 그 앞에 서 있는 훤칠한 키에 이목구비가 또렷한 태승을 보고는 깜짝 놀랐다. 살아오면서 이렇게까지 잘생긴 남자를 처음 보았기 때문이었다. 웬만큼 잘생겼다가 아니라 정말 억 소리 나게 잘생겼다. 그래서 저보다 잘난 남자를 보면 괜한 자격지심이 생기곤 했는데 그런 자격지심조차 이 남자 앞에서는 낼 수가 없었다. 그런 질투는 자신과 견주어서 얼추 비슷하다고 느꼈을 때만 가능한 거였으니까.

슬을 처음 봤을 때도 참 단아하고 곱다고 느꼈는데 나란히 서 있는 저 남녀의 모습을 보니 절로 흐뭇해진다. 꼭 좋아하는 드라마 커플을 보며 히죽거리는 팬이 된 기분이랄까. 그래서 인형은 두 사람을 보며 미소를 짓느라 자신이 아직도 문 앞에 서 있다고 생각도 못 했다.

"저, 변호사님? 괜찮으세요?"

걱정하는 태승에게 자초지종을 설명하던 슬이 조심스레 인형을 불렀다. 그제야 정신이 든 인형이 어색하게 웃으며 가까이 다가갔다.

"아. 네. 괜찮습니다. 나가서 이야기를 하려던 참이었는데, 그냥 여기에서 듣는 게 낫겠군요."

인형이 두 사람을 자리로 안내했고, 그들은 그의 곁에 앉아 그날 그 사건에 대해 운을 뗐다. 태승은 지금 이 순간만큼은 슬이 물을 수 있게 입을 꾹 다물어 주었다. 대신에 잡은 그녀의 손을 놓지 않고 그녀의 곁에 자신이 있다는 사실을 상기시켜 주었다.

"윤 교수님의 사건에 대해 알고 싶다고 했나요?"

마침내 그날의 진실을 알 수 있는 기회인데도 어쩐지 슬의 입술이 쉽사리 떼어지지 않았다. 무슨 말을 어떻게 해야 할지, 어떤 말부터 물어야 할지 정리가 되지 않았다. 태승은 시선이 불안정해지고 손끝만 매만지는 슬의 안색을 살피다 잡은 그녀의 손을 토닥거렸다.

"네. 알고 싶어요. 저희 아빠가 변호사님을 무슨 일로 만났는지, 궁금해요."

슬은 시선을 인형에게 두었다. 지난 3년, 슬은 석현의 사인을 자살로 알고 살았다. 아빠를 둘러싼 비리 의혹에 대해서는 믿지 않았지만 자살로 판결 낸 형사들의 말과 기자들이 쓴 기사는 믿었다.

아니, 돌이켜 생각해 보면 믿고 싶었던 걸지도 모른다. 아빠는 자살을 할 사람이 아니라는 사실을 알고 있었으면서도 말이다. 누군가에게 살해당했다는 사실보다 스스로 목숨 끊기를 선택했다는 게 더 나으니까. 그래서 부검조차 하지 않았다. 그 사실이 다르게 나올까 봐 겁이 났기 때문에.

"……."

인형은 말이 없었다. 무슨 생각을 하는지 골똘한 표정이었다. 침묵이 꽤 길어지자 태승과 두 손을 마주 잡은 슬의 손에 힘이 들어갔다. 그것을 느낀 태승이 고개를 돌려 슬의 안색을 살폈다. 마주친 눈동자에서 그의 근심을 본 슬이 웃어 보였지만 그 미소마저 흐렸다. 웃어도 웃을 수 없다는 게 현재 그녀의 심정이었다. 기다림이 이렇게나 지옥일 줄은. 슬이 입술을 꼭 깨물었다.

그제야 인형이 침묵을 깨며 자리에서 일어나 어질러진 책상 뒤편에 있는 책장에서 두꺼운 서류뭉치를 꺼내 가져왔다. 책상에 툭 하니 올린 서류 끝이 노랗게 바랬다.

"윤 교수님과는 그때 처음 만났습니다. 잘 다니던 로펌을 나와 호기롭게 개인 변호사 사무실을 차렸지만 한 달에 기껏해야 한두 건 정도 의뢰가 들어왔고, 그나마 들어온 의뢰도 대부분은 이혼 관련이었죠. 로펌에 있을 때와는 벌이가 좋지 않았어요. 그래서 변호사 일을 때려치울 생각으로 짐 정리를 하고 있었는데, 그때 저를 찾아왔습니다. 이 사건을 맡아 달라면서."

인형의 시선이 서류로 내려갔다. 그의 시선을 좇은 슬과 태승도 서류에 주목했다.

"처음에는 가볍게 시작을 했습니다. 학생들의 대학 등록금과 관련해서 일을 시작했는데 조사를 하면 할수록 더 깊은 늪에 빠져들고 있었죠. 저는 단번에 알았습니다. 이 사건은 여기에서 끝날 일만은 아니겠구나."

인형은 말을 하면 할수록 그때 일이 머릿속에서 재생되는 것 같았다.

처음은 가벼웠다. 학생들의 시위를 지켜보다 학생들을 도울 일이 없을까 싶어 학교 운영에 관여하게 됐고 그것으로 끝냈으면 됐는데 파헤치다 보니 더 큰 진실에 가까워지는 지경에까지 이르렀던 것이다.

"그만두자고 먼저 말을 꺼낸 쪽은 저였습니다. 우리는 여기까지만 하자고 했습니다. 하지만 윤 교수님의 뜻은 완강하셨습니다. 지금 여기에서 덮으면 누군가는 반드시 희생되고 말 거라고 말이죠. 저를 설득한 사람도 윤 교수님이셨습니다. 두려웠지만 이미 늦었고, 나가려 하면 할수록 더 깊이 빠져들었죠. 어쩔 수 없이 끝을 보기로 하고 파헤쳤습니다. 그러다 그 일이 벌어졌습니다."

다시 생각해도 끔찍하다는 듯 인형의 얼굴이 구겨진 종이처럼 한껏 찌푸려졌다. 태승은 인형에게서 시선을 거두고는 제 곁에 앉은 슬을 바라보았다.

슬은 내내 긴장된 몸을 풀지 못했다. 하고 싶은 말이 많을 텐데도 그녀는 끈기 있게 인형의 말을 기다렸다. 이 자리에 있는 것조차 버거웠을 건데도 그날의 진실을 모두 듣겠다는 태도로 끝까지 그가 쏟아 내는 비정한 그날의 일들에 귀를 기울였다. 하지만 태승은 그녀의 심정이 어떨지 헤아릴 수만 있을 뿐, 그녀가 지금 어떤 감정일지는 같이 느낄 수 없었다. 그 점이 못내 안타까웠다.

"사건이 일어났던 그 밤, 그 밤에 대해 묻고 싶은 말이 있어요."

슬은 사실 확인을 하고 싶었다. 기억을 되찾고부터 시작된 꿈. 그 꿈은 계속 반복적으로 슬을 찾아왔다. 사건이 일어나기 몇 시간 전, 아빠는 분명 변호사와 통화를 하고 있었다. 그 꿈이 맞는다면 그날 아빠는 누군가의 습격을 받은 것이 틀림없다.

"분명하지는 않지만 아빠가 사고를 당하던 그 밤에 누군가와 통화를 하고 있었어요. 혹시 변호사님은 아빠가 누구와 통화를 하고 있었는지…… 아시나요?"

슬이 변호사의 입술을 빤히 쳐다보았다. 분명 아빠는 변호사와 통화를 하며 두려움이 가득한 목소리로 그들이 딸을 갖고 협박을 하고 있다고 했다. 그들이 무슨 짓을 할까 두렵다고도 했었다. 아빠는 그들로부터 협박을 당하고 있었던 거다. 그것만 확인하면 된다. 그러면 아빠를 협박한 그들이 누구인지 밝혀 낼 확실한 증거를 얻게 된다. 비록 아빠의 사인이 자살에서 살해로 뒤바뀌겠지만 이제라도 밝혀져야 한다. 아빠의 더럽혀진 명예를 되찾을 기회다.

슬은 간절한 마음으로 인형에게 확신의 말을 듣기를 원했고 그렇게 될 거라 믿어 의심치 않았다. 하지만 인형은 도통 모르겠다는 듯 고개를 갸웃거리며 전혀 예상하지 못한 말을 했다.

"통화를 했었다고요? 그게 누굽니까?"

순식간에 슬의 표정이 굳어졌다. 온몸의 피가 차게 식는 기분이었다. 분명 아빠는 변호사와 통화 중이었다. 석현이 변호사님이라며 부르기도 했었다. 그런데 왜 인형은 다른 말을 하는 걸까? 왜 반문을 하는 걸까? 내가, 내가 틀린 걸까? 내가 잘못 들은 걸까? 역시 꿈은 꿈일 뿐일까? 온갖 생각이 머릿속을 가득 채워 뒤죽박죽 엉망으로 만들어 놓았다. 뇌가 정지해 버린 느낌이었다.

자신의 세계에 갇혀 버린 듯 멍한 표정의 슬을 보며 태승이 그녀를 불렀다.

"슬아. 슬아. 윤슬?"

아무리 불러도 미동 없는 슬이 걱정된 그가 오늘은 무리겠다 싶어 자리에서 일어났다. 인형도 어리둥절한 표정으로 그를 따라 엉덩이를 뗐다.

"일단 오늘은 그만 가 보겠습니다. 제 명함을 드릴 테니까 다른 말씀이 있으시면 언제라도 이쪽으로 연락을 주세요."

태승은 명함 케이스에서 명함을 꺼내 인형에게 건넸다. 명함을 받은 인형은 그제야 깨닫고는 소리쳤다.

"아! TV에서 봤던 그분이시구나!"

처음 봤을 때부터 범상치 않다고 느껴졌던 것이 요즘 뉴스며 인터넷이며 뜨겁게 달구고 있는 유일 그룹 관련 소식을 봤기 때문이었다. 어디에서 많이 봤다고 생각했는데 재벌을 눈앞에서 보게 되다니, 영광이라 생각한 인형이 제 오른손을 내밀었다.

"와, 반갑습니다. 이렇게 뵐 줄은 전혀 상상도 못했네. 아! 그럼 일전에 결혼한다는 그 여자분이 윤슬 씨? 와, 축하합니다."

인형은 산에서 귀한 산삼을 캔 심마니라도 된 것처럼 감격하며 그와 잡은 오른손을 아래위로 흔들었다. 그러면서 계속 세상에, 세상에 이런 일도 다 있네 하면서 놀라워했다. 태승은 이게 그렇게 놀랄 일인가 싶었지만 의아함을 숨긴 채 그에게 맞춰 주었다.

다시 슬의 상태를 살핀 태승은 잡고 있는 그녀의 손을 잡아당겨 그녀를 일으켰다. 그가 부드러운 목소리로 타이르자 그제야 정신이 번쩍 든 슬이 손을 놓고 인형을 붙잡아 물었다.

"정말, 정말 누구와 통화했는지 모르세요? 정말 모르세요?"

당혹감이 어린 인형은 말을 늘어트렸다.

"모, 모르죠. 저야. 저는 아니니까……."

"그, 그럼 왜 여태까지 아무 말 없으셨는데요? 변호사님도 분명 그 사건에 대해 아셨을 거 아니에요? 누구보다 잘 아시는 분이 왜 여태 몸을 사리고 계신 건데요? 한마디라도 해 주실 수 있었잖아요!"

슬이 흥분해 마구 따졌다. 아빠와 마지막으로 통화한 사람이 아니라고 해도 이 일에 대해 다 알고 있었으면서 아무 말 하지 않은 데에는 잘못이 있었다. 기사로 다 봤을 텐데, 그럼 한마디라도 해 줄 수 있었을 텐데, 왜 그는 입을 열지 않은 걸까? 아마 인형도 무서웠을 거다. 오히려 아빠를 말렸던 사람이 김 변호사였으니까. 그래도, 그렇다고 해도 한

마디라도, 정말 한마디라도 해 줄 수 있지 않나.

슬의 눈에서 굵은 눈물이 흘러내렸다. 인형을 붙잡고 늘어진다고 해도 이미 벌어진 일이 없던 일이 되지는 않았다.

"죄송합니다."

인형이 더는 할 말이 없다는 듯 고개를 떨궜고 그를 붙잡고 있던 손을 늘어트린 슬이 태승의 부축을 받으며 사무실을 나왔다.

차 안에서 슬은 눈물을 펑펑 쏟아 냈다. 겨우 찾아낸 동아줄이었고 희망이었는데 한순간에 수포로 돌아가자 모든 것이 허망해졌다. 아빠의 명예를 되찾는 일이 이렇게나 어려울지 몰랐고 이대로 영영 못 찾게 되는 것은 아닐까 두렵기도 했다. 왜 아빠는 죽어서도 그 한을 풀 수 없는 걸까. 하늘에서 슬퍼할 아빠를 떠올리니 가슴이 저릿저릿 아팠다.

"흐흑. 흐으윽."

태승은 서럽게 우는 그녀를 안고 등을 토닥거렸다. 슬이 얼마나 절망스럽고 가슴 아플지 모든 감정이 느껴져 태승의 마음도 무너졌다. 그렇게 한참을 더 울던 슬이 서서히 울음을 멈추었고 그도 잦아드는 슬의 울음소리를 따라 안고 있던 팔을 스르르 내렸다.

"이제 다 울었어?"

태승은 그녀와 눈을 맞추며 손끝으로 아직도 젖어 있는 눈가를 닦아 주었다.

"……미안해요."

슬은 고개를 살짝 숙인 채 민망한 듯 말했다. 그에게 우는 모습을 몇 번째 보이는 것인지…….

"괜찮아. 참고 있는 것보다 터트리는 게 나아. 그리고 이제 난 그냥 남자 아니잖아. 네 남편이잖아, 그러니까 내 앞에서는 참지 않아도 돼."

그가 부드럽게 웃었다. 태승이 주는 위로가 어느 때보다 더 크게 와 닿았다. 슬은 방금도 기댔던 제 몸을 다시 그에게 기대었다. 그의 품은 이렇듯 넓었다. 제 모든 상처를 따뜻하게 품어 줄 수 있을 만큼. 이제 그가 없는 자신의 삶은 꿈도 꿀 수 없게 되었다. 처음부터 그였던 것처럼 제 심장은 오직 그에게만 뛰었고, 그여서 숨 쉴 수 있었다.

"고마워요. 내 옆에 있어 줘서."

슬이 그의 등에 두 팔을 감으며 더 깊이 얼굴을 묻었다. 제 품을 더욱 파고드는 연인을 사랑스럽다는 듯 감싸 안은 태승은 슬의 뺨에 입술을 댔다. 짧은 입맞춤으로 고마움을 말하는 그녀에게 화답하고는 다시 운전대를 잡았다. 이제 집으로 가야 할 시간이었다.

"좀 기대고 있어. 도착하면 깨울게."

그의 말처럼 많이 울어서인지 슬의 눈꺼풀이 점점 더 무겁게 내려앉고 있었다. 일찌감치 슬의 안색을 알아본 그가 다정히 말하며 차를 부드럽게 몰았다. 집으로 가는 길, 눈을 붙인 슬이 천천히 꿈속으로 빨려 들어갔다.

* * *

오늘도 태승은 집으로 돌아갈 수 없어서 자신의 본가 대신 슬의 아파트로 왔다. 꽤 깊이 잠에 든 듯해서 그녀를 깨우는 대신 안고 집으로 올라갔다. 비밀번호 정도는 이미 그녀에게 들어 알고 있었다.

태승은 불 꺼진 침실에 그녀를 조심히 눕혔다. 베개를 반듯이 정돈한 태승이 양복 재킷을 벗어 아무 곳에나 던져두고는 자신도 슬의 옆으로 몸을 누였다. 잠든 슬의 뺨을 매만지다 쏟아지는 잠을 이기지 못하고 그도 까무룩 잠에 들었다.

아까보다 더 깊은 어둠이 깔린 침실 안, 시간이 갈수록 슬은 몸을 뒤척였다. 꼭 닫은 눈꺼풀 위로 동공이 좌우로 움직였다. 슬은 여전히 꿈속에 있었다. 아주 혼란한 꿈이었다. 어제도, 며칠 전에도 계속되던 꿈이었다.

꿈에서 아빠는 여전히 누군가와 통화하는 중이었다. 그리고 분명히 들었다.

"이제는 제 딸을 갖고 협박하고 있어요. 더 이상은 그들을 상대하기가 벅찹니다. 그들은 이미 선과 악이 뒤섞여 있어요. 하면 안 될 짓도 저지를 수 있을 정도로 커졌어요. 이대로라면 저보다도 제 딸이 위험해질 수 있어요. 어떻게 해야 좋을지 모르겠어요, 변호사님. 저는 정말 혼란스럽습니다. 솔직히 너무 두려워요."

떨리는 목소리, 가쁜 호흡. 아빠의 목소리에선 분명한 두려움이 깃들어 있었다. 그리고 때마침 문 밖에서 문소리가 들려왔다. 철컥철컥. 그 소리를 들은 아빠는 서둘러 전화를 끊으려 했다.

"딸아이가 왔나 봐요. 그럼 끊겠습니다. 일단 증거들은 제가 잘 맡아 두겠습니다."

여기까지가 반복해 꾸던 꿈의 내용이었다. 지금도 같은 꿈을 반복해 꾸고 있었다.

아빠는 변호사에게 증거를 잘 맡아 두겠다고 했다. 대체 아빠는 어떤 증거를, 어디에 둔 걸까? 그리고 아빠가 말한 그 변호사란 사람은 대체 누굴까? 김인형 변호사는 정말 아닐까?

꿈에서도 슬은 혼란스러웠다. 진실을 쫓을수록 더욱더 알 수 없는 미궁 속으로 끌려 들어가는 기분이다. 그와 통화하던 변호사가 김인형 변호사가 아니라는 것을 확인했어도 슬은 확신할 수 없었다. 만약 김인형 변호사가 거짓말을 한 거라면 그는 왜 거짓말을 한 걸까?

그렇게 꿈에서 깬 슬은 익숙한 천장을 보다가 시선을 돌려 제 옆에서 곤히 자고 있는 태승을 바라보았다. 진실이 무엇이든 그 진실에 가까워지고 있음은 틀림없는 사실이다. 이제부터는 진실 찾기다.

\* \* \*

"오늘이네요."

그녀는 샤워를 하고 옷매무새를 다듬는 태승에게 욕실 세면대에 올려 둔 은색 시계를 건네었다.

"응. 오늘이야."

슬은 오늘이 퍽 긴 하루가 될 것 같아 물었으나 그는 여느 날과 다를 것 없는 하루처럼 답했다.

"이따 저녁에 데이트할까?"

"데이트요?"

별안간 데이트를 하자는 그의 말에 슬이 눈을 동그랗게 떴다. 오늘이 어떤 날이 될 줄 알고 그는 이런 제안을 하는 걸까? 슬은 걱정이 되었지 만 그는 대수롭지 않았다. 오히려 슬과 함께할 데이트가 더 기대되는 하 루가 될 것 같았다.

"한 번도 데이트다운 데이트해 본 적 없었잖아. 오늘 하자."

그가 빙긋 웃으며 시계를 찬 소매 단추를 잠갔다. 그러고 보니 제대로 된 데이트를 해 본 적이 없었다. 그래서 슬도 남들처럼 평범한 데이트를 해 보고 싶다는 생각은 했었다. 그런데 평범한 데이트가 오늘일 줄 은……. 그만큼 자신이 있다는 거겠지?

애써 생각을 지워 낸 슬이 고개를 끄덕였다. 아주 잠시였지만 슬의 얼 굴에 드리워졌던 걱정을 본 그가 그녀를 품 안으로 끌어당겼다.

"걱정하지 마. 오늘도 어제처럼 똑같이 평범한 날일 테니까. 아, 어제 처럼 똑같이 평범하진 않겠구나. 우리의 첫 데이트 날이니까."

그렇게 자신이 내뱉은 말을 다시 정정한 그가 지그시 슬을 바라보았다. 슬도 제 얼굴을 그윽한 눈으로 바라보는 태승을 마주 보았다. 그의 말처럼 오늘은 지극히 평범한 하루가 될 것이다. 하지만 우리의 기억 속에는 오늘 도 특별한 추억이 될 것이다. 그와 함께 할 평범한 데이트. 그 생각으로 마음이 가득 찰 테다.

슬과 시선을 마주하던 태승은 고개를 점점 내려 슬의 입술에 제 입을 맞췄다. 아까 슬에게 말했던 것처럼 오늘은 특별한 날이 아니었다. 어제도, 그제도 여느 날과 다를 바 없는 하루였고 그리 될 것이었다. 모든 것이 평온한 보통의 하루. 그저 사랑하는 연인과 평범한 데이트를 끝으로 마무리될 날이다.

## 2. 또 하나의 처음인 일

 한편, 유일 그룹 본사 대회의실은 임시 이사회 준비로 분주했다. 그 시간에 가까워지자 건물 앞으로 여러 대의 차량들이 줄지어 섰다. 조수석에서 내린 각각의 비서들이 뒷좌석 문을 열자 양복을 차려입은 이사들이 내렸다.

 그중에는 중열과 중열의 오른팔을 자처하는 영호도 함께였다. 높은 본사 건물을 올려보는 중열의 어깨가 오늘따라 더 올라가 있었다. 오늘이 자신의 역사가 될 것이다. 한평생 누군가의 들러리밖에는 되지 않을 것 같던 자신이 그토록 갖고 싶던 왕좌를 갖게 될 날이기도 하다. 그래서 더없이 어깨를 펴야 했다. 누구의 앞에서건 당당한 모습이어야 했으므로.

 대회의실로 이사들이 속속 모여들고 있는 때, 회장실에서는 일만과 태승, 혜명이 함께였다. 몸을 낮춘 태승은 휠체어에 앉은 일만과 시선을 마주했다. 여전히 일만의 두 눈은 흐릿했다. 예전의 기개는 볼 수 없듯 앙상히 메마른 몸과 흐릿해진 정신이 두 눈에서도 선연했다.

"이 몸으론 힘들 것 같지?"

이미 이사들에게도 회장님은 이번 이사회에 불참할 것이라 통보해 둔 상황이었다. 그런데도 태승은 혜명에게 일만을 모시고 와 달라 부탁했다. 그리고 이사들이 도착하기도 전에 회장실로 일만을 이끌고 온 태승은 어떤 결의를 다지듯 일만과 마주 보았다.

"할아버지, 이곳이 어딘지 알아보시겠죠?"

여전히 일만의 눈은 흐리멍덩했지만 태승은 분명 그도 이곳을 알아볼 거라 믿어 의심치 않고 말을 이었다.

"또 오늘이 어떤 날인지도 아실 거예요. 그런데 할아버지, 오늘은 아무 날도 아닐 거예요. 저들이 오늘을 특별한 날로 여길지 모르겠으나 저에게 똑같은 하루거든요. 그러니 할아버지도 그리 생각해 주세요. 제가 꼭 그렇게 할게요."

일만의 손을 힘주어 잡아 본다. 어느새 다 커 버린 손자는 늙어 야위어 버린 할아버지의 손을 모두 감싸 쥘 만큼 어른이 되어 있었다. 지켜 줘야만 했던 손자가 이제는 제 할아버지를 지키고 있었다.

"유일 그룹 임시 이사회를 시작하기에 앞서 류일만 회장님께서는 현재 병환으로 인하여 불참하신다는 뜻을 보내오셨습니다. 그럼 이사회를 시작하도록 하겠습니다."

여러 이사들이 모인 대회의실에서 시작된 임시 이사회는 엄숙하게 치러졌다. 그 누구도 섣불리 입을 열지 않았다. 모두가 다 아는 것 같았다. 오늘 이 자리에 상정될 안건이 가벼이 여길 안건이 아니라는 것을 말이다.

가장 앞좌석에 앉은 태승은 바로 옆 라인에 앉은 제 고모부를 보았다. 표정 없이 앉아 있는 것 같지만 그 속이 얼마나 검고 악할지는 훤히 보였다. 아마 상정 안건은 그가 아닌 그를 추종하는 추종자들이 올린 것일 테다. 역시나 그들이 상정한 안건이 화면 가득 펼쳐지며 곧이어 대회의실 전체로 울려 퍼졌다.

"이번 임시 이사회에서 다룰 안건은 현 류일만 회장의 해임 안이며, 이를 논의하기로 결정한 바, 지금 이 자리에서 결정 및 안건 상정 시 투표를 진행할 예정입니다. 시작하겠습니다."

시작하겠다는 말 한마디에 장내가 술렁였다. 어떤 기업이든 고비가 있는 법이다. 이번이 대한민국 땅에 자리해 굴지의 기업으로 승승장구하던 유일 그룹의 두 번째 위기였다. 지금으로부터 20여 년 전, 빗길 교통사고로 일한과 선영이 죽은 것이 첫 위기였으니. 숨죽여 있던 이사들조차 지금 이 사태가 되고 보니 회사가 흔들릴까 걱정이 되었다. 소란스러운 대회의실에서 중열은 홀로 여유로웠다.

같은 곳에 자리해 있던 혜명조차 불안해져 주변을 둘러봤다. 곳곳에 빈자리가 보이긴 하지만 대충 봐도 참석한 이사들의 수가 더 많았다. 임시 이사회가 소집되기 전날까지 이사들의 의결권을 확보하기 위해 열심히 돌아다녔지만, 중열을 지지하는 이사들은 생각보다 많았다. 이대로라면 위험할 수도 있지만 아직 판단하기는 이르다. 해 보지 않는 한 아무도 모르는 거니까. 게다가 자신에게는 비장의 카드가 있지 않은가. 설령 아버지가 해임된다고 해도 그다음은 박중열, 그 인간의 해임 안건이 상정될 것이다.

다시 진행자의 입이 열렸다. 수군대던 이사들도 집중했다.

"임시 이사회의 결의는 과반수의 출석과, 출석 과반수의 찬성으로 통과됩니다. 현재 과반수 이상의 이사님들께서 참석하셨기 때문에 이사회를 시작하도록 하겠습니다. 먼저, 류일만 회장님의 해임 안 상정에 관한 내용입니다. 최근 류일만 회장님의 병세가 악화되었고, 병명 및 주치의 소견과 더불어 더 이상은 기업 경영이 어려울 것으로 판단됩니다. 따라서 긴급 이사회에서는 류일만 회장님의 해임 안건을 상정합니다. 결정은 투표로 진행되겠습니다.”

진행자의 말을 끝으로 이사들이 하나둘씩 자리에서 일어나 한곳에 마련되어 있는 기표대로 갔다. 차례차례 투표가 이어졌고 혜명과 중열도 표를 던졌다. 이제 마지막, 태승의 차례였다.

그는 자리에서 일어날 때까지 치밀어 오르는 분노를 억눌러야 했다. 사태를 이 지경까지 몰고 온 사람은 누구도 아닌 저 자신이었다. 이렇게 될 것을 알았지만 모두를 속이는 선택을 했다. 그것이 회사와 할아버지를 지키는 길이라 생각했다. 하지만 지금 상황은 전혀 달랐다. 오히려 자신이 한 선택이 할아버지에게 독이 되고야 말았다.

기표대로 들어간 태승은 제 손에 쥐어진 투표용지를 보았다. 찬성과 반대로 나뉜 두 칸이 종이의 전부였다. 겨우 이 종이 한 장으로 할아버지의 운명이 갈린다니, 태승은 기가 막혔다.

이제껏 그가 기업을 위해 얼마나 많은 노력을 했고 얼마나 많은 피와 땀을 흘렸는데. 고작 이 종이 하나가 할아버지의 노력과 헌신을 부정하는 것만 같아 종이 위에서 손을 멈추고는 한참을 원망스럽게 내려 보았다. 이깟 종이 따위 사정없이 구겨 버리고 싶지만 한 표가 아쉬운 상황이라 반대 칸에 동그라미를 그려 투표함에 넣었다.

모든 투표가 끝나고 곧바로 개표의 시간이 되었다. 살면서 이토록 살 떨리긴 처음이었다. 태승은 중압감에 목이 졸리는 것만 같아 넥타이를 느슨하게 풀었다. 그런 태승을 곁눈질로 보던 중열이 입꼬리를 씩 끌어 올렸다. 태승의 표정과 태도에서 느껴지는 긴장감을 알아본 웃음이었다.

그리고 반대편에서 비열하게 웃는 중열을 보며 혜명이 치맛자락을 말아 쥐었다. 그러고는 속으로 그래, 네놈이 언제까지 웃나 보자 하며 중얼거렸다.

개표를 마친 사회자가 다시 마이크 앞으로 얼굴을 가까이 했다.

"개표 결과는 참석한 일곱 분 중 다섯 분이 찬성으로 류일만 회장님의 해임 안이 가결되었음을 알립니다."

결과는 예상대로였다. 류일만 회장의 해임 안은 가결되었고 이 해임 안을 상정한 중열과 그의 편인 이사들은 기쁨의 미소를 지었지만 내색하지는 않았다. 참담한 표정의 태승과 혜명, 그리고 그의 편인 이사들 때문에라도 예의상으로 표정 관리를 해 보이는 그들이었다.

예상은 했지만 그것이 현실이 되자 원망스러운 마음이 드는 것은 어쩔 수 없었다. 고개 숙인 태승의 표정이 어두웠다. 반면에 혜명은 분한 마음을 표정에 모두 드러냈다. 무릎에 올린 손이 하얘지도록 주먹을 쥔 혜명은 마침내 행동을 개시하기로 마음먹었다. 겉으로는 내색하지 않지만 속으로는 킬킬 비웃고 있을 중열의 그 낯빛에 찬물을 끼얹고 싶은 충동이 일었다.

굳은 결심으로 혜명이 자리에서 일어나려던 때, 이쯤이면 끝나야 할 임시 이사회에서 별안간 또 다른 안건이 튀어나왔다.

"이어서 다음 안건으로 유일 퍼스트 류태승 사장의 해임 안을 논의하도록 하겠습니다."

상황은 더욱더 좋지 않게 흘러갔다. 중열과 그의 이사들은 일만으로 끝내지 않고 태승까지 해임시킬 작정이었다. 안타깝게도 태승을 해임시킬 명분은 충분했다. 일만의 병을 알고도 묵인했고 이사들을 속였으며, 기업에 큰 혼란을 준 것은 물론, 이로 인해 잠깐이었지만 주가 폭락으로 기업 경영에 물의를 일으켰다는 것이 그의 해임 안 상정의 이유였다.

일만의 해임으로 만족하지 않을 인간이란 것은 알았지만 이 정도일 줄이야. 그들의 속내를 모두 알아 버린 태승은 역겨움에 조소를 숨길 수가 없었다. 아까부터 태승의 반응을 지켜보고 있던 중열의 만면으로 통쾌한 웃음이 번져 갔다. 이를 모두 지켜보고 있던 혜명은 자신이 나설 때가 되었음을 느끼고는 도로 자리에 앉아 휴대폰을 꺼내 어디론가 문자를 보냈다.

또다시 소란스러워진 대회의실이 진행자의 목소리로 일순간 소강되었다.

"'이번 류일만 회장의 해임을 상정할 수밖에 없던 이유에는 류태승 사장의 안일한 대처의 탓이 크다. 회장님의 병환을 알면서도 이사들에게 이를 알리지 않았던 바, 이로 인해 경영의 혼란을 불러왔음에도 이에 대해 제대로 대처하지 못했다. 때문에 이사회에서는 류태승 사장을 더 이상 신임할 수 없는 바, 이 같은 결정을 내렸고 이에 대한 이사회의 뜻을 전한다.' 이렇게 안건 상정의 뜻을 밝혀 주셨습니다."

조소뿐이었던 태승의 입가에 씁쓸한 미소가 대신 얹어졌다. 언젠가 그때 했던 자신의 선택이 제 발목을 잡을 거라는 것을 모르지 않았다. 알고도 기꺼이 그렇게 했다. 설령 다른 선택지가 있었다고 해도 자신은 그렇게 했을 것이다. 그것이 할아버지를 지키는 유일한 길이었으니까 말이다.

"현재 이 자리는 류일만 회장님의 해임 안에 대한 의결권 자리로 류태승 사장님의 해임 안에 대한 의결은 다음 번 이사회에서 진행하는 것으로……."

"안건이 하나 더 있는데."

회의를 끝내려는 사회자의 말을 자르고 혜명이 불쑥 끼어들었다. 그러자 자리해 있던 모든 이들의 시선이 혜명에게 쏠렸다. 혜명은 미리 준비한 안건을 진행자에게 건넸다. 예정에 없던 안건 하나가 더 진행자의 손으로 넘어가자 예상하지 못한 일에 당황한 영호가 반발했다.

"이건 사전에 없던 안건이 아닙니까! 이사회 의결은 사전에 미리 통지를 해야 하는 것이 원칙이란 거, 모릅니까?"

"그래서 지금 사전 통지 하는 거 아닙니까. 그리고 내가 어떤 안건을 내놨을지 알고 이리 흥분하실까?"

"류혜명 관장!"

흔들림 없이 상대의 말에 맞받아치는 혜명에게 말로는 당할 재간이 없다는 것을 느낀 영호가 버럭 고함을 내질렀다. 그러자 혜명의 이맛살이 보기 싫은 사람이라도 본 듯 확 구겨졌다.

"말 상대가 되지 않으니까 소리치는 것으로 기선 제압하려나 본데, 미안하지만 그런다고 꺾일 기가 아니라서. 그리고 나도 누구 못지않게 목소리 크니까 큰 목소리 자랑하고 싶으면 야구장이나 축구장을 가. 거기에서는 마음껏 소리쳐도 아무도 뭐라 하지 않으니까."

따발총처럼 다다다 쏘아붙이는 혜명의 말에는 적의가 다분히 묻어났다. 칼로 찌르듯 적대심이 가득한 말로 상대를 쿡쿡 찔러 대고 있었다.

영호는 언젠가부터 혜명의 행보가 조금씩 달라지고 있음을 느껴 왔다. 원래부터 혜명은 중열의 편이었다. 조카인 태승보다도 남편이 회장이 되기를 바랐고 그렇게 행동해 왔다. 그런데 지금 보니 혜명은 완전한 조카의 편인 것 같다. 영호가 저도 모르게 고개를 돌려 표정 없이 앉아 있는 중열을 보고는 이 부부의 유통 기한이 끝났음을 알아차렸다.

"계속하죠."

더는 말이 없는 영호를 보던 혜명이 진행자를 촉구했다. 그러자 진행자가 압도될 것 같은 싸한 분위기를 환기시키며 진행을 이어 나갔다.

"류혜명 이사님께서 건넨 안건은……."

노란 봉투 속 서류를 꺼내 보던 진행자의 눈동자가 일순 흔들렸다가 멈추었다. 그러면서 속으로 또 한 번 장내가 아수라장이 될 것을 끔찍해 하며 입을 뗐다. 말할 때마다 분위기를 살피려는 그의 눈짓과 행동이 무척이나 애처로웠다.

"박중열 사장님의 해임 안건으로……."

또 한 번의 해임 안건이 나오자 이사들이 술렁였고 이어지는 말에 웅성대는 목소리가 커졌다.

"해임 상정 이유로는 유일 바이오컴 박중열 사장의 회계 부정 및 업무 상 횡령입니다."

이사들의 웅성거림이 잦아들며 잠시 정적이 흘렀다. 지금까지와는 차원이 다른 문제가 제기되자 소란스럽던 대회의실이 순식간에 조용해졌다. 그리고 처음으로 무표정했던 중열의 얼굴에 균열이 일었다. 잠시 얼이 빠져 있던 영호가 자리에서 일어나 불같이 화를 냈다.

"지금 대체 이게 무슨 짓입니까? 횡령이라뇨? 회계 부정이라뇨? 어디서 근거도 없는 말로 사람을 모함한단 말입니까!"

화를 내는 영호를 따라 다른 이사들도 하나같이 입을 모아 따지기 시작했다. 어느새 일만과 태승의 해임은 이사들의 머릿속에서 사라져 가고 있었다. 이윽고 혜명은 이 사태를 진정시킬 생각은 못 하고 넋이 나가 있는 진행자에게 서류와 같이 들어 있던 USB를 노트북에 꽂아 이미지 파일을 스크린에 띄웠다.

"박중열 사장이 만들어 놓은 차명 계좌와 내역들입니다. 친인척의 이름은 물론, 아무 관계도 없는 제삼자의 명의까지 도용했고, 그 계좌들을 통해 수백억대의 금액이 입금됐던데, 이에 대해 박중열 사장의 해명을 듣고 싶네요."

제 할 일을 마쳤다는 듯 혜명이 자리에 앉자 모든 이들의 시선이 이번에는 중열에게 꽂혔다. 화면에는 그가 저지른 불법 행위들이 낱낱이 공개되어 있었다. 중열의 눈에도 저것들은 모두 사실이었다. 실제로 자신이 갖고 있는 차명 계좌들이었고 입금된 금액도 모두 같았다. 한데 이를 어떻게 혜명이 가지고 있는 걸까. 중열의 눈동자가 거칠게 흔들렸다.

"박중열 사장, 대체 어떻게 된 겁니까? 저게 모두 사실입니까?"

이미 화면에 빼도 박도 못할 증거가 버젓이 있으니 중열은 꿀 먹은 벙어리가 될 수밖에 없었다. 이에 영호는 속으로 분노를 감추지 못했고, 저 정도의 확실한 증거라면 자신도 무사하지 못할 거란 생각에 빠르게 머리를 굴리고 있었다. 그 누구도 중열을 두둔해 주지 않았다. 조금 전만 해도 중열의 편에 섰던 이사들조차 눈을 내리깔고 묵언 수행 중이었다.

"입이 있으면 저것들이 사실인지 아닌지 말을 해 보세요! 설마 저것들이 전부 사실인 겁니까? 그럽니까, 박중열 사장!"

여전히 묵묵부답인 중열을 향해 다른 이사들의 재촉이 이어졌다. 그럼에도 중열은 태승과 혜명을 탓하며 지금 이 상황을 어떻게 빠져나갈지에만 몰두하고 있었다. 한쪽에서 중열을 응시하고 있던 태승이 입을 열었다.

"저 증거들은 언론에 보도될 걸 미리 받아 놓은 겁니다."

그러자 이사들이 일제히 태승을 쳐다보았다. 그러나 태승의 시선은 여전히 중열에게 향해 있었다. 이사들에게는 언론의 핑계를 댔지만 사실 저 증거들은 이미 검찰에 넘어간 뒤였다. 곧 검찰이 구속 영장을 갖고 이곳으로 올 것이다. 지금은 박중열이 눈치채고 도망갈 수 없도록 수를 쓰고 있는 것이다.

"이것들이 사실인지 아닌지는 금융 감독원의 감사와 검찰 조사로 밝혀지겠죠. 지금 이 자리에서는 이로 인해 일어날 앞으로의 문제를 어떻게 대처할 것인가, 이에 대한 대처 방법을 강구해야 할 겁니다."

모든 이사들이 태승의 말에 동감한다며 고개를 주억거렸다. 어느새 이사들은 태승의 지시를 기다리고 있었다. 그 모습을 지켜보는 중열은 죽을 것 같은 모멸감을 느꼈다. 지난 며칠 저들을 구워 삼기 위해 비위에도 맞지 않는 아부를 떨어 댔는데 결과는 전과 다를 바가 없었다. 자신의 편이었던 이사들이 지금은 자신을 안면 몰수하고 있다는 것이 아주 기가 막혔다.

"시기를 잠시 늦춰 놓은 것뿐, 곧 보도될 겁니다. 그렇게 되면 금융 감독원에서 감사를 나올 거고, 검찰에서는 자진 출석 명령이 떨어지겠죠. 그럼 그로 인한 주가 폭락이 따를 것이고, 우리가 강조해 온 투명 경영에 흠집이 생길 겁니다."

"그럼 어떻게 하면 되겠습니까?"

"지금으로서는 감사도, 검찰 출석도 막을 길이 없습니다. 감사는 감사대로 진행하고, 감사 결과에 따라 책임을 져야죠."

"그렇게 되면 기업 이미지에 큰 타격을 입게 될 텐데요."

"어차피 뭘 해도 이미지에 타격을 줄 수밖에 없습니다. 그렇다고 해서 결과에 대한 책임을 회피한다면 앞으로 우리 유일 그룹의 이미지 쇄신 기회는 없을 겁니다."

태승은 그 어느 때보다 단호한 목소리로 앞으로의 파장에 대해 언급했다. 그러면서 중열을 뚫어질 듯 응시했다. 그 시선이 느껴져 중열도 맞대응하듯 태승을 노려보았다. 동시에 머릿속으로는 방금 태승이 했던 말을 되짚었다. 조작된 회계 장부, 수사 그리고 책임. 결국 그 말은 그 어떤 변수가 일어나더라도 이 문제에서 벗어나기는 어려울 거라는 경고였다. 즉, 아무것도 하지 말라는 뜻이다.

중열이 제 앞에서 번뜩이는 눈으로 자신을 응시하고 있는 태승을 보다가 고개 돌려 픽 웃었다. 제 모든 계획이 틀어졌다. 보기 좋게 뒤통수를 맞았고, 그 어디에도 빠져나갈 구멍은 없었다. 난데없이 웃는 중열을 한 마리 맹수처럼 노려보던 태승이 이를 꽉 물었다. 이런 상황에서도 웃을 수 있다는 게 박중열답다 싶었다. 그는 아마 제 말의 뜻을 안 것이리라.

"저…… 그럼 이어서 박중열 사장의 해임 안건 상정은 다음 이사회에서 논의하는 것으로……."

중열이 숨 막히는 침묵 속에서 진땀을 뻘뻘 흘리며 겨우 운을 뗀 진행자의 말을 가로챘다.

"어차피 이사회는 이것으로 끝인 것 같으니 이쯤에서 가족끼리 이야기 좀 해 볼까요, 조카님?"

중열의 입에서 나온 가족이라는 단어에 태승의 표정이 한없이 일그러졌다. 할아버지의 병을 제 욕심 채우기에 이용했던 것도 모자라 고모에게 평생 씻을 수 없는 상처를 줘 놓고도 가족이란 단어를 입에 올리는 중열이 처음으로 인간 같아 보이지 않았다.

인상을 잔뜩 찌푸리며 중열을 보던 태승이 제 지시를 기다리고 있는 이사들을 향해 고개를 끄덕였다. 그러자 이사들이 일제히 대회의실을 빠져나갔다. 진행자 역시 태승에게 목례하고는 쏜살같이 이 자리를 벗어났다. 이제 대회의실에는 태승과 중열, 그리고 혜명만이 남았다.

"준비를 꽤 많이 했네, 우리 조카님이."

중열이 비웃듯 능글대자 분을 참지 못한 혜명이 소리쳤다.

"누구더러 조카래, 지금?"

고갤 돌려 혜명을 보는 중열의 얼굴에서 웃음이 사라졌다. 아까 이사들 앞에서 까발려지던 자신의 차명 계좌는 필시 혜명의 작품이었을 것이다. 그렇다면 그 계좌들은 누구의 손을 통해 혜명에게 전해졌을까. 그때까지도 중열은 해라가 그랬을 거라고는 생각도 하지 못했다.

"이게 당신 본심인가 보네. 하긴 피는 물보다 진하지."

중열은 자신의 편이었다가 조카의 편으로 돌아선 혜명을 대놓고 비웃었다. 그 비웃음을 본 태승은 속이 뒤틀리는 것 같았다. 다른 사람도 아닌 중열이 혜명을 비웃을 자격은 없었다.

"잘못 아셨어요. 피가 물보다 진하기 때문이 아니라 알아본 거죠. 누가 더 유일 그룹에 득이 될지."

중열의 눈썹이 씰룩거리며 위로 올라갔다. 그 말은 곧 자신이 득은 아니라는 말이다.

"내가 실일 만큼 한 게 없는데."

중열은 최대한 감정을 절제하려 애썼지만 구겨진 미간과, 경련하듯 떨리는 입술에서 분노를 전부 감추지는 못했다.

"하셨잖아요. 다 보셨고."

태승이 아직 끄지 않은 스크린 속 차명 계좌와 입금 내역들을 가리키며 사실을 확인시켜 주었다. 그러자 중열이 끓어오르는 분노를 터트리며 발악했다.

"저것들이 내가 이제껏 유일 그룹에 헌신해 왔던 내 모든 노력을 부정할 순 없어! 내가, 이 박중열이 지난 20년의 세월 동안 유일 그룹에 얼마를 벌어다 줬는지, 네가 알아?"

다른 것은 몰라도 유일 그룹이 자신의 헌신을 부정하는 일은 참을 수 없었다. 겨우 저것 하나로 20년간의 노력이 수포로 돌아갈 순 없다. 그 누구보다 유일 그룹이 이 땅에서 건실할 수 있도록 노력해 온 사람, 바로 자신이다. 누군가의 힘 때문이 아니라 오직 저 자신이 노력해서 온 자리였고, 그 자리에서 최선을 다한 것도 자신이다. 그것만은 부정당하고 싶지 않았다. 그 누구도 자신을 무시할 자격이 없다.

"내가 이룬 것들이야. 밑바닥부터 시작해서 이 자리까지 온 것도, 한낱 식품 회사에서 지금의 유일 그룹으로 명실상부하도록 만든 것도 나야. 네 아버지 교통사고 때문에 회사가 흔들릴 때도, 네 할아버지가 병 때문에 사리 분별하지 못할 때도 모두 내가 있기에 대유일 그룹이 번성할 수 있었던 거라고!"

중열은 피를 토하듯 자신이 유일 그룹을 위해 해 왔던 모든 노력에 대해서 열거했다. 그 사이사이에 굳이 말하지 않아도 되는 사람들을 언급한 것은 모두 태승을 자극하기 위함이다.

물론 자극이 되지 않았던 것은 아니다. 하지만 태승은 별 반응을 보이지 않았다. 그저 묵묵히 자신의 잘못을 인정하지 않고 현실을 부정하며 자신이 한 잘못을 정당화시키고 있는 어느 한 인간의 말을 듣고 있을 뿐. 어차피 마지막이다. 이렇게 얼굴 마주 보고 있는 것도, 들어 주는 것도. 어차피 마지막, 두 번 다시 없을 그런 마지막.

"그래서 저것도 정당하다는 겁니까?"

"뭐, 저거?"

태승이 말한 저것은 중열의 차명 계좌였다. 그러자 중열이 그게 뭐 별 거라도 되냐는 듯 비아냥댔다.

"저게 뭐 대수라고. 내가 일군 회사, 내가 좀 나눠 갖겠다는데, 그게 이토록 난리를 칠 일인가?"

이제까지는 중열의 말을 건성으로 듣던 태승의 표정이 순간 싸늘해졌다. 그는 아무도 모르게 불법으로 회계 장부를 조작하고 그렇게 취득한 돈으로 차명 계좌를 만들어 제 잇속을 챙긴 사람이다. 이미 선을 넘은 사람이니 일말의 죄책감이 남아 있진 않을 거라 생각했지만 이 정도의 인간 이하일 줄은 몰랐다. 적어도 자신이 저지른 죄에 대한 창피함, 부끄러움은 있을 줄 알았다.

"그룹 최고 경영자들 비자금 조성은 필수 코스야. 어느 한 명 그러지 않는 사람은 없지. 회사가 성장하면 가장 먼저 컨트롤 타워부터 만들어. 돈을 이리저리 굴릴 수 있는 컨트롤 타워. 그런 다음 법률 팀을 구성하지. 법망에 걸리지 않는 선에서 비자금을 조성할 수 있도록. 나뿐만이 아니라고!"

정말 입을 떡 벌어지게 만드는 어불성설이었다.

"내가 벌어 준 돈으로 성장한 회사. 가는 게 있으면 오는 것도 있어야지."

그는 득의양양하게 말했다. 이것이 변하지 않는 진리인 것처럼. 더 듣고 있을 수 없던 태승은 잘못된 부분을 지적하며 왜곡된 부분을 정정해 주었다.

"컨트롤 타워는 회사의 기둥이지 비자금 조성을 위한 게 아닙니다. 회사의 내실을 단단히 하기 위함이며, 위기를 극복하기 위해 세워지는 겁니다. 법률 팀 역시 법망 안에서 합법적인 일을 하기 위해서 구성되는 거고요. 다수가 그런 것을 대다수가 저지른 것처럼 정당화하지 마시죠."

태승이 불쾌하다는 표정으로 대꾸하자 중열이 반색하며 물었다.

"왜? 기분 나쁘니?"

기다린 반응이라 중열이 씩 웃었다. 그런 모습을 곁에서 보고 있는 혜명은 괴로웠다. 이런 인간과 지난 몇십 년 동안 살을 맞대고 살았다니. 예전 반짝이던 그 사람은 어디 가고 이토록 저열하고 추악한 인간만이 남아 있는지. 믿고 싶지 않았다.

중열이 태승에게 한 발 다가서며 물었다.

"너라고 다를 것 같아?"

"……."

그는 대답 없는 태승에게 어떤 반응이라도 이끌어 내고 싶은 사람처럼 도발했다.

"네 할아버지는? 네 할아버지라고 깨끗할까?"

저 수작에 넘어가지 않겠다고 다짐했지만 순간 들려온 할아버지라는 말에 태승이 주먹을 불끈 말아 쥐었다. 그 주먹을 본 혜명이 일촉즉발의 두 사람에게 한 발 다가섰다.

"그만 못 해?"

혜명은 중열을 죽일 듯 노려봤다. 한마디만 더 해 봐. 하지만 중열은 개의치 않았다. 이 싸움에서 불리한 사람이 저일지라도 자존심 하나로는 최강이니까.

"류혜명이 운영하는 갤러리도 조사해 봐. 먼지 티끌 하나 안 나오는 기업은 없으니까."

대놓고 조롱당한 혜명이 이를 악물었다. 치맛자락을 부여잡은 손이 하얗게 질렸다.

"아, 피는 물보다 진하다 했지. 이게 다 내가 피붙이가 아니라서 당한……."

순식간에 쥐고 있던 치맛자락을 놓은 혜명이 중열의 뺨을 쳐올렸다.

쫙 소리와 함께 돌아간 중열의 볼따구니는 불에 덴 듯 뜨거워지며 그 위로 손바닥 자국이 선명히 남았다. 중열의 1차 도발에도 참던 혜명이 이어진 2차 도발에는 인내심이 폭발한 것이다. 다른 누구도 아닌 박중열이 저를 농락하는 것도 모자라 자신의 조카와 아버지, 집안을 조롱하는 꼴을 더는 두고 볼 수가 없었다.

"저열하고 저속한 인간. 이런 당신을 믿고 살았었다니. 내가 내 발등을 찍었네."

혜명의 눈시울이 붉게 달궈졌다. 분노가 좀처럼 삭여지지 않았다.

지난 모든 날이 후회됐다. 처음 남편에게 반해 자존심 모두 내려놓고 쫓아다니다 겨우 그의 마음을 얻고, 또 결혼 후 예쁜 딸을 낳고 살던 지난날이 한순간에 지우고 싶은 치부가 되어 버렸다.

솔직히 지금도 믿기지가 않는다. 저 남자가 정말 제가 알던 그 사람이 맞는지, 청렴하고 정직했던 그때 그 남자가 맞는지. 자신이 반했던 건 바로 그 올곧음 때문이었는데.

노여운 얼굴로 중열을 노려보다가 지난 추억들이 떠오른 혜명의 표정이 순간 풀어졌다. 곧 그녀의 동공에 눈물이 고였다. 찰나였지만 혜명의 눈가가 젖어든 것을 본 중열의 눈동자도 아주 잠시 진동했다.

가까스로 감정을 추스른 혜명이 담담히 전했다.

"집으로 들어올 거 없어. 이제 당신과 나, 남남이야. 깔끔하게 협의 이혼 하는 것으로 해. 추잡하게 소송 걸어서 언론에 우리 부부일 까발려지고 해영이는 상처받고. 나 그런 꼴 못 봐."

처음 남편의 불륜 사실을 알았을 때, 그녀는 그와 이혼해 줄 생각이 없었다. 하더라도 소송으로 앙갚음해 줄 생각이었다. 하지만 그 과정에서 상처받을 사람은 혜명도, 중열도 아닌 해영이다. 부부 사이는 이혼하면 끝이라지만 부모와 자식 관계는 천륜이다. 끊는다고 해서 끊을 수 없는 관계.

소송에 들어갈 경우 분명 부부의 일이 세간에 알려질 것이고, 그렇게 되면 해영은 상처받을 것이다. 그 꼴만은 볼 수 없던 혜명이 분하고 억울하지만 협의 이혼을 먼저 제안한 것이다. 그가 생각이 있는 아버지라면 이것을 받아들일 거라 생각했다.

"행여나 재산 분할 청구할 생각은 마. 당신은 그럴 자격 없는 사람이니까. 어차피 당신, 구속은 피하기 어려울 거야. 만에 하나 구속을 피하더라도 회사에 당신 자린 없으니까 괜히 기운 빼지 마. 암만 발악해도 당신은 이미 중죄야. 당신도 알잖아. 이 증거가 있는 한 빼도 박도 못한다는 거."

"야, 류혜명."

중열이 이를 바득바득 갈았다. 하지만 뭐라 대꾸할 말이 없었다. 저 증거가 사라지지 않는 한 자신은 발뺌할 수 없다는 사실을 그 스스로도 잘 알았다.

"태승아."

"네, 고모."

"난 얘기 다 끝냈어. 마무리하렴."

할 말을 모두 끝낸 혜명이 태승에게 바톤을 넘기며 한 발 뒤로 물러섰다. 그 모습을 보며 중열은 완전히 당했단 생각을 떨칠 수 없었다.

이번에는 태승이 중열에게 가까이 다가가 그의 어깨를 잡고 의자에 앉혔다. 위에서 내려다보는 시선이 어쩐지 죄인에게 마지막을 선고하는 것 같았다.

"박중열 씨, 아시겠지만 선처는 없을 겁니다. 앞서 이사들 앞에서는 언론에 보도될 걸 미리 받아 놓은 거라고 했지만 이미 저 증거들은 검찰에 넘긴 상탭니다. 당신이 빠져나갈 곳은 어디에도 없단 뜻입니다."

"……."

예상은 했지만 이렇게 빠를 순 없었다. 당했다는 표현만으로는 부족했다. 헛웃음이 절로 나왔다.

"저 증거만으로도 당신의 죄를 입증하기는 충분하나 방금 당신이 스스로 죄를 시인했네요."

"⋯⋯허."

박중열의 동공에 핏발이 섰다. 속은 이미 엉망이었다. 자신이 꾸민 판에 그들이 아닌 저 자신이 빠졌고 완벽하게 함락당했다. 이렇게 당할 순 없는데. 인정하기 싫었으나 도망칠 곳은 없다는 게 뼈아팠다.

"검찰 조사 성실히 받으십시오."

"너 이 새끼!"

그 말을 끝으로 대회의실 문이 열리며 검사들이 빠르게 안으로 들어섰다. 검찰에서 나왔다는 소리와 함께 중열의 두 손목에 차가운 수갑이 채워졌다. 믿을 수 없는 현실 앞에 이성을 잃은 중열이 소리쳤다.

"내가 검찰에 가서 무슨 소리를 할 줄 알고! 나만 죽을 것 같아? 이대로 끝일 것 같지? 천만에! 내가 꼭 돌아와서 네들 전부 엿 먹이고 말 거야!"

끌려가면서도 발악하며 몸부림치는 중열을 모두가 안타까이 바라보았다. 추악한 인간은 마지막까지도 추잡했다.

중열이 검찰에게 잡혀가고 난 뒤, 대회의실에는 태승과 혜명만이 남았다. 두 사람만이 남은 공간은 적막했다.

"고모."

"어? 어. 그래."

잠시 허공을 응시하던 혜명이 고개를 돌려 태승을 바라보았다.

"괜찮으세요?"

"응. 괜찮아. 넌 할 일 해. 아버지는 내가 챙길게."

하는 말은 더없이 담담했지만 걸음을 내디딘 순간 혜명이 휘청거렸다. 다리에서 힘이 쭉 빠졌다. 종이처럼 흔들리는 혜명의 팔을 태승이 단단히 붙잡았다.

"같이 가요."

금방이라도 쓰러질 사람처럼 혜명의 얼굴이 하얗게 질려 있었다. 이런 상태로는 그녀를 혼자 보낼 수 없어 태승이 혜명을 부축했다.

\* \* \*

일만과 혜명이 탄 차가 유일 그룹 본사 앞을 지나갔다. 서서히 멀어져 가는 차를 바라보던 태승의 뒤로 그의 전용차가 다가와 섰다. 조수석에서 내린 재호가 뒷좌석 문을 열어 주었다.

그 차도 본사 건물을 빠져나와 서울 모처에 있는 한정식집 앞에 도착했다. 차에서 내린 태승이 안으로 들어가지 않고 입구 앞에서 건물을 올려보았다.

그는 오늘 이곳에서 이성찬 총장을 만나기로 했다. 그에 대한 신상 정보를 조사하면서 사진으로 본 게 전부였기에 실물을 보는 것은 이번이 처음이었다. 그래서 그 실물이 궁금하기도 했다. 대체 어떤 얼굴이면 사람을 그렇게 만들 수 있는 걸까. 실로 그 낯짝이 궁금했다.

"안 들어가십니까?"

보다 못한 재호가 재촉하고 나서야 태승이 걸음을 뗐다.

안으로 들어가 예약자 이름을 말하니 곱게 한복을 차려입은 종업원이 두 사람을 안내했다. 긴 복도를 걷는 그의 양옆에는 여러 룸들이 줄지어 서 있었다. 가장 안쪽에서 두 번째 방 앞에 선 종업원이 미닫이문을 양쪽으로 활짝 열었다. 마침 안에 있던 사람이 자리에서 일어났고 태승은 열린 문 안으로 들어가 그 사람과 마주 보았다. 남자는 사진에서 보던 것보다도 더 왜소했고 머리카락이 희끗희끗한 게 나이가 지긋해 보였다.

"처음 뵙겠습니다. 이성찬입니다."

남자가 먼저 자신을 소개했다. 그때까지도 태승은 성찬의 웃는 눈을 바라만 보고 있었다. 그러다 성찬이 내민 오른손을 내려다보았다. 얼굴은 분명 웃는 인상인데 어딘가 묘한 거부감이 든다. 이 거부감은 제가 이미 이 사람의 다른 이면을 알아서일까.

"아, 네. 류태승입니다."

성찬은 조금 늦게 제 손을 잡는 태승을 보며 고개를 갸웃했지만 그의 행동을 대수롭지 않게 생각했다.

"처음 연락을 받고 굉장히 놀랐습니다. 대부분 저희 대학교와 산학 협력을 맺길 원하는 기업들은 중소기업들이 전부였는데, 이렇게 대유일 그룹에서 먼저 연락을 주셨으니."

성찬은 벅차다는 듯 고마움을 과하게 표현했다. 그 모습을 놓치지 않고 성찬을 주시하던 태승이 정무를 볼 때면 나오는 비즈니스 표 미소를 지어 보였다.

"저희가 일하는 방식이 일반적이지 않기는 하죠. 그동안 명성 대학교와 산학 협력을 체결한 기업들의 성과를 주시해 왔습니다. 저희 기업에서도 다가오는 4차 산업 혁명에 대비하여 신사업을 기획하고 있습니다. 그를 위한 전문 인력들은 많은 반면에, 각 기업이 직면하고 있는 현실적인 문제를 현명하게 해결해 줄 손이 부족한 편입니다. 그래서 생각해 낸 것이 산학 협력 업무 체결이었고요."

"그동안 쭉 주시해 왔다고 하시니 드리는 말씀인데, 요즘 많은 기업에서 저희 측으로 산학 협력 체결 제안을 해 오고 있습니다. 지금까지 저희 대학에서 각 기업체들과 만들어 낸 결과만 보더라도 많이 놀랄 정도니까요."

태승은 본론은 숨기고 계속해서 업무와 관련한 이야기를 주고받았다. 성찬도 태승의 이야기를 진지하게 들었고 태승도 마찬가지였다.

"새로운 사업 발굴에 있어 학생들의 창의적인 아이디어와 저희의 전문 인력이 더해진다면 그 시너지는 상당할 거라는 생각입니다. 물론 양쪽이

얻는 이익도 대단하겠지요. 학교는 학생들에게 현장 경험과 실무 경험 및 노하우, 더 나아가 인턴 및 취업의 기회를 제공해 줄 것이고, 반대로 저희는 학생들과의 공동 연구 개발로 인해 새로운 사업을 발굴하고, 또 기업이 성장하는 원동력을 만들어 낼 수 있을 테고요."

성찬은 태승의 말에 동감하며 고개를 끄덕이다 이내 한마디를 덧붙였다.

"저희와의 산학 협력 MOU를 맺게 되면 기업 이미지 쇄신에도 도움이 되겠네요."

앞에 놓인 물 잔을 집으려던 태승이 순간 날카로워진 눈빛으로 바로 앞에 앉은 성찬을 바라보았다. 뭘 알고 묻는 것일까 싶지만 오늘 일어난 일을 그가 알 턱이 없었다. 마찬가지로 태승의 반응을 눈여겨보던 성찬이 눈에 띄게 굳은 표정의 태승을 보고선 얼른 사과했다.

"아, 죄송합니다. 나이가 들면서 사회 전반에 관심이 많아져서요. 또 경영학과 교수로 오랜 세월 학생들을 가르치다 보니. 세 살 버릇이 어디 가겠습니까."

핑계다. 성찬은 유일 그룹에서부터 산학 협력 제의를 받자마자 정보 팀을 총동원해 그들의 속셈이 무엇인지, 이를 통해 유일 그룹이 얻는 것이 무엇인지를 파악했다. 그렇게 해서 알아낸 정보는 현재 유일 그룹이 차기 경영 승계를 놓고 박중열 사장과 류태승 사장이 맞대결을 하고 있다는 것이었다.

또한 공공연하게는 류일만 회장의 장손인 류태승 사장이 경영권을 이어받을 것이라고 하지만, 내부적으로는 유일 바이오를 지금의 자리까지 오를 수 있게 이끈 박중열 사장의 이야기가 더 많이 나오고 있다고 했다. 그런데도 어차피 유일 그룹 차기 회장 자리는 핏줄인 태승에게 돌아가겠지만.

다 그런 것 아니겠는가. 유일 그룹이라고 해서 자신들이 세운 기업을 다른 성씨를 가진 사람들에게 넘어가게 두지는 않을 거다. 그렇다면 우리 대학과 MOU를 체결하겠다는 건 이로써 자신들의 기업 이미지를 쇄신시켜 보겠다는 뜻이겠지.

거기까지 생각을 마친 성찬이 걱정스러운 얼굴로 물었다.

"아, 회장님 건강은 괜찮으십니까? 뉴스 봤습니다."

"괜찮으십니다."

"다행이네요. 그 병이, 참 쉽지 않은데. 저희 어머니도 알츠하이머로 돌아가셨거든요."

별로 듣고 싶지 않은 시시콜콜한 이야기가 꽤 길어졌다. 태승은 그저 무표정한 얼굴로 간간히 대답만 해 주었다.

"그나저나 결혼하신다면서요. 그것도 기사로 봤습니다."

성찬은 꽤나 유일 그룹에 관심이 많은 것 같았다. 아까부터 뉴스 이야기를 하는 것을 보면 그랬다. 물론 유일 그룹이 세간의 관심을 받는 것은 당연한 일이기도 하다. 신문 경제면에서는 늘 이들의 기사를 다루곤 했으니까.

"축하드립니다."

"감사합니다."

태승이 예의상의 미소로 답했다. 그러자 성찬이 더 구체적으로 묻기 시작했다.

"어떤 분이신지 정말 좋으시겠어요. 이렇게 미남자를. 그것도 대 유일 그룹 후계자 되실 분을 애인으로 두시다니. 아, 그분도 같은 재벌이시겠군요."

"아니요. 평범한 사람입니다."

"아, 네."

"그러고 보니 저희 장인어른께서도 교수님이셨거든요."

일부러 한 말이었다. 윤석현이라는 이름을 들었을 때, 그가 어떤 얼굴을 할지. 그 반응이 보고 싶었다. 제 앞에서는 태연한 척하겠지만 인간으로 해선 안 될 짓을 했던 사람이라면 분명 남다른 반응을 보일 것이다. 태승은 그 반응을 보고 이 사람이 석현을 해쳤는지를 확인하려 했다.

"아, 그렇습니까? 어느 대학에 근무하시나요?"

성찬은 반가운 말을 들었다는 것처럼 반색하며 물었다.

"명성 대학교에서 근무하셨습니다. 인문학부셨고요."

"네? 저희 학교요? 아, 그래서 저희 학교에 산학 협력 제안을 하신 거였군요?"

"그런 이유도 없지 않죠."

"하하. 이거 참 인연이네요. 아, 인문학부 어느 학과신가요? 그분 성함이?"

성찬의 얼굴엔 미소가 만연했다. 명성 대학교라면 현재 자신이 총장으로 있는 제 학교였기 때문이다. 그렇담 이름만 들어도 어느 학과, 누구인지 알 수 있다. 설령 모르는 사람이라도 내일 당장 불러 직접 얼굴을 볼 수도 있다. 아까 태승이 한 말처럼 그게 이유의 전부는 아니더라도 어쨌거나 제게 도움이 된 사람이니 감사의 마음이라도 표현하고 싶었다.

태승은 기대에 찬 성찬의 표정을 보며 과연 그 이름을 듣고도 저 표정 그대로일 수 있을지, 생각했다. 과연 이성찬 총장은 어떤 반응을 보일까.

"윤……석현 교수님이십니다."

태승의 입에서 낯설지 않은 이름이 나왔고, 그 이름을 듣는 성찬의 표정에서 웃음기가 점점 옅어지다 이내 사라졌다. 대체 자신이 누구의 이름을 들은 건지 분명하지가 않았다.

"현재는 학교에 계시지 않습니다. 돌아가셨거든요."

웃음기가 싹 가신 성찬의 얼굴을 보면서 태승은 확인 사살하듯 방금 당신이 들은 그 이름이 맞단 사실을 확인시켜 주었다.

"듣기론 많은 제자를 두셨고 그 제자들로부터 많은 사랑을 받으셨다고 들었습니다. 교내 평판도 좋으셨고. 이 총장님과도 같은 동료셨다고 들었습니다."

"……아, ……아."

무슨 말을 해야겠는데 너무 놀라서인지 입이 떨어지지 않았다. 자꾸만 입술이 메말라 침으로 바짝 마른 입술을 축여 보지만 역부족이었다.

"사고로 작고하셨다는데…… 그런 훌륭하신 분이 그런 선택을 하셨다는 게 아직도 믿기지 않네요."

태승은 아직 눈에 띄는 반응을 보이지 않는 성찬을 자극하기 위해 계속 말을 이었다. 그러나 성찬은 이 대화를 피하고만 싶었다. 그만 말했으면 좋겠는데 이 눈치도 없는 놈은 자꾸만 그 이름을 꺼내고 죽은 그놈을 입에 올린다. 아주 죽을 맛이었다.

"어떤 분이셨는지요, 총장님?"

"예…… 예? 뭐, 뭐를요?"

태승이 갑자기 자신을 부르니 성찬이 흠칫 놀랐다. 예사롭지 않은 반응에 태승의 눈썹이 움찔댔다.

"아…… 제가 잠시 딴생각을. 뭐라고 하셨죠?"

아무렇지 않은 척해 보려고 물컵을 잡았지만 순간 손에서 힘이 빠져 잔을 놓쳐 버렸다. 쨍그랑. 테이블 아래로 떨어진 유리컵이 깨져 산산조각이 났다. 이에 더욱더 놀란 성찬이 말을 얼버무리며 자리에서 일어났다.

"가, 가 봐야겠습니다. 아직 학교에 일이 남기도 했고요."

"괜찮으십니까? 어디 다치신 곳은?"

"없습니다!"

걱정스레 묻는 태승에게 버럭 소리친 성찬이 인사도 않고 자리를 빠져나갔다. 룸에 혼자 남은 태승은 이로써 확신했다. 윤석현 교수 살인 사건에 이성찬 총장도 직결되어 있다는 것을.

* * *

비틀거리며 식당을 나온 성찬의 얼굴이 하얗게 질려 있었다. 그는 귀신이라도 본 사람처럼 연신 뒤를 돌아보며 식당에서 멀지 않은 곳에 주차해 둔 제 차에 올라 문부터 걸어 잠갔다. 그제야 안심이 된 성찬은 운전대를 잡고 헐떡거리며 막히는 숨을 골랐다.

태승에게 수상한 반응을 보였단 생각은 이미 뒷전이었다. 그 이름을 듣는 순간 숨이 막혀 왔다. 전혀 예상하지 못한 자리에서 그 이름을 들으니 패닉이 온 것이다. 잊었다 생각했는데 아니었다. 솔직히 잊어버릴 수가 없는 일이기도 했다. 처음이다. 제 앞에서 사람이 죽어 가는 모습을 지켜본 건. 아무것도 하지 않고 죽어 가는 사람을 그렇게 죽도록 내버려 둔 건.

정신이 들었을 땐 이미 늦은 뒤였다. 그는 죽었고 그를 죽음으로 내몬 사람은 저였다. 적당히 협박만 할 생각이었지만 윤 교수의 행동이 박진한 회장의 심기를 거슬리게 했다. 게다가 학교가 무너지는 꼴은 볼 수 없었다. 윤 교수만 없으면 학교는 제 것이 될 수 있는데, 코앞에서 모든 것을 잃을 순 없었다. 그래서 그를 죽이라는 박진한 회장의 명령을 거스를 수 없었다.

그날, 자신은 윤 교수에게 그의 딸을 두고 협박했다. 당신이 그만두지 않으면 박진한 회장은 당신 딸을 가만두지 않을 거라고. 그러자 윤 교수는 바로 굴복했다. 석현이 교수직에서 물러나겠다고 했지만 박 회장은 그를 죽일 뜻을 접지 않았다. 자신은 어쩔 수 없이 갖고 갔던 잭나이프를 석현에게 건네주었다. 선택은 당신 몫이라고도 했다.

윤 교수는 순순히 자필 유서를 썼다. 그런 다음 그 칼로 제 손목을 그었다. 그의 몸에 남아 있던 피가 빠지는 것은 순식간이었다. 그의 팔을 타고 흐르는 시뻘건 피는 뜨거웠고 온 바닥이 그의 피로 물들었다.

성찬은 넋을 놓고 있다 서둘러 그곳을 빠져나왔다. 어차피 그 방에는 제 흔적이 없었다. 그럴 줄 알고 두 손에는 장갑을, 발에는 비닐봉지를 씌웠다. 그럼에도 제 손으로 그를 죽였단 사실은 지워지지 않았다. 앞으로도 영원히 지울 수 없을 거다. 윤 교수를 죽인 것은 바로 저 자신이다.

눈물이 흘렀다. 왜 3년이 지나고서야 눈물이 나는 걸까. 왜 아직도……. 왜 그때에서 벗어날 수 없는 걸까. 지워지지 않을 거라는 것을 알면서도 지워지길 바랐던 걸까.

그는 운전대를 안고 한참을 흐느꼈다. 그렇게 흐느끼다 태승이 자신을 찾아온 이유와, 그가 윤 교수의 죽음을 안타까워하면서 은근히 그 일을 캐묻는 것 같았던 그 대화를 다시 떠올렸다. 분명 뭔가 있다. 어디론가 전화를 건 성찬은 의문의 사람과 꽤 오랫동안 통화했다.

* * *

"볼일 다 끝나셨어요?"

재호가 옆방에서 식사를 마칠 때쯤 유리 깨지는 소리와 함께 헐레벌떡 뛰쳐나오는 성찬을 의아하게 바라보다, 곧 그 문을 열고 나오는 태승을 보며 물었다.

"무슨 일 있으셨어요? 요란한소리가 나던데."

그가 나온 방을 기웃거리니 바닥에 산산조각 나 있는 유리 파편이 보였다.

"다치신 곳은요?"

"없어. 이성찬은?"

"방금 아연실색한 얼굴로 나가던데요. 무슨 일이에요?"

"아무래도 내가 짐작한 게 맞는 것 같아."

"짐작한 것이라면 설마!"

태승은 경악 어린 표정을 짓는 재호를 보다가 한숨을 뱉었다. 산을 넘으니 또 다른 산이 기다리고 있는 것만 같은 기분이었다. 암만 인생이 순조롭지 않다 해도 이건 너무하다는 생각이 들었다. 본디 신은 인간이 견딜 수 있을 만큼의 시련만 준다고 하던데, 왜 이토록 슬에게 잔인하게 구는 건지. 그녀가 무슨 잘못을 했다고.

"본가로 가실 거죠?"

"아니. 슬에게 갈 거야. 오늘 데이트하기로 했거든."

"데이트요?"

"응. 너 먼저 택시 타고 가. 차는 내가 갖고 갈 테니까."

재호를 뒤로하고 운전대를 잡은 태승은 곧바로 시동을 걸고 차를 출발시켰다. 기다리고 있을 그녀에게 가기 위해 속력도 높였다. 슬에게 가는 지금 이 순간, 그의 마음이 쿵쿵 울리고 있다. 이 심장은 오직 그녀를 향해서만 뛰었다. 그녀를 구했던 날부터 시작한 울림이었다. 아마 이 울림은 죽어서도 멎지 않을 거다.

조금 전, 태승은 신이 그녀에게만 가혹한 것 같다고 했다. 또 신은 인간에게 견딜 수 있을 만큼의 시련만 준다고도 했다. 누구에게나 공평한 신. 신은 그녀에게 고난을 안겨 주었지만 상도 주었다. 그 시련을 같이 견디고 극복할 수 있는 오롯한 그녀의 편을 주었다. 지랄 맞은 운명을 함께 극복하고 견뎌 줄 사람을 보냈다. 그런 사람이 슬에게 가고 있었다.

\* \* \*

태승이 출근한 뒤, 슬도 서둘러 그의 본가로 들어왔다. 오랜만에 보는 남희와 간단히 인사를 나눈 슬은 그녀를 도와 집안일도 했다. 남희가 설거지를 할 동안 슬은 거실을 시작으로 할아버지 방, 2층에 있는 거실, 그리고 그의 방까지 청소했다. 그 후에는 남희와 같이 장을 봐 왔고 저녁 준비를 하고 있을 즈음, 혜명으로부터 일만과 함께 집으로 가고 있다는 연락을 받았다.

그때서야 이사회가 끝났음을 알고 슬은 TV를 켰다. 채널을 돌리자 때마침 유일 그룹과 관련한 속보가 나오고 있었다. 유일 그룹 계열사인 유일 바이오컴 박중열 사장이 회계 장부 조작 및 업무상 횡령, 거액의 비자금 조성 그리고 조세 포탈죄로 구속됐다는 소식이었다.

아마 이 사건으로 인해 유일 그룹의 이미지는 물론이고, 이제껏 쌓아 온 신뢰도는 바닥을 칠 것이다. 그뿐 아니라 주가는 폭락할 것이고, 유일 바이오컴에서 준비하고 있던 신약 개발에도 차질이 생겨 그로 인한 손실이 수천억 이상 발생될 것이다. 한 사람의 잘못된 행동이 불러온 피해는 상상 그 이상이었다.

뉴스를 보는 슬의 표정이 심각해졌다.

"오늘은 집 안이 온통 심란하겠구먼."

함께 뉴스를 보고 있던 남희가 혀를 끌끌 찼다.

"저녁 식사는 완료됐고. 회장님도 곧 오신다고 하니까 상 차려야겠네."

일어나는 남희를 따라 자리에서 엉덩이를 뗀 슬이 말했다.

"저도 도울게요."

아무래도 오늘 나가서 데이트를 할 수는 없을 것 같았다. 뉴스 속보를 통해 소식을 전해 듣는 저도 이렇게 마음이 울적하고 심란한데 당사자인 그는 오죽할까 싶었다. 설령 데이트를 한다고 하더라도 도저히 기분이 나지 않을 것 같아 오늘은 집으로 오라고 문자를 보내려던 찰나에 현관문이 열리는 소리가 들려 슬은 휴대폰을 도로 주머니에 넣었다.

현관으로 나가 보니 실내화를 신고 있는 혜명과, 김 기사의 두 손에 의지한 채 휠체어에 실려 들어오는 일만의 모습이 보였다.

"오셨어요?"

잘 다녀오셨냐는 물음조차 조심스러워 오셨냐는 물음으로 대신했다. 혜명은 미소로 답했고 일만은 피곤해 보였다.

"김 기사, 회장님 안방으로 모셔요."

김 기사는 일만을 태운 휠체어를 안방까지 끌었고, 남희가 뒤따라 들어갔다. 반대로 혜명은 거실 소파로 걸어가 앉았다. 머리는 지끈거렸고 두 다리엔 힘이 들어가지 않았다. 이사회부터 남편이 검찰 손에 끌려간 과정까지 꽤나 긴장했던 모양이다. 모든 것이 끝났다 생각하자마자 긴장이 풀리면서 머리가 아리더니 제대로 몸살 올 것 같다.

"머리 아프세요?"

슬이 지끈거리는 관자놀이에서 손을 떼지 않는 혜명의 모습을 보고 물었다.

"응. 좀 그러네."

"물이랑 같이 드세요."

그러고는 두통약 두 알과 물을 가지고 와 같이 건네주었다. 슬이 준 약을 삼킨 혜명이 끙 소리를 내며 몸을 온전히 뒤로 젖혔다. 이제야 좀 살 것 같았다.

"태승인 일 보랬어. 아버지는 내가 챙긴다고 하고."

"네. 고모님도 좀 쉬세요. 저녁 금방 차릴게요."

"아니야. 입맛이 좀 없네."

"그래도……."

"나중에 먹을게. 그나저나 내 딸 아직 못 봤지?"

서둘러 저녁을 차리려는 슬을 저지한 혜명이 휴대폰 갤러리 속 해영의 사진을 꺼내 보여 주었다.

"얘야, 내 딸. 해영이."

혜명은 아예 휴대폰을 슬 쪽으로 기울여 주었다. 사진 속에서 해영은 푸른 바다를 배경으로 해맑게 웃고 있었다. 슬은 해영을 오늘 처음 보는 거였지만 어쩐지 낯설지가 않다는 느낌을 받았다. 특히 웃는 모습이 혜명과도, 태승과도 닮아 있었다.

"예쁘네요. 웃는 모습이 고모님이랑 많이 닮았는데요."

"그치? 나랑 더 닮았지?"

"네. 똑 닮았어요. 태승 씨하고도 닮았고."

"그야 우리 류씨 핏줄이니까."

슬과 함께 해영의 사진을 보며 웃던 혜명의 얼굴에서 웃음기가 서서히 사라졌다. 벼르고 벼르다 중열에게 한 방을 먹인 오늘이었지만, 마음은 시원하지도 통쾌하지도 않았다. 가장 큰 이유는 바로 해영 때문이었다. 자신에게는 죽도록 미운 남편이고 이혼하면 끝인 사이지만, 해영에게는 하나뿐인 아빠였다. 그런 아빠가 구속됐다는 소식은 상처가 될 게 당연했다. 그래서 혜명은 내내 해영이 마음에 걸렸다.

해영이 이 소식을 조금이라도 늦게 알았으면 해서 한국에 살 때 친하게 지내던 친구들과 해외로 여행을 보낸 상태였다. 여행을 가서도 휴대폰으로 소식을 접하려면 접할 수 있겠지만 곧 기자들도 몰려 와 시끄러울 테니 한국보다는 해외에 있는 것이 더 낫겠다 싶었다.

그런데 지금 보니 괜히 보냈나 싶은 생각이 든다. 해영이 보고 싶었다. 눈에 넣어도 아프지 않은 내 새끼, 내 딸. 그제야 혜명의 눈에서 눈물이 터졌다. 내내 참고 참았던 눈물이었다. 그래서 더 서럽고 서러웠다.

갑작스러운 혜명의 눈물에도 슬은 당황하지 않고 그녀의 곁에 앉아 손을 꼭 잡아 주었다. 그녀가 현재 어떠한 심정일지 정확히 알 수는 없지만 짐작은 할 수 있었다.

검찰에 붙잡혀 간 남편보다도 하나뿐인 딸이 더 걱정일 엄마. 엄마로서 딸에게 더없이 큰 상처를 줬다는 자책과 죄책감. 나름 행복했던 17년의 결혼 생활이 이토록 허무하게 끝나 버렸다는 서글픔 등의 감정이 그녀의 마음을 더욱 복잡하게 만들고 있을 것이다. 그 어떤 말도 위로가 되지 않을 것 같았지만 그래도 위로의 말을 건네 본다.

"고모님은 최선을 다 하셨어요. 해영이도 분명 고모님의 마음을 알아 줄 거예요."

* * *

해가 지고 하늘이 어둑해진 저녁, 오늘 하루가 많이 고단했던 혜명과 일만은 일찍 잠에 들었고, 슬은 남희와 나머지 뒷정리를 하고 있던 중에 태승에게서 전화가 걸려 와 받아 들었다. 집 앞에 와 있다는 그의 말에 빨리 들어오라고 했지만 그는 완강했다.

벌써 8시가 훨씬 넘은 시각이었다. 이 시간이면 번화가에 사람도 많을 것이고, 오늘 일도 그렇고, 데이트를 할 날이 아닌 것 같아 다음에 가자고 했는데 기어코 나가자고 하니 슬은 어쩔 수 없이 이모님께 양해를 구하고 가방을 챙겨 밖으로 나갔다.

현관을 지나 넓은 정원 돌계단 아래 대문을 열자 그의 차가 가까이에 정차해 있는 게 보였다.

차 문을 열자 오늘 아침에 출근하던 복장보다는 약간 흐트러진 차림의 그가 부드럽게 미소를 짓고 있는 모습이 보였다.

"그냥 들어가죠. 할아버님도 편찮으시고 고모님도 안 좋으신데……."

슬이 집안 분위기를 생각해 들어가자고 했지만 그는 뜻을 굽히지 않았다.

"오늘이 우리 첫 데이트잖아. 정식으로 하는 첫 데이트."

"그래도……."

"그럼 드라이브만 잠깐 하고 들어가자. 응?"

여느 때와 다른 태승의 태도가 신경 쓰였던 슬이 그를 걱정 가득한 시선으로 바라보았다. 혹시 자신 모르게 무슨 일이 있었던 걸까 싶어 슬이 고개를 끄덕였다. 그런 슬을 바라본 그가 웃으며 차를 출발시켰다.

깊어 가는 밤, 그들을 태운 차는 동작 대교 다리 위를 달리고 있었다. 그 아래로 반짝이는 한강과 야경이 매우 아름다웠다. 아주 오랜만에 보는 풍경이기도 했다. 요즘은 하도 여러 일들이 동시 다발적으로 일어난 탓에 일상의 여유를 느끼지 못했다. 그래서인지 지금 이 순간이 참 소중하게 느껴졌다.

"슬아."

창밖만 보고 있던 슬의 시선이 그 부름에 그에게로 옮겨졌다.

"넌 나랑 데이트하면 뭘 가장 해 보고 싶었어?"

태승은 내심 대단한 무언가를 기대하는 눈치였지만 정작 슬이 말한 건 아주 작고 사소한 것들이었다.

"음…… 손잡고 길거리 돌아다니기, 아주 매운 떡볶이 먹기, 전통시장에서 장 봐서 맛있는 음식 해 먹기, 정하지 않고 무작정 바다로 여행 가기, 집에서 공포 영화 보기……."

슬은 그동안 하고 싶었던 게 많았던 듯 끝도 없이 읊었다. 그러자 그가 슬의 말을 잠시 끊으며 당황해했다.

"잠깐. 나랑 해 보고 싶었던 게 그렇게나 많았어?"

슬이 고개를 끄덕거리다 이어서 말했다.

"나도 내가 이렇게 많이 뭔가를 해 보고 싶다고 생각한 건 처음이에요. 그동안은 이런 건 생각 못 하고 살았으니까."

슬도 놀란 것은 마찬가지였다. 그를 만나지 못했더라면 이런 생각 자체를 할 수 없었을 것이다. 감히 그런 엄두도 내지 않았겠지. 그러나 지금은 그를 만나지 못했다면 어땠을까 상상도 되지 않는다. 생각만으로도 끔찍했다. 그가 없다는 가정은 꿈에서도 하고 싶지 않다. 그만큼 슬에게 있어 태승은 소중한 사람이었다.

애틋해진 태승이 운전대를 붙잡고 있던 한 손을 내려 슬의 손등을 덮었다.

"그럼 태승 씨는요? 나랑 해 보고 싶었던 거 있어요?"

"그럼. 당연히 있지."

"뭔데요?"

"궁금해?"

고개를 갸웃하는 슬에게 태승이 의미심장한 미소를 지었다. 그러더니 속력을 높여 동작 대교를 지나 어느 한 건물 주차장으로 들어갔다. 대체 어디를 가느냐는 물음에도 대답해 주지 않아 답답했는데, 슬은 지하 엘리베이터 9층 버튼 아래에 붙어 있는 시네마라는 단어를 보고 이곳이 어딘지 알아차릴 수 있었다. 그가 슬을 데려간 곳은 다름 아닌 영화관이었다.

"나랑 가장 하고 싶었던 게 영화 보는 거였어요?"

슬은 너무 황당해서 물었는데 그는 천진난만하게 그렇다고 대답했다. 조금 전, 슬이 하고 싶다고 했던 것들도 그랬고, 지금 그가 끌고 온 곳도 전혀 특별하지 않았다. 더없이 평범했고 사소한 것들이었다. 그런데도 그들에겐 이것마저 특별했다.

"이 영화로 예매했는데, 어때?"

"예매도 했어요?"

그 정신에 어떻게 예매를 했을까 싶어 물으니 그가 또 천연덕스럽게 고개를 끄덕였다. 아까 집 앞에서 슬을 기다릴 때 예매해 둔 영화였다.

"내 취향은 액션인데, 슬이 넌 액션 안 좋아할 것 같아서 가장 평점 높은 영화로 골랐어."

영화는 요즘 큰 인기를 끌고 있는 좀비 영화였다. 주인공은 대한민국에서 여자든 남자든 모두가 인정할 만큼의 외모와 연기력을 가진 가장 인기 많은 영화배우였다. TV에서 광고를 보고 재미있겠다고 생각했던 영화여서 기대가 됐다.

"팝콘 먹을까?"

태승은 주변 사람들이 하나씩 들고 있는 팝콘과 콜라를 보며 물었고 이런 건 한 번도 사 본 적 없을 그를 대신해서 슬이 나서려고 했다. 그러자 그가 슬을 의자에 앉히고는 자신이 사 오겠다며 매점대로 향했다. 그의 뒷모습을 보며 슬이 나직한 미소를 지어 보였다.

그러나 태승은 매점대로 가긴 했지만 메뉴가 많아서 어떤 걸 주문해야 할지 고민에 빠졌다. 그리고 무슨 콤보는 그렇게도 많은지, 어떤 콤보를 골라야 할지 그것도 고민스러웠다. 그렇게 한참을 고민하고 있으니 뒤에서 자신의 순서를 기다리던 커플이 대놓고 한숨을 쉬며 구시렁거렸다.

그 소리가 고스란히 귀로 들려왔지만 그는 애써 무시한 채 자신의 주문을 기다리고 있는 직원에게 가장 기본 콤보를 주문했다.

한참 동안 돌아오지 않는 그를 기다리고 있으려니 저만치에서 팝콘을 한가득 품에 안고 조심스레 다가오는 있는 그가 보였다. 멋들어진 차림을 하고선 품에 안은 팝콘이 떨어질까 종종걸음으로 걸어오는 그 모습이 어째 우스꽝스러워서 슬이 그만 품 하고 웃어 버렸다. 이 영화관을 통째로 사도 남을 만큼의 재력과 머리부터 발끝까지 명품이 아닌 게 없는 부유한 남자이건만, 지금은 영화관에 처음 와 봐서 모든 것이 어색하고 새로워 어쩔 줄 몰라 하는 소년 같아 보였다.

"사람이 많았어요?"

간신히 터지려는 웃음을 꾹 참고 묻자 태승은 진땀 꽤나 흘린 듯 옆자리에 털썩 앉으며 말했다.

"어. 좀 있네."

또 웃음이 나려는 걸 참으며 흘리듯 중얼거렸다.

"이런 건 애플리케이션으로 주문하면 되는데."

"애플리케이션?"

그 말을 용케 알아들은 그가 호기심 가득한 표정으로 물어 왔다. 그 모습이 어린아이 같아 결국 웃음이 터지고 말았다.

"솔직히 말해 봐요. 영화관 언제 와 봤어요?"

"10년…… 전?"

"영화관을 10년 전에 와 보고 처음이란 말이에요?"

솔직히 그 말에 놀랐다. 어떻게 그럴 수가 있지 생각하면서도 그의 삶을 생각해 보면 납득이 되었다. 사고로 부모님을 여의고 남은 할아버지와 회사를 지켜야 했던 그의 삶은 누구보다 치열했을 것이다. 이런 여유를 느낄 새조차 없을 만큼 말이다.

"이런 게 있었구나."

격하게 수긍하는 그를 보며 슬이 웃었다.

"지식인이 그런 건 안 가르쳐 줬나 봐요?"

"어. 거기까지는 검색을 못 했다."

"진짜 검색을 해 보긴 한 거였어요?"

슬쩍 찔러 본 거였는데 정말이었다니. 휴대폰으로 이것저것 찾아봤을 그가 너무 귀여워서 또 웃음이 터졌다.

"차라리 유 비서님한테 물어보지 그랬어요."

"그러려고 했는데, 그녀석이 가끔 날 함부로 볼 때가 있어서."

"하긴 나였어도 내 상사가 이런 모습 보이면 깔볼 것 같긴 하네요."

"뭐?"

대놓고 놀리는 말에 태승이 발끈했다. 그 모습이 또 사랑스러워 슬이 웃음을 터트렸다.

"재미있어?"

"네. 재미있어요. 너무 웃겨."

웃음을 참지 못하는 슬을 보고 있으려니 그도 웃음이 터졌다. 두 사람은 한참 동안 서로를 보며 웃었다.

그들은 곧 영화가 시작될 시간에 맞춰 상영관으로 들어갔다. 심야까지는 아니어도 밤 9시가 넘은 깊은 밤이었음에도 상영관 안에는 사람들이 드문드문 모여 앉아 있었다. 단둘이 딱 달라붙어 앉아 주전부리를 즐기는 사람들도 있었고, 구석진 곳에서는 심지어 애정 행각을 하는 커플도 있었다.

처음에는 그런 그들의 모습을 보며 공공장소에서 예의도 없단 생각을 했지만 막상 어둡고 꽉 막힌 공간에 슬과 같이 앉아 있으려니 태승은 자꾸만 다른 생각이 들어서 혼자만 심각해졌다. 그러지 않으려 무진장 애를 썼지만 어느새 그도 다른 커플처럼 슬의 손을 찾고 있었다.

"광고가 꽤 기네."

태승은 괜한 곳에 관심을 두는 척하면서 팝콘을 잡고 있던 손을 스르륵 내려 무릎 위에 가지런히 모인 슬의 손을 잡았다. 슬이 왜 그러냐는 듯 쳐다보자 그가 애써 태연하게 답했다.

"손잡고 보고 싶어서."

그는 슬의 손가락 사이사이로 제 손가락을 넣어 깍지를 꼈다. 슬은 웃으며 그에게 손을 맡긴 채 대형 스크린에 시선을 고정했다. 곧 화면을 가득 채웠던 광고가 끝나면서 다시 화면이 어두워졌고 상영관 조명도 꺼졌다. 그러자 실내가 온통 어둠으로 뒤덮이며 팝콘 먹는 소리, 부스럭거리는 소리, 이야기하는 소리 등등이 가까이 들려와 청각이 예민해졌다.

슬은 여전히 꺼진 화면에 집중해 있었고 그는 주변 소리에 집중해 있었다. 그런데 영문을 모르는 곳에서 나는 소리가 그의 예민한 귀를 건드렸다. 사탕이라도 빨고 있는 것처럼 쪽쪽대는 소리였는데 아무래도 사탕을 빨아 먹는 소리 같지는 않았다.

그 소리가 어디에서 나는지, 대체 무슨 소리였는지 집중해 있을 때, 대형 스크린이 환하게 켜지며 영화가 시작됐고 그제야 구석진 곳에서 맞췄던 입술을 떼고 후다닥 화면을 쳐다보는 커플이 눈에 들어왔다. 그 찰나의 순간을 못 참고 키스를 하고 있었나 보다. 덕분에 태승은 영화에 집중하기가 힘들어졌다.

영화는 좀비 영화답게 어두웠고 조금은 잔인했으며 때때로 깜짝 놀라는 장면들이 많았다. 그런 장면들이 나올 때마다 주변 여자들은 엄마야, 엄마 깜짝이야 같은 작은 소리를 내며 놀라는데 슬은 평온한 얼굴로 화면만 바라보고 있었다.

내심 그 점이 아쉬운 태승이 슬에게서 시선을 떼고 화면으로 돌렸는데, 그 순간 좀비 떼가 우르르 몰려나와서 깜짝 놀라 몸을 움찔했다. 그러자 슬이 놀란 얼굴로 그를 보다가 배시시 웃으며 다시 화면으로 고개를 돌렸다. 반대로 태승은 엄청 창피했다. 안 놀란 척하려고 했는데 이미 몸이 크게 반응해 버려 통하지 않을 것 같았다.

"무서워요?"

어느새 영화에 몰입한 그의 귓가에 대고 슬이 속삭였다. 그러자 그가 아무렇지 않은 척했다.

"아니. 전혀. 하나도 안 무서…… 아, 깜짝이야!"

하지만 영화에서 주인공이 좀비에게 들키지 않으려 몸을 숨겼다가 아주 찰나에 참았던 숨을 내쉬자마자 좀비가 확 튀어나오는 장면 때문에 무섭지 않은 척했던 게 무용지물이 되어 버렸다. 깜짝 놀란 그가 이번에는 외마디 작은 소리와 함께 몸을 살짝 떨고 만 것이다.

그 모습을 보는 슬은 웃음을 참을 수가 없었다. 영화관 의자 등받이가 그의 넓은 어깨를 온전히 받쳐 주지 못할 정도로 체격이 좋은 남자가 좀비가 나올 때마다 놀라는 모습이라니. 오늘따라 많이 보이는 그의 허물어진 모습이 적잖이 새로웠다.

"하여튼 귀여워."

그는 영화에 온전히 빠져들었는지 슬이 하는 말도 거의 못 듣고 있었다.

반대로 슬은 영화에 집중하지 않고 영화를 감상하고 있는 그의 옆얼굴에만 집중했다.

칠을 한 것같이 새카만 눈썹에, 영롱한 갈색 눈을 담고 있는 쌍꺼풀 진 눈과 높이 솟은 콧대, 그리고 붉은 입술까지 차례차례 눈으로 훑던 슬이 자신도 모르게 키스하고 싶단 생각을 했다. 영화관만 아니었다면…… 해 버리고도 남았을 텐데. 아쉬운 마음을 뒤로한 채 그녀는 그의 어깨에 콩 머리를 기대었다.

그렇게 짧다면 짧고 길다고 하면 긴 영화가 끝나고 사람들이 하나둘 자리를 떠났다. 마지막 커플도 자리를 뜨자 상영관 안에는 태승과 슬만 남았다. 영화는 이미 끝났는데 슬은 잠에서 깨어날 기미가 보이지 않았다. 태승은 차마 단잠을 자는 그녀를 깨울 수 없어 슬을 바라만 보고 있었다. 그렇게 10분 정도가 더 흐르고서야 슬이 눈을 떴다.

"끝났어요?"

꺼진 대형 스크린을 보다가 주변을 둘러보니 자신들밖에 없었다. 슬이 그에게 기대었던 머리를 떼어 내고 기지개를 쭉 펴면서 말했다.

"너무 달게 잤어요. 영화보다 잠든 거 처음이네."

얼마나 푹 잤던지 평소 꾸던 꿈도 꾸지 않았다. 중간 정도 보다가 잠 들었으니까 한 시간 좀 안 되어서 깬 건데도 몇 시간 자다 일어난 것보 다 더 정신이 맑은 느낌이었다. 이래서 10분을 자더라도 달게 자야 한 다고 하나 보다.

"어? 생각해 보니까 우리 오늘 처음인 게 많아요."

정말이었다. 오늘 그와 데이트다운 데이트를 한 것도, 같이 영화관에 온 것도, 영화관에서 영화는 안 보고 그의 어깨에 기대어 깜빡 잠든 것 도, 온통 다 처음이었다. 그래서 슬은 즐거웠고 태승은 즐거워하는 슬의 얼굴을 보는 게 행복했다.

"데이트도, 영화도, 팝콘도, 이렇게 잠시 잠든 것도."

슬은 계속 재잘거렸다. 아무도 없는 영화관에서 그와 단둘이 있는 것도 새롭고 좋았다.

"태승 씨도 좋죠?"

내내 앞만 보며 재잘대던 슬이 옆으로 고개를 돌리자마자 태승이 고개를 숙여 왔다. 그의 얼굴이 순식간에 다가와 숨결과 함께 부드러운 감촉이 입술에 닿았다. 아까부터 내내 태승은 슬의 말간 얼굴과 대조되는 붉은 입술에 온 신경이 가 있었다. 잠시 후 입술이 촉 하는 소리와 함께 떨어지자 슬의 새하얀 얼굴이 곧 탐스러운 과일처럼 붉어졌다.

"처음인 일이 하나 더 생겼네."

아무도 없는 텅 빈 영화관에서 몰래 하는 키스였다. 집이나 차 안에서 하던 것과는 다른 묘한 설렘이 심장을 더욱더 두근거리게 했다. 슬이 뭔지 모를 부끄러움에 두 눈을 깜빡거렸다. 그 모습마저 사랑스러워 태승은 슬의 뒷머리를 감싸 제 쪽으로 끌어당겼다. 자석이 이끌리듯 끌려간 슬의 입술 위로 태승의 입술이 다시 포개졌다. 부드럽게 닿았다 떨어지던 아까와 달리 좀 더 진하게 서로의 입술을 머금었다.

진한 키스의 여운은 눈빛에 있었다. 조금만 움직여도 입술이 닿을 거리에서 바튼 호흡을 고르며 느릿하게 뜨인 그의 눈이 깊이를 알 수 없는 심연처럼 깊었다. 늘 하는 키스지만 그때마다 느껴지는 강렬한 그의 소유욕에 슬은 미친 듯이 심장이 뛰어 그의 눈을 똑바로 마주 보기가 어려웠다. 그가 지금 어떤 눈으로 자신을 보고 있는지 알아서 더 떨렸다.

"태승 씨."

"응?"

"그만…… 나갈까요?"

아까는 영화관 데이트가 좋았는데 지금은 여기가 영화관 안인 게 싫은 태승이었다. 슬은 뒷목까지 벌게져 미적대는 그의 손을 잡아끌었고, 못 이기는 척 일어난 태승은 웃으며 슬이 이끄는 대로 따라 나갔다.

첫 데이트인 영화관 데이트는 성공적이었고 그렇게 또 하나의 추억이 생겼다.

영화관을 나온 두 사람은 아직도 환한 불빛의 번화가 거리를 거닐었다. 그들은 많은 사람들 속에서 여느 커플들처럼 두 손을 마주 잡고 온전한 둘만의 시간을 보냈다.

슬이 하고 싶었다던 것 중에서 손잡고 거리 돌아다니기도 했고, 포장마차에서 매운 떡볶이도 먹었다. 너무 매워서 물을 얼마나 마셨는지 모르겠다. 떡볶이를 먹고 물을 마시는 것을 반복하는 태승을 보며 슬은 놀리기도 했고 걱정스러워하기도 했다. 태승은 시시각각 변하는 슬의 표정을 보는 게 즐거워서 더 열심히 떡볶이를 먹었다.

떡볶이 한 접시를 모두 비우고 둘은 다시 거리를 걸었다. 떡볶이를 먹느라 놓았던 손을 다시 잡고 쉴 새 없이 웃고 떠들었다. 오고 가는 이야기는 오늘 봤던 영화에 대한 감상, 어릴 적 해 본 일탈 등이었다. 사소하지만 이 사소한 것들이 그들에게는 특별했다. 서로에 대해 더 많이 알게 되는 이런 시간이 얼마나 귀한 것인지, 서로가 서로에게 얼마나 소중한 사람인지를 깨닫게 했다.

그렇게 걷다 보니 한강 다리 위였다. 한강은 밤하늘처럼 새카맸고 별처럼 반짝였다. 그런 한강을 바라보고 있으려니 그동안의 일들이 스쳐 지나갔다. 안면도 바다에 뛰어들던 여자를 구하고 다시 3년이 흘러 다시 여자를 만났던 날부터 지금까지의 일들이 전부 다.

슬은 다리 아래로 유유히 흘러가는 한강을 보며 잠시 다른 생각에 빠져 있는 그를 물끄러미 바라보았다. 오늘 태승은 무척이나 즐겁고 행복해 보였다. 낮에 그런 일이 있었던 사람치고는 지나치게 들떠 있는 모습이 내내 신경 쓰였다. 굳이 오늘이 아니어도 되는 데이트를 고집할 때부터 알았다. 아주 잠시라도 현실에서 벗어나고 싶은 마음이 아니었을까.

생각에 잠긴 그의 옆모습을 바라보던 슬이 조심스럽게 말을 붙였다.

"고모님은…… 태승 씨 생각보다 훨씬 강한 분이세요."

고요했던 그의 눈동자가 일렁였다.

"여자가 아니라 엄마시더라고요. 끝까지 딸만 생각하는 엄마. 그래서 더 강해지실 거예요. 딸이 상처받지 않도록."

담담히 그녀가 하는 말을 듣던 태승도 고개를 끄덕였다. 정말 그랬다. 오늘 본 혜명은 다른 날보다 강하면 강했지, 약하지는 않았다. 누구보다 당당했으며 자그마치 17년의 세월을 속여 온 남편 앞에서도 굴하지 않았다. 하지만 절망하고 있을 것은 뻔했다. 중열은 몰라도 혜명은 남편을 정말 많이 사랑했다. 사랑했던 만큼 배신감은 정말 컸을 것이다.

그래서 태승은 할아버지 일에 이어 남편의 일까지 엎친 데 겹친 격이 되어 버린 현실 앞에 혜명이 절망하고 무너질 거라 생각했다. 그러나 혜명은 무너지지 않고 제 편에 서서 힘을 주었다. 속은 시커멓게 다 타 버렸을 것인데 전혀 티 내지 않고 담담히 현실을 받아들이려 노력하는 것은 물론, 잘못된 것을 바로잡았다. 그녀가 그렇게 한 것은 순전히 가족을 지키기 위해서였다. 할아버지와 자신, 그리고 하나뿐인 딸을 위해서.

"이제 다 끝났어요. 할아버지도, 고모도, 그리고 회사도 당신이 지킨 거예요. 수고했어요. 고생 많았어요."

눈물이 날 것 같았다. 누군가에게 듣는 말이 아니라 사랑하는 사람에게서 듣는 말이라 더 울컥했다. 슬의 말처럼 할아버지도, 고모도, 회사도 지켰다. 모든 것이 끝났는데도 그의 마음은 여전히 불편하고 불안했다. 다 지켜 냈는데 아직 지키지 못한 것이 남아 있었다.

슬의 상처. 아직 그녀 가슴에 남아 있는 상처가 지워지지 않았다. 완전히 지우지는 못하더라도 흔적이 남게 하고 싶지는 않다. 그래서 시작한 일이었는데 진실에 다가설수록 그녀가 얼마나 절망할지 가늠이 되지 않았다. 원망하는 마음이 깊어 제 마음까지 좀먹게 될까 두렵다. 오늘 이성찬을 만났다고 말해야 하는데 쉽사리 입이 떨어지지 않는 건 그녀가 슬퍼하는 모습을 보기가 두려워서다. 절망하는 그녀보다 절망하는 그녀를 보는 게 자신이 없어서다.

"슬아."

하지만 진정으로 그녀를 위하는 길은 진실을 알리는 것이다. 한평생 제 아버지의 죽음에 의문을 품은 채 사는 것보다, 진실을 알고 바로잡아야 슬도 행복할 수 있을 것이다. 그렇게 한다면 상처가 옅어지다 사라질 수도 있을 것이다.

"오늘 내가 그 사람을 만났어."

"누구요?"

슬은 대뜸 그 사람을 만났다는 말에 궁금했다. 대체 누구를 만났다는 걸까? 태승은 좀처럼 떨어지지 않는 입을 열어 그 사람의 이름을 말해 주었다.

"이성찬…… 총장."

슬의 표정이 순식간에 굳어졌다. 뜻밖에 들려온 낯설지 않은 이름에 슬의 머릿속에서 불현듯 한 장면이 떠올랐다.

아빠의 죽음이 믿기지 않아 이성찬 총장을 찾아갔으나, 그는 그 앞에서 간곡히 읍소하는 저를 보며 매몰차게 외면했었다. 역시나 그 사람도 아빠 죽음에 연관이 있던 거다. 슬의 눈이 벌겋게 달아올랐다. 온몸이 부들부들 떨렸지만 의연해야 했다. 이렇게 약해 빠져서는 아무것도 할 수가 없다.

"슬아."

그는 제 말에 눈시울이 급격히 붉어지며 사시나무 떨 듯 불안해하는 슬에게 괜한 말을 한 것 같아 후회가 밀려왔다. 좀 더 확실해지면 그때 말할 것을. 아직은 추정에 불과할 뿐, 그 사람을 통해 진실을 알아낸 것도 아니어서 미안했다.

"……아니에요. 난 괜찮아요. 괜찮으니까 더 말해 줘요. 이성찬 그 사람을 왜 만난 건데요? 어떻게 알고 찾아간 거예요?"

슬은 그가 왜 이성찬을 찾아간 것인지 궁금했다. 대체 무엇 때문에 그 사람을 보러 간 걸까? 그 사람이 아빠 일에 아예 관련이 없다면 시도도 않았을 텐데, 이는 분명 그 사람도 관련이 있다는 뜻일 터였다. 그렇게 생각하니 또다시 피가 거꾸로 도는 것같이 화가 났다. 슬의 얼굴에 열이 오르는 것을 보자 태승은 더 이상 말하지 않을 수 없겠구나 싶었다.

"아직은 추정에 불과하지만 윤 교수님의 죽음 이후 가장 많은 수혜를 누렸을 사람을 생각해 봤어. 그때 당시 이성찬은 부총장이었어. 이성찬은 분명 자신이 다음 총장이 될 거라고 생각했을 거야. 하지만 양 총장은 윤 교수님을 총장 임명 후보로 뽑았고 여기에 반기를 들었을 인물은 이성찬일 가능성이 충분하지."

"그래서요? 알아낸 게…… 있어요?"

그다음을 묻는 슬의 목소리가 떨렸다. 그의 추정이 들어맞는다는 생각이 들자 눈앞이 흐릿해졌다. 왜 자신은 그런 생각을 하지 않았던 걸까. 왜 그 사람이 했던 말을 곧이곧대로 믿었을까. 대체 나란 인간은 왜 이리도 나약한 걸까.

"아직은 없어. 다만……."

"다만?"

슬이 미간을 찌푸리며 그가 하는 말을 따라 했다. 제발…… 제발. 그의 대답을 기다리며 슬은 자신에게 되물었다. 너는 어떤 대답이 나오기를 바라는 거니? 아빠를 해친 사람이 이성찬이 맞단 대답? 아니면 아빠가 스스로 목숨을 끊은 게 맞단 대답?

"윤 교수님 이야기를 꺼냈을 때, 굉장히 불안해 보였어. 꼭 뭔가 알고 있는 사람 같았어."

"그, 그럼 그 사람이 우리 아빠를 해쳤을 가능성이…… 있다는 말이에요?"

"……."

그는 대답 대신 침묵을 택했다. 아직은 그 어떤 대답도 할 수가 없다. 하지만 그 반응이 슬에게는 오히려 충격으로 다가왔다. 긍정도 부정도 아니었지만 그럴 가능성이 전혀 없지는 않다는 뜻이니까.

슬의 눈에서 눈물이 후드득후드득 떨어졌다. 그때 이성찬은 아빠의 뇌물 의혹을 증언했던 사람을 만나게 해 달라는 간곡한 제 부탁에도 난감해하며 거절했었다. 오히려 자신이, 또 학교가 피해자라고도 했다. 그런데 감히 피해자 앞에서 가해자가 피해자 행세를 한 것이다. 아빠를 죽인 것으로도 모자라 뇌물 교수라는 오명까지 씌웠다. 그래 놓고 감히……. 감히!

"하흑. 흐으. 흐으윽!"

슬의 잇새로 흐느낌이라고 할 수 없는 울음이 새어 나왔다. 숨이 막힌 듯 답답하고, 목을 옥죄어 오는 것 같은 고통에 숨을 쉴 수가 없었다. 복장은 터질 것 같은데 목 위로 올라오는 소리는 우는 소리밖에 없다. 이 고통을, 이 고통을 이렇게밖에 표현할 수 없다는 것이 기가 막혔다.

급기야 손으로 제 가슴을 때리며 흐느껴 우는 슬을 눈앞에서 본 그도 가슴이 찢기는 것 같았다. 마음껏 소리도 지르지 못하고 이를 악물고 우는 슬이 가여워서 그의 눈에도 눈물이 맺혔다.

"하으으. 으윽. 으흐흑."

"슬아. 슬아!"

태승은 오열하는 슬을 온몸으로 감싸 안았다. 두 팔로 그녀의 가녀린 등과 뒷머리를 받쳐 안고 슬이 더는 제 가슴을 칠 수 없게 꽉 끌어안았다. 그의 품에서 옴짝달싹 할 수 없게 되고서야 슬은 목 놓아 울 수 있었다. 그제야 참아 왔던 모든 슬픔과 분노, 절망을 터트릴 수 있었다. 가슴에 품고 살았던 모든 상처를 밖으로 토하듯 울었다.

밤은 깊었고, 한강은 달빛을 받아 반짝였고, 풍경은 이루 말할 수 없을 만큼 고요하고 잔잔한데 두 사람 주변으로만 천둥이 치고 번개가 번쩍거렸다.

"흐윽. 아빠. 하으윽, 아빠. 아빠!"

아빠를 부르며 절규하는 슬을 끌어안은 그의 콧잔등에서도 맺혔던 눈물이 떨어졌다. 슬이 가슴 아파 우는 모습이 견딜 수 없을 만큼 괴로웠다. 칼로 심장을 도려내는 것 같은 고통이었다.

울음을 그치지 못하고 울고 또 울던 슬이 지쳐 그 자리에서 주저앉았다. 그녀를 안고 있던 그도 따라 땅바닥에 주저앉았다. 그러고는 그녀를 감싸안은 팔에서 힘을 빼 얼굴을 마주 보았다. 태승은 눈물로 얼룩져 번들거리는 뺨과 부어 버린 눈두덩이 사이로 희미하게 반짝이는 눈동자를 들여다봤다. 그리고 순간 놀라고 말았다. 그때와 같은 눈동자였다. 생기를 잃고 어딘지 알 수 없는 곳을 바라보던 그때의 눈빛.

석현의 죽음에 관한 진실 가까워질수록 의연했던 슬은 온데간데없이 사라지고 그때와 같은 절망적인 눈빛의 그녀만이 남아 있었다. 그것이 그를 너무도 두렵게 만들었다.

"슬아. 윤슬! 나야. 나라고. 날 봐!"

분명 저를 보고 있는데 보고 있지 않은 것 같은 느낌. 그 느낌이 그를 섬뜩하게 만들었다. 그래서 태승은 그녀를 부르고 또 불렀다.

"나야. 날 봐, 제발!"

그는 간절했다. 예기치 못한 사고로 풀장에 빠져 그녀를 구했던 그때보다 더한 애절함으로 그녀의 뺨을 잡고 애타게 불렀다.

"제발."

그가 다시 온몸이 부서지도록 그녀를 안았다. 안고 있어도 사라져 버릴까 두려워 그녀의 등을 안은 두 팔에 힘을 주었다. 그녀를 끌어안은 그의 손에서 두려움이 느껴졌다.

그녀가 또다시 스스로 목숨을 끊을까 무서웠다. 절망에 휩싸여 그때처럼 스스로 바다로 걸어 들어갈까 너무도 겁이 났다. 만약 또 한 번 그런 일이 생긴다면…… 그땐 저 자신도 장담할 수가 없다.

그런 생각이 들자 끔찍하다는 듯 두 눈을 질끈 감은 그의 볼을 타고 뜨거운 눈물이 흘렀다. 그 눈물이 슬의 뺨에도 떨어졌다. 뺨에 닿는 눈물이 뜨거워 초점 없던 슬의 눈동자가 흔들렸다. 그가 울고 있다. 애타게 저를 부르고 있다. 목소리에서 절절함이 느껴졌다. 그때처럼 간절히 나를 부른다.

손을 들어 그의 얼굴을 만지자 그가 고개를 들었다. 놀란 눈으로 저를 내려다보는 그의 눈에서 여전히 눈물이 흘러내렸다.

"나는…… 괜찮아요. 그러니까 울지 말아요."

슬은 손을 들어 그의 눈물을 닦아 주었다. 그러자 그가 슬의 손을 붙잡고 제 뺨에 붙였다. 그녀의 손은 무척이나 따뜻했다. 그녀는 제 온기를 느끼며 재차 확인하려는 그를 보며 슬은 더 이상 걱정 끼치지 말아야겠다는 생각을 했다. 이제부터는 달라져야 한다는 생각도 했다.

석현의 죽음에 숨겨진 것이 무엇이든 이제 자신은 더는 혼자가 아니었다. 자신을 지키고, 자신이 지켜야 하는 그라는 또 다른 가족이 생겼다.

슬은 그의 손을 잡고 두 발에 힘을 줘 자리를 털고 일어났다. 나약하게 주저앉지도 않을 것이다. 아무것도 보이지 않았던 진실이 몸통을 드러내기 시작했다. 이제 머리를 들게 해야 한다. 머리를 들게 하는 방법, 그 방법을 찾아야 한다.

## 3. 우리만의 급속 충전

이른 아침, 현석이 잠든 납골당을 홀로 찾은 슬이 영정 앞에 섰다. 윤석현이라는 이름 석 자에 가슴이 미어지고 코끝이 시큰했지만 더 이상 울지는 않았다. 강해지려면 눈물을 보여선 안 된다.

그렇게 한참을 말없이 그의 사진을 바라보던 슬이 입을 열었다.

"아빠."

이제 겨우 아빠라고 불렀을 뿐인데 다시금 눈앞이 흐려진다. 다시 마음을 추스른 슬이 떨리는 목소리로 말을 이었다.

"얼마나 억울했어? 그 사람이 아빠를 이렇게 만들었는데…… 얼마나 억울하고 분했어? 나는 가늠조차 안 돼. 그래서 너무 화가 나. 아빠가 왜 이렇게 되어야만 했는지 너무 억울해서, 너무 분해서…… 미칠 것 같아."

참았던 눈물이 차오르다 못해 넘쳐 흘러내렸다.

"아빠가 그럴 수밖에 없었던 이유가 있었을 거야. 그 이유는……."

잠시 말을 멈춘 슬이 눈물을 훔치며 말했다.

"나 때문이었겠지. 나 때문에…… 흐흑."

터져 나오려는 흐느낌을 애써 막은 슬이 목소리를 가다듬었다.

"아빠는 지금도 내가 그 진실에 다가서는 걸 원하지 않을 거야. 아빠라면 분명 그랬을 거야. 근데 아빠, 난 알아야겠어. 진실을 밝혀서 아빠의 오명이라도 벗겨 주고 싶어. 그게 다 무슨 소용이냐고 그래도 난 그러고 싶어. 그래야겠어. 그래야…… 그래야 살 수 있을 것 같아."

슬은 젖은 눈으로 사진 속 석현의 환한 얼굴을 바라보았다. 누구보다 딸을 사랑한 그가 딸을 지키기 위해 선택한 죽음이었다. 그들은 겨우 제 잇속을 챙기기 위해 한 사람의 인생을 처참히 유린했지만 그 한 사람은 제 딸을 위해 숭고한 죽음을 택했다.

누구는 그런 협박에 죽음을 선택하느냐고 할 수 있지만 사람을 죽일 정도로 추악한 자들에게서 딸을 지킬 수 있는 방법은 자신의 죽음뿐이었고, 석현은 그것을 기꺼이 선택했다.

자신의 죽음은 당연히 딸에게 상처가 되겠지만, 자신 때문에 딸이 위험해지고, 다치고, 죽을 수도 있는 것이 더욱 끔찍했다. 제 죽음으로 하여금 딸이 안전하게 살아갈 수 있다면……. 그렇게 선택이라도 할 수 있단 것이 다행이었다.

하지만 슬은 이제라도 알아야 할 것 같았다. 석현의 죽음에 얽힌 진실이 무엇인지. 분명 저를 위한 선택이었을 테지만, 더 이상 덮어 두고 싶지 않았다.

"미안해, 아빠. 아빠는 나를 지키려고 어떤 선택을 한 거였을 텐데…… 나는 살고 싶어 해서. 아빠가 원치 않는 아빠 죽음의 진실을 찾으려고 하는 이유가 살기 위해서라서."

고개를 떨군 슬은 그렇게 한참을 흐느꼈다.

* * *

　지금이 몇 시인 줄도 모르고 늦잠을 자다가 급히 일어난 태승은 옆의 빈자리를 보고는 깜짝 놀라 화장실 문부터 열어젖혔다. 슬이 옷 방에 있을까 싶어 옷 방문도 열었지만 아무도 없었다. 2층 거실은 물론, 화장실에도 그녀는 없었다. 급하게 휴대폰으로 연락을 해 보지만 그녀는 받지를 않는다.

　초조한 기색으로 나가려는 그에게 다시 전화가 걸려 왔다. 슬이었다.

　"너 대체 어디야?"

　걱정하느라 그의 목소리 톤이 높아졌다. 하지만 정작 슬은 태연히 말했다.

　─일어났어요? 일어났으면 옷부터 갈아입고 나와요. 우리 할 일이 많아요.

　"할 일이라니?"

　─우리 아빠 죽음의 진실이 드러나기 시작했잖아요. 몸통이 나왔으면 다음은 머리가 드러날 차례예요. 하지만 머리가 드러나기만을 마냥 기다릴 순 없어요.

　"그럼? 어떻게 하려고?"

　─드러나게 해야죠. 그러려면 수가 필요하고.

　"수? 무슨 수?"

　─일단 나와요. 나와서 이야기해요, 우리. 나한테 더 숨기는 게 있잖아요. 그것부터 알려 줘요.

　"슬아."

　도통 무슨 소리를 하는지 알 수 없던 태승이 한 손으로 제 얼굴을 쓸어내렸다.

　─집 앞으로 도착까지는 20분 정도 걸려요. 그 안에 씻고 옷 입고

나와요. 집 앞에서 기다릴게요.

　매일 아침마다 샤워를 하고, 면도도 잊지 않았던 태승은 이게 무슨 일인가 싶어 대충 세안으로 마무리 후 정장이 아닌 면 티에 면바지, 재킷을 걸치고 서둘러 집 앞으로 나갔다. 집 앞에는 아직 사람도, 차도 보이지 않았다. 그 앞에서 기다리고 있으니 멀리서 검은 세단이 다가와 섰다. 자신의 차였다. 대체 슬은 제 차까지 갖고 어디를 다녀온 것일까? 차를 가지고 갔을 정도면 꽤 멀리 나갔다 왔다는 뜻인데.

　조수석 창을 내리곤 얼굴만 쏙 내민 슬이 기다리고 있던 태승에게 타라고 했다. 일단 그녀에게 자초지종에 대해 물어야 하니 그는 군말 없이 차에 올라탔다. 그러고는 어디를 다녀 온 거냐고 물으려 그녀를 향해 고개를 돌렸다가 깜짝 놀랐다. 어제까지만 해도 슬의 길고 구불구불했던 머리카락이 어깨 길이만큼 짧아져 있었다.

　"미용실 다녀온 거야?"

　슬이 아직은 어색한 머리카락 끝을 손으로 매만졌다.

　"아. 헤어스타일 변신을 좀 하면 좋을 것 같아서. 왜요? 안 어울려요?"

　석현에게 다녀오면서 근처 미용실에 들러 머리를 짧게 자르고 파마를 했다. 중학교 때 이후로 짧은 머리는 무척 오래간만이었다. 머리 손질을 끝내고 거울을 보는데 낯선 모습에 스스로 영 어색했지만 제 의지를 이렇게라도 다짐하고 싶은 마음에는 변함없었다. 머리카락쯤이야 어차피 다시 기르면 그만이니까.

　하지만 그가 이상하게 생각할 것 같기도 했다. 갑자기 머리카락을 잘랐으니 심경의 변화라도 생긴 건 아닌지 걱정할 것이 분명했다.

　"그건 아니고. 뭘 해도 잘 어울려, 너는."

　슬이 다행이라는 듯 안심하며 살짝 미소를 지었다. 정말로 슬은 예뻤다. 작은 얼굴에 또렷한 이목구비 덕에 어떤 머리를 해도 잘 어울렸다.

다만 분위기가 사뭇 달라진 건 사실이다. 머리가 길었을 때는 여성스럽고 단아한 분위기였다면, 머리카락이 짧아진 지금은 이전보다 밝고 귀여워 보였다. 심지어 더 어려 보이기까지 했다.

"아침부터 머리 하러 차까지 끌고 다녀온 건 아닐 테고. 대체 어딜 다녀온 거야? 그리고 아까 그 말은 또 무슨 뜻이야?"

그녀의 갑작스러운 변신에 정작 물어야 할 걸 묻지 못했다. 슬은 그에게 말하지 않고 몰래 다녀온 것에 대해 미안해하고 있었다.

"추모 공원에 다녀왔어요. 아빠한테 하고 싶은 말이 있어서."

"아……. 그랬어?"

그가 조금 누그러진 목소리로 말했다.

"그럼 날 깨우지."

"그냥 혼자 가고 싶었어요."

"그래. 그럼 그 말은 무슨 뜻이야? 수가 있다니?"

"그건……. 일단 태승 씨가 아는 걸 말해 주는 게 순서예요. 태승 씨가 나 모르게 우리 아빠 사건에 대해 조사하고 있었다는 건 아는데, 거기에서 나온 단서가 또 있어요?"

슬의 눈빛이 간절해졌다. 그리고 행동부터 적극적으로 바뀌었다. 이제부터는 자신도 함께하겠다는 뜻이다. 제 아빠의 사건에 자신도 알아야 할 권리가 있다는 거다.

태승은 석현의 사건을 조사하고 있다는 사실을 슬에게 일부러 숨긴 건 아니었다. 어느 정도 가닥이 잡히고 확실한 증거가 있을 때 말해 주려 했다. 무엇보다 그의 사건은 단순하지가 않다. 겉으로 보기에는 총장 자리를 노렸던 이성찬 총장이 벌인 짓 같아 보이지만 내부에는 이성찬 총장을 부리는 절대 권력이 있다. 그렇기에 아무런 일도 벌어지지 않는 것이다.

"나도 알고 싶어요. 당신이 왜 나한테 숨기는지 잘 알지만, 그 누구보다 알아야 할 사람은 나예요. 내 아버지 일이고 이성찬 총장이 아버지 사건에 연관되어 있을 확률이 높아진 이상 가만히 앉아 아무것도 하지 않을 순 없어요."

3년 전에도 석현의 죽음을 돌리지는 못하더라도 그에게 씌워진 뇌물 교수라는 오명은 벗게 해 주고 싶어 경찰서며 대학교까지 사방팔방으로 뛰어 다녔었다. 그때마다 사람들은 도와주기는커녕 귀찮다는 눈빛으로 바라보기만 했다. 경찰조차 그녀의 말을 들어 주지도, 믿어 주지도 않은 채 사건을 종결시켜 버렸다. 이성찬 총장 역시 매몰차게 그녀의 부탁을 거절했고 이 사건으로 인해 오히려 피해를 봤다며 인색하게 굴었다.

그때 처음으로 세상의 무정함을 깨달았다. 세상은 자신들 일이 아니면 아무 관심도 없었다. 그들은 진실이 무엇인지 중요하지 않았다. 그냥 보이는 것만 믿으면 그뿐이었다. 하지만 이제는 아니다. 자신의 이야기를 귀 기울여 듣고, 의심하지 않으며, 심지어 제 일처럼 발 벗고 나서주는 그가 있다.

간절한 슬의 눈이 그에게 닿았다. 그 눈을 보며 태승은 어쩔 수 없다 생각했다. 그녀가 위험해질 수도 있다는 생각에 나중에 알리려고 했는데 이제 더는 숨기는 것이 무의미했다.

"알았어. 말해 줄게. 일단 여기부터 벗어나자."

슬이 고개를 끄덕이며 운전대를 잡았다. 태승이 벨트를 맨 것을 확인한 후 천천히 차를 출발시켰다.

태승이 가자고 한 곳은 다름 아닌 그의 사무실이었다. 건물 앞에 차를 세운 슬이 창밖으로 출근 시간이 지나 한산한 회사 주변을 두리번거렸다. 하필이면 왜 회사인 거야. 슬은 그가 모르게 난처한 표정을 지었다.

"내리자."

"아…… 네."

먼저 벨트를 푼 그가 차에서 내려 운전석으로 가 문을 활짝 열어 주었다. 느리게 안전벨트를 푼 슬은 그의 손에 이끌려 차에서 내렸다. 로비에서 대기해 있던 보안 직원이 회사 건물 입구 쪽으로 걸음을 하는 태승을 뒤늦게 알아보고는 헐레벌떡 다가왔다. 아까 창밖으로 볼 때부터 차림새가 평소와 달라서 긴가민가했는데, 정말 사장님이었다니. 직원이 어쩔 줄 몰라 했다.

"사, 사장님! 오신다는 연락을 못 받아서…… 죄송합니다!"

평소라면 재호를 통해 연락을 받고 보안 팀 직원이 모두 나와 그를 맞이하곤 했는데, 이번에는 아무런 호출도 받지 못한 상태였다. 심지어 아침 일찍 유 실장 혼자 출근했길래 당연히 태승은 사무실에 나오지 않는 것으로 알고 있었는데 갑작스레 나타나니 그를 몰라보고 우왕좌왕했던 것이다.

"괜찮습니다. 일 보세요."

태승은 아무 일도 아닌 일에 오버하는 보안 팀 직원에게 가볍게 손을 들어 괜찮다는 제스처를 취했다. 그러자 직원이 굽혔던 허리를 펴고는 뒤에서 숨죽여 따라가는 여자의 뒷모습을 보며 고개를 갸우뚱했다. 웬 여자? 누구지? 아, 그분이신가? 잠시 딴생각을 하던 직원이 뒤늦게 제 본분이 생각나 귀에 꽂은 인 이어에 대고 사장이 왔다는 소식을 전했다.

쉽게 출입구를 통과한 태승과 슬은 때맞춰 멈춰 선 임원 전용 엘리베이터에 올랐다. 슬은 직원들이 혹시라도 자신을 알아볼까 싶어 그의 뒤를 숨죽여 따라가다 엘리베이터에 올라서야 한숨 돌릴 수 있었다.

"누가 알아볼까 봐 신경 쓰여?"

숨을 훅 내쉬는 슬이 신경 쓰였던 태승이다. 본인은 아닌 척하지만 태승의 눈에는 다 보였다. 결혼 발표 이후 처음 회사에 오는 것이니까 직원들의 시선이 불편하기도 할 것이다. 게다가 자신과 함께 왔으니 더더욱 그럴 수밖에.

"아니요. 꼭 그런 건 아니에요."

자신이 미안해할까 제 마음을 숨기는 그녀를 보며 태승이 부드럽게 웃고는 왜 여기로 온 것인지 설명했다.

"네가 불편해할 거 알지만 내 사무실이 가장 안전할 것 같아서."

"안전이요?"

슬이 되묻는 순간 엘리베이터가 멈추었다. 그가 손을 잡고 끄는 탓에 더 묻지 못했지만 자꾸만 그의 뒷말이 걸렸다. 석현의 사건에 안전을 말하는 것을 보면 분명 자신이 모르는 다른 무언가가 있다. 그것을 어렵지 않게 눈치챌 수 있었다.

"사장님?"

호출을 받고 미리 와 대기하고 있던 재호가 눈을 크게 뜨곤 두 사람을 번갈아 바라보았다. 그 옆의 비서도 처음 보는 캐주얼 차림의 상사와, 그리고 그와 같이 온 여자를 흥미롭게 쳐다보았다.

"아, 사모님?"

"안녕하셨어요, 유 비서님?"

슬이 오랜만에 보는 재호를 향해 미소 지으며 살짝 고개를 숙였다. 이에 재호도 얼른 고개를 숙였다.

"장 변호사님 좀 모셔 와."

"아. 네. 알겠습니다."

태승은 지시만 내린 채 슬과 함께 사무실 안으로 들어갔다. 아침부터 평소와 다른 옷차림으로 슬까지 데리고 왔다는 건 아마 그 일 때문이겠구나 싶은 재호가 눈치껏 제 옆에 있는 비서를 챙겼다. 보는 눈, 듣는 귀가 많으면 좋을 게 없을 테니까.

"들어와."

슬은 처음 방문하는 그의 사무실이 낯설어 빙 둘러보았다. 그의 사무실은 혼자 쓰기에는 넘친다 싶을 만큼 굉장히 넓었고, 그곳에 놓인 사무용

가구들은 죄다 고급스러워 보였다. 한쪽에는 목재로 만든 책상과 투명 크리스털에 새겨진 명패, 안락해 보이는 의자, 그 앞에 놓인 검은색의 가죽 소파가, 그리고 또 다른 공간에는 전신 거울과 옷걸이가 놓여 있었다.

"생각해 보니 네가 내 사무실엔 처음 와 보네."

슬은 주위를 살펴보던 것을 멈추지 않고 고개만 끄덕거렸다. 그러다 문득 구석에 세워져 있는 화이트보드에 시선이 머물렀다.

"직원이 여기까지 올 일은 드무니까요."

"앞으로는 아닐 텐데."

태승은 입술을 밀어 올려 살짝 미소를 머금다 딱히 볼 것 없는 제 사무실을 둘러보며 낯설어하는 슬의 손을 잡아 검은 가죽 소파에 앉혔다. 그러고는 구석에 놓인 화이트보드를 가볍게 끌어왔다. 아까 슬도 봤던 화이트보드였다.

지극히 개인적인 사무실에 어울리지 않는 물건이 있어 이상하다 생각하긴 했는데, 대체 이건 무슨 용도일까? 슬은 물끄러미 그의 행동을 지켜보았다.

곧이어 태승이 뒤집혀 있는 화이트보드를 도로 뒤집었다. 그러자 거대한 사건 도표가 나타났다.

그는 단서를 찾을 때마다 사건 도표를 그려 왔다. 가운데에는 이번 사건의 피해자인 윤 교수가 있고, 그 주변은 윤 교수의 주변 인물들이 사진으로 붙어 있었다. 그리고 그 인물들과 윤 교수의 관계도 표시되어 있었다. 석현과 우호적인 관계를 맺고 있는 쪽은 오른편에, 반대로 적대적인 관계를 맺고 있는 쪽은 왼편에 놓였다.

슬은 그 거대한 관계도를 보면서 입을 다물 수 없었다. 굳이 그에게 듣지 않아도 이 도표만으로 모든 일을 짐작할 수 있을 만큼 세세했다.

"이…… 사람은 누구예요?"

슬은 석현의 왼편에 신원을 알 수 없어 사진도 붙어 있지 않은 빈 공간을 가리켰다. 짐작하건대 이 사람이 제 아빠 사건의 핵심 인물임을 알 수 있었다.

"아직 몰라. 하지만 이성찬 총장의 배후라고 추정하고 있어."

태승은 거짓말을 했다. 석현의 사건을 뒤쫓으면서 양 총장을 만나 이성찬 총장이 이 사건의 핵심이라는 단서를 찾게 됐고, 그 이후에는 이준일 기자로부터 명성 대학교와 명성 학원 사이의 비리를 알게 되었다. 또한 명성 그룹 박진한 회장이 이 사건에 관계가 있다는 것까지. 바로 어제까지만 해도 이 사건 도표에 박진한 회장 사진이 붙어 있었다.

"배후라뇨? 범인이 이성찬 총장이 아닐 수 있다는 뜻이에요?"

이건 또 무슨 말인가 싶어진 슬이 휘둥그레졌다. 태승은 그들의 비리를 쫓다 죽은 석현처럼 슬도 잘못될까 쉽사리 입을 열지 못했다. 입을 다문 채 아무 말도 하지 않는 그를 보던 슬은 스스로 곰곰이 생각을 정리해 봤다.

석현의 사건은 단순하지 않다. 분명한 의도가 있었다. 비리를 캐려는 석현을 비리를 저지르고 있는 자들이 가만히 놓아 둘 리는 없다. 슬은 그들 중 한 명이 이미 짐작되었다. 이성찬 총장의 그 배후. 아마 그 배후는 이 총장과 함께 비리를 저지르고 있는 사람일 것이다.

석현이 캐려던 사건은 학교와 명성 재단 사이의 비리였다. 그럼 당연히 그의 배후에는 명성 재단이 있다는 뜻이었다. 사람을 죽이면서까지 비리를 지키고 싶었던 사람. 사람을 죽일 수 있을 만큼 힘이 있는 사람. 모두 해당되는 인물은 단 한 명이었다.

여기까지 생각을 마친 슬이 떨리는 눈동자로 그를 바라보았다. 마침 그녀를 보고 있던 태승도 슬과 눈을 마주쳤다. 잠시 정적이 흘렀다. 침묵이 감도는 사무실 공기도 무거웠다.

"명성 대학교와 명성 재단 사이에 비리를 쫓았다고 했어요. 그 과정에서 어쨌든 아빠는…… 그런 일을 당하셨고. 그렇다면 비리를 숨기고 싫어 하는 쪽에서 그런 일을 꾸몄을 거고요. 그런 일을 저지를 만큼 힘이 있는 사람은 그만큼 돈이 많은 사람이겠죠."

잠시 말을 멈춘 슬은 흔들리는 그의 두 눈을 보면서 확신할 수 있었다. 기어코 슬의 입술에서 그 이름이 나오고야 말았다.

"그만한 힘과 돈, 권력을 쥐고 있을 사람…… 박진한 회장뿐이잖아요."

"……."

또다시 싸한 정적이 흘렀다. 차갑고 무거운 침묵은 곧 긍정을 뜻했다. 하아, 숨을 깊게 뱉어 낸 그가 고개를 끄덕였다.

슬의 동공이 나부끼듯 흔들렸다. 이제야 답답했던 가슴이 뻥 뚫리는 느낌이었다. 마지막 퍼즐 조각이 맞지 않았는데 그 조각까지 맞추고 나니 모든 것이 납득이 갔다. 석현이 왜 그런 일을 당해야 했는지, 그 이유가 나왔다. 사건의 동기가 나온 셈이다.

모든 일을 알게 되었으니 그럼 전과 같은 분노가 치밀어야 하건만 이상하게 마음은 고요했다. 피가 뜨겁다 못해 끓어오르는데 몸은 오히려 차갑다.

"슬아."

태승은 전처럼 화를 내거나 울지 않는 슬이 오히려 더 불안했다. 그리고 오전에 그녀가 했던 말이 떠올라 더 초조해졌다. 그는 최대한 슬이 이 사건에 깊이 관여하지 않았으면 했다. 그들은 최소한 사람으로서 해서는 안 될 짓까지 저지른 자들이다. 그런 자들이 두 번은 못 그럴까. 아마 지금으로부터 훨씬 이전에도 그러한 악행을 저질러 왔을지 모른다.

"……그래서 태승 씨 계획은 뭔데요?"

착 가라앉은 목소리, 날카로워진 두 눈빛에 그가 신경을 곤두세웠다. 겉으로 보기에는 굉장히 차분해 보이지만 이 모습은 또 이 모습대로 불안했다.

"……너부터 말해 봐. 아침에 했던 말, 좋은 수가 있다고 했던 말."

슬은 잠시 입을 다물었다. 그가 다 알면서도 사실을 감추고 있었다는 건 모두 자신이 위험할까봐 걱정돼서라는 사실을 알고 있다. 그는 그동안 제가 모르는 곳에서 묵묵히 석현이 겪었던 사건의 뒤를 조사하고 있었다. 그러면서 알게 된 잔혹한 진실을 혼자 감당하려고 했다. 당사자인 제가 알게 되면 크게 충격받을 것을 우려한 것이다.

하물며 사람까지 해치면서 자신들의 악행을 감추려고 하는 자들인데 그런 사람들에게 제가 아빠 사건을 캐다 잘못되면 어쩌나 해서 숨긴 거라는 것도 안다. 그래서 슬은 지금 제가 하는 말을 그가 이해해 줄까 걱정이다. 그는 분명 이 일에 반기를 들 것이다.

"가짜 증거를 흘릴 거예요. 그 사람들한테."

"가짜 증거를 흘린다니? 그게 무슨……."

그게 무슨 말이냐고 물으려다 그녀가 말하는 그 수를 짐작한 태승이 자리에서 벌떡 일어났다.

"안 돼. 그건 너무 위험해. 그러다 네가 다칠 수도 있어."

태승은 단호히 슬에게 일렀다. 절대 안 된다고, 그러다 네가 다칠 수도 있다고. 하지만 돌아오는 대답이 없자 더 불안해진 태승이 슬 쪽으로 몸을 당겨 앉아 재차 말했다.

"그건 너무 위험해. 네가 어떤 마음인지 내가 아는데, 그런 방법 말고도 얼마든지……."

"태승 씨가 내 마음을 안다고요? 내가 지금 어떤 심정인지 알 수는 있겠죠. 짐작은 얼마든지 가능하니까! 하지만 태승 씨는 절대 내 마음이 어떨지 몰라요. 당해 본 사람만 아는 거예요. 내가 지금 얼마나 이성적으로 생각하려고 노력하는지, 얼마나 이를 악물고 있는지 태승 씨뿐 아니라 그 누구도 모른다고요."

태승의 말을 잘라 낸 슬이 속사포로 지금의 심정을 쏟아 냈다. 누구보다 자신을 걱정하고 사랑해 주는 사람은 그이지만 지금은 그가 보이지 않을 만큼 힘에 겨운 상태였다.

온몸을 둘러싼 모든 혈관에 피가 들끓고 있는 기분이다. 가슴 언저리에서부터 신물이 올라오는 것같이 목구멍이 뜨거운 게 뭐라도 토해 내고 싶은 심정이었다. 누군가 제 목을 움켜쥐고 기도를 막고 있는 것처럼 숨쉬기가 어렵고 답답한데 그것을 해소해 줄 수 있는 사람도 없다.

이런 심정을 누가 알아줄까. 누가 공감해 줄까. 아무도 없다. 그가 저를 사랑한대도 그가 자신일 순 없으니 같이 울어 줄 수는 있어도 동감해 줄 수는 없다. 다시 혼자가 된 기분이다.

"복수할 거예요. 우리 아빠를 그렇게 만든 그 사람들에게 똑같이, 아니 그보다 더한 고통을 안겨 줄 거예요. 절대 용서하지 않을 거예요."

차분히 앉아 복수를 다짐하는 슬의 눈빛이 형형했다.

반대로 그 모습을 지켜보는 태승은 걱정으로 얼굴빛이 어두워졌다. 지금의 슬은 제가 어떤 말을 해도 굴하지 않을 것처럼 보였다. 어떻게 해서든 그들을 잡고야 말겠다는 의지로 가득 차 있었다.

이런 의지는 대개 나쁜 결과를 불러일으키곤 한다. 그들을 잡아 복수하겠다는 자체부터가 위험했다. 과정이 어떻든 복수를 위해서라면 그 어떤 것도 불사하겠다는 뜻이기도 했다. 그래서 태승은 슬을 말리고 싶었지만 지금은 그녀는 그 무슨 말을 해도 듣지 않을 것을 알기에 그녀 편에 서서 그녀를 지키기로 결정했다.

"어떻게 증거를 흘릴 건데?"

자신을 말릴 것이라고 생각했던 그가 예상과는 다른 반응을 보이자 슬이 얼른 대답했다. 사실 그들에게 가짜 증거를 흘리기 위해서는 그의 도움이 필요했다.

"증거가 아직 남아 있다는 정보를 흘릴 거예요. 물론 그들은 믿지 않겠죠. 하지만 도둑이 제 발 저리는 것처럼 그들도 결국 그 증거를 확인하기 위해 다시금 현장에 올 거예요. 그때 그들을 잡는 거예요."

의욕만 앞선 슬은 자신의 계획을 장엄하게 설명했다. 마치 모든 계획이 별다른 일 없이 척척 진행될 거라 철석같이 믿고 있는 듯했다. 하지만 태승은 생각이 달랐다. 겉으로 보기에 그럴 듯해 보이지만 모든 일에는 변수가 있기 마련이다. 회사를 운영하면서 예상하지 못한 변수에 난항을 겪어 봤던 사람으로서 슬의 계획은 허술한 점이 많았다.

"무엇으로 가짜 증거를 만들 건데? 그들이 혹할 만한 증거이려면 그때 그 사건에 대한 단서 정도는 있어야 할 텐데. 그럴 만한 단서가 없는 상황에서 어떻게 증거를 만들어?"

순간 슬의 말문이 턱 막혀 버렸다. 논리적으로 허점을 콕콕 집어내는 그의 앞에서 슬은 꿀 먹은 벙어리가 될 수밖에 없었다. 그들이 아빠를 헤쳤다는 정황 증거는 잡았지만 이렇다 할 직접적인 근거가 없었다. 그의 말처럼 그들을 움직이게 하려면 그럴 듯한 단서가 있어야 했다. 거기까지는 생각하지 못한 슬은 낙심했다.

표정이 급격히 어두워지는 슬을 보던 그가 입을 열었다.

"그때 그 일로 증거를 만들기에는 우리가 갖고 있는 단서가 너무 없어. 증언해 줄 사람도 없고."

태승은 머릿속으로 그때 그 일에 대해 아는 사람을 떠올렸다. 윤 교수를 차기 총장 임명 후보로 뽑았던 양강필 교수는 현재 요양 병원에 입원해 있는 데다 정신이 온전치 못해 증언이 어렵다.

윤 교수 사건에 대해 기사 청탁을 받았던 이준일 기자 역시 증언이야 해 줄 수 있겠지만 상습 도박 혐의가 있어 증언에 신빙성이 떨어진다.

명성 대학교와 명성 학원 사이의 비리를 취재하다 대낮에 강도까지 당했던 김수연 기자는 경찰에 신고까지 했지만 직업 특성이라는 이유로 묵살당했는데 이번이라고 다를까. 게다가 김 기자 혼자서는 힘이 되기 어려웠다. 범인이 특정된 상황에서라면 몰라도.

생각할수록 윤 교수님 사건을 해결할 실마리를 찾기는 어려워 보였다.

"김인형 변호사는요?"

그의 말대로 증언해 줄 사람이 누가 있을까 떠올리던 슬이 생각났다는 듯 소리쳤다.

"김인형 변호사?"

전에 슬과 같이 만났었던 김 변호사를 떠올린 태승이 말했다.

"아. 그 변호사……."

확실히 증인으로서는 최적이었지만 그 사람이 과연 해 줄지는 의문이었다. 하지만 유일한 희망이니만큼 포기할 순 없었다. 그런데 슬은 아주 조금 걸리는 것이 하나 있었다. 그때 보았던 김 변호사의 거짓말이 마음에 걸렸다.

"그런데 먼저 확인할 게 있어요. 분명 김 변호사는 아빠와 통화한 적이 없다고 했어요. 하지만 아빠는 분명 김 변호사와 통화를 했거든요. 그렇지 않고서야 아빠 안방에서 그 변호사 사무실 명함이 나올 리도 없고요."

"거짓말을 하고 있다는 뜻이야, 그 변호사가?"

"아무래도 그런 것 같아요. 만약 그 변호사가 거짓말을 한 거라면……."

슬이 말을 길게 늘여 놓은 그사이에 태승이 대답했다.

"김 변호사도 같은 편이라는 뜻이겠지."

슬도 그와 같은 생각이었다. 김 변호사는 무엇 때문에 그런 거짓말을 했을까. 정말 그들과 한패여서일까? 아니면 단지 두려움 때문에? 슬은 김 변호사의 거짓말이 후자이기를 간절히 바랐다.

* * *

태승의 호출을 받은 형문은 그를 만나러 가면서 유일 바이오컴의 재무

제표를 챙겼다. 박중열 사장은 회계 장부 조작 및 업무상 횡령, 거액의 비자금 조성, 그리고 조세 포탈죄로 구속되어 현재는 구치소에서 혐의에 관한 조사를 받는 중이었다. 그와 동시에 금융 감독원으로부터 유일 바이오컴의 회계 감사 통보를 받았다. 그 일에 대해서도 알리러 가는 중이었다.

형문은 그의 사무실 앞에 도착하자 매일 보이던 비서는 물론 유 실장도 보이지 않아 의아했다. 이미 회사 내에서는 평소와 다른 옷차림의 사장과, 사장의 약혼녀 이야기로 파다했지만 요즘 일복이 터져 밤샘을 하는 형문에게까지는 닿지 못했다.

문 앞에서 옷매무새를 단정히 한 형문이 노크했다.

잠시 후, 문을 연 형문의 시야로 자신을 보고 있는 두 사람이 들어왔다.

"아, 죄송합니다. 손님이 계신 줄 모르고."

미처 슬을 알아보지 못한 형문이 다시 나가려 하자 태승이 말렸다.

"괜찮습니다. 들어오시죠, 장 변호사님."

"아, 네. 그럼 실례하겠습니다."

소파 쪽으로 걸음을 옮긴 형문의 시야에 그제야 슬이 들어왔다. 태승의 약혼녀가 슬이라는 사실은 이미 알고 있었지만 이렇게 직접 만나는 것은 그날 이후 처음이라 무표정했던 형문의 얼굴이 눈에 띄게 확 밝아졌다. 슬도 형문을 알아보고는 입가에 미소를 띠었다.

"오랜만에 뵙네요, 장 변호사님. 그때 이후로 처음이죠?"

"아, 네. 정말 오랜만이네요, 윤 주임님. 잘 지내셨죠?"

"네. 잘 지냈어요. 장 변호사님도 잘 지내셨죠?"

"그럼요. 그럼요."

격하게 고개를 끄덕인 형문이 그들의 앞자리로 가 앉았다. 세 사람은 마주 보고 앉게 되었다. 형문은 바로 앞에 나란히 앉아 있는 두 사람의 모습을 보자 감회가 새로웠다. 불과 몇 개월 전이지만 태승과 슬이 이렇게 가까운 사이가 되어 있을 줄은 상상하지도 못했기 때문이다. 그때와 지금의 분위기는 하늘과 땅 차이, 봄과 겨울처럼 극명했다. 그래서 더 믿을 수가 없었다.

그건 차치하고, 형문은 이제까지의 조사 보고부터 전했다.

"아, 사장님. 금융 감독원으로부터 유일 바이오컴의 회계 감사 일정이 나왔습니다. 그리고 이건 유일 바이오컴의 현재 재무제표입니다. 아시다시피 유일 바이오컴의 주식 폭락과 진행 중인 프로젝트들이 줄줄이 중단되고 있는 상황이라 이대로라면 앞으로 장담하기 어려워질 수도 있습니다."

태승은 형문의 보고를 들으며 입가를 문질렀다. 어차피 지금의 상황에서 할 수 있는 것은 철저히 조사를 받는 것이고, 조사에서 나온 결과를 순응하는 것이어서 딱히 충격받을 것도 없었다. 하지만 유일 그룹 계열사 중 유일 바이오컴은 유일 퍼스트 다음으로 비중 있는 계열사라 자칫하면 유일 그룹에도 타격이 있을 수 있었다. 실추된 기업 이미지도 중요하지만 자금난부터 해결하는 것이 회생하는 길이었다.

"바이오 신약 UIB512 임상 1상은 어떻게 됐답니까?"

"1상은 마무리됐고 2상에 들어가야 하는데 중도에 막힌 상태랍니다."

"자금 확보가 우선이어야 되겠네요. 일단 유일 바이오컴 부사장부터 만나 보죠."

"네, 그러시는 게 좋겠습니다."

"아, 그 일은 잠시 두고. 장 변호사님 동행하에 저희와 같이 갈 곳이 있습니다. 긴히 드릴 말씀도 있고요."

그러면서 태승이 자리에서 일어났다. 그를 따라 두 사람도 자리에서 일어났다.

세 사람은 한 차를 타고 이동해 호텔로 들어갔다. 웬 호텔인가 싶어 형문과 슬이 동시에 서로를 바라보았다. 태승은 앞장서 호텔 가장 꼭대기 층인 스위트룸으로 걸어갔다. 두 사람은 말없이 그를 따르다 2013호 앞에 멈춰 섰다.

"태승 씨, 여기가 어디예요?"

어리둥절해 있는 그녀를 보던 태승이 품에서 마스터키를 꺼내 문을 열어젖혔다. 이윽고 문이 열리며 낯선 세계가 펼쳐졌다. 대리석으로 이루어진 룸 바닥에는 A4 서류가 여기저기 떨어져 있었고 먹다 남은 음식물이 테이블과 식탁에 아무렇게나 버려져 있었다. 어젯밤 웬 강도가 들었다 해도 믿을 판국이었다. 마찬가지로 형문도 눈앞에 펼쳐진 장관을 보며 입을 다물지 못했다.

난장판이 되어 버린 다이닝 룸을 지나자 소파를 밀어 버리고 마련해 둔 큰 사무용 책상에서 열심히 노트북을 두들기는 낯선 두 사람의 모습이 보였다. 그 두 사람은 사람이 들어온 줄도 모르고 일에 집중해 있었다.

"지금 이게 다 무슨 일이에요?"

보다 못한 슬이 묻자 그제야 두 사람이 하던 일을 멈추곤 이쪽을 향해 돌아보았다. 슬의 시선이 왼편의 남자에게서, 오른편의 여자에게로 옮겨졌다. 안경 너머 마주한 여자의 시선이 꽤나 날카롭다. 대체 이들은 누굴까. 누군데 호텔에서 이러고 있는 걸까. 특히 저 여잔 누구지? 슬의 표정 위로 물음표가 떠올랐다.

코 아래쪽으로 흘러내린 안경을 추스른 수연의 시선도 슬에게 머물렀다. 짧은 머리에 동그란 얼굴, 하늘하늘한 블라우스에 청바지를 입었음에도 빛이 나는 저 여자, 어디서 봤더라?

곰곰이 생각하던 수연의 머릿속에 기사 하나가 스쳐 지나갔다. 일전에 슬이 태승의 피앙세로 기사에 난 적이 있는데, 그때 사진 속에서 봤던 여자였다. 그때도 굉장히 미인이라고 생각했었는데 직접 보니 카메라가 실물을 다 못 담은 거였다. 길거리 캐스팅만 수없이 당해 봤을 미인 중의 미인이었다.

"류 사장님 피앙세, 맞으시죠?"

자리에서 일어나 슬에게 다가간 수연은 자신의 오른손을 내밀며 마치 좋아하는 연예인을 본 것처럼 반가워했다.

"아, 네. 안녕하세요."

누군데 이렇게 자신을 반가워하는 걸까 궁금했지만 일단은 처음보다 경계심을 낮춘 슬이 그녀가 내민 손을 맞잡았다.

"저는 김수연이라고 해요. 기자고요."

수연은 궁금하다는 표정의 슬에게 자신을 소개하며 지금 상황에 대해서도 설명했다.

"기자라고요?"

"네. 혹시 오해하실까 봐. 지금은 특정 사건에 대해 취재하고 있어요. 말하자면 비밀 취재 같은 건데 자세히 말씀드리기에는 워낙 살벌해서. 그냥 류 사장님께 신세를 좀 지고 있는 거라고 생각하시면 돼요."

"네? 비밀 취재는 뭐고, 신세는 또 뭐예요? 태승 씨, 이게 다 어떻게 된 일이에요?"

슬은 이 상황에 대해 여전히 모르겠어서 혼란스러웠다.

"일단 소개부터 할게. 이쪽은 김수연 기자고 지금은 명성 대학교와 명성 학원 간에 사학 비리에 대해 취재 중이셔. 취재는 전부터 쭉 해 오셨는데 최근에 신변의 위협을 당하고 있어서 여기로 모셔 왔어."

슬의 두 눈이 놀라 동그랗게 커졌다. 슬과 눈이 마주친 수연은 어깨를 으쓱해 보이며 괜찮다는 신호를 보냈다. 신변의 위협을 당했다는 김 기자는 오히려 덤덤했다.

태승은 이어서 왼편에 서 있는 남자를 소개했다.

"그리고 이분은…… 이준일 기자."

그는 준일을 소개하다 말곤 슬의 표정을 살폈다. 분명 슬은 이 기자를 기억하고 있을 것이다.

정말로 슬은 이준일 기자를 보자 눈시울이 뜨거워짐을 느꼈다. 어떻게 잊을 수 있을까. 그의 기사에서 아빠는 그야말로 파렴치한 인간이 되어 있었다. 학생들은 피해자였고, 아빠는 가해자로 학생들의 피 같은 돈을 갈취한 것도 모자라 청탁을 빌미로 임직원 및 학생들을 농락한 악랄한 사기꾼이었다.

정직하게 학생들을 가르쳐 온 청렴한 교수였던 아빠를 한순간에 파렴치한으로 만든 사람은 바로 이 기자였다. 꿈에서도 잊지 못했던 그 이름 석 자. 잃었던 기억을 되찾으면서 이준일 기자의 이름도 또렷이 기억났다.

"당…… 당신이야? 당신이…… 당신이 우리 아빠에 대한 악의적인 기사를 쓴 게?"

슬의 목소리가 사정없이 떨렸다. 준일은 숙인 고개를 들지 못했다. 슬 앞에서 준일은 죄인이었다. 청탁을 받아 쓴 기사였지만 처음부터 윤 교수의 죽음은 자살이 아니란 사실을 알았다. 그것부터가 잘못이었다. 알면서도 그들이 원하는 대로 기사를 써 줬다는 것도 전부 대죄였다.

"죄송합니다. 정말 죄송합니다. 죄송합니다."

입을 뗀 준일은 머리를 조아리며 거듭 사죄했다. 빌어먹게도 자신이 할 수 있는 사죄는 이렇게 머리를 조아리며 사과하는 것뿐이었다.

"……죄송합니다. 정말, 정말 죄송합니다."

"됐어요. 사과는 내가 아니라 우리 아빠한테 해야죠."

그녀는 자신에게 재차 용서를 빌고 있는 준일을 향해 차갑게 말했다. 고개를 든 준일의 시야로 벌게진 눈동자로 자신을 쏘아보고 있는 슬이 보였다. 순해 보이는 인상이었지만 자신을 향한 적대감이 그대로 드러나 준일은 얼른 시선을 떨어트렸다.

슬은 젖은 두 눈을 손으로 꾹 누르며 스스로 감정을 컨트롤하려 애썼다. 하지만 뜻대로 잘되지가 않아 침대가 있는 방으로 들어갔다. 폭신한 침대 끝에 걸터앉아 흐르는 눈물을 연신 닦아 내고 있는데 문이 열리며 누군가가 들어오는 것이 보였다. 태승이었다.

태승은 슬의 앞으로 다가가 한쪽 무릎을 꿇어앉아 슬과 시선을 마주했다. 그를 보자 잠시 멎었던 눈물이 뺨을 타고 흘러내렸다. 주르륵 흰 뺨으로 떨어지는 눈물을 대신 닦아 주는 그의 손끝이 따뜻했다.

"저 사람도 태승 씨가 찾은 거죠?"

"응. 내가 찾았어."

"그런데 왜 말해 주지 않았어요?"

슬이 채근하듯 물었다. 찾았으면 찾았다고 진즉에 말해 줬어야 하는 것 아니냐고 말이다. 슬의 입장에서는 충분히 그럴 수 있었다. 다른 누구도 아니고 자신의 아버지에 관한 일이었으니까. 하지만 태승은 슬이 위험해지는 것이 싫었다. 험난한 일은 전부 자신이 해결하고 싶었다.

"미안해. 네가 충격받을까 봐 그랬어."

짧아진 머리카락을 손으로 쓸어 올린 슬이 감정을 다잡았다. 분풀이를 그에게 할 수는 없었다. 이제까지 그에게 받기만 했다. 제 아빠의 사건을 알아보고 걸리는 것이 있다며 이제까지 조사해 준 사람이었다. 자신이 해야 하는 일을 대신 해 준 그였다. 경찰조차 무관심했던 사건을 오직 자신을 위해 발 벗고 나서 준 사람이다. 그런 그에게 고맙다는 말을 뒤로한 채 채근하고 탓할 수 없었다.

"나도 미안해요. 아까 전에도, 지금도."

슬은 진심을 다해서 사과했다. 저를 위해 애써 준 사람에게 당신은 내 마음을 모른다며 소리쳤었다. 지금도 이 기자를 찾았다는 사실을 왜 알려 주지 않았느냐고 타박했다. 다른 사람은 몰라도 자신만큼은 그를 원망해선 안 된다.

"괜찮아. 아무렇지 않아. 네가 이러는 거 당연해."

태승은 미안해하는 슬에게 괜찮다며 웃어 주었다. 그도 힘들 텐데 힘든 내색 없이 오히려 미소를 지어 보이니 슬은 더욱더 미안해졌다. 태승의 목을 끌어안은 슬이 그의 넓은 어깨에 기대었다.

"고마워요. 정말 고마워요."

태승은 제 몸에 기댄 슬의 작은 뒤통수를 쓰다듬어 주었다.

윤 교수님 사건을 좇으면서 하나하나 알게 되는 진실이 저조차도 버거울 때가 있었다. 그래서 더 말하지 못한 것도 있었다. 그럴 때마다 무너지는 슬을 보기가 겁났고 두려웠다.

실제로 슬은 많이 슬퍼했고, 절망했고, 심지어 쓰러지기도 했었다. 그런데도 한 걸음, 두 걸음 앞을 향해서 나아가고 있었다. 많이 겁나고 많이 무서울 텐데도 제 연인은 포기하지 않고 앞으로 발걸음을 내디뎠다.

그래서 태승은 이제 더 이상 숨기지 않기로 했다. 알아야 진범을 잡고 행복해질 수 있을 테니까. 끝까지 슬을 지켜 줄 것이다.

\* \* \*

이제야 모두 모였다. 한 테이블을 사이에 둔 채 다섯 사람이 옹기종기 모여 앉았다. 태승과 슬, 형문이 나란히 앉았고 수연과 준일은 그 맞은 편에 앉았다.

윤 교수 사건으로 인해 모인 네 사람이야 그렇다 쳐도, 형문은 대체 왜 이 자리에 자신이 낀 것인지 의아했다. 그러다 태승이 하는 말을 모두 듣고서야 자신이 왜 이 자리에 오게 된 것인지, 자신이 해야 할 일은 무엇인지 알 수 있었다.

한동안 격분했던 형문은 차분히 석현의 사건을 되짚어 나갔다.

"현재 윤 교수님 사건은 종결된 상태입니다. 그런 상황에서 우리가 할수 있는 건 재수사 정도죠. 재수사를 요청하기 위해서는 이를 뒤엎을 만한 확실한 증거가 있어야 하고요."

하지만 그럴 만한 증거는 없었다. 이미 수사는 종결이 됐고, 시신도 장례를 치렀다. 그나마 준일이 갖고 있던 단서도 이미 그들의 손에 있으니 증거는 없다고 봐야 맞다.

"증언도 증거가 될 수 있지 않나요?"

증언이라……. 슬의 물음에 형문이 고개를 들어 앞에 앉은 준일을 보았다. 준일이야 그때 사건을 아는 증인이었다. 하지만 그는 이미 상습 도박 전과가 있는 범법자로 증인으로 세운다고 해도 상대측에서 신빙성이 떨어진다는 이유로 꼬투리를 잡을 수 있다. 게다가 경찰이 겨우 그만한 일로 자신들의 실수를 인정하지도 않을 것이다. 또 그의 증언이 직접적인 증거가 될 수도 없다.

형문이 고개를 저었다.

"어디까지나 추정에 불과할 뿐, 직접적인 증언이 아닌 이상은 어렵습니다."

"휴우. 그럼 어쩌죠? 방법이 아예 없는 건가."

답답해진 수연이 한숨을 쉬었다. 분위기가 점점 더 가라앉고 있었다.

"한 사람 더 있어요. 그때 일에 직접적으로 관여되어 있는 사람이."

슬의 말에 모두가 기대하는 표정으로 그녀를 쳐다보았다. 한껏 무거워진 분위기를 환기시킬 만한 말이었다. 하지만 슬이 누구를 두고 한 말인지 알고 있는 태승은 그러지 못했다.

"그게 누굽니까, 사모님?"

형문이 슬에게 물었는데 대답은 태승이 했다.

"아무것도 아닙니다. 묻지 마시죠, 장 변호사님."

태승은 형문에게 단호히 말하고는 슬에게도 경고하듯 말했다.

"너도 하지 마. 안 된다고 했어."

하지만 슬은 이 방법밖에는 없다고 생각했다. 그 사람은 유일한 동아줄이고 유일한 목격자이자 증인이었다. 어쩌면 그들과 동조한 자일 수도 있다.

"지금으로서는 그 사람밖에는 방법이 없어요. 뭐라도 해 봐야죠. 기든 아니든 확인을 해 봐야 알 수 있는 거 아니에요?"

맞는 말이었다. 앞뒤가 가로막힌 상황에서 할 수 있는 거라고는 그것뿐이었다. 진위 여부를 확인해야 슬도 단념할 것이다. 이렇게 막는다고 해서 그만둘 슬도 아니었다. 더 이상 할 말이 없어진 태승은 입을 다물었다. 그제야 슬이 궁금증 가득한 눈빛으로 저를 쳐다보고 있는 여섯 개의 눈을 보며 입을 열었다.

"아빠와 같이 명성 대학교와 명성 학원 사이 비리를 캐던 변호사가 있었어요. 사건 당일에도 아빠와 전화 통화도 했고요. 아빠 서재에서 발견한 명함도 있어요."

슬은 가방에서 명함을 꺼내 테이블에 올려놓았다. 형문은 얼른 명함을 집어 변호사 이름을 읊조렸다.

"김인형 변호사?"

"아, 맞다. 장 변호사님도 변호사시니까 혹시 이 변호사 누군지 아시겠어요?"

혹시나 싶어 물었던 건데 역시나 형문은 모르는 변호사였다.

"누군지는 모르는데 연수원 동기들 통해서 알아볼게요. 그리고 이 변호사랑 윤 교수님께서 그때 당시 통화했던 사실은 어떻게 아셨어요? 아버지께 들으셨나?"

예리한 질문 앞에 슬은 선뜻 대답할 수 없었다. 김 변호사와 아빠가 통화를 나눴다는 사실은 꿈에서 봤던 것이기 때문이다. 꿈은 허상에 가까웠다. 저는 김 변호사가 거짓말을 하고 있다고 생각하지만 다른 사람은 아니었다. 꿈에서 봤다고 하면 믿지 않을 게 뻔했다. 그래서 자신의 말에 신빙성을 실어 줄 것이 필요했다.

"장 변호사님, 혹시 3년 전 통화 내역도 추적이 가능한가요?"

대충 상황을 눈치챈 태승이 물었다.

"음…… 통신사에서는 일반적으로 6개월 내의 통화 내역만 추적이 가능합니다."

"그럼 휴대폰 최근 통화 내역을 살리면 추적이 가능할까요?"

"그럼요. 당연히 가능하죠."

형문의 대답에 고개를 끄덕인 태승이 이번에는 슬에게 물었다.

"장인어른 휴대폰 아직 갖고 있지?"

얼결에 고개를 끄덕이던 슬은 그제야 그의 말뜻을 알아듣곤 대답했다.

"집에 있어요. 아빠한테 남은 유품이라 갖고 있긴 한데 그때도 별거 없다고 했었거든요."

슬은 석현의 휴대폰이 있다는 걸 까맣게 잊고 있었다. 통신사에 남아 있는 통화 기록은 없을지 몰라도 휴대폰에는 남아 있을지 모른다. 그때도 경찰에서 석현의 휴대폰을 가져가 통화 기록이나 문자 수신 내역, 사진 등을 확인했지만 수상한 혐의점은 없다고 했었다. 타살에 의한 흔적이 없다며 수사를 자살로 종결시켰다.

그런데 만약 그의 휴대폰에서 김인형 변호사의 번호가 나오고, 김 변호사의 말이 거짓이란 사실이 밝혀진다면 석현의 사건은 완전히 뒤집히게 될 것이다.

"그래도 일단 확인이라도 해 보자."

"네."

슬이 서둘러 자리를 털고 일어났다. 제 아빠의 휴대폰을 생각해 내지 못했다니. 자신의 무지함에 슬의 마음이 초조해졌다.

"같이 가."

그녀를 따라 태승도 자리에서 일어났다. 두 사람은 부리나케 룸을 나와 지하 주차장으로 내려갔다. 꼭대기 층에서 지하 5층까지 내려가는 엘리베이터에서도 슬은 초조함을 숨기지 못했다. 그런 슬의 손을 잡는 태승 역시 마음이 조급했다.

* * *

밤이 된 시각, 은하 아파트 앞으로 차 하나가 멈춰 섰다. 차에서 먼저 내린 슬은 곧장 아파트 입구로 달려 들어갔다. 한시라도 더 빨리 아빠의 휴대폰을 찾아서 그 안에 남아 있을지 모를 통화 기록을 확인하고 싶었다.

그녀는 위층에서 멈춰 내려오지 않는 엘리베이터를 기다릴 새도 없이 계단을 성큼성큼 뛰어올라 갔다. 어느새 태승도 슬의 뒤를 바짝 따라붙어 계단을 올랐다.

단숨에 제 집 앞까지 올라온 슬이 빠른 손놀림으로 비밀번호를 눌렀다. 띠릭 하는 소리와 함께 문이 열리자마자 슬은 안으로 들어가 침대 옆에 놓인 책상 서랍을 열었다. 두 번째 서랍을 열자 이제는 구형이 되어 버린 휴대폰 하나가 잠들어 있었다. 재빨리 휴대폰을 켜 보지만 충전이 덜된 건지 전원이 들어오지 않았다.

"왜, 안 켜져?"

뒤따라 들어온 태승이 그녀에게서 휴대폰을 가져가 전원 버튼을 눌러 보았다. 역시나 무반응이었다.

"충전기는?"

그가 주변을 두리번거리는 사이에 슬이 충전기를 가져와 휴대폰에 꽂았다. 그 상태에서 전원을 켜자 무반응이었던 휴대폰 화면이 환해지며 슬과 석현의 사진이 바탕 화면에 떠올랐다.

슬은 기뻐할 새도 없이 후다닥 최근 통화 기록 버튼을 눌렀다. 그러자 화면에 최근 통화 기록이라는 큰 글씨 아래로 하얀 여백이 펼쳐졌다. 남아 있어야 할 통화 기록이 전부 지워져 있었던 것이다.

두 눈으로 보고도 믿을 수 없던 슬은 취소 버튼을 터치했다가 다시 통화 기록 버튼 눌렀다. 그 행동을 반복하다가 급기야 휴대폰을 다시 껐다 켜 보기도 했다. 하지만 휴대폰에 남아 있는 기록 같은 건 없었다. 두 번, 세 번을 확인했지만 결과는 같았다. 몇 번을 확인한다 해도 달라질 게 없을 것이다.

솔직히 별로 기대하지도 않았다. 애초에 석현이 기록 같은 걸 남길 리 없다고 생각했다. 그렇게 허술하지는 않을 거다. 그런데 왜 이리 원망스러운 마음이 드는 걸까.

하나라도 좀 흘려 주지. 작은 단서라도 좀 흘려 주지. 왜 이렇게 철두철미해서 작은 단서조차 잡을 수 없게 하냐고. 확인만 하면 되는데, 그럼 다 해결되는데…….

하아…… 한탄 섞인 한숨을 내쉰 슬이 의자에 주저앉아 손으로 이마를 짚었다.

실낱같은 희망이 좌절된 지금, 이 안에 흐르는 공기도 무거웠다. 태승은 절망하는 슬의 곁에서 몇 번이고 위로하고 또 위로하고 싶지만 선뜻 그럴 수도 없었다. 그 어떤 말로도 슬의 기분이 나아질 리 없다는 걸 안다. 그녀가 말했듯 누구도 그녀의 심정을 공감하고 이해할 수 없다. 그럴 수 있다고 믿었던 자신까지도. 그저 곁에 있어 주는 것만으로도 위로가 되기를 기다리는 것뿐.

그렇게 한참의 시간이 흐르고서야 슬이 자리에서 일어났다.

"일단 가요."

그대로 지나쳐 가려는 슬의 손을 태승이 잡아 세웠다. 왜 그러냐는 듯 바라보는 슬의 몸을 끌어 당겨 안고 태승은 그녀의 등을 토닥였다. 그 손길에 슬은 답답했던 마음이 탁 트이는 듯했다.

"충전하는 거야. 앞으로 어떤 일이 있을지 모르니까 미리 충전해서 방전되는 일 없게."

그다운 위로법에 울적했던 슬의 얼굴이 밝아지며 입가에 잔잔한 미소가 그려졌다. 조금 전만 해도 체념했던 마음이 놀랍게도 회복되어 가고 있었다. 이런 게 사랑인 거겠지. 사랑 하나로 다시 힘을 낼 수 있다니. 경이로운 일이다.

그의 품에서 얼굴만 떼어 낸 슬이 그를 올려보며 말했다. 포옹보다 더 진한 위로가 필요했다.

"포옹만으로는 충전이 안 될 것 같은데요? 이보다 더 진한 급속 충전이 필요할 것 같은데."

자신의 아픈 마음을 헤아려 주는 그의 마음이 고마워서 이런저런 생각은 잠시 뒤로 미루고 잠시라도 그와 사랑을 나누고 싶었다. 스르륵 눈을 감고 입술을 쭉 내밀자 하하 웃는 그의 웃음소리가 들려왔다. 그러고는 곧바로 입술 위로 진한 열기가 느껴졌다.

애당초 뽀뽀로 방전된 에너지를 충전하려고 했지만 입술이 닿는 순간 그런 건 까맣게 잊어버렸다. 맞닿은 입술이 벌어지고 뜨거운 숨과 함께 그의 혀를 받아들인 순간 머릿속이 하얘졌다.

모든 걱정과 불안, 초조했던 마음이 사라지고 뜨거운 감정이 그 빈자리를 가득 채웠다. 슬을 자신 쪽으로 더 당긴 그가 조금 더 깊이 입술을 물었다. 혀끝으로 여린 속살을 건드리며 혀를 비비고 얽으니 슬의 입에서 혼탁한 숨이 새어 나왔다.

셀 수도 없을 만큼 많이 했지만 그와의 키스는 할 때마다 새롭고 짜릿했다. 선명했던 주변이 흐려지며 세상에 단둘만 남은 것처럼 집중하게 되는 마법 같은 시간이었다. 술을 마시지도 않았는데 마신 것처럼 온몸이 뜨거워지고 머릿속이 빙글빙글 돈다.

뒷머리를 받쳐 안고 진득하게 입술을 베어 물며 더 깊이 혀를 얽는 그에게 중독되어 슬은 자신도 모르게 그의 목덜미를 끌어안았던 팔을 풀고 점점 아래로 내렸다. 포옹보다는 조금 더 진한 뽀뽀를 원했고, 뽀뽀하다 보니 키스를 원하게 됐다.

그도 마찬가지였는지 가벼운 입맞춤의 농도는 더욱 진해졌고, 조금만 하다 말 줄 알았는데 생각보다 오래 입술을 맞추었다. 두 사람은 의식은 있지만 멈춰야 할 때를 잊은 듯 서로에게 취해 버렸다.

숨을 쉬기 벅찰 때쯤에 입술이 느릿하게 떨어졌다. 태승이 아직은 열망이 가득 들어차 있는 두 눈으로 그녀를 마주 보았다. 말간 그녀의 뺨이 사과처럼 붉다. 그대로 다시 입을 맞추고 싶지만 할 일이 많다. 아쉬운 마음에 슬의 부푼 입술 끝을 손가락으로 매만지던 그가 부끄러워하는 슬의 손에 손깍지를 꼈다.

"충전은? 이제 채워졌어?"

솔직히 말하면 하다 만 느낌이다. 조금 더 맞대고 싶지만 그러기엔 해야 할 일이 너무 많다.

"급속 충전이라 언제 꺼질지는 모르겠어요."

그가 입매를 끌어 올리며 은밀하게 말했다.

"꺼지면 또 말해. 얼마든지 채워 줄 테니까."

이런 것쯤은 대환영이라는 듯 말하는 그를 향해 슬이 고개를 끄덕였다.

"가자. 휴대폰부터 손봐야지."

태승이 손을 잡고 그녀를 끌었다. 슬도 그가 이끄는 대로 따라 나갔다. 문이 닫혔고 두 사람은 그대로 아파트 입구를 빠져나왔다. 휴대폰을 고치기 위해 전자 상가로 가는 길이 아파트로 가기 전에 길과 다르게 한결 마음이 편안해져 있었다.

실로 그는 제게 어마어마한 사람이었다. 초조와 불안, 걱정으로 우울했던 제 마음을 한순간에 바꾸는 마법을 보여 주니까 말이다. 비록 석현의 휴대폰은 불통이지만 그가 걸어 준 이 마법처럼 휴대폰에도 그의 마법이 통하리라 생각한다. 틀림없이.

## 4. 단 하나의 퍼즐 조각

태승의 차가 은하 아파트 입구를 빠져나가는 모습이 정차되어 있던 어떤 차 룸 미러에 비춰졌다. 헤드라이트 불빛이 완전히 사라지자 그제야 뒷좌석 차창이 아래로 내려갔다. 그리고 동시에 누군가의 시선이 아파트 건물에 머물렀다. 정확히는 1301동 3층, 바로 슬의 집이었다.

눈빛의 주인공은 불 꺼진 슬의 집 창문을 눈여겨보다가 시선을 돌려 제 손에 들린 서류를 내려다보았다. 그 서류에는 슬의 인적 사항이 상세하게 적혀 있었고, 슬의 반명함 사진까지 붙어 있었다. 이름과 나이, 아버지 이름까지 보던 누군가가 이번에는 슬의 사진을 쳐다보았다. 참으로 끈질긴 악연이 아닌가.

벌써 잊힌 사건이 수면 위로 떠오르고 있었다. 난데없이 굴러온 돌 때문이었다. 그 돌이 자연적으로 굴러오지는 않았을 거다. 분명 누군가가 그 돌을 굴렸다.

이 총장에게서 들은 보고는 가히 충격적이었다. 유일 그룹 류일만 회장의 손자이자 곧 차기 회장이 될 류태승이 돌을 굴린 사람이고 류태승 사장의 약혼녀가 그 돌이라니.

진한의 얼굴에 균열이 일었다. 유일 그룹 못지않게 승승장구하던 명성 그룹이 힘을 잃고 흔들리기 시작한 이때, 예상치 못한 사건이 자꾸만 다시 언급되고 있다. 그때 그 사건이 뭍으로 올라오기라도 한다면 명성 그룹은 그대로 끝이었다. 물론 이 총장이 모든 일을 실행에 옮겼지만, 그도 못 믿을 사람이었다.

대체 어디까지 알고 있는 걸까? 어디까지 알기에 이 총장을 찾아와 은근슬쩍 그 사건을 들먹이며 떠본 걸까? 중요한 것은 그들이 모든 진실을 알고 있다는 거다. 그런 예감이 서늘하게 제 몸을 감싸는 것을 느꼈다는 거다.

하필 자중하고 있어야 하는 이때에 이런 일이 생긴 걸까. 금이 갔던 진한의 표정이 형편없이 구겨졌다. 시간이 없다. 그들이 또 뭔 작당을 하기 전에 끝내야 한다. 그렇담 어떻게 일을 처리할까. 여자는 어차피 한 방이면 끝난다. 하지만 류태승이 이 여자에게 붙은 이상 섣불리 행동할 수도 없다. 그에게는 자신만큼이나 막강한 자본과 권력, 힘이 있었다.

머리를 굴리던 진한에게 좋은 수가 떠올랐다.

그는 곧바로 이 총장에게 전화를 걸었다.

"납니다. 박진한. 아직 유일 그룹 측으로 산학 협력 제안에 관해 확답 안 줬죠? 그렇담 제안 승낙하세요. 어차피 우리도 꿀릴 거 없으니까. 오히려 거절하는 게 이상할 겁니다. 제안 승낙하고 자연스럽게 얼굴 보는 자리를 만드세요. 일단 우리도 그쪽이 얼마큼 아는지를 확인해야 하니까. 그리고 나서 생각합시다. 그들을 어떻게 처리할지."

만족스러운 통화를 마치고 진한의 차가 서서히 움직이며 은하 아파트를 빠져나갔다.

진한과의 통화를 마친 성찬은 마냥 웃을 수 없었다. 태승을 만나고 온 뒤부터 계속 가위에 눌리고 있다. 눈만 감으면 그날의 일이 악몽처럼 떠오른다. 3년도 더 지난 일이고 수사도 종결되었지만 자신이 잡혀갈 수도 있을까 싶어 검색도 해 봤다.

윤 교수의 사인은 자살. 자살은 맞지만 그가 죽는 모습을 옆에서 지켜봤고 확인까지 했다. 그렇다면 자신은 자살을 교사, 방조한 자살 방조죄에 해당되었다. 인터넷에 적힌 자신의 죄명을 확인한 성찬의 얼굴이 절망과 두려움, 자책으로 일그러졌다.

결국 노트북을 냅다 바닥으로 던져 버린 성찬이 악을 써 댔다. 돌이킬 수 없는 현실이 잔인하리마치 무섭고 두려웠다. 차라리 이 모든 것이 꿈이었으면……

\* \* \*

"안에 통화 기록을 좀 보고 싶은데 안 될까요?"

늦은 시간이라 열린 곳이 있을까 싶었는데 마침 불이 켜져 있는 전자 상가가 있어 다행이었다. 가게 사장은 켜지지 않는 구형 휴대폰을 이리저리 살펴보더니 이 휴대폰을 살릴 수 있을지 없을지는 장담할 수 없다는 대답을 했다. 그래도 일단 해 보겠다는 말에 희망을 걸어 볼 수밖에.

통화 기록을 복구하기까지 이틀 정도 소요된다고 했다. 사실 이틀로는 턱도 없이 부족하다는 걸 태승이 얼마가 됐든 주겠다고 하니 이틀 내로 해 보겠다는 확답이 돌아왔다.

그의 명함과 휴대폰을 맡기고 나오는 길이었다. 또다시 시무룩해진 슬의 표정을 살피던 태승이 슬그머니 손깍지를 껴 왔다. 손에서 그의 따뜻한 체온이 느껴졌다. 고개를 들자 그가 미소 짓고 있었다. 자동적으로 슬도 그를 따라 웃어 보인다.

"배 안 고파?"

"아, 밥. 밥도 안 먹었구나. 우리."

그제야 밥 생각이 났다. 아침부터 지금까지 이리저리 뛰어다니느라 밥 먹는 것조차 잊고 말았다. 적어도 한 끼는 챙겨 먹었어야 했는데. 괜히 저 때문에 그도 못 먹은 건가 싶어졌다. 저야 그렇다 쳐도 그는 무슨 생고생인가. 배가 많이 고팠을 텐데 말도 못 했을 거다.

"어떻게요? 배 많이 고팠죠?"

슬이 울상을 지으며 미안해했다. 그러자 그가 고개를 저었다.

"지금 가서 먹으면 되지. 먹고 가자."

얼른 고개를 끄덕이며 두 사람은 근처 식당을 찾았다. 급히 간 식당은 분식집이었고 태승은 야채 김밥 두 줄과 라면을, 슬은 떡볶이를 주문했다. 곧이어 주문한 음식들이 나왔고 그는 배가 많이 고팠던 모양인지 라면을 거의 흡입하는 수준으로 해치웠다.

김밥도 남김없이 먹는 모습을 보면서 슬은 또 한 번 미안해졌다. 그는 대체로 식욕이 크지 않은 사람이었다. 재호의 말대로라면 거의 없는 수준이라고. 하지만 지금 눈 깜짝할 사이에 많았던 음식을 해치우는 것을 보니 배가 많이 고팠구나 싶었다.

"떡볶이 맛있어?"

물론 슬도 태승 못지않게 식욕이 없는 사람이었다. 원래도 잘 먹는 편은 아니었는데 제 아빠 사건을 다시 재조사하면서부터 입맛이 없어졌다. 슬은 제 것을 탐내는 그에게 그릇을 얼른 내밀어 주었다. 어차피 다 못 먹을 양이기도 했다. 늦은 시간이라고 주인아주머니가 2인분 같은 1인분을 주었기 때문이다.

"이 집 떡볶이 맛있다. 너도 먹어."

그는 떡볶이를 두 개씩 집어 먹으면서도 슬의 입으로 꼬박꼬박 떡을 넣어 주었다. 떡볶이 그릇도 모두 비우고서야 그는 만족스러운 표정을 지었다. 딱히 배가 부르지는 않았지만 간만에 맛있는 한 끼였다.

"맛있었어요?"

"응. 아주 맛있었어."

"떡볶이, 라면, 김밥 이런 것도 잘 먹는 줄은 몰랐어요."

계산까지 하고 나오자 드문드문 있던 사람들도 모두 집에 들어간 어스름한 시간이 되어 있었다.

"못 먹는 음식 별로 없어. 다 잘 먹어."

"맞다. 한식 좋아한다고 했었다."

슬은 남희의 말이 떠올랐다. 한식 위주의 음식을 좋아한다고. 태승이 고개를 끄덕이며 덧붙여 말했다.

"응. 너는 밀가루 좋아하잖아. 빵이나 파스타, 면으로 된 요리를 특히 좋아하고."

"맞아요. 근데 태승 씨 회사에서 밥은 먹으면서 일하는 거죠?"

"그럼. 꼭 챙겨 먹으면서 일해."

"거짓말. 나도 다 알거든요. 태승 씨 끼니 잘 안 챙기는 거."

"누가 그래? 재호가 그래?"

"아뇨. 이미 알 사람들은 다 알아요."

"아, 이모님께 들었구나."

"밥은 꼭 먹고 일해요. 나도, 이모님도, 유 비서님도 걱정하니까."

"알았어. 꼭 챙겨 먹을게."

도란도란 이야기꽃을 피우며 걸어가는 두 사람의 머리 위로 달빛이 은은한 빛을 내며 뒤따랐다. 참으로 길고 힘들었던 하루였지만, 또 둘이어서 오늘 하루도 잘 보낼 수 있었다.

"참, 장 변호사님께 전화드려야 하는 거 아니에요? 어떻게 됐는지 궁금하실 텐데."

문득 호텔에 남겨 두고 온 장 변호사가 떠올랐다.

"아까 문자드렸어. 장 변호사님이 알아서 잘 마무리하셨을 거야."

"기자님들은요?"

"계속 호텔에서 지내면서 취재할 거야. 김 기자나 이 기자나 호텔에 있는 게 현재로서는 가장 안전하고."

"그 호텔은 안전할까요?"

실로 무서운 사람들이다. 기자의 집까지 괴한을 들일 정도라면 호텔이라고 안전할 수 있을까 싶었다. 하긴 사람까지 죽인 사람인데 뭔들 못할까. 슬은 그래서 그가 제 걱정을 한 거구나 생각했다. 김 기자가 당한 일이 제게 일어나지 않으리라는 법은 없으니까. 게다가 이 사건 피해자의 딸이기에 김 기자가 겪은 일보다 더한 일이 생길 수도 있다.

"아주 안전하다고는 할 수 없지만 내가 이들 편에 있다는 걸 알았다면 그들도 섣불리 행동하지는 못할 거야."

그가 하는 말을 묵묵히 듣던 슬이 내딛던 걸음을 멈춰 자리에 섰다. 그녀를 따라 그도 발걸음을 멈췄다. 내린 시선 끝에 저를 올려보는 그녀의 검은 눈동자가 보였다.

"왜 그래?"

말없이 자신을 물끄러미 바라보는 슬의 표정이 이상했다. 태승은 그 얼굴을 보고 걱정되어 물었다. 그러자 슬은 그를 바라보던 시선을 떨어트려 손깍지를 낀 손을 들어 올려 보았다.

"나도 그럴게요."

"응? 뭘?"

슬이 다시 고개를 들고 그를 보면서 말을 이었다.

"섣불리 위험한 행동 하지 않을 게요. 태승 씨가 내 걱정하는 일 없게."

여태껏 김 기자를 걱정하는 줄 알았더니 자신을 걱정하는 저를 걱정하고 있었던 모양이다. 태승이 김 기자를 호텔로 데려가면서 줄곧 들었던 생각은 김 기자가 당했던 일을 슬도 당할 수 있다는 사실이었다. 그 생각을 하자 걷잡을 수 없는 두려움이 밀려들었다. 그래서 슬이 이 일에 더 깊이 알려고 하지 않기를 바랐다.

하지만 이제는 그럴 수 없다는 것을 안다. 애초부터 그럴 수 없었던 거다. 석현이 그렇게 죽음에 이른 그 순간부터 슬은 이 사건에 깊이 관여될 수밖에 없었다. 모든 것은 이미 정해져 있었던 것이다. 슬은 그 운명대로 살아가는 것을 선택한 것이다.

그런 운명 앞에 슬은 나아가고 있다. 더 이상 제자리에 머무르지 않고 묵묵히 제 운명을 짊어진 채 전진하고 있었다. 그런 그녀를 막을 권리 같은 건 제게 없다는 걸 깨달은 순간, 그가 할 수 있는 것은 그녀가 가는 길을 함께 걸어 주는 것밖에 없었다. 바로 그것이 태승이 선택한 제 운명이었다.

"나도 최선을 다해 네 곁에 있을게."

서로를 바라보던 두 사람의 시선이 이내 앞으로 향했다. 두 사람의 걸음이 동시에 떼어졌고, 태승과 슬은 나란히 걸어갔다. 그들이 걷는 길 위로 그려진 긴 그림자조차 둘은 함께였다.

\* \* \*

다음 날, 태승은 장 변호사로부터 전해 들은 유일 바이오컴 회계 감사에 관한 대책 회의를 위해 서둘러 출근하느라 일만의 얼굴도 보지 못하고 나왔다. 간만에 보는 얼굴이었는데 오전부터 잡힌 회의 탓에 급히 나온 것이 마음에 걸렸다.

회의는 유일 바이오컴의 부장 직급 이상부터 참석하는 자리였다. 회의 장소는 유일 그룹 제2 회의실에서 진행됐고 임원들은 빠짐없이 참석했다.

회계 감사 일정 및 현재 진행 중인 프로젝트 중 가장 시급한 프로젝트부터 그 대안에 대해 논의했다.

그렇게 회의는 장장 세 시간을 넘어가고 있었다. 한두 명씩 슬슬 회의에 지루함을 느끼고 몸이 찌뿌듯해질 즈음, 12시를 가리키는 시계를 확인한 그가 길고 길었던 오전 회의의 끝을 알렸다.

"벌써 점심시간이네요. 각자 점심 드시고 충분히 휴식 시간 가지시다가 한 시간 뒤에 다시 회의 진행하시죠."

현재 유일 그룹을 책임지고 있는 사람은 태승뿐이었다. 회장인 일만은 병환 중이었고. 유일 바이오컴을 이끌던 박중열 사장은 현재 범법 행위로 인해 구치소에 수감 중이라 태승이 전적으로 유일 그룹을 이끌고 있었다.

태승의 한마디에 모든 직원들이 우르르 회의실 밖으로 나갔다. 회의 내내 분위기는 확 가라앉아 있었고 계속되는 회의 탓에 온몸이 뻐근할 지경이었다. 때마침 점심때라 다들 살았다는 기분을 느끼는 중이었다. 홀로 회의실을 지키며 회의 자료를 눈으로 검토하던 그도 긴 회의 탓에 뭉쳐 있던 어깨를 주물렀다. 그런데도 피로가 풀리지 않자 노트북에서 시선을 떼고 아예 의자를 돌려 창문 밖을 내려다보았다.

아직도 할 일이 많았다. 유일 바이오컴에서 일어난 사건이 워낙 중차대해서 여기부터 손을 보는 것일 뿐, 이곳을 중심으로 한 곳씩 차례대로 살펴볼 생각이다. 앞으로 얼마나 많은 일을 해야 할지 상상도 되지 않는다. 이 손으로 또 얼마나 많은 곳을 뜯어낼지도 모르겠다. 생각보다 많은 곳에서 부정한 일이 벌어지고 있었다. 할아버지는 이것을 아셨을까. 알면서도 그저 바라보는 것밖에는 방법이 없으셨던 걸까.

아무리 정직하게 한다 한들 결국은 사람이 하는 일이다. 그렇기에 실수는 늘 있는 법. 그것은 이해할 수 있다. 하지만 그 일이 부정하다는 사실을 알면서도 하는 것은 실수가 아니다. 그것이 나쁜 일이라는 것을 알면서도 눈감는 것 역시 실수가 아니다. 옳지 못한 일을 행하고 회피하는 것은 결국 파국으로 치닫는 지름길이 될 것이다. 또한 이미 썩을 대로 썩은 곳은 도려내기도 어렵다. 그런 곳은 베어 내기보다 아예 잘라서 새살이 돋을 수 있게 해야 한다.

태승은 바로 그러한 일을 하려고 한다. 그 스스로 내부 고발자가 되려 하는 것이다. 듣기 좋은 말로 내부 고발자이지, 실상은 제 손으로 제 할아버지가 일군 회사를 무너트리는 일이다. 편법이나 불법을 하지 않고 옳은 경영을 하려면 이 선택이 마땅하다지만 제 할아버지를 생각하면 마음이 돌덩이를 얹은 것처럼 무거워졌다.

"사장님."

창밖 허공에 시선을 둔 채 골몰하던 그의 뒤로 어느새 재호가 다가와 그를 불렀다. 그가 고개만 살짝 움직이자 재호가 말했다.

"명성 대학교 측에서 저희와의 산학 협력 제안을 받아들이겠다는 연락이 왔습니다. 발표 시기와 구체적인 산학 협력 내용에 대해 논의하고 싶다고 자리를 만들겠다고 하는데 뭐라고 해야 할까요?"

태승이 의자에 깊이 기대고 있던 등을 떼고 자리에서 일어났다. 사실 산학 협력은 명분일 뿐 그들의 반응을 보려고 만들었던 자리였다. 그에 그들은 원하는 반응을 보여 줬다. 그것만으로도 만족하여 생각도 하지 않고 있었는데 산학 협력 제안을 승낙했다고 하니, 그들의 저의가 궁금했다.

"……저, 사장님."

"잠깐. 잠깐만."

자신의 대답을 재촉하는 재호에게 잠깐 아무 말도 하지 말라는 사인을 보낸 그가 골똘히 생각했다.

'그때 자리에서 봤던 이 총장은 얼굴이 사색이 되어 나갔는데 이제 와 산학 협력 제안을 승낙했다고? 공은 공이고 사는 사라는 뜻인가? 아니야.

이 총장은 절대 그럴 수가 없는 인물인데…….'

그는 그때를 되짚으며 하나씩 생각을 정리했다.

윤 교수를 죽음으로 몰아갔을 행동 대장은 이 총장일 가능성이 크다. 박 회장은 뒤에서 그를 부리는 자이고, 윤 교수의 죽음에 직접적으로 가담했을 이 총장은 절대 그 제안을 승낙하지 않았을 거다.

아니면 자신이 한 짓이 아니라는 것을 알리고 싶어 일부러 이 제안을 승낙한 건가? 분명 이성찬 총장도 알았을 거다. 제가 그를 주시하고 있다는 사실을. 모든 가능성을 열어 놓아야 하지만 단순하게 생각한다면 대부분은 자신이 범인이라 생각하는 사람과는 다시 얽히려 하지 않는다.

'그렇다면 이 총장이 아닌 박진한 회장의 뜻인가. 대체 무슨 꿍꿍이인 거야.'

그의 표정이 날카롭게 변했다. 그들이 감춰 둔 속내를 알아내려면 그 제안을 받아들여야 한다. 어쩌면 슬이 생각해 낸 그 수를 써야 할지도 모르겠다. 오히려 이것이 기회일지 모른다. 그들이 움직이기로 마음먹었다는 것은 그만큼 위험해질 수 있겠지만 이것만큼 좋은 기회도 없다는 걸 뜻했다. 그들의 움직임을 파악하려면 뒤가 아닌 위험성이 적은 앞에 서야 한다. 그들이 움직이기 전에 먼저 덫을 치자. 기습 선방은 장정이라도 막을 수 없는 법.

모든 생각을 정리한 그의 표정이 결연했다.

"자리 만들라고 해. 그리고 구체적으로 우리가 명성 대학교 측으로 지원할 수 있는 게 무엇이 있는지 알아보고 제안서 만들어. 이 분야는 우리보다 재단에서 하는 게 나을 거야. 이사장님께 연락 넣을 테니까 그쪽이랑 협력해서 꼼꼼히 만들어 와. 지원해 줄 수 있는 건 다 넣어서."

"네. 알겠습니다."

"회의 다음 일정은 뭐지?"

"유일 퍼스트로 가셔서 삼사분기 경영 현안 보고받으셔야 합니다."

"그것도 급하니까 자리 옮길 필요 없이 미리 연락해서 본사로 오시라고 해. 회의 끝나는 즉시 보고받을 거니까. 아, 이범영 부사장님은 아직 연락 없으셔?"

"예. 그동안에 미뤄 두신 휴가를 모두 내신 상황이라."

"알았어. 혹시 모르니까 이 부사장 위치 좀 파악해 봐."

"예. 알겠습니다. 아, 사장님. 식사는?"

"먹어야지. 먹고살자고 하는 짓인데."

사실 밥 생각이 별로 없었지만 그는 어제 슬이 했던 말이 떠올라 뭐라도 간단히 먹어야겠다고 생각했다. 뭘 먹을까 고민할 것도 없이 회의실을 나온 태승은 곧장 지하에 있는 구내식당을 찾았다.

그의 뒤를 따르던 재호는 뜬금없이 본사 식당을 찾는 그의 행보가 낯설었다. 제 시간에 스스로 알아서 끼니를 챙기는 것도 놀라운데 하고많은 곳 중에 왜 하필 구내식당일까. 이것도 설마 일종의 이미지 메이킹? 요즘 유일 그룹을 바라보는 국민들의 시선이 좋지 않은데 서민 코스프레로 이미지를 쇄신해 보려는 의도?

여기까지 생각하던 재호는 이내 고개를 절레절레 저었다. 오랫동안 지켜봐 온 그는 절대로 그럴 사람이 아니었다. 이미지 메이킹이고 뭐고 그런 걸 신경 쓸 만큼 한가하지도 않고. 더군다나 그는 재벌이라고 해서 다른 재벌들처럼 자신의 재력을 남들에게 의도적으로 과시하려는 사람도 아니었다. 입맛도 소박해서 평소에도 한식 위주의 음식을 즐기곤 했다. 회사 구내식당을 찾은 것도 직원들에게 좋은 이미지를 심기 위함도 아닌 그저 가까운 곳에 있는 음식을 찾은 것뿐이다. 오늘 일정이 매우 빡빡했으므로.

"유 비서. 뭐 해, 안 오고?"

태승이 입구 앞에서 한참을 기다려도 오지 않는 재호를 불렀다. 정신을 번쩍 차린 재호가 얼른 그의 뒤에 따라붙었다. 곧 차기 회장이 될 그가 구내식당 안으로 들어서자 모든 사원들의 이목이 쏠렸다. 그들은 너도 나도 할 것 없이 움직임을 멈추고는 한식, 중식, 일식, 양식 네 가지 코스 중 지체 없이 한식 코너에 서서 음식을 받아 드는 사장을 바라보았다. 하지만 그 시선을 오롯이 느끼고 있는 이는 재호뿐이었다.

태승은 남들의 시선을 의식하지도 않은 채 음식을 받아 빈 테이블에 앉았다. 유일 퍼스트에 있을 때에는 종종 있는 일이었으므로 특별히 관심을 받을 것이 아니었지만 본사 사원들로서는 처음 보는 생소한 광경일 것이다. 그러니 우리 안 원숭이 보듯 보는 것일 테지.

그래. 처음에는 이런 모습이 낯설겠지만 보다 보면 그들도 사장도 별거 아니구나, 다 같은 사람이구나 하게 될 것이다. 또 뭐 하냐고 타박 듣기 전에 양식을 선택한 재호도 음식을 받아 들고 얼른 그 앞에 가 앉았다.

"맛있게 드세요, 사장님."

"유 비서도 맛있게 드십시오."

장난스러운 말을 끝으로 음식을 맛있게 먹는 그를 보면서 재호는 문득 많은 것이 변했다는 걸 느꼈다. 식욕을 느끼지 못하고 음식을 앞에 두고도 살기 위해 깨작대기만 했던 그가 이제는 제법 음식을 맛있게 음미하면서 먹고 있었다. 또한 그는 아픈 할아버지를 돌보느라 제 삶은 안중에도 없이 가족에게 헌신해 왔었다. 여태 그 힘든 기색 없이 묵묵히 회사 생활을 해 왔지만 그늘이 간간이 보였었는데, 이제는 보이지 않았다. 게다가 무엇보다 회사 경영은 할아버지 대신일 뿐 경영엔 관심 없어 보였던 그에게서 오너로서의 의욕이 생기기 시작했다는 것도 즐거운 변화 중 하나였다.

그리고 이 모든 변화를 가능하게 한 것, 바로 사랑이다.

"사장님."

"왜?"

"저도 소개팅 하려고요."

밥 먹다 말고 이 무슨. 뜬금없는 재호의 엉뚱한 발언에 그가 밥을 뜬 채로 되물었다.

"소개팅을 하겠다고?"

"네. 갑자기 하고 싶어졌어요."

"연애하라고 해도 안 하더니, 갑자기 왜?"

뉴욕에 있을 때, 태승만큼이나 재호도 인기가 많았다. 그 인기는 지금 있는 회사에서도 유학 시절 못지않게 많았다. 그런데도 연애를 하지 않아 아직은 생각이 없나 보다 했는데 이제야 관심을 보이는 게 그동안 어떤 계기라도 생긴 건가 문득 궁금해졌다.

"그냥. 형을 보니까 하고 싶네."

그럴듯한 계기라도 말해 줄 줄 알았더니 예상과 다른 대답이 돌아와 그의 머릿속이 순간 멍해졌다.

"내가 뭘 어떻게 하는데?"

뭘 어떻게? 그냥 물었던 말이었는데 재호가 깊이 고민하는 바람에 그의 미간에 주름이 생겼다. 곧이어 재호의 진지한 대답이 돌아왔다.

"형이 행복해 보여. 아주 많이 편해 보이고."

재호는 태승의 곁을 오랫동안 지켜 왔던 사람이다. 자유로웠던 태승이 스스로를 새장에 가둔 채 오로지 가족을 위해서만 사는 모습을 보면서 독한 사람이라고 생각했지만 한편으로는 가엾다는 생각을 했었다. 회장님이 그렇게 된 건 자기 탓이 아닌데 자기 탓으로 돌리는 것 같을 때는 속이 상하기도 했다.

모든 것을 혼자 짊어지려 할 때는 답답했고, 자기 삶은 저만치 밀어 두는 모습을 볼 때는 화가 났다. 그가 이해되지 않았다. 기쁨과 행복은 나누면 배가 되고, 슬픔과 고통은 나누면 반이 된다는 그 흔한 말을 모르는 걸까 싶기도 했다.

그런데 근래의 그는 그걸 알게 된 것 같다. 누구나 다 아는 그 불변의 진리를 슬을 만나고 알게 된 것 같아서 오랫동안 그를 지켜봐 온 사람으로서 정말 기뻤다.

"그래? 그래. 맞아. 전보다 많이 그래."

태승도 자신의 변화를 알고 고개를 몇 번이고 끄덕였다. 제 인생은 슬을 만나기 전과 만난 후로 나눌 수 있을 만큼 많이 바뀌었다. 태승은 슬을 만나 행복하다. 막연하기만 했던 제 미래가 확고해진 것도, 누군가와 인생을 함께할 거라 생각은 했지만 딱히 궁금증이 일지는 않았던 제가 인생의 반려자가 궁금해진 것도, 모두 슬이었기에 가능했다.

슬의 환한 미소를 보며 가슴이 뛰었던 모든 순간을 떠올리던 태승의 얼굴에 웃음이 어렸다.

"말하고 나니까 보고 싶네."

그렇게 혼잣말한 태승이 식사를 서둘렀다. 얼른 밥 먹고 잠깐이라도 목소리를 들어야겠다.

* * *

여행객들로 분주한 인천 국제공항 출입구 앞으로 차 한 대가 빠르게 와 섰다. 고급스러운 세단의 뒷좌석 문이 열리며 혜명이 내렸다. 오늘은 친구들과 여행 갔던 딸아이가 오는 날이다. 일주일 만에 오는 딸을 맞이하러 가는 길, 무려 5년 만에 귀국하는 딸을 맞이하러 갔을 때보다 더 긴장되었다.

딸아이를 보자마자 무슨 말을 어떻게 해야 할지도 모르겠다. 아마 뉴스 속보나 기사를 통해 알았을 거다. 유일 그룹 류일만 회장의 사위이자 유일 바이오컴 사장의 스캔들은 초등학생도 알 만큼 대한민국은 물론 전 세계

포털 사이트에서 대서특필됐으니까 말이다. 외국에 있었다고 해도 국내에서 어떤 일이 벌어졌고 제 아빠가 어떻게 됐는지까지 전부 다 파악했을 거다. 제 아빠가 나쁜 일을 벌이고 구속된 것도 충격일 텐데 그이의 잘못을 까발린 게 하필 오빠와 엄마라는 것이 해영에게는 분명 더 충격적인 일이었을 것이다.

"관장님."

고민이 깊어지던 찰나 혜명의 시야로 김 기사를 따라온 해영이 보였다. 며칠 사이에 해영의 얼굴도 까칠해져 있었다. 여행을 가서도 어땠을지 짐작할 수 있었다.

"타자."

뒷좌석 문을 열며 말하자 해영이 잠시 망설이는가 싶더니 차에 올라탔다. 혜명도 해영의 옆자리에 앉아 차문을 쾅 닫았다.

인천 대교를 달리고 있는 차 안, 숨 막히는 고요가 찾아왔다. 혜명과 해영은 입을 꼭 다문 채 고개만 돌려 창밖을 무의미하게 바라보았다. 하고 싶은 말은 많지만 차마 얼굴을 마주 볼 용기가 생기지 않아 두 사람은 침묵을 지키기로 했다.

하지만 그 적막은 얼마 가지 못했다. 잠깐 눈만 붙이려다가 깜빡 잠들었던 해영의 시야로 TV에서나 봐 왔던 건물이 보였다. 눈을 크게 뜬 해영이 옆자리에 앉은 혜명을 돌아보았다. 왜 이곳으로 왔느냐는 물음의 표정이었다.

"……그래. 맞아. 네 아빠가 있는 곳."

혜명은 한 치 흔들림도 없이 순순히 말해 주었다. 네가 보았던 뉴스는 사실이고, 네 아빠는 범법자로 수감 중이며, 네 아빠를 그렇게 만든 사람이 바로 네 엄마라고.

"이미 봐서 알고 있겠지만."

해영의 눈이 순식간에 붉어졌다. 눈물이 차올라 시야가 흐려졌다.

"해영아."

혜명이 딸의 이름을 부르는데 목이 메었다. 가슴이 아파서 눈시울이 붉어지며 순식간에 눈물이 차올랐다. 이 모든 것을 애써 부정해 본다. 한동안 말을 잇지 못하다 기어이 울음을 참아 낸 혜명이 떨리는 목소리로 말했다.

"미안해."

언제나 당당해 보였던 엄마가 내뱉은 한마디에 해영도 참았던 울음을 터뜨렸다. 비행기에 올라 여행지에 도착했을 때만 해도 행복했는데 그 행복은 오래 가지 않았다. 뉴스 좀 보라며 친구가 건네준 휴대폰 화면에는 아빠의 범법 행위가 상세히 보도되고 있었다.

열일곱 살인 자신이 보아도 아빠의 범죄는 중범죄로 보였다. 회계 장부 조작과 탈세, 조세 포탈 등은 드라마에서 흔히 악인들이 행하던 범죄였다. 그런 범죄를 아빠가 했다는 것이 믿어지지 않았다. 그것도 외할아버지의 기업을 말이다. 그 사실만으로도 충격인데 그런 아빠를 신고한 사람이 엄마와 오빠라니. 해영은 제 두 눈을 의심할 수밖에 없었다.

"흐흑."

두 손에 얼굴을 묻은 해영은 처음 겪는 불행에 속절없이 무너졌다. 흐느껴 우는 딸아이의 눈물에 혜명은 가슴이 미어지는 것 같았다. 이런 일을 겪게 해서 미안하고 또 미안할 뿐이었다. 그러나 이 순간에도 혜명은 눈물을 참을 수밖에 없다. 언제나 당당해야 하는 류혜명이어서가 아니라 하나뿐인 딸을 지켜야 하는 엄마이기에.

혜명은 딸아이의 가슴에 생채기를 낸 게 가슴 아플 뿐 제 선택에는 후회가 없었다. 그래서 더 마음이 편치 못했다. 고개 돌린 혜명의 눈에서도 결국 눈물이 흘렀다.

잠시 후, 녹슨 철창과 높은 담벼락 사이 자리해 있는 구치소 건물 앞에서 한동안 정차해 있던 차가 천천히 그곳을 벗어났다. 혜명은 해영에게 아빠를 보고 오라고 했지만 해영은 그러고 싶지 않았다. 아직은…… 아빠를 아무렇지 않은 얼굴로 마주할 자신이 없었다. 이 혼란스러운 마음을 조금이라도 정리하고 난 후에 만나고 싶다.

차가 지나간 자리에 떨어진 낙엽이 자리했다. 더웠던 여름이 지나고 스산한 바람이 불었다. 계절이 또 한 번 바뀌고 있다.

* * *

가을볕이 유난히도 좋아 창문을 살짝 열어 두었다. 그러자 이제는 제법 차가운 바람이 불었다. 얼마 전만 해도 더웠던 날씨가 한순간에 바뀌어 버렸다. 찬바람을 맞던 슬은 행여나 안에 있는 일만이 감기라도 들까 얼른 문을 닫았다.

"할아버지. 이제 가을이에요."

창을 가린 커튼을 걷어 젖힌 슬은 계속해서 대답 없는 대화를 이어 나갔다.

"날씨가 많이 서늘해졌더라고요. 더 추워지기 전에 대청소도 좀 해야겠어요."

허리를 곧추세운 슬의 시선이 침대에 멍하니 앉아 있는 일만에게 닿았다. 그는 요즘 부쩍 말수도 줄고, 의욕도 없고, 전에 보았던 활기도 없어졌다. 그저 멍하니 앉아 있다 "배가 고프다, 일한아." 하고 부르기만 반복한다. 간혹 보이던 대소변 실금도 요즘은 더 자주 하고 있다. 그런 날에는 그동안에는 보이지 않던 분노나 투정, 변덕 등이 나타났고 그러다가도 금방 누그러지는 등 이상 증세가 날로 심해졌다. 아무래도 할아버지와 함께할 수 있는 시간이 얼마 남지 않은 것 같다.

"오늘은 기분이 다운이에요? 얼른 기운을 차리셔야 같이 단풍 구경 가죠."

돌아오는 대답이 없다는 것쯤 잘 알지만 그래도 슬은 계속해서 말을 건넸다. 한마디라도 더 하면 할아버지가 태승의 곁에 조금은 더 계시지 않을까 하는 마음에서였다.

"태승 씨가 그랬어요. 할아버지 손자요. 할아버지와 함께 갔던 여행이 처음이자 마지막이었다고. 그런데 그때 갔던 여행이 마지막이라면 너무 슬프잖아요. 또 여행은 언제든 갈 수 있는 거고. 그러니까 기운 좀만 차리셔서 같이 여행 가요."

침대 끄트머리에 앉은 슬은 일만이 입은 스웨터의 소매 부분을 접어 주었다. 그러다 슬픈 얼굴로 애처롭게 중얼거렸다.

"……마지막에라도 그렇게 있어 주세요. 예전의 할아버지 모습으로 그 사람 곁에."

늘어져 있던 스웨터 양쪽 소매 끝을 모두 접은 슬이 일만을 보며 환하게 미소 지었다. 미소는 더없이 환했지만 표정만큼은 애절함이 가득했다. 텅 비어 있던 일만의 흐린 눈동자에 슬의 말간 웃음이 담겼다. 찰나였지만 일만의 눈동자가 살짝 흔들렸다. 그러다 다시 흐릿해졌지만.

일만도 아는 걸까. 자신에게 시간이 얼마 남아 있지 않다는 사실을.

"좀만 계세요. 같이 과일 먹어요."

다시 웃어 보인 슬이 방에서 나가자 움직이지 않던 일만의 고개가 옆으로 돌아갔다. 커튼이 걷힌 창 너머로 따사로운 가을볕이 들어와 방 안을 붉게 물들이고 있었다.

슬이 거실로 나옴과 동시에 혜명과 해영이 이제 막 현관문을 열고 집으로 들어왔다. 그 모습을 보고 슬은 인사를 건넸다.

"오셨어요, 고모님."

짧게 목례하는 슬에게 혜명은 곁에 선 제 딸아이를 소개해 주었다.

"아, 여기는 우리 딸. 박해영. 그리고 이쪽은 네 새언니야."

의문이 가득한 눈초리로 슬을 보던 해영이 놀란 얼굴로 혜명을 보았다.

새언니라고 한 게 적잖이 당황한 모양이다. 슬은 성숙해 보이는 해영에게 제 오른손을 내밀었다.

"반가워요. 윤슬이라고 해요."

해영은 제 앞으로 내밀어진 슬의 손을 멀뚱히 보다가 천천히 마주 잡았다. 새언니라면 오빠와 단순한 사이가 아니라는 뜻이다. 그렇다는 것은 결혼할 사이라는 거겠지. 또래보다 생각이 깊은 해영은 슬이 외가댁에 드나들 정도면 두 사람의 결혼이 거의 확실시되었다는 것을 지레짐작할 수 있었다.

"안녕하세요. 박해영입니다."

"사진에서만 봤는데 이렇게 보니까 더 반가워요. 앞으로 자주 봐요."

해영은 훨씬 어린 저에게도 깍듯하게 존댓말 하는 슬이 좋은 사람 같다는 생각이 들었다. 자신을 보며 환하게 웃는데 그 얼굴을 보고 있으려니 왠지 모르게 부끄러운 마음이 든다. 어색해서 그런가. 아니면 이 언니 얼굴이 너무 예뻐서인가.

"웬 존댓말? 언니 동생 사이인데 편하게 불러."

두 사람이 서로에 집중해 있는 사이, 안방에 들어가 일만을 보고 나온 혜명이 불쑥 끼어들었다.

"친해지면요. 그때 천천히 할게요."

슬은 해영이 자신보다도 훨씬 어리지만 초면이었고, 또 그의 여동생인 만큼 존중하고 싶었다.

"여기 앉아요. 고모님, 차 드릴까요? 해영 아가씨는 어떤 차 좋아해요? 아, 코코아도 있는데 코코아 마실래요?"

혜명은 조용히 고개를 끄덕였고, 해영은 코코아를 먹겠다고 했다. 슬이 예쁜 찻잔에 향긋한 캐모마일과 모과차, 코코아를 타서 가져갔다. 남희는 저녁거리를 사러 마트에 나간 상황이었다.

슬이 내온 차를 한 모금 마신 혜명은 그제야 제 집에 온 것처럼 마음이 편안해짐을 느꼈다. 슬도 모과차를 마시며 시선을 옆에 두었다. 코코아 잔을 들고 호호 불어 마시는 해영의 모습은 영락없는 열일곱 살 앳된 소녀였다. 성숙해 보이지만 순간순간 보이는 행동에는 아이 같은 면모가 숨겨져 있었다.

그리고 가까이에서 보니 해영은 태승과 닮은 구석이 정말 많았다. 오똑한 콧대며 윗입술이 도톰한 것도, 큰 눈에 갈색 동공까지도 고종사촌 지간임에도 친남매 같았다.

"왜 그러세요?"

빤히 쳐다보는 슬의 시선을 느끼고 해영이 큰 눈을 깜빡이며 물었다. 그녀를 보다가 태승을 떠올리던 슬이 싱긋 웃었다.

"오빠랑 많이 닮아서요."

"그런 말 많이 들어요. 그래서 고종사촌 지간이라고 하면 다들 놀라더라고요. 남매 아니냐면서."

"정말. 남매라고 해도 믿겠어요."

"남매보다 더 각별한 사이지."

두 사람의 대화를 가만히 듣던 혜명이 또 끼어들었다. 제 딸이지만 가끔은 제 배 속으로 난 딸이 맞나 의심이 들 정도로 거리감을 느낄 때가 한두 번이 아니었다. 제게는 별로 웃지도 않고 딱딱하게 "네, 네."만 하던 딸이 순식간에 표정을 바꿀 때가 있는데, 그때가 태승을 대할 때였다. 무표정했던 얼굴이 단번에 환해져서는 자신을 서운하게 할 때가 많았다. 게다가 제 딸이 애교가 많다는 것도 태승 때문에 알게 됐다.

"오빠가 뉴욕에서 유학할 때 같이 살았어요. 저도 뉴욕에서 학교 다녔거든요. 기숙사에 살다가 오빠가 뉴욕에 오고 나서는 쭉 같이 살았어요."

태승에 대한 이야기가 나오자 정말로 해영의 얼굴이 활짝 펴졌다. 다소 긴장해 보였던 표정이 확 풀어지다 못해 입가에 웃음꽃이 피어났다. 그 말만 해도 행복하다는 듯이.

"오빠가 제 보호자나 다름없었어요. 저를 키웠다고 봐도 무방할 정도."

"그렇구나. 서로 의지가 많이 됐겠어요."

"네!"

처음에는 고개까지 끄덕이며 맞장구치다가 문득 제 엄마의 눈치를 살피던 해영이 기어 들어갈 것처럼 작게 답했다.

"아주…… 많이요."

너무 대놓고 서로 의지했다고 하면 엄마가 상처받을까 걱정하는 마음에서 나온 행동이었다. 그런 딸아이의 마음을 읽은 혜명이 아무렇지 않게 일어나 자리를 피해 주었다.

"난 아버지 방에 가 있으련다. 좀 피곤하네. 해영이 너도 언니랑 좀만 있다가 올라가서 쉬어."

고개를 끄덕인 해영을 뒤로하고 혜명은 일만의 방으로 들어갔다. 마음이 찌르르찌르르 아파 온다.

단둘만 남은 거실에 정적이 감돌았다. 무겁고 어색한 침묵이 이어지던 때, 슬이 분위기를 풀어 보려 먼저 말을 붙였다.

"학교생활은 어때요? 할 만해요?"

"네. 재미있어요."

해영도 기다렸다는 듯 얼른 대답했다.

"그래도 타국에서 학교 다니려면 힘든 점도 많을 텐데 대단하다."

슬이 자신을 칭찬하자 해영이 조금은 쑥스러운 듯 손을 꼼지락댔다.

"아니에요. 다 하는 건데요, 뭐."

슬은 쑥스러워하는 해영을 귀엽다는 듯 보다가 시선을 내려 해영의 화려한 손톱을 보았다.

"와, 네일 아트 한 거예요?"

기다란 손톱에 얹어진 화려한 네일 아트가 슬의 시선을 사로잡았다. 당연히 전문가에게 받은 것이라 생각했는데 놀랍게도 해영의 솜씨라고 하니 슬이 적잖이 놀랐다.

"이걸 진짜 직접 한 거라고요?"

별로 대단한 것도 아닌 걸 대단한 것처럼 또 칭찬을 하니 해영은 아까보다 더 부끄러워졌다. 제 엄마는 단 한 번도 제 손톱을 보고는 칭찬을 해 준 적이 없었는데 이 언니는 아까부터 모든 걸 다 추어올려 주고 있었다.

"솜씨가 보통이 아닌데. 난 당연히 전문가가 한 거라고 생각했거든요."

"아니에요. 전문가까지는 아니고. 그냥 관심이 있어서 하다 보니까……."

"정말 예뻐요. 나도 네일 아트는 주기적으로 받았거든요. 이런 손재주가 없어서."

요즘은 네일 아트를 받으러 다닐 시간이 없어 손톱이 깨끗했다. 슬의 매끈한 손을 보던 해영이 좋은 생각이 떠올랐다는 듯 눈을 반짝였다.

"그럼 제가 해 드려도 돼요?"

"지금요?"

"지금은 도구가 없어서 안 되고 대신에 웨딩 네일 해 드릴게요."

"웨딩 네일?"

"네. 결혼식 전날에 신부들이 웨딩 네일 많이 하거든요. 그때 해 드릴게요."

해영이 활짝 웃자 슬도 따라서 환하게 웃었다. 예상하지 못한 뜻밖의 선물을 받은 기분이었다.

그렇지만 해영에게도 슬은 이미 뜻밖의 선물이나 다름없었다. 처음엔 태승의 여자 친구라고 해서 당황한 것도 사실이지만, 자신을 존중해 주고, 제 이야기에 귀를 기울여 주고, 그때그때마다 반응을 보여 주며 제 이야기를 귀담아 잘 듣고 있다는 것을 상기시켜 주는 그녀가 좋았다.

게다가 엄마는 고등학생이 무슨 네일 아트냐며 냅다 야단부터 쳤지만, 슬은 제 실력을 알아봐 주고 인정해 주니 마음이 훅 갈 수밖에 없었다. 이미 해영은 이 언니가 제 새언니라는 걸 받아들이고 있었다.


"다녀왔습니다."

저녁 8시가 넘어 퇴근한 태승이 거실로 들어서자 생소한 광경이 눈에 들어왔다. 해영과 슬이 소파에 나란히 앉아 앨범을 뒤적이며 깔깔 소리 내어 웃고 있었다. 언제 저렇게 친해졌지?

의문도 잠시 친자매처럼 웃고 있는 모습이 보기 좋아 사진으로 간직하고 싶다는 생각이 들었다. 그들은 자신이 들어왔다는 것도 모른 채 앨범 속 옛 사진에 푹 빠져 있었다. 태승은 휴대폰 카메라 애플리케이션을 켜고 그들의 모습을 사진으로 남겼다.

"언제 왔어요?"

태승을 먼저 발견한 슬이 자리에서 일어났다.

"오빠!"

해영도 무릎에 올려 둔 앨범을 옆으로 치워 내곤 태승에게 달려가 허리를 와락 껴안았다. 태승만 보면 자동적으로 나오는 해영의 습관이었다.

"잘 다녀왔어, 꼬맹이?"

태승은 제게 안겨 드는 해영의 작은 머리를 쓰다듬어 주었다. 여행 다녀오기 전에는 통통했던 해영의 볼살이 그사이 핼쑥해져 있어 그의 마음에도 작은 파동이 일었다. 다 큰 것처럼 보여도 아직은 어린아이인 해영에게 큰 걱정을 안겨 준 것 같아 오빠로서 마음이 편치 않았다.

"일하다 온 거야?"

"그럼. 일하고 왔지."

"그렇구나."

조금은 시무룩하게 응답하는 해영의 머리카락을 쓸어 넘겨 주던 태승이 그녀를 제 품에서 떼어 내고는 물었다.

"괜찮아?"

걱정이 가득 묻어나는 다정한 물음이었다. 해영은 그것이 단순히 여행이 괜찮았냐는 안부가 아니라는 걸 알고 있다. 제 아빠 일과 더불어서 아빠를 그렇게 만든 것에 대한 미안함이 섞인 물음이라 어떻게 대답해야 할지 난감했다. 하지만 그렇다고 해서 저를 보살펴 준 태승이 밉지는 않았다. 원망하는 마음이 아주 없다고는 할 수 없지만 그를 미워할 수는 없었다.

"응. 괜찮아."

그래서 해영은 씩씩하게 웃어 보이기로 했다. 태승의 마음이 더 이상 아프지 않도록. 그래도 그는 다 알겠지만.

태승은 아무렇지 않은 얼굴로 활짝 웃어 보이는 해영을 보며 더는 묻지 않았다. 표정만 보아도 알 수 있었다. 괜찮지 않아도 괜찮아 보이려 노력하고 있다는 것을. 이 작고 어린 꼬맹이가 제가 속상해할까 봐 제 마음을 숨기고 있다는 것 또한. 오히려 더 마음 아파진 태승이 해영의 작은 얼굴을 끌어와 품에 꼭 안았다.

\* \* \*

슬은 옷만 갈아입고 다시 나온 태승의 손을 잡고 집으로 돌아가는 길이었다. 혜명은 집에 가려는 슬에게 자고 가라고 했지만 정작 슬은 그럴 수 없었다. 집에 어른도 계시고 아이도 있는데 아직 결혼도 하지 않은 상태에서는 도리에 어긋나는 일 같았다. 사실 그동안에도 그의 집에서 거의 살다시피 한지라 이제 와 이러는 것도 웃겼지만 다음 날에 해영의 얼굴을 보는 게 가장 민망할 것 같았다.

"피곤하죠? 나 혼자 간다니까."

아침부터 늦게까지 일하느라 피곤한 사람을 괜히 끌고 나온 것 같아 마음이 편치 않았다. 하지만 태승은 오히려 그녀 혼자 보내는 것이 더 불편했다. 어두컴컴한 밤에 그녀를 혼자 귀가시킬 바에야 제 몸이 피곤한 게 훨씬 나았다.

"하나도 안 피곤해. 그리고 집에서는 이렇게 못 하잖아."

손깍지를 낀 손을 들어 보이며 그가 해사하게 웃었다. 슬도 혼자 걷는 것보다 그와 함께 손잡고 걷는 게 좋았다.

"아까 해영이랑 무슨 이야기 했어?"

자신이 들어온 줄도 모르고 둘이서 무슨 이야기를 했는지 문득 궁금해진 그가 물었다. 별로 나눈 이야기는 없었는데 그가 궁금해하니 문득 놀리고 싶은 기분이 들었다.

"뉴욕에 있었을 때 이야기했어요. 태승 씨랑 같이 살았다고. 잔소리가 엄청 심하다고 하던데요?"

앞에까지는 사실이었지만 잔소리가 심하다는 말은 거짓말이었다. 그런 말은 생전 처음 들어 본다는 듯 두 눈을 크게 키우고선 놀란 태승의 표정이 재미있었다.

"누가, 내가? 해영이가 그래?"

"응."

슬이 고개를 끄덕이자 그가 그럴 리 없다는 표정을 지었다.

크큭, 귀여워.

그녀가 몰래 싱긋 웃는 표정을 보곤 장난임을 깨달은 그가 따라 웃었다.

"뭐야. 장난이야?"

"당신 표정 진짜 웃겼어요. 그럴 리 절대 없단 표정이 특히."

"그럴 리 절대 없지. 잔소리 심한 사람은 따로 있었으니까."

"아, 나 누군지 알 것 같아요."

"누군데?"

굳이 생각하지 않아도 저절로 떠오르는 인물.

"유 비서님이죠?"

그도 같은 생각이었는지 입꼬리가 위로 올라갔다.

"이제 잘 아네."

"서당 개도 3년이면 풍월을 읊는다 했거든요. 나도 이제 웬만큼은 안다는 말이에요."

슬이 장난스럽게 의기양양한 표정을 지어 보이자 그가 또 웃었다. 그런 그를 보니 슬의 입가에도 미소가 지어졌다. 자꾸만 웃음이 피어났다. 그와 함께 할수록 웃을 일이 많아진다.

"유 비서님이랑은 어떻게 친해졌어요?"

"대학 후배야. 2학년 때였나, 수업 마치고 집으로 오는 길이었는데 브루클린에서 유명한 불량학생들 사이에서 곤경에 처해 있는 걸 도와준 적이 있었어. 그날부터 매일같이 집에 찾아오고, 한 번 왔다 하면 일주일은 내리 머물다 가고. 잔소리는 또 얼마나 심한데."

그는 말하면서도 진저리가 나는지 잔뜩 찡그린 표정이었지만 슬의 눈에는 말만 그렇다뿐이지 그가 재호를 얼마나 아끼는지 눈에 훤히 보였다.

"그래도 내쫓은 적은 없었네요?"

"내쫓아 봤자 다시 집에 들어와 있었으니까."

내쫓아 봤자가 아니라 내쫓을 생각이 아예 없었던 거겠지. 재호가 해준 말에 따르면 일만의 일이 있기 전, 그는 활발했고 잘 웃었고, 매사에

진취적인 성격이었다고 했다. 또 자신보다 약하고 아프고 힘든 사람이 있으면 상대가 누구든 상관 않고 도와줬다고도 했다. 성정부터 선한 사람. 악할 줄 모르고 착한 사람에게 더없이 착한 사람. 그래서 좋아한다. 그가 그런 사람이라서.

"왜 그래? 내 얼굴에 뭐 묻었어?"

그녀가 빤히 바라보는 것이 느껴졌는지 태승이 자신의 맨얼굴을 매만지며 물었다. 그러자 슬이 고개를 저으며 자신이 느낀 그대로의 감정을 표현했다.

"좋아서요. 당신이 내 남자라는 게 좋아서."

갑작스러웠지만 사랑하는 사람의 고백은 언제 들어도 좋은 것이었다. 두근두근 뛰는 두 사람의 심장 소리가 더욱 크게 들렸다. 그 한마디에 잡고 있는 손을 놓지 않을 것처럼 한 번 더 잡아 보는 그였다. 쌀쌀한 가을밤이 따뜻해지는 건 함께 나누고 있는 서로의 체온 덕분이다.

그렇게 서로의 온기를 느끼며 걷다 보니 어느덧 슬의 집 앞에 다다랐다. 이제 손을 놓고 헤어져야 하는데 쉽사리 발길이 떨어지지 않는다. 벌써 몇 개월을 같이 잠들고 같이 일어났는데도 더 함께하고 싶어지는 건 별개의 문제인가 보다.

"자고 갈까?"

순간 들려온 그의 말이 솔깃했지만 내일 아침 일찍부터 출근하는 태승이 조금이라도 더 쉬었으면 해 핑계를 대었다.

"내일 일찍 출근해야 하잖아요. 차도 놓고 왔는데."

"그거야 재호 부르면 되고."

"옷도 안 갖고 왔잖아요."

"같은 옷 두 번 입으면 어때. 아니면 출근하는 길에 안 실장 숍 들리면 돼."

역시나 임기응변이 뛰어난 그에게 통할 리 없는 핑곗거리였다. 슬이 더 이상 이유를 대지 않자 그가 씩 웃으며 신이 난 듯 아파트 입구로 잡아끌었다. 그저 그가 당기는 대로 이끌려 아파트 안으로 들어왔을 때, 그의 재킷 안주머니에서 벨 소리가 울렸다. 휴대폰을 꺼낸 그가 귓가로 가져갔다.

"네, 류태승입니다."

통화를 하는 그의 얼굴에서 잔잔한 미소가 서서히 거둬졌다. 굳은 얼굴처럼 딱딱한 목소리로 그가 대답했다.

"네. 내일 찾아뵙죠."

그대로 전화를 끊은 그가 슬을 쳐다보았다. 그 눈빛에 불안해진 슬이 무슨 일이냐고 묻기도 전에 그가 먼저 말했다.

"윤 교수님 휴대폰 복구됐대."

놀란 슬도 굳어 버리고 말았다. 얼마가 됐든 빨리 복구해 달라 했더니만 하루 만에 처리가 된 것이다. 장사치에게 돈보다 중요할 건 없었을 테니까 하루 종일 이 일에 매달렸던 거겠지.

"태, 태승 씨. 지금 당장. 당장 가요."

굳은 얼굴만큼이나 입술도 얼어붙어서 말이 잘 나오지가 않았다. 겨우 뗀 한마디는 당장 가자는 말이었다. 이렇게 앉아 기다릴 수만은 없었다. 그럴 시간이 아까웠다. 하루라도 빨리 확인하고 싶었다. 김 변호사의 말이 사실인지 아닌지 확인할 수 있게 된 마당에 더는 기다릴 이유가 없었다.

"그래. 바로 가자."

태승은 두 말도 않고 뒤돌아 나왔다. 그녀가 얼마나 기다려 왔는지 잘 알기 때문이다.

큰 길에서 택시를 잡아탄 두 사람은 빠르게 전자 상가로 달려갔다. 초조함과 긴장으로 손바닥은 축축한데 이상한 기대감도 들었다. 상반된 감정이 충돌하는 밤, 택시가 상가 건물 앞에 정차했다.

그가 계산하는 사이 먼저 택시에서 내린 슬은 기다릴 겨를도 없이 먼저 건물 안으로 들어갔다. 그도 곧 뒤따라와 정신없이 걷는 슬의 손을 잡아 주었다. 뒤를 돌아보자 걱정스러운 표정의 태승이 보였다.

"그러다 넘어져."

그제야 아득하게 한 가지만 보였던 시야가 넓어지며 환해졌다. 고개를 끄덕인 슬이 그의 걸음에 맞춰 천천히 걸어 들어갔다.

"오셨네요? 내일 오신다더니."

휴대폰을 맡겼던 가게의 안으로 들어서니 그곳의 사장이 두 사람을 보며 반가워했다.

"휴대폰은요?"

"여기요."

석현의 휴대폰을 받아 든 슬의 표정이 슬펐다.

"전부는 못 건졌어요. 그래도 마지막으로 통화했던 기록은 전부 되살렸으니까 찾으신 건 남아 있을 겁니다."

"아, 네. 감사합니다."

"계산은 카드로 하실 거죠?"

사장은 성격이 급한 모양이다. 일단 확인이 먼저라 계산부터 하려는 사장에게 양해를 구한 그가 휴대폰을 확인하고 있는 슬에게 다가갔다. 통화 기록은 많지 않았다. 딸인 슬의 번호가 대부분이었고, 그 외에 학교로 보이는 번호와 성해의 번호, 그리고 또 하나의 번호가 기록되어 있었다.

"이 번호……."

슬이 낯선 번호 앞에 멈칫했다. 이 번호로 전화를 건 날짜는 아빠가 죽었던 날과 같았다. 통화를 한 시간은 2분 남짓. 2분 동안 두 사람은 대화를 나눴다. 무슨 대화를 나눴을까. 꿈에서처럼 그 변호사란 사람에게 두렵다고 말했을까? 과연 이 번호가 김인형 변호사의 번호가 맞을까?

슬은 제 휴대폰을 켜 김인형 변호사의 번호를 입력했다. 휴대폰 화면에 또렷이 적힌 김 변호사의 번호와 아빠 휴대폰에 뜬 번호를 대조해 본 결과……. 슬의 두 눈이 커지며 걷잡을 수 없이 마구 흔들렸다.

"슬아, 왜 그래? 그 번호가 맞아?"

그가 물었지만 슬은 대답을 할 수가 없었다. 아무리 두 눈을 비벼 확인해 보아도 그 번호가 이 번호가 맞았다. 틀림없이 같았다. 제 눈으로 그 사실을 확인한 슬은 망설임 없이 석현의 휴대폰으로 그 번호를 눌러 전화를 걸었다.

뚜르르. 뚜르르.

여러 번의 신호음 끝에 상대방의 목소리가 또렷이 들려왔다. 어떻게 이 번호로 전화를 할 수가 있냐는 듯 떨림이 가득한 음성이었다.

―여…… 여보세요? 누구……세요?

남자는 상대방이 누구인지를 확인하려는 듯했다. 슬이 아무 대답도 하지 않으니 남자가 재차 확인하며 물었다.

―다…… 당신 누구야? 대, 대체 누구야!

이어진 남자의 목소리에서 떨림과 두려움이 느껴졌다. 대체 당신은 뭐가 두려운 거야? 이 번호로 전화를 걸어 올 상대가 있을 수 없다는 걸 알고 있는 거지?

"대체 당신이 숨기고 있는 게 뭐야?"

슬은 속으로만 남자가 동요하는 원인을 파악하려 애썼지만 자신도 모르게 마음속 말이 튀어 나가고 말았다. 말하고 나서도 이대로 통화가 끊길 줄 알고 걱정했는데 다행히도 통화가 계속 이어졌다.

"아빠는 분명 돌아가시기 전에 당신과 통화를 했었는데 거짓말한 이유가 뭐야? 뭐가 두려운 건데? 당신도 그들과 같은 편이야?"

잠시 누그러졌던 슬의 목소리가 다시 격앙되었다. 아무리 생각해도 그가 거짓말한 이유는 그들과 같은 편이기 때문이라는 것 말고는 생각나는 게 없었다. 그런데도 슬은 묻고 또 물었다. 제발 그것만은 아니기를 바라면서.

—…….

"나 당신이 누군지 알아. 당신도 이미 나를 알고. 그러니 대답해. 이제라도 자수를 하든 정체를 밝히든 해. 둘 중에 무엇이라도 하라고!"

처음 보는 슬의 다급한 외침에 태승마저도 긴장감에 온몸이 경직되는 것 같았다. 그때, 김 변호사의 한숨 섞인 목소리가 흘러나왔다.

—제 사무실로 오세요. 다 알려 드릴 테니.

그러고는 전화가 끊겼다. 귀에서 휴대폰을 떨어트린 슬이 초점 없는 눈으로 허공을 응시했다.

"슬아. 윤슬? 괜찮아?"

"……태승 씨."

"어. 나 듣고 있어. 말해."

허공에 쳐다보고 있었던 슬이 고개를 돌렸다. 두 눈 가득 걱정 가득한 표정의 태승이 들어왔다. 그 얼굴을 보자 눈물이 점차 차올랐다. 그 때문에 시아에 들어찬 그의 얼굴이 마구잡이로 흐트러졌다.

"슬아……."

맑고 청아했던 그녀의 눈시울이 점점 빨개지는 것을 보자 그의 마음도 찢어질 듯했다.

"……사무실. 사무실로 오래. 다 말해 준대……. 흑, 흑흑. 흐흑흑."

슬은 긴장했던 몸과 마음이 허물어지는 기분이었다. 영문을 알 수 없던 아빠 죽음의 비밀을 풀 열쇠가 드디어 손안에 들어왔다. 그런데 하나도 기쁘지 않다.

바라고 또 바랐던 일이었고, 그 진실을 알 수 있는 기회가 주어진 건데도 꽉 막힌 가슴은 뚫릴 기미가 보이지 않는다. 숨 쉬기가 힘들 만큼 더욱더 옭아매진 것 같다.

김 변호사가 알려 주겠다는 말이 무엇이건, 이제 와 그의 죽음에 대해 진실을 안다 한들 변하지 않는 사실은 분명했다. 죽은 아빠가 살아 돌아오진 않는다는 것이다.

## 5. 내 눈이 어떤데?


 

그들은 곧장 김 변호사의 사무실로 가 그날에 있었던 일에 대해서 들을 수 있었다.

"자정이었어요. 전화가 걸려 와 받았고 윤 교수님께서는 불안해하셨어요. 강의실에서도, 개인 교수실에서도 어디를 가든 그자들의 감시를 받고 있다고 했어요. 양 교수님의 회유도 힘들다고 하셨고. 처음에는 회유를 했다가 통하지 않으니 수법을 바꾼 것 같다고. 그 수법이 도를 넘어서고 있었다는 게 문제였죠."

꿈에서 보았던 그대로였다. 석현은 사건이 일어나기 전 김 변호사와 통화를 했다. 꿈에서 들었던 내용도 같았다.

"수법이라면 어떤 수법을 말하는 겁니까?"

도를 넘은 수법이라니. 긴장된 표정의 태승이 묻자 김 변호사가 순순히 답해 주었다.

"교수실에 몰래 침입해 윤 교수님께서 모은 자료를 가져가려는 시도도 있었다고 했어요. 그런 짓을 할 정도면 무슨 짓이든 못 했겠습니까. 그리고……."

말을 늘어트린 김 변호사가 대답하기 난감하다는 표정으로 태승의 옆에 앉은 슬을 힐끔 쳐다봤다. 그 시선에 태승의 목울대가 긴장으로 꿀렁였다.

"따님을 갖고 협박도 당했다고 했어요. 양 교수님의 회유나 그자들의 감시가 무섭기는 하지만 그중 가장 겁이 나고 두려운 건 그자들이 딸까지 해할까 봐, 그것을 가장 힘들어하셨어요."

그 말을 끝으로 두 사람의 시선이 동시에 슬에게 향했다.

슬은 그때 당시 아빠가 느꼈을 공포가 얼마나 컸을지 감히 상상조차 되지 않았다. 또 본인이 당했을 협박이나 위협보다 그들이 딸에게까지 해코지를 할까 얼마나 두렵고 무서웠을지……. 그는 분명 본인의 안위보다 딸인 제 걱정이 먼저였을 거다. 그리고 그런 아빠의 곁에 그 자신 말고는 아무도 없었다는 것도 가슴 아팠다.

슬의 두 눈이 새빨갛게 달아올랐다. 차오르는 눈물로 인해 시야가 흐려졌지만 슬은 울음을 꾹 참았다.

"……그들이 윤 교수님 방에서 찾았다는 자료는 또 뭡니까? 그때 보여 줬던 자료 말고 다른 것도 있습니까?"

슬의 손을 다독이듯 감싸 쥔 태승이 고개만 돌려 물었다. 그러자 김 변호사가 몸을 일으켜 그때 슬이 김 변호사의 사무실로 찾아왔을 적에 보여 줬던 서류와 다른 서류를 꺼냈다.

"그때 보여 드렸던 건 가짜. 이게 진짭니다."

인형은 제 앞에 놓인 서류 뭉치 중 왼편에 놓인 것을 슥 밀며 말했다. 태승과 슬은 지금 이게 무슨 소리인가 싶어 인형을 쳐다보았다. 그제야 인형은 사실을 털어놓았다.

"윤 교수님께 받은 그때 당시 명성 대학교의 회계 장부입니다. 검토해 보시면 아시겠지만 정부에서 받은 지원금이나 장학금, 학생들의 등록금까지 사실과 다르게 기록되어 있다는 걸 알 수 있을 겁니다."

태승은 그가 내놓은 종이들을 가져와 쭉 훑어보다 물었다.

"그럼 그때 보여 줬던 건 뭐였습니까?"

태승의 목소리 톤이 전과 달리 높아져 있었다. 그때 보란 듯 보여 줬던 서류들이 가짜였다니. 왜 가짜를 내밀었던 걸까. 순하기만 하던 슬의 눈매도 사나워졌다.

"……초기 자료들이었습니다. 지금 손에 들고 계신 서류가 윤 교수님이 지키셨던 진짜 자료고요."

"저희를 속였다는 거네요."

정곡을 찌르는 슬의 말에 인형의 목소리가 기어 들어갈 듯 작아졌다.

"왜 속이신 건데요? 아빠와 마지막으로 통화했던 것도, 이 서류들도 왜 사실을 말하지 않은 건데요? 설마…… 당신도 그들과 같은 편이에요?"

슬은 기가 막혔다. 아빠와 마지막으로 통화했으면서 안 했다고 하더니 그때 그 서류도 가짜란다. 거짓말한 것도 모자라 가짜를 진짜로 속이기까지 하니 슬로서는 딱 한 가지밖에는 납득이 되지 않았다. 그러자 인형은 억울한 표정으로 말했다.

"아닙니다! 절대 아닙니다!"

"그럼 왜 그랬는데요? 도대체 왜 거짓말을 한 거냐고!"

참고 참아 왔던 울분이 터져 버렸다. 그녀는 사랑하는 아빠의 믿을 수 없는 죽음과, 그 죽음에 파묻힌 진실을 파헤칠수록 아빠가 불쌍해서 견딜 수가 없었다.

악인들은 악행을 악행인지 모르고 이어 갔고 아빠는 그 악인들이 저지른 악행을 뒤좇다 그들 손에 죽었다. 그런 의로운 죽음을 두고 사람들은 석현을 비리나 저지르고 죽은 교수로 낙인찍었으며, 이제는 그마저도 완전히 잊었다. 진실은 그게 아닌데……. 나쁜 건 그들이지 제 아빠가 아닌데.

그리고 가장 가슴 아픈 건 그런 아빠 곁에 아무도 없었다는 거다. 자신조차 이사 가자는 아빠의 심정을 헤아리기는커녕 이사하면 돈이 든다고, 학교와 직장 탓을 하며 묵살했다.

왜 그랬을까. 적어도 아빠가 왜 그런 말을 했는지 더 물었어야지. 나라도 나가 있으라는 말까지 했는데, 그 이유를 물었어야지. 김 변호사를 탓할 일이 아니었다. 딸인 저조차 아빠의 상황이나 아빠가 겪었을 끔찍한 일들에 대해 알지 못했으며, 심지어 자신만 살자고 아빠의 죽음조차 잊었는데…….

"……죄송합니다."

슬이 벌게진 눈으로 인형을 쏘아보던 시선을 거두고 눈물을 흘렸다. 대충 손으로 눈물을 닦은 슬은 그의 변명은 듣지도 않고 사무실을 나갔다. 슬이 나간 문을 보던 태승은 자신이라도 그의 이야기를 들어 보자 싶었다.

"협박을 당한 겁니까, 변호사님도?"

힘없이 고개를 끄덕이는 인형의 눈가도 눈물로 번들거렸다. 그 눈물은 회한이었고, 후회였으며, 지난날을 돌이킬 수 없다는 절망이었다.

"윤 교수님이 돌아가셨다는 기사를 접하고 장례식장을 찾았지만 차마 들어갈 용기가 나지 않았어요. 내가 무슨 염치로 찾아뵐까 해서 돌아와 보니 사무실은 이미 난장판이었죠. 그들이 다녀간 줄 알았는데 저를 기다렸더라고요."

인형의 눈앞에 그때의 일들이 펼쳐졌다. 사무실은 난장판이었고 칼을 든 협박범이 소파에 앉아 자신을 기다리고 있던 공포의 현장이 말이다.

인형은 어쩔 수가 없었다. 흉기를 지닌 협박범 앞에서 모든 것을 순순히 불고, 들을 수밖에. 어제만 해도 자신과 통화했던 윤 교수는 죽었고, 그를 죽인 범인은 분명 이 협박범을 부리는 자들일 거다. 그렇다면 자신이 윤 교수처럼 죽는 것은 어려운 일도 아닐 것 같았다. 그렇게 생각하니 못할 것이 없어졌다. 그래서 모든 것을 헌납하듯 달라는 대로 다 주었다. 단 하나만 빼고.

다행히 그들은 자신에게 또 하나의 증거가 남아 있으리라고는 생각하지 못하는 것 같았다. 그리고 이 모든 일을 함구하는 대가로 인형은 목숨을 부지할 수 있었다. 하지만 그 일이 있은 후 제 인생은 나락 길이었다. 매일 밤 악몽에 시달렸고 그 덕에 끊었던 술과 담배에 찌들어 살아야 했다. 그렇게 3년을 보내고 어느 날, 이들이 찾아온 것이다.

이제라도 인형은 자신의 죄를 씻고 싶었다. 모든 것을 덮어 두었던 어리석은 자신의 죄를 이들을 도움으로써 구원받고 싶었다.

"이 자료는 제가 갖고 가겠습니다. 그리고 당분간은 여기 있지 마시고 다른 곳에 가 계세요. 또다시 위험해질 수 있으니."

인형은 고개를 끄덕였다. 서류를 모두 챙겨 든 태승이 한마디를 덧붙인 뒤 사무실을 나갔다.

"윤 교수님이라면 용서는 이미 하셨을 겁니다. 이 자료를 갖고 계신 것만으로도 충분하셨을 거예요."

그 한마디는 인형의 가슴에 깊이 새겨졌다.

* * *

다시 집으로 돌아가는 택시 안에서 두 사람은 대화 한마디 없이 조용했다. 슬은 창문에 바짝 기대앉아 밤바람을 맞고 있었고 태승은 그런 슬의 옆모습을 바라보았다.

그렇게 30분을 달려 은하 아파트 앞에 도착했다. 슬은 자신의 손을 잡으려고 하는 그에게서 한 걸음 떨어졌다. 그러자 태승이 멈칫 자리에 섰다.

"오늘만 혼자 있을게요. 오늘만."

왜 그러냐는 듯 바라보는 태승에게 그 말만 남긴 채 슬은 안으로 들어갔다. 뒤에서 바라본 슬의 뒷모습에도 복잡한 심경이 고스란히 드러나 보였다. 그래서 태승은 그녀를 붙잡을 수 없었다. 슬의 바람대로 오늘만, 오늘만 혼자 있게 해 주자 했다. 하는 수 없이 태승은 도무지 떨어지지 않는 걸음을 옮겨 본가로 향했다.

아파트 계단 창가에서 점점 멀어져 가는 그의 모습을 보던 슬의 얼굴이 슬펐다. 그렇게 집으로 들어와서도 침울하고 화나는, 그런 복잡한 마음이 가라앉지 않았다. 또다시 스스로에게 난 화를 그에게 풀 수는 없었다. 그래서 혼자 있겠다고 했다. 하지만 마음이 편하지 않았다. 아마 저를 두고 가는 그의 마음도 똑같을 것이다.

스르륵. 벽에 기댄 채 주저앉은 슬이 두 다리를 끌어안고 무릎에 얼굴을 묻었다. 눈을 감자 아빠 얼굴이 떠올랐다.

"아빠……."

괜스레 아빠를 불러 보았다. 이렇게 부르고 나니까 그리운 마음이 한층 더 심해졌다. 부르고 불러도 닿을 수 없는 이름이라는 걸 알지만 오늘은 대답해 주는 아빠가 있었으면 했다. 무릎에 묻었던 얼굴을 들어 올려 벽에 기댄 슬의 눈에서 눈물이 긴 눈물길을 만들며 떨어졌다. 오늘도 쉬이 잠들지 못할 것 같다.

* * *

달그락달그락. 아침을 깨우는 시끄러운 소리에 그의 미간이 절로 찡그려졌다. 새벽에 겨우 잠든 찌뿌드드한 몸을 일으켰지만 자신의 방은 여전히 휑했다. 어젯밤 슬을 그 집에 두고 돌아왔다는 것을 상기한 그가 제 휴대폰부터 찾아 확인했지만 기다리는 전화는 한 통 없었다.

슬의 번호를 누르려다가 괜한 짓일까 싶어 도로 침대에 올려 두고 계단을 터벅터벅 내려오니 익숙한 뒷모습이 보였다. 짧은 머리를 한데 묶고 앞치마를 두른 뒷모습은 틀림없는 슬이었다. 이제 보니 자신의 아침을 깨운 이는 남희가 아닌 그녀였나 보다.

새벽같이 일어나 본가로 돌아온 슬은 태승의 잠든 얼굴을 내려다보다가 부엌으로 가 그와 일만의 아침상을 차리던 중이었다. 덕분에 남희는 늦잠을 자고 있었다.

태승은 주변에 혜명도, 남희도, 해영도 없다는 것을 확인하고는 재빨리 다가가 슬의 허리를 감싸 안았다. 슬은 제 허리를 둘러싸는 손길과, 등 뒤로 닿는 단단한 그의 가슴팍으로 등 뒤의 남자가 태승임을 알아차리고는 부드럽게 허리에 얹어진 그의 손을 마주 잡았다.

"언제 일어났어요?"

어제 내내 듣고 싶던 슬의 목소리였다. 태승은 부드럽게 묻는 슬의 목소리를 듣자 괜히 코끝이 찡했다. 그래서 더 치대고 싶어졌다.

"방금. 언제 왔어?"

"방금. 찌개 맛 좀 봐 줄래요?"

슬은 숟가락으로 찌개를 떠서 호호 분 뒤 그의 입 안에 넣어 주었다. 찌개는 뜨거웠지만 얼큰하니 깊은 맛이 났다. 이번 찌개는 그의 입맛에도 맞을 만큼 좋았다.

"맛있어요?"

그의 대답을 기다리는 슬의 표정이 굳어 있던 어제와 달라서 기분이 좋았다. 태승은 놀리지 않고 순순히 고개를 끄덕였다.

"다행이다. 할아버님 입맛에도 맞겠죠?"

"그럼."

"얼른 씻고 와요. 상 차리고 같이 아침 먹어요."

씻고 오라며 슬이 등을 떠밀었다. 평소 같았으면 순순히 2층으로 올라

갔겠지만 오늘은 그러고 싶지 않았다. 괜히 응석을 부리고 싶었다. 어제 쌀쌀맞게 가 버린 게 아직 제 가슴에 서운함으로 남아 있었다. 슬의 심정이 어땠을지 백번 이해하지만 그녀에게 사랑받고 싶은 연인의 마음은 어쩔 수 없었다.

"옷 안 챙겨 줘?"

갑작스러운 그의 투정에 슬이 두 눈을 휘둥그렇게 떴다.

"옷 챙겨 줘."

내가 언제부터 옷을 챙겨 줬던 거지? 그가 왜 이러나 생각할 겨를도 없이 슬은 그의 손에 이끌려 2층으로 올라갔다. 슬과 함께 방으로 들어간 태승은 문을 닫지도 않고 그녀의 작은 얼굴을 두 손으로 감싸 쥐고는 입술부터 부딪쳤다.

갑작스레 벌어진 입술 안으로 그의 혀가 쑥 들어왔다. 예고도 없는 키스에 놀란 것도 잠시, 슬은 반쯤 열린 문이 신경 쓰였다. 이러다 어른들이 보기라도 할까 그를 떼어 내려고 버둥댔지만 그에게는 그저 미약한 움직임일 뿐이었다. 슬이 집중하지 못하자 그가 발로 문을 밀어 닫았다. 그제야 슬의 움직임이 멎었고 그녀는 두 눈을 감고 깊이 파고드는 그의 숨결을 받아들였다.

어제 슬은 참을 수 없이 화가 치밀었다. 누구를 향한 분노였는지도 모르겠다. 마지막까지 속인 김 변호사 때문이었는지, 두려웠을 아빠 곁에 있어 주지 못한 스스로에 대한 원망 때문이었는지.

아마 후자였던 것 같다. 이런 불행이 왜 제 가족에게 찾아왔는지 몰랐는데 어제는 문득 아빠에게 찾아온 불행이 저 때문이었는지도 모르겠다는 생각이 들자 온몸이 떨릴 만큼의 오한이 찾아들었다. 죽어 가는 그 순간조차 아빠는 제 걱정만 했다. 자신은 어떻게 되든 안중에도 없이.

새벽까지 추위에 떨다 깨어 보니 또렷하게 태승이 떠올랐다. 어제 그렇게 보낸 것이 내내 마음에 걸려 있기도 했다. 보고 싶은 마음에 냉큼 본가로 달려가 잠든 그이의 얼굴을 보았다. 그러자 그토록 들끓던 마음이 안정되어 갔다. 그래서 이럴 때면 더한 자책이 밀려든다. 저만 행복한 것 같아서. 같이 불행해야 하는데, 그래야 맞는데…… 그럼에도 불구하고 행복하고 싶은 건 욕심일까.

촘촘하게 맞붙은 입술 새로 뜨거운 숨이 오고 갔다. 태승은 슬의 뺨에서 목덜미 뒤쪽으로 손을 옮겨 그녀를 끌어당긴 뒤 입술과 몸을 더 가까이 붙였다. 그 힘에 그의 큰 몸 안으로 온전히 들어온 슬은 더 깊이 파고드는 그를 따라 부지런히 움직였다. 그는 오래 목말랐던 사람처럼 입술을 떼지 않고 혀를 놀렸다. 점막에 쫀득하게 달라붙은 혀가 곧 슬의 혀를 휘감고 비비며 슬의 몸을 달아오르게 했다.

"흐음……"

그와의 키스는 늘 혼을 쏙 빼놓는 것 같다. 그녀의 숨이 받아질 때를 맞춰 입술을 뗀 그가 아직 끝이 아니라는 듯 방 안쪽에 있는 화장실로 그녀를 데리고 들어갔다. 엉겁결에 따라 들어오긴 했지만 여기서 다음 단계로 더 나아갈 수는 없었다. 그런데도 그는 그녀를 놓아줄 생각은 애초에 없었다는 듯 허리를 감싸 자신 쪽으로 몸을 당겼다. 슬이 난감해하자 그 모습마저 귀엽다고 생각한 그가 열이 올라 발그레해진 그녀의 오른뺨에 입을 맞추었다.

"밖에 어른들 다 계세요. 들리면 어쩌려고!"

"괜찮아. 어차피 방음돼서 안 들려."

그러면서 왼뺨에 마저 입을 맞추었다.

그만하고 나가자는 말은 내뱉어지지도 못한 채 태승의 입 속으로 사라졌다. 그는 슬의 허리를 덥석 끌어안고 아까보다 더 격렬한 입맞춤을 이어 갔다. 작은 입술을 통째로 먹어 버린 그가 틈으로 혀를 넣어 입 안을 마구 휘저었다. 조금 전과 다른 격렬한 입맞춤에 슬의 정신도 저 멀리 달아나 버렸다. 이제는 어쩔 수 없었다. 그의 몸이 그런 것처럼 자신의 몸도 뜨거워지고 있었다.

"흐음. 흠."

슬은 저도 모르게 숨소리를 내뱉으며 그의 어깨를 감싸 안은 채 키스에 집중했다. 두 사람은 입속을 넘나들며 서로에게 빠져들었고 그만큼 몸은 점점 더 달궈졌다. 태승은 아예 슬을 세면대 위로 안아 올렸다. 덕분에 그와 눈높이가 거의 같아진 슬이 더 대담히 입술을 움직였다.

"흐읏!"

태승은 슬의 입술을 놓고 이번에는 희고 가느다란 목덜미 안쪽을 건드렸다. 연한 살갗 위로 보드라운 입술이 닿자 슬은 저도 모르게 숨을 뱉으며 손만 뻗어 세면대 물을 틀었다. 쏴아아. 물줄기가 시원하게 세면대로 흘러 내려갔다. 하지만 거기에 정신을 쏟을 수가 없었다. 제 목덜미를 지분거리며 살을 빨아 흔적을 남기는 그 때문이었다. 지독한 정염이 온몸을 울긋불긋 물들였다. 이미 그의 옷이며 제 옷이며 모두 벗겨져 발 아래로 툭, 툭 떨어졌다.

세면대에서 내려온 슬은 나신이 되어 그의 앞에 섰다. 이어 그의 팬티가 벗겨졌고 곧 발기한 페니스가 끄덕거리며 제 위용을 펼쳐 보였다. 그는 탁한 눈으로 그녀의 얇디얇은 목덜미 아래 드러난 쇄골이며, 둥근 젖가슴, 납작한 배꼽 아래 우거진 숲까지 찬찬히 훑었다. 무엇을 하기도 전인데 그의 짙은 시선 때문에 심장이 터질 것처럼 뛰었다. 본격적으로 시작하면 이보다 더한 쾌감이 들이닥칠 것을 잘 알기 때문일 거다.

그의 뜨거운 시선이 닿는 곳마다 온몸이 찌릿찌릿했다. 이미 그에게 안겨 몇 번이나 환희를 맛본 것처럼 괜스레 부끄러워졌다. 그를 쳐다보고 있던 슬이 고개를 아래로 떨어뜨리자 그가 그녀를 끌어당겨 안았다. 서로의 숨결이 닿을 만큼 거리가 가까워졌다. 그의 숨이 뺨을 간질이니 슬의 눈꺼풀이 파르르 떨렸다.

여태껏 그와 몸을 맞춘 만큼 이제는 첫날밤을 치르는 새색시처럼 부끄러워하지 않아도 되는데 이상하게도 오늘은 긴장이 되었다. 바로 아래층에 가족 모두가 있어서일까. 방금도 키스하다가 식구들이 올라오진 않을까 불안했는데 지금은 그 걱정도 되면서도 그에게 안기고 싶다는 생각이 드니 그 이질감에 묘한 흥분이 발끝에서부터 올라오는 기분이다.

"왜, 불안해?"

전과 다르게 제 눈도 마주치지 못하는 슬을 보자 태승은 그녀가 무엇을 염려하는지 알 것 같았다. 조심스레 물어보자 그녀는 "조금."이라는 대답을 했다. 곧이어 그가 피식 웃으며 그녀의 얇은 허리를 제 쪽으로 더 가까이 당겨 안았다.

"어차피 안 들려. 걱정하지 마."

그는 부드럽게 타이르며 그녀를 데리고 좁은 샤워 부스 안으로 들어갔다. 그 공간은 성인 남녀 둘이 들어가기에는 비좁았지만 사방이 다 막혀 있어 더 야릇한 분위기를 만들어 냈다. 무엇보다 그의 큰 몸이 샤워 부스 입구 앞에 있어 어딘가에 갇혀 있는 기분이 들었다. 아무것도 들리지 않고 오로지 그와 자신 둘만 있는 공간 같았다. 아까 들었던 걱정은 생각조차 나지 않았다.

"슬아……."

잔뜩 젖어 든 그의 목소리에 고개를 들자 떡 벌어진 어깨와 굵은 목, 말할 때마다 위아래로 움직이는 목젖, 그리고 정염에 가득 차 있는 그의 눈동자가 차례차례 보였다.

슬의 머리 위에 머리 하나가 더 있을 만큼 큰 몸집의 그는 이런 순간이 오면 한 마리 굶주린 짐승이 되어 버린다. 평소에는 부드럽고 순하지만 이런 순간에는 저를 모두 먹어 치우고도 남을 만큼 거대한 포식자가 된다. 이를 어떻게 한담……. 곤란하다고 생각은 하지만 이럴 때 방법은 하나뿐이다. 잡아먹히지 않으려면 잡아먹어 버리는 수밖에.

그가 손을 뻗어 샤워기 물부터 틀었다. 아무리 샤워 부스 안이라고 해서 이곳에서 나는 소리가 밖까지 안 들릴 수는 없을 것 같아 대비하기 위함이었다. 쏴아아. 물줄기 소리가 바닥을 세차게 두드렸다. 이제 소음도 완벽히 차단되었다.

태승이 한 걸음 다가가자 슬은 한 걸음 물러났다. 하지만 그녀의 뒤에는 바로 벽이었고 슬은 그대로 오도 가도 못한 채 그에게 가로막혔다. 그녀가 고개를 든 순간 그가 고개를 숙여 입술을 맞춰 왔다. 그와 동시에 그녀의 아랫배에 딱딱한 그것이 닿아 왔다.

이제 슬도 한계였다. 그만큼이나 지금 이 순간이 기대가 되었다. 그와 격렬한 몸의 대화를 나누고 싶었다. 그녀는 조심스럽게 그의 입술을 물었다. 그와 키스하면서 두 손으로는 떡 벌어진 등을 쓸어 만졌다. 어쩜 사람 등이 이렇게 넓을 수가 있는지. 복근은 또 왜 이렇게 빨래판처럼 선명하고 딱딱한지 모르겠다. 볼 때마다 그의 몸은 경이롭다는 표현으로밖에는 설명되지 않았다.

"아…… 태승 씨……."

입을 맞추던 그가 이내 그녀의 귓불을 물고 혀를 내어 귓바퀴를 핥았다. 입술이 닿기만 해도 예민한 곳에 질척거리는 소리가 곧바로 와 닿으니 기분이 야릇해졌다. 슬이 신음하자 그는 입술을 목덜미로 옮겨 곳곳에 자국을 남기면서 두 손으로는 가슴을 움켜쥐었다. 놀라울 만큼 보드랍고 말랑한 촉감이었다.

"하읏!"

이미 분홍빛 젖꼭지는 꼿꼿해져 있었다. 손바닥으로 꼿꼿이 선 젖꼭지를 문대며 주물럭거리자 슬이 연이어 신음했다. 유독 슬이 잘 느끼는 부위였다. 입술이나 귓불보다도 가슴을 만져 주면 이렇게 흥분에 몸을 떨었다. 태승은 미간을 잔뜩 찌푸린 채로 끙끙거리면서도 제가 만져 주기를 바라는 그녀가 너무 귀여웠다.

"쪼옥. 쪽."

그가 부드러운 가슴을 감싸 쥐고 꼿꼿이 선 젖꼭지를 입에 가득 넣어 빨았다. 혀를 내밀어 길게 밀어 올리듯 핥다가도 다시 입에 넣어 혀로 굴리며 빨아 당겼다. 그때마다 슬은 찌릿한 흥분을 참지 못해 바튼 신음을 흘리며 그의 머리카락을 움켜잡기도 했다.

"하으응. 흐응."

허리를 비틀며 못 견디겠다는 듯 신음하는데도 그는 놓아줄 생각은 않고 반대쪽 가슴도 똑같이 애무했다. 아예 가슴을 한가득 물어 입 안에 가둔 채 혀로 핥아 댔다. 슬은 딱 미칠 지경이었다.

"흐으응. 하읏. 흐읏!"

하지만 물줄기 소리에 슬의 신음은 금방 묻혀 버렸다. 그나마 다행인 일이었다. 제 몸을 진득하게 감아 오는 그의 전희를 감당하려면 소리라도 소리를 내지르는 것은 불가피했으니까. 슬은 귓전을 때리는 물줄기 소리만 믿고 마음껏 신음하며 그를 감당했다.

쪼옥, 그의 입 안에 끌려 들어갔다가 나온 젖꼭지가 타액으로 번들거렸다. 얼마나 물고 빨았는지 그 주변이 자극으로 붉어져 있었다.

그는 가슴을 그러쥐며 하체를 붙여 은근히 비볐다. 그의 크고 성난 페니스가 여성을 자꾸 찌르니 슬이 참기 어렵다는 듯 신음하며 한쪽 다리를 들어 그의 허리를 끌어안았다. 그것을 신호탄으로 그는 한 손으로 제 허리를 감은 슬의 다리가 미끄러지지 않도록 단단히 붙잡으며 검은 수풀을 헤집어 깊은 골짜기 안으로 제 페니스를 찔러 넣었다.

"하아아앗! 흐응!"

슬은 그의 목을 끌어안으며 제 안으로 깊게 들어오는 그를 버겁지만 잘 받아들이려 이리저리 움직였다. 하지만 워낙에 크고 두꺼운 탓에 한계가 있었다.

"흐응. 하윽!"

연이어 터지는 외마디 비명 같은 신음에 슬은 손으로 얼른 제 입을 막앉지만 그의 허리 짓이 시작되자 그마저도 할 수가 없게 되었다. 그는 슬의 허벅지를 붙잡은 채 꽂았던 제 페니스를 빼내었다가 다시 한번 더 깊게 박아 넣었다. 잔뜩 젖어 든 속살은 점성이 있는 것처럼 쫀득했고, 그가 치고 빠질 때마다 페니스를 붙잡고 터트릴 것처럼 조였다. 그 움직임에 태승은 정신이 혼미할 지경이었다.

"흐응. 태, 태승 씨!"

"윽. 으윽."

그는 슬의 통통하면서도 사과처럼 솟은 엉덩이를 주물럭대며 더 격렬히 허리를 흔들어 댔다. 그러다 행동을 멈춘 그가 슬의 몸을 돌려 벽에 두 손을 짚게 했다. 그대로 엉덩이만 뒤로 쑥 내밀게 한 뒤 다시 한번 더 제 페니스를 밀어 넣었다.

"허윽! 흐응!"

질 안으로 크고 두꺼운 그의 것이 들어오자 아랫배가 묵직해지면서 거대한 전율이 느껴졌다. 그의 것이 안을 가득 채웠다가도 빠져나갔고 그러다가도 다시 들어와 내벽을 긁어 대는데, 그 쾌감이 온몸을 꿰뚫을 듯했다.

"하윽! 하앗!"

느렸던 그의 몸짓이 더욱더 격렬해졌다. 슬이 느끼는 만큼이나 그가 느끼는 흥분도 만만치 않았다. 허리를 튕길 때마다 자지러지듯 숨넘어가는 슬의 신음 소리가 좋고, 제 페니스를 물고 놓아주지 않는 이 속살도 좋다.

그녀를 안을 때마다 왜 이리 난폭해지고 난잡해지는지 모르겠지만 그 누구에게도 느껴 본 적 없는 감정이다. 여자를 만나도 결혼이라는 목적하에 이뤄질 만남이라 사랑 같은 건 없을 거라고, 소유욕 같은 것도 없을 거라 여겼는데 슬은 아니었다. 그녀를 사랑하게 됐고 그녀를 온전히 제 것으로 만들고 싶다. 그녀를 더 많이 알고 싶고 더 많이 안고 싶다.

그런 욕망이, 욕정이 제게도 있을 줄이야. 제 자신도 몰랐던 모습을 이끌어 내는 그녀가 신기하면서도 신비롭다.

"하. 슬아. 슬!"

그는 그녀의 이름을 부르며 페니스를 더 깊이 찔러 넣었다. 엉덩이 근육이 바짝 조여들 만큼 깊이 넣었다가 빼내며 그녀의 허리를 붙들었다. 슬은 격렬한 그의 허리 짓에 허리를 휘며 신음하느라 정신이 없었다. 그가 움직일 때마다 미칠 것 같은 쾌감이 파도처럼 밀려와 온몸을 휩쓸고 지나간다. 그런데 그 쾌감이 너무 좋다. 그가 주는 이 충만감이 좋아서 돌아 버릴 것 같다.

그를 감당하느라 기진맥진이지만 남은 힘을 짜내어 허리를 곧추세우자 그가 기다렸다는 듯 얼굴을 돌려 입을 맞추었다. 혀를 내밀어 뒤섞이면서도 잇새로는 신음이 흘러든다. 태승이 젖가슴을 움켜쥐며 허리를 더 격렬히 치대었다. 슬도 마찬가지로 허리를 돌렸다. 하지만 그마저도 곧 힘이 빠져 느슨해졌다. 그녀와 달리 그는 아직도 힘이 남아도는지 입술을 떼고는 슬의 양팔을 잡고 말을 타듯 앞뒤로 허리를 팅기며 치달리기 시작했다. 움직이는 속도가 거세지자 슬이 허리를 휘며 교성을 내질렀다. 더욱더 팽팽해진 페니스에는 더 이상 참을 수 없는 사정감이 몰려들었다.

"하악! 학! 하으으으으읏!"

철썩, 철썩, 철썩. 샤워 부스가 고환이 치골을 때리는 소리로 가득해졌다. 맞닿은 은밀한 부위를 비비대며 부딪친 끝에 말로 표현하기 힘든 쾌감과 만족감이 온몸을 뒤덮었다. 그는 그녀의 안에서 모든 것을 분출했다. 길게 사정하다가 몇 번 더 허리를 팅기며 제 안에 남아 있는 모든 것을 쏟아 냈다.

그의 모든 것을 다 받아 낸 슬은 남아 있는 힘이 없었다. 기진맥진한 상태로 쓰러지듯 바닥으로 무너지자 그가 그녀를 번쩍 안아 들어 따뜻한

물이 담긴 욕조로 같이 들어갔다. 이어 태승은 격렬한 섹스로 인해 지쳐 버린 슬을 정성껏 씻겼다. 밥 먹을 힘도 남아 있지 않은 슬은 그에게 안겨 방으로 옮겨졌고 그대로 잠들어 버렸다.

* * *

잠든 그녀를 지켜보다 1층으로 내려온 태승은 곧장 일만의 방으로 들어갔다. 일만은 휠체어에 앉아 멍하니 창가를 바라보고 있었다. 일만에게로 다가간 그는 무릎을 굽혀 그와 시선을 맞추었다.

"할아버지."

나직하게 그를 불러보았다. 예전이었다면 시선을 맞춰 주었을 텐데 이제 그는 그마저도 하지 못한다. 이성해 원장으로부터 그가 더 이상은 거동조차 어렵다는 말을 들은 뒤로는 좋아질 거라는 희망마저 거둬들인 상태다. 슬프지만 이제는 마음의 준비를 해야 할 때라는 것도 안다. 그런데 이 마음은 의연해지지 않는다. 할아버지를 보내야 할 때가 가까이 왔다는 사실을 알면서도 자꾸만 회피하고 싶은 마음이 든다.

"할아버지, 회사는 많이 안정화되고 있어요. 아직 전부는 아니지만 신약 개발도 다시 들어간 상태고 전 계열사도 중단된 것 없이 진행되고 있어요. 그러니까 회사 걱정은 놓으셔도 돼요."

말해도 반응하지 않을 거라는 것을 알지만 그래도 전해 보는 마음이다. 전부는 아니더라도 일부만이라도 알아들을 수 있으면 좋겠는 그런 마음에서였다.

"제가 있는 힘껏 되돌려 놓을 겁니다. 할아버지 손자가 할아버지께서 이루신 유일 그룹을 다시 돌려놓을게요."

하지만 마주한 시선에서는 아무런 반응도 없다. 혼탁한 눈으로 멍하니 자신을 바라보고 있는 일만의 모습은 여전히 받아들이기 힘들다.

"그만 출근해 볼게요. 다녀오겠습니다."

천천히 일어나 일만에게 인사한 그가 등을 돌려 방문으로 다가갔다. 문고리에 손을 올려놓은 그가 잠시 멈칫했다. 이쯤, 잘 다녀오라는 그의 목소리를 듣고 싶은데 들려오는 소리라고는 하나 없이 고요했다. 살짝 돌린 시야 사이로 일만의 뒷모습이 보였다. 늙고 야위어 버린 그의 등에서는 그 어떤 기개도 볼 수 없다. 또 한 번 그의 가슴이 저릿하다.

출근한 그는 장장 세 시간 넘게 진행된 회의를 끝내고 일만이 사용하던 회장실로 왔다. 괜스레 제 할아버지 이름이 적힌 명패를 쓸어 만지던 그가 안으로 들어오는 인기척을 느끼곤 책상이 아닌 소파로 가 앉았다. 재호였다.

"명성 대학교와의 산학 협력 제안서입니다. 구체적인 협약 체결 내용과 명성 대학교 측으로 지원할 수 있는 항목들이 나와 있습니다."

그는 재호가 가져온 협력 제안서를 살펴봤다. 내용은 아주 좋았다. 명성 대학교로 지원할 수 있는 항목들 역시 예상보다 많았다. 물론 이 협력 제안은 그들을 낚을 미끼였지만 그저 낚기만 하고 끝낼 생각은 애초에 없었다. 슬의 아버지가 몸 담았던 학교였고 그를 위해서라도 그가 아낀 학생들에게 기회를 주고 싶은 것이 그의 뜻이었다.

"내용도 구체적이고 좋네. 생각보다 학생들에게 지원할 수 있는 것도 많고. 특히 인턴 사원 채용 기회를 넓히는 방향이 좋은 것 같아. 인턴 기간 후에 정규직 전환 기회를 주는 것도 좋고."

"그 부분에 대해 만족해하실 줄 알았습니다."

"이후 일정은?"

"협약 체결식은 내일 오후에 진행될 예정입니다. 장소는 명성 대학교 대강당으로 잡혔고요. 기자들은 대학교에서보다는 저희가 섭외하는 게 나을 것 같아서 그렇게 정했습니다. 출입 기자 리스트는 여기 있습니다."

재호가 건넨 또 다른 서류는 출입 기자 리스트였다. 총 열 명의 기자들이 적혀 있었고 그들은 전부 유일 그룹과 우호적인 관계에 있는 신문사 기자들이었다. 기자 목록을 훑어보던 그가 서류 파일을 덮으며 이렇게 말했다.

"출입 기자 명부에 김수연 기자, 이준일 기자도 추가해."

"그 두 분이라면?"

김 기자와 이 기자, 이 두 사람은 명성 그룹으로부터 협박을 받은 기자들이었다. 그는 기자 명부를 보며 그 둘을 떠올렸다. 분명 이 총장은 그 두 사람을 알아볼 것이다.

"이성찬 총장이 그 두 기자를 보고 어떤 표정을 지을지 기대가 되네."

재호는 그가 어떤 생각으로 두 사람을 추가하라고 했는지 알 것 같았다. 그들을 봤을 때 성찬의 반응을 보려는 것뿐 아니라, 이후 그들에게서 어떤 모션을 취하도록 이끌어 내려는 것이다. 성찬은 별다른 반응을 보이려 하지 않겠지만 분명 반응할 것이다. 그리고 동시에 이 두 사람이 자신의 사람들이라는 것을 알림으로써 그들에게 선전포고하고자 했다. 함부로 입을 열고 손을 놀리지 말라고.

그렇다고 성찬이 정말 가만히 있을까? 아까 말한 것처럼 그들은 반응하게 될 것이다. 더욱더 졸아들 것이다. 도둑이 제 발 저리는 것처럼.

\* \* \*

점심시간이 지나고서야 눈을 뜬 슬은 온몸이 저릿해 일어나는 것조차 힘겨웠다. 그녀는 겨우 몸을 일으켜 샤워를 하고 다시 옷을 갈아입었다. 화장대 앞에 앉아 립글로스를 바르니 그제야 얼굴에 생기가 도는 듯했다. 짧은 머리카락을 말리고 빗으로 빗어 넘긴 뒤 1층으로 내려가자 남희가 웃는 얼굴로 말을 붙여 왔다.

"식사는? 아직 안 먹었지? 아침만 차려 놓기만 하고 안 내려와서 걱정했잖아."

아침이라는 말에 괜스레 얼굴이 붉어지는 것 같아 슬은 얼른 말을 돌렸다.

"고모님은요?"

"아, 출근하셨어. 해영이도 친구 만난다고 나갔고."

다행히 위층으로 올라온 사람은 없는 것 같았다. 졸였던 마음이 풀어지니 허기가 느껴졌다. 아침부터 그와 사랑을 나눴으니 먹은 것도 이미 소화가 됐을 지경이다.

"저 밥 좀 주세요. 배고파요, 이모님."

"그래. 금방 차려 줄게."

"할아버님은요? 방에 계세요?"

"응. 낮잠 드셨어. 아까 보고 나왔고."

식탁에 앉으니 곧 따뜻한 밥과 국, 반찬이 놓였다. 남희는 혼자 먹는 슬을 생각해 맞은편에 앉아 밥을 다 먹을 때까지 말벗이 되어 주었다. 식사를 끝내고 설거지까지 이모님께 맡긴 채 슬은 부랴부랴 외출 준비를 서둘렀다.

자신도 가만히 있을 순 없었다. 슬은 다시금 집으로 가 안을 샅샅이 훑었지만 다른 흔적은 없었다. 오직 아빠와 함께했던 추억들뿐이었다. 더 슬퍼지기 전에 슬은 집을 나와 엘리베이터 앞에 섰다.

그때 시야에 한 남자가 보였다. 손에 웬 검은 서류 가방을 들곤 앞집에 서 있었다. 도어 록 앞에서 비밀번호를 누르는 듯했지만 어쩐지 시선이 다른 곳에 있는 것 같았다. 슬은 그 남자가 의아했지만 곧 엘리베이터가 도착했고 슬의 의심도 거둬졌다.

은하 아파트 입구로 나와 택시를 잡아타려던 그때, 슬의 시선이 자신의 집이 있는 3층 복도 창에 머물렀다.

"앞집에 다른 가족이 있었던가?"

이웃과 왕래를 하지는 않지만 가끔씩 앞집 사람을 만난 적이 있었다.

그 앞집에는 그 집 부부와 그 부부의 아이들만이 살고 있었다. 그런데 저 사람은 처음 보는 사람인데……. 찜찜했지만 부부의 친인척일 수도 있다고 생각한 슬은 택시를 타고 유일 퍼스트로 향했다.

* * *

한편, 창문 틈으로 슬이 동네를 빠져나간 것까지 확인한 남자는 곧장 3002호에서 3001호로 가 들고 온 서류 가방에서 장비를 꺼내 손쉽게 도어 록을 따 안으로 들어갔다. 남자는 조심스레 문을 닫고 멸균 장갑을 꺼내 끼고는 집 안 구석구석을 살피기 시작했다. 신발장에서부터 현관 수납장이며, 서류 따위를 넣을 수 있을 만한 공간이라면 모든 공간을 살살이 뒤졌다. 하지만 남자가 찾는 것은 그 어디에도 없었다.

그럼에도 열심히 주변을 살펴보는 남자의 눈에 한 상자가 들어왔다. 방금 슬이 넣어 둔 것이었다. 슬은 석현의 유품이 들어 있는 상자를 자신의 방 옷장 깊숙한 곳에 숨겨 놓았는데, 남자가 그녀의 방을 뒤지다가 그것을 발견했다.

상자를 들고 나온 남자는 방금 슬이 했던 행동대로 상자를 뒤집어 안에 있던 모든 것들을 탈탈 털어 냈다. 바닥에 널브러진 석현의 유품을 뒤적이던 남자는 그곳에서도 그토록 바라던 서류를 찾지 못했다. 남자는 도로 상자에 유품을 넣어 원래 자리로 가져다 놓고는 이번에는 슬의 옷을 뒤적거렸다. 그 여자가 입을 만한 옷이 뭐가 있을까.

고심하던 남자는 두꺼운 코트를 골라 면도칼로 안감을 살짝 뜯어 그 안쪽에 GPS 장치를 부착했다. 요 며칠 그 여자의 뒤를 밟아 본 결과 여자가 거취하는 곳은 따로 있는 듯했지만, 날이 제법 쌀쌀해졌으니 그녀가 겨울옷을 가지러 올 것을 예측하여 위치 추적 장치를 코트에 달았다.

그렇게 모든 일을 끝낸 남자는 누구도 침입한 흔적 없이 말끔하게 집을 나갔다. 조심스레 문을 닫고 나온 그때 앞집 문이 열리며 어떤 여자와 마주쳤으나 남자는 여자 친구 집에서 나오는 사람처럼 오히려 여자를 향해 고개 숙여 인사까지 하고는 엘리베이터에 몸을 실었다.

그는 웃음을 머금고 있다가, 엘리베이터 문이 완전히 닫히자 웃음을 싹 거두고 본래의 냉랭한 표정으로 되돌아왔다. 그렇게 그는 유유히 그 집을 벗어났다.

\* \* \*

'자료는 김 변호사가 말한 대로입니다. 자금 흐름을 추적하고 있는 상황이고 곧 검찰 측으로 자료를 넘길 예정입니다. 이 사건은 이 사건대로 조사가 시작될 거고 그렇게 되면 사모님의 아버지 사건도 재수사할 수 있을 겁니다.'

법무팀 장 변호사를 만나고 온 슬은 한결 마음이 편안해짐을 느꼈다. 석현이 남긴 자료 덕분에 재수사가 시작될 수 있다는 희망적인 대답을 들을 수 있었다. 비록 거짓말을 하기는 했지만 김 변호사가 끝까지 그 자료를 지켜 온 덕이기도 했다. 다음에 만나게 되면 그때는 꼭 고맙다는 인사를 해야겠다.

그대로 돌아가려던 슬은 오랜만에 온 회사 동료들이 보고 싶어져 발걸음을 옮겼다. 특히 민지와 송, 김 이사님이 보고 싶었다. 아직은 근무 시간이라 망설여지기도 했지만 그 친구들이라면 한달음에 달려올 거라는 것을 알고 있다. 그냥 돌아갔더라면 오히려 더 서운해할 거라는 것도.

1층 카페테리아에서 연락하고 기다리니 곧 두 사람이 로비로 달려오는 모습이 보였다. 그 모습을 보니 병원에 입원해 있을 때가 떠올랐다. 그때도 그들은 지금처럼 한달음에 달려와 주었다. 민지와 송을 향해 손을 들어 보이자 두 사람이 동시에 슬의 목을 와락 끌어안았다.

"잘 지냈어?"

슬은 웃으며 제 목을 끌어안은 두 친구에게 다정히 물었다.

"이게 얼마 만이에요, 언니."

울먹이는 송이와 다르게 민지는 슬의 등을 찰싹 때리며 퉁명스레 대꾸했다.

"네가 무슨 슈퍼스타라도 돼? 왜 연락을 드문드문 하느냐고!"

"미안해. 연락 못 해서."

슬은 자신을 전보다 더 세게 끌어안는 두 사람의 등을 토닥거렸다. 말만 저럴 뿐 속은 그렇지 않다는 사실을 누구보다 잘 아는 슬은 민지의 등을 여러 번 쓸어 주었다. 격동적인 만남을 뒤로하고 카페테리아에 자리 잡은 세 사람은 그동안 나누지 못한 안부 인사를 주고받았다.

"그런데 언니는 그동안 다이어트라도 한 거예요? 왜 이렇게 살이 빠졌어요?"

"어? 그러게. 왜 이렇게 살이 빠졌어?"

전보다 많이 야윈 것 같은 슬의 모습에 친구들이 고개를 갸웃했다. 그간 연락은 못 했어도 두 사람은 슬의 소식을 익히 들어 알고 있었다. 태승과 슬이 곧 결혼을 앞둔지라 달달하게 깨만 볶고 있는 줄 알았는데 그게 아닌 것 같아 표정이 급격히 굳어졌다.

"그동안 무슨 일이라도 있었던 거예요? 그래서 연락 못 한 거예요?"

"그래. 말해 봐. 무슨 일인데 살이 왜 이렇게 빠졌어? 그리고 머리는 왜 또 잘랐는데?"

"헐! 설마 언니! 사장님이랑…… 헤어지신……? 그런 건 아니죠?"

두 사람은 서로 북을 치고 장구를 치더니 이상한 추측을 하고는 휘둥그레져서 슬을 쳐다보았다. 슬은 두 사람의 신명 나는 헛다리 짚기에 끼어들 틈을 못 찾았을 뿐이었다.

살이 빠진 것은 일부러 의도한 건 아니었다. 혼자 살았던 때보다 그의 집에서 그의 식구들과 같이 지내면서 오히려 더 잘 챙겨 먹을 수 있었다. 다만 아빠 일로 일이 바쁜 탓에 먹어도 살이 찌지 않았던 거다. 더군다나 헤어스타일은 아빠의 억울한 오명을 벗기기 위해 스스로 다짐한 각성의 의미였을 뿐이다. 그런데 그런 의미가 이런 의미로 오해받을 줄이야.

어떻게 대답해야 하나 잠시 고민하던 사이에 두 사람은 멋대로 해석하더니 얼렁뚱땅 결론을 내 버렸다.

"결국…… 그런 거였군요. 그래서 식음을 전폐하고 머리도 짧게 자른 거였어요."

아니. 그게 아니라. 슬이 이상한 결론을 짓고 분노하는 두 사람을 말리려는데 민지의 목소리에 말문이 막혔다.

"분명 너 행복하게 만들어 달라고 신신당부를 했는데. 그때 했던 말 전부 거짓부렁이였어? 이래서 재벌은 안 된다니까!"

참다못한 분노를 터트린 민지의 언성에 주변이 술렁거리기 시작했다. 두 사람을 이대로 그냥 두었다가는 탱탱볼처럼 어디로 튕겨 나갈지 모른다. 진정시켜야 했다.

"아니, 얘들아, 그게 아니고……."

하지만 이 둘은 스스로가 만들어 낸 엉뚱한 상상에 갇혀 버린 듯 슬의 말을 제대로 듣지 않았다.

"이유가 뭐래? 설마 그 집에서 너 반대해? 평범해서 안 된대? 하, 내가 그럴 줄 알았어. 재벌들은 항상 그게 문제야. 집안이 무슨 상관이야? 두 사람이 좋다는데!"

흥분한 민지에 이어 송이 같이 격노하기 시작했다.

"누가 언니를 반대해요? 사장님 네에서 반대하는 거면, 회장님이 반대하는 거예요? 설마!"

"아니. 그게 아니라고."

"아니야? 아니면 뭔데? 그게 아니면 네가 살은 왜 빠지고, 머리는 왜 잘랐는데?"

그제야 말을 좀 알아들을 것 같아 슬은 흥분한 두 사람을 제자리에 앉혀 그동안의 자초지종을 설명해 주었다. 그렇다고 사실을 곧이곧대로 다 말한 건 아니었다. 지금 자리에는 송이가 있기에 모든 사실을 털어놓을 순 없었다.

"살이 빠진 건 그동안 잘 먹고 잘 지냈는데 곧 웨딩 촬영이 있어서 관리를 좀 한 거고, 머리는 긴 머리 관리하기가 힘들어서 자른 거야."

모든 이야기를 들은 그들은 한동안 멋쩍어했다.

"아…… 그런 거야?"

"그럼 진즉에 말을 하죠, 언니. 난 또 헤어지신 줄 알고."

민지와 송은 잠시 말이 없어졌다. 하지만 그 시간도 아주 짧았다. 이야기는 다시금 슬의 웨딩 촬영을 주제로 활짝 피었다.

"웨딩 촬영은 언제인데요? 그때 사장님께서 저희 불러 말씀하신 게 세 달 전이었던 것 같은데……."

슬은 이게 무슨 말인가 싶었다. 태승 씨가 이 두 사람을 따로 불렀단 말인가? 조금 놀란 표정의 슬을 본 민지가 슬그머니 그때 이야기를 꺼냈다.

"너 병원에 입원해 있을 때 사장님이 우리 불러서 말씀해 주셨거든. 곧 너와 결혼 발표할 거라고."

"태승 씨가?"

"응. 처음부터 너와 결혼할 생각이었다고 확실히 말하더라고. 솔직히 나는 그 마음, 오래 못 갈 거라고 생각했어."

슬이 왜 그런 생각을 했느냐는 눈으로 빤히 쳐다보자 민지가 다시 입을 열었다.

"재벌이잖아. 우리와는 다른. 전혀 다른 세상에 사는 사람이니까. 본인은 아니라고 해도 가족들 반대 무시하지 못할 거라고 생각했어. 수준에 맞는 다른 사람을 찾겠지. 그럼 너만 상처받는 거잖아. 그래서 사장님과 네가 만나고 있다는 걸 알았을 때 마냥 축하해 주지는 못하겠더라고."

슬은 가만히 민지의 말을 경청했다. 민지가 어떤 마음이었을지 충분히 이해할 수 있었다.

"그런데 사장님이 그러시더라. 가족들 의견은 자신에게 의미가 있지 않다고. 회장님의 뜻도 자신 있다고. 그래서 안심이 됐어. 아…… 내가 아는 재벌과 이 사람은 다르구나. 다른 재벌은 이래도 사장님은 아니겠구나. 그런 생각도 들고."

"……민지야."

"그래서 행복하게 해 달라고 했어. 그리고 꼭 행복해지라고도."

민지의 진심을 듣는 슬의 눈시울이 붉어졌다. 슬은 언제나 자신의 편에서 응원해 주는 사람, 사랑해 주고 아껴 주는 사람이 태승만 있다는 게 아니라는 것도 알게 됐다. 자신에게는 자신의 사람들이 있었다. 자주 연락하지 않아도 자신의 진심을 알아주는 나의 소중한 사람들. 앞으로 더 잘하고 싶다는 생각이 들었다. 나의 사람들에게.

"나도 잘할 게. 잘 살 거야. 너희가 응원해 주는 만큼."

슬이 그렁그렁해진 눈으로 예쁘게 웃었다. 그러자 송이도 눈물을 훔치며 씩씩하게 말했다.

"우리 브라이덜 샤워는 언제 할까요?"

감동을 바사삭 깨 버리는 소리였지만 그래서 세 사람은 웃을 수 있었다. 송이의 엉뚱함은 예측할 수가 없어서 더 즐겁다.


송이를 먼저 보내고 민지와 단둘이 남은 슬은 그녀에게 그동안 하지 못한 말을 해 주었다. 민지는 슬의 사정을 모두 아는 유일한 친구였다. 그래서 민지에게만은 모든 이야기를 말해 주고 싶었다.

아빠의 사고가 예측 불가한 사고가 아닌 누군가의 의도에 의한 살인일지 모른다는 것과 모든 기억이 돌아왔다는 것, 태승과 함께 아빠 사고의 진실을 찾고 있다는 사실까지도.

모든 이야기를 전해 들은 민지는 큰 충격에 빠져 한동안 말을 잇지 못했다.

"슬아……."

동공이 빨개진 민지가 슬의 목을 꼭 끌어안았다. 그러고는 서럽게 울기 시작했다. 민지의 눈물에 슬도 같이 울었다. 그런 일이 휘몰아치는 동안 정말 많은 눈물을 흘리고, 태승에게 위로도 정말 많이 받았다. 그러나 제 사정을 다 알고 오랫동안 제 곁에 있어 준 친구의 위로는 달랐다. 회사 밖에서 서로를 부둥켜안고 울자 지나가던 사람들이 이따금씩 쳐다봤지만 상관없었다. 두 사람은 그렇게 서로를 위로했고 위안받았다.

"기억이 완전히 돌아온 거야? 그때 호텔에서 풀장에 빠졌던 이후로?"

들었어도 믿어지지 않았다. 아저씨가 그렇게 가시고 나서 슬은 정말 많이 힘들어했다. 그녀의 기억이 온전하지 않다는 사실도 윤건에게 들어 알고만 있었을 뿐이다.

그런데 기억이 돌아왔다니. 그것도 참 다행인 일이었지만 슬의 목숨을 두 번이나 구한 사람이 태승이었다는 사실이 믿어지지 않았다. 이 인연을 뭐라고 말해야 할까. 그래. 기적 같은 인연. 기적이라는 말이 아니면 두 사람의 인연을 무슨 말로 표현할 수 있을까.

"아저씨 일은 그럼…… 어디까지 진행된 건데?"

석현의 일을 묻는 민지의 말은 상당히 조심스러웠다. 감히 입에 올리기도 어려운 일이었다. 하지만 슬은 의외로 담담했고, 의연했고, 괜찮아 보였다. 그래서 더 마음이 쓰였다.

"다행히 증거를 찾아서 곧 재수사할 수 있을 거래."

"정말? 다행이다. 정말 다행이야."

민지는 자신의 일처럼 기뻐하며 슬을 다시 끌어안았다.

"범인은? 범인도 찾은 거야?"

재수사에 들어가는 거면 범인도 찾았다는 말이 된다. 설령 아직 못 찾았다고 해도 찾으면 그만이다. 그럼 아저씨의 오명도 벗길 수 있는데, 어쩐지 슬의 표정이 어둡다. 설마 아직 못 찾은 건가?

"왜? 범인은…… 아직 못 찾은 거야?"

슬은 망설였다. 범인이 누군지도 알고 곧 재수사도 시작할 건데 이 말을 해야 하나 말아야 하나 고민이 됐다. 괜히 이 사실을 알았다가 민지도 위험해질 수 있단 생각이 들었기 때문이다.

"너…… 범인이 누군지 아는구나. 설마…… 우리가 아는 사람이야?"

민지는 순간 온몸에 소름이 끼쳤다. 석현을 죽인 범인이 제가 아는 사람일지 모른다고 생각하니 머리카락이 쭈뼛 설 만큼 오싹했다.

"아니야. 아직은 몰라."

슬은 말하지 않기로 했다. 다른 건 다 알려도 이 사실만은 비밀에 부칠 생각이었다. 소중한 친구를 자신 때문에 위험하게 만들고 싶지 않았다.

"이제 들어가 봐야지? 나도 가 봐야겠다."

슬이 애써 말을 돌리며 가방을 들고 자리에서 일어났다. 그러자 민지가 슬의 손목을 잡아끌며 당부했다.

"몸조심하고. 절대 혼자 있지 말고."

민지의 진심을 읽은 슬이 고개를 끄덕였다. 말하지 않아도 민지는 다 알고 있었다. 범인이 누군지, 무엇 때문에 말하지 않는지. 범인이 누군지 정확히는 모르지만 너도 알고 나도 아는 사람이라는 것쯤은 알 수 있다.

"갈게. 들어가."

"조심히 가."

민지는 점점 멀어져 가는 슬의 뒷모습을 오랫동안 지켜보았다.

* * *

택시를 잡아탄 슬은 본가가 아닌 유일 그룹으로 향했다. 그녀는 유일 퍼스트 건물보다도 더 높고, 외벽에서도 위엄이 넘쳐 보이는 건물 앞에서 입을 다물 줄 몰랐다. 태승이 보고 싶어 무작정 여기까지 온 거지만 막상 안으로 들어가려고 하니 긴장이 되었다. 그리고 아직 퇴근 시간 전이라 건물 안에는 그의 직원들이 있을 것이다. 그도 일을 하고 있을 테고. 괜히 자신 때문에 그와 그의 직원들이 피해를 보는 건 아닐까 싶어 망설이던 끝에 되돌아가려는데 재호가 그녀를 발견했다.

"사모님?"

누군가 저를 부르는 목소리에 뒤를 돌아보니 재호가 자신을 향해 다가오고 있는 것이 보였다.

"이야. 맞네요. 이런 곳에서 뵐 줄은. 왜 그냥 가시려고요?"

하필이면 맞닥뜨린 사람이 재호일 줄이야. 슬은 속으로 그냥 가기는 글렀다고 생각했다.

"사장님 보러 오신 거죠? 저랑 같이 올라가세요. 사장님이 좋아하실 텐데."

"아니요. 제가 생각이 짧았어요. 그렇지 않아도 바쁠 텐데 괜히 방해하고 싶지 않아요."

"방해는요 무슨. 하루 종일 사모님 생각뿐이신데요."

"유 비서님도 바쁘시잖아요."

"전혀요. 어차피 곧 퇴근 시간이라 같이 들어가시면 저야 더 일찍 퇴근하고 좋죠."

역시나 말로는 통할 사람이 아니다. 그제야 깨달은 슬은 순순히 재호를 뒤따랐다. 재호는 로비 출입구를 막고 선 보안 요원에게 입 모양으로 "사모님, 사모님." 하며 얼른 출입문을 열라고 지시했다. 그러자 보안 요원이 이를 알아듣고는 황급히 출입문을 열어 주었다. 그러고는 슬에게 꾸벅 인사했다. 슬은 조용히 인사하고는 부리나케 재호의 뒤를 따라갔다.

두 사람은 엘리베이터에 몸을 실었다. 이 엘리베이터는 임원 전용으로, 사원용 엘리베이터와는 다르게 모든 층을 지나쳐 임원들의 사무실로 있는 고층으로 단번에 올라갔다. 그중에서도 그가 있는 사무실은 최고층이었다. 최고층에서 엘리베이터 문이 열리자 옆으로 비켜선 재호가 정중히 슬을 에스코트했다. 그런 대우가 아직은 낯선 슬은 몸 둘 바를 몰랐다.

"이제 익숙해지실 때도 됐는데."

"그러게요. 좀처럼 익숙해지지 않아서요."

재호가 무슨 의미로 하는 말인지 알아들은 슬이 맞받아쳤다.

"제가 감히 그럴 주제는 못 되지만 오랫동안 사장님을 모신 비서로서 한 말씀 드려도 될까요?"

슬의 시선이 재호에게 머물렀다. 그러자 재호가 전부터 하고 싶었던 말을 조심스럽게 꺼냈다.

"사장님께서는 곧 회장으로 취임하실 거예요. 사내 분위기가 그렇게 흘러가고 있고 회장님 유언도 당연히 그러실 테니까요."

"……알고 있어요."

"그렇게 되면 사모님께서도 그에 알맞은 직위를 갖게 되실 거예요. 회사에 나와 직무를 보지 않으셔도 회장의 아내라는 자리에 어울리는 직함은 있어야 하거든요. 사내 분위기가 사장님께 호의적인 것 같아도 아직 박중열 사장 편에 섰던 이사들이 호시탐탐 기회를 엿보고 있어요. 박 사장 일로 고개를 조아리고 있을 뿐, 틈이라도 보인다면 어느 때고 물어뜯을 사람들이고요."

"······."

"아마 많은 변화가 있을 거예요. 자리라는 게 원래 그런 거라. 일거수일투족 모든 이들의 관심이 집중될 겁니다. 아무리 비밀로 감춘다고 해도 드러나는 게 이 바닥이기도 하고요. 그러니 당당해지세요. 사모님께서는 충분히 아름답고 회장님 옆을 빛낼 자격이 있는 사랑스러운 분이세요."

재호는 옅게 웃으며 회장실 문을 열어 주었다. 열린 문 안으로 서류 넘기는 소리와 노트북 타자를 두들기는 소리가 간간이 들려왔다. 슬은 들어가려다가 잠시 재호를 바라보았다. 어떻게 들으면 건방지게 느껴질 법한 말이었지만 슬은 그렇게 생각하지 않았다. 재호는 누구보다 그를 아끼는 사람이다. 그와 오랫동안 정을 나눴고 그 정으로 그의 곁을 지키는 사람이다. 그런 사람이 저에게 해 준 충고이기에 슬은 오히려 고마웠다.

"네. 그럴게요. 당당해질게요. 고맙습니다."

슬이 환하게 웃었다. 그 미소에 세상이 다 환해지는 것 같은 기분이다. 재호는 한 번 더 안으로 들어갈 것을 정중히 제안했고 슬은 앞으로 고개를 돌려 당당히 걸어 들어갔다. 곧 슬의 등 뒤로 문이 닫혔다. 심호흡을 깊게 한 슬이 천천히 앞을 향해 걸음을 내디뎠다.

"웬일이야?"

들어온 사람이 당연히 재호라고 생각한 태승은 뜻밖의 인물이 나타나자 두 눈을 크게 떴다. 그는 하루의 피로가 단번에 날아가기라도 한 듯 환한 표정으로 자리에서 일어났다.

"같이 퇴근하려고요. 아직 퇴근하려면 멀었나?"

"아니. 금방 하려고 했지. 근데 이렇게 올 줄은 정말 몰랐는데."

"그래서 싫어요?"

"그럴 리가. 너무 좋아서 그렇지. 표정 안 보여? 입이 귀에 걸려 있는데?"

그의 장난스러운 말에 슬이 깔깔 웃었다. 그런데 정말 어쩐 일일까. 여기까지 찾아올 정도면 그냥 온 것은 아닐 텐데. 그는 웃으면서도 눈으로는 슬의 표정을 샅샅이 살폈다.

"그냥 온 거예요. 예비 아내의 깜짝 방문이랄까?"

그의 시선에서 걱정을 느낀 슬이 그를 안심시켰다.

"예비 아내?"

"맞잖아요. 나 곧 유부녀 되는 거 아니었어요?"

이번에는 슬의 장난이 이어졌다. 그제야 그는 안심할 수 있었다.

"맞지. 유부녀, 유부남 되는 거지."

그렇다는 말로 맞장구친 그가 책상에 걸터앉아 좀 멀찍이 떨어져 있던 슬의 손을 슬며시 잡아끌었다. 그의 큰 손가락 사이사이에 작고 기다란 슬의 손가락이 폭 감겼다. 깍지 낀 손과 손으로 따스한 체온이 스며들었다.

"여기에서 일하는 거예요?"

입을 꼭 다물고 쳐다보기만 하는 그의 시선이 얼마나 뜨거운지 슬이 화제를 다른 곳으로 돌렸다.

"우리 회사보다 사무실이 더 크네요. 으리으리하고."

회장실은 유일 퍼스트에 있는 그의 사무실보다도 더 크고 넓었다. 자신의 집보다도 더 컸다. TV에서나 볼 법한 넓은 회장실을 눈으로 보고 있으니 이 공간에 있다는 사실도 무척이나 신기하게 느껴졌다.

태승은 어느새 휘둥그레져서 주변을 샅샅이 살피는 슬의 모습을 가만히 지켜보았다. 아이처럼 신기해하는 모습이 귀엽다. 반짝이는 별을 담은 듯한 두 눈과 발그레한 두 뺨을 차례차례 내려 보던 그의 시선에 흰 블라우스 사이로 하얗고 가느다란 목덜미 안쪽에 붉은 반점이 보였다. 오늘 아침에 자신이 새긴 흔적이었다.

그게 적나라하게 드러나 있는 줄도 모르고 호기심 가득한 눈으로 주위를 살피는 그녀가 귀엽기도, 유혹적이기도 했다. 오늘 아침에도 그녀를 안았건만 시도 때도 없이 불끈거리는 녀석이 기특하다.

"내 방 세 개 다 합쳐도 여기보다 좁을 것 같은데. 평수가 어떻게 돼요?"

반짝이는 눈으로 회장실 평수를 물어보다니. 참으로 신박한 질문이었다.

"정확히 세 본 적은 없는데."

그러면서 그가 슬의 손을 끌어당겼다. 그 덕에 그와의 거리가 훅 가까워졌다. 슬의 손이 그의 어깨에 닿았고, 슬은 그와 두 눈을 마주하고서야 분위기가 확 달라졌다는 것을 알 수 있었다. 방금 전까지는 공기가 맑았으나, 지금은 한껏 에로틱해졌다. 느릿하게 저를 올려다보는 그의 시선에 슬은 긴장이 됐다. 감았다 뜨는 그의 눈이 오늘 아침에 보았던 정염에 불타오르던 그 눈빛과 같아서 슬의 몸이 뻣뻣해졌다.

"왜, 왜 눈을 그렇게 떠요?"

여기는 회사. 그것도 최고층 꼭대기였다. 그의 진짜 사무실도 아니었고 이 밖은 바로 비서가 있을지도 모른다. 그런 곳에서 저런 눈으로 쳐다보면 정말 위험하다. 그런 걸 아는지 모르는지 그는 한껏 풀어진 눈으로 목소리를 낮게 깔며 말했다.

"내 눈이 어떤데?"

어, 어떻긴요! 아주 불경스러운 눈이죠. 그런데 슬의 머리와 다르게 눈은 자꾸만 그의 입 속에서 언뜻 비치는 새빨간 혀를 보고 있다. 아니, 이건 보여서 보는 것뿐이다. 그러나 손은 이미 그의 셔츠 단추를 하나둘 풀고 있다. 그도 슬의 얇은 허리를 끌어안고 다른 손으로 그녀의 목덜미를 감아 제 쪽으로 끌어 내렸다.

천천히 그에게 이끌리듯 끌려간 슬의 입술이 그의 붉은 입술에 닿았다. 슬은 이러면 안 되는데, 여기에서 이러면 곤란한데 하면서도 제 입

속을 건드리는 그의 혀를 제 혀로 휘감았다. 그녀가 어느새 그를 리드하고 있었다.

위에서 그를 내려다보며 입을 맞추니 이상한 카타르시스가 느껴지기도 했다. 마치 남자 비서를 유혹하는 여자 대표가 된 것 같다. 어쩌면 그러고 싶은 상상 같기도 하다. 항상 그가 주도하던 관계를 제가 시작하니 새로운 세계의 발을 딛게 된 것만 같다. 그래서 슬은 더 적극적으로 움직였다.

그도 자신이 리드당할 줄은 몰랐는데 사랑스러운 그녀의 손에 이끌리니 오히려 이 모든 것이 더 자극적으로 느껴졌다. 사모하던 사모님에게 당하는 비서 같다는 생각을 했다.

슬의 움직임이 점점 대담해졌다. 급기야 슬은 태승의 목덜미를 감은 팔을 풀더니 손으로 턱 끝을 들어 더 깊이 입술을 묻었다. 태승은 나날이 좋아지는 그녀의 테크닉에 놀라기도 했다. 제법이라고 생각하려던 찰나 그녀가 살짝 입술을 떼더니 고개를 반대편으로 꺾어 다시 태승의 입술을 덮쳤다. 숨이 훅 들어오더니 그녀의 혀가 들어와 제 혀를 얽는 바람에 그는 하마터면 신음을 흘릴 뻔했다. 이전까지만 해도 자신이 그녀에게 맞춰 주는 거라 생각했는데 이제는 아니다. 그녀가 당기는 대로 당할 뿐이었다.

혀뿐만이 아니라 그의 고른 치아와 볼 안쪽 점막을 훑는 슬의 움직임이 예사롭지 않다. 언제 이렇게 는 건지. 태승은 모두 자기 탓이라는 생각은 하지 못한 듯 점차 차오르는 숨 때문에 그녀를 살짝 밀어낼 수밖에 없었다.

입술이 떼어지자 그가 밭은 숨을 내쉬었다. 그제야 슬도 정신을 차릴 수 있었다. 이렇게까지 그를 이끌어 입 맞춘 적은 없었다. 그의 숨이 버거워질 때까지 키스하다니. 이런 신세계는 처음이었다. 세상에……내가…….

슬이 자신의 색다른 모습에 놀라워할 때, 그는 부푼 제 입술을 매만지며 조금 전의 일을 상기했다. 늘 그녀를 리드했던 자신이 그녀에게 이끌려 입맞춤을 당하니 기분이 이상했다. 뭔가 남자답지 못한 모습을 보인 것 같아 부끄러웠다. 숨이 찰 때까지 그녀에게 입술을 붙들려 있었다. 처음에는 제가 먼저 그녀를 이끌었으나, 이후에는 턱을 붙들린 채 그녀에게 입술을 뺏기고 있었다. 그래. 그 표현이 적확했다. 아주 묘한 느낌이었다.

"어? 태승 씨, 열나요? 왜 이렇게 볼이 빨개요?"

슬은 자신 때문에 그의 두 볼이 발갛게 달아올랐다는 것도 모르나 보다.

"열은 무슨. 그냥 더워서 그래. 이 안이 왜 이렇게 덥지?"

그는 시선을 피하며 책상에 걸터앉아 있던 엉덩이를 떼고 일어났다. 아직도 두 볼이 화끈거린다. 입술이 까졌는지 쓰린 것도 같다. 아주 잠깐 키스만 하려다가 오히려 당한 기분이었다. 순진한 강아지인 줄 알았는데 이제 보니 앙큼한 여우였다. 그게 다 누구 탓인지도 모르고.

"퇴근 시간이네. 이제 집에 가자."

태승은 손목에 채워진 시계를 확인하며 옷걸이에 걸어 둔 재킷을 입었다. 그때도 그는 슬과 시선을 마주하려고 하지 않았다. 마주치면 부끄럽고 심장이 두근두근 뛰면서 리드당한 자신이 떠올랐다. 그런 그와 달리, 슬은 시선을 자꾸만 요리조리 피하는 그의 행동에 영문을 몰라 당황스러웠다.

"좀만 천천히 가요."

항상 맞춰 걸어 주던 그가 그 긴 다리로 성큼성큼 앞서 걸어가니 슬은 종종 걸음으로 그를 쫓을 수밖에 없었다.

"빨리 와."

"태승 씨."

결국 못마땅한 슬이 자리에 멈춰 서서 그를 불렀다. 앞서 걷던 그의 걸음도 멈춰졌다. 아마 그녀는 화가 났으리라. 뒤도 돌아보지 않고 걷는 자신에게 서운했으리라. 그녀의 마음을 알면서도 쉽사리 돌아서지지가 않는다. 그래. 지금도 여전히 그녀의 눈을 똑바로 마주 볼 수 없을 만큼 창피하다.

"대체 왜 그래요? 내가 뭐 잘못했어요?"

슬은 평소 같지 않게 구는 그의 앞으로 걸어가 물었다.

"아니. 그런 거 없는데."

"그런데 왜 나를 안 봐요?"

또 땅만 보고 있다. 눈을 맞추려고 이리저리 그의 시선을 좇는데 자꾸 피하기만 한다. 답답해진 슬이 버럭 했다.

"왜 그러는데요!"

답답하기는 그도 마찬가지였다. 이유를 말하고 싶지 않은데 자꾸 물으니 어쩔 수가 없었다. 이대로 그녀가 오해하게 두는 것도 싫었으니까.

"부끄러워서 그래. 부끄러워서."

악. 말해 놓고 나니까 태승은 더 민망해졌다. 이제는 아예 귀까지 열이 올랐다.

슬은 갑작스러운 말에 두 눈을 깜빡였다. 부끄러워서 그렇다니. 그의 말을 곱씹어 보던 슬이 크게 웃었다. 그는 아까 자신과 했던 키스 때문에 그러는 거였다. 항상 리드하다가 리드당하니 남자답지 못한 모습을 보인 것 같아 부끄러웠던 거다.

아, 귀여워.

"그런 거였어요? 뭘 그런 걸로 부끄러워해요."

겨우 키스 한 번 당한 걸로 뭘 그렇게 부끄러워하나. 이러니까 더 자주 해 주고 싶어지네. 슬은 스스로도 이런 얄궂은 생각을 하는 자신이 너무 짓궂다고 생각했다.

"근데 좀 귀엽네요, 류태승 씨."

"뭐?"

태승은 세상에 처음 들어 보는 말이다. 덩치 큰 남자에게 귀엽다니. 그런데 왜 그 말이 달콤하게 들리는 건지 모르겠다.

"이거 봐요. 부끄러워서 귀까지 빨갛잖아."

슬이 제 귀를 톡톡 건드리자 태승은 얼른 두 손으로 감추었다.

꺅, 어떡해! 이 모습도 너무 강아지 같아. 몸은 대형견인데 하는 짓은 아기 강아지 같잖아.

"가자. 어른들 기다리실라."

태승은 귀를 감싸던 손을 내려 슬의 손에 손깍지를 꼈다. 다시금 분위기가 부드러워졌다. 부부 싸움은 칼로 물 베기라더니, 이건 뭐 싸운 거라고 할 수도 없고. 방금 다퉜다고 하기 무색할 만큼 순식간에 말랑해진 이 커플은 이곳이 회사라는 것도 잊은 채 깍지까지 끼고 회사를 누비고 다녔다.

퇴근 시간이라 로비에는 집으로 가기 위해 열심히 걸음을 하는 사원들로 북적북적했다. 출입구로 태승이 걸어오는 모습을 본 사원들이 저마다 깍듯이 인사하며 홍해 갈라지듯 양옆으로 비켜섰다. 태승은 슬의 손을 잡고 가운데 길로 걸으며 사원들의 인사를 받아 주었다. 슬도 같이 인사하며 그를 따라 나왔고 둘의 모습이 사라지자마자 사원들은 처음 보는 그의 웃는 모습에 술렁였다. 그러면서 옆에 있던 슬에게도 관심을 보였다.

\* \* \*

재호를 먼저 보내고 태승은 직접 차를 몰아 퇴근했다. 퇴근 시간이라 도로는 차들로 꽉꽉 막혀 있다. 서울의 교통 체증은 정말 짜증이 날 정도였지만 태승과 슬, 두 사람은 그저 좋기만 했다.

"아까 여기로 오기 전에 장 변호사님 만나 뵀어요. 곧 아빠 사건 재수사할 수 있을 거라고 들었어요."

"응. 나도 들었어. 장 변호사님이 애를 많이 써 주셨어. 아마 끝까지 재수사 시작할 수 있게 도와주실 거야. 능력 있는 변호사님이시거든. 주변에 아는 형사들도 많고."

"그런 것 같아요."

핸들을 붙잡고 있던 그가 손을 뻗어 그녀의 손을 감싸 잡았다. 아무 걱정할 거 없다는 뜻이었다.

"어찌 됐건 증거를 끝까지 갖고 있어 준 김 변호사님께도 감사하다는 인사는 해야 할 것 같아요. 그 덕분에 재수사도 할 수 있게 된 거니까."

담담히 말하지만 그 속은 쓰릴 것을 알기에 그가 물었다.

"괜찮겠어?"

"그 일을 용서하겠단 말은 아니에요. 그 일은 별개인 문제니까."

"나도 용서하라는 말은 아니었어. 다시 그 사람을 찾아가도 괜찮겠느냐는 뜻이었지."

"알아요. 난 괜찮아요. 고마운 건 고마운 거니까."

"그래. 네가 하고 싶은 대로 해. 뭐든 다 해 줄게."

"……고마워요."

사실 가장 고마운 사람은 바로 그였다. 그는 제 세상의 빛이고 은인이고 전부이다. 무채색이었던 제 세상을 유채색으로 바꿔 준 사람이다. 색을 잃고 살아가던 제 인생을 알록달록한 색으로 물들여 준 사람. 평생을 갚아도 그가 준 사랑과 헌신에 비하면 부족할 것이다. 그래서 슬은 저 자신보다 그를 더 사랑하고 아껴 줄 것이라 다짐했다. 목숨을 다해 그를 지켜 줄 것이다.

"나도 할 말이 있는데."

"뭔데요?"

그는 내일 있을 명성 대학교와의 산학 협약식에 대한 이야기를 꺼냈다.

"이성찬 총장과 MOU를 맺게 됐어. 장소는 학교 대강당이고 출입 기자는 우리 쪽에서 준비하기로 했어. 내일 협약식에 이준일 기자와 김수연 기자가 올 거야. 아마 그쪽에서 반응을 보이겠지."

"산학 협약에 동의한 거예요?"

"응. 내 생각이지만 박진한 회장이 지시했을 가능성이 있어."

"그럼 위험할 수도 있잖아요."

"사람들이 다 모인 자리야. 그런 자리에서 불미스러운 일을 만들어 봤자 본인에게 이득 될 게 없다고 생각할걸. 그보다는 우리가 어떤 패를 갖고 있는지 떠보려고 이번 협약 체결을 결정했을 거야."

"그런 자리에 이 기자님과 김 기자님을 부른다는 건…… 그들의 반응을 보려는 거죠?"

"응. 아마 엄청 동요할 수도 있어."

"전에 내가 말했던 대로 가짜 증거를 흘리려는 거예요?"

사실 슬이 말했던 그 계략이 솔깃하기는 했다. 그들이 진범임은 확실하지만 그렇다고 할 만한 뚜렷한 증거가 없기에 그들을 잡으려면 덫이라도 치는 것이 가장 좋은 방법이었다. 하지만 그러기에는 너무 위험했다. 특히나 슬이 전면에 나서는 일은 더더욱 위험하다. 별다른 수가 없을까 고민한 그는 자신이 직접 나서겠다고 결심했다.

"아니. 가짜 증거가 아니라 진짜 증거를 흘릴 거야."

그들이 동요할 만한 증거라면 우리가 갖고 있는 그들의 비밀 장부를 뜻하는 것일 테다. 슬은 너무 놀라 휘둥그레졌다.

"그들을 꾀려면 우리도 진짜 패를 꺼내 보여야 해."

"그 일을 태승 씨가 직접 하려고요? 안 돼요! 너무 위험해요."

"네가 하는 것보다는 나아."

"태승 씨."

"걱정 마. 네가 걱정할 일은 안 만들어. 거기까지 가기 전에 먼저 막을 거니까."

"그래도······."

그는 슬의 손등을 매만지며 눈을 한 번 깜빡였다. 그러다 씩 웃었다.

"내가 상대할 사람은 이성찬 뒤에 있는 박진한 회장이야. 박 회장을 끌어내리려면 이 방법밖에는 없어."

그는 단호했다. 그의 말처럼 상대는 이성찬 총장이 아니라 박진한 회장이다. 그 사람을 유인하려면 그의 말처럼 우리의 패를 보이는 수밖에 없다. 진짜를 보여야 진짜가 드러날 것이다. 그런데 왜 이렇게 불안한 걸까. 꽉 막혀 있던 교통 체증이 순식간에 뚫리며 이들의 차도 천천히 움직였다. 바로 내일이다. 결전의 날이 밝아 오고 있다.

\* \* \*

이른 아침, 출근하는 그를 보내 놓고도 마음이 쉬이 놓이지 않았다. 마음에 돌덩이 하나를 올려놓은 것처럼 무거웠다. 밥도 넘어가지 않아 들고 있던 숟가락도 내려놓았다. 식구들 모두가 걱정하는 눈치였지만 그런 시선을 신경 쓸 만큼 여유가 있지도 않았다.

'오늘 인터뷰 자리가 있을 거야. 예정에 없던 인터뷰 자리에서 이성찬 총장을 자극할 거야. 그 자리에 김 기자와 이 기자가 함께할 거고. 그 자리에서 그를 곤란하게 할 질문들이 쏟아질 거야. 그 과정에서 장인어른 사건이 나오기도 할 거야. 내가 걱정되는 건 사람들 입에 윤 교수님 사건이 오르내릴 텐데 그래도 괜찮겠냐는 거야. 난 너의 마음이 걱정돼.'

어젯밤, 오늘 있을 일에 대해 그가 덧붙인 말이다. 그는 자신보다도 제 걱정을 먼저 했다. 슬은 사람들의 말거리가 되는 것쯤 대수롭지 않았다. 그저 이 일에 앞장설 그가 걱정될 뿐.

그의 말처럼 그들이 더 큰일을 저지르기 전에 그가 무슨 수를 써서든 막을 거라 믿지만 정작 믿지 못하겠는 사람은 바로 그들이었다. 그들은 제 아빠도 죽였던 사람들이다. 그리고 그 일을 아는 사람들은 전부 약점을 잡거나, 사람을 보내 경고나 감시를 하고 인생을 철저히 망가트렸던 사람들이다. 그런 피도 눈물도 없는 사람들이 그에게 해를 가하는 것은 아닌지 걱정이 됐다.

"그래. 태승 씨 말처럼 공개 석상에서 그런 짓을 저지르진 못할 거야. 그가 바보처럼 당할 사람도 아니잖아."

슬은 스스로를 다독였다. 그렇지 않고서는 아무것도 할 수가 없었다.

똑똑, 방에서 안절부절못하고 있을 때 방문이 열리며 안으로 혜명이 들어왔다.

"고모님."

"무슨 걱정 있어?"

혜명은 오늘 아침부터 내내 표정이 어두운 슬이 신경 쓰였다. 늘 밝았던 사람이 갑자기 표정이 어두워진 데에는 그만한 이유가 있을 것이다. 그녀는 자신이 위로받았던 것처럼 슬을 위로해 주고 싶었다.

"아니요. 걱정은요."

말은 아니라고 하지만 여전히 표정이 어둡다. 슬이 어두우니 집 안도 어두워지는 것 같다.

"그래. 말하고 싶지 않으면 안 해도 돼."

"……죄송해요."

"죄송하긴. 그런 걸로 미안해하지 않아도 돼. 대신 기분 전환도 할 겸 쇼핑 안 갈래? 해영이랑 쇼핑 가려고 하는데."

"쇼핑이요?"

"응. 날씨가 추워졌잖아. 내가 또 패션에는 일가견이 있는 사람이기도 하고. 내가 옷 한 벌 사 주고 싶은데."

"아…… 쇼핑. 죄송하지만 다음에 갈게요. 오늘 집에 가서 가져올 짐도 있고 해서요."

슬은 그제야 계절의 변화를 실감할 수 있었다. 며칠 전까지만 해도 나뭇잎이 울긋불긋 형형색색으로 물들어 가는 모습을 봤는데 벌써 계절이 다른 색으로 옷을 바꿔 입을 준비를 하고 있었다. 초겨울이 다가오고 있다. 곧 아빠의 기일이기도 하다.

아직도 집에는 그가 입었던 옷이나 그의 짐들이 있었다. 그리고 슬은 혹시라도 다른 증거가 남아 있을지 한 번 더 찾아보려고 한다. 전에 갔을 때도 별다른 증거를 발견하진 못했지만. 태승은 저에게 집에서 기다리고 있으라고 했지만 그럴 순 없었다. 가만히 있는 게 더 어려운 일이었다.

* * *

태승은 출근하는 길에 호텔에 들러 수연과 준일을 만났다. 두 사람은 이미 재호를 통해서 오늘 일을 통보받고 준비하던 중이었다. 수연은 1년을, 준일은 3년의 시간을 기다려 그들에게 복수를 할 수 있게 된 날이 오늘이었다. 오래 기다려 왔던 일이었다.

그들은 고작 자신들의 사리사욕을 채우기 위해 무고한 사람들을 돈의 힘으로, 권력으로 빼앗고 짓밟고 죽였다. 사람이 사람으로 태어나 해서는 안 될 짓을 저질렀음에도 용서를 구하지도, 부끄러워하지도 않았던 사람들이다. 오늘 수연과 준일은 그것이 당연한 권리인 것처럼 구는 그들에게 당신들이 틀렸다고, 당신들이 잘못 살아온 거라고 말해 줄 것이다.

"김 기자님과 이 기자님이 할 일은 이 총장을 곤란하게 만드는 겁니다. 어둠에 익숙했던 자들은 빛을 두려워하죠. 두 분이 무슨 질문을 하든 저들은 빛 앞에선 속수무책일 겁니다. 아무 질문이나 하십시오. 그동안 묻고 싶었던 숱한 질문들을 하세요."

수연과 준일은 태승의 말을 듣다가 고개를 돌려 서로를 바라보았다.

그동안 묻고 싶었던 숱한 질문들, 타의로, 자의로 하지 못했던 그 질문들을 하라고 만든 자리였다. 기자가 기자로서 할 수 있는 일은 질문하는 것임을 태승을 통해 또 한 번 깨달았다.

어둠에 익숙한 자들은 빛을 두려워한다. 공식 석상이란 자리에 수많은 카메라들이 빛을 낼 것이다. 모든 기자들이 서면상에 적힌 질문들을 할 때, 날카롭고 예리한 질문은 카메라의 빛을 받아 더 밝게 빛날 것이다. 그것이 태승의 계획이었다.

이 두 사람의 말을 신호탄으로 부드럽던 공식 석상은 한순간 아수라장이 될 것이고 그럼 이 총장은 동요할 것이다. 그 자리에 있는 다른 기자들의 눈빛도 변할 것이다. 그런 눈빛들과 밝은 빛 앞에서 이 총장은 어떤 대답을 할까. 어떤 행동을 할까.

"제가 본 이 총장은 약합니다. 크게 동요할 거예요. 물론 지금도 흔들리고 있고요."

그때 한정식 집에서 보았던 이 총장은 분명 흔들리고 있었다. 그 태도는 적어도 자신이 한 짓이 잘못됐다는 걸 안다는 뜻이기도 하다.

"이 총장을 믿으시는 겁니까?"

"아니요. 하지만 기회를 줄 순 있겠죠. 사람이고 싶다면 그 기회를 무시하지는 않을 겁니다."

그 사람을 믿어서가 아니다. 그냥 묻고 싶다. 당신은 사람인가, 짐승인가. 사람으로 남을 것인가, 짐승으로 살 것인가. 그리고…….

"어느 누구도 다치지 않을 방법이기 때문입니다."

준일과 수연은 그가 무슨 마음에서 그런 말을 한 것인지 알 것 같았다. 태승은 지키고 싶은 것이다. 사랑하는 그녀를 지키고 싶은 것뿐이다.

"준비는 다 됐습니다."

"3년 전부터 이날만 기다렸던 것 같네요. 솔직히 말하면 지금도 얼떨떨합니다. 내가 또다시 카메라 앞에, 마이크 앞에 서도 되는지."

수연은 의연했고 준일은 혼란스러워했다. 수연보다는 준일이 느끼는 바가 더 클 것이다. 그는 자의로 그들과 손을 잡은 사람이었으니까. 하지만 그는 사람이다. 짐승과 다를 바 없는 그들과는 다른 사람.

"자격 있습니다, 이 기자님. 사람이지 않습니까. 앞으로 사람으로 살면 되는 겁니다."

태승의 위로에 준일의 코끝이 찡했다. 그 누구도 자신에게 사람이라고 말해 준 사람은 없었다. 모두가 손가락질할 때 태승은 오히려 저에게 손을 건네주었다. 그는 제게도 기회를 준 것이다. 준일은 그 기회를 잡았고 그렇게 사람으로 살 자격을 얻었다. 앞으로 준일은 사람으로 살 것이다. 가슴이 뜨거운 사람. 바로 류태승이란 사람처럼.

* * *

서둘러 외출 준비를 마친 슬은 택시를 타고 집 앞에 도착했다. MOU 협약식까지 앞으로 두 시간 정도밖에 남지 않았다. 지난번에도 집을 뒤져 보았지만 별다른 증거가 나오지 않았다. 그런데도 또다시 찾아볼 생각이다. 아주 작은 단서조차 나와 준다면 참 고맙겠는데.

슬은 휴대폰 시간을 확인하며 초조한 마음에 아파트 복도를 바삐 걷다가 앞에 누가 오는 줄도 모르고 부딪치고 말았다.

"앗, 뜨거워!"

하필 상대방이 들고 있던 뜨거운 커피가 쏟아져 슬의 코트와 안의 블라우스를 적셨다. 피부에 닿는 열기에 슬의 미간이 잔뜩 구겨졌다.

"아 어떡해! 죄송해요. 어떻게 해. 많이 뜨거우시죠?"

상대방은 계속 어떻게 해를 연발하며 미안해했고 슬은 시간이 없었다.

"괜찮아요. 괜찮습니다."

아직도 뜨거웠지만 이대로 시간을 지체할 순 없었다. 상대방을 뿌리쳐

돌아서려는데 여자가 먼저 자신을 붙잡았다.

"저기요. 3001호 사시죠?"

다시 돌아보니 어디선가 본 적이 있는 사람이다. 깊이 고민하지 않아도 앞집 사람이란 걸 알 수 있었다.

"아, 네. 안녕하셨어요?"

시간이 촉박했지만 인사를 나눌 시간은 있었다. 아는 사람을 모른 척하기도 그렇고. 상대방은 방금 자신이 한 실수를 만회하고 싶었는지 안부를 물었다. 그 몇 마디를 나누는 시간은 길지 않았다.

"옷이 젖어서 어떻게 해요. 날씨도 추운데."

"아니에요. 어차피 집에 가는 길이라. 옷이야 갈아입으면 돼요. 신경 쓰지 마세요."

"그래도. 데이지는 않았는지 걱정이 돼서 말이죠. 아, 휴대폰 번호 좀 찍어 주실래요? 혹시 모르니까."

괜찮다는데도 앞집 여자는 집요했다. 어쩔 수 없이 연락처를 넘겨 주었다. 이제 그만 인사를 하고 돌아서려는데 앞집 여자가 또 말을 붙여 왔다.

"그런데 남자 친구분이 자주 오시나 봐요?"

"남자 친구요?"

슬은 의아해하다가 곧 태승을 떠올리고는 그냥 웃었다.

"자주는 아니지만 가끔은 오죠. 죄송한데 제가 지금 좀 많이 바빠서요."

"아, 네. 알겠어요. 혹시라도 많이 데었으면 꼭 연락 주세요."

"네. 그럼."

슬은 아예 뛰어서 집까지 단숨에 올라갔고 앞집 여자는 고개를 갸웃대며 지나쳐 갔다.

'엊그제 왔었는데 모르나 보네. 둘이 싸웠나?'

집으로 들어온 슬은 입고 있던 코트를 벗어 소파에 놓고는 다시금 옷장 속에 숨겨 둔 박스를 꺼내 뒤져 보았다. 석현의 휴대폰도 다시 살폈고, 구석구석 증거가 될 만한 것들은 전부 찾아보았지만 역시나 아무것도 없다. 힘이 쭉 빠지는 기분이었다. 그러나 이러고 신세 한탄 할 시간이 없었다.

슬은 다시 상자를 옷장 속에 넣고는 코트만 꺼냈다. 입고 온 코트는 여자가 들고 있던 커피 때문에 축축했고 더러워졌기 때문이다. 그러고는 전신 거울 앞에서 블라우스 단추를 풀어 커피가 쏟아진 가슴 부분을 살 폈다. 생각보다 많이 데었는지 커피가 쏟아진 부위에 피부가 발갛게 부 풀어 올랐다. 그녀는 구급상자를 가져와 화상 연고를 바르고 밴드로 대 충 따갑지 않을 정도로만 처치한 뒤에 코트를 다시 입었다.

이제 한 시간 반이 남았다. 학교로 가려면 지금 출발해야 했다. 슬이 소파에 앉아 제 방을 빙 둘러봤다. 허탈했지만 여기까지 온 것만 해도 천운이었다. 그가 아니었으면 아빠의 죽음은 영영 묻혀 버렸을 것이다. 이제 기댈 수 있는 한 자락은 이성찬 총장뿐이다.

* * *

유일 그룹과 명성 대학 산학 협력단과의 MOU 협약식이 진행될 명성 대학교 대강당에서는 행사 준비에 한창이었다. 대강당 무대 위로 대형 플래카드가 올라가 한 자리를 크게 차지하고 있었고, 그 아래로는 산학 협력단 직원들과 학생들이 앉을 간이 의자가 놓였다. 그리고 그 뒤에는 곧 모여들 기자들과, 카메라 설치를 위한 자리가 비워져 있었다. 그렇게 준비는 차질 없이 진행되고 있었다.

한 시간 뒤에 곧 MOU 협약식이 진행될 거라고 보고를 받은 성찬은 마냥 기뻐할 수만은 없었다. 류태승의 속셈이 훤히 보이는 이 마당에 어떻게 가만히 앉아 있을 수 있을까. 머리가 깨질 것처럼 지끈거렸다.

아니, 솔직히 말하면 머리가 깨져 버렸으면 싶다. 숨이 막혀 죽을 것 같은데 이런 상황에서 그자와 사인을 주고받고 악수를 하고 카메라 앞에서 웃으라니.

"박진한 이 개새끼."

욕지거리가 쏟아져 나왔다. 내가 누구 때문에 이 개고생을 했는데!

주먹을 움켜쥔 손등에서 핏줄이 도드라졌다. 시간을 확인하니 벌써 10분이 더 흘렀다. 시간은 왜 이렇게 빠른 거야! 초조한 마음과 달리 느긋하게 흐르는 시간이 야속하다.

총장실을 오가며 초조한 기색을 숨기지 못하던 성찬의 목소리가 걸려 온 전화 한 통에 달라졌다. 박진한 회장이었다.

"네. 회장님."

—준비는 잘되고 있습니까?

"네. 곧 시작입니다."

—목소리가 불안하시네요.

'귀신같은 새끼.'

자신의 상태를 꼬집는 그의 통찰력에 또 한 번 치가 떨린다. 성찬은 제 목을 조이는 넥타이를 느슨하게 풀었다.

"……아닙니다. 그렇지 않습니다."

—그래요. 의연하셔야죠. 그래야 지금 이 거지 같은 상황을 모면할 수 있는 겁니다.

"회장님, 꼭 이러셔야 했습니까?"

—무얼 말입니까?

미소를 짓고 있던 진한의 표정이 싸해졌다.

"그자가 무슨 의미로 이 자리를 만들었는지 아시지 않습니까?"

—그러니 응당 응해 줘야죠. 우리가 꿀릴 것은 없지 않습니까.

"회장님!"

—더 이상 왈가왈부하지 맙시다, 이 총장. 아무 의미 없습니다, 이제는.

"……."

—그리고 걱정할 거 없습니다. 당신에게도, 나에게도 오늘은 어제와 같은 오늘일 테니.

섬뜩했다. 그 어떠한 것보다도 더 큰 협박처럼 들려 성찬의 두 동공이 세차게 흔들렸다.

"그, 그게 무슨 뜻입니까?"

휴대폰을 잡고 있는 진한의 표정에 웃음이 어렸다. 킬킬.

—아무도 나를 막을 순 없을 거라는 뜻입니다.

평소와 다름없는 말투로 가장 섬뜩한 답을 하는 박 회장과의 통화에서 그 옛날 자신에게 지시했던 박 회장의 모습이 떠올랐다.

학생들과 함께 등록금 인상에 반대하는 입장을 적극적으로 표명하던 인문학부 교수. 학교에는 그를 추종하는 자들이 많았다. 부총장이던 자신과 달리 전임 교수였던 윤석현이 거슬리기 시작한 것은 그때부터였다.

자리로 보나 권위로 보나 자신이 한 수 위였다. 전임 교수를 거쳐 부총장, 이제 곧 총장이 될 사람은 바로 성찬, 자신이었다. 그의 앞날은 탄탄대로였고 전력 질주할 수 있을 만큼의 동력도 충분했다.

그렇게 탄탄대로의 길을 걷기만 하면 되는 거였는데, 모든 면에서 자신보다 뒤처져 있던 윤 교수가 자신을 작아지게 만들었다. 자꾸만 못난 자신을 들춰냈고 잘 감춰 뒀던 비틀어진 제 속내를 들쑤셨다. 시작은 윤 교수였다. 못나고 비틀어진 제가 아니라.

'더 이상은 안 되겠네요. 갖은 협박도 통하지 않는다면 방법은 하나뿐. 그를 죽이세요.'

해서는 안 될 짓이란 걸 알았다. 사람이 사람을 해쳐서는 안 된다는 것쯤 한글을 다 떼기 전부터 안다. 굳이 배우지 않아도 안다는 뜻이다.

하지만 총장 자리가 그에게 가는 것만은 막고 싶었다. 막아야 했다. 눈한 번 질끈 감으면 끝날 일.

그래서 그에게 품고 있던 칼을 던져 주었다. 그 한 번이 인생 가장 큰실수였고 치욕이었다. 벗어날 수 없는 덫과도 같았다.

"하하. 하하하."

자조적인 웃음을 짓던 성찬의 표정이 일그러졌다. 웃는 것도, 우는 것도아닌 아주 이상한 표정으로 그렇게 한참을 주저앉아 있었다.

## 6. 그가 잠든 시간

명성 대학교 대강당에서 진행된 유일 그룹과 명성 대학 산학 협력단과의 MOU 협약식은 성공적으로 치러졌다. 산학 협력 직원들과 학생들, 기자들이 모두 모인 자리에서 태승과 성찬은 협약서에 사인을 했다. 그런 뒤 두 사람은 자리에서 일어나 서로 악수를 했다. 그러고는 각각의 협약서를 펼쳐 들고 많은 카메라 앞에서 환하게 웃었다.

성찬은 언제 그랬냐는 듯 멀쩡한 얼굴로 예정된 자신의 할 일을 마쳤다. 태승도 깜짝 이벤트를 준비한 사람치고는 그럴 듯하게 연기해 내고 있었다.

"앞으로 잘 부탁드립니다."

"저야말로 잘 부탁드립니다, 이 총장님."

두 사람은 각자의 본심을 숨긴 채 협약식의 모든 일정을 마쳤다. 이후 기자들과의 조촐한 인터뷰 시간이 이어졌다. 태승의 깜짝 이벤트이기도 하다.

"오늘 일정이 이렇게 끝나는 것도 아쉬운데, 늦은 오찬 어떠십니까? 대접하고 싶어서 말이죠."

성찬은 진한이 지시했던 대로 움직였다. 다시 이 자리에 나설 때부터 성찬은 자기 암시를 했다. 이미 양심이고 뭐고 애초에 버렸으니 그분이 하라는 대로 따르자고. 그래서 나쁠 건 없다고 말이다. 하지만 이 상황 자체가 태승이 계획한 것이었다. 그가 짜 놓은 판에 서 있는 성찬은 그저 한 마리 체스 말일 뿐이었다.

"총장님과의 오찬은 언제나 환영입니다. 이런 날은 더더욱 그래야죠. 그런 제안이 없으셨다면 오히려 서운할 뻔했습니다."

"하하하. 류 사장님께서도 이런 너스레를 떠실 줄 아는 분이셨군요. 완벽한 모습만 보이셔서 이런 인간적인 모습은 없으신 줄 알았습니다."

"저 그렇게 완벽하지는 않습니다. 제 여자 친구는 저더러 허당기가 있다고 하는 걸요."

"허당기요? 하하하하. 여자 친구분도 아주 재미있으시네요."

"아, 오찬 드시러 가시기 전에 간단한 인터뷰 요청이 들어와서요. 저희 홍보팀이 워낙 일을 열심히 하는 분들이라. 괜찮으실까요?"

성찬은 예정에 없던 인터뷰 요청에도 순순히 응했다. 그까짓 인터뷰 요청이야 질문에 대한 답만 하면 그만일 뿐이니까.

"질문지도 있으니까 긴장하실 거 없습니다."

"긴장이라뇨. 괜찮습니다. 얼른 하고 식사하러 가시죠."

태승은 대범한 척하는 성찬을 속으로 비웃었다. 저 뻔뻔함이 어디까지 갈 수 있을지 벌써부터 이자의 낯빛이 궁금해진다.

그렇게 인터뷰 자리가 마련되었다. 태승이 멀찍이 서 있는 재호를 향해서 무언의 지시를 하자 그의 행동이 민첩해졌다. 간단한 인터뷰 자리라고 해서 몇 명의 기자들만 상대하면 될 줄 알았는데 꽤 많은 기자들이 모여들어 성찬은 잠시 당황했다. 그 모습을 옆에서 면밀히 지켜보던 그가 성찬의 귀에 대고 살짝 속삭였다.

"저희 회사 홍보팀과 출입 기자들입니다. 아시겠지만 요즘 저희 회사 이미지가 좋지 않아 이번 협약식이 이미지 쇄신에 좋은 기회가 될 듯해 불렀으니 이해 부탁드리겠습니다. 불편하시면 응하지 않으셔도 되고요."

태승은 자신을 낮춰 상대가 응할 수밖에 없도록 했다. 그 말을 들으니 성찬은 자신이 그에게 도움이 되고 있는 듯해 마음에 남은 양심의 응어리를 조금이라도 풀고자 인터뷰를 하겠다고 했다. 하지만 워낙에 기자들이 많아 맨 뒤쪽에 서 있는 수연과 준일을 발견하지는 못했다.

첫 질문은 무난했다. 이번에 유일 그룹과의 산학 협력이 명성 대학교 측에서는 어떠한 기회가 될 것인지에 대한 질문이었다. 성찬은 목소리를 가다듬으며 차분히 질의응답을 했다.

"이번 협약은 단순히 학생들의 취업을 장려하기 위함은 아닙니다. 유일 그룹은 현재 대한민국 경제를 살리고 있는 일등 공신의 기업입니다. 그런 기업이야말로 우리 학생들의 창의력과 열정, 참신한 아이디어 등이 필요하다고 생각했습니다. 그러면서 학생들은 대한민국 최고 기업에서 일할 수 있는 기회를 얻을 수 있고요. 그래서 산학 협력을 맺게 됐습니다."

성찬은 군더더기 하나 없이 일목요연하게 이번 협약의 공동 목표를 어필했다. 그의 정갈한 응답에 주변 기자들이 "오오." 호응하니 성찬도 조금씩 어깨가 으쓱해졌다. 하지만 태승은 그런 성찬의 모습이 가소로웠다.

"이번 협약 체결 내용을 상세히 말씀해 주시면요?"

이번에는 태승이 대답했다.

"협약 체결 내용은 서면으로 제출할 예정입니다만 간략하게 말씀드리죠. 기업은 학생들에게 전공 분야를 현장에서 발휘할 수 있는 환경을 만들어 줄 겁니다. 연구실에서부터 연구에 들어갈 모든 지원을 아끼지 않을 것이며, 학생들의 6개월 인턴 기회도 제공할 생각입니다. 인턴 6개월 과정 동안의 인사 고과 점수에서 가장 높은 점수를 받은 학생들에게는 특채로 입사할 기회를 제공할 것이고요."

"학생들에게는 최고의 기회가 되겠네요."

"네. 그렇습니다."

"그럼 이번 협약 제안을 유일 그룹 측에서 먼저 했다고 하는데, 그런 제안을 한 이유는 무엇인가요?"

"최근 유일 그룹 내에서 일어나고 있는 탈세 스캔들에 대한 이미지 쇄신 때문인가요?"

꽤나 날카롭고 예리한 지적이 성찬이 아닌 태승에게 날아왔다. 이미 서면으로 어떠한 질문이 나올지 파악하고 있었으나 굳이 이 질문을 넣은 사람은 다름 아닌 태승, 자신이었다. 재호는 올게 왔다는 표정으로 이들을 지켜봤다.

"좋은 지적이네요. 인터뷰는 본래 솔직해야 하고 저 역시 솔직한 사람인만큼 솔직히 대답해 드리죠. 네, 맞습니다. 이번 명성 대학 산학 협력단과의 협약은 최근 물의를 빚고 있는 저희 유일 그룹이 조세 포탈 및 회계 부정 이미지에서 탈피하고자 먼저 제안한 것입니다. 하지만 그 이유가 전부는 아닙니다. 명성 대학교는 저와 결혼할 제 예비 아내의 장인어른께서 몸 담으셨던 곳입니다. 한평생을 교단에서 학생들을 가르치고 올곧은 길을 걸으셨던 그분에 대한 존경의 표시이자 진심으로 학생들을 사랑했던 그분에 대한 마음을 전하고자 제안을 한 것입니다."

"류 사장님의 예비 아내분이라면…… 얼마 전 깜짝 결혼을 발표했던 그분이십니까?"

"네. 맞습니다. 유일 퍼스트 마케팅 부서 윤슬 주임입니다."

태승은 슬의 이름을 말하면서 설핏 이 총장의 표정을 살폈으나 그의 표정엔 큰 변화가 없었다.

"그분은 평사원인데, 사장님과는 어떻게 만나신 겁니까? 자세히 말씀해 주실 수 있나요?"

"사적인 질문은 여기에서 마치겠습니다. 공적인 질문에 한해서만 질문 부탁드립니다."

노련하게 그가 화제를 돌렸다. 하지만 쉽사리 인터뷰 현장의 열기가 가라앉지 않았다. 모두가 소란한 그때, 우렁찬 누군가의 목소리가 들려왔다.

"류태승 사장님, 방금 이번 협약과 관련해 유일 그룹의 이미지 쇄신의 목적도 있다고 말씀하셨는데요. 그렇다면 명성 대학교 이미지와 관련해서는 조사해 보셨습니까?"

이건 또 무슨 소리야. 다른 질문에는 별 반응이 없던 성찬의 귀가 쫑긋해졌다. 누군가를 찾는 듯 두리번거리는 모습이 그는 무척 당황한 것처럼 보였다. 태승은 슬쩍 미소 짓다가 방금 질문한 기자를 찾았다.

"방금 질문하신 기자님, 누구시죠? 어떤 의도로 그런 질문을 한 건지 말씀해 주시죠."

웅성웅성. 기자들이 동요하던 그때, 맨 뒤에서 손 하나가 번쩍 들렸다. 사람들의 시선이 뒤로 향했고 드디어 질문한 기자의 얼굴이 드러났다. 성찬은 손을 든 기자를 보려고 눈을 가늘게 떴지만 너무 멀리 있어서인지 얼굴이 잘 보이지 않았다.

황급히 주머니에서 안경을 꺼내 쓴 성찬은 방금 손을 들었던 기자의 얼굴을 보고는 아연실색했다. 안경을 썼다가 벗었다가 다시 써도 자신이 아는 얼굴이 맞다. 박진한 회장의 지시하에 죽은 윤 교수를 뇌물 교수로 낙인찍는 기사를 썼던 이준일 기자였다.

"저는 작은 인터넷 신문사를 운영하고 있는 이준일 기자입니다."

"이준일 기자님, 방금 한 질문은 어떤 의도로 물으신 겁니까?"

질문은 이 기자에게 향해 있지만 태승의 시선은 이 총장에게 향해 있었다. 태승은 집요한 시선으로 그를 좇았다. 그리고 모든 협약 체결식을 지켜본 재호의 옆에 선 슬 역시 성찬을 주시했다.

"지난 3년 동안 명성 학원과 명성 대학교의 유착 관계에 대해 취재해 왔습니다. 다들 아시겠지만 명성 대학교는 명성 학원 소유로 운영되고 있는 학교입니다. 명성 학원은 명성 그룹 재단에서 지원을 받고요. 이는 즉, 명성 대학교와 명성 학원 그리고 명성 그룹이 하나로 연결되어 있음을 알 수 있습니다."

"그게 어떻다는 겁니까? 명성 학원과 명성 그룹이 학교를 운영하고 있는 게 그리 놀랄 일도 아닌데요."

"네, 맞습니다. 놀랄 일은 아닙니다. 허나 명성 학원과 명성 그룹, 그리고 명성 대학교가 사학 비리에 연루되어 있다면? 이건 어떻습니까? 놀랍지 않습니까?"

이 기자의 말에 모두가 어안이 벙벙해졌다. 사학 비리에 연루되어 있다니. 장내가 소란스러워지기 시작한 건 순간이었다. 기자들은 저마다 특종을 잡았다며 카메라 셔터를 눌러 댔고 성찬은 혼란스러운 상황 앞에서 속수무책으로 당하고 있었다. 그는 식은땀을 뻘뻘 흘리며 아무 말도 못한 채 입만 벙긋대고 있었다.

"……사실 확인은 된 겁니까? 그게 아니라면 상당히 곤란한 말씀하신 거 아시나 하고요."

태승은 자신이 깔아 놓은 판에 잘 놀아나고 있는 성찬을 보니 재미가 쏠쏠했지만 지금 상황에서 당황한 척, 곤란한 척하는 연기가 필요했다. 아무것도 모르는 성찬은 이 상황을 어떻게 빠져나가면 좋을 고민스러웠다. 주변 사람들의 눈치가 보였고, 그중 태승이 무척 신경 쓰였다. 일단 이 상황을 갈무리하는 것이 좋겠다는 판단이 뒤늦게 든 성찬이 태승에게 넌지시 드릴 말씀이 있다고 하려던 찰나, 타이밍 맞춰 수연이 끼어들었다.

"설마 기자가 사실 확인 안 했을까 봐서요?"

모두의 시선이 때맞춰 등장한 수연에게 모아졌다.

"한국 일보 사회부 소속 김수연 기자입니다. 이 기자님이 하신 말씀 전부 사실입니다. 저는 지난 1년간 명성 대학교와 명성 학원 사이의 비리 행적에 대한 기획 취재를 해 왔고 최근 신변 위협을 느껴 기획 취재를 접은 상태였습니다. 대낮에 집에 강도가 들었거든요."

역시 기자다웠다. 사람들이 어떤 말을 들어야 호기심이 생기고 논란거리가 되는지 아주 잘 알았다. 수연의 입에서 나온 강도라는 말에 주변 기자들의 입이 떡 벌어졌다.

"세상에, 강도?"

"대낮에 강도라니? 그럼 명성 대학교와 명성 학원 쪽에서 사주했다는 거야?"

이번에는 명성 대학교와 명성 학원 사이 비리 의혹에 이어 대낮 강도 사건을 사주했다는 의혹으로 기자들의 이목이 집중됐다. 설상가상, 산 넘어 산이었다.

이를 어떻게 수습한담. 성찬은 아예 이대로 뒷목이라도 잡고 쓰러지고 싶었다. 이미 협약식은 아수라장이 되어 버렸고, 사태는 커질 대로 커져 수습이 불가한 상황이었다. 이 아수라판에서 가장 당황스러울 사람은 아무래도 유일 그룹이겠지 싶어 성찬은 어지러운 머리를 붙잡고 태승을 향해 힘겹게 입을 열었다.

"저…… 아무래도 인터뷰는……."

"아…… 네. 그러는 게 좋을 것 같습니다."

태승도 이에 응하며 그렇게 인터뷰를 마치려는데 또 하나의 이벤트가 남아 있었다. 그것도 모르고 성찬은 끝까지 태승을 챙기고 있었다.

급히 교직원들을 부른 성찬은 태승을 데리고 무대 아래로 내려와 빠르게 대강당을 빠져나왔다. 아직도 뒷목에 식은땀이 흥건하다. 어떻게 이 상황을 수습할지 감도 잡히지 않았다. 아니, 어떻게 된 일인지도 모르겠다. 저

기자들이 어떻게 여기까지 온 것인지……. 태승은 혼란스러운 표정이 역력한 성찬을 지켜보다가 물었다.

"괜찮으십니까, 총장님?"

"아…… 예. 예. 뭐. 아, 류 사장님께서도 많이 당황스러우셨겠습니다. 갑자기 들이닥친 거라. 일단 저들이 하는 말은 신경 쓰지 마십시오. 다 모르고 한 소리들이니까요."

모르고 하는 말이라. 태승은 성찬이 했던 말을 곱씹다 픽하고 웃어 버렸다. 가만히 듣고 있으려고 했는데 도저히 못 들어 주겠다.

"아, 정말 못 해 먹겠네."

난데없는 격한 말을 들은 성찬은 제 귀를 의심했다.

"뭐, 뭐라고 하셨습니까?"

"이 총장님, 저하고 나눌 말이 많을 것 같은데요."

"나눌 말이라니, 대체 무슨……."

가만. 분명 보고받기를 기자들은 유일 그룹 측에서 준비한 것이라 했었는데. 그렇다면 이준일 기자와 김수연 기자를 불러들인 사람이 이쪽이라는……?

성찬이 두 눈을 크게 뜨고 자신을 바라보자 태승은 씩 웃었다. 이제 눈치를 챘느냐는 듯이.

"이미 아시지 않습니까. 제가 왜 이런 서프라이즈 이벤트를 열었는지는."

"……!"

"이 총장님은 저하고 할 말이 없으시겠지만 저는 있습니다. 가령 3년 전, 뇌물 수수 의혹으로 자살하신 저희 장인어른 사건이라든지."

연이어 충격받은 성찬은 그 자리에 얼어붙어 버리고 말았다. 설마 했지만 그 설마가 진짜가 되었다. 류태승은 이미 다 알고 있는 것이다. 3년 전, 윤 교수 자살 사건의 내막을 말이다.

바들바들. 온몸이 떨리기 시작했다. 머릿속은 이미 하얀 백지가 되어 버린 상태다. 상황을 이렇게 만든 장본인은 바로 이자다. 김 기자와 이 기자까지 손에 쥔 이자가 또 무엇을 쥐고 있을지 감히 예상이 간다. 두 주먹을 불끈 움켜쥔 성찬은 부들부들 흔들리는 손을 숨기지 못했다.

날카로운 눈으로 성찬의 상태를 살핀 그가 성찬의 귀에 바짝 대고 속삭였다. 그 속삭임은 마치 악마의 말 같아 성찬은 눈을 질끈 감아 버렸다.

"처음부터 이 판을 계획하고 설계한 장본인, 바로 접니다. 이 말은 즉, 당신들이 무슨 짓을 했는지 다 알고 있다는 뜻이고. 어떻게 알았는지 궁금하지 않나?"

태승은 치밀어 오르는 화를 억누르며 이를 악물곤 말했다.

"궁금하면 전화해. 너를 부리는 박진한 회장에게 똑똑히 전하라고. 당신들이 한 그 짓거리들 내가 모조리 증거를 가지고 있다고 말이야."

그러고는 한 발자국 떨어져 성찬을 노려보았다. 이미 성찬의 낯빛은 창백해져 있었다. 눈도 마주치지 못하고 얼굴이 하얗게 질려서는 몸을 떨고 있는 그의 꼴이 우스웠다. 일말의 동정심 따위 느껴지지 않는다. 슬이 당했을 고통과 상처, 장인어른이 느꼈을 공포에 비하면 아무것도 아니었을 테니까.

"내 앞에서 전화해. 지금. 당장."

무거운 눈꺼풀을 찬찬히 들어 올린 성찬의 앞에는 분노로 들끓는 태승이 있었다. 그래. 어쩌면 이것이 하늘이 준 기회인지도 모르겠다. 이제 이 지옥에서 벗어나라고. 지금이라도 이 지옥에서 벗어나자고.

그 깨달음이 성찬의 이성을 뚝 끊어 버렸다. 이제 본능만 남았다. 살아남고 싶은 인간의 원초적 본능.

\* \* \*

명성 그룹 회장실에서 실시간으로 올라오고 있는 속보를 두 눈으로 확인한 진한은 믿을 수 없다는 듯 속보 헤드라인을 보다가 물건을 집어 던지며 폭주하기 시작했다.

"이런 제기랄! 이 개새끼!"

전화기, 명패, 아끼던 도자기까지 모조리 내팽개치는 바람에 회장실 바닥이 엉망이 되어 버렸다. 밖에선 안에서 들리는 회장의 천둥 같은 고함 소리에 두 비서가 바들바들 떨고 있었다.

그는 한참을 욕하고 소리 지르며 행패를 부리다 지쳐 자리에 털썩 주저앉았다. 이렇게 된 이상 두고 볼 수만은 없다. 애초에 덜떨어진 놈에게 일을 맡기는 게 아니었다.

"벌레만도 못한 새끼."

제 성질에 못 이겨 씩씩대던 진한은 분을 삭이며 앉아 있다가 때를 맞춰 울리는 제 휴대폰을 집어 들었다. 양반은 못 되는 새끼. 성찬의 전화였다. 그는 전화를 받아 들자마자 버럭 소리부터 질러 버렸다.

"야, 이 미친 새끼야! 일을 그렇게밖에 못 해?"

그런데 대답이 없다. 간간이 내쉬는 숨소리 말고는. 이상해서 휴대폰을 떨어트렸다가 설마 싶어 누구냐고 묻기도 전에 상대방의 목소리가 들려왔다.

―이렇게 뵙네요, 박진한 회장님.

진한의 미간이 한껏 좁아졌다. 이 새끼…… 태승의 목소리였다. 유일 그룹 류일만 회장의 손자이자 곧 차기 회장이 될 녀석. 젊어서 패기만 남은 어린놈.

"류태승 사장. 오랜만이네."

―좀 뵀으면 합니다.

"나를? 나를 왜?"

―그야…… 뵐 일이 있으니까.

낮게 깔린 음성으로 한껏 객기를 부리는 놈이 가소롭다. 감히 너 따위가 누구한테.

"나를 만나고 싶다니 의외군. 날 만날 일이 뭔지도 궁금하고."

진한은 시치미를 뚝 뗐다. 만나고 싶다고 안달 난 쪽은 오히려 그쪽이니. 더 애를 태우자는 수작이었다.

—어디에서 뵐까요?

"말은 고맙지만 요즘 내가 바빠서 말이야."

—……나를 피하시겠다?

"뭐?"

단번에 진한의 수를 읽은 태승이 그의 심기를 건드리기 시작했다.

—사태 파악 좀 하지. 내가 지금 만나러 가겠다잖아.

"이 어린 새끼가."

—이미 당신은 독 안에 든 쥐야. 내가 뭘 가지고 있을 줄 알고 이렇게 나오는 거지?

"네가 뭘 가지고 있든 넌 날 함부로 하지 못해."

—왜? 아……. 또 죽이시게?

"이 새끼가!"

진한은 어린 녀석의 도발에 발끈했다가 다시 분을 삭이며 말을 이었다.

"하아. 그만 까불어. 봐주는 것도 한계가 있으니까."

—봐주지 마. 나도 안 봐줄 거니까.

"류태승!"

—그래. 좋아. 나도 너 같은 새끼 단숨에 매장시키는 거 원하는 바는 아니니까. 난 널 천천히 애태워 죽일 생각이거든. 내 장인어른이 돌아가 셨던 그 고통의 열 배, 백배, 천배 그 이상! 아주 천천히 죽고 싶게 만들 거니까.

태승은 사람의 인생을 쉽게 빼앗고 그 사람의 가족들까지 고통 속에 몰아넣은 사람의 뻔뻔함에 치가 떨려 버럭 고함을 내질렀다. 처음 보는 그의 악에 받친 표정에 성찬이 고개를 돌려 시선을 피했다.

—앞으로 잘 지켜보라고, 박진한.

그대로 전화가 끊겨 버린 휴대폰. 한동안 넋이 나가 있던 진한은 제 휴대폰까지 벽으로 던져 버렸다.

"건방진 새끼."

굳은 얼굴로 중얼거리던 그가 두 번째 서랍에 놓인 또 다른 휴대폰을 꺼내 들었다. 이미 단종되어 버린 폴더 폰은 그가 갖고 있는 무수히 많은 대포 폰 중 하나였다. 단축 번호를 꾹 누르자 얼마 지나지 않아 어떤 남자의 목소리가 들려왔다.

"지금 어디야?"

진한의 물음에 남자의 시선이 어느 한곳으로 돌아갔다. 그곳은 다름 아닌 명성 대학교 본관 건물 앞이었다.

—명성 대학교 앞입니다.

"그 여자는?"

이번에는 남자가 들고 있던 휴대폰을 바라보았다. 휴대폰에는 지도와 함께 빨간 신호가 깜빡이고 있었다. 그리고 동시에 슬이 입고 있는 코트 안쪽 밑단에 숨겨져 있던 GPS가 빨간 불빛을 내며 깜빡였다.

—같이 있습니다. 한곳에.

진한의 입이 한쪽으로 끌려 올라갔다.

"잘됐네. 쓸어버려, 한꺼번에. 흔적도 없이."

—……예. 알겠습니다.

전화가 끊기고 남자는 건물 위를 쳐다보았다.

한편, 성찬과 태승은 대강당에서 본관 총장실로 자리를 옮겼다. 테이블을 가운데에 두고 마주 앉은 두 사람은 말없이 침묵을 지키고 있었다. 무거운 적막만이 유지되고 있을 때, 뒤늦게 문이 열리며 한 사람이 안으로 들어왔다. 천천히 그곳으로 시선을 돌린 성찬의 시야로 익숙한 얼굴이 들어왔다. 그때와는 사뭇 다른 분위기의 여자였다. 초췌했던 때와 달리 성숙하면서도 밝게 빛나 보이는 여자. 성찬의 입술이 천천히 열렸다.

"설마…… 당신……."

"오랜만이네요, 이성찬 총장님."

성찬을 보는 슬의 눈빛이 차가웠다. 높낮이 없는 말투에 서슬 퍼런 눈동자. 속 안에 끓어오르는 분노를 억누르고 있는 것 같은 태도까지. 성찬은 슬의 등장에 몸을 다시 떨기 시작했다. 죽음의 사자라도 본 듯 부들부들 떨다가 급기야 의자에 앉아 있던 몸을 일으켜 슬의 앞에 고꾸라지듯 무릎을 꿇고 앉아 손이 발이 되도록 빌었다.

"죄, 죄송합니다! 정말 죄송합니다. 크흐흑. 죄송합니다. 죄송합니다!"

"……."

슬의 두 눈이 시뻘겋게 달아올랐다. 이런 모습을 보자고 온 게 아니다. 이런 꼴을 보려고 이 자리까지 온 게 아니다.

"그만. 그만하세요!"

들끓는 화를 주체할 수 없던 슬이 버럭 소리쳤다.

"그런 우스운 꼴 보이지 마세요. 구역질 나니까."

"크흡. 흐흑."

"울지도 마. 울지 마! 네가 뭔데 울어? 네가 뭔데, 이 살인자 새끼야!"

성찬의 멱살을 잡아 쥔 슬이 그를 잡아먹을 듯 노려보았다. 태승은 슬이 화라도 풀 수 있게 말리지 않았다.

"이 개자식! 죽일 놈! 내가 널 죽일 거야. 죽여 버릴 거라고!"

"크흐흑. 흐흐흑. 잘, 잘못했습니다. 잘못했어요. 잘못했어어어."

끔찍했다. 잔혹하리마치 잔인한 이 현실이 비정했다. 사람이 어떻게, 어떻게 이럴 수 있을까. 잘 못했다고 울부짖는 성찬과 이러지도 저러지도 못한 채 오열하는 슬, 그런 그녀를 지켜보는 태승까지. 하늘도 아는 걸까. 태승과 슬, 이 두 사람의 슬픔을. 하늘에서 비가 내리기 시작했다. 쏴아아. 쏴아아. 빗방울은 굵어졌고 순식간에 바닥을 모두 적셨다.

* * *

와이퍼가 왔다 갔다 하며 빗물을 닦아 내지만 그새 차 창문이 빗방울로 뒤덮여 버리고 만다. 운전하는데 시야 확보가 쉽지 않았다. 태승은 붙잡은 핸들을 꼭 쥐며 운전에 집중했고, 슬은 손에 든 작은 USB를 신줏단지 모시듯 손바닥에 꼭 쥐고 있다. 이제 끝이 보인다. 아니, 이제 끝이다. 아빠의 죽음과 불명예 모두 씻어 낼 수 있는 명확한 증거가 손에 있다. 그가 있어서 해낼 수 있었다.

두 사람을 태운 차가 빠르게 터널로 진입했다. 그리고 머지않아 번쩍이는 불빛과 함께 굉음이 귀를 찢을 것처럼 터널 속에서 들려왔다.

끼이이이이익! 쾅!

차는 맞은편에서 역으로 달려온 대형 트럭과 부딪쳐 몇 바퀴를 굴러 뒤집혀 버렸다. 차체가 완전히 찌그러진 채 바닥을 보고 있고 타이어 바퀴는 공중에 들린 채 뒤집혀 있었다. 유리창은 이미 산산이 깨져 파편이 여기저기 흩어졌고, 피와 빗물이 섞여 웅덩이처럼 고였다.

"하아. 하아. 하아."

억수같이 쏟아져 내리는 빗소리만이 가득한 터널 안. 오가는 차가 한 대도 없다. 슬이 겨우 실눈을 떠 몸을 움직이자 온몸 곳곳에 숨 쉴 수 없는 고통이 몰려들었다.

"흐윽. 훗."

방금 전까지 시트에 앉아 있었던 몸이 충격으로 인해 차체 바닥으로 떨어졌나 보다. 몸을 일으켜 보려 하지만 몸이 말을 듣지 않았다.

"태, 태승! 하아. 태승 씨……."

겨우겨우 고개만 돌려 운전석을 보는데 차 시트에 거꾸로 매달려 있는 그가 보였다.

"태승 씨. 태승 씨."

손을 뒤로 뻗어 그를 불러 보지만 태승은 여전히 눈을 감고 있다. 이마는 물론 온몸이 피로 범벅이었다. 슬의 눈에서 눈물이 흘러내렸다. 머리에서 흐르는 피와 섞인 피눈물이 코 옆쪽으로 연신 흘렀다.

"흐흑. 태승 씨……. 태승…… 씨."

도와 달라고 소리치고 싶은데 자꾸만, 자꾸만 의식이 흐려진다. 이대로 눈을 감으면 안 될 것 같은데. 이대로, 이대로 잠들면…… 정말 안 될 것 같은데……. 그럼에도 몸은 자꾸만 깊은 잠으로 끌려 들어간다. 깊이. 아주 깊이 잠들 것만 같다.

슬의 눈이 힘없이 감겼다. 그러면서 태승에게 뻗어 있던 손에서도 힘이 빠졌다. 툭. 미약했던 슬의 움직임이 멎었다.

처참한 사고 현장. 피투성이로 의식 없이 쓰러져 있는 두 사람. 사고 난 차량에서 흔적을 감춰 버린 USB. 곧이어 구급차 사이렌 소리와 함께 터널이 가로막혔다. 차를 타고 뒤늦게 달려온 재호가 이후 들것에 실려 나오는 두 사람을 보며 울부짖었다.

* * *

사고 세 시간 전.

테이블 위로 휴대폰 하나가 올라왔다. 태승이 녹취를 시작하는 플레이 버튼을 누르자 성찬이 입을 열었다.

"3년 전, 명성 대학교 인문학부 전임 교수인 윤석현 교수 집으로 찾아갔습니다. 명성 대학교와 명성 학원 사이 비리에 대해 아는 사실이 있다면 전부 잊고 지우라고 했습니다. 그렇지 않으면 당신 딸이 위험할 수 있다고 협박도 했습니다. 처음에는 말을 듣지 않았던 사람이 딸 이야기에 바로 모든 것을 잊고 지우겠다고 했습니다."

슬의 두 눈에서 눈물이 흘렀다. 차마 듣지 못하겠다는 듯 고개 돌린 그녀의 눈에서 눈물이 떨어졌다. 그 모습을 본 태승은 가슴이 아팠다.

"하지만 박진한 회장은 그것으로 끝내지 않았습니다. 저에게 지시를 했습니다. ……죽음으로 입을 막으라고."

성찬의 입에서 나온 진실은 잔혹했다. 그들의 비리를 파헤치던 윤 교수는 결국 그들 손에 목숨을 잃은 것이다. 그 잔혹한 진실이 3년이 지난 지금에서야 밝혀졌다.

"갖고 있던 나이프를 윤 교수에게 건넸습니다. 스스로 목숨을 끊으라고."

"흡. 흐흑. 흑."

지독하리만치 잔인한 사실을 모두 듣게 된 슬은 차오르는 눈물을 참을 수 없었다.

"그에게 유서를 쓰게 했고 윤 교수는 망설임 없이 손목을 그었습니다. 이후 그가 갖고 있던 학교 비리 문건을 뒤져 가지고 나왔고, 자살이라고 명백히 하기 위해 기사 청탁을 해 비리 교수 혐의까지 덮어씌웠습니다."

진실을 토해 내는 성찬의 눈에서도 죄책감과 후회의 눈물이 흘렀다.

"지금 말한 것은 모두 사실이며, 죗값을 달게 받을 것입니다."

성찬의 자백이 휴대폰에 고스란히 녹음됐다. 처음에는 모르는 일이라 잡아뗄 생각이었던 성찬도 슬을 보자 자신의 죄를 인정할 수밖에 없었다. 모든 진실을 다 알고 있는 이들 앞에 거짓말도 할 수 없었다.

무엇보다 이제는 이 지옥 같은 삶에서 벗어나고 싶다는 생각이 간절했다. 자신이 저지른 죄를 누군가 알게 될까 노심초사하는 삶은 피곤하기만 했다. 단 한순간도 행복하지 않았다.

윤 교수의 죽음 이후 분에 넘치는 돈과 권력을 얻었지만 그것은 잠시

였을 뿐, 늘 죄책감이란 것에 시달려 왔다. 그 죄책감은 태승을 만나고 더 심해졌다. 그때의 기억이 떠나질 않았다. 자신의 눈앞에서 시뻘건 피를 흘리며 죽어간 윤 교수의 죽음이.

"잘 생각하신 겁니다."

태승이 휴대폰 음성 파일을 장 변호사에게 전송한 뒤 말했다. 그 어떤 감정도 들어가 있지 않은 사무적인 말투였다.

"말씀하신 대로 정리할 시간은 드리겠습니다."

슬의 앞에서 무릎 꿇고 빌던 사람이 돌연 협상을 해 왔다. 자백할 테니 정리할 시간을 달라는 것이었다. 말이 정리할 시간이지 구속 수사를 뒤로 늦춰 달라는 요구나 다름없었다. 뻔뻔한 인간. 태승은 거절하고 싶었지만 명백한 증거가 없는 상황에서 그의 자백만이 유일하게 힘이 있었기에 그의 요구에 응할 수밖에 없었다. 단, 슬이 허락할 경우에 한해서라는 조건을 붙였다.

슬도 지금 어떤 상황인지 아주 잘 알았다. 빌어먹게도 아빠의 죽음과 불명예를 씻기 위해서는 그의 자백이 간절했다. 물론 자신의 편에는 그때 당시 이들의 청탁으로 아빠의 뇌물 비리 의혹 기사를 작성했던 이 기자가 있긴 하지만 그것만으로는 아빠의 억울한 죽음을 밝힐 수 없다. 그리고 무엇보다 재수사 자체를 시작할 수도 없다. 재수사를 시작하려면 명백한 증거가 필요했다. 현재로서 명백한 증거는 이성찬 총장의 자백뿐이다.

슬은 어쩔 수 없이 그의 요구를 들어주는 대신 자백을 받아 냈다. 녹음 파일은 곧장 장 변호사에게 전송됐고 약속한 3일 뒤에 경찰에 넘겨질 예정이다.

"3일 후, 경찰이 댁으로 찾아갈 겁니다."

"……감사합니다."

태승은 물끄러미 성찬을 바라보았다. 그는 줄곧 고개를 들지 못했다.

이번에는 그의 고개가 자신의 왼편에 앉아 있는 슬에게 돌아갔다. 슬도 다른 곳에 시선을 두고 있었다. 그녀는 성찬에게 시선 한번 주지 않았다. 여전히 슬의 뺨이 물기로 번들거렸다. 왼쪽 가슴이 뻐근하다.

"피신해 있을 곳은 있습니까? 집은 위험할 겁니다."

그의 물음에 성찬의 어깨가 움찔했다. 아이러니하게도 박진한에게서 그를 보호해야 했다. 사람을 서슴없이 죽일 수 있는 인간이다. 제 앞을 가로막는 이라면 그게 누구든 그의 타깃이 될 것이다. 아마 자신들보다도 이 총장이 더 위험할 수 있다. 그 누구보다 자신의 치부를 잘 아는 사람이 바로 이 총장일 테니까.

"설령 허튼 생각일랑 하지 마십시오."

태승은 단호히 말했다. 정리할 3일의 시간이 필요하다는 성찬의 말을 곧이곧대로 믿지도 않았다. 3일은 도주를 할 수도, 자살을 할 수도 있는 충분한 시간이다. 또 마음이 변할 수도 있다. 그래서 미리 녹음도 해 둔 것이다. 그가 어떤 선택을 하든 그대로 놓아둘 생각도 없다. 태승은 재호를 통해서 그에게 사람을 붙여 둘 생각이다.

성찬이 픽 웃었다. 자신을 향한 조소였다.

"허튼 생각이 있었다면 그 전에 벌써 했겠죠. 그럴 생각 없습니다. 다만……."

태승과 슬의 시선이 성찬에게 향했다. 무슨 할 말이라도 있는 듯 길게 말을 늘어트리던 성찬이 고개를 저었다.

"아닙니다. 아무것도."

"박진한 회장의 다음 계획이 뭔지 아는 게 있습니까?"

성찬은 가만히 박 회장이 했던 말을 되짚어 생각했다. 이번 유일 그룹과의 MOU 체결은 순전히 학교를 위한 것이 아닌, 이들이 어떤 증거를 갖고 있는지 알아보는 것이었다.

"처리……한다고 했어요. 어떤 증거를 갖고 있고 어떤 반응을 보일지 조사한 다음 어떻게 처리할지 생각한다고 했었어요."

그가 말하는 '처리'는 말은 또다시 사람을 죽일 거라는 말이었다. 그의 미간이 좁아졌다.

"박 회장이 당신을 제외하고 수족처럼 부리는 사람이 있습니까?"

"네. 있습니다. 한 실장이라고 오래전부터 박 회장의 더러운 짓이란 더러운 짓은 모두 하는 놈이오."

며칠 전에도 봤었다. 위아래로 검은 양복을 갖춰 입고 박 회장의 뒤를 따라다니는 그림자. 한 실장은 그림자 같은 놈이었다. 빛이 있는 곳엔 나타나지 않고 어둠이 있는 곳에만 존재하는 그림자. 그런 놈도 있는데 왜 하필 자신이었을까. 왜 저는 그의 지시대로 순순히 따랐을까. 생각해 보면 그의 손을 잡은 것 자체가 잘못이었다.

"어?"

박 회장과 나눴던 일련의 대화를 거듭 생각하던 성찬의 머릿속에서 오늘 했던 박 회장의 말이 떠올랐다. 어제와 같은 오늘이 될 거라고 했었다. 그 말은 즉……. 태승과 슬을 번갈아 보는 성찬의 동공이 커지면서 세차게 흔들렸다.

"왜 그러는 겁니까?"

갑작스러운 성찬의 이상 행동에 태승과 슬도 불안해졌다. 성찬은 심장이 떨려서 말을 잇지 못하다가 힘겹게 입을 뗐다.

"어제와 같은…… 오늘이 될 거라고 했어요. 어제와 같은 오늘……."

"그게 무슨……?"

성찬이 했던 말을 되뇌던 태승이 고개를 돌려 슬의 얼굴을 바라보았다. 박진한의 계획은 바로 오늘이었다. 태승마저 성찬의 반응과 다르지 않자 슬은 너무도 불안했다.

"왜 그래요, 태승 씨? 그게 무슨 뜻인데요?"

그는 선뜻 대답할 수 없었다. 박진한 회장의 계획이 오늘이라는…….

어쩌면 오늘이 마지막이 될 수도 있다는 말을.

"태승 씨? 그게 무슨 뜻인데요? 당신이, 당신이 말해 봐요."

태승이 입을 열 생각이 없어 보이자 슬은 성찬에게 물었다. 하지만 성찬도 시선을 회피할 뿐 대답하지 않았다. 두 사람의 침묵은 길어졌다. 그것은 무언의 긍정과도 같았다.

박진한 회장의 계획, 그의 계획은 당연히 우리를 처리하는 것. 그렇다면 박 회장이 계획을 실행할 날이 머지않았다는 거다. 설마…… 오늘인가?

"박 회장의 발부터 묶어야겠네요."

태승이 세운 박 회장 체포 계획은 천천히 진행될 예정이었다. 길게 끌지 않기 위해 확실한 증거를 모아 경찰에 직접 제출할 생각이었기 때문이다. 그런데 생각보다 이르게 일이 틀어지고 말았다.

태승은 곧바로 장 변호사에게 전화를 걸었고 이 기자와 김 기자가 모은 자료를 근거로 박 회장의 구속 영장이 발부될 수 있게 부탁했다. 그런데 문제는 시간이었다.

박 회장의 구속 영장이 나오기까지 빨라 봐야 하루. 아무리 증거가 확실하다 한들 명성 그룹 회장이라 구속 영장이 기각되거나 불구속이 될 수 있다는 변수 역시 존재했다. 이는 즉, 박 회장의 발을 묶을 확실한 카드가 될 수 없다는 뜻이기도 했다.

"일단 여기를 벗어나는 게 좋겠습니다. 이 총장님은 제 비서와 동행해 움직이시죠. 예상대로라면 당신도 안전할 순 없을 겁니다."

태승은 자리에서 일어나 슬의 손을 잡아 일으켰다. 이곳을 벗어나 슬의 안전을 확보하는 것이 우선이었다. 재호에게는 미리 연락을 해 두었기에 그가 곧 도착할 것이다. 성찬만 이곳에 놓고 가는 것이 불안했지만 재호가 올 때까지 기다리기엔 시간이 없었다.

"잠깐. 잠깐만."

성찬은 이곳을 벗어나려는 이들을 불러 세웠다. 그러고는 책상 두 번째 서랍에서 무언가를 꺼내 내밀었다.

"제가 모은 명성 그룹과 명성 학원 사이에 오고 간 커넥션 증거입니다. 그동안 명성 학원은 회계 장부를 조작하고 명성 대학교 운영에 관한 교육비와 국가 보조금 등을 횡령해 왔습니다. 횡령한 액수만 해도 수백억이 넘으며, 대부분은 박 회장의 개인 비자금으로 들어갔습니다. 그리고 몇 년 전에 있었던 명성 식품 전 제품 리콜 조치로 인한 손실액과 피해액 대부분도 이 돈에서 나갔습니다."

그가 내민 것은 USB였다. 정확히는 명성 그룹이 명성 학원을 통해 불법으로 자금을 빼냈다는 커넥션 증거 자료였다.

"이것이야말로 박 회장의 발을 묶을 수 있는 확실한 증거가 될 거예요."

성찬은 USB를 슬에게 주었다. 부족하겠지만 이렇게라도 용서를 빌고 싶었다. 윤 교수를 죽였다는 사실이 없었던 일이 되지는 않겠지만 적어도 그때의 선택을 후회한다는 말을 전하고 싶었다. 슬은 손바닥에 올려진 USB를 꼭 쥐었다. 성찬과 처음으로 시선을 마주한 슬이 물었다.

"이 자료가 당신을 구할 동아줄이 될 수도 있었을 텐데요."

맞다. 그 자료가 자신을 죽이려는 박 회장에게서 자신을 지킬 수 있는 방패가 될 것이다. 이것을 가지고 그를 협박하고 압박해 자신의 목숨을 구걸할 수 있을 것이다. 그러나 그렇게까지 하고 싶지 않았다. 그 인간은 그게 아니더라도 어떻게 해서든 자신을 죽일 수 있는 힘이 있다. 또 짐승보다 못한 놈에게 살려 달라고 애원하고 싶지도 않다.

"잘못된 선택은 한 번으로 족합니다."

그의 말이 가슴에 와 꽂혔다. 아빠를 그렇게 만든 것에 대해 후회하고 있다는 뜻이었다. 하지만 그렇다 한들 용서받을 순 없다. 용서는 못 할 거다.

"받아 주세요."

이 총장은 정중히 부탁했고 슬은 그것이 필요했다. USB를 다른 손에 쥔 슬은 태승의 손에 이끌려 총장실을 나갔다. 문이 닫히는 순간까지 슬은 성찬에게서 시선을 떼지 않았다.

본관 건물 앞에 세워 둔 차로 걸어가는 동안 태승은 주변을 경계하듯 두리번거리면서도 슬의 손을 절대 놓치지 않겠다는 듯 꽉 잡았다. 슬도 그런 그의 마음을 알고 그를 부리나케 쫓았다. 다행히 낯선 사람이 쫓아오거나 하지는 않았다.

조수석에 먼저 슬을 태우고 마지막까지 주변을 살핀 태승이 운전석에 올랐다. 벨트를 매고 차에 시동을 걸기 전, 태승은 슬에게 자신의 오른손을 내밀었다.

"슬아, USB 좀 줘 봐."

슬은 쥐고 있던 USB를 그에게 건네었다. 그러자 태승은 뒷좌석에 있던 태블릿 PC를 가져와 USB를 꽂고 그 안에 파일 몇 개를 빠르게 훑었다. 대충 보아도 상당한 증거물이 고스란히 담겨 있었다.

"어떻게 하려고요?"

"조금이라도 영장 신청 시간을 단축시켜야지."

그는 USB에 담겨 있던 전 파일을 모두 메일로 전송했고 곧바로 차를 출발시켰다.

"네, 장 변호사님. 방금 메일로 명성 그룹 박진한 회장의 명성 학원 불법 커넥션 증거를 전송했습니다. 이 기자님과 김 기자님이 모은 자료보다도 더 확실한 증거 자료가 될 겁니다. 최대한 빨리 영장이 나올 수 있도록 부탁드립니다."

─네, 사장님. 방금 자료 확인했습니다. 이 정도면 몇 시간 안에라도 나올 수 있을 겁니다.

"알겠습니다. 지금 가고 있으니까 서둘러 주세요. 네. 이만 끊겠습니다."

전화를 끊은 태승은 핸들을 붙잡고 있던 한 손을 떼어 지금 이 상황으로 인해 많이 불안할 슬의 손등을 감싸 쥐었다. 손에서 그의 따스한 체온을 느낀 슬이 고개를 돌려 그를 바라보았다. 전방을 주시하던 그도 고개를 살짝 돌려 슬과 눈을 맞추었다. 그러고는 불안해하지 말라는 듯 씩 웃어 보였다. 그 덕분에 슬도 옅게 미소 지을 수 있었다.

아직도 심장이 뛴다. 이제 곧 그의 악행이 세상에 드러날 테고 그렇게 되면 아빠의 억울한 죽음도, 억울한 누명도 벗겨질 것이다. 그런데 기분이 이상했다.

좋은데 기쁘진 않다. 속이 시원한데 텅 빈 것처럼 허무하다. 통쾌한데 찝찝하다. 자꾸만 불안한 생각이 든다. 두 손에 쥔 것 중 하나를 꼭 놓아야 할 것만 같은 기분. 하지만 어느 것 하나도 놓을 수가 없다. 왼손에는 그가, 오른손에는 USB가 있다.

둘 다 있어야 하는데, 둘 다 필요한데……. 이럴 때는 늘 둘 중 하나를 포기해야 하는 상황이 생기지 않나. 그런 슬픈 예감이 든다. 운명은 꼭 그렇게 지랄 맞은 선택을 하게 만든다. 지금처럼.

터널로 진입한 차 안이 순식간에 어두워졌다. 무슨 비가 장대처럼 쏟아지는지. 더 이상 창을 두드리는 빗소리도 들리지 않았다. 속력을 높여 달리는 차 안에서 슬은 한 손으로는 그의 손을 잡고, 다른 손으로는 USB를 꼭 쥐었다. 둘 다 놓치지 않겠다는 듯이 그렇게 꽉.

두 사람이 이제 모든 것이 끝났다는 생각에 안심한 찰나, 그들이 타고 있던 차량은 앞에서 섬광처럼 번쩍이는 불빛과 함께 마주 달려오고 있는 대형 트럭에 부딪쳤다. 사고는 순식간이었고, 태승이 다급히 핸들을 꺾어 보았지만 대형 트럭에 부딪친 승용차는 속수무책으로 몇 바퀴를 굴러 터널 입구에 거꾸로 뒤집혀 처박혔다.

차는 형체를 알아보기 힘들 만큼 찌그러졌고 안에 탄 사람도 살아 있기에는 확률이 희박해 보였다. 승용차가 이 지경인데 승용차를 들이받은 대형 트럭이라고 멀쩡할까. 하지만 곧 대형 트럭 운전석 문이 열리며 누군가가 내렸다. 이마가 찢어져 피가 흐르는 상태로 비틀비틀 걸어온 남자는 조수석 창문 밖으로 떨어진 USB를 주워 들었다. 슬이 쥐고 있던 것이었다.

남자는 마치 제 것인 것처럼 USB를 주머니에 넣고는 거꾸로 뒤집힌 승용차로 가까이 다가갔다. 몸을 낮춰 운전석과 조수석에 앉아 있던 두 사람의 상태를 살피더니 그는 곧 어디론가 전화를 걸었다.

"처리했습니다. 증거도 확보했습니다. 남자, 여자 모두 살았을 확률은 없어 보입니다."

그렇게 전화를 마친 남자는 도로 터널로 들어가 자신이 몰고 온 대형 트럭을 타고 홀연히 자취를 감추었다.

쏴아아. 쏴아아. 비는 그칠 줄을 모르고 쏟아져 내리고 있었다. 뒤집힌 승용차 주변은 두 사람의 몸에서 흘러나온 피로 가득했다. 장대비가 쏟아진 탓에 터널 주변은 한적했다. 오가는 차들도 없었다. 그 모습이 이질적이었다.

사고 차량을 최초로 발견한 사람은 다름 아닌 이들을 뒤쫓아 오고 있던 재호였다. 아무래도 걱정이 됐던 재호는 이준일 기자에게 이 총장을 맡기고는 이들을 뒤따라가고 있었다. 더욱 굵어지는 빗방울 탓에 전방을 주시하기가 어려웠음에도 천천히 앞서 떠난 그의 차를 쫓았다. 전화만 몇 통을 했는지 모르겠다. 계속해도 전화를 받지 않자 불안해진 재호는 일단 119에 신고부터 했다.

그가 제발 아무 일 없기를 빌고 또 빌었건만 터널 입구 근처에 뒤집혀 있는 사고 차량을 발견하자마자 운전석을 박차고 나왔다. 차종부터가 낯이 익었다. 차종이야 그의 차 하나만 있는 것도 아니니 대수롭지 않게 생각하고 싶었지만, 설마 하는 눈으로 뒤집혀 거꾸로 된 차 번호를 확인한 순간 그만 다리에 힘이 풀려 주저앉았다. 그의 차였다. 사장님의 차. 아니, 우리 형의 차.

눈시울이 뜨거워지기 시작했다. 겨우 몸을 일으킨 재호는 운전석 가까이까지 갔다가 다시금 절망했다. 창문 사이로 거꾸로 매달려 있는, 피범벅이 된 태승이 보였다.

"아. 아아. 아아악! 형! 혀엉!"

힘 풀린 다리로 엉금엉금 기어간 재호가 문손잡이를 잡아당겼다.

"형! 형! 태승이 형!"

그런데 아무리 힘을 주어도 차 문은 꼼짝하지 않았다. 미친 사람처럼 울부짖으며 그를 불러 보았지만 의식을 잃은 태승은 감은 눈을 뜨지 못했다.

"형! 일어나! 일어나, 형! 형! 형수님! 형수님!"

조수석으로 간 재호가 이번에는 바닥에 쓰러져 있는 슬을 깨웠다. 조수석 문손잡이를 잡고 당겨 깨진 창문 안으로 손을 넣어 문을 열어 보려고 해도 뜻대로 되지 않았다.

"형수님. 제발. 제발 일어나 보세요!"

아무리 불러도 깨어나지 않는 두 사람의 처참한 사고 현장 앞에서 재호는 오열하는 것밖에는 할 수 있는 게 없었다. 얼마 지나지 않아 멀리에서 들리던 구급차 사이렌 소리가 가까워졌다. 곧 도착한 119 구조대에 의해 두 사람은 구조되어 병원으로 이송됐다.

\* \* \*

명성 대학 병원으로 두 개의 베드가 촤르륵 소리를 내며 응급실로 급하게 들어왔다. 하얀 가운을 입은 의사들이 실려 온 여자와 남자의 상태를 체크했다. 피로 물든 엉망이 된 옷을 벗기곤 가슴과 팔목에 심장 박동을 체크하는 기계와 주삿바늘도 꽂았다. 의사들은 각자 환자의 상태를 체크하고는 자신들끼리만 아는 용어로 대화를 이어 갔다.

"응급 수술 들어가야 할 것 같으니까 정윤건 선생님 콜 하고 수술장

어레인지 해."

한 의사의 말에 다른 의사들이 분주해졌다. 의사들이 일사분란하게 움직이자 여러 소음들이 만들어졌다. 그럼에도 여전히 두 사람은 의식이 없었다.

응급 콜을 받고 내려온 윤건은 베드에 누워 있는 두 사람을 보고는 너무 놀라 비틀거렸다. 주변 의사들이 그 모습을 보며 의아해했다. 윤건은 두 사람을 눈으로 보고도 믿을 수 없었다. 태승과 슬이었다.

"선생님, TA 환자입니다. 두 환자 모두 코마 상태로 응급 수술 해야 할 것 같습니다."

정신이 혼미했지만 이 두 사람의 목숨이 자신에게 걸려 있으니 상심에 빠질 겨를도 없었다. 윤건은 슬과 태승의 상태를 직접 살폈다.

산소 호흡기를 쓴 채 죽은 듯 누워 있는 슬을 보니 윤건의 시선이 마구 흔들렸다. 처음 슬을 병원에서 만났을 때와 비슷한 상황 같아서 눈을 질끈 감았다 떴다.

"여자 환자분은 복부 자상으로 인한 응급 수술이 필요할 것 같습니다. 혹시 몰라 복부 초음파도 준비해 뒀습니다."

1년 차 전공의의 말대로 복부 자상이 심했다. 이 외에 다른 장기 손상은 없는지 확인이 필요했다. 이번에는 윤건의 시선이 옆 베드에 있는 태승에게 향했다. 그는 곧바로 태승에게 다가가 태승의 상태도 직접 살폈다. 태승도 역시 의식이 없는 상태였고 엑스레이와 CT 검사 결과 경추 손상 및 팔과 다리에 골절 소견도 있었다. 특히 경추 손상이 가장 심각했다.

"여자분보다 남자분의 상태가 더 위중합니다."

산 넘어 산이었다. 슬과 태승, 둘 다 위험한 상태이지만 슬보다도 태승이 더 위급했다. 경추 손상은 사지 마비도 올 수 있는 무서운 증상이다. 두 사람을 번갈아 보던 윤건의 입에서 한탄 섞인 숨소리가 새어 나왔다.

"지금 당장 OS, NS, GS, CS 교수님들께 콜 해. 초응급 환자라고. 당장 오셔야 한다고. 빨리!"

다시 슬에게 온 윤건은 침착하게 복부 초음파를 진행했다. 다행히 자상 외에는 별다른 장기 손상은 발견되지 않았다. 복부 장기 손상도 없었다. 차가 전복될 만큼 큰 사고였음에도 심각한 외상 증상은 나타나지 않았다. 한시름 놓은 것도 잠시, 슬의 혈액 검사 결과를 가져온 의사가 꽤나 심각한 표정으로 말했다.

"선생님. 이 환자분, 지금 임신 상태이신 것 같은데요."

"뭐?"

혈액 검사 결과 호르몬 수치가 높았다. 이 정도의 수치라면 임신이 확실 했다. 다시금 정신이 혼미해지는 것 같았다. 이 상황에 임신이라니. 분명 축복받아야 할 일이건만 이 상황이 상황이었다. 지금도 팔목에 꽂혀 있는 주삿바늘을 통해 약이 들어가고 있고, 곧 수술을 해야 한다. 그러나 그렇게 되면 아이를 잃을 수밖에 없다.

슬이 이 일을 알게 되면 얼마나 슬퍼할지. 태승의 상태만으로도 심각 한데 여기에 아이의 일까지. 윤건은 그 어느 때보다 피로를 느끼며 기운 빠진 목소리로 자신의 지시를 기다리고 있는 후배에게 말했다.

"산부인과도 콜 해."

대학 병원의 모든 과 교수들이 모여 어떻게 하면 환자를 살릴 수 있을 지 회의를 하는 동안 산소 호흡기에 의지해 있던 슬의 눈꺼풀이 서서히 움직였다. 공기는 차가웠고 몸은 아주 큰 무게의 짓눌린 듯 무거웠다. 복부와 이마 쪽으로는 홧홧한 통증이 느껴졌다. 희미한 의식 속에서도 슬은 누군가를 애타게 부르고 있었다. 마침내 감겨 있던 슬의 눈꺼풀이 깜빡깜빡 움직였다.

"하아. 하아. 태, 태승 씨."

슬이 가쁜 호흡을 몰아쉬며 열리지 않는 입을 억지로 벌려 뱉은 말은 태승의 이름이었다. 무의식 상태에서도 눈을 뜨면 그가 없을까 봐 너무 겁이 났다. 흐릿해지는 의식 속에서도 그녀는 그만 바라보고 있었다.

"태승 씨……."

슬의 눈에 눈물이 차올라 시야가 흐려졌다. 자꾸만 눈물이 났다. 그를 부르면 언제든 대답해 주던 사람이었는데 지금은 아무리 불러도 그의 목소리가 들리지 않았다. 세상이 이렇게 환한데 꼭 어둠 속에 있는 것처럼 주변이 온통 새카맣다.

내 눈이 어떻게 된 걸까. 아니면 그가 없어서일까. 다시 내 세상이 무채색으로 돌아간 것 같다. 이제 알겠다. 그가 있어 내 세상이 유채색이 된 게 아니었다. 나의 세상은 그였고 그가 나의 유채색이었던 거다.

"태승 씨. 태승 씨. 흐흑. 제발 대답 좀 해 줘요……."

슬은 아이처럼 엉엉 울었다. 아무리 불러도 그의 대답이 되돌아오지 않는다. 고개를 돌리고 싶은데 그럴 수도 없다. 쥐고 있던 그의 손을 놓는 게 아니었다.

차가 큰 대형 트럭에 정면으로 부딪치기 전 그가 급히 핸들을 꺾었다. 몸이 옆으로 확 쏠렸고 위급한 상황에서도 그는 제 손을 잡고 제 몸을 끌어안았다. 순간적인 그의 기지로 대형 트럭은 정면이 아닌 옆면으로 충돌했고 그러면서 몇 바퀴를 굴렀다.

차 안에 있던 모든 것이 뒤집혔다. 물건도, 사람도. 콘크리트에 차체가 긁히는 소름끼치는 소리가 귀를 찢었다. 이리저리 흩어지는 유리 파편에 얼굴이, 목이 긁히고 찢어져 피가 튀었다. 모든 것이 뒤집혀 버린 세상. 순식간에 일어난 사고라 어떻게 할 수도 없었다.

찰나였지만 제 몸을 자신의 몸으로 덮은 그의 숨결이 귀에 닿았었다. 그것이 마지막이었다. 그의 숨을 느낄 수 있고 따뜻한 그의 체온을 느낄 수 있던 그 순간이.

"슬아!"

윤건은 짧은 회의를 끝내고 태승의 수술을 먼저 진행하기로 한 뒤에 돌아와 보니 눈뜬 슬을 발견할 수 있었다. 그는 다급히 슬의 손을 감싸 잡았다.

"오빠, 흐흐흑. 우리 태승 씨는? 태승 씨 어디 있어? 괜찮아? 괜찮은 거지?"

슬은 윤건을 보자마자 태승부터 찾았다. 바로 옆에 태승이 있지만 슬이 누운 자리에서는 잘 보이지 않은 모양이었다.

"오빠. 제발. 제발 태승 씨 좀. 응?"

"괜찮아. 그 사람 괜찮아. 수술하면 괜찮아."

"수술……?"

수술하면 괜찮다는 말에 슬의 눈에서 닭똥 같은 눈물이 뚝뚝 떨어졌다.

"지금 어디 있어? 많이 안 좋은 거야? 그래?"

윤건은 태승의 상태에 대해 차마 말해 줄 수가 없었다. 머리부터 다리까지 엑스레이, CT, 초음파 등의 결과를 확인하며 교수들과 회의를 진행했지만 그의 상태는 위중했다. 다발성 골절과 장기 손상, 경추 손상까지 우려되는 상황이라 교수들은 테이블 데스의 위험성을 언급하며 다들 피하는 분위기였다. 하지만 곧 그의 신분이 밝혀지면서 급히 수술을 결정하게 됐고, 곧 태승은 수술실에 들어갈 예정이었다.

"슬아, 일단 진정해. 너도 좋지 않은 상황이야. 무엇보다 지금 배 속에……."

이 이야기도 해야 할지 하지 말아야 할지 모르겠다. 산부인과 의사 소견에 따르면 임신 초기라 수술하게 되면 아기는 살 수가 없을 거라고 했다.

"배 속에 아기가 있어."

"……아기……라니?"

슬은 듣고서도 믿지 못하겠다는 듯 두 눈을 크게 깜빡거렸다. 그러면서도 본능적으로 응급 처치만 해 놓은 자신의 복부를 감쌌다.

"임신 5주째래. 몰랐어?"

임신이라고, 내가? 내 배 속에 우리 아기가 있다는 말이야?

슬의 표정이 일그러졌다. 자신의 배 속에 새로운 생명이 자라고 있다는 경이로움을 느끼기도 전에 아기를 포기할 수밖에 없다는 절망이 찾아든 것이다.

"우리 아기…… 태승 씨와 나의 아기……."

슬은 자신의 복부를 두 손으로 쓰다듬으며 눈물을 흘렸다. 수술을 피할 수만 있다면 피하고 싶었다. 우리 아기가 자라고 있다. 배 속에서 그와 나의 아기가 자라고 있다니. 믿기지 않지만 믿겨졌다. 태승도, 저도 은근히 바라던 일이었다. 그래서 피임도 하지 않은 채 관계를 여러 번 가졌다. 우리에게 작고 소중한 존재가 찾아와 주기를 바랐었다. 그런데 지금, 이 타이밍에 작고 소중한 생명이 자라고 있을 줄이야. 슬은 절망스러웠다.

"흐흑. 흐흐흑."

"수술하게 되면 아기는…… 살 수가 없을 거야."

윤건의 말에 슬이 다급히 그의 옷깃을 붙잡았다.

"안 할 수는 없는 거야? 안 하면 안 돼?"

"복부 초음파상 장기 손상이 없는 것만으로도 천운이라고 할 정도야. 수술은 불가피해."

"오빠, 우리 아기야. 태승 씨와 나의 아기라고. 그 사람도, 나도 기다렸어. 이렇게 보낼 순 없어."

슬은 도리질을 치며 그를 붙잡고 늘어졌다. 절박했다. 이보다 더 간절했던 적은 없다. 소중한 생명을 포기할 수가 없다. 할 수만 있다면…… 수술 안 하고 회복이 가능하다면 수술하지 않고 버티고 싶다. 하지만 윤건은 완강히 말했다. 수술은 해야 한다고.

"네가 살아야 다음도 있는 거야. 네가 없으면…… 그 사람은 어떻게 해."

윤건의 그 사람이란 말에 옷깃을 붙잡고 있던 슬의 손에서 점점 힘이 빠졌다. 이내 슬은 오열하며 있는 힘껏 소리쳤다. 하늘을 향해, 이 거지 같은 운명을 향해.

"아흑. 흐흑. 내가 뭘 그렇게 잘못했는데! 뭘 잘못했다고 이래! 도대체 나한테 왜 이래!"

아빠가 세상을 떠났을 때도, 자신이 죽다 살아났을 때도, 아빠의 죽음이 밝혀지고서도 누구의 탓도 하지 않았던 슬이 처음으로 누군가를 원망했다. 신이 있다면 정말 이래도 되는 거냐고. 어떻게 나한테만 이리 가혹할 수 있느냐고.

두 손에 쥐고 있던 모든 것을 잃은 기분이었다. 둘 중 하나를 포기하라는데도 그 무엇도 놓지 않은 게 잘못이었을까. 그래서 더 큰 벌을 받는 걸까. 그도, 아빠도 포기할 수 없는 제 욕심 때문이었을까.

\* \* \*

수술실 불이 환하게 켜졌다. 베드에는 슬이 누워 있었다. 마취과 의사가 마취제가 들어간다고 했고 곧 세상이 어두워졌다. 옆 수술실에서는 이미 수술이 진행되고 있었다. 예상 시간은 열 시간이 넘었다. 이들의 수술이 진행되는 동안 보호자 대기실에서는 두 사람의 가족들이 모여 기도하고 있었다. 세상도 곧 이들의 사고 소식으로 떠들썩해졌다.

명성 그룹 박진한 회장과 명성 식품 박정우 대표의 구속 영장이 발부됐고 명성 그룹은 물론 명성 식품, 명성 학원, 명성 대학교까지 차례차례 압수 수색에 들어갔다. 표면적으로는 명성 학원과 명성 대학교 사이에 커넥션이었지만, 거기에서 나온 자금은 명성 그룹으로 들어갔다는 의혹에 관한 수사였다.

박진한과 이성찬은 구속됐고, 추가적으로 윤 교수의 살해 지시를 내리는 진한의 녹취록이 발견되면서 윤 교수는 억울한 죽음과 모든 비리 혐의를 벗게 됐다.

그러는 동안 시간은 빠르게 흘러갔다. 한 달, 두 달, 벌써 3개월이라는 시간이 흘렀다. 그사이에 많은 일이 일어났고 많은 일이 해결되었다.

* * *

이른 아침, 일찍 일어난 슬은 주방에서 아침 준비를 하는 남희와 반갑게 인사했다.

"이모님, 일어나셨어요?"

"잘 잤어?"

"네. 할아버님은요?"

"일어나셨어. 오늘도 태승이한테 가겠다고 일찍부터 챙기신다."

"제가 가 볼게요."

웃으며 주방을 나온 슬은 곧장 안방 문을 두드렸다.

"할아버지. 저예요, 슬."

문을 열자 옷을 갈아입고 있는 일만의 모습이 보였다. 아침 일찍부터 일어나 분주히 움직인 흔적이 일만의 주변에 가득했다.

"왜 이렇게 일찍 일어나셨어요?"

옷가지를 주우며 묻자 일만이 쩌렁쩌렁한 목소리로 말했다.

"왜라니? 해가 벌써 중천이야, 윤슬!"

불과 3개월 전만 해도 일만은 기력 하나 없는 모습이었다. 가족들 모두가 마음의 준비를 하고 있어야 할 것 같다고 느꼈던 게 불과 3개월 전이었다. 그런데 놀랍게도 일만은 다시 예전의 모습을 되찾아 가고 있었다. 기력이 회복됐고 기억도 다시 이전으로 돌아왔다. 다만 아주 완벽히 돌아온 것은 아니다.

그는 아직 일한이 살아 있다고 믿고 있는 상태다. 즉, 슬이 일만을 처음 만났던 그때와 같은 상태로 돌아온 것이다. 그래도 다행인 건 그는 이제 더 이상 태승을 일한으로 보지 않았다.

"해가 중천인 아침에 어디를 가시려고요?"

일만이 왜 이렇게 부지런을 떨고 있는지 알면서도 묻는다. 일만의 입에서 태승의 이름이 나오는 모습이 보고 싶어서다. 이제 더 이상 손자를 아들로 착각하지 않는 일만을 확인하고 싶어서다.

"어디긴 어디야? 우리 손자한테 가 보려는 거지. 그 녀석 아직도 자고 있으려나?"

일만의 물음에 슬의 얼굴이 어두워졌다. 그는 아직도 잠에서 깨어나지 못했다.

"오늘 가서 아주 따끔하게 야단을 쳐 줄 생각이야. 지금 시간이 몇 신데 아직도 자고 있어? 회사는 어쩌고. 일한이가 돌아오기라도 하면 아주 혼쭐이 날 건데. 안 그래, 윤슬?"

일만이 중절모를 고르다 말고 슬에게 물었다. 여전히 잠들어 있는 그의 모습을 떠올리던 슬의 눈가가 촉촉해졌다. 애써 우는 모습을 들키지 않기 위해 슬은 더 밝게 웃어 보였다.

"그러니까요. 우리 같이 가서 혼쭐을 내 줘요. 오늘은 이 색이 더 멋지신데요?"

태승의 수술은 잘 끝났다. 걱정했던 경추도 신경까지 손상된 건 아니라는 주치의 소견을 받았고, 뼈가 부러진 것도 앞으로 일상생활에 지장을 줄 정도는 아니라고 했다. 천만다행이었다. 대부분의 경추 손상과 다발성 골절에는 예후가 좋지 않다고 했는데 그동안 운동을 하며 근육을 키운 덕인지 운이 좋았다고 했다.

그런데 왜 그는 깨어나지 않는 걸까. 왜 이렇게 오래 잠들어 있는 걸까. 하루는 울었고, 하루는 웃었고, 또 하루는 힘을 냈다. 그렇게 한 달이 갔고 두 달이 갔고 세 달이 가고 있는 지금, 그녀는 이렇게 생각하기로 했다. 그동안의 일들로 많이 지치고 힘들었을 그에게 잠시 쉬라는 하늘의 뜻이라고. 잠시 쉬고 나면 다시 전처럼 제 이름을 불러 줄 거라고.

"할아버지, 태승 씨는 꼭 깨어날 거예요. 그렇죠?"

슬의 눈시울이 붉어지려던 찰나 일만이 다시 쩌렁쩌렁한 목소리로 말했다.

"당연한 걸 왜 물어? 그 자식, 며칠 내로 일어나! 내가 내 회사를 걸고 말하는데 그 녀석은 틀림없이 일어나!"

슬은 흐르는 눈물을 서둘러 닦아 낸 뒤 일만의 옷깃을 단단히 여며 주었다. 오늘은 눈을 떠 나를 봐 주고, 나를 향해 웃어 주고, 나에게 말하는 그가 보고 싶다.

* * *

명성 대학 병원 VIP 병동 입원실.

거동이 불편한 일만은 휠체어를 타고 태승의 병실로 들어갔다. 아직은 휠체어에 의지해야 하지만 그래도 전보다는 상태가 훨씬 좋아져 있었다. 그가 일어나 이런 일만의 상태를 확인한다면 분명 기뻐할 텐데 태승은 아직도 감은 눈을 뜨지 않고 있다.

일만은 잠들어 있는 태승의 뺨을 하염없이 어루만졌다. 집에서는 당장에 손자 녀석 등이라도 때려 줄 기세이더니 막상 손자 앞에서는 그러지 못하는 영락없는 할아버지의 모습이었다.

"왜 이렇게 야위었어? 어제보다 더 야위었네."

태승과 슬의 사고를 기사로 소식을 접한 혜명은 부리나케 병원으로 달려갔었다. 서둘러 옷을 입고 가방만 챙겨 나오는데 어쩐지 안방에서 부르는 소리가 들려서 가 봤더니 일만이 기운 없는 목소리로 자신도 가겠다는 말을 했었다. 혜명은 정신이 돌아온 일만의 모습을 보며 놀랐고 기어이 가겠다는 일만을 데리고 병원 응급실을 찾았었다. 그러고는 수술실 앞에서 하염없이 두 사람이 깨어나기만을 기도하며 기다렸다.

다행히 슬은 금방 깨어났고 회복도 빨랐다. 하지만 태승은 수술이 잘 됐음에도 불구하고 지금까지 깨어나지 못하고 있었다.

"이 녀석아, 이제 그만 자고 일어나. 언제까지 잘 생각이야?"

머리에 감겨 있던 붕대도 풀었고 찢어졌던 이마 상처도 잘 아물었다. 두 달이나 하고 있던 목 깁스도 풀었다. 이제 골절됐던 다리만 잘 붙으면 되었다. 뇌손상도 없이 깨끗하다는데 왜 이렇게 깨어나지 않는지. 하루하루 피가 마르는 기분이다. 일만은 평온히 잠든 손자의 얼굴을 보며 입술이 바짝바짝 타들어 가는 것 같았다.

"이 할아비가 미워서 그러는 거야?"

일만의 눈시울이 점점 붉어져 갔다. 슬은 일만의 손을 꼭 붙잡았다.

"할아버지."

주름진 자신의 손을 붙잡는 슬의 손을 보듬어 잡은 일만이 떨리는 목소리로 말했다.

"그런 게 아니면 일어나서 말을 좀 해 봐, 이 녀석아."

기어코 눈물이 흘러내렸다. 참으려고 했는데 오늘만큼은 울지 않으려 했는데 눈물이 참 참을성이 없다.

"늙은이, 참 주책이네. 그치, 윤슬? 너도 하고 싶은 이야기가 많을 건데, 해. 이제 이 늙은이는 그만 가보련다."

"가시려고요?"

"응. 자꾸 눈이 시려서. 내일 다시 오지, 뭐."

"모셔다드릴게요."

"됐어. 김 기사도 앞에 있고. 병원장도 있으니까."

슬의 말에도 한사코 거절한 일만이 병실 문을 열자 정말로 김 기사와 성해가 서 있었다.

사고 당시 윤건의 연락을 받은 성해는 또 한 번 하늘이 노래졌었다. 이번에는 슬뿐만이 아니라 태승까지 사고를 당했다는 소식에 눈앞이 캄캄해지는 것 같았다. 성해는 태승의 수술을 꺼려 하는 의사들을 크게 꾸짖었다. 어떤 환자라도 의사는 최선을 다해야 한다는 선포와 함께 태승의 신분을 직접 밝히기도 했다. 그렇게 진행된 수술은 성공적이었고 예후도 좋았다.

그런데 3개월이 지난 지금까지 태승은 어떤 이유에선지 깨어나지 않고 있었다. 의사들도 그 이유를 모르겠다는 말뿐이라 해 줄 수 있는 게 없던 성해도 가슴이 아팠다.

"태승 씨……."

슬이 간이 의자에 앉아 태승의 손을 잡으니 그렇게 컸던 손이 몇 개월 사이 수척해진 게 느껴져 눈시울이 붉게 달아올랐다. 그동안 너무 울어서 이제는 울지 않으려고 다짐했건만 다짐이 무색하게 자꾸만 눈물이 흘렀다.

"아, 또 우네. 나 이제 진짜 안 울려고 했는데 자꾸 운다."

손으로 젖어 든 눈가를 닦아 보지만 미동도 않고 잠들어 있는 그의 얼굴만 보면 자꾸만 눈물이 난다. 잘생긴 얼굴이 하루하루 지날수록 야위어 가는 게 가슴이 아프다.

"고모님이 엄마가 자꾸 울면 우리 아가도 울보 된다고 울지 말라는데, 자기만 보면 왜 이렇게 눈물이 나는지 모르겠어."

애써 안 우는 척, 밝은 척해 보지만 눈치 없는 눈물은 멈출 줄을 모른다.

"아, 우리 기적이 소식 전해 줘야지. 태승 씨, 태승 씨가 잠든 사이에 우리 기적이 많이 자랐어요. 16주 정도 됐는데 엊그제는 발로 내 배를 막 차더라니까? 너무 신기했는데 태동이래요. 지금 이 시기가 태동을 느낄 수 있는 시기라고 하더라고."

지난 3개월 동안 많은 일이 있었지만 그중 가장 놀라운 일은 의사도 가망 없을 거라고 했던 아기가 살아 주었다는 거다. 수술을 하게 되면 약물로 인해 아기는 살 수가 없을 거라고 했던 모두의 예상을 뒤엎은 일이다.

　아기가 무사하다는 소식을 들은 슬은 감사함을 느꼈다. 평소 자신이 느껴 온 그런 감사와는 차원이 다른 감사였다. 하늘이, 운명이 자신에게 그리 가혹한 것은 아닐 거라는 확신이 들었다.

　큰 위기에서도 무사해 준 아기의 태명을 기적이라고 지었다. 죽지 않고 살아 엄마와 아빠의 기적이 되어 준 아기가 너무 고마웠다. 태승까지 눈을 뜨지 못하고 있는 와중에 아기까지 세상을 떠났다면 아마 더는 버티지 못했을 거다. 아기가 있어서 슬은 견딜 수 있었다.

　"16주에서 19주 사이가 태교를 시작하면 좋은 시기래요. 특히 아기한테는 아빠 목소리가 가장 듣기 좋다고 하는데 태승 씨가 빨리 일어나서 우리 기적이 태명도 불러 주고 동화책도 읽어 줘야죠. 엄마 목소리는 아는데 아빠 목소리를 모르면 어떻게 해."

　아기를 생각하니 그가 더더욱 절실해졌다. 슬은 태승이 필요하다. 우리 아기에게 더없이 좋은 아빠가 되어 줄 그가 정말 필요하다.

　"나 입덧도 혼자 했어요. 첫 정기 검진도 혼자였고 우리 아기 심장 소리도 혼자 들었어. 이제 배도 조금씩 나오기 시작했고 가끔씩 배가 뭉쳐서 아플 때도 있는데 당신이 이러고 있으면 어떡해. 나도 다른 임산부들처럼 태승 씨 손 잡고 병원도 가고 뭐 먹고 싶다고 투정도 부리고 그러고 싶단 말이야."

　하소연을 하고 나니 속이 시원한 게 아니라 더 서글퍼졌다. 병원에서 아기 심장 소리를 처음 들은 날 얼마나 눈물이 나던지. 아기가 힘차게 뛰고 있는 소리를 듣곤 선생님 앞에서 흐느껴 운 산모는 아마 자신이 처음이었을 거다.

속사정을 모르는 선생님의 위로를 받으면서도 하나도 위안이 되지 않았다. 아마 의사가 제 속마음을 안다고 해도 달라지는 건 없었을 거다. 그 사람이 알든 모르든 옆자리에 태승이 없다는 게 더 큰 슬픔이었기에.

"당신도 이런 기분이었겠지. 내가 이렇게 잠들어 있었다면 당신도 나처럼 슬펐겠지? 그런데 태승 씨, 마음 같아서는 당신 대신에 내가 여기 잠들어 있고 싶어. 차라리 당신이 아니라 나였으면, 내가 더 다쳤으면 한다고. 그러니까 제발 빨리 일어나요. 일어나서 나 좀 봐 줘. 응?"

너무 멀리 있어 듣지 못하는 건 아닐까. 손은 이렇게 따듯한데 왜 깨어나지 않는지. 급기야 슬은 그의 손을 붙잡은 채 엎드려 울었다. 임신했을 때 엄마가 울면 태아에게도 좋지 않다는 것을 알면서도 그가 없는 빈자리가 너무 커서, 행여나 이렇게 가 버리는 건 아닐까 겁이 나서 울음을 참으려 해도 눈물은 자꾸 흘렸다.

* * *

정오의 햇살을 받은 창밖 나무에는 어느덧 봄을 알리는 꽃봉오리가 맺혀 있었다. 꽃샘추위가 연일 기승을 부리는 춘삼월. 겨우내 잠들었던 동식물들이 깨어나 곧 다가올 봄을 맞이하는 동안에도 태승은 아주 길고 깊은 잠에 빠져 일어나지 않았다. 아주 가끔 손가락을 움직였고, 또 아주 가끔 미간에 주름을 만들며 기다리는 사람들의 애간장을 녹였다.

기다림이 길어지면 가졌던 희망도 옅어지기 마련이건만 슬과 가족들은 지친 기색 없이 평소와 같이 생활하며 그를 기다렸다. 그가 일어날 거라는 희망을 간직한 채 말이다.

슬은 오늘도 잠든 그의 곁에서 대답 없는 혼잣말로 기적이에게 동화를 읽어 주고 있었다. 아빠를 대신해 구연동화로 각색하여 재미있게 들려주었다. 이렇듯 아빠가 지금 하지 못하는 일은 엄마인 자신이 대신해 주며 아기에게 아빠의 이야기도 말해 주었다. 아빠는 어떤 사람이고, 얼마나 멋있는 사람인지 하나하나 빼놓지 않고 모두 알려 주었다. 그래서 배 속에 기적이가 아빠의 목소리를 들을 순 없어도 곁에 있는 것처럼 느낄 수 있게 해 주었다.

아빠가 낯설지 않도록. 아빠인 그도 머지않아 태어날 우리 기적이가 낯설지 않도록.

"몸무게가 벌써 10킬로그램이나 쪘어. 아직 선생님이 말씀은 안 해 주셨는데, 내 생각에는 우리 기적이 딸 아니고 아들 같아. 고기가 자꾸 당기는 걸 보면. 태승 씨도 그렇게 생각하죠?"

이제 슬은 더 이상 울지 않았다. 울보 엄마 때문에 울보 아기가 태어나면 안 되니까. 무엇보다 엄마는 씩씩하고 강해야 하니까.

"아, 맞다! 얼마 전에 성해 아저씨가 유모차 선물해 주셨어요. 그것도 엄청 비싼 걸로. 곧 할아버지 된다고 얼마나 좋아하시는지. 윤건 오빠는 벌써 우리 아기 신발도 사 준 거 있지? 우리 기적이는 벌써부터 사랑받고 있어요. 외할아버지, 외삼촌, 증조할아버지, 할머니까지. 고모님은 벌써 할머니 된다고 말로는 우울해하시는데 예정일이 언제냐고 계속 물어보세요."

슬은 그에게 잊지 않고 그동안의 근황을 이야기했다. 뜻밖에도 슬의 임신 소식은 가족들의 기쁨이 됐다. 비록 그는 오랜 잠에서 깨지 않고 있지만 가족들은 안타까워하기보다는 진심으로 축복해 주었고 기뻐해 주었다. 그녀는 힘든 상황 속에서도 무럭무럭 잘 자라 주고 있는 기적이에게 고마워했고, 태어나기 전부터 아낌없는 사랑을 주었다.

슬이 먹고 싶다는 음식은 모두 남희가 도맡아 해 주었고, 배냇저고리에서부터 기저귀, 분유, 젖병 등등 아기에게 필요한 생필품은 모두 혜명이 맡아서 준비해 주었다. 성해와 윤건도 슬의 임신 사실을 기뻐했고 외할아버지, 외삼촌이 된다는 사실에 마냥 행복해했다. 슬은 그런 가족들이 진심으로 고마웠다. 걱정될 텐데도 그런 내색 없이 평소처럼 아무 일 없 듯 지내 주는 가족들에게 매번 감사했다. 그래서 더 힘이 났다.

"요즘 고민이 뭔지 알아요? 오늘은 뭘 먹을까? 먹고 싶은 게 뭐지? 하루 종일 먹을 생각만 한다는 거예요. 웃기죠? 먹고 싶은 게 왜 이렇게 많은지 모르겠어요. 세상에 먹을 건 또 왜 이렇게 많은 거야? 그런데 그 중 가장 먹고 싶은 게 하나 있어요. 그게 뭔지 알겠어요?"

"……."

"또 대답 없는 것 봐. 잘 모르겠다는 거죠? 알았어요. 뭐가 먹고 싶은 지 말해 줄게요. 내가 요즘 너무 먹고 싶은 게 하나 있는데…… 해산물 토마토 파스타."

요즘 따라 가장 먹고 싶은 음식이었다. 그가 해 줬던 해산물 토마토 파스타. 그와 함께 미래를 약속했던 별장에서의 일들도 같이 떠올랐다. 저를 위해 손수 만들어 주었던 그의 음식. 그때 먹은 파스타가 왜 그렇 게 생각나는지. 슬은 이상하게 요즘 그때 생각이 많이 난다.

"당신이 해 줬던 그 맛없는 김치볶음밥도 그립네. 그냥 태승 씨가 그 리운 건가?"

옅게 웃던 슬이 입술을 꼭 깨물었다. 그때 생각을 하니 눈물이 날 것 같았다. 이러다가는 또 울 것 같아 갈 채비를 서둘렀다.

"벌써 시간이 이렇게 됐네. 태승 씨 옆에 있으면 시간 가는 줄 모른다 니까. 오늘 해영 아가씨랑 밖에서 저녁 먹기로 했어요. 해영 아가씨 아 예 미국에서 귀국한 거 알죠? 새 학기부터 한국에서 학교 다닌대요. 잘 됐죠?"

그의 손을 꼭 잡은 슬이 무거운 몸을 일으켰다.

"요즘 앉았다 일어나는 것도 힘들다니까. 오늘은 그만 갈게요. 내일 또 올 테니까 우리 내일 봐요."

병원에 온 지 한참이나 됐는데 갈 때마다 발길을 돌리기가 아쉽다. 그의 메마른 입술에 아쉬운 입맞춤을 한 슬이 뒤돌아 병실을 나갔다. 슬이 가고 난 병실은 더없이 쓸쓸해졌다.

시간이 지나고 깊은 밤이 찾아왔을 때 간간이 찌푸리던 태승의 미간에 잔주름이 잡혔다. 그는 이마에 힘을 주기도, 손가락을 움직이기도 했다. 그 전까지는 없던 반응이 찾아온 것이다. 밤이 더 깊어졌을 때, 그의 심장 박동을 체크하던 기계가 요란한 소리를 냈고 곧 그가 눈꺼풀을 힘겹게 들어 올렸다.

깜빡깜빡. 느릿하게 움직이던 갈색 동공을 좌우로 움직이며 그는 자신이 누워 있는 이곳이 어디인지를 파악하려 애쓰고 있었다. 굳게 다물려져 있던 그의 입술이 천천히 열리며 힘겹게 뱉어 낸 한마디…….

"……슬아……."

슬의 이름이었다.

* * *

다음 날, 일찍 눈을 뜬 슬은 평소처럼 체중계에 올라 몸무게를 확인했다. 어젯밤 해영 아가씨와 먹기만 했더니 그새 1킬로그램이 늘었다. 계속 살찌면 아기 낳을 때 힘들다고 해서 참으려 했는데 임신을 하니까 음식 조절이 어려웠다. 집에서라도 몸을 움직여야 할 것 같았다.

그렇게 해서 최근에 슬은 집에서 임산부에게 좋은 요가를 시작했다. 슬은 요가 자체가 처음인지라 동작들이 쉽지만은 않았다. 하지만 효과는 좋았다. 특히 배가 불러 오면서 골반이나 허리 쪽이 아플 때가 많았는데 요가를 시작하고 나서는 그런 통증이 많이 줄어들었다.

"오늘 문화 센터 가는 날이구나."

임신하고 처음 가 본 문화 센터란 곳은 상당히 많은 프로그램이 진행되고 있었다. 임산부들을 위한 운동이나 태교 교실 등을 운영하고 있어 육아 상식 같은 것을 많이 배울 수 있었다. 오늘도 센터에 가는 것으로 스케줄이 꽉 차 있어서 병원에 가는 시간을 겨우 만들 수 있었다.

오전부터 바삐 움직였더니 벌써 점심시간이다. 오늘 점심은 오랜만에 민지와 송이를 만나 같이 먹기로 했다. 회사 앞으로 가니 점심을 먹으러 나온 사원들의 모습이 보였다. 불과 몇 개월 전에는 슬도 저들과 함께였는데, 그때가 아주 먼 일처럼 느껴졌다.

"슬아!"

사원증을 매달고 걸어가는 회사원들의 뒷모습을 바라보고 있는 슬을 뒤에서 누군가 불렀다. 뒤를 돌아보니 민지와 송이 달려오고 있었다.

"배가 아주 남산만 해졌네!"

민지는 이제 6개월째로 접어들고 있는 슬의 커다란 배를 보며 신기하다는 듯 말했다.

"볼 때마다 신비로워요. 언니 배 속에 어여쁜 아기가 있다는 게."

송은 아직도 슬이 임신했다는 사실이 믿기지 않는 듯했다.

"나도 그래. 가끔 놀란다니까."

송의 말처럼 슬도 가끔씩 놀라곤 했다. 샤워를 하려고 벗은 몸을 볼 때면 불룩하게 솟아 있는 둥근 제 배가 신기했다.

"힘들지는 않았어? 여기까지 오기 힘들었을 텐데."

"괜찮아. 회사도 둘러보고 겸사겸사 온 거니까. 빨리 먹고 들어가야 하지?"

"천천히 먹고 들어가도 돼. 허락받았어."

민지가 슬의 팔에 팔짱을 끼며 말했다.

"허락이라니? 누구한테?"

"김 이사님. 아니, 이제 사장님이라고 불러야지."

슬이 "아……."하며 고개를 끄덕였다. 그가 잠들어 있는 동안 대대적인 인사이동이 있었다. 회장 자리가 공석인 상황에서 유례없는 일이었지만 박중열 사장의 회계 부정 및 조세 포탈로 인해 회사는 이미 국민들의 신뢰를 잃은 상황이라 하루라도 빨리 경영을 안정화시켜야 했다. 그를 위한 초석으로 인사이동 및 조직 개편이 시작되었고, 현재 사장 자리가 공석인 두 계열사가 첫 주자였다.

유일 바이오컴의 사장은 부사장을 승진시키는 것으로 자리를 채웠고, 유일 퍼스트는 김상철 이사가 파격 승진했다. 사람들은 김 이사의 승진을 모두 납득하는 분위기였다. 그러나 한쪽에서는 이범영 부사장이 아니라는 것에 의문을 품는 사람들도 있었다. 원래대로라면 이 부사장이 사장이 되는 것이 순리였기 때문이다.

그러나 이 부사장은 그간 연락을 끊고 지내다, 태승의 사고 소식을 듣고 뒤늦게 찾아와 박 사장에게 회사의 기밀을 유출하려 했다는 사실을 고백했다. 그 뒤로 이 부사장은 사직서를 제출한 뒤 죄송하다는 말만 남기고 사라졌다.

"여기 진짜 유명한 곳이야. 저녁에는 사람이 미어터져서 못 오고 그나마 점심시간이 제일 한가로워."

민지가 점심을 사 주겠다고 끌고 온 곳은 유명 이탈리안 레스토랑이었다. 테이블에서 메뉴판을 가져간 민지가 야심찬 점심이라도 준비한 사람처럼 어깨를 으스대며 말했다.

"여기 너무 비싼 데 아니에요? 딱 봐도 비싸 보이는데."

송이는 이런 곳은 처음이라며 잔뜩 주눅 든 채 주변을 두리번거렸다. 비싸지, 아주 비싼 곳이지. 슬은 메뉴를 고르는 민지와 어느새 신나 있는 송이를 앞에 둔 채 주변을 슥 둘러보았다. 전에도 와 본 적이 있었다. 그와 함께 처음 식사를 하러 왔던 곳이다.

그녀는 창가 옆 테이블에 시선을 고정시키고 그때를 떠올렸다. 태승이 메뉴에는 없던 봉골레를 주문한 자신이 무안할까 같이 봉골레를 주문하고,

긴장을 풀어 주려 농담으로 기분을 맞춰 주고, 갑작스러운 두통을 호소하는 저를 안고 계단을 올라가 주던 그때가 눈앞에서 영상처럼 리플레이 됐다.

그때도 그는 빛이 나던 사람이었다. 제가 기억하지 못한 그 순간도 기억하고 있었고, 끝까지 석현의 죽음에 가려진 진실을 밝혔고, 그러다 사고로 몇 개월째 깨어나지 못하고 있다. 그를 위해 무엇이든 다 할 수 있었는데 정작 해 준 게 없었다. 다치게만 하고 아프게만 하……. 그와 앉아 있던 테이블의 형태가 엉망이 되었다.

어느새 슬의 눈동자에 눈물이 가득 차올랐다. 서로 주거니 받거니 대화를 이어 가던 민지와 송도 옆에서 훌쩍거리고 있는 슬을 보고는 조용히 입을 다물었다. 묻지 않아도 알 수 있었다. 매일같이 그들의 이야기가 뉴스로, 신문으로 대서특필되고 있었으니까. 그러나 세간의 관심 따위, 세상의 이목 따위 그들에게는 문제되지 않았다.

조금은 울적했던 식사를 마치고 슬은 민지와 송이의 배웅을 받으며 거리를 거닐었다. 거리는 한산했고 나무들이 가로수 길처럼 늘어서 있었다. 그 나뭇가지에는 곧이라도 제 위용을 활짝 펼쳐 보일 것같이 큰 꽃봉오리가 맺혀 있었다. 아직은 꽃샘추위가 기승을 부리고 있어 꽃은 피지 못한 상태였다. 슬은 몸으로 느껴지는 추위에 코트를 여미다 주머니에서 진동을 느끼곤 휴대폰을 꺼내 들었다. 김 기사님의 전화였다.

"네. 점심 식사는 하셨어요? 천천히 하고 오셔도 돼요. 그냥 걷고 싶어서요. 네, 이따 다시 연락드릴게요."

용건만 간단히 하고 휴대폰을 도로 집어넣으려던 슬의 손에서 또다시 진동이 느껴졌다. 지잉, 지잉, 지잉. 그런데 방금도 느꼈던 진동이건만 어째서 기분이 이상해졌다. 이유가 무얼까. 슬은 액정에 뜬 전화번호를 확인했다. 화면에 뜬 숫자들은 모르는 번호였고 휴대폰 번호도 아니었다. 지역번호로 올 전화는 없는데……. 슬은 받지 않으려다가 혹시나 하는 마음에 휴대폰을 귀로 가져다 댔다.

"여……보세요?"

왜 그런 생각이 들었는지 모르겠지만 내심 들려올 목소리가 그이지는 않을까 기대란 것을 해 보았다. 어차피 허튼 기대겠지만.

"여보세요? 누구시죠? ……전화를 잘못 거신 것 같은데 이만…….."

잘못 걸려 온 전화라고 생각해 정중히 끊으려던 찰나 상대편에서 한숨 같은 숨소리와 함께 상상도 못한 목소리가 흘러나왔다.

─……어디야?

하마터면 휴대폰을 떨어트릴 뻔했다. 슬은 힘이 풀려서 주저앉을 것 같은 몸을 두 다리로 겨우 지탱했다. 제 귀가 정상이라면, 잘못 들은 게 아니라면 이 목소리는 분명 태승이다. 언제나 제게 진실만 말하던, 상대의 깊은 아픔을 헤아려 주던 너무나도 듣고 싶던 그의 목소리다.

─……슬아, 나야. 슬아…….

눈꺼풀이 파르르 떨리며 그 속에 든 눈동자가 길을 잃고 방황하듯 흔들렸다. 이게 꿈일까, 현실일까. 분명 귓가로 들려오는 목소리는 그가 맞는데 아니면 어쩌나 하는 생각으로 머릿속이 복잡해질 무렵, 숨소리가 간간이 뒤섞인 그의 목소리가 또 한 번 들려왔다.

─설마…… 내 목소리…… 잊은 건…… 아니지?

태승은 너무 오래 누워 있었던 탓에 말을 할 때마다 목이 잠겼다. 나오는 소리가 막 자고 일어난 사람처럼 탁하게 가라앉았고 가래가 끓는 것처럼 칼칼했다. 그래서 행여 그녀가 제 목소리를 못 알아듣는 것은 아닌, 설마 잊은 것은 아닐까 하는 터무니없는 걱정을 했다.

"……하아."

두 눈을 깜빡이자 슬의 뺨 위로 눈물이 흘러내렸다. 괜한 걱정이자 노파심이다. 그를 잊다니…… 있을 수 없는 일이다. 절대 불가한 일이다.

"……태승 씨……?"

누가 입을 본드로 붙인 것도 아닌데 입이 떨어지지 않았다. 그를 부르려다가도 멈추고 또 멈추었다. 이름을 부르면 한순간에 사라지기라도 할까 봐, 지금 이 말도 안 되는 상황이 정말 꿈일까 봐.

―나야. 나라고……, 슬아.

"하…… 하흐…… 흐흑……."

그러나 그는 사라지지 않았고 꿈도 아니었다. 정말, 정말로 그였다. 그가 깨어났다. 휴대폰을 꼭 쥐고 스르륵 자리에 주저앉은 슬이 흐느껴 오열했다. 수화기 너머로 들려오는 슬의 오열 소리에 태승도 같이 흐느꼈다.

* * *

검은 세단이 병원 입구로 빠르게 달려와 멈춰 섰다. 문을 열고 뛰듯이 내린 슬은 최대한 빠르게 걸어 이제 막 닫히려는 엘리베이터를 잡아탔다. 그가 입원해 있는 병실까지 올라가는 그사이에도 초조함을 숨길 수 없었다.

몸이 무거워 뛸 수 없어 최대한 빠르게 걷는다고 걸은 게 잘못이었는지 뻐근해진 허리를 한 손으로 받쳐 잡곤 입술을 잘근잘근 깨물었다. VIP 병동까지 올라가는 몇 초가 마치 몇 시간처럼 느껴졌다.

엘리베이터 문이 열리자마자 재빨리 걸어가 병실 앞에 섰다. 그런데 이상하게 망설여졌다. 그가 있을까, 정말 그가 맞을까. 한쪽으로 치워 뒀던 두려움이 앞섰기 때문이다. 잡을까 말까 몇 번을 망설이던 슬이 오른손으로 문고리를 잡고 힘껏 열어젖혔다.

그 안엔 짙은 다갈색 동공을 가진, 지독히도 다정하던 그가 있었다. 두 눈 가득 눈물을 담고 있으며, 잔뜩 야윈 몸이었지만 여전히 넓은 가슴과 규칙적으로 뛰는 심장을 가진 나의 세상, 나의 전부가.

"태…… 태승 씨."

문을 벌컥 열고 들어온 사람은 다름 아닌 슬이었다. 그의 세상이고 의미의 전부인 사람. 눈썹을 잔뜩 찡그리고 그 아래 그렁그렁 눈물을 매달고서. 꿈에서도 잊지 못한 나의 슬이 서 있었다.

눈을 떴을 때도 단 한 명의 얼굴만이 또렷이 생각났다. 사고가 났던 그날, 온몸이 부서질 것처럼 날카로운 송곳이 사지를 찌르는 것 같은 통증 속에서 힘겹게 눈꺼풀을 들어 올렸던 건 슬 때문이었다.

큰 트럭에 치여 모든 것이 거꾸로 뒤집혔던 날, 믿지도 찾지도 않았던 신께 이 하나만을 간절히 빌었다. 저 아래 바닥에 피를 흘리며 쓰러져 있는 슬만은 무탈하게 해 달라고. 그동안 많이 아프고 슬펐던 슬에게 부디 신의 아량을 베풀어 달라고. 그것 말고는 아무것도 바랄 게 없다고. 거꾸로 뒤집혀 있는 자신은 일체 신경도 쓰지 않고 슬을 보며 흐느껴 울었다. 몸은 말할 수 없을 정도로 아프다고 비명을 지르고 있었지만 그 순간에는 쓰러져 있는 슬의 복부에서 흥건히 흘러나오고 있는 피만 보였다.

그런데 이렇듯 멀쩡히 살아 있는 그녀를 보니 그것으로 되었다는 생각이 들었다. 피가 흥건히 흘러나왔던 아랫배도 괜찮아 보이고……. 무엇보다 조금은 불룩해 보이는데, 아니 더 많이 나와 있는 것 같은데……. 그 궁금함도 잠시, 제 품으로 달려와 있는 힘껏 안기는 슬을 꽉 껴안는 것이 먼저였다. 일단 한 번 안고 또 안아 보는 것이 더 먼저다.

슬은 그의 목덜미를 꼭 끌어안고 그의 채취를 한껏 들이마셨다. 오랫동안 잠들어 있던 사람치고 쾌쾌하거나 불쾌한 냄새가 아닌 언제나 그에게서 나던 시원한 향기가 풍겼다. 태승도 슬의 등을 두 팔로, 두 손으로 꽉 감싸 안았다. 그동안 울기만 했을 것 같아 그렇지 않아도 한 줌밖에 되지 않던 슬이 전보다 더 야위어 있으면 어쩌나 걱정했다.

하지만 그 걱정이 무색하게 제게 안긴 슬은 오히려 더 건강해 보였다. 허리도 그렇고 등도 그렇고 무엇보다 제 가슴에 닿는 배가 그러했다. 원래 이렇게까지 배가 나왔던가. 아무리 생각해도 그런 기억은 없었다. 그렇다 한들 뭐가 대수일까. 슬만 괜찮으면 된다. 아프지 않으면 된다. 이렇게 살아 있으면 그것으로 되었다. 제 품에 안겨 흐느끼는 그녀를 꼭 안은 그도 눈물을 흘렸다.

"정말, 정말 태승 씨 맞죠? 정말 맞는 거죠?"

"……응. 나야. 나야 슬아."

슬은 그의 품에서 나와 얼굴을 마주 보았다. 짙은 다갈색 눈동자 안으로 촉촉이 젖어 든 물기 어린 슬의 눈이, 모습이 담겨 있다. 다시 보고 또 보아도 그가 맞다. 뺨을 잡고 왼쪽, 오른쪽 돌려 보아도 그다. 사랑하는 그가 맞다. 잠시 말라 있던 슬의 눈가가 다시금 촉촉해졌다.

물기를 머금은 눈동자로 연신 제 모습을 확인하려 드는 그녀에게 그가 또 한 번 자신임을 확인시켜 주었다.

"나야. 나 맞아. 나라고."

하지만 그것만으로는 부족했다. 그가 맞고 그의 목소리도 맞고 넓은 어깨며 따뜻한 가슴까지 전부 그가 맞는데 아직은, 아직은 부족하다.

"아직도 나라는 확인이 필요해?"

흔들리는 그녀의 동공을 보며 생각을 읽어 낸 그가 물었다.

"나 맞아. 나야, 슬아."

그녀가 원하면 몇 번이고 말해 줄 수 있다. 나라고.

"……알아요. 당신인 거."

아는데, 아는데…… 그래도 난 당신이 너무너무 필요해요. 당신이라는 확신이 필요하고. 그는 이제 막 깨어난 환자지만, 아직은 치료가 필요하지만 그를 본 순간 이 안에서 불규칙하게 뛰는 심장이 자꾸만 이야기했다. 그가 진짜 그인지 확인하고 싶다고.

"그래도 증명해 봐요. 당신이라는…… 증명."

지금 무슨 말을 하고 있는지도 모르겠다. 이제 막 깨어난 사람에게 제가 무슨 말을 하고 어떤 걸 원하고 있는지. 우리 아기가 듣고 있을 텐데도 입술은 제멋대로 움직였다. 가까스로 정신이 들었을 땐 이미 그의 얼굴이 가까이에 있는 상태였다.

증명해 보라는 말, 그가 그 말의 의미를 깨닫기까지 그리 오래 걸리지 않았다. 그도 원하는 바였으니까. 꿈에 슬이 나왔고 이렇게 재회도 했었다. 시기도, 장소도 모두 달랐지만. 꿈에서조차 슬과 함께였다. 그리고 지금도 슬과 함께이다.

조심스럽게 닿은 입술 사이로 서로의 따스한 숨결이 오고갔다. 살아 있을 때만 느낄 수 있는 숨이었다. 이것으로 그가 살아 있고 그녀가 살아 있음이 증명되었다. 그러나 맞물린 입술은 떨어질 줄 몰랐다. 오히려 더 짙어졌다.

고개를 반대편으로 기울인 그가 입술을 또 한 번 머금었을 때, 배 속에 있던 아기의 태동이 느껴졌다. 도망가지 못하게 목덜미를 잡고 더 깊이 파고드는 그를 살짝 밀어낸 슬이 부른 배를 움켜잡았다. 조금 놀란 그의 동공이 커지는 것이 보였다.

"왜 그래? 어디가 아파?"

현재 슬이 임신 중이라는 사실을 태승은 당연히 모를 터였다. 그 아이가 자신의 아이라는 것도. 슬은 그가 잠들어 누워 있는 동안에도 쉴 새 없이 아이 이야기를 꺼냈기에 그가 모를 거라는 생각을 아예 하지 못하고 있었다. 당연히 그도 알 거라고 생각했다.

"아픈 건 아니고. 우리 기적이가 발로 갑자기 차서."

갑자기 난데없이 튀어나온 이상한 이름에 태승은 당황해했다. 그리고 더 황당한 점은 그녀가 배를 쓰다듬으며 '기적이'라고 불렀다는 것이다.

"기적이……라니?"

기적이의 이름을 되묻는 그를 보고 슬은 눈을 크게 떴다. 그러고는 그제야 상황을 인식했다. 오랫동안 잠들어 있는 그가 이 상황을 알 리 만무하다는 사실을.

"……슬아, 내가 아까부터 궁금한 게 있었는데 혹시 너……."

니트 원피스를 입고서도 배만은 불룩하게 나와 있는 모습이 낯선데 또 낯설지가 않다. 가끔씩 보는 TV 드라마나 영화 속에서 나오던 임산부들의 모습과 슬의 모습이 흡사하다. 여전히 빛나는 외모이긴 하나 뽀얗게 오른 볼살과 잘록하기만 하던 허리 라인을 따라 불룩하게 솟은 아랫배가 알파벳 D를 닮아 있다. 이 모습은 누가 보아도 짐작할 수 있을 것이다.

설마…… 설마.

"맞아요. 태승 씨가 지금 하고 있는 생각. 우리…… 아기예요."

수줍게 웃는 슬과 다르게 그는 벌어진 입을 다물지 못했다. 상상도 못한 일이다. 누구나 하는 보편적인 가족을 꾸리고 싶다는 생각은 지난날의 그로서는 있을 수 없는 일이었다. 부모님을 잃은 그에게 보통의 가족은 너무 먼 이야기였으므로 부모가 된다는 것도 상상해 본 적 없는 일이었다. 물론 기업인으로선 가정을 꾸리는 일은 당연한 것이지만 그 것도 언젠가, 때가 되면……이란 말로 번번이 선을 요구하는 혜명과 일만의 말을 묵살해 왔다.

실은 결혼보다는 부모가 되는 일이 무서웠다. 부모가 되어 그 아이를 지킬 수 없게 되는 일이 또다시 반복될까 두려움이 컸다. 그래서 결혼은 되도록 사랑 없는 정략을 하려고 했다. 감정 없는 결혼을 하여 되도록 아이를 원치 않는 딩크족이 되고자 했다.

하지만 그런 제게도 사랑하는 여자가 생겼다. 그런 여자와 함께하다 보니 자연스레 아이를 원하게 됐다. 그리고 지금 사랑하는 여자의 배 속에 제 아기가 있다. 자신과 그녀의 아이. 그는 부모가 되는 일에 그토록 두려워하던 자신이 이 아이를 지킬 수 있을까 무서우면서도 막상 가슴이 벅차고 감격스러웠다.

"기적처럼 찾아와 준 우리 아기예요. 이제 6개월 됐어요."

가슴이 벅차오른다는 게 이런 기분일까.

마치 구름 위를 걷는 것 같았다. 몸도, 마음도 충만해지는 것 같다. 세상을 다 가진 기분이란 거 이런 거구나.

감격한 그는 말도 잇지 못하고 그녀를 품으로 꼭 껴안았다. 기쁘다는 말로는 표현되지 않는 감동이 마음을 가득 채운다. 그녀를 만나기 전에는 상상도 할 수 없던 일이 벌어지고 있다. 사랑을 하고 결혼을 하고 아이를 낳고. 한 가정을 이루며 사는 꿈같은 일이.

"사랑해. 사랑한다, 슬아."

슬은 지금 아니면 안 될 것 같은 이 벅찬 감정을 사랑한다는 말로 표현하는 그를 꼭 껴안아 주었다. 그의 부드러운 머리카락을 쓰다듬고 넓은 등을 감싸 안는 슬의 손길이 너무도 다정했다.

에필로그

# 영원히 이어질 행복


2년 후.

크리스마스이브, 1년 365일 중 가장 바쁜 이 시기에 웨딩 마치를 울리는 커플이 있었으니. 아니, 부부라고 해야 맞겠다. 결혼식을 올리기도 전에 혼인 신고부터 마쳤으니까.

이미 세간에서는 이 결혼식이 당연하다는 반응이었다. 이전에도 이미 세상에 결혼 소식을 전한 바 있었기에 세상 사람들도 이 두 사람이 언제쯤 식을 올릴지 떠들었다. 그러다가도 이제나저제나 이 커플의 소식이 들려오기를 바라고 있기도 했다.

이 커플의 결혼 소식이 들려온 것은 2년 전이다. 2년 전, 장장 5개월 동안이나 깨어나지 못했던 사람이 의식을 되찾고 무려 3주 만에 퇴원을 했다. 그러다 곧바로 약혼녀와 혼인 신고를 했고, 이후 임신 중인 그녀를 돌본다는 명목으로 본가에서 칩거 생활을 했다.

자그마치 네 달을 더 기다려 3.6킬로그램의 건강한 사내아이가 태어

낳고, 예정대로라면 벌써 이뤄졌어야 할 회장 취임식이 또 한 번 미뤄졌다. 이번에는 아내의 산후 조리와 아이의 육아라는 명목으로. 국내 재벌 그룹 최초 최연소 회장의 육아 휴직이 이루어진 것이다.

세상은 그를 두고 아내 바보, 아들 바보라고 했지만 어느 한쪽에서는 그의 아내 사랑이 유난이며 아이 사랑에 체면도 없다고 혀를 끌끌 차기도 했다. 하지만 이 커플은 전에도 그랬듯 세간의 이목 따위, 남들의 시선 따위 전혀 상관없었다.

그 세기의 결혼식은 국내 초호화 호텔에서 진행되었다. 이번 크리스마스이브에는 흰 눈이 펑펑 내려 화이트 크리스마스이브가 될 거라는 일기 예보 때문에 거리에는 이미 많은 인파들로 인산인해였다. 도로가 인정사정없이 꽉꽉 막혀 있어 하객들은 결혼식 시기가 최악이라는 생각이 들 수밖에 없었다. 그럼에도 불구하고 정재계와 그 밖에의 유명 인사들이 식장으로 속속 모여들고 있었다.

"차가 너무 막힌다. 빨리 들어가자."

간만에 한껏 꾸미고 나타난 민지와 송은 행여 늦을 세라 부리나케 신부 대기실을 먼저 찾았다. 아니나 다를까, 대기하느라 조용해야 할 신부 대기실은 그야말로 난감한 상황이었다. 바로 이제 세 살이 된, 오늘 이 식장에서 결혼식을 올릴 이 부부의 30개월 된 아들 때문에.

민지는 웨딩드레스도 다 입지 못하고 우는 아이를 달래고 있는 슬의 모습을 보고는 그저 나직한 한숨을 내쉴 뿐이다. 이 상황을 어떻게 해야 하지.

"어어. 우리 아들. 여기 너무 낯설지? 괜찮아. 괜찮아. 엄마 있잖아."

슬은 민지와 송이 온 것도 까맣게 모른 채 낯선 환경에 적응하지 못하고 울고 있는 아이를 진정시키느라 정신이 없었다. 그녀가 메이크업을 마친 뒤 드레스로 갈아입기 위해서 안으로 들어가자, 시야에 엄마가 보이지 않아 불안해진 하음이 혼이 빠져라 울기 시작했다. 그 통에 슬은 반쯤 넋을 놓은 상황이었다.

"어? 민지야! 송! 언제 왔어?"

그녀는 그제야 문 앞에 서 있는 민지와 송을 발견하고는 반갑게 웃었다.

"방금. 야, 아직 드레스도 못 갈아입었어?"

"아, 하음이 때문에. 너무 울어서."

"일단 내가 안고 있을게. 얼른 들어가서 갈아입고 나와."

"그럴래? 잠깐만."

슬이 겨우 울음을 그친 아이를 민지에게 안겨 주곤 피팅 룸으로 가 드레스로 환복하며 말했다.

"차 안 막혔어?"

"막혔지. 하마터면 늦을 뻔했다니까. 넌 하필 식을 잡아도 이 시기에 잡냐."

"그니까. 그래서 나도 내년에 하자고 했는데 그때까지는 못 기다리겠다잖아."

"누가?"

"누구긴."

"아. 하음이 아빠?"

사실 결혼식 날짜는 언제든 상관이 없었다. 이미 부부로 살고 있고 하음을 키우느라 데이트할 시간도 없는 나날이었기에 내년에 하든 내후년에 하든 그것이 큰 의미를 지닌 것은 아니었다. 한데 결혼식만큼은 성대하게 해 주고 싶다는 남편의 성화에 하는 수 없이 따라 나섰다. 그런데 하필 잡아도 이 시기에 잡았는지. 이걸로 생애 처음 그와 부부 싸움을 할 뻔했다.

"언니, 허리 라인 좀만 잡을게요."

송이 아이를 안고 있는 민지를 대신해서 슬이 웨딩드레스 입는 것을 도와주었다. 그런데 하음이를 가졌을 때부터 마음 놓고 먹었던 것이 화근이었는지 어째 지난번에 드레스를 맞췄을 때보다 살이 더 찐 것 같았다.

"코르셋 아니었으면 못 입었다. 휴우."

겨우 웨딩드레스를 입은 슬이 피팅 룸에서 나오니 밖에서 손님을 맞이하고 있던 태승이 들어왔다. 민지와 송은 근사하게 턱시도를 차려 입은 태승을 넋을 놓고 올려다보았다. 참 잘생겼단 말이지. 세상에 그 어떤 연예인을 갖다 놓아도 태승만 한 외모를 갖춘 사람은 없을 것이라 생각했다.

"오랜만이네요. 김 팀장님, 김 주임님."

시간이 흐른 만큼 이들의 직위도 높아졌다. 민지는 기획팀 팀장으로 승진했고 송도 마케팅팀 주임으로 승진했다.

"네. 오랜만에 봬요, 회장님."

태승이 꾸준히 편한 호칭으로 불러 달라고 했지만 그녀들과 그와의 거리는 너무 멀었다. 직위도 직위이지만 일단 그의 외모부터가 마음이 편해질 수가 없었다.

"편하게 이름으로 부르라니까요."

"아니요. 저희는 그게 더 불편해서요."

슬과 가장 친한 친구들이라 그동안 장벽을 허물기 위해 무진장 애를 썼는데 생각보다 간극은 좁혀지지 않았다.

"아. 곧 식 시작한대."

그가 굳이 이 말을 전하려고 여기까지 온 건 아닐 것이다. 민지와 송은 같이 살을 부대끼고 산 지 2년차인 신혼부부의 뜨거운 눈빛을 보곤 자리를 피해 주기로 했다.

"저희는 이만 들어가 있을게요. 하음이는 식 시작하면 그때 입장하는 문으로 데리고 갈게."

그렇게 말을 전한 뒤에 세 사람이 나가고 신부 대기실엔 태승과 슬, 둘만 남았다. 태승은 흰 실크 웨딩드레스 차림의 슬을 넋 놓고 바라보았다. 어제도 보고 그제도 보고, 아직도 밤마다 뜨겁게 사랑을 나누는 사이이건만 그녀의 아름다움은 도통 사그라질 줄 모르고 빛이 나니 오늘 밤도 그녀를 그냥 재울 순 없겠단 생각이 들었다.

"어때요? 너무 부해 보이지 않나?"

코르셋으로 허리를 얼마나 조였는지 모르겠다. 아직도 숨 쉬는 게 그리 편하지 않았다.

"그동안 너무 먹기만 했나 봐. 하음이 낳고도 당신이 매일같이 먹여서 한 달 전에 맞춘 드레스도 하마터면 못 입을 뻔했어."

시무룩해진 슬이 입을 뾰로통하게 내밀었다. 먹는 건 태승과 똑같이 먹는데 왜 저만 살이 찌는지 모르겠다. 그의 몸은 조각에 가까울 정도로 완벽한데 말이다.

"왜. 난 오히려 더 좋은데. 마른 여자보단 글래머러스한 여자가 더 좋아, 난."

아무리 살이 쪘다고 해도 슬은 여전히 아름다웠다. 풍만한 가슴과 잘록한 허리 라인, 그 아래 매끈하게 뻗은 다리까지. 옷을 입었을 때나 벗고 있을 때나 훌륭한 몸이었다. 그가 뒤에서 슬의 얇은 허리를 한 팔로 감싸 안으며 목덜미 부근에 얼굴을 묻었다.

"오늘이 진짜 내 여자가 되는 날인가?"

슬도 제 허리를 둘러싼 그의 팔을 붙잡으며 나른하게 대답했다.

"난 원래도 당신 여자였는데."

"나도 당신 남자고?"

"당연한 걸 왜 자꾸 물어요?"

그가 고개를 살짝 들곤 그녀의 목덜미에 입술을 지분댔다.

"확인하고 싶어서. 당신이 나를 얼마큼 사랑하는지."

태승은 순간순간 그녀의 사랑을 확인받고 싶어 했다. 하음이 태어나고 하음에게 애정을 쏟는 슬을 보며 그는 이따금씩 묻곤 했다. 자신을 얼마큼 사랑하는지에 대해. 그때마다 슬은 사랑한다는 말로 그의 입을 막곤 했다.

그런데 오늘만큼은 말이 아닌 행동으로 그를 향한 더없이 큰 사랑을 확인시켜 주고 싶다.

슬은 제 허리에 둘러진 그의 팔을 떼어 내곤 몸을 돌려 그와 시선을 마주했다. 그의 짙은 다갈색 동공 안에 보석보다 빛나는 슬이 오롯이 담겨 있었다. 그녀는 저를 내려다보고 있는 그의 눈을 바라보며 이렇게 속삭였다.

"우리 하음이가 우리에게 기적의 아이였듯 당신은 나의 기적이었어요. 처음부터 지금까지. 그리고 앞으로도. 당신보다 더 사랑할 사람은 앞으로도 없어요."

슬에게도 상상하지 못한 일이었다. 모든 것을 포기하고 죽으려던 순간 그가 자신을 찾아왔다. 그는 저의 구원이자, 빛이자, 세상이다. 배 속에 기적이가 찾아오기도 전에 그가 제겐 기적이었다. 무채색인 제 세상을 고운 빛깔로 물들여 준 사람. 불현듯 찾아온 당신이란 남자. 하음을 선물해 준 고마운 당신.

슬의 반짝이는 눈동자 안으로 고운 미소의 남자가 비추어 들었다. 태승은 그녀를 소중히 품에 안았다. 넓은 그의 가슴팍에 얼굴을 기댄 슬은 자신을 향해 뛰는 그의 심장 소리를 들으며 눈을 꼭 감았다.

\* \* \*

식이 시작되었다. 딴따단, 딴따단. 경쾌한 피아노 선율과 함께 신랑과 신부가 나란히 팔짱을 끼고 버진 로드 앞에 섰다. 양쪽 좌석에는 발 디딜 틈 없이 많은 하객들로 가득 채워져 있었다. 두 사람이 버진 로드를 걷기 전에 민지가 다가와 태승의 품에 하음을 안겨 주었다.

가볍게 하음이를 받아 드니 여기저기서 환호성이 터졌다. 버진 로드로 입장하지 않았는데도 말이다. 아마도 태승의 품에 안긴 하음 때문일 거다.

똘망똘망한 눈과 오뚝한 콧대, 앙증맞은 입술까지. 잘생긴 아빠와 예쁜 엄마 사이에서 태어나 벌써부터 완성형 미모를 가진 하음은 어디를 가든 관심의 대상이 됐다. 게다가 그 부모가 세기의 커플로 세간의 관심을 모으고 있는 태승과 슬이었으니 더더욱 그럴 수밖에.

"하음아, 아빠 봐 봐."

모든 것이 신기하기만 한 호기심 가득한 아이의 시선을 자신에게로 돌려놓은 태승이 하음의 귀에 대고 속삭였다.

"하음아, 지금부터 엄마랑 아빠랑 하음이랑 셋이 같이 이 길을 걸을 거야. 하음이 할 수 있지?"

하음은 또래 아이들보다 조금 일찍 걸음마를 시작했다. 대부분 12개월 정도에 무언가를 붙잡고 설 수 있다는데 이 아이는 11개월 정도부터 한 발, 두 발 걸음을 떼기 시작했다. 그때 태승은 또 다른 종류의 기쁨과 감격을 느꼈다.

아이는 언어 발달도 또래보다 빠른 편에 속했다. 처음 엄마, 아빠라는 말을 하음이의 목소리를 통해 들었을 때는 온 세상이 다 제 것 같았다. 세상의 모든 부모가 그러하듯 제 아이가 천재가 아닌가 하는 생각을 하기도 했다.

태승은 하음을 슬과 자신 사이에 내려놓았다. 그러고는 하음의 양손을 각각 슬과 나누어 잡았다. 아이는 여전히 큰 눈을 깜빡이며 눈앞에 보이는 신기한 길을 반짝이는 눈빛으로 쳐다보았다.

모든 준비가 끝난 신랑과 신부, 그리고 아이의 모습을 본 오늘의 결혼식 사회자 재호가 큰 목소리로 외쳤다.

"신랑, 신부, 그리고 이 부부의 아들, 류하음 군. 입장하겠습니다. 하객분들께서는 큰 박수로 이들의 앞날을 축복해 주시면 감사하겠습니다. 신랑, 신부, 류하음 군! 입장!"

우렁찬 소리와 함께 세 사람은 버진 로드로 걸음을 떼었다. 두 사람의 손을 붙잡고 한 걸음, 두 걸음 내딛는 귀여운 하음 덕분에 모두가 미소를 지어 보였다. 웨딩 마치의 경쾌한 선율이 배경이 되었고, 수많은 하객들의 박수와 환호성을 들으며 버진 로드를 따라 걷는 세 사람의 입가에는 내내 미소가 떠나질 않았다.

주례 없이 신랑과 신부가 혼인 서약서를 낭독했다. 예정대로라면 하음은 버진 로드 입장과 행진까지만 함께했어야 했다. 하지만 태승은 하음을 내려 보내지 않고 품으로 안아 올려 모든 식순을 같이했다. 마이크를 앞에 둔 신랑과 신부의 목소리가 아름다운 클래식의 선율처럼 한데 어우러졌다.

"지금 이 순간 소중한 당신을 아내로 맞이하여."

"지금 이 순간 소중한 당신을 남편으로 맞이하여."

태승과 슬은 혼인 서약서에 적힌 말을 각각 읽었고 동시에 서약했다.

"많은 하객 분들 앞에 약속합니다."

두 사람이 혼인 서약을 읊는 소리가 잔잔히 식장을 울렸다.

"내 인생에 불현듯 찾아온 당신을 처음과 같은 마음으로 사랑하겠습니다. 기쁜 일도, 행복한 일도, 슬픈 일도, 아픈 일도 모두 함께하겠습니다. 기쁨은 나누면 배가 되고, 고통을 나누면 반이 되듯 서로에게 위안을 주는 사람이 되겠습니다."

두 사람은 앞에 적힌 혼인 서약을 읊으며 이를 가슴에도 깊이 새겼다. 서로의 인생에 불현듯 찾아든 두 사람. 그 마음으로 한평생을 살겠노라.

"많은 하객 분들 앞에 신랑, 류태승은."

"많은 하객 분들 앞에 신부, 윤슬은."

다시금 제 이름을 말한 두 사람은 서로의 눈을 바라보며 한마음으로 맹세했다.

"지금 이 자리에서 방금 한 약속을, 사랑을 잊지 않고 지키겠노라 서약합니다."

그러고는 마이크를 하음에게 가져다 대자 하음의 웃음소리가 이어졌다.

그 소리에 태승도, 슬도, 이 자리를 빛내 주고 있는 모든 하객들도 큰 웃음을 터트렸다.

생애 다신 없을 행복한 이들의 결혼식은 하음으로 시작해 하음으로 끝이 났다. 장장 네 시간 동안 진행된 결혼식 피로연을 마치고 호텔로 들어온 두 사람은 졸려 하는 하음을 일찌감치 재우고 혜명과 일만, 성해에게까지 안부 인사까지 전한 후에야 쉴 수 있었다.

침대까지 갈 체력이 바닥난 상황이라 두 사람은 소파에 몸을 누였다. 결혼식은 생각보다 고되고 상당한 체력이 소모되는 일이었다.

"하아. 힘들다."

"시간이 어떻게 흘렀는지도 모르게 하루가 저물었네요."

"그러게."

슬이 나른한 듯 숨을 내쉬는 그의 품으로 돌아누워 태승의 허리에 팔을 감았다. 뭔가 할 말이 있는 듯 제 허리춤에서 손을 꼬물거리는 슬 때문에 그가 고개를 숙여 그녀를 내려다보았다.

"왜 그래?"

"아니…… 그냥."

기어들어 갈 듯 작은 목소리로 대답을 회피하는 그녀의 속내를 눈치챈 그가 입꼬리를 말아 올렸다.

"분위기 좀 잡아 보라는 뜻이지?"

그러더니 벌떡 일어나 미리 주문해 둔 샴페인과 잔 두 개를 갖고 왔다. 슬은 단박에 제 속마음을 알아채고 술병을 가져오는 그가 예뻐 죽을 지경이었다. 이내 두 개의 잔이 경쾌하게 부딪쳤고 샴페인을 머금은 두 사람의 입술도 맞닿았다. 그 순간 알코올이 서로의 입 속을 넘나들며 샴페인의 깊은 풍미와 타액이 뒤섞였다.

이미 샴페인은 서로의 목을 타고 넘어간 상황이지만 두 사람은 서로를 안은 몸을 붙인 후 입술을 떼지 않았다. 뒤통수를 붙잡고 있던 그가 슬의 뒷목을 부여잡고 지그시 눌러 벌어진 그녀의 입술 안으로 더 깊이 혀를 놀렸다. 달콤한 사탕을 굴려 녹여 먹듯 달콤하고 짜릿한 키스가 이어지면서 흐음, 다소 진득한 신음이 슬의 입술 새로 흘러나왔다. 그는 점점 더 진하게 슬의 몸을 잠식해 갔다.

소파에 누워 진한 키스를 나누며 서로의 몸을 넘나들려던 때, 방에서부터 하음이 자지러지게 우는 소리가 들려왔다. 슬은 반사적으로 제 몸을 덮친 그를 옆으로 밀쳐 내곤 한달음에 달려가 우는 하음을 안아 토닥였다.

"응. 우리 하음이 깼어?"

오랜만에 사랑을 나누려던 시간이 완벽히 무산되었음을 깨달은 그도 벗어 던진 티셔츠를 도로 입고는 방으로 달려 들어갔다.

"하음아, 아빠가 안아 줄게."

슬에게 안긴 하음은 금방 울음을 그쳤고 따라 달려온 태승을 보며 함박웃음을 지었다. 곧 아빠, 아빠 하며 두 팔을 벌렸고 태승은 환하게 웃으며 하음을 안아 올렸다.

"우리 하음이, 엄마 아빠가 없어서 놀랐구나."

슬은 집에서 챙겨 온 분유를 준비했고, 태승은 분유가 준비되기 전까지 능숙하게 아이와 놀아 주었다. 비록 부부의 시간은 줄어들었지만 자신들의 아이가 커 가는 모습을 지켜볼 수 있는 것은 이루 말할 수 없는 큰 기쁨이었다.

곧 슬이 분유를 가져와 하음의 손에 젖병을 쥐여 주자 하음이 꿀떡꿀떡 맛있게 삼키기 시작했다. 그 모습을 두 사람은 나란히 지켜봤다. 먹을 때는 조용한 하음이지만 이미 잠이 싹 달아난 30개월 하음의 일상은 지금부터가 시작이었다. 태승과 슬은 잠을 못 자 눈 밑이 퀭했으면서도 분유를 맛있게 잘 먹는 자신들의 아이를 보는 이 순간은 더없이 행복했다. 이렇게 건강하게만 잘 자라 주기를. 태승과 슬은 서로를 마주 보다 하음을 바라보며 환하게 미소 지었다.

"자, 이제 놀아 볼까요, 류하음 군?"

"응! 아빠!"

"그래. 우리 하음이."

태승은 분유를 다 먹은 하음을 제 어깨 위로 올려 목마를 태운 후 호텔 룸 거실을 마구 돌아다녔다. 이미 결혼식으로 체력 소진이 다 됐을 텐데도 아들과 놀아 주는 일은 절대 소홀히 하지 않는 참된 아빠였다.

슬은 난리 법석을 떨며 노는 부자를 두고 거실로 나와 짐 정리를 했다. 조용하기만 하던 공간은 부자로 인해 떠들썩해졌지만 그마저 즐거웠다. 그저 이 행복이, 이 소란함이 오래 이어지기를 바랄 뿐이다.

〈완〉

# 오로지하다

## 이드한 지음

비극적인 화재 사건으로 부모를 잃은 태평.
악몽에 갇혀 살던 그는 어느 날, 봄볕 같은 소녀를 만난다.
그림에 천부적인 재능을 가진 소녀, 로지.
오직 로지 곁에서만 태평은 안식을 취할 수 있었다.

"나는 이제, 널 알기 전으로는 돌아갈 수 없어."

하지만, 로지는 갑자기 나타났던 그날처럼 갑작스레 이별을 전한다.
그리고 7년, 로지와의 끔찍한 이별을 견딘 그는
삶에 유일한 사랑, 오로지를 만나기 위해 돌아왔다.

7년이면 충분했을까, 네가 나 없이는 살 수 없다는 걸 깨닫기에?

죽기 위해 살아가던 그와 그가 오로지 사랑했던 그녀.
이들의 뜨거운 얼음 같은 이야기.

동아